人民艺术家·王蒙
创作70年全稿

诗文编

散文随笔
（三）

王　蒙

目　　录

祭长者——邵荃麟同志 …………………………（1）
一个甘于沉默的人 ………………………………（5）
华老师,你在哪儿? ………………………………（8）
安息吧,鞠躬尽瘁的园丁 ………………………（12）
何期泪洒"江南"雨 ………………………………（16）
满面春风的克里木·霍加 ………………………（19）
哭老铁 ……………………………………………（22）
富有兄长之风的苏策 ……………………………（26）
怀念刘力邦同志 …………………………………（27）
夏衍的魅力 ………………………………………（30）
难忘冯牧 …………………………………………（35）
冰心的风范 ………………………………………（39）
乔老爷一瞥 ………………………………………（41）
别荒煤 ……………………………………………（43）
哀悼高太夫人 ……………………………………（46）
怀念王任重同志 …………………………………（48）
王昆不老 …………………………………………（51）
兰气息,玉精神 …………………………………（57）
小平同志改变了我们的命运 ……………………（60）
独一无二的韦君宜 ………………………………（63）

1

想念冰心 ………………………………………………（65）
灿烂的笑容 ……………………………………………（67）
仁者之风巍峙也 ………………………………………（70）
忧郁的黄秋耘 …………………………………………（73）
光年千古 ………………………………………………（77）
喜欢巴金　学习巴金 …………………………………（81）
永远怀念一泯同志 ……………………………………（83）
怀念新疆民族文化的园丁赛福鼎 ……………………（85）
纯洁的文学魂 …………………………………………（87）
悲情的思想者 …………………………………………（90）
永远的巴金 ……………………………………………（102）
他与读者同在 …………………………………………（105）
想念文夫 ………………………………………………（107）
难忘的天云山 …………………………………………（109）
告别两位学者 …………………………………………（111）
子云走了 ………………………………………………（113）
怀念育之 ………………………………………………（117）
追念任继愈先生 ………………………………………（119）
今天格外怀念您 ………………………………………（121）
怀人二章 ………………………………………………（125）
交如水、心如炽 ………………………………………（128）
在童庆炳纪念会上的发言 ……………………………（130）
余光中永在 ……………………………………………（133）

在贝多芬故居 …………………………………………（136）
浮光掠影记西德 ………………………………………（139）
别衣阿华 ………………………………………………（163）
旅美花絮 ………………………………………………（171）

墨西哥一瞥 …………………………………… (228)
橘黄色的梦 …………………………………… (240)
雨中的野葡萄园岛 …………………………… (244)
访苏心潮 ……………………………………… (248)
塔什干晨雨 …………………………………… (276)
苏丽珂 ………………………………………… (281)
访苏日记 ……………………………………… (288)
塔什干——撒马尔罕掠影 …………………… (314)
大馅饼与喀秋莎 ……………………………… (321)
别有风光的堪培拉 …………………………… (326)
佛罗伦萨一夜 ………………………………… (328)
一年的第二个春天 …………………………… (330)
遥远啊,遥远 ………………………………… (346)
安憩的家园 …………………………………… (353)
心碎布鲁吉 …………………………………… (358)
晚钟剑桥 ……………………………………… (364)
蓝色多瑙河 …………………………………… (369)
墙的这一边 …………………………………… (382)
乡居朗根布鲁希 ……………………………… (393)
靛蓝的耶稣 …………………………………… (400)
风格伦敦 ……………………………………… (407)
难忘的格里格故居 …………………………… (417)
远方的海金刚 ………………………………… (421)
战时美国 ……………………………………… (424)
印度纪行 ……………………………………… (427)
访日散记 ……………………………………… (440)
我爱非洲 ……………………………………… (451)
二〇〇四俄罗斯八日 ………………………… (465)

3

二〇〇四俄罗斯八日补遗 …………………………………… （482）
伊朗印象 …………………………………………………… （485）

祭长者——邵荃麟同志

写文章纪念亡者，这还是我生平的第一次。去年我才知道您去世时的情况。被隔离时终夜无眠的咳嗽，死后一年才通知家属，连骨灰也没有领到……您就这样含冤离去了么？

然而我已经见不到您，我到大雅宝胡同您的家，只看到了瘫痪的、丧失了说话能力的葛琴同志。那间曾经和您谈过三次话的客房，只堆放着几件陈旧的杂物。谁能证明，您曾经在这里工作，在这里操劳，在这里接待客人呢？如今，只有一个寂寥的院落，正门是掩死了的。因为，那时，您和葛琴同志还没有作"结论"。

后来，你们终于得到了平反昭雪。还青松以高洁，还橡树以葳蕤，还革命家以光荣，还善良的长者以后辈的追念与爱戴，这就叫做还以本来面目，这就叫做天公地道，这就叫做真理必胜。

我第一次见到您是在一九五七年的春天。您为了筹备那次作家与编辑的关系问题的座谈会而把我找了去。但您更多地询问了我对许多当时文艺界感兴趣的理论问题的看法。您的把"解决"读做"改决"的南方口音使我有时还听不大懂，这更增加了我这个初学写作就捅了娄子的年轻人的忐忑。然而，您的亲切、耐心、平等待人，很快使我安定下来。我发表了我的看法，有些问题自己没有很好地想过或者缺乏这方面的知识，我也照实汇报。您喜形于色，表扬我谦虚，并强调谈了力戒骄傲的重要性。荃麟同志，也许那时是您轻信了？说实话，那时对于谦虚谨慎的重要性，我还远远缺乏深刻认识与身体力行，只不过是，在您这位文艺界的前辈、领导人面前，我没有敢放肆胡言罢了。在您翻译《被侮辱与被损害的》的时候，我还是幼儿呢。

然后是一场翻天覆地的"运动"。我受到的教训，受到的考验都是空前的。然后到了一九六二年，我再一次坐在您客厅的沙发上。"经过了一番惊涛骇浪，我们谈谈心。"您是用这句话开始我们的谈话的，"这些年，我常常和××同志、×××同志谈过你，对你被划为右派，我们觉得很惋惜……"您这样说。是的，直到一九七八年，我才知道了在反右斗争中您力图保护一些人免受不公正的对待的情况，知道您也曾力图保护我。当然，十二级大风吹起的时候，有时您也无能为力，而且，最后您连自己也没能保护住。然而，您的心意仍然温暖着、慰藉着大风里被连根拔起的小草儿们的心。您是一棵老树，把自己摆在防风的前哨上，您努力减轻着树苗和青草的不幸。就在一九六二年的这次会面中，您谈了一系列有关我的工作、创作的设想，您还勉励我要向茅盾、巴金等老一辈作家学习，要学外语，要有大思想家的学识和气魄……回想这些，许多方面我都没能达到您寄予的期望，我愧对您……

然后是第三次，大约是一九六三年的初夏了。山雨欲来风满楼，当时文艺界已经有一种危机四伏的气氛。这个时候，已经第二次决定付印的我的五十年代的旧作《青春万岁》，又面临了新的困难。后来我把清样寄给了您，才十天，您把我找了去，说是您因为感冒在家，把它读完了。您说："你写得真切，你很会写散文。"您说："我的孩子也看了，他说就是这样的。"您说："可如果发表了，会有人提出批评的。他们会说，为什么没有写和工农兵相结合呀……"我说："可我写的是在校的中学生啊……""是啊，是啊。"您沉吟着，"不过，以你的处境，你恐怕经不住再一次批判了……"您忧虑地说。您的忧虑里充满了那么多长者对于后辈的爱护之情，使我热泪盈眶了。您说："先把它摆一摆吧，作家写出东西来，先摆一摆，也是常有的。"您说得对，但我当时也只不过二十八岁，我完全没有估计到我们面临的将是一场怎样的风暴,继一九五七年打出清样便搁浅以后,再一次打出清样"摆起来",这使我颇不好过。大概我的脸上现出这样暗淡的表情了吧?您又说:"不然,由哪个地方出版社出,我也不反对。"看,您又要保护作者,又不希望作品长久被埋没,为了这,您真是殚思竭虑,费尽了心!

一九六二年,您曾经和我面谈过写"中间人物"的问题。您不过是说:"先进人物可以写,中间人物也可以写,把中间人物的转变和成长的过程写出来,也是很有教育意义的。"那一年,我写了短篇小说《眼睛》和《夜雨》,也可以说是写中间人物的一个试验,后来,您这么一句无可非议的话,引起了多少轩然大波?连您曾经翻译过《被侮辱与被损害的》竟也成了罪名。其实,不关心,不同情"被侮辱与被损害的",哪里还会有革命?哪里来的革命者和革命党?"生活像泥沙一样流,机器吃我们的肉……"这不是列宁所喜爱的歌曲吗?从斯巴达克思到攻克巴士底监狱的英雄,从陈胜、吴广到李自成,直到二十世纪中国人民的革命斗争,不都是代表着"被侮辱与被损害的"人们起来抗争么?

虽然有幸几次亲聆教诲,我作为一个年轻人,对于革命前辈、文学前辈的您远远谈不上有什么了解。从头一次见面,我就觉得您身体瘦弱,似乎支持不了您那巨大的头颅。然而,您的思考总是那么周密,判断总是那么明晰,知识总是那么丰富,而用意又是那么善良和宽厚。只是您有一句话,使我现在想来觉得未免太书生气。记得一九六二年您对我说:"前几天××来过,对说他反党,他想不通。这里有一些下意识的东西……"底下,您也没有说清楚。下意识反党,世上还有这样的罪名吗?然而当时,您说的时候和我听的时候都是很郑重,很虔诚的。我们当时还分不清什么是党的批评,什么只是以党的名义扣下来的大帽子。我们只好挖空心思来说服自己去接受一切以党的名义发出的吓人的责难。听说,直到您生命的最后时刻,您还在认真考虑着自己一生对党所犯下的过失,世上哪有这样可爱的

"三反分子"？

　　凡是经过林彪、"四人帮"的浩劫而能够活下来的，都是"命大"的、有福的人，我们的一生将不感到遗憾。因为一九四九年我们曾经上街欢呼蒋家王朝的覆灭，而一九七六年我们又上街欢呼王、张、江、姚的灭亡。历史上能有几次这样的幸运，使一代人两次尽情体验这种砸碎锁链的欢欣呢？在这一点上，我们比荃麟同志，比贺龙同志、陈老总，比彭德怀同志，甚至比周总理也要幸运得多。活着的人因而也承担着更多的责任。老树已经凋谢，曾经接受过它的庇荫的树苗和小草儿，不能不更快地成长起来，不管经历过多少凄风苦雨，每一棵树苗和小草都应该要求自己开出尽可能艳丽的花朵，结出尽可能香甜的果实。因为，我们的党、我们的人民、我们的文艺工作者中间，毕竟有许许多多像荃麟同志这样的长者，他们没有被杀绝，而年幼者又正在生长起来。我们国家的前途是光明的，我们的社会主义文艺事业的前途是光明的。我们有责任以实现四个现代化的成就，以创作上的香花甜果来祭奠那些没有来得及看到这一切，因而尚未完全瞑目的长者同志们。

1979 年 4 月 21 日敬书
发表于《新疆文艺》1979 年第 6 期

一个甘于沉默的人

"要甘于沉默。"这位高个子、黑面孔、眼窝深陷,有一种既操劳过度又精神十足的神气的作家,用低沉的声音,对我缓缓地说。

在我的一生中,得到这样的劝告,这是唯一的一次。谁都知道作家往往是最不甘于沉默的人,最耐不得寂寞的人,他们总是要叫,要笑,要唱,要长太息以掩涕。他们最大的希望就是发出自己的声音,哪怕那声音不像夜莺而像叫驴也罢。

但是他在一九六三年这样地劝我了,因为他当时和我一样,都在噤声五年以后,在重新得到了发出自己的声音的一点点机会以后,又感到了山雨欲来风满楼的气氛。全国的文艺刊物彼此之间十分默契,一九六二年"放"了一阵,一九六三年就收上了,直收到一九六六年,连自己也被收进去了,落了个白茫茫大地真干净的局面,卫生,不传染。

"让咱们沉默,咱们就沉默吧。"他的潜台词里包含着这么一句,他是很听话,很驯顺的,从无二心。"不要因为不甘寂寞而做出下贱事来。"也许,更重要的是这一层意思。十年浩劫中,不甘寂寞的文人丢了多少丑啊!如果他们有这种"甘于沉默"的精神,情况不是会好得多吗?"多做些默默无闻的事情吧!"也许,"甘于沉默"四个字还含着这样一种积极的意向呢。不是么,他"沉默"着,却发现了又帮助了那么多作家,使那么多作家得以引吭高歌,声震云霄!

我碰到的第一个编辑就是他。那时候我刚满二十岁,把自己的处女作《青春万岁》的初稿送到了中国青年出版社,有时候我走过东四十二条出版社的门口,看到一些戴着深度眼镜、微驼着背、斯斯文文、说话带南方口音而且满嘴的"题材"呀、"提炼"呀、"主线"呀、"冲突"呀的编辑,我是怀有一种敬畏之感的。终于,这个出版社的文艺编辑室的负责人接见了我,那就是他。当我知道这位吴小武同志就是鼎鼎大名的受过批判的萧也牧的时候,我却产生了一种对他的怜悯之感。解放初期,我读过他的《我们夫妇之间》,读得蛮有兴趣,后来不知道怎么的就批上了,罪名大概是小资产阶级倾向之类,(天知道这篇小说到底有什么倾向问题!)从此,他就沉默了。到一九五五年我在萧殷同志家里第一次与他见面时,已经有好几年没有见过他的作品了。一个作家而多年失去了发表作品的权利,其可怜与可悲,即使幼稚如当时的我,也是完全明白的。

我现在完全想不起我们的谈话的具体内容了。但我记得,他是用一种深知个中甘苦的、带几分悲凉的口气来谈创作的,他不但懂得创作的技巧,他更理解创作的心理、作者的心理。他深知写作的艰难,他好像多次用过"磨"这个词。一九六二年我们重逢的时候(当然,那时用不着我可怜他了,彼此彼此)他说过:"我只能业余时间写一点,我是搞不成长篇了,一部长篇就磨白了头发。"他的话带着一种苦味儿,谈起创作来他很激动,有时用手势加强语气,他的这种劲头让我感到了他对创作这一门该死的劳动的神往。他向往创作,这是肯定的。尽管创作给他带来了灾难、不幸、死亡……有哪一只鸟不向往天空,哪一条鱼不向往大海呢?

一九五六年,我在北京一个工厂做共青团的工作。那个工厂的青年文学爱好者,请他去一起座谈了一次,此事我事先毫不知晓,当时我也不在场。但后来党委宣传部的一位负责同志(一位很质朴的好同志)却很紧张,说:"怎么咱们都不知道他们就请来了萧也牧!萧也牧是被批判过的,对党是不满的,怎么请来了这样的人?"呜呼,因为他是被批判过的,所以他是对党不满;因为他是对党不满的,所以应该对他进行批判。这种天才的、颠扑不破的、天衣无缝的逻辑有多么荒谬,多么愚蠢,多么残酷又是多么混账!这种逻辑或许至今还有市场的吧?

一九六二年,他曾把他的小说《大爹》的构思讲给我听,谈的时候他的两眼放着光,但他整个的人仍然沉浸在一种凝重、晦气的色调里。他的脸上总有一种"苦相",有一种生理的痛楚的表情。他好像越来越知道写小说是一件"凶事",而他又遏制不住自己。不久,他就提出"甘于沉默"的口号,显然,他已经预感到了一点东西,老关节炎对天气总是敏感的。一九六三年,我去新疆前夕,他到我家表示惜别,我留他吃饺子。第二天,他要了出版社的车把我们全家送到火车站,然后是站台上的挥手,离去。

从此大家都沉默了,中国也沉默了,只有八个样板戏的锣鼓大吵大闹地渲染着新纪元的大好形势。直到一九七八年,我应中国青年出版社之约又来到北京,见到出版社的黄伊同志,才知道也牧同志已经长眠地下好久了。后来,我听一个当时在团中央干校的同志告诉我,也牧同志死得很惨。

中国文人的不幸遭遇确实很多。但解放以后的党员作家而命如此之"苦",如萧也牧者,却也不多。粉碎"四人帮"以后,他本来可以呐喊、可以高歌了,然而,他已不在了——他永远地沉默了。也许,他还有许多话希望健在的同志替他说一说吧?

发表于《雨花》1980年第7期

华老师,你在哪儿?

在我快要满七周岁的时候,升入当时的北平师范学校附属小学二年级,那是一九四一年,日伪统治时期。

我至今记得北师附小的校歌:

北师附小是乐园,
汉清百岁传。
…………
向前,向前,
携手同登最高巅。

第二句的"汉清"两个字恐怕有误,如果这个学校是从汉朝办起的,那就不是"百岁传",而是一千几百年了,大概目前世界上还没有那么古老的学校。

在小学一年级,我们的级任老师(犹今之班主任)姓葛,葛老师对学生是采取"放羊"政策的,不大管。遇到天气冷,学校又没有经费买煤生火炉,以至有的小同学冻得尿了裤子(我也有一次这样的并不觉得不光荣的经历),葛老师便干脆宣布提前散学。

二年级换了一位老师叫华霞菱,女,刚从北平师范学校(简称北师)毕业,二十岁左右,个子比较高,脸挺大,还长了些麻子,校长介绍说,她是"北师"的高材生,将担任我们班的级任老师。

她口齿清楚,态度严肃,教学认真,与葛老师那股松垮垮的劲头完全相反。首先是语音,她用当时的"国语注音符号"(即ㄅ、ㄆ、ㄇ、ㄈ)一个字一个字地校正我们的发音,一丝不苟。我至今说话的发音,还是遵循华老师所教授的,因此,有些字的读音与当代普通话有别。例如"伯伯",我读"bāi bai",而不肯读"bó bo",侦察的"侦",我读"蒸"而不是"真",教室的"室",我读上声而不肯读去声等等。为"伯""磨"之类的字的读法我还请教过王力教授,他对我的读音表示惊异。其实我出生就在北京,如果和真正的老北京在一起,我也会说一些油腔滑调的北京土话的,但只要一认真发言,就一切按照华老师四十多年前教导的了,这童年的教育可真重要。

华老师对学生非常严格,经常对一些"坏学生"训诫体罚(站壁角、不准回家吃饭),我们都认为这个老师很厉害,怕她。但她教课、改作业实在是认真极了,所以,包括被处罚得哭了个死去活来的同学,也一致认为这是一个比葛老师强百倍的老师。谁说小孩子不会判断呢?

小学二年级,平生第一次造句,第一题是"因为"。我造了一个大长句,其中有些字不会写,是用注音符号拼的。那句子是:"下学以后,看到妹妹正在浇花呢,我很高兴,因为她从小就勤劳,她不懒惰。"

华老师在全班念了我这个句子,从此,我受到了华老师的"激赏"。

但是,有一次我出了个"难题",实在有负华老师的希望。华老师规定,写字课必须携带毛笔、墨盒和红模字纸,但经常有同学忘带而使写字课无法进行。华老师火了,宣布说再有人不带上述文具来上写字课,便到教室外面站壁角去。

偏偏刚宣布完我就犯了规,等想起这一节是写字课时,课前预备铃已经打了,回家取已经不可能。

我心乱跳,面如土色。华老师来到讲台上,先问:"都带了笔墨纸了吗?"

我和一个瘦小贫苦的女生低着头站了起来。

华老师皱着眉看着我们,她问:"你们说怎么办?"

我流出了眼泪。最可怕的是我姐姐也在这个学校,如果我在教室外面站了壁角,这种奇耻大辱就会被她报告给父母……天啊,我完了。

全班都沉默着,大家感到了问题的严重性。

那个瘦小的女同学说话了:"我出去站着去吧,王蒙就甭去了,他是好学生,从来没犯过规。"

听了这个话我真是绝处逢生,我喊道:"同意!"

华老师看了我一眼,摇摇头,叹了口气,厉声说了句:"坐下!"

事后她把我找到她的宿舍,问道:"当×××(那个女生的名字)说她出去罚站而你不用去的时候,你说什么来着?"

我脸一下子就红了,我无地自容。

这是我平生受到的第一次最深刻的品德教育。我现在写到这儿的时候,心里仍怦怦然:不受教育,一个人会成为什么样呢?

又有一次修身课考试,其中一道答题需有一个"育"字,我头一天晚上还练习了好几次这个"育"字,临考时却怎么也想不起来了,觉得实在冤枉,便悄悄打开书桌,悄悄翻开了书,找到了这个字,还自以为无人知晓呢。

发试卷时,华老师说:"这次考试,本来有一个同学考得很好,但因为一些原因,他的成绩不能算数。"

我一下子又两眼漆黑了。

又是一次促膝谈心,个别谈话,我承认了自己的错误,华老师扣了我十分,但还是照顾了我的面子,没有在班上公布我考试作弊的不良行为。

华老师有一次带我去先农坛参加全市中小学生运动会,会前,还带我去一个糕点铺吃了一碗油茶、一块点心,这是我平生第一次下馆子。这种在糕点铺吃油茶的经验,我借用了写到《青春万岁》里苏君和杨蔷云身上。

运动会开完,天黑了,挤有轨电车时,我与华老师失散了,真挤呀,挤得我脚不沾地。结果,我上错了车,我家本来在西四牌楼附近,我却坐了去东四牌楼的车。到了东四,我仍然下不来车,一直坐到了北新桥终点站……后来我还是找回了家,从此,我反而与华老师更亲了。

那时候的小学,每逢升级级任老师就要换的,因此,一九四二年以后,华老师就不再教我们了。此后也有许多好老师,但没有一个像华老师那样细致地教育过我。

一九四五年抗日战争胜利以后,国民党政府在北平号召一部分教师去台湾任教以推广"国语",华老师自愿报名去了,据说从此她一直在台北。

日前我得知北京师大附小的特级教师关敏卿是当年北师附小的"唱游"教师,教过我的。我去看望了关老师,与关老师谈了很多华老师的事。关老师在北师时便与华老师同学。后来,关老师还找出了华老师的照片寄给我。

华老师,您能得知我这篇文章的一点信息吗?您现在可好?您还记得我的第一次造句(这是我的"写作"的开始呀)吗?您还记得我的两次犯错误吗?还有我们一起喝油茶的那个铺子,那是在前门、珠市口一带吧?对不对?我真想念您,真想见一见您啊!

发表于《散文》1983年第7期

安息吧,鞠躬尽瘁的园丁

——悼萧殷老师

　　我终于记起来了,那院子不是八号而是六号,赵堂子胡同六号。在那里,文学的殿堂向我打开了它的第一道门,文学的神祇物化为一个和颜悦色的小老头,他慈祥地向我笑,向我伸出了温暖的手。一九八三年八月的最后一天,当我从电话里得知萧殷同志去世的消息以后,我像傻了一样苦苦地把思想凝聚到一点:那院子究竟是几号呢?

　　那是一个清洁的小院子,窗前有许多花。一九五五年春天,只有二十岁又半的我惴惴地推开了赵堂子胡同六号的门。屋里坐着的还有高大、驼背、目光深邃的吴小武,他是当时中国青年出版社的文学编辑室负责人。他们把我的处女作——《青春万岁》的杂乱的草稿拿给萧殷同志看了,并安排我与萧殷同志见一次面。萧殷同志满脸皱纹,笑嘻嘻地、用至少有百分之十是我听不懂的广东味的普通话与我说话,话中有欣慰也有叹息。而且从第一眼我就看出来了,他的身体不好。

　　"……艺术感觉,这是很不容易的……周小玲说李春(均为《青春万岁》中人物)说话有复杂的文法构造,这话很有趣,人物是活的……很难集中起来……我也总是想搞创作,搞创作的人从读者那里不仅得到理解,而且得到爱……看了你的作品,叫人感动……虽然片片断断,但是发光……"

　　总之,我明白了,我已经走到了文学的道路上,虽然这道路是那么艰难,简直无从下脚,无从下手。在《青春万岁》的初稿里我真诚地写下了我对生活的种种感受,然而它还不像一部小说,更不像一部长篇小说,我自己也知道。为了使它成为小说,还需要结构,还需要情节,还需要……什么来着?萧殷老师说了:"关键问题在于主线……"主线这个词儿我还是第一次听到,伟大神秘、令我神往又令我气馁的小说主线啊,我到哪里去找你?

"我身体不好,这部稿子我看了一个多月,它零零散散,但却能吸引我读下去……"

谢谢您,萧殷老师!

这次谈话的最后,萧殷老师把他的一本与青年习作者谈创作的小册子送给了我。说也好笑,在一九五三年初冬开始动笔写《青春万岁》的时候,我从来没看过这一类的书,我连一期《人民文学》也没看过。我当时已经是团区委的副书记,我要开很多会,写很多请示报告和工作总结,而爱好文学,大量阅读文学书刊却是童年的事。萧殷同志送给我的这本书,是我解放以后读的第一本这样的书,我只觉得生动具体,字字珠玑,我从来没有想到过写小说还要考虑这么多,要从生活出发,要写人物性格,要突出性格特点并运用艺术夸张,"没有艺术夸张便没有光彩"。对,萧老师是这样对我说的:"不要搞什么抢题材。"多大的学问,多丰富的经验呀!

从此,我成了赵堂子胡同六号的座上客,萧殷同志不仅对《青春万岁》的修改作了许多指点和鼓励,而且,终于在一九五六年初,他通过中国作家协会青年工作委员会给我请到了半年创作假。

在讨论《组织部新来的青年人》的日子里,萧老师也写了文章。与别的文章不同的是,萧殷同志的评论文章不仅分析了作品,还站出来维护了作者,他特别热情地肯定了作者的政治品质。为了这篇小说的事,我带病坐一辆三轮人力车去看他。"你要用一点'鼻通',那对治感冒很有效。"他说,又留我吃饭,并特别介绍说:"我们炒菜用的是广东出产的蘑菇酱油……"

谈话中涉及到一位被批判过的作家。"我向来是实事求是的。那位作家说过什么话，我听见了，但我不认为那是反党性质，我就坚持说，那些话里并没有反党的意思，你要那么理解是你的事情……有的人，一会儿说是问题严重，一会儿又说是没问题，把什么都否定了……这种人真是品质成问题！"

我不知道这些事的内情，而且，说来太惭愧了，在一九五七年春天，听到萧老这样谈的时候，我竟体会不出这是指一种什么样的人，这又是一种什么样的品质问题。当然，后来懂了，而且为我的"不懂"付出了高昂的代价。

当"扩大化"的斗争终于波及到了我自己头上的时候，我还去过一次赵堂子胡同六号。萧殷同志极力劝慰我说："不要着急，特别是文艺的问题，比较复杂……"又能说什么呢？于是我们谈起了热带鱼。萧老送给了我两条（四条？）热带鱼，我拖着沉重的步子，带着欢快的小鱼，与赵堂子六号告别了。

后来我就不便、无颜去看萧老了。

大约是一九五八年吧，我才知道萧老迁到广东去了。

直到一九七八年，粉碎"四人帮"的春雷响过，"实践是检验真理的唯一标准"的春风开始在大地上劲吹的时候，我试投了一封致萧老的信。回信很快就来了，那是一封欢欣若狂的回信，"王蒙来信了，王蒙来信了……"他说，他大叫着把这个消息告诉他的妻子陶萍同志，告诉他的友人。那种洋溢的热情和师情，使我泪下。

他当时正在编《作品》文学月刊，《最宝贵的》便是应萧老之约寄去的。

《青春万岁》在历时二十余年之后，终于在一九七九年第一次出版了，我想，萧殷同志的心情绝不会比我平静。我多么想请他为这本晚出的书写一篇序言啊，然而他告诉我，他身体已经不行，力不从心了。

……这些年来，我是多么忙啊！我是怎样地对萧老疏于问候了啊！有多少老同志、老前辈、老同学，包括自己的多少亲属，我欠着他们多少感情的债、问安的债、通信往来的债啊！繁忙会使一个人变得无情么？人们能够理解，能够原谅一个繁忙的人的常常来不及表达他的思念和问候么？人们能够相信，我仍然一样地惦念着他们么？

今年年初，我与妻子去广州的病院探望了卧床已久的萧殷同志。当他用枯瘦的、我要说是冰凉的手握住我的手的时候，当我告别的时候，萧老哭了，我已意识到了，这便是永诀。从那时起，一提起萧老我就长吁短叹。

安息吧，萧殷老师！那时候您其实还没有我现在的年岁大吧？当年您在赵堂子胡同六号接见的那个青年习作者，还有许许多多您关怀培养过的青年习作者，以及许许多多从您的著作中得益的过去的和现在的青年人，正把您对文学事业的热望和对青年一代的关怀化为祖国社会主义文学蓬勃发展的现实，我们终于迎来了社会主义文学的春天。我们永远不会忘记您这位辛劳的、鞠躬尽瘁的园丁，永远！

　　　　　　　　　　　发表于《羊城晚报》1983年9月8日

何期泪洒"江南"雨

报载:以笔名江南撰写《蒋经国传》的美籍华人刘宜良,十月十五日上午九时半准备开车去他在旧金山开设的商店上班时,遭预先埋伏的凶手开枪杀害,身中三弹。噩耗传出,在美国华人社会引起极大震动。

美籍华人作家刘宜良(笔名江南)先生被暗杀的消息把我惊呆了!我想起他的谈笑风生、敏捷干练的神采举止,我想起他的妻子崔蓉芝女士的谦和端庄的笑容,想起他的戴眼镜的听话的小儿子和英俊的大儿子,想起他的依傍着太平洋的二层楼房:他的客厅里的鱼缸和讲究的音响设备,他的书房里的三教九流的书,他的卫生间里铺着的橘黄色的人造纤维地毯。我也想起他经营的坐落在旧金山旅游区——渔人码头的工艺品商店,那店里的墙上挂着多少精致美妙的烧瓷碟子啊!当他被杀害以后,这一切会怎么样呢?

我是在一九八〇年八月首次访问美国的时候,在华裔女作家陈若曦的家里认识江南的。陈若曦介绍说,他是从台湾来的,现在还开着店,是一位热情好客的朋友。果然,江南与我一见如故,他提出来愿意充当向导,第二天陪我游览旧金山。我接受他的好意,第二天,乘他的车游览了红杉林、金门大桥、"飞人"海滩、海洋博物馆等许多地方。我们在他家吃了方便面,在冷饮店吃了巧克力草莓冰激凌,在日本花园游玩并到一个日本茶室饮茶,最后到伯克利的一个中国饭馆吃晚饭。他指着汽车上的里程表告诉我说,我们一天跑了五百多英里。他可真是个热心人呀!

一九八一年,他和妻子、小儿子一起回国旅游,我们在北京又重逢了。我总算也略尽了地主之谊。

一九八二年,我访问墨西哥前,以旧金山为中转站,就住在江南的家里,住在他的书房里。书房里有一个沙发,晚上拉出来便成为一张床,睡起来蛮惬意。崔蓉芝每天晚上和清晨都倒一杯鲜橙汁放在书房的桌子上款待我,可算殷勤周到了。

由于住在他那里,可以切近地观察他的生活,更知道他有过人的精力:每天起早贪黑,精心经营他的工艺品商店,同时还不停地看书看报,不停地说话,对天下大事、国家大事一直到生活琐事发表评论,而居然与此同时每天不忘听音乐、看电视。他的妻子确实是贤内助,每天与他一起到店里上班,很晚才回家,还料理一切家务,而且永远是那么温和有礼。他们的生活节奏之快,是国内的人们难以想象的。

江南有相当大的政治兴趣,但他的兴趣主要在观察评论方面,看不出他有意参政。同时,他显然不是社会主义者,连对社会主义有好感也谈不上。他深知台湾当局的腐败,深知蒋氏统治的弱点,深知台湾的现状是毫无前途的。他对台湾当局的抨击确实激烈,而且打中痛处。他深知历史的必然是祖国的统一。同时,他对祖国大陆上的种种消极现象,"骂"得也是不亦乐乎,有时候我听着都很"扎耳朵"。相反,他对美国的一切,从政治制度到商业经营到音乐歌曲到电视,倒是颇多溢美之词,很少批评。我看他确是一个地地道道的既关心祖国,也诚心诚意地忠于美国的华裔美国公民。

他很喜欢在台湾多次被监禁的作家李敖,一九八二年,李敖在台湾某报上写了一篇文章,为一位因犯有"抢劫罪"而被示众枪决的国民党老兵鸣冤叫屈,文章写得声泪俱下,江南夫妇推荐我看这篇文章,不住地说:"棒极了!棒极了!"

江南还告诉我关于李敖的两件事。第一,李敖认为中国文人的一大弱点是不会赚钱,不会赚钱便无法自立独立,造成了文人的软弱性,而李敖会赚钱。第二,李敖在近一次出狱后,蒋经国曾经约见他,被他拒绝。李敖并公开声明他与蒋素不相识,无交道可打。从江南对于李敖的评述中,不难看出江南自己的脾气与观念上的一些特点。

江南很喜欢祖国大陆作家张弦的作品,他读了他的《未亡人》《剪不断的红丝线》《被爱情遗忘的角落》等,赞赏备至,一再让我向张弦致意,并说如张弦有机会访美,一定要到他那里做客,他愿竭力招待。可惜,他还未获机会与张弦晤面就含恨而去了!我倒是介绍了杨沫、黄秋耘等我国作家与他联系,他都热心接待。他是一个重友谊、讲义气的人,同时又很精明。一九八二年我见到他时,他正为自己的工艺品经营扩大业务,开设分店,生意相当兴隆。在美国经商,可不是一件容易的事呀!

我曾劝告他多加小心。因为陈若曦女士曾告诉我由于江南对蒋氏多有批评,台湾警方对他相当忌恨。江南总是哈哈大笑:"在美国,他们不敢!"看来,他虽然精明过人,却还是吃了麻痹的亏。

江南的被刺使我目瞪口呆,觉得不可思议。怎么能下这样的毒手!怎么连这样一个赞成祖国统一但又对海峡两岸都批评得相当厉害的、接受美国的一套价值观念的非左派人士都不能容?这种蛮横、残忍和愚蠢即使对于恨他的人也是害多利少呀!世界发展了,历史发展了,中国也发展了,难道那种以为靠恐怖行为可以阻挡历史潮流的衮衮诸公,就不兴有一点长进?

江南的死只能激起海内外华人的更高的爱国统一热潮,江南的血不会白流。江南的活跃的身影与锐利的谈锋将不会就此消失,刽子手和他们的主子将无法逃脱正义的审判。我真盼着能立即飞到旧金山,赶到达利市,向崔蓉芝和他们的孩子们表示我的诚挚的慰问。

发表于《瞭望》1984年11月15日

满面春风的克里木·霍加

在一九六三年底我举家西迁新疆的时候,我以为克里木·霍加正"红"得可以,他的歌颂祖国的《柔巴依》被一些报刊转载,长篇的评论文章称颂他的诗歌创作。

我是怀着崇拜而且羡慕的心情来见他的,却发现他活得正狼狈,里里外外传播着他的"问题"。越是知名度高的作家诗人就越要成为众口所铄的对象,毁损比自己高明的人可能会带来一种特殊的快感,向大诗人发威风当然证明自己比一切诗人更高大,这大概也是"踩在巨人肩上"的新解吧!那样的年月给各族诗人留下了一条光明大道,叫做坦白从宽,叫做低头认罪,克里木·霍加还当众被宣布过一次"宽大"呢。

克里木·霍加长着宽宽的脸庞,自来弯曲的绝妙的头发,眼珠亮亮的,透着聪明。他幼年生活在甘肃酒泉,汉语汉文与维吾尔语维吾尔文一样好。他能用两种语言文字写诗,当然,就是说能用两种文字写检讨和"交代材料"。他的妻子高合丽娅是金发的塔塔尔美人,好客又好花钱,从来都是满面春风。他们有好几个孩子,给人印象最深的是大女儿的名字:Dildar,"心上人"的意思,它的发音使我想起北京人形容不稳定的悬垂物体的土话:dilerdaler。这一家子对于我来说有一种特殊的友好的魅力。也许是惺惺惜惺惺的缘故吧。

后来我去伊犁的公社劳动锻炼。他从六十年代中期就被挂到那里,"文化革命"一开始,便成了真正的"黑帮"。在批判他的传单上说,他写过一首诗叫《白天鹅飞去了》,革命小将们据理力批道,白天鹅飞到哪里去了?是不是叛国投敌了?批得真地道。

这样,到了七十年代初期我们一起去乌拉泊"五七干校"的盐碱地上浇水的时候,我发现他仍然那样魁梧健壮、健谈幽默,不免喜出望外。当然,经过"洗礼",他的眼珠更善于左顾右盼了,他的口头禅里多了一些"罪行""丑恶面目""臭知识分子""要害""恶毒""牛鬼蛇神""放毒""腐烂透顶"之类的美妙词眼。他用这些词眼装扮自己,也用这些词眼与同命运的诗人作家——如铁依甫江等相互赠答酬谢,一唱一和,投桃报李,投"恶"报"臭",你说我是"恶毒攻击",我说你是"丑恶面目",你说我是"罪该万死",我说你是"罪恶滔天",你说我是"老狐狸",我说你是"翘尾巴",倒也轻车熟路,热烈友好,有来有往,如鱼得水。而且无时无刻不做认罪状,永恒低头,无懈可击。令人惊异的适应能力与生存能力,同样令人惊异的是个别说来足以吓死活人的那些"美好"词眼,织成一个网后竟如白云轻纱、霓裳羽衣,穿起来飘飘欲仙,笑声不断,真是一种不露痕迹的、令人一恸更令人抚掌大笑的嘲弄。

这样,我就完全明白"四人帮"的倒台在诗人心里掀起怎样的浩荡东风!他对"四人帮"的一套进行了政治的、道德的、艺术的批判,他的忧愤是深广的。他歌唱第二次解放,歌唱新时代的春天,他的歌声是真诚的。

就在他重新引吭高歌的时候,传来他得了癌症的消息。文章憎命达一至于斯,天将绝斯文乎?然而,这一关他也闯过来了。我又见到了他,病后,他清瘦一点了,然而手术是成功的,然而他精神奕奕,情绪高涨,满面春风。病后他还出访了欧洲和阿尔及利亚,这几年,更是走在康复的大道上了。

由于他的汉语水平高,他还做过大量翻译工作,择其要者有毛主席诗词、周总理的诗,还有值得大书特书的将《红楼梦》译成维吾尔文,当然,都是与其他同志合作。我祝贺他的诗集汉译本出版。我祝愿他越活越健康越多产。人无完人,此兄或有细病,但只要我们从国家从民族从文学从团结的大处着眼,我们不难看出他是个可爱的好人,好诗人。

发表于《文艺报》1988 年 3 月 26 日

哭 老 铁

——并哭鲍昌、莫应丰

我没有想到这一个蛇年开始得这样凶险,死神突然不容分说地降临到一批正在英年的作家身上。

铁依甫江是我所知道的第一个维吾尔大诗人。他写的歌颂朝鲜人民的诗《当我看见山》感人至深。还听说早在十六岁,他的第一本诗集即在苏联的中亚地区的一个加盟共和国出版了。我是怀着羡慕和崇敬的心情来面对铁依甫江这个名字的。以至于凡是遇到我喜爱的维吾尔族歌曲,例如《伟大的园丁》《迎春舞曲》……我都认为是铁依甫江作的,为老铁争著作权而和别人辩论。当别人以确凿的证据证明某个歌词并非老铁所作时,我则怅然若失。

六十年代初期命运使我成为新疆文联铁依甫江的同事,当时的老铁有不低的级别待遇,却又在政治上极不受信任。先是不停地让他去学习,接着便进行相当规模的批评。有一次批评他的一首未发表的诗《基本上的控诉》。老铁在诗里说,"基本上"三个字被滥用了,明明把事情搞糟了,偏偏说什么"基本上"是成功的啦什么的。诗里还有一句话,讽刺吹牛皮放大炮的人,说他们是"用舌头攻占城池的勇士"。这句话被认为非常"恶毒"(或者说是非常精彩),说老铁攻击了"大跃进","罪该万死"。

老铁是名诗人。更是名"运动员"。从五十年代后期以来,一搞政治运动就要批评他,来头很大,人人得而攻之得而侮之。确实许多人是响应号召来批他的,但确实也有几个人通过毁损比自己智商高许多成就大许多的名人感到一种特殊的快意,以弥补自己卑琐的生命与愚鲁的头脑带来的自惭形秽的空虚。我到新疆以后才知道,铁依甫江是打入"另册"的人,是人们嘲笑和贬斥的对象。

老铁学会了做检讨,所以每次运动都能化险为夷,又因为诗名赫赫,运动了半天还是著名诗人、十三级干部老铁。而不管怎么运动怎么检讨怎么贬斥,铁依甫江始终是二目炯炯,面带笑容,身强力壮,谈笑风生。他的笑话永远被传诵,他的笑话集中起来又成为运动中的"罪行"。承认并批判了"罪行"之后他被宽大,宽大之后再说新的笑话。幽默感是老铁的基本功能与基本品质。没有幽默感老铁不可能活到今天。没有经历过老铁的坎坷的人无权对老铁的善检讨与多幽默进行非议。

"文化大革命"中老铁过不去了,被说成敌我矛盾,下到农村当农民。据说老铁仍然活得不错。他小时候读过伊斯兰教的经文学校,懂经文——阿拉伯文,也懂一些波斯文与俄文。据说在农村他成了衣麻穆——经师,到处念经,并受到农民宰羊屠牛的招待,不知是不是事实。

旋即老铁被落实政策召回,旋即成了受宠的人物。于是又有人侧目而视。我在一九七三年以后也通过铁依甫江的美言争取了自己的处境的些微改善:如可以不去坐班,可以更多地读书、翻译与写作,虽然没有写成什么,但是老铁没有拒绝向我伸出援助之手。这也算惺惺惜惺惺吧,谢谢你,老铁哥!

"受宠"以后便要写一些应时的诗。我还译过几首他的这种无价值的诗。后来情况又变了,老铁又不那么"受宠"了。后来"四人帮"就倒了。

老铁和我都为他写我译的竟是那种口号诗而遗憾。"四人帮"倒台以后我向他建议,写十首真正有感情的诗吧,最好是爱情诗,我给你译。他很赞成,但终于没有写出来。青年诗人——天才——可疑分子——运动员——敌我矛盾——落实政策——宠臣——非宠臣……走完一遍这样的路,还写得出爱情诗吗?

写不出爱情诗他也不能死!他幽默、健康、坚强、大度,他死不了!在乌拉泊"五七干校"的碱地上,他干起活来像一头牛一样,打土坯,打馕,盖房,浇水,收割,他一个人顶三个人,可不像后来的某些诗人那么娇嫩自怜。所以,当一九八七年听说他也得了克里木·霍加一样的病的时候,我不能相信。一九八八年夏天我去新疆驻京办事处看他,他刚动完手术,他清瘦了一点,又掉了许多头发,是因为放疗化疗的缘故,但他仍然不停地说着打趣的话。

甚至一九八九年一月的最后诀别,在301医院,即将回疆度过自己的最后的屈指可数的日子的衰弱的老铁仍然不忘开玩笑。老铁向赛福鼎同志介绍一九八○年我们在一起时开的玩笑。那年我们同车去鄯善县,铁依甫江受到农民的热烈欢迎。农民们不仅用吃喝,而且用朗诵自己的诗作来欢迎他,他也用诵诗答谢农民。维吾尔民族是一个诗的民族。老铁这样的诗人精英并没有用疏远乃至敌视大众作为自己"确属精英"的标志或代价或证明,这使我非常佩服,也羡慕。老铁访问一位大嫂时,大嫂送给他几棵白菜。我调侃说:"真是人民的诗人啊,所以要吃人民的白菜!"老铁为之喷饭,并引用转述这个故事来作为他与他的在京的故人们的诀别……

而这样的诗人死了,克里木·霍加也死了,两个人同样的命运,同样的病。这是真主给维吾尔的最有才华的诗人的安排吗?我离开新疆十年,哈萨克族作家郝斯力汗、马合坦死了,维吾尔族评论家帕塔尔江死了。然后是这两位出色的诗人。所有这些人都是刚刚五十多岁就凋谢了。遥望天山,欲哭无泪!让我们再回到"五七干校"去吧,我们一起夜班浇水——当然,是你们帮我干了许多活,我们轮流抽莫合烟与阿尔巴尼亚香烟。我们用各种警语妙语谐语来互相安慰解脱,曲折地表达我们的心意。那样的生活,不是很幸福吗?只要人平安,只要人长久!

打击还不仅是这呢。莫应丰,五十一岁逝世。就在铁依甫江逝世后的当天十几个小时以后,千不该万不该,鲍昌也走了。这些历经坎坷的中年作家!这些刚刚过了三天半好日子正要大展宏图的中年作家!这些两肩挑着重担的中年作家!这是怎么了啊?

春节中接到身患偏瘫、已有好转的刘绍棠的来信,信中说:"惊悉鲍昌突患恶疾,更为心冷。难道吾辈兄弟气数将尽乎?比我们老的活得寿长,比我们小的活得自在,羡煞人也……"

现在还能说什么?天啊,真主啊,叫也白叫吗?

发表于《文艺报》1989年3月4日

富有兄长之风的苏策

一九八二年底,我应邀去西沙群岛,向海军驻岛部队学习。同行的有云南部队的老革命、老作家苏策同志。我有机会在十几天的时间中与老苏同志在一起,深为他的气质和风格所感动。

苏策同志人高马大,是领导干部,又是作家,但他绝无丝毫的凌人盛气,给人的最深刻的印象是他的亲切、随和、朴实无华。他更像是一个兄长,一个长兄,一个在家乡承担着家庭与生活的重担的老大哥。一路上,他艰苦朴素,廉恭克己,处处把方便让给别人,把困难留给自己。走到哪儿,他都注意了解各方面的情况,不论对谁,他都十分尊重体谅人家。

我们当然也有许多谈话的机会,谈部队生活,谈祖国海疆,谈文艺理论文艺状况与文坛掌故,反正不论谈什么,他都那么实实在在,有啥说啥。我要说,他是"天生就"的"不唯上、不唯书、只唯实"的唯物主义者,与他交谈令人愉快。

我也读过他写的一些小说,同样是修辞真诚、有感而发、扎扎实实之作。

他是辛勤的耕耘者,他是一个实实在在的人。

愿这位兄长健康愉快,笔耕不辍,七十岁正是写作的好时候,好文章还要等老将出马呢!

发表于《云南当代文学》1991年第8期

怀念刘力邦同志

一九五〇年四月,我从中央团校毕业,住在东长安街团市委的集体宿舍——当时有家也不肯回家住——等候分配工作。在团校上了那么多课,这段时间我又读了加里宁的《论共产主义教育》,读得心潮激荡,摩拳擦掌,只想赶快投身团的工作,一显身手。

没有多少天,通知我去新民主主义青年团北京市东四区工作委员会充当学校工作干事。我们的书记是刘力邦同志。

那时候我实足年龄才十五岁零七个月,一个十足的人小心大的革命家。刘力邦同志比我大十多岁,当然在我们的心目当中她就是老大的大人了。她是我解放以后从事青年团的工作以来的第二个上级。第一个上级是我去团校学习以前在中学委中心区委时候的领导周世贤同志。

我很快就在心里把两位领导比较起来。两位的工作热情与抓紧思想工作是全无二致的。不同之处是,周世贤似乎更喜欢进行思辨的分析,而刘力邦更能抓紧日常的工作。刘力邦是女同志,她更使我感到亲切,像是自己的亲人。

那是一个光明的年代,大家都废寝忘食地工作着。刘力邦更是除工作以外不知有他。她的特点是对上级的指示细心领会,一丝不苟,逐字逐句,推敲论证。任何工作都抓得紧而又紧,不讲空话,专抓落实,细致具体,不辞辛苦。她什么时候都拿着笔记本,不论是上级指示还是下级汇报,她都不厌其烦地记录下来,她好像从来不知道什么叫应付凑合;不知道什么事可以马虎一点放松一点。她喜怒形于色,从不掩盖自己的感情,而这一切喜怒哀乐又都是为了工作,出以公心。她"赏罚分明",为工作毫不客气而又热情满怀。那个时候除了工作大家做得最多的就是开展批评与自我批评,互相提意见,互相帮助提高思想,克服小资产阶级的坏毛病。力邦同志提起意见来总是那么中肯、详尽、认真、苦口婆心、循循善诱。对于工作好的同志,她是喜形于色的,她从不吝惜对这些同志的关心和鼓励。对有毛病的同志,她也决不温吞,该说什么就说什么,不怕为此得罪谁。

当时,由于我们团区委的干部平均年龄太小,颇令一些人有看法,说我们是娃娃兵什么的,这样多少影响了领导方面对青年团的工作重视。为此,力邦同志常感恼火。有一次力邦同志不无激动地与人争辩说:"虽然他们年龄小,然而这么多工作就是这些小青年做的呀!"

力邦不但珍惜自己的工作荣誉,也同样地重视我们这个年轻的集体的荣誉。她把她的心血和情感全部投入到工作里去了。她怎么能容忍那种对青年工作轻慢的态度呢?她在这一类问题上不谙世故,不讲含蓄,不惜与人交锋。

我当时是最年轻的一个。力邦同志对于我的态度是有矛盾的。她不讳言她很欣赏我的各种分析与见解,欣赏我的语言与文字能力。但同时,她常常对于我的丢三落四、马马虎虎感到恼火。(我想这和年龄有关,日后长大,虽然也有上述情况,总的来说远没有当年那么严重。)她的欣赏与她的恼火我都十分清楚,我也完全接受她的意见,只是在改正自己的弱点方面,见效很慢。

一九五〇年秋天,我就我区中学的暑假生活给《北京日报》写了一篇通讯稿。力邦同志看了,立刻喜形于色,连连夸奖,而且立即背诵起文中的一些她认为写得比较优美的词句。我当然也高兴,就把文章寄出去了。这是我解放以后第一次给报纸投稿。过了几个星期,报纸以简讯的形式从我的文章中选出了几句话,有那么六七行吧，给发表了。报纸当然要求的是"干货"，所以它们只用了具体的一点报道，而把我的文学描写砍了个一干二净。无论如何，这件事还是给我留下了深刻的印象。也就是说，刘力邦同志是最早发现我的"文学才能"的人之一，早在四十多年以前，她就是我的知音了。

一九五三年，我们即分手在不同的岗位上工作了。五十年代后期，命运使我走上了完全不同的道路。我们中断了联系，但我还是常常想起她来。想到有这样一位关心我爱护我毕竟也还是了解我的领导同志在北京，使我感到温暖。我们没有机会就一些敏感的问题交换意见，也不可能事事都执同样的看法，但是我始终相信，力邦是关注着我的情况的。这种想法也有助于我度过那艰难的时光。这样，当"四人帮"终于覆灭，我们国家的政治生活与文艺生活出现了新的转机以后，我立即想起了要给力邦同志写一封信。这几乎像是还了我的一个愿，在困难的日子时我总觉得我对像力邦同志这样的好同志有一个义务，我不能沉沦，我不能虚度光阴，我要拿出点成绩来报告给他们。

一九九三年春节，王晋同志给我打电话，告知我力邦同志离我们而去的消息。我惊呼起来，这怎么可能？她从来都是那样精力旺盛，干劲充沛，怎么能说走就走了呢？她真是鞠躬尽瘁死而后已了。

天若有情天亦老。今后还会出现力邦同志这样的执着而又透亮的革命工作者吗？我还能遇到这样的人么？

发表于《北京政协》1994年第2期

夏衍的魅力

在大六部口那个漂亮的四合院和陈设简陋乃至寒酸的房间里,我们从来只谈国家、世界、文艺大事。我说:"上星期三,报纸上有一篇重要的报道……"

他说:"噢,不是星期三,是星期四。"

我为他的水晶般的清晰吓了一跳。因为他是夏衍,比我大三十四岁,他加入中国共产党的时候距离我出生人世还有七年。

他永远是那么敏捷,条理,言简意赅,不打磕巴儿,不模糊吞吐,不哼哼哈哈,节奏分明而又迅疾,应对及时而又一针见血。他的这些特点使你不相信他是一个九十多岁的人。

如果是第一次见面,你也许会为他的瘦削而吃惊,他这个人也像他的思想、语言一样,删除了一切枝蔓铺排,只留下提炼到最后的精粹。据说他从来没有达到过五十公斤,在他的生命晚期,他大概只有三十公斤体重。

然而,他总是明白透彻,一清见底。

他当然是绝对的前辈,然而他从来不摆前辈的谱。他早就担任高级领导职务了,然而他从来不拿哪怕是一点点官架子。说起待遇,他说五十年代有一回他出差到某市,当地按照他的级别给他安排了房间,"那房间大得太可怕。"他说的时候似乎还"心有余悸"。八十年代初期,有一次邓友梅同志称他与另一位担任领导职务的老作家为"首长",他立即打断,说:"不要叫首长。"

他真诚待人,渴望吸收新的信息,对一切新的知识新的动向感兴趣,而且像青年人一样的幽默,在这方面,他永远不老。

我第一次听他讲话是他在第四次文代会上致闭幕词。与一些官样文章不同,夏老语重心长地讲了反封建与学科学,字字出自肺腑,字字是毕生奋斗经验的结晶,寄大希望于年轻人,令人感奋不已。

对各种问题他常有独具慧眼的卓识,例如他说过,建国后前三十年的最大失误是没有搞计划生育。你听了会一怔,再一想实在是深刻;甚至连"文化大革命"这样的骇人听闻的错误也是可以事后在某种程度上予以弥补和纠正的,人一下子多出来了好几亿,谁有本事予以"纠正"呢?从此,世世代代,后人们就得永久地背起这多出的几亿人口的包袱——后果了。

华艺出版社一九九〇年出版了一个《当代名家新作大系》。出版社领导要我求夏公给写个序。考虑到夏公的高龄,我起草了一个提纲供他参考。夏公给我写了一封信,说是各人文章写起来风格不同,捉刀的效果往往不好,他无法使用我代为起草的提纲,他自己一笔一画地另外写了颇有见地而又清澈见底的序言。他还对一个我们都很熟悉的朋友说:"按王蒙的那个提纲去写,人家一看,就是王蒙的文章么,怎么会是夏衍写的呢!"就这样,他老人家把我的提纲"枪毙"了。但可能是为了"安慰"我,他声称他的序言里已经吸收了我的提纲。我也就假装得到了安慰和鼓励,心中暗暗为老人喝彩叫绝。

提起文艺界某些小圈子现象,夏公不火不怒地笑着说:"我看他们一个是'鲁太愚',一个是'全都换'。"他用了韩国两位政治家的名字的谐音,令人忍俊不禁。当然,请韩国朋友们原谅,这里绝对没有对韩国政治家不敬的意思。

然后他又俏皮地说:"有些人现在是分田分地真忙了,但是谁知道分了地后长不长庄稼?"

他莞尔一笑,觉得有趣。

他的话传出去了,其实挺厉害。

但我从没有看到过他为了小人得志的事儿发怒,他也从来不向我抱怨诉苦,哪怕是老年人的生理上的病痛。他也从不炫耀自夸什么,从无得意洋洋之态,正如从无怨天尤人之语。他从不谈个人,也不说任何个人的坏话。对于个人之间的亲疏远近恩怨,他一贯认为是小问题,这样我也就不好意思向他抱怨任何人,包括被抱怨了绝对不会冤枉的人。同样,我也从不与他谈我个人处境上的风波,不管风波已经到了什么程度。在我们的频繁接触中,从来没有为个人的事互相关照或者求助。"稀粥事件"他也略表关心,他当然有他的倾向,但是他坚持认为,这只是小事一桩,不足挂齿。上述的"夏味幽默"中的讥讽意味,对于他来说,也就算是到了顶了。他自己还是高高兴兴地过日子。每天他细细地看书看报听广播,只关心大事。

小事当然也有,例如养猫与观看世界杯足球比赛实况转播。七十年代初期,与世纪同龄的他居然半夜里起床看球并如数家珍地有所评论,这真是一绝。

在大六部口住所的院落里,有两棵丁香树,一紫一白。一九九〇年开花时节,我去赏花,打从年轻时候我就喜欢丁香。夏老那天也高兴,扶着拐杖出来看花,看小猫在房上跑,他还兴致勃勃地说是它也喜欢石榴花。那场面很像是一幅水墨"新春行乐图"。

人老到一定程度,会有一种特殊的美:那是无限好的夕阳,个性已经完成,是非了如指掌,经验与学识博大精深,知止有定,历尽沧桑,个人再无所求,无欲则刚,刀枪不入,超脱俗凡,关注人生,原谅一切可以原谅的人和事,洞悉一切花拳绣腿,既带棱带角,又含蓄和解,一语中的,入木八分,一言一笑都那么有锋芒,有智慧,有分量有原则有趣味而又适可而止。

今年元月初,我最后一次在他清醒的时候看望他。我们谈论的是社会治安问题与《人民日报》刊登的胡绳同志的文章:《马克思主义是发展的》。那天他精神很好,坐在椅子上谈笑风生。说曹操曹操就到,说着说着胡绳同志进病房来看望夏公来了。据说那是夏公去夏病情不好住院以来情况最好的一天。

倒数第二次与夏公（昏迷前）的见面是一九九四年十一月底。他那天十分疲劳，静卧在病床上。他已经卧床数日了。见此情况我稍事问候便起身告辞，以免打搅。夏公平躺着衰弱地说：

"有一个担心……"

我连忙凑过去，以为他有什么话要告诉我。

他继续说："现在从计划经济转变成为市场经济，而我们的青年作家太不熟悉市场经济了。他们懂得市场么？如果不懂，他们又怎么能写出反映现实的好作品来呢？"

我感到惊讶。在卧床不起的情况下，夏公关心的仍然是中国的文学事业。

他的离去也是颇有自己的独特风格。一九九五年一月二十一日，他清晨起来吃早饭的时候就感觉不好，发了点脾气，摔了一样器皿。于是他自觉不对头，找了子女来，从容地、周到地、得体地吩咐了后事。他说，在他九十五岁生日的时候有关方面搞的活动，对于他有一个评价，除去溢美的水分，他自己还是满意的。他希望自己走了以后，不搞什么活动，把骨灰撒到他的家乡——浙江——钱塘江里。谈到料理后事的时候，他还提到了陈荒煤与王蒙的名字。两个小时以后，他昏迷过去，从此再没有苏醒过来，直到春节休假过后上班的第二天，他溘然长逝。他一辈子清清白白，走也是清清白白地走的。

不知道这里有什么缘分，以阴历计算，我与夏老出生在同一天，即重阳节的前一天——阴历九月八日。我现在住的房子，是夏老住过的。他在九十年代初期还特意来他的旧居——我的也已经不算新的房子来看了看。

也许在他走了以后，人们会愈来愈感到他的可贵。中央领导，各部门领导，文艺界，各省市各地方，人们一次又一次地由衷地缅怀夏公，真情流露，涕泪交加，使你觉得人心不死，民气昂奋，冥冥中有大道大义存焉。中国人，中国的知识分子远远不是全部掉进了钱眼里。

中国的事业正是大有希望。

　　许多年轻的与不年轻的文艺家都喜欢到夏公那里去，与他交往令人心旷神怡，温馨而又超拔，光明而又通达，锐利而又沉稳。特别是对年轻人，他是那么充满爱心。我们常常讲营造如坐春风的气氛，在夏老那里，才真是如坐春风呢！环顾四周，常有老、中、青的"代"的隔膜，包括我个人有时也为之所苦，不承认隔膜也许更说明隔膜之深。但是想一想夏公，关键还是看自己的思想境界与是否具备应有的长者风范。没有什么可烦恼的了。是的，他聪明而又宽厚，德高望重而又平等待人，洞察世事而又不失趣味乃至天真，直面真实而又从容幽默，我行我素而又境界高蹈，永葆本色而又绝不任性，不苟同更不知道什么叫迎合讨好，不自得也不会被什么大话牛皮吓住。他是铮铮铁骨，拳拳慈心，于亲切中见极高的质地。毛泽东有所谓"脱离了低级趣味的人"一说，说是说了，真正脱离低级趣味的人实在是凤毛麟角。我谓夏公是真正脱离了低级趣味的人。夏公的性格是一种美，夏公的人品与智慧实在是充满了魅力。他的去世令我万分悲伤，但是一旦回忆起他的音容笑貌谈吐识见，我不能不发出会心的满意的微笑。

　　　　　　　　　　　发表于《三联生活周刊》1995年第2期

难 忘 冯 牧

冯牧去世了,这有点令人难以置信。因为他比起一些前辈来,并不算老。因为他确是常常生病,病了也就好了,好了,然后他总是热心地、滔滔不绝地谈着对文学现状的看法,一半欢欣鼓舞,一半忧心忡忡,思绪连贯,层次分明,不停地接待来访者,接电话,接收邮件,忙忙碌碌,日理千机,好像没有病过,好像他住院时对自己的病情的描述言过其实——都知道他胆子小。本来大家以为这次也与过去一样,病上一段,又会在一个什么研讨会上见到他,听到他的一以贯之的论述见解,看到他的孜孜不倦的身影。

冯牧有一种重要性,至少是在最近十余年以来,他的意见受到文学界也受到各个方面的尊重。谁都不会忘记党的十一届三中全会前后,他为"伤痕文学"呐喊呼号,为思想解放运动披荆斩棘的情景。长时期以来,他是中国作协的一个虽然行政职务并非最高,却是读作品最多,联系作家最广,关心文学事业的发展最热烈专注,陷入各种矛盾最多,被致敬与被骂差不多也是最多,对于文学事业的责任心最强,发表意见最多,或者可以从某种意义上说,他是最专职、最恪守岗位、最受罪也最风光、最尽作家的朋友与领导责任、最容易兴奋也最容易紧张的评论家、组织家、领导人。

最令我感动的是他那样大量地阅读作品,他的那个阅读量也许会使常人发疯至少是病倒。他每天读各种新作到深夜。他把领导的职责、朋友的关注以及与人为善的评论家的兴趣统一在自己身上。

对比一下那种看看简报就把文艺界看成一塌糊涂，就连批带唬的文艺家，那种从概念到概念的拉大旗的捍卫者或窜入——批发者，我每每不能不产生一个疑问，一个基本上没有读过"时文"的人，他究竟是怎么评价怎么导向怎么研究怎么大话连篇又砍又杀又抢又夺的呢？

我第一次见冯牧是一九六二年，那时随着形势的某种松动，随着"文艺八条""文艺十条"等的制定，空气似乎有一点缓和，中国青年出版社考虑出版我的处女作《青春万岁》，又拿不准，于是出版社请冯牧帮助审稿。冯牧读完早已在一九五六年排出来的校样，找我面谈，于是我看到了这位一脸书卷气，异常忙碌，说起话来口齿清晰，神态专注，完全没有官腔官调，也没有虚饰应付之词的评论家。他说他完全不明白那些认为这部书还需要做较大的修改的人所提的那些"问题"，他相当热情地肯定了这部书稿。似乎就在这一次，冯牧与另一位来访的同志谈起了刚刚结束的八届十中全会，提到了毛主席关于"千万不要忘记阶级斗争"的警告。冯牧现出了忧心忡忡而又心存侥幸的心态，嘴里发出一种咝咝的声音，显得紧张不安。此后许多年，遇有风吹草动，冯牧就会咝咝一番，咝咝完了他还是勉为其难地支撑着，维持着，执行着，维护着，力争多保护一点文学的生机。

后来与冯牧见面就是好时候了。在八十年代，他为"伤痕文学"鸣锣开道的时候，我听到了他的那些雄辩的发言。他特别热情地帮助青年作家，而一些青年作家确实是常常把冯牧看做自己的靠山。他的家总是宾朋满座，熙熙攘攘，大家的话题只有一个，怎么避开各种干扰，怎么样为文学争取一个更大的艺术空间，更好的创作气氛，怎么样让作家得到更好的发挥。

对于文坛，一种人是蝇营狗苟，自己没有真才实学却又勤钻营，多活动，能捞就捞一把。这样的人当然为大多数作家所不齿。另一种人则是我行我素，井水不犯河水，靠实力让文坛追求我，有好处我不拒绝，有麻烦没我的事。这也不失明智乃至伟大。还有更伟大的，就是对文坛,对同行,基本上采取深恶痛绝的态度,张口就骂,众人皆浊我独清,这样做也是完全有根据有收益也有代价的。这样骂文友,既出了气又比骂任何旁人都更安全,对此我也不持太多异议。但也有一种态度,我指的是冯牧,他一直对于文学充满了责任感,一直低着头浇花耕耘,挨着上下左右的骂,也享有上下左右的友谊与尊重,一直硬着头皮做他认为是有益于中国文学事业的工作。即使在人人都有自认为正当的原因对文坛绝望对作协撂挑子的时候,还会有一个冯牧在那里窝着火,忍着气,支撑着,维持着。

冯牧怕"左",也或有顶一顶"左"。为了文学,冯牧确实是谈"左"色变。冯牧最头疼的是那些不读作品就批一通的同志们。冯牧其实也怕"右爷"的目空一切、大话连篇,到处拉了稀屎却要让冯牧等去擦屁股处理善后。谈到那些句句话如匕首投枪刺刀见红的"右爷"狂爷,冯牧也是只剩下了嗯嗯的份儿。只有一次,当站着说话不腰疼的朋友指手画脚地要求冯牧像他们一样风凉着骂人的时候,冯牧与我咕哝过:"真正到了时候,还不是得靠我们,靠荒煤我们去说去争取……"大意如此,底下就尽在不言中了。

上边有人对冯牧有意见,觉得他不够铁腕,就是说还是一手软了吧。作家里有人对冯牧有意见,觉得他太胆小,太委曲求全。新生代们对冯牧其实也不大买账,觉得他的文风啊名词都已落伍了。但同时,所有这些对他或有某种不满意的人们又都承认,他真是个好人呀!

也许在他走了以后,人们才会痛感到他的不可或缺。从领导方面来说,上哪里再找一个这样顾全大局、循规蹈矩、敬业勤"政"而又切切实实地联系着广大作家的文艺组织工作者去?从作家们来说,上哪里再找一个这样的良师益友去?就是那些大话吹破天的爷们儿,冯牧同志走了以后,谁还替他们兜着顶着应付着?站着说话不腰疼的主儿啊,冯牧去了,你们以后还有没有站着说话专骂旁人的福气呢?你们保重了。

而今后三十年五十年的文学事业的一切成就和光荣,一切痛苦和艰辛当中,你都会发现冯牧的心血、冯牧的对革命的文学的一往情深、冯牧的奔走与呼号、冯牧的带病操劳、冯牧的忍辱负重、冯牧的咝咝与微笑。冯牧活在中国的当代文学里。我们不会忘记冯牧。

发表于《中国作家》1995年第6期

冰心的风范

日前,《冰心全集》隆重出版了,我对此非常高兴。我认为这表达了我们对于谢冰心老人的珍视和敬意,也表达了我们对于中国的文学传统,对于"五四"以来的新文学传统,以及对于世界优秀的文学成果的尊重和珍视——全集中也包括了冰心的译著嘛。

我是从十岁就在教师与父母的推荐下读冰心的著作的,从我的父辈算起,我们家的五代人都是冰心的读者。近十余年来我有幸多次获得当面聆听谢老的教诲的机会。我觉得她确实是文如其人,人如其文。于自然、朴素、平和、本色中见高尚、清纯、锋芒与尊严。她是一个有原则的人,有所不为,有自己的立场、自己的爱憎。但同时,她又极平易近人,充满生活的情趣,幽默而又豁达。她是世纪同龄人,文坛泰斗,或者用胡乔木同志的话说,叫做"文坛祖母"。她在散文、新诗、儿童文学和翻译介绍泰戈尔、纪伯伦文学精品等方面都做出了纪念碑式的贡献,然而她从来不装腔作势,不摆架子,不给人以大师或者巨匠的压迫感,更没有伟人或者精神领袖的霸气。不论什么时候,她都是亲切随意,如坐春风,娓娓动听,自如自在地发表她的观点,不拉架子而棱角自见,不事喧哗而锋芒难避。她是一个坚定的爱国者,她最反对媚外求宠当然也不可能认同抱残守缺,她完全知道自己最应该做什么,知道自己的责任与自己的本分,她不是万事通。她特别关心的是儿童、妇女、教育事业,就是说,她从不以无所不能的救世主自居。她有批评而不指手画脚,有表扬而不迎合讨好或居功自傲。她对青年循循善诱，好处说好，坏处说坏。我的长篇小说《活动变人形》写了一些北方农村的骂人的话，她不喜欢，也就明白地告诉了我。有许多中青年作家乐于到冰心那里去，但是她从来不谈她自己，从来不谈个人的是是非非。她与比她年轻的作家的关系清纯如水。

当然，万事都有坎坷，冰心也有愤怒的时候，但她从不悲观从不自轻自贱。她从不声色俱厉与咄咄逼人。她从不怨天尤人与咋呼吵闹。从总体来说，她是一个历尽沧桑而保持着自己的信念、理智、爱心、良好教养与雍容风度的乐观的作家。

我个人从向冰心请教与阅读她的作品中受用良多，不管面临多少烦躁与焦虑，常常是，翻翻她的书，听听她的话，我就又接受了一次净化与提高，变得更明白也更喜悦一些了。

我认为，在多灾多难而又发展迅猛，变化剧烈的我国，冰心始终是一个文明、高雅、健康的因素。她的全集的出版将使我们大家得益。随着时代的发展与社会的前进，也许我们越来越会体会到冰心的风范的可贵。

发表于《民主》1995年第11期

乔老爷一瞥

"你说没有对不上的对子,那么,十多年前我给你出的对子上联'慢车慢,站站站',你对上了吗?"

乔老爷呷着"酒鬼",笑眯眯地,不无得意地问我。

说实话,我把这事早忘了。是有这么一回事,还是一九八〇年,在承德碰上,他出了这副上联。他的记性可真好,尤其是,他的老爷味儿真足。

慢车慢,是的,对长夏长,红袖红,白米白,倒是都可以,站站站可怎么办呢?前两个站是名词,后一个站则是动词,上哪儿找这样的名动兼用的字去?可我又什么时候吹过牛说是能对得出下联呢?这会儿老爷一说,我就只有诚惶诚恐的份儿啦。似乎只此一端还不能给我以足够的教训,就是说还打不下我的气焰,他干完了一杯,又问:"还有那个歌词呢?你不是说,如果我半年之内不把它写齐,你就要据为己有了吗?"

天,这是哪个年月的事儿?

我想说,我老了,近年来忘性是愈来愈大。且慢,老爷比我还大八岁呀,总不能在一个年近古稀的老爷面前说自己这个年逾花甲的人老吧?

且听他如何道来,见我无言以对,乔老爷慢悠悠地以他几十年不改的山东乡音叙述说:"我说的歌词是关于麻将牌里的'混混'的,我的歌词已经有了两句:你说是要八条,我就是八条,你说是要五万,我就是五万。"

我为之鼓掌,这叫微言大义,这叫典型!

请喝酒的王昆大姐说:"要是在那西风圈,俺就是西风,要是东风圈呢,俺就是东风!"

"那是你的词,我想出来的词就两句。怎么,王蒙,你不是说你要接上去,据为己有吗?"

怎么办?我只有认输。但是这个词确实很好。我确实认为补齐这一首歌词是我辈的"使命"。

乔老爷讳羽,人人称之为老爷,不仅仅是因为他姓乔,而一出著名的川剧叫做《乔老爷吃酥饼》;还在于他确实不论什么时候老有那么一种笑眯眯,美滋滋,不温不火,胸有成竹乃至高高在上却又以文会友,最重斯文的老爷劲儿。

乔老爷的歌词就是写得好,有一次几个朋友怂恿他老去唱卡拉OK,唱他自己作词的《思念》:

你从哪里来,我的朋友,
好像一只蝴蝶,飞进我的窗口……

他唱得很动情很投入,不像老爷,倒像初入歌舞厅的小后生。唱完了似乎还沉浸在对于某一只小蝴蝶的思念之中,很来情绪。激动中他宣布说:要唱一首《恨不相逢未嫁时》,献给在座的一位美丽的姑娘。底下这首歌,乔羽先生唱得几乎声嘶力竭声泪俱下。哈哈,乔老爷呀乔老爷,我算是抓住你掉了老爷的份儿的瞬间啦!

发表于《北京晚报》1996 年 4 月 12 日

别　荒　煤

说是这几年老天爷收作家。短短的一年,冯牧走了,艾青走了,端木蕻良走了,汪静之走了,这不,荒煤又走了。

八月底,我到医院去看望荒煤老,他已经相当衰弱,还是让人把床折叠成四十五度角,坐起身,然后为戴助听器又忙活了一阵,开始用低沉的声音与我说话。他说:"关于电影,上次×××同志来看我,我就对他说,几十年的经验,搞电影最怕的是一窝蜂,提倡上什么就都上什么……"

我只能说:"您多休息,您多休息……"他已经身患绝症,他自己还不知道——我怀疑他不可能一直不知道,但是既然别人瞒着他,他也就不说破——他挂念的仍然是文学、文艺、文化事业。

他的女儿不太满意,嚷道:"还说这些呢,烦人不烦人呀,地球离了你就不转了吗?"她说话的声音很大,不怕荒煤听见。当然,亲人自有亲人的语言和情绪,女儿是心疼父亲,病成那个样儿了,还是文学文学,作家作家……

我也觉得荒煤未免太爱谈工作了。据说十月份他昏迷后又苏醒,刚一认人又谈上工作了。您就不知道歇息歇息么?您就不知道您早已退居二线,现在又身患重症了么?

可是我又想,不说这些又说什么呢?你让他谈最近的股票行情?谈吃食?谈天气?谈养生之道?谈饮酒的新顺口溜?谈哪里抢了银行,哪里争风毁容?还是谈商场商品,意大利皮夹克、十八 K 金手链、青岛海尔热水器和火得不得了的餐饮业的"烧鹅仔"？不可能，荒煤老他见了我不可能谈这些。他一辈子只知道谈文学、文艺、文化，只知道探讨总结党对文艺事业领导的经验教训。

我想起了十五年前，当时正在讨论一部电影的问题，在一个层次很高的学习会上荒煤发言，他老老实实地承认"我就是心有余悸"，然后他替中青年作家说了许多话，一直说到稿费与所得税，力图证明现在的中青年作家并没有过几天好日子……他的发言给我留下了深刻的印象。我感到了他的天真和迂直，因为他的话不合时宜。

然后我又想到七十年代末期，他在社科院文学所时热情洋溢地召开的为新时期文学呐喊的一些座谈会。我那时刚刚从新疆回来，许多当时的与后来的文学界的活跃人物我都不认识，倒是在他老召开的会上认识了不少人，也开了眼界。我并不绝对地同意他说的每一句话，但我知道他是自觉地为文学界的新人新事物鸣锣开道的。他认准了什么就去干就去说，几乎不设什么防。

我也想起我在文化部工作期间，他写来的密密麻麻的小字信，通篇都是为了文化工作的管理更加有效、文化市场的方向得到正确引导、文艺思潮上的一些偏向能够得到纠正……总之都是忧国忧民、忧文忧艺，都是强调正确方向、马列主义的指导的，都是坚持党的文艺方针的。我想起他怎样热情地编辑《周总理与艺术家们》一书的事来了，可以说，没有荒煤是不会有这本书的。

他病重以后，还常常写这种密密麻麻的小字信。例如，他就给袁鹰同志和我写过"表扬"我们主编的《忆夏公》一书的信。

荒煤重感情，热心肠，常为受到谁的托付而给这里那里写信。他也写过一些其实不必由他出面或由他出面并不合适的信，即他帮了不该帮的人。他的助人为乐有时候为他自己找了啰嗦。但他还是写了，差不多是有求必应。他脸皮薄，不好意思拒绝人，包括绝对应该拒绝的人。这也不像多年"仕途"的人——年轻人把担任领导工作的人说成是走上了仕途，这也是荒煤等人始料未及的吧。

第一次见荒煤当然是老早老早以前,那是一九五六年开第一次全国青年创作积极分子会议——为了防止与会者骄傲自大,不叫青年作家会议——的时候,荒煤那时在文化部电影局工作,他在大会上讲话,号召青年创作积极分子多写电影剧本。他高高的个子,儒雅俊秀,一表人才。

时间不宽容任何人。他去世后一个多小时我在北京医院的病房里见到了他的遗体,他是安详的,然而,已经老、病得不成样子了。

我从来不会写挽联,但还是应约为荒煤写了一联:

一腔挚爱牛俯首　满腹沧桑马识途

他是孺子之牛,他是党和人民的一匹老马。如果再加一个横批呢,我想应该是:"善良荒煤"。在这种类型的人已经不太多的时候,在人们日益老练而又实惠起来的时候,荒煤去了,一个风度翩翩、和蔼可亲、随时准备向任何求助的人伸出手来的荒煤去了。今后,我们的文艺工作者将怎样面对和解决荒煤至终了还在念念不忘的那些问题?谁能不为之唏嘘落泪?

发表于《光明日报》1996年11月13日

哀悼高太夫人

一九八五年初夏，我和一批中国大陆的作家前往西柏林参加在那里举行的"地平线"艺术节。在艺术节快要结束的时候，我与专程赶来的高信疆先生得到见面的机会。他的友善、聪明、能干、风度翩翩，都给我留下深刻的印象。我觉得他既是性情中人而又洞明世事，极力追求精神的自由而又有板有眼地做人，煞是难得。

一九八八年，从在北京工作的友人彭培根先生处得知，高先生他将与老母、兄、嫂等一起来北京转家乡探亲。当时我还在文化部任上，虽然忙碌，仍然念念不忘略尽地主之谊，十分期盼地在北京"豆花庄"饭庄等着他们一行。也是此次得以与高太夫人讳冀惠生见面。老人家精神奕奕，谈笑风生，北方人的豪气与长期在台湾生活所形成的文雅礼貌具备。我此前已听培根兄讲到高先生父亲早逝，兄妹五人全凭母亲带大，没有见面之时，对太夫人已有心仪；及至见面，睹太夫人历经沧桑，益发乐观，老当益壮，豁达率真，幽默风趣之风采，暗暗佩服之至。

那天太夫人因为携带镶有太夫人名讳的礼品手表，在入关时碰到麻烦，我们等了近两小时才得以见面，但是太夫人面无愠色，仍然兴致勃勃。当我想到太夫人艰苦奋斗的青壮年时期的时候，不敢相信这位声音洪亮、笑意频频的老人，竟当真是受过命运的这等试炼。我更深感中国母性的伟大。

一九九三年十二月，我与内子一起应《联合报》之邀赴台湾参加该报举办的文学讨论会。一到台北,便不断地接到高先生的电话信息,高先生特别强调是太夫人的意思,一定要邀我和她老人家全家相聚。一直到十二月二十四日,圣诞前夕,我才抽出时间,与老人家在丽晶饭店吃晚饭,并见到了信疆的几个哥哥。高信潭先生的口才与渊博,那是不需要我的描写的。我此次更是感觉到太夫人虽然过去是拳打脚踢,苦苦挣扎而过来的,如今她当是海峡两岸最幸福的母亲之一,当时还说到次年回大陆家乡为太夫人过九十大寿的计划。我说,我要给太夫人题一副字"海峡两岸第一妈",他们为之热烈鼓掌。

谁想得到,一年之后却收到了太夫人的噩耗。我非常悲痛。我看了有关太夫人临终时的一些情况,又感到某种安慰。人生谁无死?人生又有多少人能像太夫人这样以自己的辛劳为下一代开辟了康庄大道,并在晚年享受到这样的孝敬尊重和崇高的评价?太夫人从来是受苦而不叫苦,把艰苦留给自己,把欢笑送给别人的。太夫人实是获得了一个母亲所能获得的很大的幸福了。太夫人的一生可以说是了无遗憾的了。

原载《随感与遐思》,1996年

怀念王任重同志

我第一次与任重同志见面是在一九八〇年，那时他担任中宣部长。据说是由于他老的女儿王晓黎的建议和牵线搭桥，任重同志打算并开始与一些所谓最活跃的中青年作家见见面，增加交流与沟通。我那时住在前三门，任重同志住在不远的地方，我到他那里去很方便。

任重同志与我交谈十分坦率，实话实说，态度鲜明，从不隐瞒自己的观点。同时，他也不像有些人传说的那样"僵硬"，而是表现了大度与通情达理，例如他对当时的某些"伤痕"文学作品、揭露性的报告文学作品都表示可以首肯，但他也提了一些希望，提出了单纯揭露或控诉（"文革"）之不足。他谈文艺问题从来都是两点论，辩证法，不搞一棍子打死。他对我的《组织部来了个年轻人》《说客盈门》等都十分赞扬，显示出一种颇为高兴的情绪。在一些会议上他也讲了他的这些观点。他对于有关文艺界的种种议论，并不轻易表态。例如他就问过我关于文艺家们的稿酬、演出收入等状况，我讲了情况后，他表示文艺家的总体收入并不算高嘛。他对我所反映的一些作家的意见也很重视，有的当即交代下去处理解决。一次，为了某出版社邀请一些作家去风景胜地访问的问题，我与某个部门有不同的看法，任重同志知道后立即让那个部门的领导与我交谈，以取得协调，使一些小矛盾化解于无形。他的这种务实的与善意的工作方法我觉得是很好的。

一九八一年底,他来电话邀我与另一位作家去广西看看。那时我还从未去过广西,便高兴地答应了。我们先到了桂林,再到了南宁。在南宁,我们参观了麻纺厂,接触了一些先进人物,也接触到一些先进工作者之间的内部矛盾。(后来我写了一篇报告文学,另有一个中篇小说也与此次广西之行的见闻有关。)一九八二年新年,我们是在南宁与任重同志一起过的,当时任重同志邀了刘志坚政委等一起吃年饭,也交谈了一些对当地基层工作的印象。我那天只是随便说一说,想不到任重同志很重视,事后,他专门找了韦纯束同志(当时任南宁市委书记)来听我的汇报。我觉得这未免闹"大"了,很不安。

这一年召开的党的十二大上,我被选为中央候补委员。后来,我才知道,提名我做候补委员候选人的,包括了王任重同志。我当时就想,其实,我们的许多领导同志还是很愿意多接触人多听取意见的,如果能够多沟通,其实他们也很乐于相信别人扶助别人。可惜的是,他们接触各色人等的机会还是不太够,这样的沟通,还是太少太少了呀。不然,许多事情会好办得多。

后来我有更多次与任重同志交谈的机会,他家的大门对我从来都是敞开着的。我到文化部工作以后,也常去他那里。他对高占祥同志也是十分关心的,常常向我打问占祥的情况。

一九八七年初,他找我,想帮一个犯了严重错误、面临着严重问题的文学界人士的忙,他说:"我们这些人是有经验的,我们知道对人的处理一定要慎重,我们要想想办法。"在那个时候他能提出这个问题来,我十分意外,也很感动。我于是去与他当面计议。当然,由于客观的状况,他老的好心没能开花结果。但他能在那种情况下提出这个事,也算是极端的善意——我要说是菩萨心肠了。

一九八七年春天,我去找过他一次,提出来,经过一个阶段的实践,我觉得自己还是辞去领导职务专门从事创作为好。他一再说:"这是个好意见,这是个好意见。"并答应代向最高领导人转达。

也正是这几年,他的身体每况愈下,谁想得到竟在一九九二年溘然长逝!他老仙去已经五年了,我经过他的旧宅的时候仍然时感悲伤。什么时候再有与这位老同志促膝谈心的机会呢。

原载《王任重纪念文集》,1997年

王 昆 不 老

　　王昆是一个千里挑一、万里挑一的成功者幸运者。她的嘹亮的歌声和她的名字一道，传遍了全中国，响彻了五大洲许多地方。人们想到革命的文艺事业就会想起她。我对她说，你唱歌儿都是革命的呀，你大概没有唱过几首没有鲜明的革命语句的歌儿吧。她想了想，肯定了我的判断。她已经七十多岁了，前不久还在台上引吭高歌庆祝党的七十七周年生日。她近年来经常在国家的大型庆典文艺演出中担纲独唱节目。以她的名字命名的艺术学院已在上海建立。她是歌唱家，又是老革命，是一个代表人物里的头面人物，又是头面人物里的代表人物。她的身上集中展示了革命的风光。周总理、陈老总、胡耀邦都了解她、关心她、帮助她解决工作上学习上以及艺术思想上的问题。她最近发表的《与江总书记共度元宵佳节》一文讲述了她一九九八年元宵节坐在第一桌江泽民同志右手与总书记谈文论艺的经过。她也与毛主席坐在一起参加过联欢活动。有一次著名老旦李金泉正在表演时，毛主席问王昆唱老旦的可不可以唱花脸，王做了否定的回答，毛主席说"你这个人未免保守"。毛主席真是个富有想象力的人物。而王昆是一个一贯坐在主桌主宾位置的领衔艺术家，她是中国革命史、新中国历史特别是中国的革命文艺运动史的见证者。

　　笔者有机会参加过一次王昆主持的东方华夏艺术中心制作的卡拉OK录像带发行仪式。这批带子，全都是老区的革命歌曲。那次活动来了那么多革命前辈，它让你觉得王昆的号召力可真大。王昆还担任过六十年代红极一时的东方歌舞团的艺委会主任，后来又担任了团长。真可以说是多少风光在王昆啊！

老天和时代不知为什么那样钟情于她，给了这个出生于河北唐县的农村小姑娘以亭亭玉立的身材，以"朴实纯真、一片天籁"（夏衍语）的嗓子，以从少年时代就担任妇联干部的机会，使她在十四岁就参加了大名鼎鼎的"西战团"（十八集团军西北战地服务团）。王昆生逢其时，她的时代是革命与文艺联系得最光彩夺目的时代，她的嗓子用在了人民的抗日救国和革命事业当中，而不是仅仅用在茶楼酒吧餐厅堂会上。她的歌儿是艺术却又不仅仅是艺术，那是革命的尖兵，革命的号角，革命的鼓点。她的歌儿具有一种时代所赋予的神圣和庄严，具有一种象征性。王昆等的歌儿使革命更激情更人性更富有一种感召力、说服力与煽动性。而革命赋予了王昆他们的歌曲以百倍的尊严、热情和万千气象。我常常想只要比较一下蒋管区和解放区各自唱的歌曲，谁胜谁败谁高谁低就一目了然了。解放前我上中学的时候就读过《白毛女》的剧本，及至解放后看了王昆配唱的《白毛女》电影，我只觉得王昆的歌儿是人民革命的宣言，是新中国将在血泊中巍然建立的告示，是翻身、解放、开天辟地的黄钟大吕。解放前听惯了软绵绵的靡靡之音的流行音乐和至少在当时不无偏激地觉得是陈词滥调的戏曲唱段的我，听到了王昆的充沛、本真、嘹亮、质朴而又阔大的歌声，是何等的激动！王昆的歌曲为年轻的追求革命的我们打开了一个全新的世界，在那个世界里，中国的劳动人民当家做主，"粗黑的手来掌大印"（《农友歌》歌词），一切浮华、奢靡、下贱、虚伪、扭捏与封建八股、洋八股、党八股被荡涤得一干二净，人间只剩下了真情、忠诚、光明和改天换地的伟力。

但是一个人太幸福太成功了就难免会使旁人产生一种不能免俗的疑惑，我这里还没有说敌意。羡慕的深处常常隐藏着某种不忿儿，哪怕他们俩的事情互不搭界，就是说他没有任何道理不忿儿——这也算是做名人难的一解吧。这样,一九八六年我到文化部工作的时候就听到了一些同志对王昆所领导的东方歌舞团的办团方向的闲言碎语,不同的角度都对之颇执非议。我也直觉地对这位大红大紫的革命歌唱家团长有一种半信半疑的保留。记得我第一次以文化部的公务身份看"东方"演出,就拿出一种不冷不热的劲头,我对某些节目的水平不觉得太满意。

又过了几个月,我去"东方"听听看看,唬人一点名之曰"视察"。王昆谈了她对团里的工作的看法。她认为初建团时说的是以表演中国民族的与亚、非、拉的歌舞为主,但是改革开放以来情况已经有了很大变化,愈来愈多的亚、非、拉艺术表演团体到中国来,人们可以看到原装原味的演出,党中央对国际共产主义战略的设想与提法也与六十年代有了很大不同,"东方"的原方针不可能一成不变。不论怎么变,有一条是不能够变的,那就是要为人民大众服务,要使自己的艺术实践为群众所喜闻乐见,如果丢了这一条,也就丧失了共同语言,我们没有办法交流,而只能"白白"了。

我不想在这篇短文里讨论"东方"的办团问题,我只是回忆,当时王昆给我的印象是她的清醒的思考,她的选择至少也是言之成理。听到这位年近花甲的老延安戏用当时年轻人爱用的洋泾浜英语"白白",也使我觉得有趣。起码,她不是九斤老太,她脑子里奔流着的是四通八达的活水,她活得相当接近年轻人。

后来,我当面问她,你怎么可能接受例如偏于通俗的唱法呢?须知更多的老革命文艺家,提起歌星气就不打一处来。有的激烈者与痛感自己失落者,甚至不惜把市场经济条件下的文艺说成比国统区、沦陷区还坏。

王昆告诉我,第一,她不是没有原则的,对当时东方歌舞团演唱的各类歌曲比例,她强调的仍然是突出民族特色,她否定的仍然是颓废的发泄。第二,她在出国访问期间,亲眼看到了某些通俗歌手受群众欢迎的情况,看到了他们在演出的时候怎样地注意和善于与群众交流。有时候他们甚至将唱和说混同起来,为的是得到观众的及时呼应。她说,听众的反应对于一个歌者来说永远不是无足轻重的,为人民服务,受群众欢迎,永远是她最关心的事情。第三,她并不认为今天的歌唱家必须踩着她的脚印走。她为年轻歌手的成长尽了心力,她亲自主持他们的演出,把他们推荐给观众,她是因材施教的,她相信各有各的路子。她没有那种看到新人、新艺术处理就噘嘴歪鼻习惯。

我明白了,毫无疑问,王昆是一个非常革命的艺术家。但是革命资历革命身份对于她绝对不是拒新事物于千里之外的包袱,不是她和千千万万普通人与普通从艺人员之间的鸿沟,不是脱离生活实践的教条,而是一种面向世界面向时代的胸襟,是与时共进的源头活水,是与广大老百姓相通的心。

王昆不是一个夸夸其谈的人,她似乎也不以理论论辩见长,这方面她远不如中国文艺界不缺乏的那些善于上纲上线的评论家。但是王昆谈什么却总是十分明快和利索。听王昆谈话就像听她唱歌,中气充足,饱满奔放,本真自然,天造地就。她唱得并不华丽,她不事修饰,但更有一种天籁的动人之处,而绝对不做作不拿腔拿调,不隐瞒不虚伪。王昆说话、唱歌,都是始终如一的王昆,而不是扮演某个更能讨好的非王昆。在极左肆虐的日子里,她的亲人为了她的安全曾经忠告她:"你能不能'左'那么一次呢?"她的回答很简单:"不能!"甚至在"文革"那种不正常的年代,王昆先是因"恶毒攻击江青"而被搞成反革命,继而又在一九七五年邓小平同志主持工作的时候因为与胡耀邦同志商量并实行了向小平同志反映江青一伙矛头指向周总理的事而被囚禁起来直到"四人帮"覆灭、群众上街游行的第二天才恢复了人身自由。她在被批斗被关押被审判的时候动不动硬顶硬碰,这些事迹都写在《王昆评传》里了。她的这种勇气使我佩服也使我疑惑:"你哪儿来的那么大的胆子?"我问。王昆说:"唉,我这个'反革命'完全是自找的,我出身好,从小参加革命,也不像你错划过

'右派'。'文革'初期,我一百个想不通,群众斗我时拿不出什么事实凭据,老是打我的'态度',我就和他们辩论。他们说我昂着头像是刘胡兰在法场就义。"是了,她在政治上有自信,有性格,更有自己的良知,她压根儿就革命,故而用不着证明更用不着表现表演自己革命。她并没有因为多年的政治经验而变得更灵活更实用主义,她拒绝雕琢和城府,她没有某些境界不高的表演艺术工作者的那种"无性格症"。(这是斯坦尼斯拉夫斯基提出的一种演员的职业病,这种病的患者我是不止一次领教过的。)她没有那种表演情绪的习惯。她做不到作假,无法今天为这一套而慷慨激昂热泪盈眶,明天又为正好相反的另一套盈眶热泪激昂慷慨。坦荡自然,真情实感,快乐刚强,这才是王昆此人和她的歌曲最最有魅力的地方。与王昆在一起你也可能听到牢骚,你也可能与她交谈思想上的困惑,你也可能与她一道为某些事儿忧心忡忡,但最后你仍然会感到痛快真切,而绝对不会黏黏糊糊、抠抠唆唆、阴阴沉沉、小肚鸡肠。

　　王昆喜欢打抱不平,王昆喜欢说实话。王昆也喜欢说笑话听笑话。侯宝林的那个有名的说醉鬼爬手电筒光柱的段子就是王昆说给他的。(按,此故事出自美国《读者文摘》。)有一次在政协会议期间黄胄讲了一个略荤的笑话,王昆笑得满眼是泪,身段全无。能够这样笑的人全都有一颗平常心,能够这样笑的人永远做不成阴谋家和伪君子。当然,王昆更爱的是唱歌,不是说正式表演,一起说着话吃着东西,谈起什么来,她立即有滋有味地唱起来。她从来不酸溜溜地拿什么架子。她最强调唱歌的"味儿"。我这个外行体会,"味"指的是一个民族、一种文化、一个歌者的个人风格脾性喜怒哀乐在声音处理上的外在体现,味说到底是人味。有了味,才有了歌的特色,才有歌后面的艺术家(和他或她所代表的时代、民族、阶级)的魅力。有一次我们谈论新疆维吾尔族歌曲,王昆立即用维吾尔文唱出了伊犁民歌曲调改编的《解放的时代》,唱得风味十足。其实,王昆并不会维吾尔语,问题是她有超常的模仿和吸收能力,她更能体会各族各色人等的内心世界。王昆的聪明灵气也表现在她的好学不倦上，正规学校她只上到小学毕业，然而她热爱和熟悉古典诗词，她喜爱读书，她常常对各种出版物作出及时的反应。

　　王昆是革命的女儿。革命成就了王昆，王昆也确实是把自己的歌喉把自己的心力献给了革命。王昆又是一个善于接受新事物的人，她从不像某些人那样当生活迅猛地前进了便动不动悻悻地失落或狠狠地诅咒。从小生活在革命队伍里，生活在大哥哥大姐姐革命的大文化人的温暖关心提携下边，这造就了王昆的随和、合群的性格。她经常得到人们的善待，她也习惯于善待旁人。她没有那种八方为敌四面楚歌的政治运动后遗症。她该怎么做怎么做，该怎么说怎么说，并不十分在乎物议。她绝少气迷心式地一张口就为自己辩护，老觉得自己是受了天大委屈的窦娥。说是"心底无私天地宽"，我不敢保证她是绝对无私，但是她的天地确实很宽很宽。与那些勾心斗角、嫉妒同行、心理阴暗而又神神经经的也是"文艺工作者"的人比较，王昆是何等的不同啊。天若有情天亦老，人间正道是沧桑，毛泽东化用了发展了李贺的诗，表达了一种生生不已自强不息的人生观世界观。王昆是做到了这一点的，所以她永葆青春活力，她永远是本色地、乐观地、质朴而又通达开阔地工作着和忙碌着。踏遍青山歌未老，她从事艺术活动已经整整六十个年头了，但是你与她在一起永远不会感到那种老迈的疲惫，那种格格不入的固执，那种已非我时的悲凉，也没有那种唯有我好的自恋自怜自满自吹，她是不老的。

　　　　　　　　发表于《中国文化报》1998年7月17日

兰气息，玉精神

宗璞今年七十岁了。

一些年前李子云著文评论宗璞，借用了古人的"兰气息，玉精神"六字。我以为，以这六个字形容宗璞是贴切极了。

四十余年前读了她的《红豆》，只觉深情幽然，大地的风雷与人性的温馨都在从容道来的小说中颤动。一场"反右"运动使这篇小说被批了个不亦乐乎，幸而，宗璞侥幸无大难。一九六二年又在天津出的《新港》上读到她的委婉中呈现着棱角的小说，真让人高兴。"文革"后读到她的《弦上的梦》《我是谁》和《三生石》，读到她的长篇小说《南渡记》，你更感到她的书卷气中的英武，温柔敦厚中的分明取舍，哪怕场景只是在校园、在病房、在书斋，她的字字句句仍然流露着对于祖国和人民的关切，回应着时代的风雨雷电，她可不是只知爱惜自家羽毛的冷心者。

我尤其喜爱她的童话。我孤陋寡闻，把童话写成散文诗而不是去靠拢民间故事的作家，除了丹麦的安徒生之外，我知道的只有宗璞。能够写出这样的童话的作家是幸福的，这样的童话寓深情深意于童心的纯美之中，这样的文章只能天成。

我多么希望她多写些童话！

宗璞不善交际，但是在她那里你会看到一些孤傲不群、与俗鲜谐的好作家的身影，此桃李无言之谓也。宗璞也并不苟同，她对各人各文保持着自己的看法，她才不随风飘荡，一会儿这样一会儿那样呢。

宗璞性至孝，其父冯友兰先生在哲学史方面的成就举世公认。临终前他终于完成了《中国哲学史新编》这一洋洋大观的巨著。他曾说，他之所以看病吃药，是为了完成此书，如此书完成，有病亦可听之任之。读此言令人怆然肃然。在运动连年的那个年代，又常常被置于聚光灯下或最高关怀下，冯老需要怎样的忍辱负重，需要怎样的坚定和沉着才能致力于这样一部大著作的写作！当然，他也为自己的轻信、愚忠和一些中国士人的经世致用的传统意识付出了代价。我早就在一篇谈当代作家的文章中说过，选择了投入的人不应该拒绝为了投入而付出代价，不必鸣冤叫屈；选择了疏离的人也不必为了疏离的后来日益行时而撒娇于公众。人无完人，事无万全。尽管由于时代风气的关系，今天这几个知识分子被仰视得紧，明天则是不同选择的知识分子伟名如日中天，最后，总还要看一看劳作的成果。而成果，不相信眼泪也不相信流言，不相信潮流也不相信掌声，更不在乎同行相轻。我曾被意大利国家电视台错爱，要我向他们主办的电脑博物馆推荐十部中国典籍（同时被咨询的还有他国学者三十九人），选来选去，解放后的著作我选的是冯友兰著《中国哲学史新编》。冯著毕竟既表现了新中国学术劳作的气象又反射了五千年中华文化的光辉，而且冯著系统、严谨、扎实、大气。另九部是《诗经》《老子》《论语》……直至《鲁迅全集》。

中国缺少多元制衡的传统，我们的平衡往往表现在纵坐标上。物极必反，三十年河东三十年河西是也。于是对人物的臧否也摆来摆去，历史老是重写，天平也成了秋千，此国情之一也。但成果是硬道理，公道自在人间，否定之后还有否定，我希望宗璞对那些对冯老的物议更加处之泰然些。而形象良好的尊者及其追随者，也可以平常心对己对人，叫做己欲立而立人，己欲达而达人是也。

宗璞从不关心自己的俗务。是真名士自风流，她至今没有高级职称，她常常为看病的事犯难——胡乔木已经仙逝，没有哪个为她说句顶用的话了。不止一个老作家老领导关心此事并为之进行了努力，但至今无效。

　　前年召开的作协第五次代表大会上，宗璞被选为作协主席团委员。想起一些同行为在作协挂个什么名义或为坚决反对与自己不是一派的人挂上名义而使出浑身解数奋力搏击的情形我便觉得稚态可掬。宗璞对此可是浑然不觉，她住在北大校园一隅，很少与文坛打交道。不觉也罢，不交也罢，同行们还是由衷地尊重与喜爱宗璞，由于"民意"，人们选出了她。哪怕就此一点来说，谁说中国的或作协的民主没有希望呢？

　　　　　　　发表于《新民晚报》1998年10月3日

小平同志改变了我们的命运

邓小平的名字特别牵动了我们的心，也许可以说是从一九七五年开始。那年年底开始的"批邓"让我们知晓了邓小平的扭转乾坤挽狂澜于既倒的决心与实践，知晓了他的政治抱负的伟大、艰难、勇敢与悲壮。那一年我们忽然觉得居于高位的邓小平与我们离得这样近，知道了邓小平与人民心连心；批邓小平，也就是扎我们的心，蹂躏我们的愿望、我们的盼头、我们的情感，让我们刚刚燃起来的一点希望之火又熄灭了。

从此我们就产生了一个愿望，盼望"四人帮"倒台，盼望邓小平复出。做到这一点并不容易，因为就是在"四人帮"倒了以后，一九七八年初我们也还听过"宣传口"的传达，传达的内容是给盼望邓小平复出的人泼冷水。

到了邓小平真的出来工作了，大家是太高兴了。那时候我还在新疆，我们在收音机里听到北京举行的诗歌朗诵演唱会的实况，里边有张志民的观看电影《甲午风云》的诗，结尾一句是"万众欢呼邓大人"，从古之邓立刻叫人想起了今之邓，听到这个话，简直令人喜泪如注。"邓大人"，很快这个称呼就流传开了。

到了一九七九年召开第四次文代会时，我坐在人民大会堂的主席台上，倾听着小平同志代表中央所致的祝词，心里感到的振奋和激动是难以言表的。小平同志在这个会上肯定了全国的文艺队伍，而"文革"以来的十多年天天是关于"文艺黑线专政"和"重新组织文艺队伍"、"黑线回潮"和"裴多菲俱乐部"的叫嚣。特别是小平同志讲到"不要横加干涉"的那一句话,更引起了全场雷鸣般的掌声达一分钟之久。中国的作家和艺术家的革命化,中国文艺家对革命的积极参与,本来是中国革命的特点和优点之一,是中国革命取得胜利的一个重要因素。苏联十月革命和东欧一些国家社会主义革命成功以后,许多作家出走,中国革命胜利之后,许多中国作家自海外返回,二者的区别太明显了。可惜,在自己追求的自己也曾为之抛头颅洒热血的革命取得胜利之后,特别是五十年代后期以来,文艺家总是生活在"棍子帽子满天飞"的情势下。"文革"一搞,文艺家们更是全部废黜,进牛棚的进牛棚,练喷气式的练喷气式。这样,在听到小平同志代表中央所说的一些暖人肺腑的好话的时候,人们怎么能够不万众欢呼、普天同庆呢?

我与许多作家同行特别是年龄命运相仿的同行在一起的时候,大家都不约而同地说,正是邓小平同志改变了中国的面貌,也改变了中国作家艺术家的命运、改变了我们自己的命运。

一九八七年初,胡耀邦同志辞去了总书记的职务,当时对文艺工作的议论也很不少,我的心情略有忐忑。这时,分管文化工作的一位中央领导同志正式向我讲了一件事情,他说,有两篇我的文章送到了小平同志那里,一篇是《红旗》上发表的我写的关于百家争鸣的一篇,另一篇他忘记了。小平同志看了,认为写的是好的。我分析,第一,他提到的另一篇应该是在《读书》上分两期刊登出来的《理论、生活、学科研究问题札记》一文,这篇文章谈到的问题比较重大,也容易引起并已经引起了歧义。第二,我感到,这两篇文章大概不是为了表彰我而送呈到邓小平同志那边去的,我听了这个情况不免捏一把汗。第三,我确实没有想到小平同志能看到我的极不成熟的"一家之言"——还可以说是一些急就章,我那时从事着繁重的行政工作,文章都是赶出来的——而且能给予一定的肯定。这种肯定的价值是怎么样估量也不为过的呀!这是我知晓的唯一的一次,小平同志的指示与我本人有直接关系。回顾起这一点的时候,我只感到惭愧与惶恐,感到愧对小平同志的肯定。

一九八八年,日本首相竹下登来访,我担任中方的陪同团长。我曾参加了小平同志与竹下登的会见。与惯例相反,由于小平同志左耳听力较好,所以他坐在了外宾的右边,这样中方的人员也一律靠右,而日方人员坐到最左边。小平同志一开始轻松地谈到,他在刚刚过去的盛夏"生活在海面上"(指他在北戴河的游泳),表示他已经基本上过的是退休生活;然后他回顾了日中关系并指出了中国对发展日中关系的看法与期待。他讲话的最大特点是高屋建瓴,要言不烦,开门见山,用最最简约的语言表达重大的见解与智慧。他的四川味道浓重的口音,表达着论述上的一种明快和自信,坚定和直截了当。在半个多小时的谈话中,他牢牢地掌握着主动权。

不久,我又获得了一次就近听取他的讲话的机会。那是在一九八八年秋党的十三届三中全会上。在会议即将结束、通过会议文件时,有一位老中顾委委员对"反对资产阶级自由化"的措词提出了一些意见。小平同志即席讲话,他讲得特别明确,一再强调"反对资产阶级自由化是我提出来的,而且我最坚持",在重大的政治原则问题上,他毫不含糊,寸步不让,他的政治敏感,政治判断力与政治上的坚持性顽强性,都给人留下了深刻的,应该说是凛然肃然的印象。

小平同志离开我们去了,全中国的知识分子,将愈来愈体会到他的功勋业绩。时间将愈来愈证明他提出的建设有中国特色的社会主义道路,是唯一的救国之道,偏离了这样的道路,就只能是死路一条。我们永远怀念他。

原载《王蒙说》,1998 年

独一无二的韦君宜

早在五十年代，我在北京市一个区做团的工作的时候，我就有机会见到君宜同志了。她当时在《中国青年》杂志社工作，她写了一些谈青年人思想修养的文章，写得很好，如《妹妹的故事》等。一些学校的团总支请君宜去作报告，我作为团干部前往旁听，发现她说话又急又有些口吃，和她的干净流畅的文笔相比，她的口才实在不强。

一九五六年，我发表了《组织部来了个年轻人》，君宜同志主编的《文艺学习》组织了讨论，赞成与批评的意见都很热烈。她约我到她家里去过，同时见到的还有当时任市委书记的杨述。她（他）们与我交谈，是抱着关心帮助循循善诱的师长的态度的。他们的观点其实非常正统，但他们都十分与人为善。

后来由于毛主席的干预，《组织部……》的风波暂时平安度过。当然，等到反右开始，毛主席说过话也罢，刘少奇打过招呼（见今年第一期《百年潮》上的有关文字）也好，都没能保得住我，我还是在劫难逃地落水了。在最艰难的情况下，我听到杨述同志催促本单位为我早日摘帽子的事。

到了一九六二年，情况刚刚好一点，我就收到当时由君宜同志主持的人民文学出版社的约稿信，继而，她与黄秋耘同志多次与我见面，他们千方百计地帮我想办法，希望《青春万岁》能顺利出版。君宜还把我的短篇小说稿《眼睛》转给《北京文艺》发表。但后来很快"精神"又变了，他们对我的呵护，也没能达到预期的效果。

"文革"中她去过一次新疆,我去看望她,她是一句寒暄的话也没有,似乎不认识我。她吓坏了,她其实是不敢与我交谈。到了一九七六年,我爱人回北京探亲,她受我的委托去看望君宜,君宜也是一句话也没有。我理解,君宜是一个极讲原则讲纪律极听话而且恪守职责的人,她不会两面行事,需要划清界限就真划,不打折扣,不分人前人后。同时,我从来没有对她的与人为善失过信心。

进入新时期以来,她是极端认真地拥护党的三中全会精神并身体力行之的。她写出反响巨大的《思痛录》来绝非偶然,她用外在的要求克服内心的良知的经验太多了,她必须把这些"痛"告诉读者。

同时她是一个极诚实的人,最利索的人,从不模棱两可,从不虚与委蛇,从不打太极拳。办事,她没有废话,没有客套,没有解释更没有讨好表功,即使在最好的情况下你与她打交道也时而觉得太"干"得慌;由于形势的原因,她认为不能与你交谈更不能帮你的忙,那就干脆一句话都没有。她确实是做到了无私,她不承认私人关系,不讲人情世故。她也算是绝了。而最好的情况下,如果她与你的意见不一致,她也绝不照顾关系,哼哼哈哈。例如,八十年代我曾在某个场合说过文学总体上看是人类的业余活动的话,君宜不赞成我的话,她立即也在一定的场合表示异议。

君宜还有一件事给我的印象极深,她写作速度极快,而且能够抓紧一切时间,有一次在机场等飞机时,我也看到她在笔记本上奋笔疾书。她退下来后病中写下那么多好东西就是证明。然而,她长期服从党的安排做编辑工作,硬是牺牲了自己的写作,同时她帮助了那么多青年作者脱颖而出。这也表现了无私,这令人肃然起敬。

我常常想,在中国这个古老和讲谋略的国家,在有过那么多战略战术的国家,在经过了那么多沧桑和现代后现代炒作和姿态以后,还有君宜同志这样认真和纯洁的人吗?我不敢多想了。

1999 年 1 月

想 念 冰 心

与世纪同龄的冰心比我的父母还要年长十来岁,我的父辈已经是她的读者了。我上小学三年级时买了一本旧版的"全一册"《冰心全集》,我至今记得我的父母看到这本书时眼睛里放射出来的兴奋的光芒。

那时我就读了《寄小读者》《英士去国》《到青龙桥去》《繁星》和《春水》,在写母爱、写童心、写大海的同时,冰心同样充满了对国家和民族的忧思。

五十年代我读过她的一些译作,像泰戈尔,像纪伯伦,我真佩服她的博学。

直到七十年代后期我才有机会与她老人家有所接触。她永远是那么清楚、那么分明、那么超拔而又幽默。她多年在国外生活和受教育,但是她身上没有一点"洋气",她是一个最最本色的中华小老太太。她最反感那种数典忘祖的假洋鬼子。她八十年代写的小说《空巢》,表达了她永远不变的对祖国的深情。她关心国家大事,常常有所臧否。她更关心少年儿童,关心女作家的成长,关心散文创作。她既有时人们爱用的"有机知识分子"的忧国忧民之心,又深知自己的特色,知道自己适合做一些什么,她不是只知爱惜羽毛的利己者,也不是大言不惭的清谈家。

她常常以四两拨千斤的自信评论是非。她说一件事怎么样做就是"永垂不朽"而换一种做法就是"永朽不垂"。她说她不喜欢的一本刊物"只消改一个字就行了"。她的话令人忍俊不禁。她会当面顶撞一些人，说"你讲的都是重复"。而对她不喜欢的人不自量力地去求字，她就问："你带了纸来了吗？你带了笔来了吗？你带了墨来了吗？没有这些，怎么写字呢？"她说起她的这种"狡猾"地摆脱纠缠的故事，自己也禁不住得意地大笑。

她更乐于自嘲。她刻一方印章"是为贼"——隐"老而不死"之意。她自称自己是"坐以待币（毙）"，她解释说是坐在家里等稿费——人民币。在她的先生吴文藻教授去世后，她说她已经能够做到毛泽东倡导的"五不怕"——不怕离婚了，此外她已年逾九十，所以不怕杀头，也无官可罢无党籍可以开除。一九九四年她大病过一场，我去看她，她说："放心，这次我死不了，孔子活了七十三，孟子活了八十四，谢子（指她自己）呢，要活九十五。"如今，九十五早已超过了，这就是"仁者寿"的意思吧。

然而对于国家大事，她是严肃的，她拿出自己积存的不多的稿费捐赠给灾区人民，她又拿出自己的钱办散文评奖。

她近年身体益弱，有一次我去看她——她连眼睛都睁不开了。然而，无论什么时候她都是清醒的。后来，她的身体又奇迹般地恢复了。有一次我又去看她——她正在接受一家电视台的采访。我劝她，不必满足一切记者的要求，您累了，闭目养神可也。她回答说："那不等于下逐客令吗？那怎么好意思呢？"

我过去说过，冰心是我们的社会生活文艺生活里一个清明、健康和稳定的因素。现在她去了，那么，回忆她、阅读她，这也是一个清明、健康和稳定的因素吧。在遇到困扰的时候，在焦躁不安的时候，在悲观失望的时候和陷入鄙俗的泥沼的时候，想想冰心，无异一剂良药。那么今后呢？今后还有这样大气和高明、有教养和纯洁的人吗？伟大的古老的中华民族，不是应该多有几个冰心这样的人物吗？

　　　　　　　　　　　发表于《中国文化报》1999年3月4日

灿 烂 的 笑 容

提起冯骥才,首先会想到他的大个子,为中国作家争脸的身材。记得八十年代一位英籍国际笔会的副主席埃尔斯托普来华访问,我们见面时谈到了冯骥才刚刚结束的英伦之行。这位英国作家笑着说:"他的身材太引人注意了,英国的女性都非常喜欢他。"名声到了英国,走向了世界。不过还好,据我所知,他对妻子小顾是靠得住的,不论什么时候,他都以极好的态度对待妻子,一提到小顾就笑容灿烂,与小顾在一起时不停地笑着,平常说话他也是小顾小顾的不断地引用着顾同昭语录,像是一个"五好"丈夫。

由于个儿高,我记得在备受争议的第四次全国作家代表大会期间他对我说:"我建议作协主席按身高轮流担任。"真是太妙了,这对那些把作协视为衙门,把作协的跑腿管事人员身份视为争来夺去的乌纱帽的文丑们,无异于一服清凉剂。不是吗,一个作家写不出好书来,再大的乌纱帽也徒然凸显了帽下的空白——叫做名不符实。那么大冯这样说这是不是也从潜意识里表达了他的过把主席瘾闹闹的儿童心理呢,我就不知道了。

由这个大个子写一篇《高女人和她的矮丈夫》就特别哏儿,哏儿完了又挺伤感。特别是描写高女人死后,她的矮丈夫遇到雨天仍然高高举着一把伞,令人感到那伞下有一个空白一节,读之难忘,读之唏嘘不已。

大冯就是这样的人,个儿大,心细,心柔。对谁都是一脸的微笑,亲切，谦虚，体贴，幽默，总是令人愉快。他不是那种总让别人觉得欠了他二百吊钱的作家，也不是那种见谁臭谁，绕世界抹黑散味的霉变物。在与他的交往中你会感到自己是受关心受友爱的，而不是被勒索爱心的。大冯常常和我谈到我的新发表的作品，他作为同行的这种细心和友谊，使我感到十分熨帖。他也会关心旁人，每次见面嘘寒问暖。在去年冬天我因割除胆囊住院期间他来了一个传真，说是："闻君小小有恙，我亦大大不安。"有些了不起的作家是十足的利己者，他们只要求被知道被围绕被注意被关心。现在有"送温暖"一说，大冯确是一个会送温暖的人。如果作家队伍里多几个大冯，少几个咝咝冒烟的手榴弹，少几个由于难产而憎恨一切鸡蛋的鸡，文坛的气氛会祥和得多。

我常常忆起一九七九年（七八年？）第一次在人民文学出版社总编辑韦君宜同志那里见到他的情景，君宜个儿矮，与大冯成为很可笑的对比，但由于大冯的谦虚天真善良如儿童的笑容，你很快接受了他们的愉快相处。你个子再小，在大冯面前也不必不安，因为大冯从精神上更像是个孩子，他懂得尊重别人，这正是他的魅力。

他又那么聪明，多才多艺。他写义和团写神鞭写英国写"文革"写船歌也写乒乓球运动员。他的画很有味道，也有功底，听说还颇有效益。他的文化评论写得有见识有趣味。他为保存天津旧文物做了大量工作。

他这个人也极有趣，每年政协开会期间听他与张贤亮斗嘴，你觉得好玩得不得了。一物降一物，有了冯骥才，牛皮张贤亮才受到了一点约束，不至于"上房揭瓦"，张贤亮常常在与冯的舌战中处于下风。

七十年代末期或八十年代初期，我头一次去他天津的家。一间房子里摆着钢琴摆着床与桌椅摆着有真有假的许多文物古玩。房子和他的聪明一样，满溢得快要爆炸了。后来，几次搬家，他现在的住房可是鸟枪换了高射连发火箭炮了。他给我以功成名就生活猛往上蹭的感觉,应该祝贺他和类似他的作家赶上了好时候,祝贺他们事业有成。同时劝他保重再保重,踏遍青山人不老,我们还等着读他的新作,好事还在后头呢。

发表于《长城润滑油报》2000 年 5 月 30 日

仁者之风巍峙也

一九九六年十二月,就在全国第六次文代会召开前夕,中国文联主席曹禺同志不幸逝世了。

只剩下了一周左右的时间,必须把文联主席的候选人定下来。包括中组部中宣部的负责工作人员在内的人事安排小组紧张地开始了新的一轮也是决定性的一轮征求意见的工作。这种广泛的与认真的搜集民意,是有中国特色的民主的一个重要程序。人们背对背地发表意见,说得上是各抒己见,毫无顾虑畅所欲言。这样搜集上来的意见,大多会得到中央领导的重视乃至采纳。

人们不由得想到了同一个名字:周巍峙同志。他有老延安的革命资历,他有老音乐工作者的专业修养与实绩,他有长期从事革命的文艺工作的经历,他有几十年来与广大文艺工作者同甘共苦、荣辱与共、风里来雨里去的命运与沧桑经验,更主要的是,他身上有一种别人没有的亲和力,他是文艺工作者的朋友、兄长、领导与办事员。

早在我做青年工作的五十年代,我在唱"雄赳赳,气昂昂,跨过鸭绿江"的时候知道了作曲家周巍峙的名字。与他正式有所接触却已经是八十年代初期了。

一九八〇年夏天,我与几位北京的作家应邀去了大连,那时大连正举办舞蹈比赛,巍峙同志作为文化部的领导,在那里主持这一活动。得知我们在大连后,他通过当时的秘书卢山告诉我说,巍峙同志要到我们住的旅舍来看我。我与卢山同志在新疆就相互认识而且共过事。我听了颇觉不安,因为不论是从辈分还是从职位上看,岂有让周老劳动之理?我忙说我去看望周老,但卢山说周部长说了,他一定要来。

后来我们见了面,周老邀我们同去看下午的舞蹈演出。从我们住的旅舍到剧场,有一段不短的距离,周老走得非常快,我们只能紧追慢赶地在后面跟着。这是一个不摆官架子的领导,我的印象很深。

一九八二年,也是批判白桦的《苦恋》那一年,巍峙同志要在人大常委会上做一个关于文化工作的报告,他约我来谈谈,听取一下意见。我们找了一个晚上谈了一次。我现在完全想不起我说了一些什么,中心意思似是希望党保持文艺政策的连续性、稳定性与开放性吧。我可能说得并不清楚,但是巍峙同志的谦虚与民主作风给我留下了深刻的印象。他后来告诉我他吸收了我的意见。

后来,我到文化部来了。巍峙同志虽然从部领导的职务上退下来了,但他仍然担负着主编"十大集成"和主持党史办工作的繁重任务,这些任务其实都是硬碰硬的。其他像振兴昆剧、交响乐基金会、田汉纪念与田汉基金会的工作等,也是靠他来抓。他的工作丝毫没有比处于一线时减轻。他永远是忙忙碌碌的。他的精力也永远是十分充沛的。有些场合我们还会碰到一起,他走路快我是早领教过了的,他上楼梯也快得吓人,有时是一次蹬三级,遇此我惊呼请他放慢,怕他飞速上楼搞出什么闪失。巍峙见他的精力震住了我们,似乎有点得意,他走得更利索了。害得我不断地向他老进行人不服老是对的,但完全不服老也不行之类的辩证宣传吁请——请他多加保重。

他毕竟是老经验,记得在一些复杂的情况下,我对部里的工作的得失讲了一些意见,他提醒我说,话不要说得太满,这对我很有帮助。

一九八八年开第五次文代会,当时有些老的文艺界的领导同志提出希望巍峙同志到文联做点工作,被巍峙同志谢绝了。

回想几十年来的文艺工作,确实动辄成为"重灾区",有点事情,文艺界风就刮得特别大。这与文艺工作者感情饱满又多歧义内耗有关，也与政策上的大摇大摆有关，更与长期以来"以阶级斗争为纲"的积习有关。在这种历史背景下，能有巍峙这样的老同志坚持实事求是，坚持与人为善，广泛联系群众，坚持团结绝大多数，坚持尊重艺术规律与广大文艺工作者，确实是不容易的。周巍峙同志确有仁者之风。他在第六次文代会上当选为文联主席也不是偶然的。因为，他是我国社会主义文艺事业的一个健康稳定的因素，是一个令人放心的因素。我祝愿他老当益壮，继续多做团结稳定、开放拓展文艺事业的工作。

原载《众口说老周》，2001 年

忧郁的黄秋耘

秋耘是我最早熟悉的老作家之一。早在一九五六年,当时他与韦君宜一道主编的《文艺学习》连续几期展开了对我的小说《组织部来了个年轻人》的讨论,而且讨论有愈搞愈大,不好收场的趋势。韦主编与黄副主编找我交谈。韦的谈话基本上是对作品一分为二,但以保护作者为主。黄的谈话则一直是欣赏和叹息。他尤其喜欢赵慧文这个人物,后来的接触中他频频提到赵慧文。有一次在钟敬文老师家里看到一幅字,是一首旧诗,诗不记得字句了,只是记得它很抒情,朦胧委婉而且忧伤。我在二十岁左右的时候正好有点喜欢这种情调。秋耘立刻说:"赵慧文……"其实我自己并没有从那首旧体诗里发现什么赵慧文。顺便说一下,当时对小说的批判意见里,有个人就指出赵慧文是特别的"不健康"。

后来"反右"了,我不用说了,秋耘和君宜日子也不好过,但他终于被邵荃麟保护过了关(他自己告诉我的)。即使在"反右"以后,在那个"失态的季节",秋耘一直对我关怀备至。后来情况稍微好一点,就是说在六十年代初"调整、巩固、充实、提高"的那个时期,他热心于《青春万岁》的出版,帮我出了许多主意。当然,人难胜"天",书还是没有出来,秋耘是尽了力了。他的信中提到过,如果书出来,他要"浮一大白"。他谈起这部长篇小说,一直说"我喜欢这部书",就像他读的不是清样而是成书似的。

一九五七年以后《文艺学习》没有了,他到《文艺报》担任了编辑部副主任。六十年代以后，他住在东单小羊宜宾胡同的家，是我最常去的地方之一。他也数次到我住的一个极破烂的小平房里来过。每次他都爱护备至地向我介绍许多情况，中心意思是说空气愈来愈紧张，许多事情都不好办，我们只能善自珍摄，小心谨慎。每次他说起话来也是小心翼翼、长吁短叹的。与此同时，他又不停地为我想办法，一会儿说我的这个短篇可以寄《鸭绿江》，一会儿又建议我的另一篇作品寄给《新港》。当然由于气候不对，寄哪儿也没有用了。

最难忘的是一九六二年初夏，一次我建议他同去颐和园游玩，他同意了。我提出我们游泳共渡昆明湖，从知春亭游到龙王庙去，他也欣然接受。他是广东人，游得很好，倒是我第一次游那么远，颇有点气喘如牛、手忙脚乱的狼狈。但总还是安全地游过去了。这次游泳显然给他留下了深刻印象，在后来我去到新疆以后的通信中，他曾怅然地提到："如今畅游难再矣。"

一九六二年党的八届十中全会提出"不要忘记"以后不久，他的历史题材小说《杜子美还家》与《鲁亮侪摘印》被指责为借古喻今，也是恶毒攻击一类吧。他的情绪更低落了，他心惊胆战地告诉我海瑞的戏和田汉的《谢瑶环》都被点了名。他告诉我说，田汉的戏里有一个毒刑叫做"猿猴戴冠"，被康生指出那就是"戴帽子"。又过了几天，是陈翔鹤的历史小说也被批评了，说是因为陈的小说里提到如果某个古人活到今天说不定应该担任某个文艺家协会的主席，这不就把历史故事挂到今天来了吗等等，一片肃杀的消息。

到一九六三年，我要去新疆，他依依不舍，并写诗相赠，后面四句是："文章与我同甘苦，肝胆唯君最热肠。且喜华年身力健，不辞绝域做家乡。"前面四句记不起来了，反正很有感情。

赴疆前夕，他主动问我有什么经济上的需要，就是说他愿意借钱给我作长途迁移之用，在大家都困难的时期，他的这种相濡以沫的友谊也是令人非常感动的了。我也确实借用了他的钱，到新疆后一个月汇还了他。

我赴疆后不久,接到他的来信,说是他奉调将赴广州《羊城晚报》社工作。他还提到"青春作赋,皓首穷经",他今后不打算写多少东西,而是闭门读书了。他写了诗给我,说是"不窃王侯不窃钩,闭门扪虱度春秋",也是不惹是非、得过且过之意,令人感到了几丝悲凉。

如此这般,真是无路可走。果然,一场大浩劫遍及全国,灾难也就到了头了。

"文革"后期与"四人帮"倒台初期,他几次到北京,参加《辞源》的编纂工作。我也数次与他在京见面。得知我们二人在"文革"中的遭遇还算是好的,只是一般的靠边站,倒还没有什么飞来横祸也没有受多少皮肉之苦。也许这应该归功于他的一贯的小心翼翼与叹气不止吧?

鱼相忘于江湖,近二十余年,情况好了,人就忙了,互相联系反而少了。一九八二年我们一道去美国参加一个研讨会,我发现他还是一副沉重兮兮的性情,似乎他的脑子里仍然是各种要整肃谁谁的坏消息,我忽然觉得他有点习惯性的忧郁,忧郁的后面是莫名的恐惧。而我想,人生不能没有忧患意识,正如不能只有忧患意识,何况我当时确实有点天真的兴奋劲儿。记得也是在此次的国际研讨会上,我提到某女士的著作体现了诗教的"怨而不怒"的风格,秋耘便起立发言,表示他不赞成什么怨而不怒。这是第一次我看到他的比较激烈的一面。后来在我担任公职期间,一九八八年,我去广州出差时到他家看望他,他引用诗句以为对我的警策。他引用的句子是:"寄语位尊者,临危莫爱身。"是充满了忧患意识的了。这句话给我的印象太深,太刺激了。我也知道做到这一点是多么重要,多么难能可贵啊。

今年八月下旬,我照例从北戴河游泳写作回来,友人邵燕祥来电话告诉我秋耘已经过世的消息,我又连忙把噩耗告诉与他相熟的张洁。记得有一年,张洁在广州生病住院,秋耘对她呵护有加。我们都说,"一个好人啊,过去了。"后来才接到讣告,由于我搬家,讣告是寄到原地址去的,从原址转来,就晚了几天。

都知道秋耘是一个人道主义者,他翻译过罗曼·罗兰的著作。人道主义者选择了中国共产党领导的人民革命,这是历史的必然,难道人道主义能够选择帝国主义、封建主义、官僚资本主义三座大山的压迫么?秋耘是老革命,曾经从事过艰苦卓绝的秘密工作,然而文人的气质、书生的理想主义,在这种背景下的人道主义在严峻的现实面前显得是多么无奈!他碰到的挫折大概也不少吧?但他也坚定地说过:"在我历练诸多之后,我承认,革命的过程与我想象的有很大出入,但是,如果回到当年的情况,我仍然会毫不犹豫地选择革命。"他的话是意味深长的。

老年以后,每次与他见面,他都给我以泪眼迷离的感觉。有一个作家对我说:秋耘是那种"官愈做愈小"的老革命。戏言乎?不平乎?呜呼!

而他的人道主义、理想主义与对不幸者孤独者弱者包括对那个"季节"的我的关心,都是令人永远不能忘怀的。他自己告诉我,"文革"后周扬在广州与他见面时,特别提到:还是要讲讲人道主义。

发表于《新文学史料》2002年第1期

光 年 千 古

　　光年去得非常突然。两个多月以前,朋友们自动为光年庆贺米寿(八十八岁),他还是好好的。几天前,他还计划去医院治一下白内障,他信心十足地说他一定可以活上百岁。可是元月二十五日晚上他突感不适,住进医院,身体各部分全面衰竭,到了二十八日,就去世了。

　　《黄河大合唱》歌词的这位作者,生时如黄河奔流,波涛汹涌,九曲连环;死时如雪山崩颓,烟飘云散,一了百了。好一个诗人光未然,好一个革命者、评论家、老领导、老师长和老朋友张光年同志,你活得充实,走得利落!

　　他是一个号角,他的保卫家乡、保卫黄河、保卫全中国的号召至今激扬在中国大地上,令人热血沸腾。他是一个尖兵,多年来战斗在政治斗争、意识形态斗争、文艺斗争与改革开放的最前线,并为此付出了巨大的代价。我还记得他说过的一句话,他说:"活一辈子连一个人都没有得罪过,岂不太窝囊了!"说话的时候他的两眼放光,他的一生确是战斗的一生。他是一个革命者、政治家,从来是大处着眼,大处落墨,充满了历史使命感与政治责任感。他不仅考虑和热衷于文学事业的发展,更着眼于整个国家整个党的事业,盼望文运随国运齐兴,盼望文艺事业随党的整个事业俱进,盼望作家的创作空间与中华民族的精神空间都能得到开拓,更希望文艺的生产力、民族的精神与人民的积极性都能够得到进一步的解放。我至今记得他在中顾委会议上听到小平同志讲话后的欣慰心情。小平同志说,闭关锁国的结果只能是贫穷落后、愚昧无知。光年听了,五内俱热,给我讲的时候,他的眼泪都快出来了。他告诉我,在一九九七年香港回归以后,他与巴金老中秋之夜乘船共游杭州西湖,巴老欣慰地对他说,中国人总算能直起点腰来了。对于国家的发展进步,这两位老人,由衷地表达了自己的喜悦之情。

他多年担任《文艺报》《人民文学》与中国作协的主要领导职务。他曾经是大家的主心骨,因为他对各项事务有自己的稳定的看法,有原则,有尊严,有严肃性,绝不是迎风摇摆投机取巧之徒。尤其是在二十世纪八十年代的头几年,那还是改革开放摸着石头过河的初期,一方面是空前的百废俱兴的新局面,一方面是各种思潮各种憧憬各种理解的交融与冲撞。一脚深,一脚浅,一会儿弄湿了鞋袜,一会儿半个身子跌到了水里。敏感的作家的敏感题材的作品常常成为争议的话题,成为各种思潮乃至力量的演习舞台、磨刀石与箭靶。那时作协还没有办公场所,重要会议都是在新侨饭店开。只要回想一下这些会议上伤痕文学、反思文学、拨乱反正、光明面阴暗面、错误倾向与班子的软懒散的提法,便可以想见工作的难度与歧见的难以避免。我至今不会忘记在许多次会议上,光年对改革开放的热情呼唤,对新时期文学的布满荆棘和陷阱的道路的辛勤开辟与清扫,对过分极端的观点和言过其实终无大用的空论谬论的苦口婆心的劝诫。为了平抑自己的激动,他有时边说话边踱着步子,他的手势使我想起了诗歌朗诵。他对"文革"的经验教训是太铭心刻骨了,对于"左"的曲折是太警惕太痛心了,他不愿意采取更强硬的办法对付成事不足败事有余的偏激言行,反过来他还要为这一类的妄言狂举而承担责任、承受责难,个中甘苦,难以表述。求仁得仁,光年对此也从无怨言。当然,我相信他也会有自己的总结与反思。

退下来以后,十几年来他整理自己一生的经历和创作,与其说是对身上的伤痛与华彩的抚摸,不如说是对后人的叮嘱,他只是希望后人比自己这一代更成熟些更聪明些,希望有些代价不必反复付出罢了。他早在"文革"前已经开始,退下来后又继续完成的骈体韵文《文心雕龙》的现代汉语翻译工作,令人钦佩,令人赞美,也显示了他的不凡的学养和诗心。退下来后我们多少次在他的寓所交谈,喝着他亲手为我泡的绿茶,听着他娓娓道来,我觉得他多了一些静气,多了一些沧桑感,多了一些淡泊的笑容。与他的接触让人感受到一种成熟的稳定与从容的美,也帮助你克服一点心浮与气躁。他的客厅里挂着一幅字,曰:"勤奋延年",说得真好。

光年是许多不同的年龄段的作家的朋友,他始终不知疲倦地阅读各种新作,看完了,好处说好,不好处说不好,从不迎合。对我的作品他也有尖锐的批评。我们的某些艺术趣味不尽一致,他并不讳言。虽然由于大量地从事文艺方面的领导与行政工作使他未能以更多的时间从事艺术创作,然而他的文人本色并没有湮没。我至今记得有一次讨论小说评奖时我们的争论,有一篇描写一个受气的小媳妇的小说受到光年的欣赏,而我不怎么喜欢它。我说鲁迅对这种人物定是哀其不幸,怒其不争的,而我们接触到的这篇作品却是赏其不幸,美其不争的。此言一出,光年沉思良久,旋即表示接受了我的意见。

在哀悼他的此刻,我想起了林默涵同志对陈荒煤同志说的一段话。他说:"我跟荒煤同志之间,对某些问题也有不同的看法和意见,但我们都是当面说……我认为在建设社会主义进而实现共产主义这个根本目标上,我们是完全一致的。"我相信包括那些对光年的观点和工作持某种保留态度的人,也会以这种心情来痛惜硕果仅存的老一辈革命作家张光年的逝世。我们大家都会同意,光年是个沉甸甸的人,不是轻薄为文者;光年是个志存高远胸有大局的人,不是个患得患失的低级趣味者;光年是个充满责任感使命感的大气的人,不是一个小气小头小脸的钻营者。光年生活在中华民族大革命大翻身大开拓大解放的时代,他是这个时代的见证、这个时代的歌者、这个时代的清道夫与建筑工,他是这个大时代的代表人物之一,他为这个时代付出了自己的一切。前人种树,后人歇凉,各种鼓噪与泡沫之后,后人总会成熟起来,后人总会懂得珍惜光年等老一代作家的辛苦奉献和卓越成果。他的去世必然引发人们的深深的悲伤,但是他的形象与境界将长存在我们的心里。

发表于《中国文化报》2002年2月2日

喜欢巴金　学习巴金

我见过不少作家了,最本色、最谦虚、最关怀青年人爱护青年人的就是巴金。

他常常显得有点忧郁,他不算太幽默,他的文章也像是与你喁喁谈心,而每一个字都燃烧着热烈,都流露着真情。他提倡说真话,提倡文学要上去,作家要下去,提倡多写一点,再多写一点,尊崇俄罗斯民间传说里的志士丹柯,用燃烧的心照亮林中的黑暗,带人们到一个光明的地方。这些论述似乎平淡无奇,似乎不算什么理论更不现代和后现代,不会吓人也不算高深,但是这是肺腑之言,是他本人的生命体验。

他甚至于不承认自己是文学家,他不懂得怎么样为艺术而艺术,为文学而文学,他是为祖国、为人民、为青春、为幸福、为光明和真理而文学而艺术的。

他说话声音不大,用词也不尖刻,但他很执着,他充满了忧患意识。

偶然他也笑一笑。有一次谈到一位女作家的讽刺小说,他笑了。有一次谈到我的一篇被大大夸张了危险性的小说,他也玩笑地说:"成了世界名著了。"他的吐字清晰的乡音——四川话,甚至在说笑话的时候也像是认真得近于苦恼。有时候,他显得不那么善于言词。

很早很早以前他就说他的生命快要走到尽头了。但是他不悲观,他寄希望于青年,于文学。这样的心胸是伟大的。

他是我们的一面旗帜,也是榜样。与他老人家比较,文坛上的那些个浮躁,那些个咋唬,那些个爆破和牛皮烘烘,那些个洋八股党八股,那些个装腔作势、夸夸其谈,是多么渺小啊。

年届百岁的巴老啊,我们一代又一代的作家永远喜欢您和学习您。

发表于《北京青年报》2002 年 11 月 25 日

永远怀念一氓同志

我想我第一次与李一氓同志见面并给他留下了一点印象是在一九八一年,当时很可能在总统大选中获胜的法国社会党领导人密特朗应中共中央总书记胡耀邦的邀请到中国访问,客人提出希望会见中国的一些作家,我与艾青等出席了与他们一行会面的活动。当时有一些法国记者,提出了一些问题,其中有所谓比较敏感的地下刊物问题、不同政见者问题等,我都即席做了回答。事后,李一氓同志表达了对我的注意和一些肯定。

到一九八四年底,他老又读了我写的《访苏心潮》。那时中苏关系并未正式解冻,但已开始往正常方面发展,写访苏文章有一点难度,你不能像五十年代那样去歌颂苏联,你又不能像对资本主义国家那样骂苏联,也不能像我们在"文革"中那样大批苏联现代修正主义与社会帝国主义。于是我全面写了各种酸甜苦咸辣的感想,五味俱全。他通过张光年同志告诉我说,他觉得我写得已经很成熟了。

不久我就被邀去做中国国际交流协会的副会长,会长是李老,当然这也是他老人家对我的关心和器重的一个具体表现。

这期间,我几次在作协的文学评奖发奖会上见到他老的身影。从工作分工来说,他本可以不参加作协的这些活动,虽然他也是老作家,老创造社。我觉得他之所以参加这些活动,除了与张光年同志的友谊以外,是想表示他对常常处于议论乃至争论中心的作家们与作品的支持。他渴望在党的十一届三中全会以后,中国的文艺中国的思想界出现一个新局面。在中国,文艺是一个风向标,文艺界气候的温暖与清明是社会政治走上坡路的标志;而文艺界的肃杀与恐怖,就是社会政治相反走向的标志。李老通过自己的行动,表达了他的政治愿望。

一九八七年,一氓老在《人民日报》上发表了一篇文章谈我的长诗《西藏的遐思》。这对于我来说也算是荣幸之至了。

来往比较多还是在我离开了文化部领导岗位之后。不论我什么时候去,李老都能推心置腹又是高瞻远瞩地给我分析一些重大的问题,使我得到不少教益。李老一直非常关心文学界的情况,常常叹息我们还需要更多的大作家,他有时屈指算一算,说是那时的大作家多还是解放前成长起来的,新中国自己的大作家还是太少太少了。对一些复杂的情况,他都能够以丰富的实践经验与高超的理论修养做出精辟的分析,释疑解惑,令人信服。至于他对我个人的处境的关心、爱护,非言词可以记述。

李老善书,在他的生命的最后一段时间,他给我写了一幅字,引用的是《文心雕龙》上讲创新的一段话。这也是他人虽高龄,仍然孜孜于新事物的一点意思吧。

李老走了,一走就是十年了,我纪念他,回想诸事,特别感到惭愧。好在他走后的这十年,中国发展建设得很不错,九泉之下,他该感到欣慰的吧。

原载《李一氓纪念文集》,2002 年

怀念新疆民族文化的园丁赛福鼎

从一九六三年到一九七九年，我在新疆生活期间，赛福鼎同志一直担任着自治区的领导职务。他特别关心新疆地区的民族文化的发展，给人非常深刻的印象。

例如"文革"后期，极左路线搞自治区文联的"斗批散"，解散了文联，相当一些作家被轰到乡下，搞什么"敌我矛盾按人民内部矛盾处理"，诗人铁依甫江等就这样离开了乌鲁木齐。其他人也都上了"五七干校"。后来，是根据"赛书记"的指示，收回了这些人，以文化局创作研究室的名义，事实上恢复了文联的工作，包括出版文学刊物推动创作等。

七十年代中期，铁依甫江回来了，他是赛福鼎同志的座上客。我们的创作研究室主任是阿布拉尤夫同志，由于老铁的说项，阿主任对于我也是特别照顾，批准我可以不坐班，在家写作。虽然那时我还不可能发表作品。我永远感谢老铁，也感谢阿布拉尤夫同志，更应该感谢赛福鼎同志。

那个期间，自治区搞了一个大歌舞《人民公社好》，虽然人民公社后来已经不复存在，这个歌舞的名称已经不合时宜，但是它精心排演的新疆各民族的歌舞，仍然给人留下了极深刻的印象。

赛福鼎同志一直想搞一个反映三区革命的剧本，突出民族团结与祖国统一的主题。我的朋友陈村同志参与了某些工作，他也常找我征求意见，可惜，这个事没有完成。

我倒是参与过一些赛福鼎同志的诗作译成汉语的工作，主力是维吾尔语专家郝关中与用维汉双语写作的克里木·霍加先生，但我也常常与之切磋，如《红隼》一诗，我觉得很有气魄。

"文革"后许多人的命运都发生了变化。我有机会与赛福鼎更多地直接接触了。我到他家为他祝过寿。我曾经邀他与司马义·艾买提同志一起到虎坊桥我的住所共吃拉面条。赛福鼎同志也很感慨，他说到过他年轻时喜爱文学，后来学过医，又后来立志献身教育，但是命运却又是别样。他虽然讲得十分谦虚，但是我认为维吾尔族有他这样的领导同志与文化人，是一件好事，有助于维吾尔族与新疆各族民族文化的健康发展。

有一件事，在我到文化部工作后，赛老多次与我谈过，他希望能以"十二木卡姆"的旋律为基础，搞成一部交响乐。他的这个意见极好。十二木卡姆这个音乐遗产，是太宝贵了。

我知道作曲家石夫先生作了一些这方面的工作，虽然还不是完整的交响乐，但至少已有了石先生作曲的类似管弦乐作品。我希望，这个工作有人继续做下去，完成赛福鼎同志的遗愿，推动我们的民族交响乐创作。

我还知道赛老对于民族文化的许多关心与重要指示。例如受了境外的某些习惯的影响，有些维吾尔知识分子在写到"某某是什么什么"的句式时，喜欢加一个 dur 的助词后缀，而这是完全不符合新疆的实际情况的，是赛老的关心，才使之未成风气。

赛老已经离开了我们，但是他的音容笑貌，他对于新疆各族人民的感情与关切，他对于发展民族文化事业与巩固祖国的统一所做出的贡献，是永远的，是回想起来令人十分感动的。

2003 年 1 月

纯洁的文学魂

不揣冒昧地说,艾芜老师是我有幸在我最困难的时期见到的老作家之一,六十年代,千万不要忘记阶级斗争的呼声已经震天,似乎是北京市文联组织我们去郊区短期看一下"四清"工作,在京东一个小村,人们说艾芜老师正在那里深入生活。我便赶紧去拜访。到他住的农家,要过一道沟,我踉踉跄跄地跳过去了,为此艾老还对我微有抱怨——那么,他怎么看到了我跳沟呢?记忆已经无法给予什么答案了,模糊也是一种沧桑的证明。

与不漂亮的跳沟旧事相比,我更记得的是艾芜老师的朴实无华,心平气和。他是深水,而不是喧闹的泥潭。他一心扑在创作上,他可能认为最适合他的生命形态是用笔说话,用文字塑造形象。他是一个真正的作家,晚年年迈体衰也没有停笔,他有一个纯洁的文学的魂。他在散文《想到漂泊》中说:

> 但如今一提到漂泊,却仍旧心神向往,觉得那是人生最销魂的事呵。为什么呢?不知道。这也许是沉重的苦闷,还深深地压入在我的心头的缘故吧?然而一想到这种个人式的享乐,是应该放弃的时候,那远处佳丽的湖山,未知名的草原,就只好一让它闲躺在天末了。

这样一种对于远处的佳丽湖山与未知名的草原的向往,这样一种深重的苦闷,这样一种应该放弃的"个人享乐",其实应是包含着自我边缘化的洁身自好的。

他甚至天真地说：

> 远远的南国山中,卑微的灯火人家里面,那些丰美的醉人的温暖,却留在我冬夜的胸中了。

这是小说《冬夜》的结尾。与此对比的是城市"文明人"的冷漠。显然,艾芜在这里的判断加入了他自身的浪漫情怀。

我们感受到的艾芜的漂泊——"南行",更像是一座自由灵魂的风向标。他在一九四三年的一篇文章里这样写他自由而快活的流浪情怀：

> ……店门外迎着我的是山间刚刚冒起的玫瑰朝日,是抹着晨光朝露的丰饶原野,是将我带到新鲜地方去的坦坦旅途,是引起我高声呼啸的林中歌鸟;这一切都使人感到自由而且快活。

他的流浪足迹十分艰辛,流浪途中经历了旧社会下层人民遭遇的种种苦难与屈辱,但他的南行作品,不仅有诗意的惆怅,传奇的人生故事,也让人强烈感受到灵魂逍遥于边地海阔天空的自由的快乐。这种快乐是现在正享受着享乐主义带来的轻松和快感的人们,无法想象的。

如今"南行"已成为一个特殊词汇载入中国现代文学史册了。我当年就傻气地、不无庸俗地想过,为什么艾芜写得这样美好,却没有那么风光红火？我以为是他写南行的缘故,写得那么边远,少数民族什么的,又怎么能不边缘呢？年轻时他偏安一隅,获得文学声誉后,长期偏安于蜀地,直到告别人世。他已经习惯了清静与寂寞,也习惯了自我的边缘化,他的洁身自好与边缘化一脉相承。

当然,配合不力是一个原因。其实艾芜老师也是由衷地歌颂新生活的,我读过他的《雨》,写得清新而又精致,是真正的艺术品。他不会写那些咋咋唬唬和锋芒毕露的"积极表现"的文字,即使歌颂,他也仍然是幽雅、抒情而且有一种谦逊的分寸。

还有一个原因我以为是他的语言,他的语言比较"五四",而我们有一段只提倡口语化的特别是农村口语化、再缩小一点是北方农村口语化的文学语言。而艾芜的语言,更像来自朱自清、刘大白、落华生、俞平伯的传统吧。其实,我们的语言资源是丰富的,多质的,能够写得像老舍、赵树理那样固然很值得称道,鲁迅、巴金、钱钟书、孙犁、艾芜式的相对书面一点,乃至受过一些翻译作品的语言的影响的语言风格,又何尝不是我们的宝贵财富?在文学上动辄定于一尊的想法实在是太有害了。

而艾芜是经得住时间的考验的,对于文学,时间最严厉,时间最公平,时间也最温馨。与艾芜老师同期的著名作家前辈多了,是不是他们的作品都能一样地经得起时间的筛选呢?

艾芜老师的南行书系小说《芭蕉谷》、散文《想到漂泊》在他百年诞辰之际出版了,如同艾芜老师朴实无华的作风一样,它们没有华丽的登场。但我相信,这些南行作品与《南行记》一样优美,一样充满忧郁的浪漫抒情,一样带给我们读《南行记》一样心灵的感动和精神的震撼。我为之祝贺,我也为之感叹和怀念。

2004年1月14日艾芜百年诞辰
原载《芭蕉谷》,2006年

悲情的思想者

一

顾骧把他的新著寄给了我，它披露了上个世纪八十年代周扬的一些思索、遭遇和那个年代对文艺工作的讨论等内部材料，它已经受到思想史专家的重视。由于书中的事情我在场许多，耳闻许多，牵心许多，书中不止一个地方提到我的名字，至今读起来仍觉得历历在目，言犹在耳，有的惊心动魄，有的令人嗟叹。

恰恰在近日出版了拙作长篇小说《青狐》，小说的相当一部分题材，与这本书的题材重叠或者交错，有的段落可以互为验证，互为补充，互为演绎。这更增加了我对顾书的兴趣。前几年应邀我在南京东南大学做过一次讲演，题目是《文学互证论》，这回可以自己参与进去互证一番的了。

但更多的是一种隔世之感，是一种平静，是"白头宫女在，闲坐说玄宗"的间离效应。我问过一个读了此书的中年人，他说他觉得书的材料翔实，但是他怀疑，如今再回顾这些前朝旧事，这些详尽的争斗细节，有那么必要吗？

也许这才是真正的悲哀，这是真正的隔膜。一个"异化"，一个"人道主义"，已经没有那么悲壮或者那么严重乃至那么重要了。人们会怀疑，难道值得为之献身或者为之大动干戈？

二

周扬同志首先是一个革命者,同时,他与那些靠朴素的阶级感情跟着打土豪分田地的人不同,他是一位刨根问底的思想者。我一九五六年听他在全国第一次青年创作积极分子会议上讲话,他说:"在座的各位是搞形象思维的,而我是逻辑思维的了,哈哈哈……"他开怀大笑,我觉得他带几分得意。

革命与思想,这是周扬其人的关键词。革命需要思想,毋宁说在社会矛盾足够尖锐的前提下,革命是思想、是意识形态的产物。法国大革命时期,自由平等博爱还不是现实,而是一种新兴资产阶级的意识形态。在国际共产主义运动的高潮时期,共产主义也不是现实,起码尚未充分现实化,而是如火如荼而又寒光闪闪的意识形态,是一把出了鞘的剑。"王侯将相,宁有种乎"与"迎闯王,不纳粮""苍天已死,黄天当立"是农民起义的意识形态。而马克思主义,成为二十世纪无产阶级或无产阶级领导的人民大众革命的意识形态。没有革命的理论就没有革命的运动,这是一个经典的命题。很少有政治家、领导人像革命的政治家、革命政权的领导人这样重视思想、理论、意识形态直到文学艺术唱歌演戏的。所以我们新中国对于领导人的逝世,自然而然地以"伟大的(或杰出的)马克思主义者"作为对历史人物评价的最崇高的称号。

革命同时需要情感,革命充满了悲壮的、正义的即绝对道德自信的、排他的、斗志昂扬的、宁死不屈的激情。我想列宁所说的没有人情味就没有对于革命的追求就是这个意思。革命思想不是数学符号式的单纯的逻辑推理,而是激情、想象与科学论断结合的产物。《共产党宣言》正是充满悲情的革命意识形态的一个范本。"宣言"是犀利通透的理论,也是大气磅礴的散文诗篇。强调学习"毛著"的年代,说是一定要带着(阶级)感情学,这并非偶然,由此而引申成的反智主义,则是悲情走向了异化——反面。

这样的革命有极大的魅力,革命需要文学,文学倾心革命。革命特别吸引文学青年,哪怕这些人被定性为"小资产阶级"知识分子。

革命的威严与压倒一切,使革命党有信心也有必要掌文学的舵。个中最主要的是以革命的意识形态统领文学,向文学创作特别是理论中一切异己倾向作无情的斗争。半个多世纪以来,文艺领域的反(错误)倾向斗争不断,半个多世纪以来,文艺老是充当"重灾区",永远需要端正方向。以致没有哪个革命文艺的头面人物敢说文艺方向问题已经解决。在上世纪七十年代,批"右倾回潮"时,"方向问题解决论"是回潮的一个罪状。

周扬即是一个革命意识形态战斗者与领军人的角色,他领导革命的文艺运动长达半个多世纪。如顾书中所说,他的职务不算太高,但是他的影响与威信大大超过了他的级别。名胜于"职"(不是"质")使他面临某种危险。

他的威信是党的威信,是马克思列宁主义、毛泽东思想的威信,也是他个人的善于思想、善于进行悲情的与雄辩的理论阐发的威信。"文革"中姚文元批周扬,说周扬是反革命两面派,说他是(做)报告狂,这从反面表明了周扬在研究、讲授、运用与发展革命的意识形态方面的热情、特长、深思与自信,也表明了他自以为十分政治化了,其实仍然保持了某些知识分子特点或曰文人特点。言多必失,在中国,真正的大政治家不会做这么多长篇大论的演说。周扬毕竟搞了一辈子文艺,而且不幸的是,他真钻进了文艺,不是只在文艺圈做管理干部。他总是有太多的文艺话、理论话,而且是相当内行的话要说。

三

"文革"之后,周扬上下求索,他要给类似"文革"的事件一个马克思主义的说法,他要寻找一个庄严的、符合马克思主义的历史主义必然观的、悲情的与原罪的概念——命题,无所不包地说明他所虔诚信仰和舍命投入的革命事业产生挫折的原理。他找到了"异化"一词,他为之激动并对之青睐。他以为,他有可能从此找到总结历史教训、避免类似事件重演的理论关键。而就主导方面看来,"异化"这个理论,当时被认为有为各种社会主义的反对派包括所谓"文革派"利用的危险。现在,这个词其实已经被学界广泛接受和相当轻易地使用,但在党的正式文件上,这个词仍然不被认同。

以我的初级阶段的理论知识而言,异化与变质含义也差不多。我党是很喜欢讲什么什么人蜕化变质的。第二,确实,不同的人都可以方便地使用异化这个词。我就听周扬的老秘书露菲同志说过,一位文艺观点乃至政治观点与晚年周扬大相径庭的人,后来表示欣赏异化论:他们所说的异化,主要是用来批评改革开放带来的与传统观念中的社会主义不一致的东西。

至于人道主义,应该说没有什么"另类"。一九八三年批评周扬的时候,我就听中联部一位资深领导同志讲过,要慎批"人道主义",如法共机关报就叫《人道报》嘛。一九八六年我访问齐奥赛斯库时期的罗马尼亚时,也知道罗共的纲领规定,要以爱国主义、人道主义与历史乐观主义教育人民。(这从另一面反衬了人道主义标榜的不足恃。)以人为本,现在则已经载入中国共产党的正式文件。

时代发展了,自然要讲人道主义,也不妨一提异化。我们既不觉得它们是什么洪水猛兽,也已经不显得振聋发聩。我倒是从中拟喻不伦地联想到了重庆大足石刻中的几幅连环浮雕:表现一头牛先是套着绳索,挣扎而不得脱,后来自然而然地就摆脱了绳索,在明月清风之下自在徜徉。

生活之树常绿,生活比论争更强,或者说有时候不争论的方针比大辩论的方针更有力;对于教条主义的消解,比与教条主义认真论争更有效,更少"以条易条"的危险。只要基本健康的理性占了上风,生活,尤其是人民群众的经济生活与普通常识,天生地站在鲜活的创造性的实践一边,而不可能是站在不合时宜的吓唬人的条条框框一边。这是令人欣慰,令人扼腕,抑或令人失落的呢?

四

然而又是事出有因:马克思主义由于主张暴力革命、阶级斗争,党由于搞土改搞流血斗争屡屡被攻击为不人道,人道主义确实曾经被派过反共、反革命的用场。这是特定历史阶段特定国情下的事,这当然不是人道主义的罪过。我在《青狐》中就写到过,那个时期,不仅"人道"一词会引起某些老革命家的警惕,"爱心"呀"美"呀"说真话"呀"写真实"(这其实是斯大林提的)呀都会被某些同志视为可疑,乃至遭到公开批判。

这里还有一个问题,马克思主义在中国,至少在新中国从来不是一个纯学术的概念,而是真理、革命话语权与指挥权、进行无产阶级专政或人民民主专政的权威的根据与标志。马克思主义是新中国的道义权威、理论权威、政治权威的集合象征。所以,我们会看到:讨论马克思主义的一些带有根本性的命题,便是讨论谁来掌权和怎样掌权的问题。这样,马克思主义往往难以七嘴八舌,争鸣齐放,不可能允许任意置喙,而只能由党的领导集体,由党的领导核心,由党的最高领导人极端慎重地也是极端郑重地予以首先是坚持,其次才是发展丰富乃至修正,提出新的提法,成为新的革命经典,这里不可任意越雷池一步。马克思主义而马列主义,而毛泽东思想,而邓小平理论,而"三个代表"的重要思想,新中国的马克思主义发展史就是明证。当然,这里也有特定的不同情况,例如,十一届三中全会前后,理论界关于"实践是检验真理的唯一标准"的讨论,由于与政治生活的操作要求高度一致而受到极其积极的评价。紧接着关于"生产目的"的讨论却由于未必符合操作需要,便不了了之了。

周扬出于自己的马克思主义信念、智慧和历史经验,特别是十年

"文革"的痛苦经验,意在对于马克思主义当仁不让地有所发展解释,其情可感,其志可嘉,其心胸可敬可歌,其思想水平理论水平也令人赞佩,然而,他多少脱离了研讨马克思主义的具体政治条件。他没有更多地从中国党的实践中,从中国党的领导人的言论指示中寻找理论资源,而是从马克思的早年文字中去寻找,文章到底是书生啊!而且他是党的高级干部,以他的资历和身份,他要以署(真)名文章的方式在党中央机关报《人民日报》上以显著地位发表新论,他当然是在为党立言,只能是为党立言!不经过中央的授权或者是认可,发这样的文章怎么可能?这怎么可能是纯学术问题?

也许现在是时候了,我们可以讨论在同心同德、艰苦奋斗的情势下,在保持作为党的政治纲领即政治实践的理论基础的权威性统一性严肃性的前提下,怎么样做能更好地发挥人民的特别是理论工作者与党史专家们的历史主动性与理论创造性;怎么样做更有利于作为世界观与方法论,作为哲学、政治经济学与人类学、社会学、历史发展学说的马克思主义学说的科学性与人民性的结合;怎么样做更有利于发挥集体智慧、人民的智慧来学习研究发展马克思主义,来活跃头脑与建立真正的人文科学社会科学研究的合理的和更加民主即更加生动活泼的格局。此事体大,这是另外的话题。我们现在回顾这一段历史,只是为了理解当年发生的事情的历史必然性,而从中国封建社会的悲情思维定势——忠而见疑,怀才怀忠不遇,小人进谗的认识模式——中超越出来。

五

然而周扬是悲怆的。"文革"后复出,周扬创巨痛深,常常是双目含泪,反思和致歉。他从事革命意识形态工作的经验使他确信,一个正确的思想,一个理论命题或者概念,将改变国家的命运,文艺的命运,几代人的命运。他是决心背起共产主义运动的曲折与人民革命斗争的艰难这副十字架的。这种悲情的思想者特色其实并不自异化论与人道主义论始。

几十年来，我听周扬同志的报告常听到他引用歌德的两个言论，虽然我至今没有找到出处与原文。一个是"愤怒出诗人"，周扬就是用这个话来动员作家们参加反右、反修、反这个反那个的斗争的。不少人至今以怒为荣，以怒为吸引眼球的妙计。其次是说："一个阶级上升的时候面向世界，没落的时候面向内心。"对这个说法我也一直是且信且疑。歌德有那么强的阶级观点和非内心观念——有点唯物论的反映论的意思了——吗？怎么解释《浮士德》呢？求识者教我。

请看一看他五十年代的著名讲演《文艺战线的一场大辩论》和六十年代的另一次著名演说《哲学、社会科学工作者的战斗任务》吧，他同样是悲情与雄辩地、富有创造性地讲着"个人主义是万恶之源""小人物打倒大人物"，高屋建瓴，势如破竹。他同样激情洋溢地进行过反右与反修的大辩论。他的理论是革命的，普罗的与人民大众的，而"被侮辱与被损害"（语出陀思妥耶夫斯基的小说题目，邵荃麟译）者的革命，永远是小的弱的无名的（弱势群体）打倒那些庞然大物，这样的造反有理心态，这样的失去锁链得到全世界的零和心态，离不开悲情与煽情。

我再补充一句，在那个"激情燃烧的岁月"，一些人接受批判戴帽也是充满悲情的，一些被批判的人欢呼革命的深入，忏悔自身的不足，悲情无限地准备着脱胎换骨，从此破旧立新，舍命求新。只是在屡屡遭遇现实的荒谬闹剧以后，才发生了从悲情到无奈调笑的过渡。

周扬毕竟是思想者，不可能满足于欢呼圣明与人云亦云，他在上个世纪五十年代六十年代如日中天，是由于他善于理解和别具风格地、不无创造性地与感情充沛地诠释他所崇拜的毛泽东的思想指示决策。当然，听从着他的良知，在可能范围内他也做了例如保护一些人才、普及正确的文艺观的事。在高龄以后，欣逢新时期的开始，他有一种使命感和急迫感，他具备另一种思想悲情，他的沉重的反思命令着他:对他为之献身,也为之不惜硬起心肠做了许多严酷的事情的马克思主义,他应该做出新的探索、解释和阐发。他同样对自身的马克思主义水平与意识形态在我国社会生活政治生活中的作用信心十足,他要去推动马克思主义在中国的发展,要以新面貌的马克思主义来使中国至少是使中国文艺焕然一新。一九七九年纪念五四运动六十周年时,他首先提出了"三次思想解放运动"的重大命题,他在理论上的影响越来越大。然而,紧接着,一九八三年在为马克思百年祭立言的事情上,他碰了壁。

同时如前所述,周扬这一代方方面面的领导干部习惯于进行反倾向斗争,他们要根据毛泽东的矛盾论找主要矛盾,找牛鼻子:明确是要反"左"还是反右,做出正确的(希望是英明的)判断,这才叫领导,这才是最主要的统揽全局,驾御形势,决胜千里的领导艺术。晚年周扬的一个重要的与千辛万苦的努力就是力图说服上上下下,"左"才是当时文艺工作的主要错误倾向(而不是"自由化")。对这种旷日持久的要反"左"还是反右,还是两样都反的讨论辩论,笔者(王)至今回想起来都有一种疲劳感与无力感(亦请读《青狐》)。周扬意在保护文艺家特别是中、青年文艺家,其情可感,但未必人人知情。

我想起了自称"散淡的人"的杨宪益先生的打油诗(原文不在手边,按记忆复述):

……周郎霸业(!)已成灰,(括弧与惊叹号为王所加)
沈老萧翁(当指沈从文、萧军,王注)去不回,
好汉最长窝里斗,老夫不吃眼前亏。

漠然,敬而远之,观戏,这恐怕是"沉默的大多数"文人的感受,真正的平民视角。周扬的在天之灵,希望不要有类似鲁迅在《药》中表达的感受。

六

  更沉重的是，现在已经不是完全用理论用意识形态来裁判一切、用反倾向斗争治国的时代了。砍头不要紧，只要主义真，而主义真不真要靠实践这个唯一标准来检验。中国共产党已经完成和正在完成着从革命党到执政党的转变。当然，没有放弃而是继续坚持与高扬革命的意识形态的旗帜，才有理念，才有方向，才有执政的合理性、合法性、连续性与稳定性，才有人民、民族的凝聚力、向心力。主导方面多次宣告绝不实行领导思想的多元化，原因即在于此。毛泽东对马克思主义有一个简明的解释：造反有理。邓小平强调马克思主义的精髓是实事求是。"十六大"的提法则强调马克思主义的理论品格是："解放思想，实事求是，与时俱进。"从中当可以看出时代发展与理论提法发展的轨迹。

  难以设想一个十几亿人口大国的执政党，会主要以不可更动的前人理念言词治国，会主要依靠意识形态的神圣性与全能性安邦，会永无宁日地以抓一个常常是顾此失彼的错误倾向（"牛鼻子"）而使各种次要矛盾迎刃而解。也就是说执政而搞一言兴邦一言丧邦，那是远远不够的。执政后的现实、执政的得失、社会发展的成败进退等等，诠释者责任者已经不是旧的反动政权而是革命党人自身了。这时候，听取现实的声音，不断校准与发展既有的理念比任何时候都更重要，至少与用理念来武装自身、用理论衡量实践一样重要。与用理论剪裁现实比较，更重要的是以现实校订并丰富理论。在野党革命党可能是理想主义直至乌托邦主义者，而执政党首先必定是、必须是求真务实的现实主义者。面对日新月异的现实，曾经至高无上的理论工作者不能不感受挑战，感受尴尬，也迎接新的激发与丰富。

  执政，在正常年代，正在从以呼风唤雨、风云变色、山岳崩颓的反倾向斗争为纲到以管理公共事务为主线上过渡。相当大一部分公共事务如防治传染病、维护公共秩序、保证春运畅通、打击假冒伪劣……未必仅仅从属于某种特定的意识形态理念，但它体现着立党为公、执政为民的宣示。人们在重视意识形态的作用的同时，必然同时强调统筹兼顾，重在建设，经济工作是中心，依法治国，学习（世界上）先进的管理经验，注意人才，科教兴国等等。包括文艺生活方面，个案处理式的就事论事乃至若无其事的行政处置，有可能或已经取代了一部分震天动地的意识形态搏斗。

而周扬那个时候，虽然他意在反"左"，意在拨乱反正，但仍然沿用当年的思想论战的方法、理论论证的方法、意识形态概括的方法、大宣讲和大辩论的方法、抓牛鼻子的方法来反"左"。其实正是毛主席，最善于以华彩的理论论争摆平一切对手，摆平一切具体矛盾。而周扬确是学习了毛主席的理论感与思想威力感。他是一个理论的探索者乃至先行者、献身者，他的贡献将被有心人记住。但历史的经验恰恰证明，仅仅从理论到理论不能完全解决问题。

那个时候社会上流行一个词，叫做"观念更新"，以为中国的问题是一念或多念之差所致，我从来对之抱且信且疑的态度。观念是要更新的，但同时需要或者更需要的是切实的与建设性的工作，通过现实的新意来更新观念。观念更新与生活更新需要互相配合，互相适应，需要良性互动。

我们常常强调正确的理论使中国革命面貌一新。其实我们也应该想一想，中国革命的实践与革命前特别是革命后的现实，确实使马克思主义理论的面貌一新。

夺取政权的斗争是悲壮的英雄主义的，而全面建设小康社会便相对更强调求真务实，也许我们为了务实而多少付出了一些理想主义、浪漫主义、豪言壮语与直上云霄的理论作为代价。有人在怀念革命的悲情与崇高，怀念"左"的年代的宏文谠论，喜欢唱"世风日下，人心不古"的五百年老调，或者为"生活在别处"而慷慨激昂。人们不能不为腐败、拜金主义、价值危机、人文精神失落……而痛心疾首。

所以至今仍然有，也一定需要有民间的悲情思想者，他们可爱可敬有时也不免失之天真乃至褊狭。他们仰慕先哲：鲁迅、切·格瓦拉、福柯……或者另一种人物如顾准、哈维尔（至于把陈寅恪也放到名单里则恐怕属于误植）。他们无法把社会拉回到昨天或拉到别处。我们的社会确实应该有足够的勇气与胸怀听取他们的哀声与警告，即使说的很不受听，也可以发见与寻找他们的见解中的值得警策之处。他们做得好了有可能点燃起新的思想火炬。（至于悲情则可以少一点，历史已经证明悲情、愤怒、咋唬有可能靠不住。）同时对今日的悲情思想的地位要有一个恰当的估计：不可无视，不可轻慢，不可不分青红皂白地敌视，应该认真面对。但这些搞得太自恋了，也并非没有可能成为东施效颦、缘木求鱼的半瓶子醋。人们更不能忘记的是，时刻倾听生活的信息与启示。

七

顾骧对于周扬同志非常尊敬，非常怀念，他的怀念与尊敬同样充满悲情，这是自然的与感人的，情走笔端嘛。同时不难看出，作者对此书中的周扬同志的"对立面"胡乔木同志颇有非议。

无疑，在晚年周扬的那一段公案中，周扬在道义上得到过文化圈子内颇多人的同情与尊敬。而胡乔木则有些尴尬，对他的腹诽不少。在后来一个场合他又从正面讲了许多人道主义的好话，他其实感到了为难。我们还可以说，周扬与胡乔木，在对待改革的理解与态度上，确有不同。

胡、周二位领导，二位大人物，二位前辈，对我都是倍加爱护与帮助的。根据我的有限的理解，事情可能不像此书想的那样简单。胡在一九八八年曾经颇带感情地对我与吴祖强同志说过："必须废除文坛领袖制度……"他说得斩钉截铁，深恶痛绝。他批评音乐界忽视黄自、萧友梅是由于"门户之见"。他还向我表示过对丁玲的遭遇的不平与同情。他也有他的悲情与正义感、不平感。虽然他更讲纪律，更少流露，更多的是使自己的才华与学问，使他的缜密与华丽的文字为党所用，为中央所用，为领导人所用，而且自觉地被用得得心应手。一家一本难念的经，他的晚年同样有他的郁郁之处。

他们毕竟是一代风流人物，我有幸亲见亲历，聆听教诲，每每感从中来。虽然我不敢也无意掩盖我与他们的差距、差别。我愿直言不讳地怀着亲敬的与平常的心情放言写下对他们的看法，包括事后诸葛亮的妄评。同时我永远不会忘记他们对我的关心帮助。天老沧桑，哲人其萎，胡乔木、周扬，这样的一些名字正在或者已经从历史的篇章中翻过去，历史已经掀开了新的一页又一页。他们的革命理想、理论理想，至今仍然在鞭策着也烤灼着我们。我们怀念与尊敬老一辈悲情的思想者，温故知新，我们有可能汲取一点他们终其一生才换来的宝贵的经验教训，今之视昔如后之视今，对历史其实也是对现实，对古人其实也是对自身，我们需要正视，更需要深思、深思、再深思。我们都可以想得做得更长进更完善更明白些，而绝不是更糊涂。

同时也感慨，原来我们已经走了那么多、那么长的路，而前面的路更长、更艰巨。

发表于《读书》2004 年第 11 期

永远的巴金

在这个星空之夜,巴金走了。

如果设想一下近百年来最受欢迎和影响最大的一部长篇小说,我想应该是巴金的《家》。早在小时候,我的母亲与姨母就在议论鸣凤和觉慧、梅表姐和琴、觉新觉民高老太爷和老不死的冯乐山,且议且叹,如数家珍。

而等到我自己迷于阅读的时候,我宁愿读《灭亡》和《新生》,因为这两本书里写了革命,哪怕是幻想中的革命,写了牺牲,写了被压迫者的苦难和统治者的罪恶。我还记得《灭亡》的扉页上写的取自《圣经》上的一句话,说是一粒种子只是一粒种子,但是如果把它放到泥土里,它自身死了,却会结出千百万粒种子。这话使我十分震动,使我向往泥土,也向往并且震动于献身和牺牲的价值。

"文革"开始以后,我在伊犁,同院有一对工人夫妇,他们找了一本《家》偷偷阅读,读得津津有味,放低了声音告诉我他们阅读的感想。他们现在才知道《家》?这使我觉得他们未免少见多怪。到现在《家》仍然感染着征服着年轻的读者,这又使我赞叹感奋不已。然后我和妻子把书拿过来,重新读一遍,仍然像读一本新书一样心潮澎湃。

我也读过巴金写的与译的《春天里的秋天》《秋天里的春天》以及《寒夜》《憩园》等等,我深深感到了巴金的热烈的情思,哪怕这种情是用无望的寒冷色调来表现的。甚至在他晚年时候,他写什么都是那样的充沛、细密,水滴石穿,火灼心肺。巴金的书永远像火炬一样地燃烧,巴金的心永远为青春、为爱、为人民而淌血。

只是在"文革"以后我才有机会见到老人,他忧心忡忡,他言之谆谆,他反思历史,他保护青年,他永远寄希望于未来。他远远不像许多作家那样善于辞令,善于表演,善于抖机灵式地卖弄。作为一个作家他太老实,太朴实无华,对不起,我要说是太呆气啦。

他在关于《家》的文字中一次又一次地书写:"青春是美丽的。"所以他特别痛恨那些戕害青年、压迫人性、敌视文学艺术、维护封建道统的顽固派。他看到了太多的不应该不幸的人却遭到了不幸,他充满了感情的郁积。直到晚年,在新中国成立五十周年的前夕,他与张光年同志一起泛舟杭州西湖的时候,他才表示,(由于国家的发展)"现在中国人能够直起点腰来了!"

我在一次又一次的交往中,还从来没有听他老人家讲过一句这种欣慰的话。他太苦了。我从前说过,当代中国至少有两个痛苦的作家,一个是巴金,一个是张承志。这也是先天下之忧而忧,后天下之乐而乐吧。

巴金的作品其实一向直言不讳,拥护什么,同情什么,反对什么,都清晰强烈。一个爱国主义,一个人道主义,是他终身的信仰——这是他在迎接第五次作家代表大会的时候说的。他甚至于讲得有点极端,因为在另一个场合他曾经说自己不是文学家,他拿起笔来只是为了呼唤光明与驱逐黑暗。他喜欢在高尔基的作品中描写过的俄罗斯民间故事,有一个英雄叫丹柯,为了率领人们走出黑暗的树林,他掏出了自己的心脏,作为火炬,照亮了夜路。所以他一辈子说是要把心交给读者,他是这样说的,也是这样做的。他是一个用心用自己的全部生命来写作,来做人的人。所以提起历史教训来他永远是念念于心,他太了解历史的代价了,他不希望看到历史的曲折重演。在他的倡议下,世界一流的现代文学馆终于建成了,这是"五四"以来的现代文学的丰碑,也永远是巴金老人的纪念馆。没有巴金就没有现代文学馆。他还想纪念与记住一些更为沉重的东西，那样的记忆已经凝固在他的晚年巨著《随想录》里，把记忆和反思镌刻在人们的心底了。

"我已经快要走到生命的尽头了，但是我并不悲观，我把希望寄托在青年人身上……"在他年老以后，他一次又一次地这样说。他像老母鸡一样地用自己的翅膀庇护着年轻人。他与女儿李小林主编的《收获》本身就是勤于耕耘、勇于创新、尊重传统、推举新秀的园地。"要多写，要多写一点……"他一次又一次地对我说。在他还能行动的时候，每次我去看望他，他老人家总要边叮嘱边站立着……走出房门相送，而当我紧张劝阻的时候，他与女儿小林都解释说他也需要活动活动。我们握手，他的手常常冰凉，小林说他的习惯是体温维持较低，然而他的心永远火烫。他不怎么笑，有时候想说两句笑话，如说到张洁的一篇荒诞讽刺小说，但是他的神情仍然认真而且苦涩、无奈。有一次，我看他老态沉重了，便信口开河起来，我说作家之间的无穷内斗可以组织麻将大赛决定输赢，青年热血过度沸腾可以组织摇滚或秧歌大赛，优胜者可以免费环球旅行。他笑了。他用执着的四川口音重复我的话说："哦？这就是你的救世良策？"他每一个字都吐得那样认真，使我惶恐觳觫（hú sù，因恐惧而发抖）无地。事后我愈想愈悔，便打电话给小林致歉并检讨自己的放肆，但是小林说那次见面是他老人家一些日子以来最高兴的一次。唉，他总是那样诚实、谦虚、质朴、无私。他永远踏踏实实地活在中国的土地上。他提倡讲真话提倡了一生，却遭到过诋毁，曰："真话不等于真理"，倒像是假话更接近真理。现在，这种雄辩的嚼舌已经不怎么行时了，巴金的矗立是真诚的、真实的与真挚的文学对于假大空伪文学的胜出。

想一想他，我们刚刚有一点懈怠轻狂，迅速变成了汗流浃背。

发表于《巴金研究》2005年第3期

他与读者同在

去年三月,听到过巴老病情不好的消息,后来,老人家转危为安了,大家相信也祝愿,巴老不会有事,巴老永在,巴老的健在是我们的使命和力量的源头之一。

但是噩耗终于传来,巴老走了。早晨刚刚为神六的胜利归来而狂喜,晚间便传来了这样的消息。

一面旗帜降落了,一个老人老师闭上了眼睛,一个好人好友永别。一曲悲歌从心头响起。

他从"五四"走来,他的《家》《春》《秋》——《激流三部曲》,他的《寒夜》和《憩园》永远感动人们,他从《灭亡》和《新生》一直到《团圆》(《英雄儿女》)再到《随想录》见证着历史沧桑,鼓励着人们前进,他永远和祖国和人民在一起,他始终燃烧着激情,渴望着爱、光明和温暖。

他始终重视文学的社会作用,他一贯提倡说真话,把心交给读者,爱祖国,爱青春,作家要下去,创作要上去。他早就说过,他的生命快要走到尽头了,但是他不悲观,他寄希望于未来,寄希望于青年。

我曾经有多次当面求教的机会,他永远是那么平和,那么谦虚,那么朴素,那么诚实得如同孩提,同时那么坚持着他认定的真理。他总是鼓励我多写一点,多出一点作品。他常常不顾年老体衰阅读一些年轻作家的新作,有时候谈起来便显出难得的笑容。其实,他是更富于忧患意识的,更多的时候他有些忧愁,有些担心,他永远祝祷着与期待着祖国与人民的更好的现状与未来，他不希望出现太多的意外和曲折。他极端重视历史的经验与教训。

大约七八年前，光年同志告诉过我，在巴老彻底病卧在床以前的一个秋夜，他与光年同志共同泛舟于西子湖之上，他对光年同志说：现在中国人总算能直起点腰来了！这已经是很大很大的喜悦了。这样的喜悦在巴金老人的一生中并没有许多次。

而他的逝世正是在神六成功征天回来之后，他若有知，他会欣慰。而他的身影，他的浓重的四川口音，他的诚挚，他的拳拳之心与谆谆教导，将永远活在后辈我侪的心里，与他深爱的祖国同在，与他深爱的读者同在。

发表于《人民文学》2005 年第 12 期

想 念 文 夫

说起文夫,大家都觉得他可爱、有趣,有人缘也有文缘。

他的《小巷深处》与我的《组织部来了个年轻人》都收在中国作协编的《一九五六年短篇小说选》里。然后,在一九五七年那一"劫"里,他和一批江苏青年作家因为什么"探求者"一"案"被搞得不亦乐乎,他还好,被弄成"中右"。而更多的人与北京的几位一样,彻底打入了另册。到六十年代,似乎他也搅到什么"中间人物"一"案"中了,干脆被下放去当工人去了。

这样,一直等到七十年代末,"四人帮"倒台,住在北京电影制片厂改剧本的他居然能找到我在京的亲戚那里,意外地让"关系"尚在新疆的我见到他与老管夫妇并共进午餐,真是太令人惊喜了。

他有江南秀士的风姿,他有土生土长的纯朴。一九八六年我们一起作为国际笔会的特约嘉宾去纽约开会的时候,他不喝泛美航班上供应的饮料,而是只要开水冲泡自己携带的绿茶,用餐时则拿出家乡的洋河大曲。一九九一年我们同去新加坡参加作家周活动,他每顿饭都要索取一盘炸花生米。当时他的名著《美食家》已经名震中外,他已经当了一年的法国美食俱乐部的荣誉会员,还在一九八九年秋到法国吃了一圈。

他的作品与他本人一样,亲切多姿,别人容易接受。他写起来就自然做到了怨而不怒,哀而不伤,乐而不淫。他说实话多,说大话少。说老百姓的话多,说字儿话、官话、显学问的话少。他从生活中来的体会捉摸甚多甚多,云端立论、巅峰抡斧甚少甚少。他天生实事求是,从来没有大言欺世。他颇有趣味,但绝不油滑耍嘴。他也关心自己,但是并不高调压人。他或有自我感觉特别良好的偶然机遇与天真表现,但是绝不中伤嫉妒旁的同行。

或称之为陆苏州,苏州因文夫而更加苏州,文夫因苏州而更加文夫。一方水土养一方作家作品,一方作家作品使这一方更加凸显特色。

他住在苏州,不但与北京也与江苏首府南京稍稍有点距离,客观上带点自我边缘化的聪明和狡黠,但也有谦虚和本分。他自诩过"闲云野鹤"。他的作品有苏州园林的精致,但是并不雕琢、不较劲,而是偏于行云流水。他的作品不乏对于时弊的针砭,但是绝不风风火火。他的短篇小说《围墙》曾在河北省委的三级干部会议上印发,作为空谈误国、实干兴邦的学习材料。他喜欢没完没了地说话,但是不说是非,不传长舌。

他喜欢烟酒。他当人民代表那些年每到北京"两会",都要到我家小饮。他的评论是:"王蒙家的酒可以,菜不怎么样。"边饮边谈,他对诸如世态人情、三教九流、文坛争拗、官场沉浮无不了然于心,他有自己的臧否,也有付之一笑的超脱。他有兄长之风,但没有兄长的人之患在好为人师。历次北京开作家代表大会,他的得票老是很多,当非偶然。

二〇〇四新年前我去苏州,登门拜访,他身体不好,又经历了丧女之痛,我与他们夫妇交谈时只觉辛酸。他们对我的友谊仍然火热,他那天很兴奋。一年多后,他走了。所谓五十年代(露头角的)作家正在凋零,张弦早就走了,刘绍棠也没有了。还有老的、病的,不写了的……我曾经十分感叹一些文学老人的离去,现在轮到自己这一辈人了。我能说什么呢? 陆文夫是个好人,好作家、好朋友、好兄长啊!

原载《永远的陆文夫》,2006 年

难忘的天云山

用浩然喜欢说的话,作家们都是些个人精人核儿(北京话读胡儿)。人们的印象是,这类人多半是些口出狂言,任意臧否,喜激动,爱放炮的性情人物。加上"文革"遗风,更有些满嘴脏话,以野蛮为本真,以最最起码的文明规范为虚伪的廉价愤青儿们。

身为货真价实的作家,不是以写作之名混名混利混级别的混混,而能谦恭谨慎、与人为善、心平气和而又正派执着、始终如一者,不甚多见。

(陆)文夫是一个。只是喝多了、谈深了,他会流露一点孩子气的自我满足。他的自鸣得意,小有吹擂,相当可爱,至少比满嘴恶毒,认定所有中外人等各欠着你两万美元可爱——和后一类同行在一起,我也会惴惴不安起来:乃至怀疑自己是不是借了他或她的钱没有及时销账。

彦周则是一位无瑕的兄长,他想的更多的是他人的长处、好处。二〇〇五年(?)我去合肥参加他的文集的发行式,他激动得几乎落了泪,他说的是感谢的话,他心里装着的是感恩的情。

二〇〇三年他组织"迎驾笔会",我要说的是应约到了的有影响的作家比一个有关单位组织的正式会议还要全。彦周则能使这些人精人核儿们个个满意。他与老伴,直爽诚恳的张嘉,照顾旁人十分周到。同行们风流自炫者有机会风流自炫,言谈微中者有机会"闲"谈微中,忧思邈邈者自然仍是忧思邈邈,东张西望者则尽可以东张西望。个性不受钳制,却又有一个基本健康的调子,亲近祖国大地,赞美安徽名山,同行相亲相敬,追求文明进步。

看看"文革"后所谓复出后彦周的家喻户晓的名作《天云山传奇》吧,你已经知道了他的真情、他的取向。他从来都不接受那些装腔作势、借以吓人的棍棒,他从来都站在祖国的发展、进步、文明、开放的主潮中间。我曾经实话实说,安徽最知名的山有两座,一个是黄山,一个是天云山——这座只存在在彦周的艺术虚构里的充满苦难和正气的山岭。

不论是他早年写的《归来》还是《找红军》,不论是他写的《阴阳关·阴阳界》,不论是他写《廖仲恺》还是最后一部七八十万字的长篇小说《梨花似雪》,也不论他是写话剧剧本、电影剧本,长、中、短篇小说,不论他是写前清写民国写解放写"文革",他从未改变过他对于文明、民主、社会进步与祖国繁荣的追求。他还有一种诚挚与稳健,创作上大胆出新却并不一味求怪异,保持严肃仁爱与理想主义却不膨胀自恋,从来都注意阅读与接受效果、尊重受众但绝不媚俗,追求真理但从不大言欺世……

他大我六岁,已经先走了。他的音容笑貌,他的风格,他的好意仍然令人快乐着。想到世上毕竟有过鲁彦周这样的好兄长式的作家,诚恳而又和气的作家,勤奋而又常带笑容,多情却又沉得住气的写作人,而并非都是恶少、救世主、巫毒、候补肉弹与文化骗子,便觉得咱们这里的文学这一行可亲了许多。

2006 年

告别两位学者

季羡林与任继愈两位著名学者差不多在同一天去世,标志着一个时代的结束。在这个时代,我们拥有一批在旧中国受到教育并在专业上建立了根基,而在新中国的近六十年来,与人民同甘苦,与国家共命运的专家,他们为新中国的学术事业以及文学艺术事业,撑起了门面,做出了自己的贡献,也付出了自己的代价。

今后,看新中国的了。我们的作家艺术家,我们的学者教育家,我们的学术理论与文学艺术的成果,我们的专家与领军人物阵容,我们的已有的与将有的新局面,能不能满足时代的需要,能不能符合中国在世界上的地位,能不能无愧于我们的先人与经得住后世的检验,看咱们新中国的成就与本事啦。

我们可能不无汗颜。我们需要加倍努力。我们也需要总结经验。人才人才,科教兴国,人才强国,我们讲了老大一阵子了,收效如何?有什么可以改进的空间?江山代有才人出,新中国将写下怎样的记录,刻下怎样的丰碑?

直到季先生的遗体火化了,我们的媒体才有一个对于先生的身份的实事求是的说法,那就是"中国共产党的优秀党员,北京大学资深教授,国际著名东方学家、印度学家、梵语语言学家(王按,以上三个"家"的说法嫌啰嗦,其实可以合并),文学翻译家、教育家"。其实季老也是优秀的作家。

媒体上不再采用"国学大师"之类的随意之词,这令人信服,也令人慨叹。我们的国人,喜欢作价值判断,例如高度评价季老的社会地位与学术地位,这完全是应有的评价,但是不注意作认知判断,即对某人某事某个领域某种学问缺少最起码的了解。这提醒我们,要提高与普及全民的特别是媒体人的人文知识,提高全社会的人文判断与汲取能力。

前不久,网络上有票选"国学大师"(?)的活动,结果头一名是鲁迅,这样的结果未免滑稽。

遥想当年,任继愈先生曾在《人民日报》上著文,提出,我们的国家不但要脱贫而且要脱愚,善哉斯言,任重道远也哉!

任继愈老自一九八七至二〇〇五年任北京图书馆(后名国家图书馆)馆长,二〇〇五年以后任国家图书馆名誉馆长,在为任老治丧的报道中,有的没有提这一点。国家图书馆馆长,在世界各国都是一个耀眼的职位,我这里补充提一下,也许是必要的。

2009年7月23日

子 云 走 了

五月二十一日与二十二日,在上海连续两天我都见到了李子云,她气色不错,但是显得非常衰弱,走路时紧紧靠着搀扶她的安忆,说话也比平时少得多。

想不到六月十日,她就走了。说走就走了,几乎没有过程。

她是一个爱说话的人,过去每次在北京见到,光与她说话也超过四五个小时。

谈对文学、作家作品、作协文联等的看法。谈话中她锋芒毕露,时有批评指点,不跟风,不趋时,不从众,不看批评对象的高低贵贱,不管你具备老虎或者老鼠屁股,也就不留情面。包括对我的作品,她认为好就是好,她认为不好她绝对不会说好。一种她认为是我的炫技之作,花样翻新,却并没有能触动她的心田,她当然不喜欢。一种她认为是我的和稀泥之作,名为温暖和谐,实为欲说还休,却道天凉好个秋;她说她读了好难过。还有一些观点与我不同,例如她不那么喜欢俗文学,我却觉得应该包容。

我们是和而不同的。大致上谁也没有说服谁,但又互有很大的影响。

最早一次见到她是在四次文代会上。听她谈了在上海的一些有关文艺问题的争论。她在编《上海文学》,她发表了长文,对于文艺为政治服务的说法提出质疑。她被某些人所不喜,又为某些人所支持。她曾经在夏衍同志身边工作,从她身上可以看出夏老的清晰、清高、清纯与分明。

世界上的事都能那么分明吗？到了一九七九年，到了我入党已经三十一年，中间被开除了二十二年，终于又回来了，而且一片形势大好的时候，我身上未必没有难得糊涂的阴影，即使那时候抱有的希望如火如荼。我甚至私下觉得子云何必那么较真，为什么不能牵就牵就、凑合凑合呢？文艺文艺，争那么多做啥，争论终将忘却，作品、好作品仍然存留。尤其是遇到一个什么直接领导，你怎么能不善自调和一番呢？

但是她的鲜明与文艺良心仍然给我深刻的印象。对于她，文学与良心完全一体，违背了良心绝对没有文学。她要求深度，她要求感动，她要求直面人生现实，她要求触及真相与灵魂，她要求精美与严肃，要求真情。她压根不信并且讨厌炒作、关系、促销手段与拉拢公关，她也从来不被大话、热昏、潮流所唬住。

"某某写得笨。"她一句话就扎到了一个死穴上，虽然人们都认为某某写得真诚。"对某某某吹捧得太高了"，她说，尽管高高之说已经实际上被许多人所接受，已经成了气候。她全然不顾别人的哄抬，对于她，任何哄抬等于零。"某某心思很高，但是常露出马脚。"她又说。我甚至觉得她说得太穿透了。她说到了那些可爱的同行的不得体的、偏于下作的举止与文字，实在令人摇头，令人沮丧。不说不行吗？例如在大街上看到一摊污秽，是指出还是赶紧转过头去好呢？

她不无洁癖。她感到吃惊:怎么某某的言词像是流氓？怎么某某的腔调像是应召女？怎么某某变成了死官僚？

……她不完全了解我们的生存环境吗？她以为文艺界当真矗立着什么象牙之塔吗？

她为什么不把这些都写出来？她当然写过不少的批评、评论文章，有棱有角，我听到过被批评的作家的叫苦。但是没有写得更多。我替她难受，怕什么？搞了一辈子文学评论，连一些贻笑大方的作家都没有认真得罪过,不是太憋屈了吗?

但是听她说说仍然有趣,有时颇为痛快。她对文艺工作方面担任过领导职务的人的情况直至音容笑貌也都学得惟妙惟肖,评得入木三分。无怪乎一九八三那年闹批现代派,竟然把冯骥才、刘心武与在下的妄言,归罪到她,竟然几乎把祸事转移到李子云身上,因为说是上海支持了现代派(?),夏老、巴老都说了让某些自命领导的人不那么爱听的话,他们怀疑,是子云在那里牵线搭桥,兴风作浪;忙于什么要把她调离文艺界,敢情文艺界是这样可爱肥厚。现在的八〇后九〇后们,当然无法想象当年的文艺斗争盛况,应该说是弄假成真、装腔作势、借以吓人,终于空无一物的盛况。

屡屡成为目标,有点风风雨雨的意思,同时她该怎么样就怎么样,从前是这样,后来还是这样。她住在淮海路上一个里弄的一间不大不小的老旧房间里,三十余年如一日,陪她的有一个老保姆,她就在子云家里养老了。其他人包括我本人在此期间已经搬了不知多少次房,住房面积扩充了有的达十几倍。她从来没有为自己个人的处境生活待遇等与我透露过一个标点符号——说实话,我也没有相问过。而另一位写作人,刚发表了第一篇大作就开始闹腾待遇了。他的各种言词令人作呕。为什么同为文艺从业人,低俗的就俗出个蛆虫来,而清高的就只能清高出凉风阵阵?我接触过的夏衍张光年包括林默涵等也是这样,他们只谈文艺与政治,绝对不谈个人得失,他们不关心这些,不论是他们自身的还是旁人包括谈话对象的。他们的骄傲是他们的思想观点,你让他们改变自己的观点,根本不可能。子云在评论界有相当的影响,我知道有些作家希望得到子云的好评,有某些努力,但是无用。现在还有这样固执的、不妨说是方正无私的或者不无迂腐的评论家吗?像李子云这样的评论家会不会逐渐绝了种?

她比较毫不吝惜地赞美过的作家之一是宗璞——兰气息,玉精神。她这样说宗璞,她在宗璞身上,找到了某些方面的自己。

然而李子云又不仅是书生才女,她绝对不是书呆子,她太不呆了。你到上海,如果得到子云的照拂,那一定是如沐春风,哪里住、哪里吃、哪里散步、哪里谈天、哪里购物与购什么物,她的建议永远是最佳答案。

有时候她有点娇气,她从不要求豪华,但是一点点不适她会有超强的反应。到北京来,她喜欢吃我们自家做的饺子。但是一个小馆如果被她察觉出来不洁处,麻烦了,她只能选择绝食。还有一次在某地开会,她到了,觉得不适,立即躺倒,然后立马回上海。也许这是她那时已经有点心脏病的表现。

她不接受肮脏和俗鄙。当一个土包子出了趟国,回来拿上个小玩意儿垂涎三尺地讲述国外的繁荣讲究与自己开洋荤的兴奋的时候,李子云的反应是:"我们早就选择过了。"张承志无数次提起此事,他感佩李子云的尊严。他反感某些写作人的无耻,当然。

子云走了,她的风格与见识仍然与我们相伴。我们无法忘掉她。

我早晚要做一件事:冒大不韪,把她口头上多次评论过,却一直没有写出来的那些话公之于众。如果说我没有得到授权,那就算老王的又一次王说李话,借题发挥吧。

相信我写到这里,有些人读到这里,也许会吓出一身汗。

2009 年 7 月

怀 念 育 之

育之离开我们已经两年多了,我仍然不能忘记他的谦谦君子的风度,他的仗义执言的诚恳,他的实事求是的学风,他的温俭恭良的态度。

我并没有太多机会向育之请教,与育之谈天说地。但是我知道他的平和,他的宽厚,他的认真,他的对于真理的坚持。我相信就是年轻时候,育之也具有一个成熟厚道的学者的长者之风。

他曾经在宣传部门工作,有时候也会接触到参与到一些文艺争论上,他是坚持与人为善的,坚持改革开放与"双百"方针的,我们有许多共同的感受,来不及及时交流,却能够互相响应,凝聚共识,共尽小绵薄。

他研究马克思主义的科学观,研究自然辩证法,他对于不知从哪里兴起的批判科学的思潮不免忧心忡忡,在中国这样一个愚昧迷信还有极大势力的土地上,突然嫌恶科学太多了,突然发现科学并不能给我们带来许多万能的好处了,这不是太过分了吗?他为此写过文章,我当然赞成他的观点。我邀请他到中国海洋大学讲讲这个问题,他欣然同意,抱病来到青岛,作了热情洋溢的讲话,他希望科学和人文之间不应该相互指责、相互交恶,而应该相互沟通、相互交融。可说是深得吾心。

育之在《读书》上刊登的《大书小识》专栏,我也极其喜爱。他充满敬意地但又是实实在在地谈论考证毛泽东的一些文章言论的背景与始末，给人很多启发。

他也向我讲述过出席毛主席参加的哲学研讨的事，他尊重领导，尊重事实，尊重历史，尊重科学，从无投机跟风的轻薄与庸俗。

育之坚持马克思主义，他坚持的是马克思主义的正道，是马克思主义的科学之道，是马克思主义的君子之道。中国是个大国，中国共产党是个大党，即使仅仅从外表上来看，也需要龚育之这样的马克思主义的君子，而不能只会斗斗斗，在斗争中红了眼珠子，走哪里都成为不和谐的因素，成为小土地雷。那恐怕不是真正的马克思主义，而是伪马克思主义，装腔作势，借以吓人。

2009 年

追念任继愈先生

二〇〇九年十二月二十日,我到国家图书馆主办的文津讲坛作讲演,遍看满堂的听众,觉得少了个人,他就是国家图书馆的老馆长任继愈教授。为此,我宣布独自一人站立默哀。此前我在文津街老馆址讲演过多次,不论是谈小说写作、谈《红楼梦》、谈读书、谈语言,任老都亲临在场,静静地坐在头排中间,而在讲前,我们也都有机会促膝谈心,交流沟通。当然,不仅如此,我还多次参加过任老主持的图书馆顾问会议和文津图书奖颁奖典礼。

是一九八七年,经中央有关领导胡乔木、邓力群同志等提出,文化部党组决定,报国务院核准,任命时已七十一岁的任老为时名北京图书馆的馆长(后,北京图书馆更名为国家图书馆)。我还记得为此我与任老谈话的情景,任老动情地说,他常常感到惭愧,为新中国的建立付出太少,贡献太小,能有机会给国家多做一些事情,他欣慰。

他是一个读书人,没错。我几次去过他在南沙沟的家,在他的家里我的所见唯书。早在一九五三年我津津有味地拜读的《老子今绎》一书,就出自他手。在他就任馆长的时候,他同时在社科院还承担着重大的科研与教学任务。同时,他对于国家社会的关切与责任感,也给我留下极深刻的印象。不久,我在《人民日报》上读到他的谈人民"脱贫也要脱愚"的文章。我太高兴了,正合吾心!愚昧愚昧,为害剧矣!而且,人们有时候回避了后者的这第二脱的严重性、长期性、艰巨性。时至今日,种种起哄、大呼隆、反科学的迷信与邪教、牛皮忽悠、盲目性、摇摆性、极端性与破坏性都与愚昧有关。他提的问题太痛切也太关键了！我多次见到他，当面表达我对他的文章的赞扬与响应，只是此文的后续事宜还有待进一步的努力。

数年后，我在一次文化论坛的开幕式上听到他的即兴发言，他说，现在大家说中国传统文化的好话比较多了，关键原因在于当前的事情做得愈来愈好。如果眼前的事情办不好，再跑出来吹过往的传统如何精彩伟大，那还是有难处的。就好比赛球，你赢了，你讲传统呀特色呀，讲些高姿态、高论入云的话，别人可能还乐于接受，至少是不妨听听。如果你球赢不了，却一味唱高调，接受起来可就难了！

善哉斯言！听出点味儿来了吧？他不但讲得巧妙，而且讲得入木三分，甚至于我要说，他讲得极务实，叫做真正的大实话，值得咀嚼。问题是有的人常常跟风大闹，却忘记了大实话式的真理，更是常识。与会者对任老的话无人不赞。此时他已经八十大几了，已经不当馆长，只当名誉馆长了。

在他重病住院之时我去看望他，他仍然是孜孜于学问探讨。他的一位助手告诉我，任老对于儒学治国的类似说法颇感忧虑，他甚至于觉得有些意见不太好提。我听了，有震动感。

头两月，我参加他主持的文津图书奖典礼，我注意到得奖的书中有李零教授的《丧家狗》，这是一本比较客观地谈孔子谈儒学的书，只有愚昧的网虫们才一看书名便向李教授发出狗血喷头式的鼓噪。

任教授生于一九一六年，比我大十八岁，可以说是长辈，至少是老大哥。他也曾与先父同事，而且，我的印象二人不无碰撞。在任老的女儿任远在加拿大里加纳大学读博士期间，我讲学至此，为任远带去了她的老爹带给她的中药与肉块豆腐干炸酱。任远也给我与妻贡献了她烹调的猪肉白菜炖豆腐。学问、友情、小小的不离故乡口味的地球、一代又一代留下了亲切与温馨的记忆。任老去矣，当不甚远。这样的学问、这样的见识、这样的责任感，上哪里再找后继者去呢？

发表于《光明日报》2010 年 3 月 13 日

今天格外怀念您

提起新疆,我们会马上想到一个名字:赛福鼎·艾则孜。我同时会想起他的上唇短髭,想起他含蓄的笑容,想起他从容坚毅的举止与永远的深思,特别是他与人为善、与民为善、与友为善的关切与倾听的表情。

今年是赛福鼎同志诞辰一百周年。从青年时代参加反对旧中国反动政权的农民斗争开始,到留学苏联,参与发起"三区革命",与全国的人民革命运动汇合,长期在新疆从事自治区党委与政府的领导工作,多方面关心与推动新疆维吾尔自治区的发展进步,关心与凝聚新疆各族人民的团结,他是新疆革命、社会主义建设、安全与团结统一的一面旗帜。他也长期从事国家的立法与政治协商领导工作,是全国民族团结、和谐稳定、爱国主义、社会主义的一个代表人物。

前不久我有幸看到了即将播出的电视文献纪录片《赛福鼎》,让我想起了他的八十多年峥嵘岁月,温习了阿图什、喀什、伊犁、塔城、阿勒泰、乌鲁木齐……天山南北的壮阔风光,回顾了从上世纪三十年代至今的历史进程,看到了在这样一个有着复杂敏感矛盾的地区,在那样一个风云变幻、浪涛翻滚的时代,屹立着、战斗着、辛劳着的赛福鼎同志的身影。我感觉到的是丰富,是充实,是历史的庄严与坚定,是以赛福鼎为代表的新疆人的艰难与勇敢,贡献与智慧。

这是一部生动火热、别有特色、大开眼界、引人入胜的文献片。温故知新,它有助于我们了解新疆,珍惜新疆,支持新疆,发展新疆。

看了此片我们会更加了解国际国内、疆外疆内各种麻烦的历史渊源，也更加珍重赛福鼎同志等老一辈革命家、老一辈共产党人对于新疆与全国社会主义事业的披荆斩棘的开拓，对于边疆事务的准确把握与妥善处理，对于民族、宗教、建设、自治与团结统一政务的成竹在胸与指挥若定。

我也想起在赛福鼎同志生前，我所获得的与他有所接触、有所请教、有所相知的机会。早在"文革"前与"文革"当中，我有幸听到过赛福鼎同志关于维吾尔文不要随意受苏联某些中亚地区加盟共和国的语言文字的影响，滥加助动词的指示。作为领导而能如此咬文嚼字，难能可贵，我对他的文质彬彬印象深刻。

上世纪七十年代，我所在的新疆维吾尔自治区文联在"文革"后期被解散以后，得到他的保护与关心，并以文化局创作研究室的名义恢复了存在，继续进行自己的业务，这也是我的幸运。我更有幸从我的文友铁衣甫江、克里木·霍加与创作研究室主任阿布拉尤夫那里分享到以赛福鼎同志为代表的自治区领导对于作家学者的关怀与帮助。我的二〇一四年获"五个一工程奖"的七十万字长篇小说《这边风景》就是在这样的关心与特许下写出来的。

我还有机会欣赏在赛福鼎同志亲自关心与指导下完成的维吾尔语版《红灯记》演出，这个版本非常成功，我一直期待有重新欣赏的机会。赛福鼎还亲自抓了新疆大歌舞《人民公社好》。随着政策的调整，农村的社会生产组织形式有了相当大的变化，但是以富有维吾尔民族特色的歌舞表达对于新生活的热爱，对于传统民族文化遗产的弘扬，对于地方特色与民族特色的保护与提高，都是应该肯定的。我也有机会多少参与赛福鼎同志本人的文学创作活动，如他的诗歌的翻译、他的长篇小说《苏图克·博格拉汗》，以及他十分热情地计划但最后没有完成的以"三区革命"中的阿巴索夫为素材的戏剧创作等等。我为他的理想追求、一往情深与对于语言文字的倾心锤炼而感动。除了是新疆与国家领导人之一以外，我始终认同，兼任过自治区文联主席、新疆大学校长与全国文联副主席的赛福鼎同志是文化人的知己,是我们的同行,与我们的心连在一起。

上世纪七十年代末,我回到北京工作,与时任全国人大常委会副委员长的赛福鼎同志有了更多的接触机会。我难忘他对于自己经历的回顾,他不无慨叹地说到曾经学医,后来倾心于文学,到苏联又学习了教育学,最后主要精力投身于政治生涯之中。我感到,他本人是个始终尊重知识、追求学问与艺术的知识分子,在他身上表现了维吾尔人民对于知识分子的特别的期许。他一贯关注新疆各族人民学习提高、走向现代化与知识化,他一直尽力争取在培养体育选手、培养飞行员与一些专门科学技术人才的项目中,要给少数民族男女青年更多的名额与机会。在我到文化部工作以后,他多次与我谈到,希望以"十二木卡姆"的音乐素材为基础,创造出更能走向全国、奉献世界的以西洋乐器为演奏主体的交响乐来。

赛福鼎同志热爱新疆各民族传统文化,没有他的努力,"十二木卡姆"不会取得今天的成绩与地位。同时赛福鼎同志绝对不保守,他最最担忧的就是新疆的某些民族,在现代化事业中落到后面,被狭隘、愚昧、迷信、极端的落后文化思潮所裹胁,在全国大步走向社会主义现代化的过程中,边缘化、停滞化、格格不入化,从而成为赶不上趟儿的落伍者乃至成为现代化的对立面。

历史需要并选择了赛福鼎,人民与中国共产党需要并选择了赛福鼎。赛福鼎是新疆的革命、进步、发展、团结、稳定与整个国家统一的一个重要因素。我们在文献片中看到,开国大典时毛主席把赛福鼎拉到了自己身边,看到那个要骑着毛驴去北京的库尔班·吐鲁木终于给毛主席戴上了民族花帽……我们不能不感受与怀念时代的真挚与光明,不能不赞叹"我们新疆好地方"!

赛福鼎同志离开我们已经十多年了,我们会想到,如果他在,他将怎样与党和人民一道来应对今天遭遇的新课题与新挑战,将怎样为祖国为新疆各族人民而继续奋战。我相信,我们将从对他的怀念与回顾中取得经验、力量和智慧。

今年，赛福鼎同志诞辰百年的纪念活动对于全国与新疆是一件大事，是一件极富现实意义与针对性的好事。纪念赛福鼎，学习赛福鼎，新疆各族人民，定能克服当前的某些困难，走上更加光明进步幸福的坦途！

发表于《人民日报》2015 年 3 月 18 日

附　赛福鼎诗作:《慕士塔格——冰山之父》

白雪皑皑的慕士塔格峰，我从你头顶越过，
围绕着高大伟岸的身躯，我从你身旁掠过。
神女的华丽宫殿，壮美无垠的雪域，
和着"撒玛"①，我从你冰雪花园中穿过。
汗腾格里、昆仑山脉，还有珠穆朗玛峰……
遥遥向你献上敬意，我从她们目光中飞过。
自古以来你就是这片地域的群峰之首，
你的恩泽滋润着人民，我在你鼓舞下穿过。
你是西域千万年历史鲜活的见证，
你世代关爱着我们，我满怀虔敬而过。
人们赞美你，热爱你，冰山之父，
艾则孜②向你致敬，向你俯首而过。

1978 年 10 月，写于飞越慕士塔格峰时。

（姑丽娜尔·吾布利译）

① 撒玛是维吾尔族民间集体舞。
② 艾则孜是作者的父名，这种诗在结尾时要自提名字，表达心意。

怀 人 二 章

庆炳千古

童庆炳先生去世的噩耗传来时,我的第一个反应是:他是在学生当中去世的吧?

我听他在公众场合讲过,他的愿景是,某一天,在课堂上,他倒下了,他走了。这是大美,这是大善,这是他的期待。因为,他热爱教学工作,他爱学生,爱讲台,爱教室。

他永远老老实实,尊重文学,尊重教育,尊重同行,尊重学子。他没有文人惯有的那种夸张与自恋。他从来没有过自吹自擂、张牙舞爪、轻薄为文哂未休的表现。他从来不搞什么酷评,什么骂倒一切,什么自我作古,什么爆破恐吓,什么装腔作势,什么迎合与投其所好。近几十年,那样的文艺评论"家"早就不罕见了。

但是老童亦有"牛"态:他曾经表示,所有中文系课程,他都教过,他都能开课。我在中国海洋大学旁听过他的《文心雕龙》课程,获益匪浅。

我还多次听到过童老师的倡议,他希望小学语文课本的第一课改为《论语》上的话:"己所不欲,勿施于人。"他说起这个话题,有一种如今少有的诚笃与认真。在我们的交往中,我体会到他的君子风范,诚恳、善意、克己复礼。包括在家中,他与妻子曾恬也是恩爱有加,令人感动。

他走了,不是在课堂上,如同在课堂上,听说是与学生们一起登山之时。他会有一种满足,与学子们一起,与青年人一起,与攀登的愿望一起。

孔子的伟大离不开他的弟子七十二贤人,童老师的学生阵容也令人赞叹。而他本人是黄牛一样地耕耘着,坚持着,谦虚着与进展着。他的去世引起了很大的响动,当然不是偶然。

难忘萧殷

一九五三年秋天,我大胆开始了《青春万岁》的写作。一九五四年,完成初稿,经潘之汀老师之手送到中国青年出版社萧也牧编辑室主任那里。一九五五年,萧也牧带着我去北京东城赵堂子胡同萧殷老师家,听取萧殷老师的指导。他那时因《致青年作者》一书而著名。他热情肯定了小说的基础,郑重表扬了我的"艺术感觉",同时指出了结构上的问题,一直谈到如何为我安排"创作假期"的事。

从此,赵堂子胡同8号那个小院,成了我喜欢去的地方,成了我知识与力量的源泉。

我阅读了萧殷《致青年作者》的一批谈创作的文章,从生活出发构思与下笔,把人物写活,他讲得亲切实在,读之获益良多。

萧殷师当时担任着中国作协的青年工作委员会副主任。另一个副主任是韦君宜,主任是阮章竞。

不久,盖着中国作协大印的公函开出,希望我的所在单位共青团北京市委批准我半年创作假。我还记得团市委的领导见到此函的反应,她说:"嗬,了不起。"其后,在《组织部来了个年轻人》掀起的波澜中,萧殷师也一直与我保持着密切的联系,表达了他的关切、正直、善意。一家文学刊物约他写一篇评论此小说的文章,他打"公用电话"给我,说是希望一谈。我那天正好有些感冒,体温略高,但因为是萧殷师召唤,就带病坐三轮车去了。他非常关心我的身体,还吩咐给我做饭,强调要用鲜美的"蘑菇酱油"烧菜。他是广东人,我在他家吃过若干次广东口味的饭。

我还记得有一次是萧也牧同志也在场,二萧谈起批判"丁(玲)陈(企霞)反党集团"事件时,萧殷说起了某位随风起舞的作家,愤怒地说:"他那是品质问题!""反右"以后,萧殷去了广东。不久,我去了新疆。

我至今不忘他在"文革"后接到我的信时的兴奋心情,他告诉我,他见人就说:"收到王蒙的信了!"可惜,他的身体已经很弱。

难忘萧殷,难忘赵堂子胡同8号,难忘开始跨出第一步时得到萧殷师的扶持,难忘他病重时我到广州医院看望的情景,以及后来我专门去龙山萧殷故乡参加萧殷公园活动的盛况。萧殷师的精神永存,遗爱永在,在他百年冥诞之际,我感到他的诚挚与爱心永远与我们写作人在一起。

发表于《光明日报》2015年7月10日

交如水、心如炽
——纪念木文同志

木文同志去世了,参加了他的葬礼,应该写点回忆怀念什么的。但是我迟迟写不出来,因为,我们的交往接触似乎很有限。

一九八六年四月,我以新任党组书记的身份开始在文化部上岗。当时的副部长与党组成员有宋木文同志。

宋木文同志给我的印象是心有定见而温文尔雅、独立思考、肯动脑筋而又中规中矩、稳稳当当、是非分明而又有所内敛,并无所谓"官场"的机灵与世俗,更没有那种弯弯绕与太极推手。对于出版方面的工作,我完全信赖与依仗木文的处理,掺和得很少。

那个时期文化工作上歧义很多,一会儿说要出胡适的文集,一会儿说不能出;一会儿说邓丽君要来大陆演出,一会儿说不要她来或者纯系谣言;包括一篇小说,一个杂志封面,都可能有颇有来头的不同说法。当时还有一种说法叫做"轮流高兴",以致"轮流住院",用现在的网语就是轮流"喜大普奔"或轮流"不明觉厉"。当然这种胡闹词的出现也许更应该对之迎头痛击,在它们被痛击消灭前暂时用一下,聊为自嘲罢了。

遇到这种歧义,我们都是尽量平衡处理,尽量保持工作秩序与和谐稳定。我们的态度是一致的,除了比较工整平衡的文化心态与工作心态以外,木文还特别肯定过我"严守纪律"的特点。他也只是低声轻轻这么说过一句,并无赞誉表扬之意。然后,各自忙自己的事务去了。九个月后,新闻出版工作机构与文化部脱离,他到新闻出版署当副署长、后来是署长去了。

仍然会碰到一些事情。像"稀粥"事件,他掌握的火候无懈可击,实事求是、与人为善、照章办事、具体分析、不为已甚。不必说那些细节了,有些事一时丁零咣当,事后看来早就应该忘到九霄云外。

我们联系不多,君子之交淡如水。君子不君子不必自诩,淡如水是真的。三十多年过去了,我给他拜过一次年,他给我打过电话也写过两三封信。但是那么少的接触中彼此却有一个理解与契合,互相有一些见解与共鸣,颠扑不破——这似乎更加珍贵。

我在花城出版社的第一部回忆录《半生多事》出版后,寄了一本给他,他非常兴奋地复信,还说到"三好"(好党员、好作家、好干部)的评价。

我在安徽文艺出版社出了《中国天机》以后,他写了书信体的评论在《读书》杂志上发表,还出席了有关此书的座谈会。

我在全国政协担任文史与学习委员会主任的时候,曾经邀请他参加联谊与节日活动。我们也在一些场合会面,我一直觉得他身心俱健,精神矍铄,乐观通达。他的生病与辞世使我深感意外。那么多同仁友好来为他送别,也绝非偶然。

他是一个正派的人,深思的人,负责的人,善意的人。水平不在声调,文采不在多言,友谊不在拉扯,交流不在频率与项目。在淡如水的来往中我体会也感激他的炽热的心。他走了,他的良好品德、忠诚形象与高尚教化永生。多么希望党内多一些这样的好同志啊!

2015 年 10 月

在童庆炳纪念会上的发言

非常珍惜有这样一个机会向友人、文友、挚友童庆炳先生来表达我的敬意和怀念。童先生这个人,想到他这个人,想到他的文章,想到他的很多论述,我脑子里面不由得浮现出"修辞立诚"这样一个说法。

第一,我觉得他是一个非常诚挚的人,为什么他能做到诚挚?因为他比较纯真。他是一个纯真的人,他又是一个谦虚的、认真的、执着和敬业的人。我常常想到,童先生是一个君子,是一个真正的君子。

第二,我说一下童先生学术上的成就。童先生是做文艺学的,这个文艺学不是太好弄。一个就是痴迷于文学的人并不懂什么叫文艺学,也没有多大的兴趣去接受文艺学。如果痴迷于文艺的人谈起理论来,更喜欢立一些不能成学的、语不惊人死不休的那种理论,我就不提名字了,比如我的同行提出了一些重要的说法,比如说文学就是大便,教科书里无论如何都不能收录进去。

还有,文艺学的理论又由于高度的政治化、口号化、标签化,形成了很强的排他性。一谈起文艺理论来,有时候还让人很紧张。一篇小说有说好的、有说坏的,这事儿还好办;万一你一个理论口号被认定为是一个错误的口号,这个事儿就很麻烦了,就不太好弄,很难让人说好。在这种情况下,我们国家出了一个童庆炳教授,他成为了文艺学学科的带头人,又成为最权威的高等学校的文艺理论教材的创作人和领衔者,确实非常不容易。

  而我自己初步地学习童老师的这些著作,尤其是一些教科书的著作的感想是非常正面的。就是他能够把这样一个有着相当浓厚的意识形态色彩的这么一门学科,做得如此地富有知识性、科学性、系统性、鲜明性和开放性。童老师领衔编撰出来的这样一些文艺理论教科书非常丰富,我个人阅读的感觉,我甚至可以说是美不胜收,古代的、现代的;国内的、国外的等等各种说法,你觉得原来对文艺学、对文学有这么多可贵的见解。同时他又是非常慎用的,他并不随便对这些见解进行随意的判断,但是他又是有判断的,他明确地指出来哪些东西的长处在什么地方,弱点在什么地方。他没有用这么一个词,但是我觉得可以用这个词,他编制的教科书是马克思主义文艺学的一个开放体系。他实际上把中华文艺或者中华艺文或者中华诗学的许多许多见解都纳入了他的教科书当中。他又把许多实践中提出来的问题,讲文艺学的实践性,这样的话他和创作、和文艺批评、和接受美学,不是划分开的,不是一个空对空的坛子。他是不断地从文学创作的实践当中来提出新的问题,接受新的挑战,进行新的探索。

  比如他对题材的论述和看法,这就大大地启人心智。当然像这些东西都不是一下子都可以作出定论来的,但是起码这是一个极有启发意义的思路,一个极有启发意义的说法。他这个关于题材问题我还联想到,因为当年的苏联作家法捷耶夫曾经写过长篇的论文,这个长篇的论文我们一开始翻译的时候是《论题材的提炼》。后来又说不是题材,是素材的提炼,后来又说是生活的提炼。由于我俄语不行,我也分辨不清。他吸收各种新的东西非常之多。

  童庆炳先生的教科书里,对于马克思主义文艺学的说法也非常的实事求是、庄重认真,而且他不是一种权力语言,是一个学术语言,是一个真理语言,和人们在探讨文艺学的真理,而不是简单化的所谓插红旗、拔白旗的那一类的说法。从我来说,让我读童庆炳的文艺理论的教材,起码长知识、长见解,开阔眼界、联系实际。我很难设想在中国还能有一部比童庆炳教授领衔编辑、撰写的文艺理论教科书更好、更引人入胜、更给人以启发,而且是真正读得下去的这样一个文艺理论的教科书。这一点来说,我的学习刚刚开始,我还要继续学习下去,我希望咱们北师大的童庆炳的学术思想的研讨会也不是只举行一次,也许将来还有机会再举行。

我再说一句,童庆炳先生他对教学工作、教师的工作我非常感动,我听过他不止一次说,他最理想的自己人生的结束就是在课堂上讲着讲着课,或者心脏怎么样了,或者脑袋怎么样了,就能够结束在课堂上。他认为这样的人生太美好了,他说:"我渴望的就是这样一个美好的结束。"最后,他虽然不是在课堂上结束,但是他是和同学们一块儿的活动中结束了,我认为也达到了他的愿望。一个人能够这样热爱教育工作、热爱教学工作,我想这是一个纯洁的、高尚的人。

感谢大家给我这样一个机会,表达我对童先生的敬意和向他学习的心意。我很感谢,谢谢。

2015 年 12 月

余 光 中 永 在

"乡愁"诗人余光中先生走了,乡愁时代却没有就此结束。逝者如斯夫,不舍昼夜,在不舍昼夜的逝者以外,重要的是跳动的中国心,还有美丽且鲜明的中国诗文,以及你我的记忆与吟诵活泼如初。

一九八二年,纽约,圣约翰大学,中国当代文学讨论会。我听到香港中文大学教授、作家、评论家黄维樑先生发言,他高度评价余光中的诗文,而且认为余先生应该获得诺贝尔文学奖。散会后,黄教授将余先生作品集与黄教授评论集赠送给我。我一路上饶有兴趣地阅读着,感染着余先生的清晰、明白与真诚。当时,大陆上更热衷的是朦胧诗,是诗语言的锤炼与变幻莫测,而这位台湾诗人的诗明白如话,深入浅出,不转文,不做作。我甚至觉得他的诗还欠一点发酵与点燃。

不幸的是,飞机经停东京成田国际机场,我下来稍事休息,再登机,两本书被机上的清洁工清理掉了。责任在我自己没有将它们携带下机,我觉得郁闷。我似乎先验地对不起他与黄教授。

一九八六年初,又是纽约,我作为国际笔会嘉宾,在第四十八届年会上碰到了余先生。我们握手问好,文明礼貌,同时,保持着难以没有的戒心与距离。

一九九三年,我参加《联合报》召开的两岸三地文学四十年讨论会,我与余诗人,是仅有的作晚餐演讲的主讲人。我听到演讲的两个主题,一个是说小岛也能产生大作家,一个是他严厉抨击所谓"台语写作"自我封闭的愚蠢与狭隘。他有他的天真和明朗之处,他有他的红线。

此后改革开放,两岸关系有了长足进展。我们见面越来越频繁了。而且余先生在大陆文坛,有了越来越高的威望与越来越大的影响。记得轻易不夸奖谁的四川资深诗人学者流沙河就对余光中作品评价甚高。邀请余光中访问做客的大陆文学团体与大学越来越多。有一个笑话,说是南京大学邀请了余光中与其他几位台湾诗人到访,打的横幅是"热烈欢迎余光中先生一行",有一位也是台湾资深诗人的客人,长得高高大大,他一到场,立刻被青年学生围上,唤道:"您是余先生吗?"他回答:"我不是余光中,我是'一行'。"

二〇〇一年,我三次参加香港中文大学"新世纪征文"活动,我与白先勇是小说终审评委,而余光中是文学翻译的终审评委。我们变成了同事。

二〇〇六年,评出第三次征文的优胜者以后,我还参加了香港中文大学授予他荣誉博士学位的活动。会后,我把他与白先勇及文学院副院长、翻译家金圣华教授请到了青岛中国海洋大学做客,还举行了包括余先生作品在内的诗歌朗诵会。他的《乡愁》再一次赢得了热烈掌声与欢呼,而他的英语诗朗诵,尤其令人赞美。他是我听到过的国人中不列颠式英语发音的佼佼者,从他那里,我感觉到的是不列颠之梦。

他说喜欢我的诗《不老》。他给海洋大学王蒙文学研究所题字:"从伊犁到青岛,拾尽大师的足印。"

中间的二〇〇四年,我们应邀到海南师范学院与黄维樑先生一起作关于散文的座谈,主持人是海师喻大翔教授。活动在体育馆举行,学生听众极其踊跃。谈到我此生读过的最好散文时,我说是马克思、恩格斯合著的《共产党宣言》。而余先生说,诗是他的情人,散文是他的妻子。

他的学养很好,二十一世纪初我访问爱尔兰的时候在都柏林欣赏了爱尔兰的话剧团演出的王尔德名剧《莎乐美》，回北京后我从国家图书馆借到了余光中翻译的《莎乐美》，书中附有他谈文学翻译的文字。我在香港、青岛的大学也亲耳听到他讲翻译的课。他有在美国求学与任教的经历。他关于中英文比较的文章极有见地，例如他不赞成由于英语的影响而在中文写作被动态语句中滥用那么多"被"字，饭吃了，水喝了，当然用不着说成饭被吃了与水被喝了。他说的这些文字上的毛病我也有。他的英语很高明，他的中文很地道，绝对不带翻译调调。好得很，即使从这里，也看出他的中国心与大陆情结。

他定居在高雄。他在台湾反对过可能有某些左翼色彩的乡土文学，还说过什么"狼来了"。然而，他的后半生在他的诗中惦念缠绕的长江黄河华山、济南南宁……到处留下了他的音容笑貌足迹。他说，他要住在台湾的西部，从窗子上望出去，就是故乡大陆，而如果住在台东，看过去是美国，有什么意思？当然，他的梦与愁跟你我一样在中华，不在美利坚也不在不列颠。

陈水扁"主政"期间，余先生公开反对文化教育"去中国化"，当陈不通至极地用"罄竹难书"赞扬台湾义工的业绩时，台湾教育行政负责人居然为陈"擦皮鞋"，他愤然予以指责。"擦皮鞋"一词我是从他那里听来的，应该是拍马与掩饰的意思吧。

文化是一种力量。文化是一种分野。文化是一种天命。余光中走了。我想着应该怎么样安慰与他同命运六十余载的夫人范我存……两岸各地友人与读者怀念着他，默诵着"乡愁是一方矮矮的坟墓，我在外头，母亲在里头"。外头里头，情意超越生死。长江黄河，奔流澎湃汹涌。中华是屈原、李白、杜甫的中华，也是鲁迅、艾青的中华，还是余光中、郑愁予，以及欢迎他们接待他们一行的男女老少的中华。余光中永在，中华诗歌永存，乡愁永远，仍然是那么明白，那么简单，那么深情，那么不可抗拒也不可分割。

2017年12月26日

在贝多芬故居

当我们即将结束波恩——科隆的访问,乘美国飞机前往西柏林之前,冒雨访问了贝多芬故居。贝多芬,仅仅这三个字本身已经够令人神往的了。上小学的时候,我在语文课本上读到了他的《月光曲》的故事。稍稍大一点,在中学举行的唱片欣赏会上,我为他的《田园》交响乐而陶醉、欢欣、禁不住喝彩。解放后,更不用说了,他的《英雄》(第三)《命运》(第五)及气势宏伟的第九交响乐,是那样普遍、强烈而又深深地打动过远在东方的中国青年的心,他的音乐大大地丰富、震撼了(应该说是净化而又强化了)人们的灵魂。直到现在,贝多芬仍然是我们人民最熟悉、最敬仰、最崇拜的音乐家。而江青竟然丧心病狂地借着批判什么"无标题音乐",企图向贝多芬身上吐口水。"四人帮"被粉碎了,一九七七年,中央电视台终于播出李德伦指挥的贝多芬《命运》交响乐的演出实况,这曾经被国内外公众一致认为是一件大事。在中国,贝多芬的命运已经和人民的命运联系起来了,他已经成为文明、智慧、艺术、激情、良心和人道主义的象征。我们怎么能不急于去瞻仰这位巨人生活和劳作过的地方呢?我们的心怎么能不为离贝多芬这样近而怦怦跳动呢?

然而,贝多芬无言,贝多芬故居无言。那只是一所窄小的、不起眼的、古老的带阁楼的房子。在挺拔的高楼大厦之中,在珠光宝气、五光十色的店铺当中,它显得谦逊甚至寒碜,除了楼梯和地板老旧,因而有点变形,有点凹凸不平,走上去不断地发出吱吱扭扭的呻吟声,除了给你一种"发思古之幽情"的感受之外,这座楼并没有任何值得称道之处。贝多芬出生的房间、会客的房间和弹琴的房间……都那样矮小而平凡。低矮的天花板,甚至使你觉得有点喘不上气来。贝多芬用的琴,远不像现在音乐厅舞台上的钢琴那样巨大而又辉煌。这真的是贝多芬的故居吗?是至今没有多少人能望其项背的贝多芬的出生地吗?当然。文章憎命达,艺术也憎命达吗?还是真正的巨人不屑于去追求那些庸俗的富贵荣华?而古今中外,那些养尊处优、神气活现、威风凛凛的家伙,倒多半是一些庸俗的草包呢!

　　陈列品中间,给人印象最深的一个是贝多芬的秘密遗嘱。贝多芬在因耳疾而失去听觉以后,痛不欲生,写下了这个遗嘱。但他终于默默地承受了命运的这一打击,咬着牙挺了过来,聋着耳写下了一个又一个脍炙人口的乐章。这份遗嘱是直到他死后才发现的。不论什么大人物都会有自己的精神危机,真正的强者不是从来不发生"危机"的人,而是发生了危机能咬着牙挺过去的人。但另一方面,声音的巨匠、声音的大师、声音艺术的无所不能的创造者本人,却听不到声音,如果真有命运之神的话,这个命运之神也真太残酷了。

　　我们还看到了贝多芬的葬礼的照片,走在送葬的长长的行列前头的是舒伯特,《鳟鱼》《未完成交响乐》的曲调似乎在耳边响起。莱茵河的流水,一浪接着一浪啊!可惜的是,我在西德先后下榻的波恩、西柏林、汉堡、慕尼黑、海德堡和法兰克福的六个旅馆里,除了汉堡的大西洋旅舍里可以收听到这些古典乐曲外,其他的旅舍的收音装置上,好几套节目中,播送的差不多都是咖啡馆和酒吧间的舞曲。

　　当我这个外行怀着虔诚而又感伤的心情,观看着贝多芬的那些画满"蛤蟆蝌蚪"的乐谱手稿的时候,过来了两位黑眼睛、黑头发的姑娘,她们中的一位问我:"你们是中国人吗?"我连忙告诉她们,我们是来自北京的中国作家访问团,并且把我的一张名片交给她。她们立即自我介绍说:"我们是从台湾来的。我们在美国哥伦比亚大学读书,是到德国来旅游的。"她们又问:"如果有人给你们解说,我们可以和你们一起听解说吗？"真是让人高兴，我兴奋地把她们介绍给我们的团长冯牧和诗人柯岩，以后的参观我们一直在一起。

参观结束以后，中国作家访问团的成员签名留念，两位台湾女学生也把名字签在我们中间，但在名字的后面画一个括弧，注明是学生。她们两位的名字大概是陈淑云和周曼玫，当时没好意思用笔记下来。其中的一位在分手时向我索取名片，我才悟到刚才只给她们一张。我再把名片给她们时，她们说："幸会，幸会！"我说："找个机会到北京玩一玩吧！"她们齐声回答："我们都想去！"

在贝多芬的故居，我们碰到了台湾的骨肉同胞，碰到了温柔、亲切的台湾姑娘。是巧遇吗？是巧遇。是偶然吗？却并非偶然。对于人类优秀文化的尊崇，从来都和热爱祖国的感情相连。而粉碎"四人帮"后中国所发生的变化，中国人民和各国人民的关系所发生的变化，也大大推动了海峡两边的同胞们的接近。贝多芬的音乐是沟通人们心灵的桥梁，所以它是不可摧毁的，江青留下的只是一段丑闻。海峡两岸的中华儿女的接近，也是不可阻挡的，沟通海峡两岸同胞的桥梁，终将架设起来！如果台湾有那么一两位好汉想阻挡，又会是什么下场呢？

对于音乐，我所知甚少，只是爱好而已。贝多芬和柴可夫斯基，是我最倾心的两位大师。柴可夫斯基的乐曲有一种丝丝入扣、渗透到人的心灵里去的魅力，有一种忧郁的、抒情的、委婉的美。而贝多芬，他的作品是那样华丽，那样雍容，那样强劲而又丰满。它具有的是征服人心、点燃人心的火焰般的力量，它充满了威严的、强大的对于光明的渴望和信心。

当我冒着小雨从贝多芬的窄小的故居走出来的时候，我充满了欣悦之情。贝多芬就在这里，贝多芬就在我们的心里。我们每个人都应该比现在的状况更好一些。我们每个人都可以像贝多芬那样永远光明，永远善良，永远执着向上……

发表于《十月》1980年第6期

浮光掠影记西德

一

　　在汉堡的美丽的湖边，矗立着一幢灰白色的楼房，这就是著名的大西洋饭店。旅店的排场确实与众不同，店门口总是站着一个头戴高礼帽，身穿笔挺的深色燕尾服，打着雪白的领结的仆人，为所有的客人开车门，开店门，叫车；下雨的时候打着伞迎候。楼下的会客大厅也特别宽敞辉煌。站柜台的服务人员显得精干、文雅、标致和彬彬有礼，好像是精选出来的。高级旅舍自有高级旅舍的价目表，同样的冰激凌在这里吃要多付成倍的马克——当然，多付的马克会换来一种身价高贵的自我满足。

　　这些排场当中给我留下最深印象的是一个老人，一个穿着整洁、动作拘谨、目不斜视，悄悄地活动在楼下大厅的一个角落里的老琴师。每天下午四点，他开始上班，在一架电子风琴前端坐下来，埋头演奏一支又一支温文尔雅的乐曲。乐曲的音量不高又不低，它不会打搅任何人的谈话，却又分明萦绕在你的耳边。乐曲的情绪不悲也不喜，它似乎意在使客人愉悦，却又难以捉摸。老人的表情呢，也是这样淡漠而又礼貌，专注而又恍惚，满足而又忧郁，洞悉一切、与世无争而又有所企求、有所期待。

　　没有一个人注意这个老人，没有一个人与他说话。在这个红光紫气、色调温暖、摆设华丽、灯光通明又充满了一种橄榄油和茉莉花的芬芳的大厅里，在德意志联邦共和国的这个著名的海港、著名的商业和文化城市汉堡的最大的一家旅舍里，老人显得孤独、遥远和陌生。我久久地注视着这个老人。他是一个真正的音乐家而命途多舛、落魄江湖吗？他是少壮不努力，老大徒伤悲，不具备真正的音乐家的素养，到头来仅仅为了糊口而按钟点出卖他的手指吗？他有一个幸福的或是不幸的或根本没有自己的家庭吗？他有孩子吗？他向往真正的艺术真正的音乐吗？要知道他生活在一个诞生了贝多芬和舒伯特的国家。他不可能没有听过科隆市附近的贝多芬故居的古老幽香的楼板发出的吱吱声吧？当他想到贝多芬的奏鸣曲和协奏曲、室内乐和交响乐时，他会有什么样的感受呢？

我注视着他，他给我留下了极为深刻的印象，引起了我极为复杂的情绪。但是我并不了解他，我说不清我的感受，我的联想和想象带有太大的冒险性，虽然曾经靠得那么近，然而太匆忙了，这只是匆匆来去中的匆匆的一瞥。

这也就是我的西德之行的状况。我的印象众多、深刻，牵动着我的情思；然而，试图归纳和叙述这些印象，却太冒险。

二

最难忘的是海德堡的雨夜。六月十四日，一个奇热的天气，下午，我们离开了西德南部的最大城市明兴（慕尼黑），乘火车前往海德堡。天气闷热欲雨，这四个小时的火车中我们所出的汗，比在德国逗留的其他全部时间加起来所出的汗还多。然而窗外的风光仍然是非常宜人的，到处是茂密的绿树、庄稼、草地。看不见裸露的地面，即使起风的时候也不会扬起一点尘沙。青青的小麦中时而出现一簇一簇的洋红色的鲜亮耀眼的罂粟花。终于，在一个傍山依水的地方到达了我们的目的地：一个只有两万五千居民的旅游城镇、风景胜地海德堡。

当晚,我们在大河桥头的窄小却别具风格的古堡里,与当地的文化、新闻界著名人士会见,共进便餐。仨一群,俩一伙,我们一边喝着啤酒与葡萄酒,一边热烈地、无拘束地交谈起来。直到夜十一点才依依不舍地告别。

在这次文艺沙龙式的集会过程中,外面不时下着阵雨。告别主人走出来就到了桥上,雨却停了,凉风习习,水光灯影,令人心旷神怡。于是,我们提议步行回去,因为这里离我们下榻的鹿街旅舍距离并不远。

陪同我们访问,并充任向导、翻译,被我们戏称为"司令"的是精通汉语的苏珊娜小姐,她欣然同意了我们的提议,沿着第一个拐弯处,向着遍地盛开着玫瑰的山坡走去了。

这时,下起了淅淅沥沥的雨,于是,我们加快了脚步,连我们作家访问团的最年长的马加同志,虽已七十高龄,也健步如飞,老当益壮地小跑起来。小雨似乎激起了精神,冲散了疲劳,大家连说带笑,叽叽嘎嘎,又是称颂晚间聚会的主人的热情谦逊,又是赞美海德堡的风光如诗如画,又是念及我们的祖国的锦绣河山。大江南北,长河上下,不知有多少风景宜人之处,丝毫不逊于欧洲的游览胜地,只是在进一步保护和美化环境、基本建设和经营管理乃至于广告宣传方面,还有待于做大量的工作。这样,说笑之中,不觉愈走愈高,愈走离河流愈远,愈走树木和花草愈密,然而,仍然见不到我们的旅馆的踪影。

最早对"路线问题"提出疑问的是我们的女诗人柯岩同志。她说:"我们走错了!"又说:"小心,别遇上狗。"

然而,我们其他人都是"紧跟派"。我们的"司令"苏珊娜小姐热情、友好、细致、朴素、任劳任怨,安排我们的生活和活动从来没有出过差错,我们都坚信跟着她走是不会错的。这时,她正带着我们从山路折向一个石阶梯,每一个石磴都相当高,曲折狭窄,别有一番乐趣。雨下得大了,我们的头发、衣衫都已经湿漉漉的了,然而兴致却愈来愈浓,甚至觉得如果真迷了路,倒也不赖。当时唯一叫人担心的是马加同志,但马老一再发出豪言壮语:"没事!"因此,女诗人的怀疑就得不到响应,而且她的关于狗的警告还受到冯牧团长和我的友好的嘲笑,冯牧同志说:"不要紧,有狗也只咬男人,不会咬妇女的。"

看来,先知先觉者总是要受一点误解的,嘲笑柯岩的话音未落,传来了猞猞的狗叫声,显然,石阶梯是属于一个私人的住宅的。幸好狗被锁着,不然还真麻烦了。

此时,苏珊娜小姐也承认是迷路了,于是我们又匆匆下行,然后,向碰到的一个中年男人问路。

这位偶然碰到的先生立即把我们让到他的客厅里,我们几个北京来客已经有点落汤鸡的架势了,又狼狈、又兴奋、又快活。原来,这里是一所为外籍人员开设的德文补习学校。与我们邂逅的德国朋友是这所私立学校的教师,他对北京来客表示热烈欢迎,而且提出两条建议:一、路虽然不远,但因雨大,最好还是叫出租汽车来。二、邀请我们次日到他这里共饮咖啡。

这两条建议都被接受了。我们很快乘车回到了拥有五百年历史的、小小的、古色古香的鹿街旅馆。第二天,临出发去法兰克福以前,我们也应邀去拜访了这位对中国人民充满自然而然的友好情谊的德国教师,并一同到这所学校的负责人,一位经济学博士的家里做客。当我们总结这次迷路的经验时,大家都兴高采烈,好像回到了童年,好像获得了一种久已失去了的顽皮的乐趣。同时,大家一致认为,苏珊娜小姐之所以有小小失误,显然是受了"小迷糊阿姨"(这是柯岩的一本书的题目)的传染。

三

只有真实的东西才是自然而然的,也只有自然而然的东西才是真实的,友谊、热情、欢乐,一切美好的事物莫不如此。六月八日下午,在西柏林的汉堡旅舍,自由柏林大学社会哲学系东方研究中心的瓦格纳博士和顾彬博士前来看望我们。这是两位年轻的汉学家,顾彬博士汉话说得很流利,一见我就把在法兰克福出版的包括有方纪、艾芜、师陀、赵树理、秦兆阳、王汶石、周立波、李准、西戎、刘心武、李陀、王亚平和我的作品的中国短篇小说选(德译本)赠送给我。会面以后,他们邀请我们先到瓦格纳家中饮茶,然后到另一个汉学家家中吃饺子,冯牧与马加同志与瓦格纳同车走了。顾彬建议我和柯岩以及翻译王浣倩同志坐公共汽车转地铁前去。迎面第一条大街上,只见黑压压一片骑自行车的青年呐喊而来,前不见头,后不见尾,其阵势,只有一九六七年一次我在北京东四见到的"联动"的车队可以相比。经过询问,才知道这是一次和平的(从表情上看应该说是快乐的)示威,内容是要求限制以至取缔汽车,以保护环境。

在瓦格纳博士家里,我们就中国文学的现状进行了广泛而自由的讨论。顾彬说,他们这一批年轻的汉学家,许多人是从"文化大革命"开始对中国感兴趣的。(极左的东西对于年轻人是很有诱惑力的。当天上午,我们在参观"柏林墙"时,已看到了六十年代写在"柏林墙"上的西柏林"红卫兵"的标语。)一直到很久以后,他们才了解到十年浩劫的真情,这使他们感到沮丧。顾彬还说,他对《组织部来了个年轻人》很感兴趣,而对《最宝贵的》颇表失望,对此,我只能报之以微笑。瓦格纳博士问道,"你那篇小说里提到的德国老头伦蒙和苏联作家英沙罗夫是怎么回事?"一句话问得我莫知所答,想了一会儿才弄明白。我问他们是否知道旧俄作家屠格涅夫,他们回答说知道。然后我谈到《贵族之家》和《前夜》,他们耸了耸肩,当我说明英沙罗夫并不是苏联作家而是《前夜》中一个人物的名字时,他们两个相视而笑。

和德国的中青年汉学家讨论当代中国文学是很有趣的事情。(老汉学家多半是研究"四书五经""孔孟之道"的。在汉堡,我一踏进老汉学家傅吾康教授的家门,就看到了醒目的"难得糊涂"的中堂和"知足常乐、能忍自安"的对联。)瓦格纳的客厅里摆着那么多中国杂志。柯岩说，那里的气氛使她以为是回到了北京的某一个文学刊物的编辑部。我们谈到了话剧《假如我是真的》和电影剧本《在社会档案里》，我们还谈到了对某些香港出版物的某些说法的看法，很可能大家的观点是有差异的，但是，直率的讨论却是亲切和融洽的。

然后，我们来到另一位中年汉学家施德满先生家里。施德满的小院子里，两棵大树的巨大树冠下已经坐满了客人，有德国的汉学家，有华裔德籍学者，还有来自台湾的骨肉同胞，长凳上、靠椅上，坐的坐，站的站，欢声笑语，十分活跃。不一会儿，在北京语言学院派遣到柏林大学任教的张讲师的协助下，施德满夫人端来了他们包的饺子。饺子个儿很大，很好吃，也很解决问题。之后，女主人又端来了她亲手制作的中式甜点杏仁豆腐，也是高质量的，非常实惠。

黄胡须、身材不高、质朴而又热情洋溢的施德满带领我们参观了他的住房。房子不算大，室内陈设也比较简单。显然，男女主人都是"中国通"加"中国迷"，处处摆着中国货、中国工艺品，挂着中国画。主人对我们的参观没有做任何准备，甚至施德满的工作室里被子也没有叠。苏珊娜小姐对我说，追求物质生活是市民们的趣味，而一般知识分子，在生活上是并不讲究的。看来，天下"老九"也是一般"黑"的。施先生津津乐道的还有两条，一个是他的带有自动消字设备的打字机，如果打错了，一按消字键，再按原来错打的字母就可以消掉，真可谓舒卷如意。翻译王浣倩试了一下，她的打字技术和打字机的方便适用都受到了喝彩。另一个是他的阁楼，阁楼原来并没有，是他自己盖起来的。所需工具不过一把电钻，钻好了孔，买来各种板材，拼合之后，拧紧螺丝就多出一间小房来。"老九"自盖小房，北京柏林也是颇有共同之处的。无怪乎后来到了汉堡，一位华裔德籍友人建议笔者买一个电钻回国，以便改善和扩大住宅。笔者考虑再三，一是对自己的劳动能力缺乏自信，一是钻完洞后到哪儿去找板壁材料，一时还想不清楚，故而作罢。

四

现在回过头来说说西柏林。由于众所周知的柏林的特殊地位，联邦德国(西德)的飞机是不能飞越东德的领土，飞往西柏林的。我们从波恩-科隆机场，乘坐占领国之一的英国的飞机，向柏林飞去。没有多长时间，就看到了柏林的高楼大厦，其气象自与波恩、科隆不同。顺便说一下，德国朋友常常说，他们是一个小国，而中国是一个大国。德国朋友强调说，西德的面积不过相当于一个四川省，而人口还没有四川省多，听了这话，让我们既兴奋又惭愧。然而事实如此，在德国境内旅行，从南到北，从东到西，都不算远，哪里有像我们的从齐齐哈尔到广州，或者从上海到乌鲁木齐的遥远路程呢！

当陪同人员告诉我们"下面就是西柏林"时，当我们从机场出来，坐着一辆面包车驶过柏林的街道时，我一时颇有感慨。过去，我只是从苏联的影片里看到过西柏林，似乎这里是一个魔窟，一个间谍如牛毛的特务中心，或者用赫鲁晓夫的话，说西柏林是一个"毒瘤"。现在，我身临其境了，西柏林，你的真面目究竟是怎样的呢？

西柏林闲散而又快活，热闹而又(与波恩等地比)喧嚣，说重一点，有那么一种乱哄哄的劲儿。高大的建筑物，欧洲最大的超级市场，各种肤色、各种服装、各种打扮的旅游者，在旅店或者咖啡馆门前、廊下或者露天喝咖啡的人群，易北河和人工河、人工湖，在战争中被破坏了的天主教堂与在教堂残骸两旁新修起的、带有现代派建筑味道的新教堂与新钟楼，在"纵火案"中烧毁的、一直搁置至今供人凭吊的前国会大厦，英占区的戒备森严的苏军烈士塔，各种各样的啤酒广告，显然多于其他地方的残废者……所有这一切，都被结实实地圈在一道墙里。墙其实并不高，也不厚，远远比不上我们的万里长城，但是墙的那一面还有一道铁丝网，铁丝网与墙之间还埋有地雷。一条举世闻名的菩提树大街被拦腰隔断，而东柏林的电视塔的耸入云霄的形影赫然在目……

我们到的那天是六月七日,星期六。西德各地都是实行一周五天工作日制度的,从星期五晚上,各机关、工厂……就都开始了假日。又加上我们到的那天是天主教宗教节日——圣体节的第二天,所以,我们赶上亲眼观看市民的狂欢场面。

为了记住第二次世界大战,西柏林市政当局有意识地保留着被炸毁的教堂残骸不予修复或者清除。以这个教堂为中心,这一天柏林的成万成十万的青年聚集狂欢。许多人佩戴着圣体节的纪念徽章,许多人传阅着宗教传单,然而更多的人显然是玩的。人们排着队买啤酒,围着圈坐在地上饮酒,吃东西,站在那里把装饮料的铁听扔到地上,用皮鞋把它踩扁。左一个乐队,右一个乐队,把赞美诗的旋律"爵士化",人们随着这节拍跳舞。各种卖食品、卖纪念品、卖小百货的商摊也摆在了人群里。走路想不碰到别人是很困难的,正在走路的行人常常被人流冲散断,于是我们作家团的同志与德国陪同人员,只得像托儿所的孩子那样拉起手来。苏珊娜小姐解释说:"我们喜欢这个样子,你挤着我,我挤着你。这样可以使人们的关系变得亲密起来。我们现在面临的问题是,由于人们各自坐在自己的汽车里,使人们的相互关系变得愈来愈凉快。"苏珊娜的中文是讲得很标准和流利的,这里她说的是冷淡,她把它说成了"凉快",很可能是口误,但也不妨认为是一个带有玩笑口吻的代用词。人和人的关系变得愈来愈"凉快"了么?这是我到西德后多次听到德国朋友提起来的话题。其罪魁祸首是汽车么?

西柏林的欢乐是西方世界刻意经营的结果。他们从全世界招揽旅游者,一到夏天,那里的旅店是最紧张的。西德政府规定,西德少年儿童在校期间,每人可以享受一次免费到西柏林游玩的权利。联邦德国的财政支出,有一半是补贴西柏林的。现在在西柏林,光是领养老金的人就有五十万,然后是七万大学生。这么多养老者(东德规定,东柏林市民过了退休年龄者可以不受限制地去西柏林),这么多青年学生,那么西柏林不是变成了一个消费城市了么？它的收入,它的生产情况又是怎样的呢？我提出了这样的问题,却没有得到很明确的回答。

我们参观了一个区的养老院。养老院的设备是第一流的,对老人的照顾也是无可挑剔和无微不至的。医护人员像托儿所的阿姨对待幼儿一样,哄慰着老人们,亲一亲这个的额头,摸一摸那个的脸蛋。洗澡,如厕,都为行动不便、不能自理生活的老人作了特殊安排,设置了特别装置。"他们没有儿女吗？"我们问。"有的有,有的没有。"养老院的负责人回答。"他们的子女不来照顾父母么？"我们又问。"那要看感情而定,感情好的来得勤些,感情差的就不怎么来了。"说得倒也是。

我向一个八十岁的老妇人祝福,祝她健康和长寿。她打断了翻译,断然回答说:"我可再不愿意长寿！"我惶惑了。于是,对于其他老人,我只祝健康,不敢贸然去祝长寿了。

五

次于柏林的西德大城市中,我们还访问了汉堡、明兴（即慕尼黑。慕尼黑,这是按英文翻译的,而按德文音译,应为明兴）和法兰克福,作为来自一个发展中国家的客人,也许我们对于这些城市的高速公路、高层建筑、立体化交通、超级市场、五颜六色的霓虹灯以及稠密的花坛、喷水池、石雕和精心修整的草坪还是很感兴趣的。特别使我难忘的是法兰克福一个美国金融机构的办公楼,四十多层高,外墙全是褐色的玻璃,其颜色正如我国风靡一时的蛤蟆镜,这大概可以说是一个戴着蛤蟆镜的高楼大厦吧。还有柏林的一幢六十多层的高楼,据说原来是要作市政大厦用的,但由于高楼不方便,许多设备又不配套,盖好以后一直没有什么部门、什么人肯往里搬,高楼长期闲置,派不上用场,最后只得削价卖给一个旅馆老板,只收回了建设成本的十分之一。

我们接触过的德国各界朋友对这些高楼大厦,对这种城市的现代化并不甚感兴趣。作家格拉斯还直截了当地建议说,希望中国不要盖那么高的楼,不要造那么多的汽车。我想,他们大概是为高楼、汽车太多而烦恼吧?我们呢,却还在为盖房、造车而奋斗,家家有本难念的经呀。

听德国朋友说,现在他们那里的趋势是人们走向农村,愈来愈多的人愿意居住在农村,生活在大自然里。他们宁可放弃城市的某些现代化设备,到农村去,冬季烧木柴取暖。

德国朋友更有兴趣的不是夸耀他们的"现代化",而是介绍他们的悠久的历史与文化传统。技术上日新月异、发展速度十分惊人的德国,却又是一个非常好古、追求返璞归真的国家,这真有趣。到现在为止,有一些大城市的中心,仍然铺着数百年前的石路,红石头,修凿得方方正正,形状与大小类似我国的城墙砖,这样的街道,汽车在上面只能缓缓爬行。在海德堡,在这种红石路上,甚至还保留着客运马车,马蹄嘚嘚,车来了,到站停下,像公共汽车一样运载客人,更有点古色古香了。

西德有充足的电力,那里是鼓励人们多用电的。只有多用电,电厂才能赚钱,如果用电超额,用户将会受到厂方的优待和奖励,许多旅馆和餐厅大白天也开着电灯,不知道是不是为了得奖——和我们的"节电奖"相反,大概是"耗电奖"吧。但是,为了隆重,更为了发思古之幽情,宴会上却要点红蜡烛。海德堡的那一家鹿街旅馆,以自己具有五百年的历史而自豪。那里的房间,可以算是相当低矮和狭小的。它的餐厅里,干脆把电灯做成煤油灯和蜡烛的形状,给你一种生活在五百年前的感觉。

至于德国的文物、名胜、古迹就更不消说了。六月五日,前驻华大使魏克德先生和夫人陪同我们去参观科隆的大教堂,教堂初建于十二世纪末至十三世纪初,已有八百年的历史,高达一百四十三米,巍峨入云。一九四四年,第二次世界大战后期,盟军飞机大规模轰炸科隆,全市只剩下了三百间房屋未毁,其他全被夷为平地,但科隆大教堂完好无损。即使在战争中,交战一方对于人类文化的瑰宝也不能不优礼有加,古今中外,有几许强人在破坏文明遗产方面能与林彪、"四人帮"相"媲美"呢!

教堂旁边,在战争中的一个大炸弹坑的基础上,修起了一座现代化的博物馆,被命名为"罗马帝国时期的科隆"。

还有波恩郊区的贝多芬故居与法兰克福市区的歌德故居呢,两个人的经历不同,前者的故居窄小、寒碜,后者的故居阔气、排场。历史终于抹去这两位文化巨人在世俗生活中的地位的差别,而给后人留下了深刻的启示。在走进他们的故居,攀上一层又一层的楼梯,在日光树影之中观看着他们的遗物和照片的时候,我好像听到了一个深沉的、从容的声音,好像登上了一个令人感到天高地阔、心旷神怡的山峰,若有所得,若有所动,若有所悟。

六

也许正是由于这种对于历史、对于传统和古老文化的敬意,我确实发现了许多德国人对中国的兴趣、善意和尊崇。"中国人都很能干、勤劳、聪明、节俭,具有很强的竞争能力。"一位德国朋友这样说,显然不是客套。我还在德国的书店里发现了各式各样的介绍中国、中国见闻、中国游记之类的书籍,都很厚,装订精美,又附有照片,售价不算低廉。"这样的书卖得掉吗?"我问一位懂"行"的华裔德国学者。"介绍中国的书可畅销呢!"他回答说。

我总是忘不了波恩大学汉学系的学生海迪小姐,她穿着地道的中式竹布褂,向我们提出了一系列有关中国文学的问题。她和她的同学在华裔教授乔先生指导下,已经把《呐喊》《骆驼祥子》译成了德文,现在正在翻译《生死场》。"中国什么时候才给萧红恢复名誉呢?"她问。我们解释说,第一,萧红压根儿并没有被"打倒";第二,我们早已出版萧红的著作和不断地发表评介萧红的文章。

波恩还有一个曾经在一九七七年访问过中国的作家,可惜我没有记住他的名字。他写了一本书:《中国文艺的春天到来了吗》,介绍粉碎"四人帮"后中国文坛的动态。他关切地问我们:"现在中国文学创作是否还要受'三突出'的限制?"我们听了,哈哈大笑起来。我们说:"欢迎您再次去中国访问,您将亲眼看到,中国已经和正在发生着多么大的变化!"

明兴有一家中国商店,店主人也是波恩大学汉学系的毕业生,中文名字叫做梅儒佩,他的妻子是来自印尼的华侨。他的商店一楼全是日用杂品,从火锅到千层底的布鞋,从榨菜、酱瓜到景德镇出品的仿清代龙纹茶具,应有尽有。二楼则是报刊书籍,我一眼就看到了马加同志的《开不败的花朵》,梅儒佩又拿来了《青春万岁》,我们分别为他签了名。他介绍说,他的生意并不十分好,但他认为这是一个很有意义的事业。他说,他的店还从比利时买进那里的华人制作的豆腐,但豆腐这种食品不耐贮存,在冰箱里放上三五天,如果卖不出去,就自己吃掉。但是,梅儒佩的好友,同样精通汉语的康迈先生,却对此有不同的看法,他说:"做老板的人从来不说自己的生意好。"也许,梅先生的商店还是蛮"发财"的吧?不过,说老实话,在我们在他的商店里逗留的将近一小时中,虽然时有顾客前来观望,却没有见哪一笔生意成交。话又说回来了,岂止这个中国商店呢,这里的各个商店、商场不都是这样吗,商品堆积如山,但很少看见顾客购买。

康迈是个高个子,留着长发,头发式样有点像果戈理。他两次与我们一起吃饭,坐在我们的旁边。他对中国的现当代文学非常感兴趣,并有一些非常有趣的见解。例如,他说,鲁迅是中国最受推崇的作家,但是从文体方面,鲁迅对晚于他的作家的影响似乎不如巴金大,也就是说,师承鲁迅文体的作家没有师承巴金的多。"鲁迅的文体可不好学啊。"我说。他又说,他觉得随着时间的逝去,"伤痕文学"的某些作者逐渐暴露了自己在艺术上的缺陷。他还认为,中国目前电影和戏剧上的成就,似乎不如小说大。他对中国小说描写的爱情都那么"圣洁",不带烟火味,感到不能理解。他特别觉得令人困惑的是《乔厂长上任记》中乔厂长竟然称新婚妻子童贞为"总工程师同志"。我解释说,这个称呼是带有玩笑性质的,是带有幽默感的,绝不是说中国的夫妻互相以职务加同志相称。他将信将疑。他大概觉得中国人太呆板,我却觉得他未免太缺乏幽默感。他还表示了对《夜的眼》和《春之声》的手法的兴趣,并问这种手法能否被编辑部所接受。我说:"他们已经接受了嘛,效果比我预计的还要好一些呢!"

在另一次有关中国文学的交谈中,似乎是冯牧同志提到《人妖之间》,说:"也许外国朋友不了解背景,读起来不那么感兴趣吧?"他的话音未落,几个德国朋友纷纷表示刘宾雁的作品一点也不乏味,他们完全可以读得懂,文章虽长,但他们是一口气读完的。我冒昧地说了一句,大概刘宾雁的文章很适合德国读者的口味:重理性,冷静分析,穷根究底,追求逻辑性和精确性、完整性。我还以海因里希·伯尔的《丧失了名誉的卡特琳娜·布鲁姆》为例,说德国的某些作品就具备这样的特点。伯尔的这篇誉满全球的小说,与其说是像小说,不如说更像司法机关的案卷或"专案组"材料汇编。冷静、准确、概括,这些似乎是"反文学"的观念,恰恰成就了上述作品。文学现象实在是最多例外,最少统一规格的啊!

七

德国人的生活到底是什么样的呢?

有人告诉我,德国人是最讲效率的,时间可以精确到分,他们是最严格、最能干的。

盛名之下,其实难副。实际接触一下,并不像所传的那样的

"神"。定好了时间,迟到几分钟,我们是屡屡碰到过的。从明兴上火车,是我们头一次在德国乘火车,而且明兴是发车站。谁想到发车时就误点十五分钟,登车站台从这个改到那个,又从那个改到另一个,搞得乘客们疲于奔命,为我们搬运行李的工人更是汗流浃背。马加同志问道:"德国的火车也误点吗?"他得到的回答是两个字:"当然。"至于城市交通,屡遇红灯、车行受阻,这也是常有的事。高速公路,立体交叉,无疑比我们强得多,但这些设备多是在城市外围,到了市中心,交通照样是个问题。这些现象也颇发人深思,令人头脑"凉快"一些,牢骚也可减少一些——并不仅仅是我们中国有火车误点问题,城市交通问题。这样说,当不致被认为是提倡向人家的缺点看齐,不求上进的自欺自慰吧!

他们的时间观念要比我们强得多。"时间就是金钱",这个口号未必散发着的全是铜臭。在城市街道上,我们看到的人都匆匆忙忙,没有一个踱方步、慢悠悠的。有些老太太,也是挺着胸,急急地迈着大步,姿势颇像竞走运动员。在西柏林,陪同我们的是一位个子矮矮的、戴着大眼镜的蔡斯先生。他总是胸有成竹,考虑周到,办事干脆,说话和走路都迅速异常。在那个狂欢的周末,他一再放慢和停下自己的脚步,虽然他明确地说自己是在散步,在逛大街,在东张西望,体验一下柏林市民的生活。但他一抬起脚,便情不自禁地表现了竞走速度,一下子就把客人们扔在了后面。柯岩同志称他为"快先生",并当面把这个称号奉送给了他,他一笑接受。一路上"快先生""慢先生"成了中德朋友们的一个话题。当谈到国内的某些吃大锅饭的做法时,马加同志说:"那种办法对于'慢先生'比较合适。"真是一针见血,令人失笑,也令人着急。

有人说德国人是严肃、深沉甚至有点刻板的。他们是一个理论的民族,喜欢创造各种各样的抽象的体系,习惯于概念和推理的游戏,善于刨根问底及钻牛角尖,他们甚至是常常板着面孔和缺乏幽默感的。这也很难下断语。也许他们之间的说笑不像我们那样多?在乘坐飞机的时候,几乎看不见乘客之间闲聊天,大部分人利用途中的空闲时间阅报,有的在空中也不停止工作。从汉堡到明兴,坐在我身边的一位德国乘客一直皱着眉头,拿着一张写满了数字的表格,用一个袖珍电子计算器在那里计算,写写画画。这也是抓紧时间的一种表现吧?我们用在"摆龙门阵"上的生命实在是太多了,抑或这也是一种"凉快"的表现?

在海德堡的古代宫殿旁边的餐馆里,我们吃饭时忽然听到了隔壁房间传来的高声谈笑,这使我们非常吃惊。因为在德国,不管饭馆、咖啡馆里有多少人,所有的座位都被占满,即使连柜台前也站着一批整瓶子喝酒的顾客,你也是听不到多少喧哗的,大家都斯斯文文,轻声慢语,表现欢愉的多是微笑,很少听见哈哈哈的开怀大笑。这首先是一种文明习惯吧,确实令人佩服。但为什么在海德堡的饭馆里,说笑声是这样的毫无顾忌,近乎放肆了呢?

果然,一问便知,那是一批美国游客,他们的性格与德国人是不同的。

在汉堡我们碰到了一位正在写博士论文的小伙子,中文名字叫施特凡。他曾在北京大学留学。现在每月从当局领取八百马克的奖学金,正在以对秦始皇的评价为题写一篇学术论文。他就非常活泼、健谈。他说:"现在汉堡污染得很厉害,检察机关对一家化工厂提出了控告,但是这家化工厂有势力,又能走点小后门儿,威胁说如果这家工厂的生产活动受到损害,就会造成多少多少人失业,所以法院也奈何不了他们。"当他谈到他在中国的经验时,他说:"德国的官僚主义是有名的,也是很厉害的。德国的官僚主义再加上中国的官僚主义,那我们就寸步难行了。"他还说了许多有趣的话,神态和声调都像个"北京油子"(这是从这个词的最好的意义上说的)。

陪同我们的苏珊娜小姐成天和我们一起说笑,她笑得非常质朴。有时候在为我们翻译一句话以前,她先兴奋地一笑,由衷地说一声"就是!"表示对我们观点的拥护,然后再译过去。一路上,她把我们说的每一句成语或者俏皮话都记在本子上,认真学习。另一位由国际接待中心临时聘请的克利斯朵夫就不然了。他高身材,大胡须,长着一双碧蓝碧蓝的大眼睛,当他表示惊奇或者有点不耐烦的时候,眼睛就变得愈发蓝起来。他是不笑的,我很少见他笑。无怪乎当我们赠送给他一张韩美林画的动物画——猫头鹰的时候,他端详良久,认真地说:"画得好。每个动物都有自己的性格。而这个猫头鹰的性格呢,就像我自己。"这倒是够幽默的了。

也许,这次旅行当中给我留下最深的活泼和幽默者的印象的是一个孩子,他是明兴一个小学的学生。女教师为了欢迎我们,指挥学生为我们演奏了莫扎特的乐曲。教室很清洁,也很宽敞,一班只有十五六个学生,这样教师的工作就会细致得多。不论小学、中学,还是大学,都是半日制,上午上课,下午时间由自己支配。我提到的这个男孩子,胖胖的,圆脸,深深的笑靥,每一个目光和脸部肌肉的运动都透露着聪明和顽皮。他大概是没能掌握复杂的乐器或者因为什么事而受到惩罚,在器乐合奏中,他很寂寞,无所事事,他的任务只是敲那么一下铜铃。总共敲两三下,却要规规矩矩地站在队伍里十分钟。他抓耳挠腮,心神不定,如芒刺在背。我真同情他,我相信他有着太多的潜在的聪明的精力还没有发挥出来。

有人对我说西德是最富的,德国人过着非常富裕的生活,他们的人口平均收入仅次于瑞士而在欧洲居第二位。这当然是事实。人富了就会过得讲究,首先是房子,德国人的住房条件当然是我们无法比拟的。魏克德先生的客厅宽敞舒适,玻璃墙外面是一个山坡,山坡上栽着人工培育的细草。坐在室内,观看着阳光、绿草、蓝天、白云……就像坐在大自然的怀抱里。海德堡邂逅的那位经济学博士,他的住房有四百多平方米。至于一些作家、学者、名流,更有许多人有几处房子,分别在不同的城市、乡村乃至国度,然后随着季节的变化和自己的兴趣,不断更换自己的住宅。同时,在德国也有为低收入者准备的比较小的、公寓式的房子,也有的学者住在自盖的阁楼里。房租支出往往占一个人收入的百分之三十到百分之五十，其昂贵也是令我们咋舌的。

这种所谓"高消费"的社会的物价，往往使我们觉得难以理解。一场歌剧五十三马克（约合人民币四十五元），一杯冰激凌六马克（约合人民币五元），买一份报纸也要一个半马克。然而，这种高价换取的是更讲究的商品和服务，这也是事实。例如在德国的城市，我看了几处菜店，从外观上来说，这菜店更像我们的王府井大街工艺美术服务部。这绝不是夸张。看看那鲜艳的色彩和光泽吧，再看看那规整的形状、清洁的环境和精致的包装吧，这哪里像我们的带着泥、带着土、带着烂叶子烂帮子的菜店呢！西红柿和土豆，都是经过挑选的，大小一样，颜色相同，装在塑料袋里，放在冰箱里的，这样的蔬菜又怎么能不昂贵呢？

然而西德并不是天堂。"高消费"并不能使人满足，更何况远远不是所有的人都能高消费。在许多人追求物质享受的时候，却有一些青年人由于不满意这种物质丰富、内心空虚的社会风气而倾心于宗教，希图到宗教中寻找生活的意义和安慰。星期天在明兴的街头，我看到那么多当神甫、修士、修女的青年男女，不禁惊讶，我问："他们是因为受到什么刺激才看破红尘的吗？"回答是："不见得。他们只是在世俗生活中找不到生存的价值和意义才献身宗教的。"但不论怎么样，当一位身穿黑色道袍、把自己捂得严严的年轻美丽的修女在人群中走过，在花枝招展、纷纷显示自己的身材、线条和"性感"的人群当中走过时，她令我觉得相当压抑，甚至不寒而栗。

在海德堡，我们还看到了几位衣衫褴褛的青年人，喇叭裤与紧身衫样子还是蛮俏的，但每个人的服装上都补着几十个补丁，补丁叠补丁，有的补丁已经破烂不堪，布纹布丝以及毛茸茸的纤维末梢和撕开的口子，都看得清清楚楚。这恐怕不是因为贫困，而是一种对于社会追求物质享受的风气的抗议吧？

当然还有各种问题，就业问题、吸毒问题、环境保护问题、两代人之间的鸿沟——英语叫做代沟问题,隔膜与"凉快"的问题。人毕竟是人,是万物之灵,仅仅物质方面的满足并不能使人幸福。从宫廷出走的释迦牟尼,难道是由于物质上的匮乏吗?物质上的追求是没有止境的。例如,德国是一个汽车工业非常发达的国家,到处可以看到包括在我国、在全世界都能常常看到的"奔驰"汽车的三叶形商标。然而,也正是在德国,我却看到了远远多于中国的那种微型的、廉价的、所谓"甲壳虫"式的汽车。坐在这种简陋的汽车里的人,是不是觉得自己很幸福呢?另一方面,最新式、最时髦、最讲究的汽车,又能在人们的幸福中占多大的比重呢?

当然,对我们中国人来说,怀着"酸葡萄"的心理来藐视这一切、来自吹自擂也是不行的。我们的生产、生活水准是太低了,差距是太大了,我们必须通过自己的劳动尽快创造一种更富裕也更文明的生活。否则,真的要被"开除球籍"了!

还有人对我说:德国人的生活是腐化的,糜烂的。在汉堡的妓院里,女人的肉体像商品一样展出和出售。有的电影的黄色镜头令人无法看下去,婚姻和家庭极不巩固,影响了下一代的身心健康……

这可能都是真的,但是我们这次并没有看到这些。当然我们既没有兴趣看这些,我们的主人也没有兴趣要我们看这些。各个旅馆里都有电视机,在电视节目中我们并没有看到任何一个可以称为"黄色"的镜头。他们的新闻节目、专题访问和谈话讲演等比较严肃的节目所占时间之长,似乎比我们的电视还有过之而无不及。有一些德国青年朋友向我们表示了他们对于"古典式"的爱情、东方式的道德的向往和对社会风气的不满。当然,也有的德国朋友(特别是作家),对于中国人对男女问题的回避、禁忌、视为不洁等等表示惊奇和难以理解。

总之,德国人也和别的国家的人一样,是各式各样的人,严肃的和轻浮的、纵欲的和苦行的、左的和右的、神气活现的和谦逊质朴的、自满自足的和愤世嫉俗的……人们的痛苦产生在这相互矛盾的倾向里,人们的追求和希望也产生在这相互矛盾的倾向里。社会的分裂产生在这相互矛盾的倾向里,社会的平衡也恰恰依赖于这相互矛盾的倾向。德国社会向哪里去呢?各人有各人的看法。

八

德国朋友有时候也对中国的事情发表一些看法和建议,这也很有趣。这种建议大致可以分两类,一类是建议中国千万不要向西方学习,不要受西方的影响,不要盖高楼,不要坐小汽车,不要拆除北京的城墙,不要改革京剧和地方戏曲,不要发展国画乃至户县农民画以外的画法……这许多建议是有一定的道理的。有的出自对西方文化的鄙视和否定,有的出自对中国固有的文化、传统和生活方式的尊重。这些建议有它鼓舞中国人的方面,我们一定要走自己的路,保持自己的民族个性。

但有时候我也怀疑,外国朋友是否出于一种猎奇的兴趣,出于一种对于东方文明的乌托邦主义,而忽视了中国的发展要求,却希望中国永远不变地保持太古之民的风貌呢?反正我们的生活的古代化并不影响他的生活的现代化。

还有一些西方朋友,则似乎是从西方的观点要求中国。例如有的作家朋友认为身为作家而不描写"性"是不可思议的事情,而当我们听到这种论断的时候,也觉得颇为不可思议。还有的作家朋友说:"我只写我自己愿意写的,社会效果如何与我有何相干呢?""读者算什么?我为什么要管读者不读者呢?"这种高论,也只能使我们一笑。

反求诸己,当我们观察西方生活并加以叙述和描绘的时候,会不会有同样的情形呢?

九

在欧洲，在布满了花坛、草坪、喷水池和各式各样的雕像、各式各样的古典的哥特式尖顶建筑和现代化的摩天大厦的欧洲城市，在各种各样的黄头发、栗色头发、红头发、灰白头发的人们中间，你突然在未曾预料的情况下遇到了自己的同胞，遇到了黑头发、黑眼睛的轩辕氏子孙，这不是非常令人高兴的吗？我这里说的首先是台湾同胞。第一次见到他们是在波恩大学汉学系，这些来自台湾的留学生本不是汉学系的，但是出自对祖国的作家、祖国的亲人的感情，他们主动来见我们，主动向我们自我介绍说："我们是台湾来的。"只一句话就引起了我们的欢呼，我们热烈地握手，我们交换了亲切的目光。分别了几十年，终于，我们有机会见面了。然而，这是在德国、在波恩啊，什么时候，我们将在北京或者上海、基隆或者台北见面呢？

我觉得特别难忘的是在贝多芬故居参观的时候，两名留着长发的台湾留美学生（她们来德国旅游）主动地用英语问我："你们是中国人吗？"我回答说："我们来自北京。"然后，她们表示希望和我们一起参观和听取解说。最后，我们又共同在故居的留名册上签下了自己的名字。她们的活泼、开朗、友善的笑容，永远留在我们的记忆里。

在汉堡大学的汉学系图书馆里，我们会见了图书馆工作人员、来自台湾的许桂芬女士。冯牧同志对她说："现在，来自台湾的和大陆的同胞，能够比较轻松、比较自然地见面和交谈了！"许桂芬女士高兴地说："早该如此！"后来，她也参加了我们与学生们的会见。

当然，历史的负担、隔阂和台湾当局的反共宣传的影响不可能一下子消除。在波恩的德国之声电台，我们见到了几位来自台湾的华语广播员。其中有一位自称京剧迷的小伙子，就提了一些"大陆的杂志都是官办的吧？""报纸上稿子有群众写的吗？""《人民日报》有没有副刊？《人民日报》篇幅为什么那么小，只出四开的？"之类的问题。我们告诉他,办刊物的作家团体是群众团体,告诉他许多重要报刊采用的群众来稿占到版面的百分之五十左右,《人民日报》天天都有副刊,而且不是四开而是每天对开两张,星期天对开一张。他没有再说什么了,但好像还是不大信服。"到北京去玩玩吧!"我们说。我相信,大陆和台湾的人民互相接近、互相了解,祖国实现和平统一的历史潮流,是任何人也阻挡不了的。

其次,在德国看到的中国人最多的就是开餐馆的了。每个大城市差不多都有中国餐馆开设在繁荣的商业区。当你看到"大上海饭店""亚细亚酒家""远东餐厅"之类的中文招牌时,当然会产生一种亲切的感情。特别是汉堡的"亚细亚酒家",烹调精美,其对祖国来客之热情,实在是已经达到了"友谊第一,不惜不赚钱"的地步。在这些地方用饭,德国朋友对中国的烹调技术也是颇多溢美之词。像什么"德国人会住,法国人会穿,美国人会玩,中国人会吃"之类的说法,俨然中国的发达程度与消费水平已经进入世界先进行列了,真叫人哭笑不得!正像我们在中国也常见到来自德国的奔驰牌汽车和拜耳药片、日本的丰田汽车与精工手表行销全球一样,我们在德国的城市也能到处看到中国的菜肴,中国的烹调技术是理应享受到这种"五大洲畅通无阻"的世界性声誉的,对此,我们当之无愧。然而,伟大的与历史悠久的祖国啊,难道你除了宫保鸡丁和糖醋鱼片以外,就拿不出更先进、更像样的技术成就吗?你当年拿出指南针、火药、印刷术时候的进取精神到哪里去了呢?

我们在一个中国餐馆里遇到了一位来自上海的女青年。她因为在德国有亲戚,经政府批准离开了祖国,德国政府准许她长期在德居住,然而条件是不能给她解决就业问题。她在德国无所事事,西方的生活不是她所能习惯的,西方人(包括德籍华人)的圈子不是她所能轻易打入的,丈夫又生了病(与她共同来德国的)。她见了我们,肝肠寸断地哀哀哭泣,使她的上海同乡、我们的翻译王浣倩同志也陪着哭红了眼睛。她想祖国,想上海,想姆妈,想同学和友人。离开了祖国,就像离了根、丢了魂,她哭诉说,她宁愿回祖国继续到农村去"插队"。她的诉说怎样地赢得了我们的同情,激起了我们爱祖国、念祖国的深情。亲不亲,故乡人,美不美,家乡水。多灾多难的、艰难前进的祖国啊,你的儿女对你充满了痴情!即使他们当中有人因为这样那样的原因一时离开了你,身体离开了,心离不开、魂离不开啊!多少儿女在为你而流泪,多少儿女在为你而心焦,多少儿女一想到你还不像你应该有的那样的强大和富饶,他们是死不瞑目的呀!

十

　　生活的轮子愈转愈快,生活的河流愈流愈急。访德归来,已经差不多两个月了,十几天的访问的记忆,已经差不多淹没到没完没了的会议、写作、校对清样、东奔西跑里了。真是一切都是瞬息,一切都会过去,但是,总会留下来一些永远忘不了的亲切的怀恋吧?

　　七月底,我去了辽宁省的几个城市。当我和从维熙、刘心武、谌容坐在一辆面包车上从沈阳驶向鞍山的时候,当青纱帐、小山坡、草地和河流不断从窗外驰过的时候,我又想起了对西德的访问了。在西德,我们不也是这样地奔跑在大地上吗?不论德国还是中国,欧洲还是亚洲,法兰克福、科隆、柏林还是北京、大连、乌鲁木齐,不都在同一个地球上吗?天空、地面、海洋、航线、公路、铁路和水路把我们紧紧地连接在一起。闭关锁国的时代毕竟是过去了。德国人和中国人,柏林人和北京人是生活在同一个大地上的。让我们在大地上漫游,在大地上寻求,更多地去寻找友谊和知识吧!让我们不带偏见地去赞美西德的环境保护,赞美他们的工厂和汽车的消烟装置,赞美他们的覆盖面积占全国土地百分之三十七的茂密的森林吧!当飞机飞回到我们祖国的上空的时候,缺少森林的地面是显得多么光秃啊!让我们不带偏见地赞美德国人的干劲和技术的飞速发展吧。在第二次世界大战后期,他们是一个被摧毁了的国家,是一个被"元首"搞得家破人亡、处于亡国灭种的边缘的国家,是一个遍地废墟的国家,是一个被占领而且至今柏林仍然处于被占领状态的国家,是一个被腰斩的国家,是一个丧失了荣誉、信仰、自豪和自己无法主宰自己命运的权力的国家。三十五年过去了,德国人重建了他们的家园,取得了令全世界惊羡的成绩!难道我们今天比战后的德国更困难么?难道我们的广阔的领土、勤劳刻苦的人民、在坎坷的道路上锻炼成熟的中国共产党、丰富的资源、三十年的底子和丰富经验还不如一九四五年的德国吗?只要别乱斗了,别再把精力用在整人上,别再费尽九牛二虎之力把鹿"打"成马,再费上三牛一虎之力去论证马不是鹿就行了。

让我们不带偏见地去观察西方社会的弊病和难题吧。我们称赞他们的一切应该称赞的东西,却绝不称赞那些不应该称赞的东西。许多德国朋友自己也是抱着批判的严厉的态度的,我们又何必盲目崇拜一切呢?

我们生活在社会制度、文化传统、技术水平与他们全然不同的国家。然而,我们又是生活在共同的大地上。同样生长着绿树和红花,同样行走着汽车和火车,同样有挽着手的热恋中的少男和少女,人民同样有着争取幸福和解放的愿望和有着用自己双手建设自己的生活的本事。在大地上行走,在大地上漫游,定居下来开垦土地和建造房屋,我们的国家也是能建设好的,而且应该更好,更好!我们有多少本来应该使我们感到自豪的本钱,却没有用这本钱取得应有的成就啊!

中国在前进,世界在前进。前进的中国影响着前进的世界。在《法兰克福日报》上,几乎可以天天看见有关中国的消息。前进着的世界也不可能不影响中国。在中国的电视节目和报刊上,也愈来愈多地出现了来自世界各个角落的消息。六月十六日,我们来到了号称国际航空港的法兰克福机场。我们交验了护照,办好了登机手续,与不辞辛劳地陪同我们的苏珊娜小姐与克利斯朵夫先生告别。当我们转过身来的时候,虽然还没有离开机场,然而我感到我已经走在通向北京、通向东直门和东四的道路上了,正像六月四日在北京机场的海关交验我们的护照以后,当庄重精悍的海关警察在我们的护照上盖上了出境印章,当我们走到自动升降和调节距离的首都机场的登机舱里的时候,我觉得我正在走向德国。中国作家在德国所走的路,正是在中国所走的路的继续,而如今在哈(尔滨)——大(连)公路上奔跑的面包车,不也正继续着柏林的面包车的路程吗?对德国的访问是结束了,然而,在大地上的漫游,在大地上的寻找、劳作和思考却是不会结束的,我们的人生旅途是不会结束的。让我们继续赶路吧,让我们得到更多的友谊,更多的知识,更多的信心和更多的进步吧!

发表于《当代》1981年第1期

别 衣 阿 华

从东海岸参观讲演回来，衣阿华已是冰天雪地。连阴了一个星期以后，天气却渐渐暖了。冬天的雨不停地下着，雪被雨融化了，草地裸露出来，竟还有那么多绿，只是道路变得泥泞了。衣阿华河的桥边，正在修路，快两个月了，还没完，搞得挺干净的德由标克街脏糊糊的，雨一浇，到处是烂泥。

真不能相信，我来美国已经快四个月了，再有两天，就要"拜拜"——再见了。来的时候还是夏天，我穿着短袖衬衫，早晨沿着城市公园或者汉彻尔剧场跑步，晚上睡觉的时候要放放冷气，不然憋闷得可真够受的。后来不知怎么的就有树叶发黄发红了。第一片树叶发红好像很早，不过九月下旬，是诗人保罗·安格尔发现的，我们一起坐车到市中心去，他忽然指着一株树对大家说："瞧，叶子开始红了！"乘车的人说笑正热闹，没有人应和他的话，隔着车窗望出去，阳光还是那样明丽，树木还是那样葱茏，女大学生们还是那样轻俏，裸露着肩胛和脊背。但我的心弦被拨动了一下，在我给北京的亲人写信的时候，我报告了衣阿华的秋的消息。

然后是梦一样的，似乎突然充塞到了天地之间的秋天。所有的树木，竞相在严冬到来之前献出它们最好的色泽和丰姿。那一天，旅美华人吕嘉行戴着小小的棒球运动员的帽子为我们开车，同行的当然有好客的主人、"国际写作计划"的主持人聂华苓女士，还有现代派国画家刘国松一家，我们到了一个叫做"脊椎骨"的山谷游览区，欣赏那满山遍野的红叶、粉红叶、赭叶、紫叶、黄叶，还有仍然在秋风中顽强地绿而且翠的叶。

第二天，华苓又开着车来了，找艾青、艾夫人、台湾诗人吴晟和我去看红叶，去照相。我们先是以我们居住的"五月花"公寓为背景照，为了能照到整个九层公寓大楼，我们走出去很远，一直走过了不紧不慢地流着清清的水的衣阿华河。后来，又沿着城市，寻找红叶，路一会儿是上坡，一会儿又是下坡，陡陡的。到处是令人惊诧的千娇万媚的红叶——同是红吧，有的艳丽，有的深重，有的热烈，有的雅致。有的虽然稀稀落落，但在风中摇曳着，似乎要对人说出千言万语。有的高高大大，乱乱哄哄，比春天的花还要繁荣。忽然想到旧读李后主的词"春花秋月何时了"及至见到有的版本将这一句印作"春花秋叶何时了"时，总是先入为主地以为前是而后非。在衣阿华观赏红叶，我才悟到，还是"春花秋叶"更好一些，更工整也更符合后主的心境。

但我最喜欢的秋叶却是普通的黄叶。入秋以后，我差不多每天早晨都要沿着衣阿华河走一走。我看到那些高大的乔木上不停地落下叶子来，开始，时而有一两片树叶，打着旋，袅袅地在空中飞舞。后来，愈落愈多，不分昼夜，叶落如雨，却仍是杳然无声，让你觉得树叶落到结着霜花的地面，一定是一件很惬意的事情。也许，树叶们盼着的便正是在长过、绿过、鲜过、红过和黄过之后在接受了一年的清风、阳光和雨水之后落到那宽广厚重的大地上来吧？在林中落叶上跑来跑去的小松鼠呀，不要搅扰它们吧！我默默地看着下落的树叶，放轻步子，不愿打扰它们的安息，不愿掀乱自己"别是一番滋味"的心绪。

衣阿华城就是这样一个地方，平静，安谧，构成它的是河水、树木、草地、玉米田和时晴时阴的天空。八万人口，五万是大学的师生。从早到晚，城郊到处是汗流浃背的跑步锻炼身体的年轻人。它和我们在国内所设想的那个喧嚣的、匆忙的、阔绰繁华而又腐朽混乱的花花世界的美国不大一样。那样的美国存在于纽约的百老汇街、时代广场，存在于芝加哥和洛杉矶，并不存在于衣阿华城。这儿没有 X 级色情电影，这儿全城只有一家小店卖酒，而且未成年者即使前去也买不到酒。这儿没有摩天大楼，这儿的公共汽车每一刻钟到二十分钟才走一趟，而一到星期天，商店关门，公共汽车停开，全城都像睡着了一样。这儿人们的穿着也不入时，秋衣秋裤、大针脚的劳动布牛仔裤、厚厚的橡胶鞋底大方头的皮鞋，恐怕要比那些纤巧的服装更为常见。甚至在宴会或者音乐会上，不打领带的男人也比打领带的多。

这就是美国的中西部地区，他们引为骄傲的出产是玉米，这一带最著名的公司是"约翰迪尔"，制造和出售农业机械。假日，你如果到咖啡馆和饭馆，酒吧和自助餐厅，除了学生、教师以外，也许还能看到许多粗壮结实的庄稼人。在保罗·安格尔身上至今保留着许多庄稼汉的气质。他体格壮实，嗓门大，爱说爱喊爱笑，笑起来旁若无人。他爱劳动，冬天取暖用柴（许多美国家庭冬天不用空调设备而宁愿用木柴，据说可以节省一些）都是自己砍，他拿起斧子在自己房子的后山林子里砍出了一条路。他最喜欢吃的是牛肉丸子，做一次吃一个星期，那是他在炊事上最得意的佳作，虽然华苓讥笑他做的丸子形色像"狗屎"。

就在这里，我们生活了好几个月。来的时候才八月底，刚一来既新鲜又别扭，好像淡水鱼放到咸水里，浑身都不得劲。我听不到早晨六点半的"新闻和报纸摘要"和晚上八点的"各地人民广播电台联播节目"。我不可能在每天打开信箱的时候收到《人民日报》《光明日报》和《北京晚报》，还有五颜六色的令人欣喜的文艺刊物和那些年轻的、诚实的读者的雪片般的来信。我接不到作协、《人民文学》或者《文艺报》的座谈会通知。我听不到从维熙的结结巴巴、李陀的口若悬河、刘绍棠的虎虎势势、刘心武的条条理理和说一句加一个"是吧？"的高谈阔论。我接待不了从老团市委来的老战友和从西北边陲来的患难之交……而且，何必隐瞒呢，从出了国门，我就想老婆，想亲人，他们都在地球的那一面等着我的消息。

噢，我失去了那么多！那些使我的生活变得温暖和有意义的东西都在我的祖国，都在伟大的中华人民共和国啊！就在远离万里，隔越重洋的美利坚合众国，我所以能畅快呼吸，心里实实在在，不也正因为我是和十亿人在一起吗？

我迅速地投入了这里的生活，我成了这里的居民了。瞧，连衣阿华城的电话号码簿上也已经印上了我的姓名、住址和电话了。每星期两三次，文学讲座和讨论，由参加"国际写作计划"的各国作家轮流主讲。每星期一次采购，我也学会了推着购货车逡巡在超级市场的琳琅满目的商品食物之中。每天早晨到一楼前厅取一份免费赠送的由衣阿华大学出版的《衣阿华日报》，借字典的帮助读通几个标题。每天晚上由热心肠的希腊裔女教师尤安娜给我和我的邻居乔治·巴拉依查补习英语。如果进城，可以从公寓门口坐城市公共汽车，在自动售票机中投下三十五美分的硬币；也可以走到桥边去上免费的校车。市中心有三个电影院，电影院里充满着玉米花香。肚子饿了可以去吃西餐、中餐，也可以去吃三明治和意大利"皮扎"饼……

于是我安下心来了，早晨跑步而中午游泳。入冬以后，早晨跑步取消了，但中午游泳一直坚持到最后。上午写作，下午读书，晚上学英语。我在这儿写完了一个不太长的中篇，写一个人和一匹马，故事发生在新疆。还写了一些关于旅美的散杂文字。这要特别感谢上海《文汇月刊》的梅朵，我没见过世界上有这样善于约稿组稿的编辑，隔着太平洋和大西洋还穷追不舍，精诚所至，顽石为开，我只好执笔从命。读书读得最多的是港台作家的作品，我喜欢屡遭台湾当局迫害的中年小说家陈映真的《云》，他结构得那么"帅"，他从来不把人物简单地分成黑和白，或者莫名其妙、一厢情愿地分成"善良"和"凶恶"，他总是充分探求活人的复杂的内心世界，即使在悲哀和失望之中仍然让你抓住一点善，一点安慰，一点暖意。虽然也许在"帅"和巧之中他回避了更严肃、更深沉、更有分量的冲刺和解剖……

在衣阿华我花了不少的时间和力量学英语,只是在三十五年以前,上初中的时候,我学过 abcd,来到美国的时候我还知道个 ok 和 thank you,再多一点就不行了。记得从旧金山乘飞机去衣阿华城的时候,为了在机场办手续就搞了个狼狈不堪。但经过这几个月的努力,我已经能在日常交往中应付一气,甚至到了东岸各大学演讲的时候,有时我也能用英语讲一段了。在纽约接受《纽约客》杂志的采访的时候,我也是直接用英语回答问题的。我的老师尤安娜确实是一位又热心、又耐心、又善教的老师。而聂华苓对于我和巴拉依查确实也是特殊关照,专门派了英语补习教师。我还特别感谢瑞典作家艾瑞克的夫人古丽娜,她在本国的职业是英语教师,她总是能耐心听完我的蹩脚的英语,和我交谈、给我以帮助。我也喜欢和"国际写作计划"一九七五年的成员、今年又应邀到衣阿华大学临时任教的英国青年诗人彼得杰依交谈,他的那种温文尔雅、抑扬顿挫的标准牛津音,实在迷人。一个周末,我们在一个酒吧里碰见了,我们谈了很长的时间。他告诉我,他无法理解在中国发生的事情。我说,不但对于一个英国人来说,了解近几十年的中国是困难的,即使对于我这样一个土生土长的中国人,理解这些年的变动也并不容易。但我们必须总结经验和加强相互间的了解,因为我们正在前进,同时我们都生活在地球上,而这样的适合人类居住的星球迄今只有一个。

是的,这就说到了友谊,也许对于中国人来说,友谊是和空气、阳光一样重要,一样须臾难离,并且是比一切物质条件更重要的东西。在衣阿华这个静静的美国中西部小镇,和衣阿华河水一样长流不息的,不正是人民之间的友谊、各国作家之间的友谊和那些流着同样的血液的中国血统的人们之间的友谊吗?生活在衣阿华五月花公寓的 224C 房间,哪天不感到聂华苓和保罗·安格尔和他们的两个女儿——薇薇和兰兰对中国作家的亲切照顾之情呢?在十月一日国庆节那天,我们借"安寓"举行了应该说是相当盛大的酒会，招待各国作家和衣阿华城热心中美友谊的各界人士。在那个酒会上，播放着《小河淌水》和《步步高》。祖国呀，你不是仍然与我们同在吗？有哪一天，我能不和我的邻居，我的最好的朋友，罗马尼亚作协书记，小说家巴拉依查亲切交谈呢？一开始结结巴巴，后来，在相互鼓励下，我们也一套套地说起英语来了，我们互相介绍各自的国家和人民，我们为中罗两国人民之间的友谊而干杯。我们也共同为波兰的局势而紧锁双眉、忧心忡忡。我还结识了日本的女小说家大庭，我们两次一起吃午饭，两次在出席了讲座以后共同步行回到公寓，欣赏着映照在衣阿华的清流里的夕阳和晚霞。我们一起谈庄周和李太白、井上靖和鲁迅，谈中国文化与日本文化交流，而且留下了地址和电话，相约继续通信。还有土耳其的诗人库文图兰，我们一见面就找到了"共同语言"，原来我所知的维吾尔语的许多词汇是与土耳其语同出一源。他告诉我，他已经根据《中国文学》上的英译本，把我的三个短篇小说译成了土耳其文，准备拿回他的国家去发表。想不完也说不尽，特立尼达和多巴哥的阿尔伯塔，巴西的李安娜，法国的伊曼奴埃利，尼日利亚的威廉姆斯，印度的穆斯塔法，印度尼西亚的托蒂拉瓦蒂……他们不都已经是我的朋友了吗？我们不是都不止一次地交谈，谈过文学、谈过友谊吗？可惜啊，抱歉！如果我能多懂一点英语……

更不要说那些"本是同根生"的同胞啦。台湾的吴晟，旅居此地的刘国松和夫人李模华，吕嘉行夫人谭嘉，呵，原来这些旅居美国的华人并不像我们想象的那么"洋"。刘国松还保留着山东人的豪爽和说话的"怯"味儿。李模华的炊艺仍然是地道的家乡风味。谭嘉和吕嘉行不准孩子在家里说英语，他们很喜欢读《人民文学》，却苦于不知道到哪里去订阅。他们渴望着有机会回祖国探亲访友，祖国的声息痛痒仍然与他们血肉相连。海外存知己，天涯若比邻！中国人走到哪里也会找到自己的同胞，中国人走到哪里也不会感到孤单，同时，这些"海外知己"告诉我们，正是中国的独立和强大使他们在美国从低头走路到昂首阔步。所有的这一切都快要成为"过去时"了吗？难道桌上的月历没有被哪个急性子多翻了一个月吗？昨天晚上已经举行过了"国际写作计划"的告别晚宴。今天一天已经送走了十位作家。市中心州银行门口的电子显示器报告人们气温再次降低到了摄氏零下五度。树木已经落尽了叶子，但是衣阿华大学校长的家门前和我的老师尤安娜的客厅里的圣诞树却已打扮得袅袅婷婷，红灯绿火。河水还没有结冰，也还很少看到积雪，漫长而又严寒的冬天还在前面。稀稀落落的大学校车有时也开到"五月花"公寓门前来了，这就减去了走到桥头上车的一段不短的距离，可我没摸清规律，还没乘坐过几次呢。扬格尔服装百货店搬到了新的大得多的铺面，我也还没来得及好好逛一逛。学习和交流的设想还远远没有完成，对美国的社会调查也还只是一鳞半爪，要在这里写的文章还有很多很多，英语的学习正在劲头上……然而，行装已经打点起来了，书籍已经付邮，途经洛杉矶和旧金山转香港的飞机票躺在我的抽屉里跃跃欲试，房钱已经结算，清扫也已大体就绪，这两天又收到了来自衣阿华大学的汉学家达尉德，来自哥伦比亚大学的教授、作家弗兰克和来自芝加哥西北大学的教授许达然的热情的告别信和来自波士顿的作家木令耆的告别电话……

　　分明是要走了，再过四十几个小时，衣阿华城对于我就会变成仅仅一种追忆，一件往事，一个话题，一点思念了。别了，衣阿华！再见，衣阿华！当我回到北京，走到王府井大街或者新街口的时候，我也许会时而神游你的德由标克街、华盛顿街、教堂街和市场街吧？当我在北京前三门公寓楼的家里冲起一杯滚烫的茉莉花茶的时候，我也许会想起你的金黄透明的苏格兰威士忌加冰块？当我骑上我的还是从新疆带回来的"加重飞鸽"，汇合到北京清晨的自行车的洪流里，开始一天的工作的时候，也许我会祝福正在深夜里的你的人民睡梦香甜，一夜平安？人们爱中国，关心中国，渴望着了解中国，而中国也盼望着更多地了解世界。衣阿华的"国际写作计划"为中国作家和各国作家提供了一个很好的寻求友谊和知识的机会。一九八〇年"国际写作计划"去矣,衣阿华去矣,美利坚合众国去矣,美好的记忆常存,友谊常在。祝你好,我的衣阿华!

发表于《人民文学》1981年第1期

旅 美 花 絮

一九八〇年八月底,我与艾青同志夫妇,应美国衣阿华大学之邀,前往衣阿华市参加聂华苓女士主办的"国际写作计划"活动,并在美参观访问。这里写点花絮,一、力求记琐事;二、力求不发议论;三、兴之所至,信手拈来。

树·花·草

对于我这个足迹未过扬子江的纯而又纯的北方佬来说,八月份的香港不啻地狱,潮呀、热呀、吵呀、挤呀、脏呀(这里指的是到处可见垃圾。当然,另一方面,据说垃圾量和消费水平是成正比的,像什么玻璃瓶、洋铁罐、塑料餐具,在香港和在欧美一样,都是用完了就抛掉),叫人透不过气来。接着,在八月二十七日,仅仅飞了十二小时,就从香港来到了圣弗兰西斯科(即旧金山,又称三藩市),抵达旧金山时是当地时间二十七日上午十点,而起飞却是在香港当地时间二十七日下午一点,这么说,飞了半天还飞回去了三个小时(这个算法足可以气死小学的数学老师的)。而且一下飞机,一看,哈,又清爽,又凉快,又辽阔;大海,大桥,高楼,高速公路……真叫人痛快!但在环境方面给我印象更深的却是树、花和草,尤其是草。到处都有那么大片的草地,家家户户几乎都有自己的草坪,还有许多大面积的公共草地。在紧挨着旧金山的伯克利住宅区,我已经为那里的奇花异树之多而喝彩了，特别是其中有一种树正开着鲜红鲜红的花，不，用鲜红鲜红还不传神，这里必须用咱们在那十年最爱用的一个词儿，叫做"红彤彤的世界"。一看这种树，立即感到是生活在一个"红彤彤的世界"里了。而到了衣阿华以后呢，喔，更是到处都是绿色。道路是修在草与树之间的，房子是建在万绿丛中的，汽车与行人更都是走在草中，行在树下，在衣阿华，我每天早晨都要跑跑步，那时候吸进去的空气带着草与树的绿香，那时候看到的是摇来摆去的草地，还常常有不避人的松鼠在你面前奔跑……这确实是一种享受。而入秋以后，在星期天的下午的阳光下，我看到人们有的躺在草地上晒太阳，有的趴在草地上读书写字，还有的青年男女干脆在草地上拥抱、接吻……我想，原来需要草的不仅是牛和羊啊！

现在，秋意愈深了，衣阿华的枫树正在一株一株地改变着颜色，有的金黄，有的橙红，有的赤褐，有的蓝紫，有的红通通……但草地仍然是绿绿的。有时候我到衣阿华河边去散步，只见一阵风来，各种树的各色的叶子纷纷扬扬、悄没声息地落到了草地上。西谚："四时之美秋为最。"多么美好的秋天，多么迷人的情调，而向人们传达这秋意、倾诉这秋情的不正是树、花和一株一株的连成一大片的小草么？

星条旗和百老汇

当然说起树来就要提到美国的红杉。尼克松总统访华的时候带来的便是红杉树苗。在加利福尼亚州，有一片原始红杉林，被美国政府列为国家公园，也吸引着美国与外国的许多游客。红杉莽莽苍苍，高高大大，蔚蔚森森，许多树都高近百米，还有的在百米以上。在这个高度工业化、电脑化而又没有久远的历史的国家，能有这么一大片具有一亿几千万年历史的原始森林，其中存活的树木中最老的已经超过了两千二百岁，当然要倍受重视。我看到的游客，几乎都是一脸庄严崇敬、朝拜圣地一样地来瞻仰这里的红杉的。在红杉林区的入口处,高高飘扬着美国的国旗——星条旗,也就是理所当然的了。

有一次我到离衣阿华非常近的锡德腊皮兹市的一个银行家家里做客,看到在他的住宅门口的草坪上,矗立着旗杆,高悬着星条旗,我询问:"今天是什么节日吗?"答:"不是。"问:"挂旗子不是因为节日或有什么原因吗?或者是因为他本人的社会地位高?或者是因为有客人来?"答:"不是。谁喜欢挂谁挂。"

我还在电视里看到过这样的场面,在棒球比赛前,举行升旗仪式,全场观众隆重地唱赞美星条旗的歌——美国国歌,那种庄严热烈的大场面甚至使我想起我们的红卫兵唱《造反有理》(这个比喻可能有点不伦不类了,它只是当时意识的刹那流动,没有什么逻辑性、科学性),不同的是升旗完毕,就有许多金发少女来到运动场表演体操和技巧,而且引起更大的轰动的是全身披挂、口中不停地嚼着口香糖的一个又一个的棒球"明星"的上场。

但最惊人的,还是我看百老汇舞蹈时见到的一个场面:舞蹈明星们用星条旗做成紧身的三角裤衩,穿着星条旗裤衩大跳其扭摆舞,台下笑成一团。

这里,就要顺便说说百老汇的舞蹈了。九月二十五日,"国际写作计划"的主人聂华苓女士和保罗·安格尔先生请参加"计划"的各国作家去看前来演出的百老汇的歌舞团的演出。一进剧场,先看到的是五颜六色的各种彩色灯光,而等到演出一开始,这些灯就徐徐吊上去了,整个演出当中,灯光扮演着一个重要的(也许是头等重要的)角色,舞台上的光不断地变化,一会儿红,一会儿黄,一会儿明,一会儿暗,特别是一种紫青色的光,更是刺激视觉,非常强烈。由于灯光的变化,"舞星""歌星"们的服装、皮肤以至形体也处在不断变化之中,有时候像一群影子,有时候又像白玉雕像,有时候鲜艳,有时候幻迷,令人目不暇接。而这些舞蹈的动作,依我这个大外行看来,主要是为了表现身体的健美和活力。这里看不到什么意境,甚至除了欢快、嘈杂以外,也看不出什么情绪,但是,在每一个动作之中,都努力地凸现、塑造身体的各个部分。头、颈、肩、臂、手、胸、乳、腰、臀、手、腿、足都在运动，都在表演，都在"亮相"。其中使中国人最不习惯的是臀部动作之多、之突出，幅度之大。横扭竖摆，前伸后屈，淋漓尽致，若非亲眼见到，实难想象。其中有一个舞蹈，结束时"亮相"，全体男女"舞星"都是背对观众，用"撅屁股"的方法向观众行礼，而且在撅起来以后，各自把原戴在头上的礼帽摘下来，戴在屁股上，其中还有两个人没戴住，帽子掉在台上了。这种舞蹈的音乐节奏也是极快的，从头至尾，急急风，根本没有弦乐器，但是其中有一个伴唱的小伙子，他唱得是蛮抒情的，那时灯光暗了，他走到舞台边沿，坐下，把两条腿耷拉在舞台边上，然后开始唱，然后灯愈来愈亮，然后大家跳起来了，但这位伴唱者仍然在半明半暗中，保持着他腿垂到台下的姿势，旁若无人地唱着他所喜爱的歌。还有一点，在美国，本来是特别注意"性别"的区分的，常常有美国人（或其他来自西方国家的朋友）批评乃至嘲笑中国人的服装男女不分。但是，使我惊奇的是，在来自百老汇的这一场舞蹈晚会中，男女演员同台演出时，几乎动作完全是一样的，除了跳双人舞时男演员扳着女演员的腰肢或者把女演员举起来以外，女演员的动作是非常男性化的，她们的四肢上的肌肉之发达，也完全赶得上过去在北京天桥卖大力丸的艺人。而女演员动不动就叉腰，就半劈着腿，就直直地高举起手臂，就高高地抬着头，也使我的意识流动到了一九六七年看过的一个舞蹈，题目叫做《造反派的脾气》。我还胡思乱想到，造反，大概也是人生难免的某种需要，有的表现为打、砸、抢，有的则表现为撅屁股。

在美国，造反派的脾气的表现方式是多种多样的。有的青年全裸上街，我在一张报纸上就看到这样的一张照片，两个警察扭住这样一位"赤条条"，并用一块木牌替他遮掩。报载有一次足球赛，忽然有一观众向场内鸣枪，打伤一些人。据说前几年纽约的地下铁道，屡次发生无仇无冤的人当火车到来时突然把他前面的人推到铁轨上的事件，原因只是烦闷和寻求刺激。我还在报上看到一条新闻，一个大学毕业尚未找到合适工作的青年,突然异想天开地顺着雨水管道去爬摩天楼,不带任何安全设施,也无意自杀,也不是为了打赌逞英雄。他一口气爬了十几层,当局出动许多消防人员前来救助和劝说他。最后,他被说服了,中途从一个窗口进了房间,后来他因"损害房屋设施"的罪名被拘捕。

现在回过头来谈星条旗裤衩,我向这里的朋友们请教,得到的解释是:一、美国人很喜欢人的身体,认为身体各部分都是美的、平等的。头与脸同屁股与脚,都是人体的一部分,并无高低贵贱之区别,把星条旗穿在屁股上,或抚在左胸上,或高举过头,并无区别。同样,舞蹈动作也是如此,手指的动作、袖口的动作可以是美的,臀的动作,裤衩的动作也可以是美的。二、美国人喜欢蔑视一切权威,他不在乎,多么神圣的东西他都可以用来开玩笑的。

这两条解释之间不知是否有一点矛盾?请读者明鉴。

电 视

现在不妨说说美国的电视。包括我们的中央电视台,国际上都是用 TV 这两个字母的缩写来代表电视的。这里说美国的电视,未免把话说大了,因为,我这里谈的,只是一个不懂英语的中国人,住在一个叫做衣阿华市的小城的郊外的一所公寓里,看 TV 时所得到的一点浮皮潦草的印象。

我这个房间里的电视机上有十三个频道,能收到节目的有 2、6、9、12 四个频道,有时也能收到 4 和 7 两个频道的节目,而上述四个主要频道的节目,我完全没有发现他们有过休止的时间,不管醒得多早和睡得多晚,都有得节目看(当然,我没有在凌晨两点到五点开过电视,不知道那时候是否休息)。其播放时间之长,不必说比中国了,就是比夏季我访问过的西德诸城市,也多得多。在西德几个城市,一到午夜电视就全部停止了,第二天一上午也是休息,到下午再开始播放。

给我的印象是,各台上午儿童节目较多,有许多动画片或者戴上动物假面的化装演出。中午则多是长本大套的连台电视剧,下午有球赛,有电影,有各种娱乐节目,晚上大致也如是。

新闻节目几个时间都有,尤以晚上七点的那一次比较长,内容比较丰富。有时候是两三个广播员坐在一条长长的条案后面,有说有笑地互相轮流播报,也常常有报错了的时候,打磕巴的时候,那就重说一遍。态度非常自然、随便、亲切,绝没有绷起脸来的情形。而随着播送内容,荧光屏上就时而出现图片、地图,或实地录像、纪录片。播送天气预报也是如此,广播员滚瓜烂熟地讲各地的天气情况,各种图表也就"呼之即来,挥之即去"。

由于一九八〇年是美国的大选年,所以电视荧光屏上经常出现卡特、里根、安德逊的形象。我还看了一次里根和安德逊的电视辩论。聂华苓为我们翻译,他们各自谈了对于物价、能源、劳工、种族、兵役等问题的主张。每个人每次讲话时间严格限制,一到时间,不管说完没说完,立即"戛然而止"。顺便说一下,在美国,开讨论会的时候对每个人的发言时间也是有限制的,我参加"国际写作计划"的"中国周末"活动时便体会到了这一点,不过那一次,经主席和与会者一致同意,由于我是远道而来,特许我不止一次发言和不受时间限制。但从总的来说,限制发言时间,对于那些爱讲"马拉松"话,爱主持"马拉松"会的人来说,倒是对症良药。

最扫兴的莫过于广告之多了。每十五至二十分钟甚至更短一些,就有几个广告。广告的内容两大类,一个是吃,其中尤以一种肉馅饼的广告最多,荧光屏上经常出现男、女、老、幼、白人、黑人吃得津津有味的画面。再一个是化妆品,其中尤以一种洗发膏给人印象最深。一个吃,一个化妆品,倒是符合"食色性也"的古训。公平地说,这些广告编排得煞费苦心,叠、化、特技、歌、舞、画、音乐、光线、色彩、蒙太奇……都相当出色。例如关于一种汽水的广告片,画面是一男一女从高高的山峰上跳到清溪里的慢镜头,给人一种非常清爽的感觉。广告里经常还有合唱、齐唱、童声合唱,声音都非常好,这就叫做文艺为商业——金钱服务。特别是当它夹在吸引人的"正片"当中,不论是听新闻、听天气预报还是看电影,一会儿一广告,可也真够烦人的。

还有一种常常播放的节目,初时看了莫名其妙,经过打听才知是一种游戏。这种游戏分两组进行比赛,每组各是一个家庭的成员。由游戏的主持者向每一个人提出问题,而同样的问题已经事先向一百个人做了民意测验式的调查,如果你回答的和事先调查的某一部分人的答案一样,有多少人和你答的一样你就得到多少分。如游戏主持人问你:"美国人最喜欢吃哪种饭?"你答:"意大利饭。"而事先的调查一百人中有三十二人是回答"意大利饭"的,你就得到三十二分,如果你回答"中餐",而回答"中餐"的在那一百人中只有八个人,那么你就得到八分。如果你回答"日本饭",而事先无人作同样的回答,那么你就得零分。据说最妙的是通过这种节目可以看到一般美国人对一些琐事的观点。例如游戏中提出过这样的问题:"一般男人最不满意他的妻子的是什么?"得分最高的回答是:"乱花钱。"还有一个意想不到的答案是:"一打起电话来就说个没完。"据说游戏中还问过:"你所知道的最著名的中国人是谁?"有答"孔夫子"的,有答"孙逸仙博士"的,有答"毛泽东"的,这都不足为奇,最令人哭笑不得的竟有很多人答"陈查礼"。这里,借用一个中国血统的美国人的话,说是"听了这样的答案真要昏倒"。两组(两家)人分别回答了各种问题以后,按总分评定胜负,获胜者有奖,而且奖额甚大。还有一种是个人比赛,猜某种商品的价钱,谁猜得最接近谁就获胜。这一类节目也经常出现在荧光屏上,而且占时颇长。

再有应该提一提的大概就是夜总会节目了。我看到男歌星远比女歌星多,黑人歌星似乎比白人歌星还多。但有些男歌星唱的更近乎女声。有一天夜间,我打开了电视,只见一位弯腰曲背,长发过胸的男子（若不是他长着同样长的胡子，我非以为他是个女人不可了），不断地点着头，甩着发，用一种粗糙的、充满了噪音的声调唱歌，台下欢呼像海潮一样，愈欢呼，他的头点得愈深，频率愈快，我一下子就想起了小时候玩过的"磕头虫"。我还联想到，有些以"硬壳虫""甲虫"命名的乐团、小乐队，不知是不是因这种"磕头"动作而得名。另外，说到噪音，也是一绝，我在电视里看到一位女歌星，用相当有魅力的温柔的声音唱歌，愈唱愈热烈，唱到最后突然（注意，是突然！）发出一种撕破喉咙的声音，一下子台下就热起来了，轰动了。在收音机里，我也常常听到这种疯狂的声音，这大概也是一种刺激吧？

我们唯一看得完整的是一部描写美国悲剧性感明星玛丽莲·梦露的一生的电视故事片。由于有翻译，也就看懂了。玛丽莲，是六十年代红极一时的好莱坞明星。她出身贫寒，幼年不幸，母亲由于精神病进了疯人院。玛丽莲后来在好莱坞被捧成了美国"性感象征"，而在美国，"性崇拜"也是不得了的，她走到哪里都被包围、被欢呼，以至走到哪里都需要警察的保护，像保护什么大首长似的。慢慢地，玛丽莲愈来愈神经衰弱，长年累月地失眠，一直发展到精神分裂，最后吞服大量安眠药自杀。这部片子叫人看了很难受，为什么非要把好好的一个乡镇姑娘捧成"性感象征"不可呢？她既迷恋于这种名望、"威信"，又充满了不能过正常人的生活的难以解脱的痛苦。影片中有好几次她的"恩师"阻拦她的婚姻，"恩师"对她说，"做一个妻子是每个女人都能做到的，但是并不是每一个人都能做一个明星。"真可怕！个人崇拜会给被崇拜者的心灵上造成多么大的压力和负担，从玛丽莲·梦露的身上就可以看出来。

吃与警报器

在这里看华侨报纸，上面有一篇关于在美的华人社会地位问题的文章。文章写道,在美国,如果一个华人穿着很阔绰,人们便会问你是不是日本人,知道你是中国人以后,他便会问你是不是开饭馆的。

中国人的炊艺闻名世界,堂堂几千年的文明大国,技术上领先的是吃。其中一个原因,似是因为"吃"在中国的社交活动中占据的地位远比在美国更为重要。即使是同志之间,一到年节,互相邀请一下,没有十个八个菜也是下不来的,而且互相竞赛,不但要吃饱吃好,而且要吃得高级,吃得排场,吃得漂亮,吃得花样翻新。中国是一个最懂得吃的艺术的国家。

美国人对吃的态度似乎简单得多。从他们的生活水平来说,"吃"是不在话下,不足挂齿的,他们所谓享受,根本不是在吃上,而是在玩上。

我参加过一位美国教授邀请的聚会。客人好几十个,主人只在院子里摆了一个桌子,上面摆着啤酒、汽水、可口可乐、果汁、面包、一种炸春卷似的食品、乳酪、花生米,再没有别的了。客人们自取自吃,无人招待,主人也根本不来"让一让"。简单诚则简单矣,而且全部是凉的,连热气都不冒。但也有好处,主人和客人一样悠悠闲闲,潇潇洒洒,东谈谈,西扯扯,这才叫社交活动。回想我们在国内请吃一次饭,杯盘狼藉,烟熏火燎,主人特别是女主人有时连面都见不着(下厨房去了),似也大可不必。

即使正式的宴会,一道生菜沙拉,一道热菜(最多两道热菜,再多就极罕见了),一道点心,再送一道咖啡,也就到此为止了。吃一道就换一次刀、叉、盘、碟,隆重则隆重矣,吃的东西并不复杂,也不会造成大量剩下的浪费现象。回想一下我们过香港时参加的宴会吧……不免觉得美国人的宴会实在"寒酸",但中国人的宴会又太铺张。

这里有许多快餐饭馆,也很引人兴趣。快餐,又称"自助餐",你进得饭馆,先自己拿起一个盘子,然后拿起刀叉,排着队向前走去,沿

"路"的桌案上摆满了各种食品和饮料,除少量热菜有人给你盛外,全部是自取,走到最后算账付钱,你把盘子端到桌子上去吃,吃完,再把盘杯刀叉端到一个指定的地方。这样的饭,既便宜,又能亲眼观看、亲手挑选,吃起来是蛮舒服的。

至于一般人在家中的吃食,据说也并不复杂,你进入一个大食品商场,推上一个小车,沿着商品转吧,随意挑选,一切食品都摆在外面,你需要什么就拿什么,最后装得满满的,推到售货员(在出口处)那里去算账,售货员一手取商品一手按电子计算机,不一会儿就算好,而且把包括细目在内的单据交给了你。这种食品商场的东西,许多都是直接可以入口的,至少也是经过加工的半成品。蔬菜都是洗得干干净净的,你拿回去就可以下锅或者入口。大米、绿豆也都是洗净了的,干干净净地装在塑料袋里,好像什么工艺品一般。还有发酵好了的面,等火候合适时降温使它不致再发下去变酸,你买回去就可烤制各种食品。还有做好了的蛋卷,冻在那里,你拿回去放到烤箱里烤上片刻,取出来吃就行了。还有一种物美价廉的汤料,每袋只要十七至二十美分,开水一冲,鸡茸汤、番茄汤……就出来了。总之,把家庭主妇的做饭大大简化了。衣阿华大学是有食堂的,但据了解更多的学生——包括中国留学生都是自己做着吃。聂华苓和安格尔可谓忙矣,但他们也都是自己做饭吃,而且有时候各做各的,因为口味有所不同。我就看到过七十多岁的诗人安格尔做牛肉丸子的情景。

在衣阿华,我们是住在五月花公寓里的,公寓没有食堂,参加"国际写作计划"的作家们要自己做饭,这对于平日饭来张口的"贵族老爷"们确实是有点为难,但却多了一个体验美国人的生活方式的机会。而厨房,是每两个人合用一个的,住在我隔壁,和我合用一个厨房的,是罗马尼亚作家协会的书记、小说家乔治·巴拉依查。

有一天我在煤气灶上煮上一根腊肠,就去做别的事情去了,结果锅里的水熬干了,腊肠烤焦了,冒出了黑烟。隔壁的巴拉依查首先嗅到了气味不对,惊呼我的名字,我一拉开厨房的门,黑烟扑到我的房间,立刻墙上的一个白色喇叭发出了刺耳的叫声。过去我还以为那是个有线广播喇叭呢,却原来是个警报器,如果空气中有了烟,特别是如果煤气漏气,它就会叫起来。底下的事不用细说了,当然,并没有造成火灾,厨房里的吸烟设备和房间里的空调设备一打开,不一会儿也就干干净净了。不过从此,我对这个警报器增加了几分敬佩之情,还真灵。又过了几天,警报器忽然发出了短促和较轻微的叫声,我以为又闯了祸,检查各处,并无异常,与服务室联系,才知道这是表示电池的电快用完了的信号。公寓管理人员来更换了电池,它也就一声不响了。

开 心 馆

记得在一九七九年的一期《外国文艺》上读过一篇当代美国小说,题为《迷失在开心馆中》。对于其中描写的环境,开心馆啦,游戏啦,交错的道路啦,投入硬币啦,颇有点莫名其妙。有什么法子呢,"没有生活"嘛!

九月二十日,我们来到了威斯康星州的一个游览场所,名叫"石头上的房子",据说是一位建筑家的杰作。本来,我以为是去欣赏一座别致的建筑物,并窃疑为了看一所房子,值不值得坐五个多小时的汽车(来回十个小时以上)……乃至去了,才恍然大悟,此乃"开心馆"也!

进门后分两个大部分,第一部分是房舍和各种文物、古玩、花卉的陈列。在这里,主人(这座石房建筑当然是属于私人的)的目的大概在于展览他的财富和匠心:石头上盖房,房里黑咕隆咚,再用各种办法包括采天然光和运用各种灯、烛照明;房里还要给你一种野外感,有草,有树,有青苔,有滴水,有流水,有天光日影,一切都利用原来的孤零突兀的奇形怪状的大石头本来具有的自然条件,一切又都纳入他这个小巧、玲珑、壅塞、造作的房子里。不知道这里是不是表现着一种占有的欲望,否则,何必要把原来的属于旷野的东西变成室内的陈设呢?难道拥有了珍珠玛瑙还不够,还需要拥有青苔滴水吗?在一个拐弯的地方,游客可以暂时从迷宫似的房子里出来一下,站到原来的石头上,登高眺远,畅快呼吸,倒是觉得很舒服。至于所陈列的古玩和艺术品,则大都是一些很俗气的东西。

在这一部分里还摆着两架钢琴,两架琴都在弹奏,但没有弹奏者。你看到琴键凹下去了又弹上来,你听到了发自这台琴的声音组成了李斯特的《匈牙利狂想曲》(另一台弹的是什么记不清了),却没有任何人、没有演奏者。这真可以说是"活见鬼"了!当然,这是由"康皮优特尔"——电脑操纵的。在"石房子"的第二部分,这种由电脑操纵的游戏达到了高峰。第二部分又分两个单元,一个单元叫做"昨日的街道",一个单元叫做"昨日的音乐"。在第一单元里,街道和商店布置成十八世纪的样子,有马车店、药房、中国瓷器店、理发馆和鲜花礼品店等,街灯都是那种上窄下宽的梯形面方灯,本来是油灯,这里,只用其形,其实却是电灯。在这一部分也有一些电脑操纵的游戏。例如有一个"醉汉见鬼"的场面,在橱窗玻璃后面布置成一个卧室的形状,床上躺着一个玩偶,便是"醉汉",你放进一个十美分的硬币,于是拿着酒瓶子的醉汉玩偶(相当大)便从床上坐了起来。他对面墙上的挂钟忽然打开了,出来一个面目狰狞的魔鬼,然后回到挂钟里,不见了。从醉汉的床底下又冒出来一个面貌大同小异的魔鬼,吓得"醉汉"瘫倒在床上。床下的魔鬼不见了,门后头又出来一个魔鬼,如此这般。

到了"昨日的音乐"这一单元,就壮观了!大舞台,大乐队,弦乐、管乐、钢琴、打击乐器,还有指挥。乐器都是真的,指挥却是玩偶,你往指定的地方投入一个二十五美分的硬币,乐队就给你演奏一支曲子。我只记得其中的一支是歌剧《卡门》的序曲,"演奏"得倒也一板一眼,当然是"机械化和简单化"了的。"演奏"过程中,指挥者的手臂有时也做一些简单的动作,有一个指挥(玩偶),演奏中又吹胡子又瞪眼,看起来很好笑。这种乐队,大大小小,风味不同,有几十种,硬币不断地"吃"进去,音乐便不断地"吐"出来。这一部分,更大,左一间小房右一间小房,道路如蛛网,确实是一座迷宫。但是,真正"迷失在开心馆中"却也未必是可能的,因为参观路上到处都有"出口"的指示灯,你虽然弄不清你究竟是在什么地方,急流勇退倒是随时可以办得到的。

看完以后,我想,这实在是一个很好的哄孩子的地方。不过来这里"开心"的美国人却很少有人带孩子,也许,他们根本没有孩子。

飞 人

这里说的飞人可不是杂技中的"空中飞人"。杂技中的"空中飞人",其实不是"飞",而是被一根绳子吊在空中的。当然,为了语言的美感,我们不能把这个杂技节目改称为"空中吊人",而且演员的技巧,能使人有虽吊如飞之感。

美国加利福尼亚州的人却是真飞。美国人重视玩,在玩上不惜工本,从上面叙述的"开心馆"里已可窥一斑。而这个"飞",却是更有趣得多,有意义得多,当然也危险得多。

我想这种飞行器无非是滑翔机的一种,做成一个大蝙蝠形,翅膀(机翼)是用彩色的尼龙布做的,很漂亮,飞在天上,像一个个彩色的蝴蝶。飞的时候,飞行者先要带上飞行器攀登到指定的海岸的峭石上,飞行者抓住飞行器的梁杠,脚蹬在下面的一根横杠上,基本上是一个趴着——肚皮朝下的姿势,然后利用风力,向着海洋方向一跳,风就把飞行器吹起来了,于是人趴在飞行器下面,飘飘忽忽,凌虚乘风,归去来兮,优哉游哉,妙不可言。此时的情状,说得通俗一点就是放起一个大风筝,与中国孩子的放风筝的不同之处,在于美国加州的"放风筝者",不仅放起了风筝,而且连自己也一同放到天空上去了。"飞人"一般并不需要什么动作,脚部稍微掌握一下(看来如此。至于事实上到底是"稍微掌握"还是需要付出"九牛二虎之力",非我所能知也),就可操纵方向和起落,飞累了,略略收拢翅膀,蝙蝠(翅形)——蝴蝶(色彩)——风筝(原理)便降落到了软软的海滨沙滩上。

陪同我赏玩飞人的江南先生,带着我,踏着软软的细沙,走过去和一个刚刚降落的老者握了手。开始看他的相貌身材,还以为他是一位老太太呢,后来才知道原是一位老先生。他告诉我们,他已经七十岁了。七十岁高龄而能有此豪兴,有此体力,有此胆量,着实可惊可敬。

我们又和另一位脸上有一点雀斑,但非常精悍的女孩子飞行者谈了话。她告诉我们,参加这一项运动,是要事先经过两周的学习训练,考核合格,领到执照,才可以做的。"飞人"对于风向、风力,都需严格掌握,"起飞"和"着陆"的地点,也是经过选择和划定的。虽然如此,仍有人为玩这个大胆的游戏而丧命,但为了寻求刺激,从事这项运动的人还不少。谈完,她高兴地应邀和我合影留念。

都愿意年轻一些

七十岁的满脸皱纹的老人不但可以趴在大风筝下面在天上飘飘然,而且还可以坐在课堂里上学,这可并不算稀奇。在纽约,有一位来自台湾的美籍华裔朋友、《新土》杂志的社长陈宪中先生,他的岳父罗先生今年六十七岁,已经退休了,享受对退休人员的关照和社会福利。但他在退休之后,便去读大学,他现在是一个大学生。他解释说,他读大学是为了好玩,否则,退休之后便无事可做。另外据美国朋友说,有个大学里还有八十岁的学生,而且是学中文,可惜我未知其详。

一九八○年我国国庆节,我们在衣阿华搞了一个招待酒会,碰到了一位教中国学生读电脑技术的女教师。她对我说,现在大学课程最热门的就是电脑,学自然科学和人文科学的许多大学生毕业生都找不到职业,但是学电脑的人却受到各大公司的欢迎。我听后开玩笑说,如果倒退十年我也准备做她的学生,学电脑技术了。本来美国人是很爱开玩笑的,结果她听了我的话却正色告诉我:"只要你想学习,任何时候都不晚,任何年龄都不算大。"我很感激她的这话,而且觉得这话对我很有鼓励作用。我就是在她的话的鼓励下加紧了英语学习的。

美国是一个年轻的国家,美国人民似乎也都愿意自己年轻一些。女人就不用说了,化妆整容、拉头皮、去皱纹,不但用尽心机,破费钱财,而且还要冒险,据说有些整容手术是相当危险的。即使是男人,如果你询问他的年龄,也将被认为是极不礼貌(还有一条是询问收入)。与此同样的心理,如果你到美国,在上下汽车、爬高落低的时候,千万不要随便去搀扶老人。因为人老而需要被人搀,这对于美国人来说,实在是一件晦气的事情。

七八十岁了还可以上大学,这里,除了不服老的心理,还和美国的大学制度有关。第一,大学也是一种企业。上一年要交六七千美金的学费(名牌私立大学学费则更高),有人愿意出钱,为什么不收呢?知识也是一种商品,而对于商品,就应该自由买卖。第二,大学的制度极为松散。美国大学实行学分制,你修一门课,考试合格,就拿到一定的学分,你完成了若干门课,都合格,学分达到一定的标准,就算大学毕业,就发给你毕业文凭。你学得好,抓得紧,两三年就得到了足够的学分,你就毕业了。你半工半读(这样的学生最多),或者因为各种原因你的学分老是不够,那么从理论上说你上十年、二十年,只要你按时缴纳学费,也就没有人管你。第三,有很多人大学已经毕业,甚至已经得到了硕士或博士学位,而且大部分已经就业,已经有了很好的工作,为了职业的需要或者为了兴趣,照样可以上大学选修一两门课程。

现在回到陈先生的岳父罗先生身上来吧,按照美国的风俗,我不准备称他为罗"老"先生。他和我们告别的时候，戴上了一顶花格鸭舌帽，盖住了头上的银发，果真显得更年轻、更精神了。当我把我的观感告诉他的时候，他和他的女儿几乎同时抢着告诉我，当他去大学上课的时候，由于他风度翩翩，总要被那些黑人姑娘同学拥抱一番，而且在脸上狠狠地亲几下呢。

学校一瞥

在波士顿大学，我旁听过——更正确地说，应该是参加了两节中文课。课程进行中不断有人进进出出，大约维持着有十一二个学生（这当然不算少，最少的一门课只有一个学生）。教师讲得很少，主要靠学生提问，老师回答和老师提问，学生回答。这种方式，叫做seminar，解放初期我们曾译做课堂讨论，或者音译为"习明纳尔"。

美国学生都不愿听长篇大论的讲解，而喜欢这种启发性的对答，而且，他们希望在课堂上有自己说话的机会。教室里桌椅的排列也是随随便便的，与其说是像中国的上课，不如说是一种座谈的形式。

连小学也是这样。我看过一个小学的教学，十四五个学生围坐成一个大圈，像中国的幼儿园，老师和大家说说笑笑，学生和老师也说说笑笑，孩子们互相交头接耳，大概根本就没有什么课堂纪律。最妙的是教室并不是一间单独的房子，有的是三面有墙一面敞开，有的是两面隔开，学生不多，教室也不大，所有的教室都在一个大房子里，倒更像一个大礼堂里的活动室，参观的人远远地一站就可以看到课程的进行。家长远远一招手自己的孩子就会跑过来，教师也会回过头来向你一笑。

教材上似乎也比较注意启发。我看过一本英语教科书的第五册，不知是不是小学三年级第一学期读的。第一课是一幅画，其中有一道练习题是这样的，它要求孩子观察这幅画，想出六种不同的解释或念头，然后分别写六个句子。

这样的学校会不会松松垮垮呢？据说中小学是比较松的，学生们上学，一半是学，一半是玩，假日也没有什么作业。大学就不一样了，有用功的，也有不用功的。上大学缴很多钱，如果学不到什么，未免不划算，我想，这也许是一种动力。当然人大了就要考虑自立，考虑出路，在资本主义社会，生存竞争迫使人们成为用功的动力或者压力。

据说在美国最勤奋的是研究生，他们往往每天做十几个小时的学问，假日也很少休息。他们要拿学位，目标明确，在准备学位论文期间，政府给以津贴，但津贴是有时限的，过期停发，就当不成博士了。考上学位以后，就会更加紧张，每年他都要学到新东西，拿出新东西，否则就会落伍，就会被遗忘、被抛弃。

电　脑

石房子开心馆的奥妙全在于康皮优特尔。这个"康皮优特尔"(computer)大概是我到美国以后最先学到的英文单词之一。我们译为"计算机"，恐怕未必适合，因为它的功能远远地不止计算。

在华盛顿国会图书馆，在一座辉煌宏大的古典式的阅览大厅门口，电脑贮藏着近两年来所添置的所有书籍的资料。你如果要查阅某一个作者，或某一个门类，或某一国语言或其他的书，只要按一下电钮，电脑的显示荧光屏上就会出现所有的目录，这个电脑，代替了卡片和目录册的工作，而且更加迅速和翔实。现在，图书馆管理人员正准备把所有的书目资料输入电脑，查书、取书就完全可以自动化了。

在商店那就不用说了。美国的商店除了特殊贵重的物品，都是开架售货的。进门以后你推上一辆购货车，形状略同于中国的婴儿车，不过装东西的地盘更大一些。然后你进入商场，任意翻拣挑选你所需要的东西，放在购货车里，最后，你把车推到商店出口附近的售货员（也许应该叫做收款员吧）处，把车里的东西拿出来，他（或她）一面清点你打算买的商品，一面按电脑的键钮，等商品点完了，键钮按完了，账单也就出来了，不但有每件商品的编号的单价，而且有税款数目，而且有你交的钱数和应找给你的零钱数。同时，电脑对着顾客的这一面，也显示出你应找的钱数。你有任何疑问，都可以从账单上找到依据或者答案。收款人的工作，不过是按按键钮，找找零钱。然后在收款后向顾客微笑和说一声"谢谢你"而已。

在芝加哥的科技普及馆，有一个叫做营养顾问的电脑。在那里，你把你的性别、年龄、身高和体重告诉它，它就给你一个编号，你按一下这个编号，荧光屏上就出现了"你要吃什么"的字样，然后出现了食品目录，诸如猪肉、牛肉、鸡蛋、牛奶、冰激凌、啤酒……无所不有，各有编号，然后你再按你要问的食品的编号，便得到一个建议。我去的时候按的是"啤酒"，具体怎么回答的我忘了，反正建议我可以喝很多，远远超过我实际的饮用量。这用来做游戏当然是可以的，但实际上人的口味各有不同，譬如啤酒就有人根本不喝，这个电脑是否能考虑到这一点呢，不得而知了。

银行和电话局，更要依靠电脑。支票的签名，是靠电脑来鉴定真伪的。收支账目，更是靠电脑来计算。在美国，打长途电话是不用通过接线生的，直接从电话机上拨（或按）就是，然后，电话局按月给你寄账单来，把你打电话的时间、打往地点和收费标准全部列成清单，这也是电脑所完成的。

银行有一种小额兑现的卡片。如果你在银行内有存款，你只需将此卡片投入一个昼夜二十四小时坚持工作的电脑，然后按一下只有你知道的你的户头的密码和你需要的钱数，你就会得到你所需要的现款。如果你按的数字有错误，或者你把卡片投进去后不能迅速流畅地把你的密码信号输送给电脑，电脑就拒绝付给你钱，而且没收你的卡片，打给你一张纸条，上写"请进银行一谈"，这就是说，电脑对你发生了怀疑——也许卡片是你偷来的。只有在你向银行工作人员解释清楚以后,电脑才会依据银行工作人员的指令把卡片还给你。

　　电冰箱,这本来已经够"电气化"的了,但是,新式的冰箱里,电脑还掌管着灌水、造冰、分离和翻转冰块、贮存冰块等工作。在这样的电冰箱附近,有时你会听到里面哗啦一响,原来是冰盘里的冰冻好了,自动翻转,把分离好的冰块贮存到一个容器里。冰块的用途是很广的,特别是喝酒的时候,许多美国人都喜欢在"洋酒"里放上冰饮用,清凉爽口,而且可以冲淡酒精的浓度。

　　我从"国际写作计划"提供给我们有志于学习英语的作家的《现代英语读本》上,还看到这样一段阅读材料,上面注明是"摘自1973年11月26日《洛杉矶时报》"。这一段文字的题目是《我的书》,内容翻译如下:

　　　　在美国,工价是如此之高,自力更生才是可行的生活之道。许多人自己动手修理自己的汽车,许多人自己动手修建自己的车房乃至于建造自己的房屋。大概过不了多久人们也会自己给自己写书了。在好莱坞就有这样一个机构,在电脑的帮助下专门出版供儿童自用的书。虽然有许多出版公司出版儿童书籍,但是这个机构的工作是颇不寻常的,它能使读者成为故事的主人公。现在让我们来说明一下它是怎样做到这一点的。例如你的孩子名叫珍妮,她住在圣路易斯,她有一只狗名叫斯泡特,一只猫名叫泰比,她有三个玩偶名叫别茨、珊的、爵的。电脑可以把提供给它的这些信息填充到它早已准备好的故事和插图中去。于是,它就可以提供给你一本印刷精良的精装书,而孩子得到这一本书以后就会说:"这是本关于我的书。"因此,这个机构称为"'我的书'出版公司"。

　　　　孩子们喜欢这种"我的书",因为他们愿意看到自己以及他所喜爱的动物和玩偶的名字印在书上。这就大大提高了孩子们读的兴趣……

关于电脑的妙用，这些当然不是最主要的，在科学研究、经济管理、交通运输、国防以至宇宙航行上，人们愈来愈依靠电脑的帮助了，同时，电脑也深入到了生活的各个方面。这带来了方便，也带来了困惑。不止一个美国人对我说，电脑在排挤人，压迫人，增加了失业，减少了人情味。如果人们的工作都像商店的收款员，只需要按一下键钮，简单、机械、乏味，既不需要脑力也不需要体力，那么工作和生活还有什么意思！

十月二十六日，"国际写作计划"的作家们到衣阿华州的首府去参观一家保险公司，保险公司的大办公室里到处摆满了电脑电脑还是电脑，一位美国妇女低声告诉我说："我恨这些电脑！"

在芝加哥我们还碰到一位在公司里工作的女职员。她走到哪里身上都带着一个小的电脑，须臾不离。据说，这个小电脑和公司的大电脑中间有一种联络信号，一旦公司有事，大电脑一发出信号，各个小电脑就会发出声音来，那么，不论是假日公休还是深更半夜，各工作人员就要来个"紧急集合"，赶到公司报到去。电脑管的事愈来愈多，人愈来愈受电脑的支配，无怪乎西方的许多科学幻想小说纷纷描写具有电脑的机器人打败具有人脑的活的人了。

猫最爱吃的不是耗子

有一位新从国内到美国去的朋友，他告诉我美国给他的最初的两个难忘的印象：一是城市的大街上常常看见狗屎，二是如果汽车和行人相会于一个城市的交叉路口，汽车总是谦让行人，请行人先走。

诚然，这两个现象同样也引起过笔者的惊奇和注意。在纽约，笔者住在布鲁克林区。第一夜安睡一晚，清晨起床后就出去散步。还来不及欣赏这个大城市市郊的犹太居民区的风光，只觉脚底滑了一下，一低头，糟糕，一只新皮鞋上已经踩满了狗屎。在旧金山附近的伯克利镇，当笔者走到一个十字路口，看到侧面飞快地驶来一辆汽车的时候,笔者习惯地并认为是理所当然地停步等候,结果汽车开过来,戛然而止。车的主人伸出头来向我微笑致意,并做手势请我先过马路。

从这两个互不相干的而且又是非常表面的印象中,可以引出一大堆"花絮"来。如果能"顺藤摸瓜",刨根问底,说不定还能通过这两个现象接触到美国社会的一些重要方面。

愈是大城市,狗屎愈多,这当然说明养狗的人多。黄昏时分,你常常会看到一些人(多半是老人和女人)牵着狗出来散步,有的还带着一个专门装狗屎的口袋,狗拉了屎,主人要不辞辛苦、不避脏臭地把它捡起,装好袋,带走。因为当局有规定,如果狗随地大便,将向其主人课以罚金。规定是规定,你仍然可以看到许多找不到主人,查无对证的狗屎。

狗的地位在美国确实很高。报纸上大谈狗经,说什么狗是人类的最好的朋友,说什么狗比人好得多,因为狗从不会背叛出卖主人。在超级食品市场里,到处摆着画着狗头的大纸袋和小铁听的食品,艾青同志最初还以为那是狗肉罐头呢,其实,那是专门喂狗的饲料。电视荧光屏上,也出现过狗的食品广告。那是一种用牛奶泡过的骨头,广告上有一只硕大无朋的狗,正在吱吱嘎嘎地大嚼。有的狗脖子上挂着铜牌或者塑料牌,牌上写着:"如果此狗迷了路,请捡到它的人将它送还它的妈妈××××"。"××××"是狗的妈妈的名字,但千万不要以为那是一条老母狗的名字,不,狗的妈妈乃是养狗的女主人的自豪的自称。而狗迷了路需要人的照顾,也甚稀奇。

有的家庭,干脆把狗养在家里,狗就在各个房间里自由地走来走去。有的主人,每天下班回来,要和狗接吻。有的人不但给狗洗澡,而且与狗同盆而浴。

和狗有着类似地位的当然还有猫。一个美国朋友告诉我,由于市场上有专门为猫制作的食品罐头,而猫又世代相传靠吃罐头食品为生,因此,连猫的自然习性也改了。许多美国猫已经失去了对老鼠的兴趣,不会捉老鼠。一九八〇年第五期《十月》杂志上有中杰英同志的一篇带有讽喻色彩的小说,描写一只养尊处优的、失去了捕鼠能力的猫的喜剧。在国内,读到这样的小说,我们不能不佩服中杰英的想象力之丰富,小说构思之奇特。但在美国,猫不会捉老鼠却是普普通通的现实。有一个很有名的卡通片,描写一只猫上了手术台,经过了一番大概也是利用电脑所做的"心理手术"之后,再也不迫害老鼠了,相反,它变成了老鼠的朋友和保护人。

然而靠猫来保护老鼠毕竟是危险的,不知道那位卡通片的作者怎样想象出美国的老鼠会信赖、依靠猫的保护。因为,尽管在美国,猫先生和猫太太并不觉得耗子比罐头好吃,但仍然时而会表现出难移的本性,捉住一只老鼠,当玩意儿,捉捉放放,"玩"死以后,抛到一边了事。

保护动物法及其他

美国有许多州制定了保护动物的法律。例如,规定宰杀家禽的下刀部位及方法,目的在于一刀毙命,以免给家禽造成痛苦,如果杀鸡杀了个半死不活,就有被起诉、被控违法的危险。

对宰牛的规定似乎是这样:先要用一种电气设备击中牛的大脑中枢,使牛失去知觉,然后下刀,不得直接宰杀,否则会被拘捕、坐班房。美国人最喜欢吃牛肉,既要食其肉,又要使其"不痛苦",因而煞费苦心地制定了最人道(或牛道)的法律,用心亦良苦矣。

我们在美期间,青年画家韩美林夫妇正应美国动物保护组织的邀请,为筹集该组织的基金在美访问。《华侨日报》报道说,有一位美国女人前往该组织"抗议",认为不应该邀请中国人来,因为中国人吃狗肉。该组织解释说,并不是所有的中国人都吃狗肉,而韩美林恰恰不吃狗肉的;韩美林不但不吃狗肉,而且还是狗的朋友。那位美国妇女听了这个解释之后,满意而去。不是狗肉或者牛肉、鸡肉,倒是这一段报道,使我读后颇有食而不化、胃肠不适之感。

可惜我不是法律专家。美国法律如果对宰鸡方法都有所规定,那可真够细腻、无微不至的。还有的州法律规定丈夫不得强奸妻子,违者判刑。有一个人就是因这个罪名被判了有期徒刑七个月。有一个电影,堂堂皇皇一个半小时描写这样一个丈夫强奸妻子案,最后是丈夫被判无罪释放,二人重新相会,和好如初⋯⋯

孤 独

这可不是"花絮"的题目,而是个超级大题目。

为什么那么热衷于养狗、养猫、养鸟呢?(有的人把鸟养在屋子里而不是笼子里,鸟便"自由地"在室内飞来飞去,自由地拉屎。)一个很重要的原因便是孤独。

人们都爱说自己孤独,同样爱说的一个词是"忧郁"。特别是那些无所事事而又不愁吃穿的女人,十之八九要得一种"忧郁症"。得了这种"病症",就会食欲不振,四肢酸懒,百无聊赖,急躁不安,最后甚至发展到寻死觅活,过不下去的程度。

这种孤独尤其表现为老年人晚境的凄凉。费城有一位教授老太太,已经退休了,她有三个孩子,但是没有一个孩子照管她。她养了一只狗,这只狗也和她一样的衰老、羸弱,而且长了一身的癞疮。这只狗老病交加,已经到了站也站不起来的地步了,连兽医都建议这位教授老太太用药品结束这只狗的生命,但是老太太坚持不肯。她说:"我不愿意开一个恶劣的先例。"从狗的命运,她想到了自己的命运,从狗的下场,她联想到自己的下场,这不是令人不寒而栗吗?

包括那些百万富翁富媪,他们的晚境也是孤单的。他们最多只能花钱雇用人来照顾他们的生活,搀扶着他们散散步罢了。

孩子不管老人,是因为一俟孩子成年,父母就不管孩子了。除了巨富,一般中产阶级家庭没有供给自己的孩子上大学的。在美国,中学是义务教育也是强迫教育,中学一毕业,如果孩子愿意继续深造,那就要靠自己一边做工挣钱一边读书了,很少能指望得到父母的帮助。同样,孩子一成年,如果家里需要孩子为家庭干些活,那也要事先讲好报酬。当我们在衣阿华访问农场主威尔逊的家庭时,威尔逊先生也同我们谈到了这个问题,他还告诉我们,为了避免一些麻烦纠缠,有些农场主是采取"易子而役"的办法,就是说,甲农场主雇用乙农场主之子,而乙农场主雇用甲农场主之子,这样,"神圣的"雇佣关系才不会受到例如亲子关系之类的东西的干扰。

而且美国法律规定,人死了,他的财产不一定传给孩子。事实上,也确有许多人,不愿把遗产交给自己的孩子,而宁愿把它交给生前的一个神秘的友人,或是捐给什么基金会。一切依遗嘱而定,遗嘱说给谁就给谁。如果没有遗嘱,财产就充公,其未成年子女也一律送孤儿院抚养,不论是孩子的奶奶、姥姥、叔叔、舅舅,都不得将孩子领走。

所以,许多美国人,还年轻力壮,刚刚成家立业,就要写好自己的遗嘱,交律师保存,安排好自己的后事。上文写到的去威斯康星州归来的途中为我们驾车的、戴着棒球运动员小帽、身强力壮的吕嘉行先生,就很认真地和他妻子商量过立遗嘱的事。

父母与子女之间的这种淡漠、在我们看来简直有些冷酷的关系,据说也是有好处的。一九八〇年十月中旬的一个晚上,有两位在衣阿华大学留学的台湾女学生访问我,要我给她们介绍一些新中国电影发展的情况(由我来介绍电影,这也实在是找错了念经的和尚,但我毕竟是来自中国大陆的一个文艺工作者,推辞不掉),我们谈得很广泛,最后也谈到美国的家庭的状况。她们说,正因为美国家庭亲子关系如此冷淡,所以许多美国人认为有没有孩子是无所谓的事情,更不希望有很多孩子,所以美国就没有什么人口问题。同时,美国青年也比较富于独立性,以自己挣钱为荣,以依赖父母为耻。这倒也是。

当然,孤独感的原因并不仅仅在于家庭,更重要的是社会。社会上,人们彬彬有礼,也时而有一些鸡尾酒会之类的聚会。但是,在以个人为中心的社会中,礼貌正像一条防线,隔开了人,在英文 private 的意思是"私人",也是"秘密""保密"。互不干涉的另一面就是互不关心,互相设防。大家的关系都是浅尝辄止,从来没有什么互相谈谈心、交交心的事。相互之间,谁也不管谁,谁也不需要对谁负责,谁也不用指望得到谁的认真的关心和帮助。连夫妻、父子都是如此,何况友人、同事乎?何况彼此还有冷酷而紧张的竞争关系?衣阿华大学历史系的教师达尉德·阿尔库什——他在一九六四年写过关于我的《组织部来了个年轻人》的论文——向我解释孤独感的问题时说:"噢,谁也不管你,你爱怎么样就怎么样,所以我们说这是自由,所以我们就觉得特别孤独。"

孤独有时变成了一种可怕的压力。许多老人热衷于研究宗教、轮回、来世,因为从纸醉金迷而又互不关心的今生中,他们找不到生存的价值和生活的意义,而机器的发达、电脑的普遍使用,更使人觉得自己在被科学技术所排挤、所压迫,一切都由机器、由电脑来完成,人变得无事可做和没什么用处了。最后,许多美国人提出一个令人苦恼的问题:"怎样证明自己的存在?"

有一个电影,片名大概可以译做《赶时髦》(Going to Style),描写三个退休了的老头子,无精打采,百无聊赖,没有任何人需要他们,没有任何人理睬他们。他们的生活毫无意义,甚至他们开始怀疑自己是否存在。于是其中一位精力最充沛的老头儿建议合伙去抢劫银行。他的这个富有想象力的建议遭到了另外两个人的反对,他们说抢了银行他们就会被抓到监狱里去。第一个老头反问说:"坐监狱又有什么不好呢?"另外两个人答不出来。于是,三个人确定了抢劫的计划。一经确定这一行动计划,立刻三个人腰也挺起来了,眼睛也放光了——生活有了"奔头"了嘛。抢得很成功,而且由于他们原都是一些一生正派的人,故而未遭警察当局怀疑。抢成功了,钱多得用不了,又发起愁来了,于是三个人决定到被称做赌城的内华达州拉斯维加斯去赌,又大赢其钱。最后两个人死去了,只有"主犯"活着,警察也侦查出来了,准备逮捕他。一个受过他的恩惠的年轻人给他通风报信,劝他跑掉。他却欣慰地说:"我活了一辈子,总算在晚年把自己放到了聚光灯下,我终于可以确认自己的存在了。"

这是电影,不免有虚构的成分。但报纸上还报道过这样一件事:有一个八十岁的老人,他有条有理地为自己料理了后事以后,打电话给火葬场:"我要自杀了,请来收尸!"火葬场的接电话的人慌忙劝他不必寻短见,他平静地回答说:"我早已经超过了需要别人教给我应该做什么、不应该做什么的年纪了……"他放下电话,从容自杀。火葬场的车辆到达的时候,他的尸体还是温热的。

酒 吧

生活在孤独中的人们需要排遣自己的孤独,而据说,酒吧便是这样的地方。

酒吧间在美国非常之多,而且各式各样。它所以叫做bar,从字面上说大概是因为它具有的那个长长的柜台。长而高的柜台前面,摆着一排比一般座椅要高得多的、无靠背的圆凳。另外,当然还有类似饭馆的桌椅。柜台后面,是巨大的、装满了各种酒瓶、酒的容器的酒柜。柜台上面,是花花哨哨的吊灯,有时还会悬挂许多小雕像、艺术品或者类似我们的走马灯之类的玩具。还有些酒柜上,在不同的角度上装满了镜子,坐在柜台前的高凳上喝酒的顾客,可以通过这些镜子的反光,看到其他的顾客、酒吧的全景以及窗外的景色。如果你想盯住哪个顾客多看几眼,那么盯视镜片也远比盯视一个陌生人有礼貌得多。总之,好人、流氓、联邦调查局的特工人员,都可以利用这些反光镜去欣赏、寻猎、追踪。

酒吧间的灯光很暗,要的是这个劲儿。其实不仅是酒吧,一般饭馆灯光也是暗的,据说这样才有情调。衣阿华市有个酒吧,名叫"那个酒吧"(That Bar),大白天窗子也上着板,不准任何太阳光进入。如果说这里边是一些害怕阳光的人,恐怕也不冤枉。

除了喝酒以外,一般酒吧间都卖大量的玉米花,这好像就是"酒菜"了,其酒菜远不如任何中国的一个夫妻酒馆丰富。玉米花一般不收钱,钱都在酒中付了。酒吧间的酒比市场上的酒贵五至十倍,来这里喝酒的人花钱的目的不在于酒,而在于这样一个环境。

酒吧里总是有很好的音响系统设备,无止无休地播放着摇滚舞曲。酒吧间里也有电视,在巨大的摇滚舞曲的声浪之下,电视变成了无声的了。另外,一般酒吧里都有台球和几种独自一个人玩的玩具。这种玩具叫做"电力的游戏",你放进一枚二十五分的硬币,从台面上弹出一个小球,小球自高处向低处滚动,当你按动某些键钮时,就会有某个设施将球反弹上去,你的任务就像足球守门员一样来截球,眼看球滚滚而下,长驱直入,大势已去了,如果你按得巧,就会"救"得险球,转危为安。有些小孩子是很喜欢玩这种游戏的,以至于一个晚上要花掉好几块钱。我也曾经试验玩过几次,不能说完全无趣,但一个人低头面向机器和灯光玩耍,这种玩法却让人觉得越玩越寂寞。

广播、电视、台球、游戏……这些,并不是酒吧吸引人的地方。美国朋友告诉我,他们之所以需要酒吧,是为了到那里去和别人谈谈话,只有在那里,和陌生人谈天不会被认为是唐突的。而酒吧间的卖酒的人(按中国的古老的说法叫做酒保)的任务除了卖酒以外还有重要的一条,就是听取陌生的、半醉的顾客的倾吐,这些酒保的一个重要的、最被珍重的品质就是倾听别人说话和替别人保守秘密。每个人都需要一个听自己说话,特别是听自己的牢骚的人,酒保就是合适的人选。日本有一部推理小说,叫做《知道隐私过多的人》,而美国酒吧里的酒保,就够得上这个称号,但不知道这种身份给他们带来什么危险没有。

在一个周末的晚上,笔者曾经体验了一下酒吧间的生活。那里人很拥挤,刚进去都找不到坐的地方。烟气缭绕,许多人都不停地吸着烟,本来,美国的公众场所大都是不准吸烟的。人们分别在那里交谈,一直到夜两点了,还不愿意离去。此外,并没有什么娱乐活动。在那里,我碰到了来自英国牛津大学的青年诗人彼得·杰依。一九七五年,他曾是这个"国际写作计划"的成员,现在,他正在衣阿华大学短期任教。我们谈得很融洽。当我问起为什么人们这样贪恋酒吧的夜晚的时候,有人告诉我,这是因为许多人家庭生活不融洽,回家后觉得烦闷,需要换一换环境。顺便提一下,和别的场合相反,在酒吧间这个环境中,我很少能发现一对夫妻或者情侣。是不是人们多半都是单独进酒吧呢,我还不敢断定。

在旧金山,州立大学的葛浩文教授也曾带我到渔人码头 39 号的酒吧去过。这个渔人码头 39 号,已经不是一个码头,而是一个游乐区了。附近仍有许多船只,帆樯上的灯火与星星闪烁在一起,煞是好看。我们先去了一个歌唱酒吧,是由一位华裔女歌手唱美国的流行歌曲,当然全是英文,与她的中国血统全不相干。她唱得软绵绵,无精打采的,反应不热烈。后来我们又换了一个酒吧,去喝对酒的咖啡(有一种酒是专门对咖啡的。美国酒这种掺过来对过去的喝法也是很别致的,喝酒可以对冰块、对汽水、对橘子汁、对柠檬水以至对你愿意对的任何饮料)。在这个酒吧,有四个姑娘演唱西部牛仔歌曲。牛仔,这大概是广东话,用普通话来说,就是牧童的意思。四个姑娘分别演奏不同的乐器,轮流领唱或合唱,那个最年轻的姑娘唱起歌来完全是一副自得其乐、自我陶醉的表情。曲调是民间风味的,使人联想起我们的一个《挑担茶叶上北京》的湖南民歌。我觉得,这些歌没有什么不健康的地方。

前面说了,酒吧间是各式各样的,上述的,都还好。另外有摇滚舞的酒吧,我曾隔着门投以一瞥,里面传出了震耳欲聋的摇滚音乐声。在一端,青年男女们正在跳摇摆舞。这种酒吧,进门先要交三块钱的门票钱,喝酒也特别贵。本来,我也是有兴趣去看看的,但一听这大轰大嗡、大喊大叫的音乐,不禁退避三舍。进去十分钟就会头晕脑涨、发作"噪音诱发症"的。而谁如果有心脏病,那么,听上五分钟这样的音乐说不定会飘然仙逝,一命呜呼。

同性恋者的火炬游行

一九八〇年十一月二十日,在我们离开纽约的第二天晚上,纽约发生了一件事。有一位痛恨同性恋的"二杆子"(这是我国西北地区的方言,略近于"二百五""二愣子"之类),手执冲锋枪进入一个同性恋酒吧,进门不管三七二十一先扫上一梭子,当场打死了五个人,打伤了三十多个。当然,肇事者被抓住了,送到了警察局。于是,纽约市的同性恋者大哗,同仇敌忾,义(?)愤填膺,举行了有两千人参加的游行,手执火把,高呼口号,要求保障同性恋者的人权。报纸上报道了这一消息,并且发表了游行的照片。

到美国后,人们常常谈到"同性恋"这个字眼儿。说以旧金山为最,那儿有同性恋者聚居的区域和街巷。由于那里的同性恋者如此之多,谁要想竞选旧金山的市长或者议员,一定要讨好同性恋者,才能拉到这一部分选票。最近,同性恋者的活动愈来愈公开化,愈来愈理直气壮了,一直发展到两个性别相同的人去登记结婚,据说,有的地方还真的给两个性别相同的人发了结婚证。听着人们的叙述,你会得出这样一个印象,同性恋在美国,不但有,而且在日益蔓延,而且还挺时髦。报纸上经常出现关于移民局以至兵役局应不应该歧视同性恋者的讨论。

同性结婚已经够荒诞和倒胃口了,还有更新鲜的。一位癌症患者(男),要求登记与他喜爱的一个玩偶洋囡囡结婚,当局不允许。他重金聘请律师,打了好几个月的官司。最后,他已经垂危了,官司胜诉,他与他的玩偶举行了结婚典礼,这难以相信吧?然而是千真万确的事实,是资本主义腐朽的生活写照。可惜我忘记了剪下报来,否则就可以把这对"新婚夫妇"的照片翻印在咱们的《文汇月刊》上了。

交通规则与礼貌

现在回过头来谈谈汽车给人让路。汽车让路当然是一种礼貌，但也有它的条件：行人甚少。如果在伯克利镇，行人像我们北京的前门大街或者西单北大街一样多，汽车让路的结果恐怕就是干脆熄火十八个小时。

对交通规则的遵守，在美国各地并不一样，但普遍逊于欧洲。在欧洲，只要是红灯，尽管并无警察看管，尽管侧方并无任何过往车辆，人们都自觉止步，也从不见有人在非"人行横道"处横穿马路。纽约就不同了，乱过、乱闯、乱抢是常事，红绿灯的标志与指定的横穿马路线，似乎并起不了太大的作用。纽约还有人发表这样的言论："反正红灯不会轧死人，轧死人的是汽车。"这就是违反交通规则的理论根据了。

旧金山就好多了，那里的居民还是比较自觉地遵守交通规则的。

那么给行人让路呢？我想，这不是交通规则的规定，而是开车人的礼貌。说到礼貌，在美国最突出的是三句话："早安""谢谢"和"请原谅"。比起问午安、晚安以及临别时道再见，"早安"给人的印象更深。早晨不管相互认识不认识，都要互道早安。笔者在衣阿华居住时，每天早晨从公寓楼上下来跑跑步，跑步当中，迎面同样奔跑而来的男女、黑人白人青年，都要含笑向你问好。开始，笔者专心于跑，往往反应迟钝，及至明白过来，准备答礼之时，对方已经跑出去三五米了，你回头再喊 good morning 吧，未免像神经病，这样的事常使笔者颇感歉疚。

"谢谢"也者，许多人许多文章中都提到过，本文从略。"请原谅"他们也说得很多，比如一个人要从人群中穿过，或者他要从一些人的面前走过时，这个人定会不停地说"请原谅"，犹如我们之说"借光"。如果一个人向一个陌生人问一个问题，或者打断另一个人的工作或谈话,他也一定要说"请原谅",这又犹如我们之说"劳驾"。有时候,"请原谅"已经成了他们的条件反射似的口头禅。例如,笔者在芝加哥博物馆看画的时候,为了选择一个合适的距离欣赏名作,便边看边后退,不慎撞着另一位参观者。按道理讲,责任全在笔者,但对方根本没有容你说"请原谅",他立即自然而然地说"请原谅"了,他一说"请原谅",我当然更不好意思了。

总的来说,美国人在公众场合是很讲礼貌的,但他们喜欢声称自己是不拘礼节的,随随便便的。他们还说,他们不怕中国人不讲礼貌,而怕中国人讲起礼貌来太复杂。比如,他们才见面不久,就互相直呼其名,既不加"先生""女士",也不加头衔,有时,称呼头衔,还带有某种讽刺意味,这一点和欧洲也是大异其趣的。尤其是,孩子长大了,对父母也是直呼其名,这就更令中国人惊异了。

美国人穿衣服也不大讲究,出席宴会和进剧场,这在欧洲人是十分隆重的事情,一个个都笔挺笔挺的。去年六月访问西德时向导告诉我,有的女人为了进剧场,从前一两天就开始打扮和准备。但在美国,你常看到一个人穿着不系扣子的一件毛衣或一件花格衬衫就出现在社交场合。在斯坦福大学,有一位研究中国文学的爱尔兰裔教授对我说,他一辈子没有打过领带,因为当他年轻时,他的母亲便对他说:"打领带做什么?你又不是英国人!"爱尔兰人的反英情绪,从中也可见一斑。

还有些礼节方面他们远不如中国人讲究。一个是送客,他们最多送到房间出口附近,很少有送出房门的,更没有主动送出院子、送出大门口、伫立多时,客人走出去几十步了还要回头招手致意的。再一个是请客,除非事先有明确的安排,谁也不随便替别人付钞。这个问题,又牵扯到一个重大的观念:人情与金钱的问题。

汽车及地铁

有一位美国朋友对我说："你看过美国的电影了吧？每一部故事片中，几乎都有汽车上的镜头，恋爱、强奸、抢劫，都可能发生在汽车上；撞车、翻车、超车，各种惊险特技镜头也都是在汽车上做文章。总之，美国人的生活是离不开汽车了，汽车在美国人的生活中，具有不可或缺的地位。"

我依他的话回想了一下，果然如此，有一部描写兄弟俩的流氓生涯的影片，通片都是汽车的特技镜头，什么汽车开到了百货商店里、玻璃橱窗劈里啪啦撞个粉碎，什么一辆汽车从另一辆汽车身上开过，什么一个急转弯引起了无数汽车互撞，特别惊险的还有汽车从高高的桥头落下来，落到河滩里继续开，确实是非常逼真、令人咋舌。

我想，对于美国人，私人的小汽车之不可缺少就像自行车对于我们的城市职工一样。不，远远超过了自行车对于我们之重要，因为我们的各个大城市都有四通八达的公共交通事业，没有自行车而按月购买公共汽车—无轨电车联合月票，也就解决了交通问题。而在美国，除了纽约有成龙配套的地下铁道，旧金山的公共汽车也还较好外，大多数城市，公共交通事业都是很萧条的，线路少，车辆少，行车间隔大，自己没有汽车而依靠公共交通，肯定是要误事的。

说到纽约的地下铁道，我始终觉得难以理解，为什么在如此富有的鼎鼎大名的纽约，历史悠久的地铁竟是这样的肮脏、混乱。地铁铁轨中间积存着"龙须沟"似的臭水，车辆上涂写得一塌糊涂，比我们当年红卫兵造反时到处乱写的标语还有过之而无不及，人们传说着地铁站台上的各种令人毛骨悚然的犯罪故事……甚至有人说，如果你想知道地狱是什么情景，只消去看看纽约的地铁。

我坐过几次纽约的地铁，它分快线和慢线，四通八达，还是很方便的。每张票七十五美分，路程长短不拘，这也算是便宜的。觉得说地狱是夸张了些,肮脏、阴暗和恐怖感却是事实。时而有醉酒的或吸毒的黑人上车,很少有人在车上说笑,乘客的目光里包含着警戒和不安。在芝加哥我也坐过空中列车,观感就要好得多,那里大家多是利用坐车时间读报,神态安详,穿戴也更整齐美观一些。

对纽约地铁的这种现象解释不一,有的说在越南战争之前情况要好得多,纽约地铁的状况是美国人精神危机的一种表现;有的说主要是由于经济不景气,纽约市政府财政入不敷出,一九七八年曾经拖欠过公职人员一个月的薪金,至今未补发,故而没有经费去改善地铁状况;还有的说所以地铁上被乱涂乱画是因为有一个绘画的"流派",专门要在车厢内外画画写字……以上说法中以最后一个最为离奇,如果那能算一种绘画流派的话,那么那些在公共厕所里乱写乱画的人也可以自称属于某一个特殊的流派了?

汽车种种

在美国,汽车不仅是交通工具,也是身份的重要标志。与我国不同,从穿着上很难判断一个美国人是穷还是富,社会地位是高还是低。在洛杉矶,我见到一位身穿咖啡色灯芯绒上装,不打领带,下穿蓝色劳动布、大针脚缝制的牛仔裤的小伙子,说是小伙子,因为他看来不到四十岁,人们告诉我,他是当地最富有的一位公司经理。一看到他的车,你就恍然了,果然,他的车非同凡响。

与西欧、日本相比,美国车子一般要大得多,当然价格也就更加昂贵,耗油也就更多。美国人口不过是世界人口的二十分之一,但能源消耗却占全世界的三分之二。所以,能源政策是美国朝野上下经常讨论的一个题目。在总统竞选的辩论中,能源也是一个重要的题目。据说美国许多地方为了节约能源规定冬季室内温度不得超过华氏六十度,但我在美国各地,并未看到有谁在认真执行这一规定。

好车子除了大、新、漂亮外,设备上也屡做改进。大部分车子都是自动换挡的,所以在美国学开车比较容易,学生一上高中,正式的课程中就有开车一项,十六岁以上就可发给正式驾驶执照,一般人都会开车,而七老八十、走路都有点不方便的人也依然自己驾车,甚至还在开出租汽车的事也很平常。许多汽车的座位可以上下前后移动,有的汽车的方向盘也是可以根据驾驶者的身高而上下移动的。新式的车连车窗玻璃也不用摇把开关,而是一按电钮玻璃就自动升降。车里的空调、音响设备都很讲究,不但可以听广播,而且还可以听录音带。还有一些旅行车,可以在里边睡觉过夜。当然更重要的安全和速度,这就不是我这个外行能写得清楚的了。

美国的交通规则规定,乘车的人(包括驾驶者),都必须绑上一条安全带,宽宽的带子把你斜绑在座位上,这样如果发生碰撞,就会避免撞在挡风玻璃上而头破血流。有的车是这样的,坐车的人如果忘记绑这条带子,只要车一发动,就发出一种短促有力的警告声,它催促你绑带子,你不绑它不停。机器防止着人的疏懒和马虎,机器管着人,也可以说关心着人,这是很有趣的。还有的车在向后倒车的时候不停地发出警报声,那是为了警告旁的车的。还有的车如果四个门当中有一个没有关紧,立刻就会在指示器上亮起红灯,直到你关紧这个门为止。

有一种车,只有左右两个门,上车的时候要把前排的座位的靠背折倒,才可能进去坐到后排座位上,很不方便。这种车是为了有孩子的人准备的,孩子坐在后排,绝无弄开门掉下去之虞。

一方面是车子愈造愈好,愈造愈精,做什么事都按电钮,省却一切举手投足之劳,另一方面却是美国人愈来愈感到自己体力活动不足,他们愈来愈喜欢步行特别是跑步。在衣阿华这样的大学城,一天到晚(完全不一定是早晨),男男女女,老老少少都在跑步。跑步是为了健康,也是为了美观。肥胖几乎是一种普遍的苦恼,报纸上常常讨论减肥的问题,广告栏里常常刊登出售减肥药的消息。人类的烦恼也真多,瘦了胖了都不舒服。

散 文 随 笔(三)

萧条的火车和玉米花

汽车和飞机的发达排挤了火车,除了运货以外,火车的客运主要是为了旅游之用。一九八〇年十一月,我们应邀从纽约到费城的宾州大学讲学,是乘火车去的。按照我们的习惯,我一到纽约就早早地去车站预购车票,我告诉售票者我需要哪一天乘哪一次车去费城,售票者听也不听地顺手拿了票就塞给我,我问:"这是哪一次的啊?"他茫然不知所答。我以为是他听不懂我的蹩脚的英语,或者是他工作的时候心不在焉,一心以为鸿鹄将至。我不大高兴地接过票来走到一边去揣摩研究,只见票上写着:纽约至费城,半年之内往返各一次有效。买往返票是因为这样比分两次买便宜不少。半年之内有效,就是说半年之内,你可以坐任何一次车去费城,又可以坐任何一次车返回。等到一上车,就更明白了,坐车的人只占定员的三分之一,大部分座位都空着。纽约的火车站在地下,黑糊糊的除了几个广告外看不见什么,费城的火车站还是二百年前建筑,有点气魄,但绝不辉煌。火车运输是一副萧条景象。就这么一点乘客,从费城到纽约不过一个多小时的路程,我们回来的时候却误点近二十分钟。据说最近又有舆论,认为应该恢复和发展铁路交通,因为有利于节约能源和减轻污染云云。

像火车被汽车和飞机所排挤似的,类似的现象是电影受到电视的排挤和邮政受到电话的排挤。在纽约,我们看到好几处倒闭了的电影院。在衣阿华,人少的时候放一场电影可以只有两三个观众,人多的时候也很难超过一百,绝大部分座位都是空着的。但影票很贵,在衣阿华这样的小镇,白天影票票价是每张两元(美元,下同),晚上是每张三元。在纽约这样的大城市,白天影票是三至四元,晚上是四至五元。电影院前厅卖一些小吃,主要是可口可乐和玉米花。可口可乐没什么可说的,到处都有极醒目的可口可乐广告。玉米花如此

205

受美国人的欢迎倒是我始料不及的，他们搞玉米花并不需要压力锅，而是种植一处特殊的一炒自然就开花的小玉米。这种玉米我只在我国新疆伊犁地区见过，抓一把放在锅子里，略略一加热，劈劈啪啪，就像点响了小鞭炮一样，炸得满屋子都是玉米花，所谓满天开花，十分喜人。在美国，酒吧间里往往免费供应玉米花，美国人并没有就着菜喝酒的习惯，故无"酒菜"一说，倒都是吃玉米花。而电影院，也供应玉米花。有一次在旧金山日本中心看一部日本电影，背后有一个人不停地吃玉米花，而且嘴唇发出很响的声音，这实在不符合"行为美"的原则，令人心烦。大概边看电影边吃玉米花的人太多了，以致所有的电影院内，都弥漫着浓、鲜、热的玉米花香。

不知美国人之吃玉米花是不是受墨西哥人的影响。墨西哥饭馆里饭菜最多的有两样，一个是玉米粉饼，一个是青辣椒，吃起来大汗淋漓，有些农村风味、乡土气息。

除了玉米花，好吃的还有玉米豆。在一些自助餐厅摆着煮好、去了皮的玉米豆，真是香极了。此外还有一种玉米面做的炸柳叶，菱形，炸得焦脆，与另一种马铃薯做的炸脆片一道，就相当于我国的炸虾片或者炸排叉了。

《黑洞》和《季节的转换》

好，现在，让我们拿起一塑料杯放满冰块的酱色的可口可乐，嘴里叼着吸管，另一只手拿起满满的一纸口袋的玉米花，坐到软软位子上，看几个电影吧。

在美国，我看了不少电影，说老实话，严肃的不多。当然，因为语言的关系，我看懂的也极有限。有一个电影是描写假想的与日本人的未来的战争，空战和海战的场面，乱乱哄哄。有一个电影叫做《黑洞》，描写一只宇航船被吸到一个太空中天文学上叫做"黑洞"的地方，那里面有一个邪恶的科学试验站，人到了那里就失去自己的意志变成了机器人,而且完全听从那个试验站的领导人的支配。最后他们捣毁了这个试验站,逃出了黑洞。故事以恐怖和离奇见长,留不下什么深刻的印象。

有一个影片叫做《十三日——星期五》。据说美国人认为十三这个数目字不祥,又认为星期五不祥,如果星期五恰好又是十三日,那就双倍的不祥了。全部影片尽是一些斧子砍到脑瓜上哗哗流血,刀子攮到胸口里血流不止的场面,女主人公吓得丢魂丧魄,逃到一条船上,水里突然冒出一个黑糊糊无头无脸的怪物一把抱住了她。看到这里,已经被各种刺激搞得麻木的观众们也不禁"啊"的一声叫将起来。然后一切云消雾散——原来这只是那个女孩子的一场噩梦。

此外据说还有更加恐怖的描写:星际大战,大下巴的鳄鱼,地震,以及极为精细地描写飞机失事等等。而且这里还有一种高论,说是这些悲惨和恐怖的片子"社会效果"其实挺好:因为人们在影院中饱受惊吓和刺激、折磨之后,一走出影院,或阳光明媚,或灯光辉煌,或高楼大厦,或声色犬马,人们就会感到一种在看电影前未曾感到的安全、踏实、满足、欣慰。比上不足,比下有余,资本主义社会的矛盾、痛苦再多,总还没有被天外飞来的妖怪撕成碎片,总还没有被斧头砍入脑壳,不是很"幸福"吗?这种"社会效果论"确实很别致。

有一个电影叫做《季节的转换》,据说已经是相当引人注目的反映社会问题的片子了。描写一位教授与一位女学生胡搞,他的妻子为了报复,便与一位随便碰上的油漆工胡搞。后来这两对露水夫妻,竟然同去一座别墅"度假",场面尴尬。教授心神不安,引起那位女学生的不满,女学生因而离开了他。而妻子呢,继油漆工之后又搞上另一位教授,于是这位主人公教授陷入了孤家寡人、鸡飞蛋打的狼狈境地。看这个电影的时候,观众之多是少有的,而且边看边笑,大概对话是很幽默的吧?这部影片所以引起较大轰动,恐怕是因为反映了目前美国家庭的危机。今年一月初,我们抵达香港时,这部影片也正在那里放映,而香港的电影院竟给它起了一个放荡的片名叫做

《想做就去做》,也真亏他们想得出!至于《季节的转换》,这到底是什么意思呢?是说"爱情"也像四季一样不断更迭交替吗?

好莱坞一瞥和邮电

谈到电影自然会想到好莱坞。好莱坞本来是一种树的名称,又是洛杉矶的一条街名。因为美国最大的电影公司都在那里,所以好莱坞已经成了美国电影同义语。好莱坞有一座著名的"中国电影院",据说是影院老板去过一次中国,受到启发,造了一座有点中国大屋顶建筑味道的房子做影院,因而得名,其实这里并不放映中国影片。中国电影院前面是一片大大的水泥地,水泥地上有从二十年代以来各大明星的手掌和脚丫子(倒是穿着鞋的)印迹,以供影迷们欣赏。左半边水泥地是空着的,其意是为未来的明星虚位以待,你有本事当了大明星,就可以在那里留下痕迹。

中国电影院右前方是一架机器,出售电影院的塑料模型。我按照文字说明投放进去五十分(抑或七十五分?记不清了)硬币,于是透明的设备开始运转,出来一块热乎乎软乎乎的塑料,经过压模、冷却,变成一个小小的模型。最后模型拿到手里,还有点烫烫的呢。

影院左前方卖纪念背心,经营人先给顾客照一个相,然后把你的形象印在背心上,卖给你,价格相对说来比较昂贵。

顺着中国电影院走上去五六十米,便是蜡人馆。用蜡按真人的大小做出各个明星的模型,其中还杂有电影服装、电影道具等。蜡人馆的一角是恐怖区,一走进去,天昏地暗,鬼哭狼嚎,妖魔鬼怪,剖腹剜心,无所不有。貌似可怕,其实都是些哄孩子的玩意儿,殊可笑。

我还在加利福尼亚大学现代中国文学的研究者林培瑞博士陪同下参观了一下大名鼎鼎的"米高梅",想不到竟是那样一副萧条破败的情景!大部分摄影棚都租给电视公司去拍摄电视片了,剩下的一些摄影棚也都破破烂烂的,好像还不如我国的几个大影厂漂亮。当然,我是外行,匆匆一瞥,谈不到有什么了解。不过我想,以后再看到那个米高梅的著名的狮子吼的片头,看到 M.G.M. 的字样,一定会觉得亲切得多了。

现在回过头来说说邮政,对美国的邮政,我听到的好话不多。邮局是国营的,每天营业时间很短,上午九点以后才开门,下午四五点钟就下班了。每周只营业五天半,星期六中午就下班,星期天整天关门,星期一才开门。而且邮政部门还经常放假,一般都把假期安排在星期一,这样连接上星期日、星期六,可以连续休息三天,称之为"长周末"。一到假日,不但邮局关门,一切传递信件也都停止,故而邮递的效率很差,我自衣阿华寄到华盛顿的一封航空信,竟用了十六天,但从北京寄来的家信,有时却只用一星期便可到手,不知是什么原因。

人们说邮政办成这样是因为电话太方便了,人们不大写信。人们不大写信?我还摸不清楚,反正去邮局办事往往要排相当长的队,看来使用邮政的需要还是很大。电话方便,这倒是事实。旅馆、公寓里是间间房子有电话,而且不搞什么总机、分机。各占各的号。住家则是家家有电话,而且坐在家里拨号或者按键就可以叫长途电话,不但可以通往美国各地,而且可以通往西欧、日本,自动记录,汇总收费。有人告诉我,打电话是"美国生活方式"的一个重要组成部分,正像汽车和可口可乐是不可或缺的一样。我就接到过这样的电话,为了同一件事,同一位朋友可以在一上午连给你打三次四次甚至五次六次电话,他随时想到了点什么,立刻就给你挂电话,挂长途电话也是轻而易举,你住在西海岸,会随时收到来自东海岸的电话。如果相声艺术家马季同志到美国去一趟,一定会搜集到不少素材,编一段不逊于他的《打电话》的《洋打电话》的相声的。

买路钱

"此山是我开,此树是我栽,要想从此过,留下买路财!"还在我童年时候,就从旧的武侠小说、演义小说和戏曲中,学会了这么几句话。男孩们一起做游戏,也都抢着扮演这样的角色,想象中自己成了不可一世的强人,窥伺在咽喉要道的附近的草丛洼地之中,遇有过往客商,一声嘟哨,手执牛耳尖刀外加板斧、流星锤,跳将下来,与"镖头"大战七十回合,掠得金银财宝不计其数。

可惜,这种罗曼蒂克的幻想始终变不成现实。在我们的生活经验中固然已经颇多烦忧困扰,倒还没碰见过行路被阻,被索取"买路钱"的事。

但这在美国是常事。所谓无钱"寸步难行",并不仅仅是比喻。即使在设备精良、争分夺秒的高速公路上,开车的人也不得不屡屡停下来,在经过一个桥梁、一个弯道,换一条线或是进入一个新的区域的时候,交"买路钱"。

收买路钱的,有时候是人,有时候是机器。由人来收钱的关卡,一般是收费较多的——大多每车在一元以上。收钱的人倒不是黑花脸的好汉,而多半是一些彬彬有礼的女士、先生。收钱之后,他们会向你致谢,并祝福你的旅程愉快,然后按电钮,挡车的横杆抬起,你的车可以通过。有的还把收钱和节约能源联系起来了,在伯克利通往旧金山的大桥时,如果几个人合坐一辆汽车,可以免收买路钱。但是西方人是非常重视 private(私人)权利的神圣不可侵犯的,不论怎样规定,很多人还是各坐各人的车,各自排着汽车的长队去交钱。给上下班时间本来就拥挤不堪,在高速公路上只能用蜗牛速度来开车的人们,再增加一番麻烦。

用机器收钱,多半是收一两个最多三个二十五分的硬币。机器很灵,你硬币投够了数,立刻道路畅通无阻,你的车刚过去不到一秒钟,横杆自动拦上,凛然不可侵犯,任何一辆车想跟在别的车的后面混过去,是根本不可能的。

同样灵的是洗衣机、售货机、公用电话……硬币便是"能源"。你投够硬币,它就与你合作,百依百顺,成为你的朋友,为你效劳。如果没有硬币,它就冷冰冰,铁面无私,六亲不认。

例如笔者有一次从旧金山机场给咱们中国驻那里的总领事馆打电话,打电话的方法如下:你先按一般定价投放一枚二十五分的硬币,然后出现了通电以后的正常的嗡音,说明你可以拨号了。于是我拨了我所要的号码。由于总领事馆与机场虽属同市,不属同区,因此电话拨完后接不上线,耳机中由电脑操纵的录音带放出一段指令:"请再投放六十分硬币,请再投放六十分硬币。"如果此时你的身上没有六十分硬币,吹了,原来那二十五分也泡了汤。当然,我早有准备,遵照电脑的指示立刻又从投币口里喂进去六十分。于是,立即电话接通,出现了接通后的时断时续的拟铃音。找人,通话,说到将近三分钟的时候,电话里出现了短促有力的警告音,我一愣,没搞清怎么回事,领事馆接电话的同志慌忙叫道:"老王,快放钱,再放一个二十五分。"在我手忙脚乱找钱的时候,不好,三分钟已到,通话戛然而止。为了把话说完,还得从头来一遍。

也有不灵的时候。在"五月花"公寓,有一次我洗完衣服需要烘干,连续投放了三次硬币,机器硬是不运转。恰巧这时候公寓的一位女清洁工走过,我向她诉说了此事。她倒是很肯帮忙,而且阻止了我第四次拿出的硬币。她把机器拍拍、敲敲,然后从她的口袋里拿出硬币,投进去,终于使机器运转了。然后她接受了我的致谢并向我致歉,微笑而去。我把洗好的衣服放进去以后,不禁想:"人和机器,哪个更好一些呢?"

有一位年轻的美国朋友向我介绍这一类的机器时说:"这都是些'吃钱'的机器。"这倒是很形象的一句话。在美国,停车是开车人的一大难题。常常有这样的情况,汽车赶路只用了十五分钟,寻找停车场却用了二十分钟。特别是在纽约那样的大城市,一个繁华地区的停车场,停两个小时车要二三十块钱,就是这样也找不上停车的地方。那儿也卖停车的月票,每月一百九十几块钱。有些街道比较宽阔,因此马路两旁也可以停车,每个停车处站立着一位岗哨——"吃钱机"。机器头顶是一个定时器,平常指针指着零,你放进硬币后,定时器的指针就转到写有时间指标的地方,硬币放得愈多,定时指针旋转的角度愈大,亦即指示的时候愈长。放完钱,你去办你的事情,定时器的指针便准确地嗒嗒嗒地往回运转起来。运转到零处,如果你还没有把车开走,你就有可能被罚。有一些警察,专门检查这些汽车的主人对"吃钱机"是否忠实供奉,遇有超过时间者,便课以罚金。收罚金也很方便,警察把你的车号记下来,把应缴罚款数额写在一张被称做"票子"的纸头上,把纸头夹在你的雨刷下,你回来以后自动把罚款汇去,也就了了。当然,如果你拒缴、滞缴,你就会受到更重的处罚以至被起诉。

钱与官司

美国是讲"法治"的。在美国看报,常常看到一些关于司法案件的报道。例如一九八〇年秋,《纽约时报》的一些华裔职工向法院控告该报社负责人歧视华人,搞种族歧视。中文报纸对这件事报道得很热火,似乎这是华裔公民团结斗争的一件大事。但此事中途就了结了,因为报社经理一方答应拿出相当数量的钱来作为补偿,于是控告一方满意,撤回了诉讼。

"种族歧视"是可以用钱来补偿的。我歧视了你,但后来又多给了钱,收支平衡,两清了。而且多给了钱就说明不是歧视而是"重视"了,大概是这么个观念吧?怪不得一些好心的朋友一再向我们进言,到各大学讲演一定要收讲演费,如果不收讲演费,反倒被人看不起,认为你讲的没有价值。纽约有一个爱国的、专门卖我国出版的图书杂志的"东方文化事业公司",该公司的经理告诉我,他发愁的是我们的图书杂志定价太便宜,而美国读者的观念一般认为如果一本书太便宜,那就一定是宣传品,不是好书。而"宣传"一词在英语中与在中文中不同,是含有贬义的。这种说法乍一听也颇令人瞠目,不知国际书店的专家们以为然否?

有期徒刑一般都可以用缴纳罚金来代替服刑。这说明时间也是有价格的,是可以用钱买到的。西谚"时间就是金钱",我们理解是以此说明时间的可贵,原来,它的含意要具体、实际得多。

不仅时间,荣誉、身体也都有价。报载住在纽约的一个女明星,不幸在她所住的公寓的电梯间里被一暴徒强奸,暴徒是不知去向了,女明星请了律师告房主的状,因为房主本来有义务提供能够保证安全的各项设施,当然也包括能够保障安全的电梯间。受害人要价是五十万美元,经调解,给予补偿金十万美元了事。据报道,因为她是一名演员,所以应该多付一些,如是一般人,恐怕不会因一次被辱而获此巨款。因为美国中产阶级,一个人干上十年,才能赚上十五万块钱。我不明白的是,房主与受害者在完成这次金钱的授受之后,是否也都能感到"收支相抵,账目平衡",因而"两清",因而"轻松愉快"呢?

也是因为读了这篇报道,我才理解一些大城市公寓的保安措施。公寓的电梯间里,都设有几个监视电眼和监听器,而保安人员可以通过电视荧光屏和音响设备,掌握电梯间里所发生的一切。

人身是有价的,人身的某一部分也有价。合众社一九八〇年十月十六日的一则电讯报道说,内布拉斯加州的奥马哈市,有一名三十一岁的失业男子名赫伯特,现欠债七千元,他登出广告,兜售他的一只眼睛,要价是除去缴纳所得税外,净得一万元。可惜,他和他的家人没有那位女明星的身价。

报纸登过这样一条消息:新泽西州一对夫妇,用出生十四个月的孩子,换来了一辆一九七七年型的 Gorvette 牌汽车,并因此而被警方拘捕。

必须公正地说,这样的一些例子是非常极端的,不能够说美国人都是为了钱而不择手段的人。不,我的印象倒应该说是"生财有道",大家重视钱是事实,但也有"道",有"法"。问题在于从观念上认为一切都可以用钱来购买、来支付,这对于我们来说,颇觉离奇。有一次和一位美国朋友散步,经过一所房子,房屋的主人不知在庭院内烧什么东西,黑烟飘来,呛得我咳嗽了两声。美国朋友说:"你可以请律师告这所庭院的主人,因为他污染环境,损害了你的健康,这样,你就可以得到一笔赔款。"我听了以后,不禁捧腹大笑,而他觉得不可理解:如此属于常识范围内的事,究竟有什么可笑的呢?

说美国人生财有道,主要指我在美期间的花钱经验。虽然我的英语如此之糟,虽然我全无在美的生活经验,但不论是去买东西、上饭馆、看电影,我从未被蒙骗过,而且,所有的商业从业人员,服务态度都是非常好、非常有礼貌的。这方面给我印象最为恶劣的乃是香港,在香港逗留了没有几天,只因为我不会说广东话,就到处遭白眼、被骗。理一次发,不给我吹风,还多收我十元港币,连买报纸也时或被多收钱。

支票与信用卡

说到钱当然就想到银行。人们说,美国的银行起着"管家""账房"的作用。一般美国人出门是不带什么现金的(也有人说,出门以带五元为宜,因为像纽约这样的大城市,治安情况相当差,遇有抢劫者,如果你身上一文不名,就会激起抢劫者的愤怒,轻也要给你一拳,重则捅你一刀,那就太遗憾了。如果带得太多,全拱手奉送,也未免肉疼心疼,故而,五元是最佳数字),他们把钱放到银行里开户,出门带着支票本或者信用卡。银行户头主要分两种,一种叫做现金储户,只可以凭存单提款,不可以开支票,这种储户利率要高一些。另一种叫做支票储户,则既可凭存单提款,又可开支票代付,这种户头利率要低一些。支票上是没有图章的,全凭签字,而电脑能鉴别签字的真伪。支票开出去以后,由收方拿到银行兑现或转账,然后银行把你的一段时期的全部支票登记、汇总、搞出一份清单后,把账目清单连同经过电脑处理的支票,全部退还给储户本人,这样,每个人都可以及时知道自己的收支状况。

信用卡的情况说起来更麻烦一些,用起来更简单一些。开支票本来已经够简便的了,但性急的美国人似乎意犹未尽,于是便有了信用卡。一些公司办理信用卡,审查了你的收入、历史、在经济信用方面的一贯表现以后,如果认为你是一个有支付能力的、经济上可靠的人,就可以根据你的申请发给你信用卡。凭卡片你可以吃遍美国,买遍美国,付账时只需将卡片在人家的电脑上一过,就可以拍屁股走掉。一切账目由发卡片的公司代付,然后隔一定时间,再向银行结算。在美国,许多商店和服务场所的账房都摆着一些信用卡的样品,则是说明他们接受哪几类哪几类信用卡。因为,办这种业务的公司不止一个,而是很多很多。

一个朋友对我说:"反正美国的一切设施和方法都是鼓励你花钱的,让你花得非常方便,甚至觉不出自己在花钱。拿了信用卡以后,你的自我感觉是你不用掏钱就可得到一切,这样,花得就更多,以至于亏空。"

另一位朋友对我说:"中国人是崇尚俭省的。在美国,却是提倡消费,特别是提倡借贷。分期付款是一种借贷形式,信用卡又是一种借贷形式。只有傻子才在银行大量存钱,因为银行给的利息再高,也追不上通货膨胀。再说,计算应付所得税的收入时,是减去你每月要支付的还账的钱的,这就是说,借钱愈多的人,他相对要付的所得税就愈少。而对于个人来说,借钱多就说明你善于消费,善于消费就是善于生活,而且借钱多还说明了你有信用,是一件光荣体面的事。"

在"太平洋"银行

一九八〇年十二月的某一天,我同精通汉语的林培瑞教授到太平洋银行的圣莫尼卡分行去办一些事情。一进这个银行,首先映入眼帘的是高悬的四个电视机。是给银行工作人员看的么?电视机正对着工作人员的脊背,而且高高在上,看起来很不方便。再说,在美国,工作就是工作,十分紧张,根本不可能边上班边看电视。给顾客看的么?未免过分殷勤了……我正在疑惑,这位洛杉矶加利福尼亚大学的中国文学专家告诉我说:"这个银行不怕抢劫,因为有这些电视录像设备……"我一愣,没听明白他的意思,再凑近去一看,喔,原来四个电视机的荧光屏上出现的影像竟全是敝人!正面、侧面、俯瞰、仰视,从不同的角度摄取了我的形象并在电视机上映现出来了!当然不只是我,柜台前的其他顾客也有,不过我因凑得近,故而显得突出一些。这我才明白,任何人从走进银行起,特别是一接近柜台,就被录像到了磁带上,你的一举一动都录下来了,而且是从四个不同的位置和角度观察你,如果你有什么偷窃抢劫的不轨行为,当然也会被清晰地录下来,查找你也就容易得多了。当然,如果这一天平安无事,磁带上各位奉公守法的顾客的形象就会被洗去,而重新录制新人们的举止形象。真是先进技术,名不虚传也。

临走的时候,我又发现,当我们走近柜台时,忘记了往身后看。身后,站着一位雄赳赳的黑人警察,这位警察身高两米,虎背熊腰,手持报话器,腰里揣着两把盒子枪,威风凛凛,如临大敌。见此情景,我向林培瑞先生开玩笑说:"本来我还没有拿定主意是否要动手抢这一家银行,及至看到银行戒备如此周密而且科学,我决定:不抢了!"美国人很喜欢讲幽默感,我的话使林培瑞笑出了声。

我吓退了一个大汉

有一次在纽约,那是刚到费城讲学回来,晚上有个宴会,有三个多小时的空闲时间。我便出门散步,看到一个偏僻的小电影院正在上演一部新片,便想"补白"去看它一个电影。再一看开映时间,这一场已经开始五十多分钟了。我先是想离去,继而一想美国有些电影院是循环放映的,恰如我国解放前的某些电影院一样。如果这个影院是循环放映,我就不妨买上票先进去看尾,休息以后跟着下一场看头,时间就正合适了。但我的英语知识还不足以问清他们的售票和上演办法,于是,我就在售票窗口附近逡巡。心想,如果这时仍有人来买票,就说明一定"循环",我也就随之购票入场好了。

果然,此法还是正确的,来了一男一女,这位白人男士年岁要比我大一些,但个子要比我高一头多,体格魁梧。他来到售票窗前正要买票,忽然看到我似乎在观察他,他一下子倒退出好几步去。他是不会掩饰自己的表情的,其仓惶之态,已到了"面无人色"的地步。

我忍俊不禁,看来,他以为我是寻找猎物的强盗了。这不能怨他对我不了解。只能怨纽约的社会秩序太坏了。同时,我既不购票入场,又不离开售票窗口的行迹,他也确实难以理解,所以我向他抱歉地一笑。这一笑,这位男士更是魂飞天外。然后我不再理他,买了票去看电影去了,也不知道他吓出病来了没有。

后来我把此事讲给一位朋友听,当然是作为一个笑话。我的朋友告诉我,这种"恐惧症"是比较普遍的。有一天,这位朋友家来了一个客人,因他家已无处停车,他的客人便把车停到了另一家门口。谁想得到,那一家竟因此而电话报警求救,说是门口停了一辆陌生的车,不知意欲何为。

我的另一位朋友告诉我,有一天深夜,他们家有人叫门,一问,说是车坏了需借他们的电话叫出租汽车。我的朋友要开门,但家人制止了他,因为随便放陌生人进来是一件冒风险的事。于是,我的这位朋友便答说:"要打电话我们可以代打,你在外面等着好了。"真是警惕性高啊!

但我问道:"难道那位身大力不亏的绅士怕我吗?我比他瘦小得多呀!"

朋友说:"噢,你不知道,这里的人认为中国人有功夫,怕你给他来一个点穴、铁砂掌呢!"

"一盘盐"和"春江水暖楼"

差不多不论走到哪一个城市,都可以找到中国饭馆。衣阿华城是一个小城,但也有两个中国饭馆,一个叫"燕京餐厅",一个叫"筷子楼"。

我们在"燕京"吃过好多次饭。店主人是从南朝鲜移居美国的华侨裴先生。他们的包子做得很好,鱼虾牛肉也都不错,生意非常兴隆,一到周末,人们都挤在那里等座。但说实话,它的菜恐怕只能说是半中半西,已经不是中餐的本来面目了。后来我们到几个其他城市的中餐馆去,也大抵如此,比如说,名为中餐,但吃饭以前先每人上一小碗酸辣汤,这就有点"西化"了。菜的配置、色调、味道的淡化,都有"西化"的表现。看来,淮南为橘,淮北为枳,易地而被"化",与当地靠拢、"认同",这也是不可避免的。正像有一些外国友人对我抱怨说,他们在北京、上海吃到的西餐,并不是西餐味儿。

在纽约,有两位华裔画家在他们各自开的餐馆里设宴招待我们。一位是姚庆章,他的画的手法叫做"摄影现实主义",擅长画现代化建筑的玻璃反光。做这种画的时候要先拍出彩色照片,然后按照片工笔细画,一丝不苟。一方面,有抽象到如同"鬼符"的抽象画;一方面,又有姚先生擅长的这种巧夺照片之工的实得不能再实的画,这也可以说是各走一端。姚先生的妻子主持的餐馆叫做"春江水暖楼",

位于画廊集中的索咳哦街。规模很大,环境别有风味,有一些木梁、柁架就暴露在外边,给你一种质朴而又自然开阔的感觉。

另一位画家名林缉光,他的馆子名叫"一盘盐",位于洛克菲勒中心,十分豪华。由于那里的房租奇贵,这所房子据说整整闲了一年租不出去。后来被林先生承租,重新设计布置,饭馆内移植了小小竹林,连照明的灯也采取了古老的方形路灯,用饭期间还有一位琴师演奏钢琴,总之,排场得很。

这里顺便说一下,我的印象是,美国的饭馆、酒吧,与其说是他们在卖饭菜、酒食,不如说是卖"环境"。每个地方都精心布置,但酒饭都非常贵,例如啤酒,在食品市场里买一个铁听不过十几美分,很便宜,不比中国贵,但在饭店或酒吧里就要卖一块钱。饭店愈高级,卖得就愈贵。

在美国的中国饭馆,有一项独特的"发明创造",据说是有专利的。那就是饭后端出一盘小点心,点心每人一个,做成饺子形,是烘烤的食品,吃到嘴里味道近似蛋卷。但吸引人的不在它本身,而是把这个"烤饺子"咬开或掰开时,每个里面夹着一张小纸条。纸条上用英文写着一些简短的话,一般都是好话,如"你将步步高升""名扬天下""你将得到一笔遗产"等等,有的则是格言谚语,带有一些告诫的性质,如"祸从口出""从善如流"等等。据说这是旅美华人饭馆的独特创造,美国人认为这是中国饭馆的"特点",并对此很有兴趣。中国人认为这只有在美国才有,同样感到新奇。不知道这是否受了"求签"的启发。

物价种种

方才说到了美国的物价。作为一个对经济学一窍不通的人,我的印象是美国的物价非常灵活多样。前面说到了啤酒,再举一个例子:电影。同一个电影院,演同一个片子,白天和晚上票价是不同的。

例如在衣阿华城,一般电影票白天是每张两美元,而晚上是三美元。在纽约郊区,白天是三美元而晚上是四美元,原因是白天观众少,这也算是"供求规律"的一种反映吧。

去商店买东西,最突出的印象是减价商品多,一大片一大片都属于打折扣的减价商品。这样的东西,既标原价,也标着现价,以助推销。比如说人们戴的墨镜(太阳镜、蛤蟆镜),夏季和冬季(有雪)就会卖得贵一些,而春秋季就会便宜一些。我想,他们是非常重视资金的周转的,既要大量进货,扩大花色品种,又要加速流通,故而采用七折八扣等办法招揽生意。我曾问过旧金山一位友人,这种降价出售的东西是否真的降了价?会不会本来没有降价而标上降价(因为我看到标降价的商品实在太多了)?回答是绝不可能,有专人来检查物价的,如果他们欺骗顾客,就会吃官司。

我有一次在衣阿华城的 K-mart 商场吃饭。K-mart 是一个遍布美国的商场,卖一些大路货,以价格低廉而著名。饭后我想要一份冰激凌,售货员却让我推动一个纸的转盘。原来,这是一种小小的赌博,如果转盘停在某处,这份冰激凌只收十五美分。另一个地方则是四十分,直至九十分,价格不定,全凭运气。把商业和小小的赌博游戏结合起来,这使我想起我国解放前卖糖葫芦的抽签的办法来了。

不管物价怎么变,总的趋势是不断上涨。近年来飞机票、吃饭、房租乃至邮费都上涨了。

"小偷市场"与汽车房交易

在美国这样一个商业社会,大家都不讳言钱,也绝无轻视买卖、交易的观念。相反,各种买卖、市场花样之多,令人眼花缭乱。

首先有所谓"小偷市场",这个名称最初是我的英文教员尤安娜教给我的,它使我大吃一惊。尤安娜马上一字一句地向我解释说:"这并不是说,那里出卖的东西是偷来的,而是说,那里的东西非常便宜,简直像偷来的东西一样。"

并不是经常有这种"小偷市场"的。在衣阿华,每一两个月才有一次。去了以后我才知道,原来这是学生勤工俭学,自助性的一种交易。这个市场上陈列的东西,多是学生们制作的工艺品,和一些小型日用品,如油画、皮包、木雕、玩具、小容器、腰带、陶瓷器皿、头巾围巾、毛线衣等等。由于我们去的那一次是靠近圣诞节了,还有许多适宜做圣诞礼物的小物件。我的印象,那些东西的价钱并不怎么便宜。

另一种就是所谓汽车房市场,实际上是各家卖破烂。这都是在星期天进行的,一些家庭把自己用不着的东西摆在汽车房,标价出售。说是卖破烂,其实有许多东西还是半新的或全新的。只是因为样子不时兴了,或某一类用品买得太多了,或买了后发现有某些不适合实用之处,就用极低廉的价格出售。例如一件七八成新的西服上衣,也许只卖一块钱。一件六成新的毛线衣,只卖三十美分。我想,这种买卖,恐怕首先是为给自己腾地方,其次才是为了卖一些钱。另外美国人喜欢搬家,他们搬家前,也都喜欢在汽车房处理掉一大批旧物。

据说在美国生活是很需要一些经验的,同样的或基本同样的商品,却可以从不同的市场以相差许多倍的价钱买到,精明的行家里手可以少花钱多办事,而生手就难免做"冤大头"了。

从奇装异服说起

有一位朋友告诉我说,奇装异服这个中文词,很难翻译成英语。原因是如果译成奇异的服装,那么美国人的眼中一定是很有趣的、很值得一穿的、很好的服装。美国人无法理解这个词在中文中所包含的贬义,因为他们的心理正是刻意求"奇",以"异"为贵。

走到美国的街头,就像看到一个人种展览会兼服装展览会,真是无装不奇,无服不异,大家都见怪不怪了。我在电视里看到夜总会上的一个黑人女歌星,她身材高大,穿着一件缀有闪光片的绒料中式旗袍,说是中式旗袍吧,她又创造性地把它改了一下,一边的开气是缝死了的,如果另一面再缝死就变成了一个长长的筒了,但是不,另一面不但不缝,而且开得非常之高,几乎开到了胳肢窝。这样,随着她演唱时进退摇摆的动作,一会儿是死缝向前,像是神甫、修女的道袍;一会儿活缝向前,掀掀露露,闪闪烁烁,遮遮掩掩,借以招摇。比起那些以"露"为能事的服装,她的这个设计倒是别出心裁,颇有点虚实结合、变化莫测之意。它甚至使我想起我国乒乓球运动员发明的魔拍(即球拍两面胶粒、弹性、摩擦力都不一样),打起球来变化多端,神机莫测。

在洛杉矶,我曾在林培瑞教授陪同下到迪斯尼游乐园去,当我们排着队准备坐天车巡行游乐场一周的时候,我看到一位穿戴很讲究的小姐,她的衣服很俏,但脚上穿的是一双中式系带的塑料平底布鞋,看那个样式,很可能就是北京东风市场卖的三块多钱一双的那种。在高跟鞋时兴,而且鞋跟愈来愈尖,尖如钉锥的时候,她穿这样一双朴素的平底布鞋,这在美国可真够得上奇靴异鞋了。不过,并没有人多看她一眼。

出国以前曾有一些"行家"告诉我,一定要穿西服!如果穿中山服,在国外是非常扎眼的。但我的体会是至少在美国绝无此事,不要说穿中山服了,你就是穿长袍马褂也不足为奇。这就叫:"你奇我也奇,还有啥稀奇?"

至于奇谈怪论,那就更多了。电视里我看到了美国纳粹党集会的情形,每人举着一个希特勒的像,乍一看我还以为是描写二次世界大战时期的德国的故事片,后来才知道竟是此时此地的新闻实录。至今在美国还有崇拜希特勒的纳粹党人,也还有一小撮拥护中国的"四人帮"的人在活动。不过比起提倡和训练自杀的"宗教"、抛弃一切文明躲到荒野里去做野人的主张,这些也都不足为奇了。

两张最佳照片

报纸上发表了评选出来的美国的一九八〇年度最佳新闻照片和最佳体育照片，我看了以后觉得哭笑不得。新闻照片拍摄的是一个惯盗企图越狱，他从监牢的铁栅栏中探出了半个身子，平卧，悬空，卡在了那里，出不去了，但也缩不回来。这就叫做老母猪钻篱笆——进退两难。而最佳体育照呢，也是这一路，是拍摄了一个著名的斗牛士在斗牛时被牛角触中的那一刹那，斗牛士欲倒未倒，一副恐惧、狼狈万状的丑态，旁边有一个助手正跑过来准备救护。

喜奇爱异，这种心理和社会习惯很可能有利于创造发明，大家不觉得"异端"是一种多么可怕可恶的东西，但也容易造成为猎奇而猎奇，浅薄怪诞，走到邪路上去。这方面给我印象最深的是在美国看到的一批美术作品。我们不仅参观了举世闻名、规模巨大的芝加哥和纽约美术展览馆，而且在各大公司、各大学、剧场以至饭馆、酒吧里，到处可以看见现代派的绘画和雕塑。说老实话，看惯了模拟自然和生活的现实主义美术作品的我们，看到那些斑斑点点、红红绿绿、条条框框、奇形怪状的雕塑的时候，确实是目瞪口呆，眼前的一切，如同一批怪物。但经过和美国朋友讨论，静下心来想想，似乎也"悟"出了一点道理。例如，既然我们可以接受书法和图案，那么，对于只追求形式美而并不认真地表现什么内容的绘画，也就可以理解一点。在波士顿大学的木令耆女士家里，挂着一幅美国画家的画，全部是由歪七扭八的汉字组成，字由大到小，呈螺旋形，而且写的都是一些谚语，什么"公说公有理，婆说婆有理""酒逢知己千杯少，话不投机半句多"之类。也许从某种观点看来，中国的书法——特别是草书，正是一种现代派艺术吧？

至于雕塑，我能看出点什么来的就更少了，有一部分奇形怪状的铜雕、石雕，上面凿了（或铸了）许多圆洞，样子叫人联想起我国的

"太湖石"。据说在雕塑上挖洞，是著名英国雕塑家亨利·摩尔的创造。要这样说的话，我们的太湖石堪称最古老的现代派雕塑了。大家所以如此喜爱千奇百怪的太湖石，纷纷要在无锡、苏、杭园林里的太湖石边摄影留念，难道能讲出多少道理来吗？难道你能说得清楚某一块石头一定像什么或具有什么寓意吗？如果说某块石头之所以可贵仅在于它像什么（如某种动物），那么，按照这种动物雕一个惟妙惟肖的像，为什么反而不那么吸引人呢？

当然，也有些雕塑，我是尽量不怀偏见地去"领会"，但费尽九牛二虎之力，仍然莫名其妙。在衣阿华的汉彻尔剧场前，有几堵东倒西歪的土墙式的东西，我们还以为是没有修好的公共厕所呢（它是多么像我国农村厕所的土墙啊），后来才知道是雕塑，我只好敬谢不敏了。

在衣阿华州的首府得梅因，我们看了一批雕塑，更是令人莫知所措。例如，用一张牛皮做成美国地图形，挂在那里，上面绷着几根弦状物，下面再摆几个破瓶子。对此，不仅我们看不出道道来，就连有些美国人，也是只能耸一耸肩。当我就这件"美术品"询问一位美国朋友时，他告诉我："我看这儿就像一个垃圾堆。"

他只呆了一个晚上

在纽约，《新土》中文杂志为我们访美举行了一个座谈会。远在西海岸旧金山的州立大学中文系主任、犹太裔的葛浩文先生应邀参加。他是星期六晚上到的，星期日下午参加了座谈会，没等会开完，他就赶到机场回旧金山去了。

这是一件小事，但在中国却颇觉得不可思议。依我们的观点看来，从旧金山到纽约，飞机要飞五个多小时，时差是三个小时（纽约中午十二点的时候，旧金山刚刚是上午九点），其距离差不多等于从新德里到罗马。如此之远，到那儿呆一个晚上，只为了开一个会，就离去了，岂不是太不划算了吗？这就比如我们的一个同志，从拉萨或者喀什噶尔出差到上海或者北京，难道能够只呆一个晚上就往回转吗？看来美国人在空间、时间观念上与我们不同。第一，他们不在乎空间距离。为了到朋友家吃一顿饭而开两三个小时的汽车，从一个州去另一个州的某地赴宴，甚至开车五六个小时去游玩，这都是司空见惯的。那么，不远万里去开一个会，去看一个展览，或者去参加一个婚礼，这也是普普通通的事情。第二，在时间上，倒是比我们"吝啬"，办完了事就走，毫不恋栈。

这么说，去年春天，美国印第安大学的高尔曼先生，为翻译出版中国文学读物而到北京来商洽有关事宜，远隔重洋而来，只逗留了五天就回国了，也是很正常的工作安排了。或者可以这样说，他们虽然节约时间，却不惜把时间用在路程上。他们习惯于出远门，习惯于旅行以及迁移。据统计，每年美国有将近三分之一的人迁居到其他城市。这一点就连欧洲朋友也大为惊异。瑞典作家艾瑞克多次向我惊叹："美国人民真是一些喜欢搬家的人民啊！"当我就此询问一些美国友人时，他们的回答是，为了寻找更合适的职业和更优厚的报酬，他们需要经常挪动地方。这样，美国人就极少乡土观念。可能从祖先来说，这儿本来就是一个移民国家，大家都是"外来户"，来到新大陆以后哪儿能"淘金"就到哪儿去，何乡土之有？当中国人问到他们的"祖籍"在哪里时，他们往往觉得这是一个奇怪的问题。

当然，从历史传统，从择业求职的角度是完全可以解释美国人的好迁居、好旅行、视出远门为家常便饭的习惯的，但不知道这种生活方式是否也和求新求异的心理、性格有关？

两件奇事

说到奇事，使我不禁想起两件。一个是在美国总统选举后没有几天，一天从电视里看到夜总会上的一个小丑表演的节目。说是小丑，我想是不会错的，因为他不仅化装得十分丑陋，而且动作非常滑稽。他随着音乐节拍做各种表演，首先，他微微摇着下巴，做出一个老年人有着轻微的"摇头疯"的那种讲话的姿势。他一做出这个姿势，观众立刻笑成了一团，人们立刻认出来了，这是学的新当选的总统里根。然后，这个小丑伸出两个胳臂，并且双手各伸出食指和中指，做出V的手势，大家又笑了，说这是学尼克松的习惯动作。然后又学了卡特、福特……总之，把最近的几届总统，统统学了一遍。我问，由小丑来学他们的举止，不会被认为是不礼貌吗？朋友们回答说，不会的，相反，会被认为是做广告，帮他们扬名。

美国人的幽默感是经得住"考验"的。在衣阿华的"中国周末"期间，保罗·安格尔朗读台湾诗人吴晟的一首诗《晨读》的英译稿，该诗中有一句，大意是中国人应该只学清清爽爽的中文，何必学那拖泥带水、含糊不清的英语！说英语是"拖泥带水、含糊不清"，恐怕是有失公允，但是安格尔念到这里，笑了一下，继续读了下去，毫无不快之感。

另一件奇事说起来就比较沉重了。十二月初，在我即将离开衣阿华的时候，出了一件大事，著名的英裔摇滚音乐歌星约翰·里恩被一夏威夷青年在纽约街头枪杀。一时间，各报纸、广播、电视，都以此作为头条新闻来报道。约翰·里恩是英国利物浦人，是他把最初流行于欧洲的摇滚音乐推广到美国来的。他为许多摇滚歌曲作词，比较著名的有两个歌：一个叫做《我的朋友带着钻石去到月亮上》，这个歌的标题是一个双关语，它的谐音的另一个含义是"迷幻药"，也就是美国青年吸毒所用的药。还有一个歌，叫做《多亏了朋友们的帮助》，反映美国青年在越南战争期间的苦闷，他们如何逃避兵役等。所以人们说，约翰·里恩是歌星当中社会意识比较强的，在政治上，他是比较"激进"的自由派。杀他的是一个夏威夷青年，名叫恰普曼，自称对约翰·里恩非常崇拜，三天前曾请约翰·里恩给他签名，约翰·里恩对他漠然待之，三天以来，他一直跟随着约翰·里恩,最后对他下了毒手。许多年轻人对此事反应非常强烈,衣阿华的大学生还自动组织了专题讨论,座谈这件事的社会意义。可惜那天下午我就告别衣阿华开始对西海岸的访问了,未能参加这个座谈。

据报纸报道,约翰·里恩被杀后,在西方至少已有三名青年因过度悲伤而自杀。其中一个美国的青年是正在和女朋友谈恋爱,从广播里听到了这个消息,他叹息说:"约翰·里恩都死了,我活着还有什么意思?"说着,掏出手枪,照着自己心脏,一枪毙命,血溅了女友一身,女友吓得也昏倒在血泊里。

《旅美花絮》已写了四万多字了。

《花絮》不是一次写完的,从语气上可以看出来。文体上也有不尽协调之处,只有请读者原谅了。

完全谈不上我对美国有了多少了解,这是一个五花八门的大国,花样翻新,无奇不有,黄、白、黑各色人种,寒、温、热各种气候,海岸、内地、沙漠、湖泊各种地理条件。而且无时无刻不在变化,连语言都在变化,以至于英语和美语的距离愈来愈大了。

但我还是想提供一点零星的却是实际的感受,聊以备忘,聊以参考。

现有打油诗一首,以感谢《花絮》的读者:

> 太平洋与大西洋之彼岸兮,高高的鼻梁,
> 有此一金元帝国兮,富丽堂皇,
> 既不那么像地狱兮,也绝非天堂,
> 乱乱哄哄危机四伏兮,却又活泼要强,
> 花絮好写兮,而难以概括、综述,
> 多知道点实际情况兮,也好避短扬长!

发表于《文汇》1981年第3—8期

墨西哥一瞥

墨西哥航空公司的波音727飞机从旧金山机场飞起,长体客机升上天空以后就侧转飞行,从北向到南向转了一百八十度,左翼的下垂使乘客感到左侧的地面忽然耸立了起来,连同她的波光粼粼的海面、她的长达数十英里的钢架海湾大桥、她的丘陵地面上的高高低低、形状各异的楼、她的卫星市镇的稀落的住宅房子,似乎都在涌向你的舷窗,向你同时伸出许多条手臂,而不远的山峰似乎愈来愈高大而成为难以逾越的屏障了。

稍一分心,山峰、海湾和城市已经不知所去,机下只有薄薄的云雾,云雾下面依稀可见的地面似乎是荒凉的,因为她不是墨绿,而是褐黄。从空中俯视下去,地面的颜色其实和地图标示的颜色相当接近,大海是天蓝色,丰饶的平原是绿色,而荒凉的山岭是深浅不一的褐黄色。

我是在去墨西哥吗?我再一次问我自己,就像在取机票的时候,在办理登机、出(美国)境手续和托运行李的时候,在机场第31门候机室等飞机的时候,我都问过自己一样。我知道墨西哥是一个遥远的、美丽的、有着古老的文化传统的国家,我知道她是一个与中国有着许多共同的或者类似的经验,有着许多共同语言和友好情感的国家,我还知道,包括墨西哥在内的拉丁美洲文学,在世界文坛上占有了愈来愈重要的地位,前不久有一位美国女作家在北京告诉我,拉美文学是当前世界上最重要的文学现象。(当然,我想,她所说的世界恐怕只是指西方世界。)特别是,当我知道,除去周而复同志曾经以政府副部长的身份访问过墨西哥,我是第一个以作家身份访问墨西哥的中国人的时候,我怎么能不兴奋,不感到自豪和使命的重大呢?

当然,我是在靠近墨西哥,在我的机票上,在飞机的外壳上,在空中小姐穿的墨航制服的胸前,都有明显的鹰头与"M"(墨西哥国名的第一个字母)的标志,飞机上广播一切事项都是先用西班牙语,机上的服务,显然比美国的一些航空公司的飞机服务更殷勤也更周到,她们不但免费提供午饭和软饮料,而且免费提供法国红、白葡萄酒和啤酒以及水果……而且,听,机上的广播告诉乘客们,现在已经是在墨西哥的上空了。

云慢慢地散去了,飞机似乎飞得相当低,山岭和丘陵,丘陵和山岭,像陆军战棋棋子一样大小的房子,都是墨西哥的。我想今年或者明年,我应该写一篇小说题名为《地的脸》,和《夜的眼》《海的梦》《心的光》《深的湖》《春之声》同属带"的"(之)字的三字型命题。大地的面貌、表情、微笑或者皱眉,美或者丑,严厉或者温情,狭长或者阔大,粗俗或者幽深,是那样的多样和多变,就像"人心不同,各如其面"一样,我们真该开开眼界,放宽胸怀,去见识见识,研究研究呢!

似乎是为了回答我的愿望,我的情思,大地向我开始展示她罕见的容颜:陆地和海,海和陆地,这弯弯曲曲的海岸线出于大自然的手笔,雄奇的线条中包含着妩媚,它神秘而又自如,好像产生于某个伟大天才的信手一挥,它亲切而又明晰,好像垂手便可以提取此线条如提取一条丝带。然后是风平浪静狭长如一匹蓝缎的海,洁净无瑕如玉,完整地镶嵌在两条海岸线之间。才越过一条弯曲的海岸线,才飞行在秀丽端庄的蓝海之上,已经看到了迎面渐渐推过来的另一条海岸线,更长,也更有力。而海,愈加脉脉有情,显现那蒙娜丽莎式的凝重的微笑。海水深浅不一,有的深蓝,有的浅蓝,有的发绿,有的绿中有黄,是辉耀闪烁的阳光,阳光中还有点点白帆、渔船、小岛、沙滩,海是动的,海岸线是动的,诸种光辉和颜色是动的。笑容本来就是一种推移变化的动态,一种内心的交流,一种宇宙和人之间的信息的传递,一种刹那间的会心的快意……哦!

"请!"坐在我后面的一对中年夫妇向我打招呼,我想他们大概是看出了我狂喜如醉的神态,也许我不自主地发出了惊叹的声音,那陌生的墨西哥男人递给我一张地图,指着那狭长的腋窝一样的海说:"这就是加利福尼亚湾,美极了!"

原来如此,我们的飞机从旧金山起飞,经过了洛杉矶和圣地亚哥的上空,又穿过了狭长的加利福尼亚半岛,正飞在加利福尼亚海湾的海面上,即将飞上墨西哥本土。那起伏的山峰,大概就是西马德雷山脉。我仔细地看着地图,再抬头透过舷窗鸟瞰,我想寻找出前面的海岸线的曲里拐弯是不是同样地标在了地图上。我对比地图上的加利福尼亚湾和大地上的加利福尼亚湾,好像关防工作人员审验护照上的照片与持护照等待入境的本人,我平生第一次觉得地图是这样真实、鲜活、充满了生命,代表着大地的面容。虽然我并没有找出相应的海岸线,也许那张地图的比例太小了,然而它们终归是一致的。

"你是从日本来的么?"彬彬有礼的旅伴问我。

"不,我是中国人。我来自中华人民共和国。我是作家,应邀去访问你们的国家。"

我的回答使他的脸上显出了惊喜的表情,他的妻子本来在一旁沉默着的,也转过头来看了我一眼,并向我微笑致意。

我高兴,我自豪。在美洲访问的时候,我曾经不止一次被当做日本人,买了东西或者吃罢饭付钱的时候对方不止一次对我说"阿里嘎多",还有一次我在一个汽车加油站被一位南朝鲜人认作同胞,每当这种时候我都要清楚地宣告我是中国人,我来自中华人民共和国。我希望更多的人知道中国人正在走向世界。

"那太好了!墨西哥是非常美丽的!"旅伴告诉我。当然,我深信无疑,就拿这加利福尼亚湾来说吧,美得令人心醉。快点飞吧,波音727,让我快一点踏上墨西哥的土地!

从六月十五日到二十二日我在墨西哥的首都墨西哥城呆了一个星期。

这是一个庞大的城市,当飞机来到市区上空,看到密密麻麻的建筑物、道路、汽车、绿地、人流之后,居然又飞了那么久还不到机场,使你在天空就为这个城市的一望无边而瞠目。楼房连着楼房,汽车挨着汽车,街道依着街道,商店傍着商店,摊贩望着摊贩。连天主教堂似乎也是一个又一个,遍地都是。人们告诉我,现在,它有一千四百万人口了,超过了全国人口的五分之一。

这是一个热烘烘的城市,虽说是位于海拔两千多米的高原,号称气候凉爽,毕竟地处北回归线以南,比到了六月还要穿毛线衣的旧金山热多了。而且,街两旁是高大的棕榈、芭蕉……这些树中的望族呈现了特有的亚热带气氛。这里的人们的皮肤大多呈现着某种棕红健壮的颜色,表露着更多的夏天的热力。

这是一个世俗的、喧嚣的、拥挤的城市。小汽车缓缓爬行,几乎要在每一个路口停下来等候绿灯。虽然有严格的交通规则,但是仍然不时有抢行强行的车和人,过马路的狂奔颇类于玩儿命。大汽车走在街上,不但放肆地嘟嘟响着马达,而且冒着黑烟。人们在睡梦里不但要听取这一切车辆的噪音,而且听得到头顶的飞机发动机的强音。卖橙子汁的当着你的面用鲜橙子轧出金黄的汁液,热蛋糕上流着巧克力和奶油。在我到达墨西哥前不久,墨西哥货币比索突然大幅度贬值,贬值的趋势有增无已,人们纷纷在抛出比索兑换(也许是抢购)美金。

这又是一个活跃的、冲动的、富有革命气氛的城市。大选前夕,街上到处是执政党的新的总统候选人的巨幅照片,还有一处用灯光组成的他的巨大的头像。墙上刷写着大字的竞选口号和政治标语,独立,繁荣,进步……执政党所执行的帮助贫民的政策至少有一点是令我这个局外人赞许的,不管物价怎样飞涨,面包价格严格地限制在最低水平上,两头尖的咸面包,我想按中国量制至少有二两,每个比索两个,折合中国货币,每个不到两分钱。而且,所有的超级市场、食品店都卖面包,并无抢购、脱销、排队等情况。同时,在竞选前夕,左翼政党也联合举行了一次大游行,浩浩荡荡,红旗招展,还有不少以镰刀斧头为标帜的旗子,这种场面我已经很久没有看到了。

这是一个民族的城市,又是一个国际的城市。在墨西哥城的国际机场我用英语询问问题时屡遭碰壁,机场工作人员冷淡地回答我说:"我不懂英语。"这种情形,在我去过的西德国际机场,在我过境的东京国际机场,以至在我国的北京、上海、广州国际机场,都是不可能发生的。而她离美国是这样近,美国规定寄往墨西哥(还有加拿大)的邮件邮资按美国的国内标准计算。在这儿,脍炙人口的一句名言是一位前总统说的:"墨西哥的麻烦在于她离天堂太远而离美国太近。"一位墨西哥学者在与我共吃午饭的时候干脆告诉我:"我们希望中国更强大,足以与美国抗衡。"他又说:"西方有一句谚语,和魔鬼一起吃饭的时候要用长柄的勺子,我希望中国人与美国的资本家打交道的时候要用长长的筷子。"(意即保持距离和警惕。)

这里的国际气氛、世界城市的气氛又是那么浓郁。根据我的东道主墨西哥学院的安排,在短短的一周里陪同我参观、访问的不仅有墨西哥的汉学家,而且有美籍、英籍、西德籍的研究中国的学者,当然,还有来自我们本国的交流学者和留学生。墨西哥城街道的名称也很有意思,威尼斯街、维也纳街、罗马街,令人想起欧洲。(顺便提一下,托洛茨基的旧居就在维也纳街。)连商店和商品的名字也采用世界各城市和国家的名称。我在墨西哥城逗留期间住宿的一家公寓下面是意大利商店,我还以为它那里是专卖来自意大利的商品的,经询问后才知道不是,它经营的是道地的墨西哥国货,"意大利"只是商店的名称罢了。在我居住的公寓的对面,一个规模甚大、卖高档商品的百货公司,则是以英国的城市"利物浦"命名的。此外,短短几天,不论是从街头的广告牌上还是从电视的广告上,给我以深刻印象的一种球鞋的牌子是"加拿大",然而,这种鞋并非加拿大进口。

在墨西哥城的访问当中,最难忘的应属六月十八和十九日两天的活动。十八日,由美籍教授梅西陪我去参观人类学博物馆。梅西教授是专门研究中国的古代民歌的,他非常熟悉汉代乐府,而且对中国的古代民歌与欧洲古典民歌做过许多有趣的比较,找到了一些难以思议的共同点。他告诉我,类似咏罗敷那样的表现美女的自尊自卫并斥责对方的轻薄挑逗的题材的诗在英国古代的一些民歌体的诗中有颇为接近的例子。他是在美国海军的一所外国语学校里学习了中文的,他的中文说得相当准确,但比较慢,我们的交谈是用英语和汉语交替进行的,差不多各占一半,因为,我不肯放弃任何一个练习说、听英语的机会。

按照梅西教授的计划,本来我们先要参观一个现代美术馆,但适逢那里的职工罢工,不得进去。于是我们来到近旁的一个以某个私人命名的美术馆,里面陈列的也是"现代派"的作品。许多作品看完了也就忘了,但有两件给我以难忘的印象。一件是一种毛织品,姑且称之为一件壁毯吧,用各种颜色的毛线,织出不同的色彩、线条,尤其是凹凸不平的毯面给人以类似浮雕的立体感,其中有大大小小的无数螺旋形的纽结,引发着奇异而又纠缠不清的想象。还有一件活动、有声的雕塑(?),也实在奇特。好像是一张会议桌似的长桌,周围是一张张的木椅,木椅被铁蒺藜丝缠绕着,桌上是一圈缓缓旋转的物体,形状和颜色恰似倒悬的剥了皮的羊,这种屠宰场式的景象映照在惨淡的青光之下,伴以如同远方传来的哭声似的哀惨阴森的音乐,给人以触目惊心之感,不知道是否反映着一种对人生、对世界的阴暗、绝望的感受。幸好这一天墨西哥的天气是晴朗的,从美术馆出来,到处是绿树繁花,是阳光灿烂,是五光十色的人、街道、商店、生活,否则,看完这件"艺术品",也许会叫人半天喘不过气来。

墨西哥城的人类学博物馆是很有名的,而且梅西教授特别请了他的友人,一位身材娇小的女考古学家、历史学家给我解说。可惜,我对拉丁美洲的古代史、文化史缺乏起码的 ABC 的知识，因而，听了半天，仍是似懂非懂。查谟文化、玛雅文化、印第安文化，这些名词过去还是听说过的，但我不敢把听到的一星半点写下来，以免强不知以为知，以讹传讹。我的印象是，历史上，实际上是来自欧洲的征服者摧毁了这些文化，使之成为历史的陈迹，而当今的墨西哥人又怀着十分珍爱、自豪的心情与极大的兴趣来保护这些文化遗产，研究这些文物。远古的石器、铜器、陶器，特别是其中那些容器，使人想起北京故宫博物院的某些陈列，难怪有人认为墨西哥的古代文化以至人种与中国有密切的关系。但这些器皿也同样使我想起西德科隆的那个著名的利用炸弹坑修起来的古罗马博物馆，似乎那些陶器也有许多共同、相通之处。这种发生在远古时期（那时候各个大洲之间是无法交往的）的文化上的共同现象，不知道应该怎样解释。

有一件宗教器具给我以很大的刺激（应该说，各国的古代文化许多都带有某种宗教色彩），那就是"羽蛇"。"羽"，是因为这件想象中的动物身上刻着羽状花纹，"蛇"，看不出来，按中国人的眼光，宁可把它看成龟。"羽蛇"的形状似一个大龟，但背部凹下去，如一大筐箩。梅西教授告诉我，这是古代祭太阳神用的，那时（什么年代？）人们把活人的心放到这个容器里祭太阳神，因为他们相信，如果不这样祭的话，太阳就会熄灭而世界也就会面临末日。每次祭神仪式，都要宰杀好几百活人。

这是真的吗？身材娇小的女考古学家断然声称："我不相信这种说法。"那么，这是后人对于先人的诽谤吗？抑或是西班牙征服者对于土著居民的先人的诽谤？还是并无恶意的误解误传？然而，哪怕这样的事仅仅出现于想象、猜度、谣传之中，也够两条腿走路的万物之灵的人之子们惊之吓之，思之叹之，哭之恨之了！

六月十九日，按计划是参观著名的金字塔古城特奥梯乌阿坎。特奥梯乌阿坎，又称"上帝的城"，以象征太阳和月亮——按照中文习惯，我想可以称之为日坛和月坛——的两个金字塔而闻名于世。

陪同我参观的除梅西教授外,还有一位英国女汉学家,名叫艾华,她大眼睛、矮个头、短头发,精神十足。她曾经在北京大学读过两年中文,不但汉语说得不错,而且举止神态似乎也传染了点中国味道。例如,她待人接物当中,就时时显出一种东方式的谦逊和善,面带微笑,而不像某些人那样显得趾高气扬。还有一位西德女研究生英格丽特,单纯、朴素、健壮,有点像个小伙子,也是非常友好的。她告诉我,她出生在西德慕尼黑附近的一个小镇,六十年代因参加左翼学生运动而与当局发生矛盾,后来又与极左派意见不合,便出国来到了墨西哥,她曾经两次自费到中国旅行,而且今后只要有可能,还要到中国来。她放弃了许多可以赚钱的机会而到墨西哥学院研读中文、历史等科目,过着非常朴素的生活,她说:"要赚钱,办法多得很,但我追求的不是钱。"这种志趣也很可钦佩。同时,她激烈地抨击美国生活方式的一个象征——可口可乐,由于未征得她本人的同意,我不便把她的原话写下来,但我要说,听了她的话之后,我再没有喝过可口可乐,可见她的话的说服力了。

同行的还有我的同胞,北京外文局的小刘同志,他是搞西班牙语的,到墨西哥去进修,现在同时上着两个大学,是一个苦读寒窗的人,这一天也很高兴有机会到郊外走一走。

"上帝的城"在墨西哥城的北面,据说早在公元前就开始了这里的建设,但当西班牙征服者到达这里的时候,这个城市已经废弃了七百五十年以上了。进入这个古城遗址以后,首先映入眼帘的当然是磅礴巨大的日坛和月坛,这是两座建筑物,也是两座人工合成的山,方正、匀称、底盘大、层次清,给人以一种突出的稳定感和威严感。除了日坛月坛以外,似乎遍地都是类似金字塔的建筑的基础,看样子是从地下挖掘出来的,上层不见了,塔形不见了,但方正的基础仍然无恙,并可以看出不少兽头、花纹、浮雕式的装饰。其中有一些小方块的密密麻麻的排列,使人很容易联想到那成熟、饱满的玉米棒上的凸出的玉米粒。墨西哥是玉米的故乡,全世界的玉米都是从墨西哥老家移民出来的,它的古建筑装饰花纹受玉米的影响,也是可能的吧?

从入口通向"月坛"并从"日坛"前经过的是一条笔直的街,西班牙语称之为"死亡街"。有一种说法是古代把牺牲者通过这条街道送到金字塔前,宰杀祭天,而且是专门挑选最美丽最健壮的年轻男女来作牺牲的,我听后不禁毛骨悚然。但那里出售的向旅游者作介绍的小册子却不是这样说的,小册子说,西班牙征服者称这里为"死亡街",是因为他们确信当年帝王死后在这里升天成神。但还有另一种说法,是说这儿原是诸神汇集,创造日、月的地方。说法的不同,科学考证与揣度传闻的混淆并没有影响游客对它的兴趣,相反,更增添了它几分神秘的魅力。

我们也登上了日坛,背后是巍峨的东马德雷山,其他三面非常开阔,田野、树木、古城遗址,洋洋大观。据说到了晚上,日坛上要用彩色灯光照明和播放现代音乐,真不知道这种摩登化的处理会使这一早已死亡的古城呈现什么奇观。

登月坛的时候就有点吃力了,而且月坛的石阶每一级与另一级的距离特别大,要像练武术一样把腿抬得高高的才能攀登上去。先是梅西教授打了退堂鼓,他声明,他不上了。我也开始退缩,尤其是我头一天晚上睡得很坏——不知是不是被那个"羽蛇"给吓的。但是小刘已经一马当先跑到了顶端,艾华和英格丽特两位女将也正奋力攀登,"踏遍青山人未老",我想起了这诗句,干脆,上!也就上去了。很值得,虽然月坛没有日坛高,但在月坛上的观感与在日坛上的观感完全不同,在月坛上,迎面看到的是笔直的长街——死亡街,有一种更加古老、悠远、深幽、神秘的感觉,而在日坛上,看到的更多的是一种横向的阔大与谨严。

而后在河边树阴下的野餐,轻松愉快,谈笑风生。艾华临时拌鲜美生菜沙拉,英格丽特特意烤制了两只鸡,梅西带了葡萄酒,我带了西瓜。他们告诉我,他们都来过好多次了,但金字塔是百看不厌的,而且每次来都有新的发现,新的收获。归途上,值得纪念的是我吃到了仙人掌的碧青如玉的甜果。

这一天已经够疲劳的了,但是晚间,我又在我国赴墨交流学者萨那、张玉玲夫妇陪同下登上了墨西哥城市中心的拉丁美洲塔。所谓拉丁美洲塔,其实不是塔,而是一座四十多层的建筑,到了最高层的屋顶上,只见四面灯光,璀璨无涯,而玻璃屋顶又反映出许多五颜六色的灯火,如横空出世,不是与星月争辉,而是远比星月更光辉了。

也就是在这个"拉美塔"上,而且是在震耳的"迪斯科"大喊大叫的乐声中(楼上便是夜总会),我们看到了左派的大游行。

这就是墨西哥,这就是生活,这就是当代。古迹与现实,崇高与俗鄙,金字塔与迪斯科,霓虹灯与镰刀斧头红旗,交叉在一起,旋转在一起,撕扯在一起。

墨西哥之行当中,最重要的一次活动是一次座谈,墨西哥朋友称之为"作家圆桌会议"。座谈原定六月十七日举行,有墨西哥城、阿根廷、智利的作家和我参加。谁料到六月十七日那天,警察局接到告密电话,说是有人在墨西哥学院埋放了定时炸弹,于是警方马上采取措施,紧闭学院大门,进行搜查。会议也不得不改期到六月二十一日。这样,阿根廷的一位作家就未能参加会议了。

会议的议题是"现实主义与现实",拟题人解释说,这个题目非常之大,可以在这个大题目下随便谈任何自己感兴趣的问题。

会议主持人,也是接待我这次访问的主要东道主,是墨西哥学院亚洲与北非研究中心的中国研究室负责人弗萝拉·巴东女士(中文名字白佩兰)。她同时是一个妇女杂志的主编,每星期还要到电视台做一次谈话,谈话主题有两个,一个是关于妇女,一个是关于中国。她的工作非常之忙,性格开朗活跃。感谢她的热心,用不到两个月的时间,组织一批墨西哥学院的汉学家和来自中国的留学生,把我的六篇小说译成了西班牙语,在正式出版以前,先影印出若干份,发给了与会者及其他有关人士。

结果，会议实际上变成了对我的作品的讨论。他们说了许多热情肯定的话，这里就不多写了，后来，围绕着两个问题有所讨论。一个是我说，我的写作是为了人民，是要对人民有好处。有几个人提出了质疑。这里要说明一下，所谓圆桌会议的参加者只有五个人，但会议是"开放"的，前来听这个圆桌会议的有五十个人，包括一位前墨西哥驻中国大使。这些列席者也可以提问并参加讨论。

质疑者问，难道莎士比亚写某个戏的时候会考虑到他是为人民而写作吗？而且，什么叫人民呢？人民是个看不见、摸不着的概念。

我回答说，优秀的作家都是爱人民、同情人民的不幸、关心人民的痛痒，与人民同甘共苦、跳着共同的脉搏的。因此，宏观地说，作家总是在表达着人民的爱憎情感，多多少少充当着人民的代言人的。当然，各个人的自觉程度不同，历史上也会有这样的作家，不承认自己的创作与人民有什么关系，坚持认为创作只是他个人的事，然而，文学与人民的关系，与社会的关系，这是一个客观事实，并不决定于作家的意图和声明。而中国作家，多了一点自觉，自觉地承认自己写出东西来是给读者看的，是为了对人民有点好处。这是从总体上来把握的。至于在创作过程中，作家沉浸在一种创造的冲动、激情里，他也许常常体味到一种把什么都忘了的心境，这并没有什么奇怪。

至于人民是不是空泛，我问，有什么空泛的呢？那在田野上和机床旁劳动的，不就是人民吗？包括我们大家，不是人民吗？

想不到这后一句话受到了反驳。一位年轻的女孩子说，墨西哥与中国不同，她没有经历过一场真正的革命，因此，与会的他们，算不得人民，至多算做小资产阶级罢了。

第二个问题是，一位墨西哥作家说，读了我的作品后觉得心情有些压抑。另一位女作家说这是理所当然的，因为人生本来就是痛苦多于欢乐，文学的使命正在于表达这种痛苦。

智利作家哈米耶·瓦尔迪维耶索表示不同意这种看法，他说，在王蒙的小说里,充溢着的正是对于革命的信念,对于社会主义制度的信心,中国人民将能解决他们面临的问题,这是肯定的。

我说,生活不是单一的,情绪也不是单一的。欢乐和痛苦,压抑和奋争,胜利和挫折,常常交织在一起。从整体来说,我们仍然是乐观的,有信心的,同时,我们又是现实主义者,承认现实存在的一切麻烦、矛盾。至于说人生就是痛苦多,那不见得,比如我现在和墨西哥的朋友们一起座谈,我感到的是一种友谊的温暖和相知的快乐,而不是痛苦占据着我们的心。我说完,他们笑了。

我还说,作为一个写小说的,我愿意劝告他们不要过分相信某些小说里的那种悲观、厌世、绝望、疯狂……的情绪,有些作家就是这样,他们把这种情绪传播给读者,令读者看后不再想活下去,但这些作家本人并不准备大量服安眠药,说不定,他们活得还津津有味呢。我的这个说法引起了更大的笑声。

会后,有那么多与会者拥向前来,与我握手,要我签名留念,墨西哥电台的一位工作人员还请求我同意他们在广播节目中朗诵我的某些小说的西班牙语译文。这种热烈的场面和气氛,是我在西德、美国访问时从来不曾遇到过的,第三世界国家,感情就是不同啊,我们的作品,在这里似乎也能够得到更多的理解和同情,这是多么令人高兴的事。这一天,我非常感动。

在墨西哥的短促的访问已经结束很久了,但一想起墨西哥来,仍觉得有热浪在心头翻腾。不,墨西哥既不遥远,也不陌生,她是我们的朋友,我们的近邻,我一定还会再去造访她的,因为那里的读者也像中国读者一样真诚和热情,而这样的读者,并不是在世界上随便什么地方都能找得到的。而且,她是那样不可思议的美丽,她的人民,对中国又是那样亲近和友好。

发表于《收获》1982 年第 5 期

橘黄色的梦

"我非常爱我的工作,是的,我爱!"芭尔拜拉·海尔弗格特·海依特再一次对我说。她的声音清脆、温柔、富有表现力,好像是一只百灵在啼啭,好像是在给幼儿讲故事,好像在唱歌。她个子矮矮的,戴着一副黑框大眼镜,面孔、皮肤和衣衫都富有光泽,使我想起有山楂糕作配料的杏仁豆腐。

"有一次在街上,我看到一群孩子向黑人抛掷石块,我便停下车来,走出来给他们讲了六分钟的话。等我讲完,他们把石块全放下了,而且承认他们不该那样做。从此,我相信了语言的力量,美好的语言,是有力量的……"

芭尔拜拉家的客厅在二楼,满地都铺着橘黄色的、毛茸茸的地毯。我想起了美国一位心理学家的见解,他认为喜欢橘黄色的人都热爱生活,乐观,愿意做领导者。摆在我的面前的糖果和水果盒子也是经过精心设计的,紫葡萄与黄柑橘,淡绿色与褐色的糖,小块蛋糕、剪成花状的餐纸……

"从此,我给小学生讲授诗歌……不,我的职业不是教师,我是诗人,在小学的工作只是我的兼职。等一下,我要给你一批有关我的工作的材料……"

波士顿,一九八二年六月七日,雨。雨已经下了好多天了,灰蒙蒙的。我喜欢雨中的波士顿,查礼士河,簌簌滴水的树,砖木结构的楼房,有一种迷人的情趣。不像暴发户式的芝加哥和纽约,那种玻璃钢梁结构的摩天大厦使人觉得陌生和压抑。然而在这间房子,却似乎又与雨中的波士顿无关,它辉煌而又高雅,宁静而又温馨,它关心着的只是它自己的诗和梦。

"你这样爱你的工作,欣赏你的工作,这真是太好了!"我说,不完全是出于礼貌。本来嘛,十个人有九个人说起自己的工作就摇头、叹气、发牢骚,叫苦连天,不仅在美国。

我们从狭窄的楼梯上走了下来,听不到靴鞋和木板接触时的橐橐声和吱吱声,好像少了点什么,地毯很厚。记不清了,离开客厅的时候,她是不是关掉了悬垂的吊灯。

"现在就请你们去听我给孩子们上诗歌课,我请求你用中文给孩子们朗诵一首诗。我真希望你能听两节课,然后,我们一起去用午饭……"

汽车在幽静的林阴路上行驶,学校在一个幽静的地方,时落时停的小雨含着几分忧伤。我在车轮的沙沙声里,翻看她送给我的复印材料,有当地报纸对于她的事业的报道,有她编辑的她的学生们写的诗。

一个八岁的孩子是这样写的:

　　写诗就像是躲在门后边,
　　猜呀猜,门那边是什么?

一个十一岁的孩子是这样写的:

　　安静,就是说小孩子们都睡了,
　　连猫也一动不动……

当然,看清这些诗已不是当天的事了,那是在半个月以后,我坐在从旧金山驶往东京的客机机舱里的时候。

教室不像我们的小学教室,也许更像幼儿园的活动室。每个人的课桌和座椅都是可以移动的,大家围成半个圈。有一个神气活现的男孩子远离大家坐在一边,经过询问,他告诉我是因为刚刚和同学吵了架。

芭尔拜拉读完了一首诗,问孩子们:

"听完了这首诗,你们的感觉是什么呢?"

孩子们七嘴八舌地回答:

"很好听。"

"很上口。"

"好像没完似的。"

"……"

"那么,你们有没有过这样的记忆呢?永远忘不了的?你们听见过这样的声音吗?你们闻见过这样的气味吗?告诉我,那是一种什么声音?什么气味?"

她开始问每一个孩子,孩子们做出各式各样的回答,有的谈天空,有的谈花草树木,有的谈动物,有的谈食品,有的谈随便什么……

"你们说得好极了!"孩子们的任何一种回答都使芭尔拜拉满意,"孩子们,你们能不能把你们的感觉写成一首诗呢?"

就这样讨论着,交谈着,吟唱着(是的,芭尔拜拉不是在说话,而是在吟唱,在表演),孩子们拿起了铅笔、圆珠笔,拿起了光洁的纸,他们开始写起来了。

这中间,还插入了由这位女教师用好听的声音朗诵冰心的诗《春水》英译片断和毛主席的词"西风烈,长空雁叫霜晨月……"的英译,我也用汉语朗诵了这首词。与中国的语文教学全然不同的是,教师几乎完全不讲解、不注释诗的内容,而只是和孩子们一起讨论各自对于诗的感觉。

于是,孩子们凭感觉写出了各自的"诗",交给了芭尔拜拉,女诗人当即选读了其中的几首,并大加赞扬,我也觉得这些即席写诗的孩子们委实可爱。一堂诗歌课就这样结束了,芭尔拜拉请我们和她一起去教员休息室喝咖啡。

离开小学的时候,雨已经停了,我们的车向熙熙攘攘的市区开去。陪同人员告诉我:"这是一所很特殊的小学,收费特别高昂,一般的美国人的子弟——比如像我的孩子,是上不起这样的学校的。他们也会以重金特聘一些像芭尔拜拉这样的知名人物去为孩子们上课。干脆可以说吧,这是一所贵族学校。"

由美中关系全国委员会安排的在东北海岸参观访问活动就这样结束了,底下需要的是把汽车退给出租汽车的赫兹公司,结算。从纽约租的车,可以在波士顿退掉,但要多交一些钱。我们从芭尔拜拉的梦里回到了美国的现实生活,到处是噪音,电子计算机,风驰电掣的汽车,花花绿绿的橱窗,广告牌上的美女,迪斯科,《花花公子》,电视和广播报道着阿根廷和英国在马尔维纳斯岛交战,以色列进攻黎巴嫩,伊朗和伊拉克……还有,刺杀里根的青年被心理分析专家判定为不能对自己的行为负责……

发表于《文汇报》1982 年 8 月 25 日

雨中的野葡萄园岛

天上下着蒙蒙细雨，海和天呈现着难解难分的茫茫的灰色。汽车开上了拥挤的摆渡，中国作家小组的黄秋耘、乐黛云和我在美中关系委员会的南西女士陪同下下了车，先是想到上面的船台上去观赏大西洋的风光。雨并不大，又有帆布遮阳伞的保护，本以为可以上去坐，可惜所有的轻便塑料椅都已经打湿了，没法坐，只好回到统舱。

我似乎微微有一点憋闷，没有吃原来带在身上的准备这时候吃的蛋糕。倒不是因为下雨，我喜欢雨，喜欢雨中的潮润的空气，清凉、柔和，喜欢带着光泽的街道、树叶和屋顶的洋铁皮，也喜欢听雨声，欣赏雨给大自然带来的一种动势。而且，下雨的时候我总是分享着大树和小草的畅饮生命甘露的欢欣。但是今天我并不那么高兴，因为大西洋使我觉得陌生而且阴郁，虽然我这是第二次到美国东海岸来看大西洋，上一次是一九八〇年十一月，这一次是一九八二年六月三日。

这次来美国是为了参加纽约圣约翰大学的一次国际性的关于中国当代文学的讨论。当然，有许多严肃的、态度客观的学者参加了讨论，提出了令人感兴趣的论文，但也确实有几个人利用文学讨论兜售他们的一厢情愿的反共反华滥调。叫人高兴的是这些人的挑衅都得到了应有的有理有据的反击，到后来，出丑的恰恰是这些人自己。紧张的讨论和舌战结束以后，我们在美国的东北海岸参观访问几天，这本来是很惬意的事。然而，当"讨论"的弦松下来以后，我立即感到了与这里的土地、天空和大洋的隔膜。这连绵的阴雨里的灰茫茫的一切,叫人觉得遥远和捉摸不透。

这样想着,摆渡靠岸了,我们来到了旅游胜地维尼亚尔岛,或者,就意译做"野葡萄园岛"吧。

汽车刚刚从摆渡驶上了小岛。南西女士叫了一声,踩住了刹车。我们看到一位穿着湿淋淋的橘黄色雨衣雨裤的身材高大的男子伫立在路边,"就是他。"南西告诉我们说。

他就是作家约翰·赫西,头发已经灰白,宽前额,长脸,大嘴,目光里显现着一种东方式的谦逊和老人的温和与耐心。他身旁有一位中国留学生。他们来接我们了,这是不多见的,我知道美国人很注意节约时间,他们一般不肯把时间花在送往迎来上。

他把我们带到了旅馆,在他的关照下,每个房间里放着暖水瓶和茶叶筒。这在美国也是绝无仅有,一般美国人是不喝热开水的。

"我是出生在天津的,我曾在中国度过我的童年。"刚刚坐定下来约翰·赫西便用这样一句话开始了他的自我介绍,接着,他缓慢地讲了几句汉语。

"天津?"我的眼睛发亮了。

他介绍说,在离开天津四十多年以后,他于去年重新访问了天津,到狗不理包子铺吃了包子。他找到他出生的那所房子,并在那个院子里碰到了一位上了年纪的老太太。当他向老太太自我介绍他曾在那里居住以后,那位中国老太太热情地邀请他:"您搬回来住吧,我们给您腾几间房子……"中国人的激情,中国社会的变化,人们精神面貌的变化使他非常感动。回美国后,他把这一切感受写在一篇长文里,发表在一份很有地位、很有影响的刊物《纽约人》上面了。

这是一个对中国充满友好感情的人,而且,我好像明白了一点,为什么他的举止和表情当中有一种东方式的谦和、宁静和克制。后来他带我们坐在他的汽车里游览这个小岛,雨下得愈来愈大了,我们下不了车,而且不得不把车窗关严,雨丝已经透过窗缝袭击到我们的脸上了。

"太遗憾了,今天的天气这么不好。"约翰说。

"可是我喜欢雨,雨是美丽的。"我说。

"都赖王蒙,他老说他喜欢雨,结果,从离开纽约就下雨,已经下了四天了!"乐黛云抱怨着,南西笑了起来。

小岛很小,只有一条很短的以卖旅游纪念品为主的街,此外大多是一些豪华的别墅,涂染成各种颜色的两层楼房,有的把楼梯修在房外,楼梯扶手有精致的雕花,这些别墅只是在夏天才有人,其他时候大多空着。现在,这些各色各式的别墅,统统瑟缩着隐现在灰茫茫的云雨里,而四周是灰的海,灰白的浪花。我有点担心,再下上一夜雨,也许这些房子连同这个小岛,都会溶化消失在大洋里。不是吗,雨愈下愈大,除了我们这两辆车子,这几个人,小岛上似乎再也看不见车和人了。

当天晚上,我们在约翰·赫西家里做客。赫西夫人是一个同样平易近人的雅静的人,在约翰的客厅里,我们见到了大名鼎鼎的美国当代进步女戏剧家丽莲·海尔曼。她虽然高龄,显得瘦小枯干,老态龙钟,但非常健谈,不停地呷着加冰块的威士忌酒,不停地变换话题说这说那。她谈她的戏剧创作生涯,谈她的健康状况,谈她的近作,又回忆在第二次世界大战当中她数次访问苏联的情形,许多为中国人民所熟悉的当时苏联的著名作家,都是她的朋友。后来不知怎么把话题转到了美国的黑社会,她说她用过一个厨师,是一个从加拿大游泳到美国的非法入境的人,由于他是非法移民又要糊口,便投靠了黑手党,现在他的职业、收入、行动都要受黑社会的控制。

晚饭是中西合璧,有纯中国式的锅贴,也有西式汤、沙拉与赫西夫人亲自做的甜点。丽莲·海尔曼在席间表示,她为没有去过中国而深感遗憾,她希望我们给她起一个中文名字。黄秋耘同志告诉她,丽莲,这本身就是一个美好的中国女子的名字,可以当做美丽的莲花解。她睁大了眼睛听着,为"美丽的莲花"的解释而满意地大笑起来。告别的时候,我拥抱了这位高龄的、热情的老太太,她更高兴了。

匆匆的一夜,第二天上午我们又来到帆船桅杆林立的小码头,谁想得到,约翰·赫西已经等在那里为我们送行。他说,他一直在期待着与中国作家的会晤,今年九月,他还将去洛杉矶参加美国作家与中国作家的双边对话。他还笑着告诉我,说是丽莲·海尔曼回家后又给他打了一个电话,说是老人家几天来一直忧郁、不适,通过和中国作家的友好相处,她觉得她已经完全恢复了精神和健康。

我呢?我好像也快活多了,虽然雨还没有停,虽然还不能到船台上"极目西天舒",虽然我们还要在这陌生的土地上行走几天。只要有对中国的友谊,对中国人的热情,只要到处能听见"中国"这两个字,这就让人觉得温暖和亲近了,即使远在地球的另一边。

发表于《人民日报》1982年10月3日

访苏心潮

我两次访问过美国,访问过联邦德国和墨西哥。我曾经写下了一些出访见闻,写下了对于中国人来说完全是别样的、令人眼花缭乱、目不暇给、目瞪口呆或者哭笑不得的那些感受。

这些感受的基本特点(特别是关于美国的),可以用一个通俗的字眼来表示:"开眼。"你不去西方,你看得到那上百层的摩天大楼吗?你看得到密如蛛网的高速公路上的汽车流吗?你看得到那灯红酒绿、奢侈丰盛的花花世界吗?

而到苏联的访问完全不同。我无法用一种好奇的、幽默的、热烈而又清醒的旅人的旁观态度来环顾周围的一切。

幽默是一种成人的智慧。我是在四十五岁以后才考虑并实现访问美国的。访问美国对于一个作家的心灵来说并不是特别困难的事情。它好也罢,赖也罢,你有时候嗤之以鼻、有时候五体投地也罢,它是它,你是你。

只要你有足够的幽默感,你就会有足够的胃液去消化你的访美经验,既能消化,也能吸收。

但是苏联不行。我向往苏联,远远在具备足够的幽默感之前。

在苏联,我觉得光靠幽默是不够的。虽然我曾经自我欣赏、自我标榜过我的幽默。

访苏二十二天,我感到的是幽默的困惑。

我大概从十五岁起就梦想过去苏联,如果不是更早的话。

那时候苏联不仅是一个美丽的梦,而且是我为之不惜牺牲生命去追求的一个理想。

没有哪个国家像苏联那样,我没有亲眼见过它,但我已经那么熟悉、那么了解、那么惦念过它的城市、乡村、湖泊,它的人物、旗帜、标语口号,它的小说、诗、戏剧、电影、绘画、歌曲和舞蹈。

到了莫斯科,一切都给我以似曾相识、似曾相逢的感觉:莫斯科河畔钓鱼的老人,列宁墓前的铜像般一动不动地肃立着的两个哨兵的蓝眼睛,克里姆林宫钟楼上报时的钟声,用花岗岩铺地的红场与红场上的野鸽子,列宁山上的气魄雄伟却又显得有点傻气的莫斯科大学主楼,地下铁路革命广场上成群的铜像,包括街道的名称——普希金大街(静悄悄的)、高尔基大街(两边都是商店)、赫尔岑大街(通向柴可夫斯基音乐学院)、别林斯基大街(大概面貌与革命前没有区别)……这种似曾相识感甚至是令人战栗的。

我真的来到了列宁和斯大林、普希金和高尔基的故乡,我听到许多歌儿歌唱过、我自己也动情地唱过许多歌唱它的歌儿的莫斯科了吗?

当然是初次邂逅。怎么又像是旧地重游?

我倒没有幽默它一下,干脆用好莱坞电影的那个中文名字,叫做"鸳梦重温"。梦早已被当时是冰冷的现实、现在也还没有完全变成历史的铁一样的严峻所打破。

游历苏联是一次灵魂的冒险。因为再没有第二个外国像这个国家那样在我少年时代引起过那么多爱、迷恋、向往,后来提起它来又那么使我迷惑、痛苦乃至恐怖。

好也罢,坏也罢,它和我们的关系是太深、太息息相关了。我和我的朋友们都感到一种少有的关切,都纳闷,都急于多得到一点有关它的信息。

游历苏联是一次充盈的内心体验,不仅仅是、远不只是一次"开眼"的旅游。

它的一切美丽都使我忧伤而又欣慰,它的一切不美丽都使我欣慰而又忧伤。

这是一次重温旧梦的旅行。当我看到克里姆林宫的红墙,当我听到那报时的钟声,当我听到在苏联已经唱了二十多年的《莫斯科郊外的晚上》的时候,我好像回到了年轻时候。

这又是一次告别旧梦旅行。我不是鲁迅的秋夜的细小的粉红花梦中的瘦诗人,我并无兴味把眼泪擦在粉红花的最末的花瓣上。

重温旧梦带来忧伤的甜蜜和甜蜜的忧伤。告别旧梦带来希望的坚强和坚强的希望。

这是我们的近邻。

从北京首都机场起飞,一个多小时以后便离开了我国进入蒙古人民共和国领土,再大约一个小时,便来到了贝加尔湖上空。

地理书上讲过,贝加尔湖是最深的湖。

更重要的是,一九四九年,我和我的同伴都爱唱一支歌:

贝加尔湖是我们的母亲,
她温暖着受难者的心。
为争取自由而受苦难,
我流浪在贝加尔湖滨。

中国的革命浪潮,苏联所影响的世界的革命浪潮,使贝加尔湖变成了一个亲切的湖。当我们少年时选择了革命的道路的时候,我们都有为革命而到类似贝加尔湖地方去受难的准备。

天气晴朗,但是我没能看见贝加尔湖,只是在事后才听人们说起,贝加尔湖已经过去了。

原来这么快就进入了苏联上空,就掠过了贝加尔湖。原来是这么近!

我俯瞰苏联的广袤的国土:灰褐色的土色,绿色的植被,稀稀落落偶尔一见的小房子。一路上没有看到任何城市。

这就是苏联?

莫斯科国际机场庄严典雅。候机大厅的天花板上装饰着紫色的铜环,这确是一个盛产有色金属的国家。但天花板因此而显得低矮了,也影响了光照。

入境手续办理得缓慢而且仔细。边境警察的面孔没有表情,他仔细地审视着你的面孔,对照着你的护照上的照片,并把你的护照上的有关部分复印下来。一位等待入境的人被要求摘下眼镜,以便更好地观察他的脸部(我的眼镜一直安然地戴在我的脸上,虽然我的护照照片上的眼镜的镜框是另一种式样)。

海关要求一位等待入境者打开他的装有印刷品的纸箱子,纸箱子用短刀划开了,拿出一包又一包的印刷品,接受海关的检验。

包括持有苏联本国护照的苏联公民,也同样地履行着一切接受检验的手续。这是严肃的。

只有一点,莫斯科国际机场与西方国家的国际机场没有什么两样。我是说机场候机大厅的广播,先"嗡"那么一响,好像是敲响了一个音叉,然后是细声细气的温柔的女声广播,广播里可以听到"气声"。

其他一切都不同,尤其是气氛。

西方国家的机场商业气氛很浓。橱窗和橱窗里的灯光,装潢精美、反射着各色霓虹灯光的商品,各色各式但常常免不了有女人的大腿、腰身、金发的广告牌、酒吧、快餐部、咖啡馆、色情画报……从你登上它的土地的第一秒钟便向你招手、向你媚笑:购买吧,花钱吧,消费吧——好像它们一齐拥上来这样说。

当然,例如在联邦德国的法兰克福航空港,也不乏全副武装的警察。他们腰里别着盒子枪、手里拿着报话机,一副如临大敌的样子。但他们的脸上似乎仍然隐含着一种嘲弄的笑容,他们的身后与四周是威士忌酒与长筒丝袜。

这就是苏联,这就是莫斯科。

红场、列宁墓、克里姆林宫尖顶上的巨大的红星、晋谒列宁墓的人的长龙、列宁雕像、庄严巨大的政治标语、宣传画、捷尔任斯基广场上的国家安全委员会大楼、东正教堂的鎏金圆顶、莫斯科广播电台的前奏与广播员的雄辩声调、进行曲风格的领唱与合唱、来自各国的留学生……庄严持重、自信自豪、自成体系而又充满警惕。

不错,这就是在电影《宣誓》《攻克柏林》《斯大林格勒大血战》里早被我们这一代人熟悉了的莫斯科——俄罗斯——苏联。

当然有许多方面已经变了,例如,众多的列宁像代替了斯大林像。但也确实有一些方面,六十余年如一日,真是惊人。

从莫斯科国际机场向市区行驶,阔大的绿地之中一个黑色的雕塑给我以强烈的印象。

像是搭在一起的黑色长方木条,令人联想到铁丝网和堑壕,联想到战争和墓地上的十字架。

人们说,这个雕塑是为了纪念第二次世界大战——苏联卫国战争中的牺牲者的。

在塔什干,我们瞻仰了同样是纪念卫国战争中牺牲了的烈士的无名英雄纪念碑。这个纪念碑是一团永不熄灭的火,从它落成以来,这团"圣火"便昼夜点燃,从不停熄。在圣火旁边,一位年老的妇女指挥着几列身着黑衣的女孩子唱着无言的"啊……"歌,调子非常熟悉,却原来是舒曼的梦幻曲。

我不知道梦幻曲是不是安魂曲,反正那气氛不是浪漫的而是肃穆的。

据说各大城市都有这样的无名英雄纪念碑。我曾在电视屏幕上两次看到这样一部片子,以一位戴满勋章的老年人向无名英雄纪念碑献花始,以圣火的熊熊燃烧终,中间回顾了苏联卫国战争的全过程:希特勒匪帮的突袭,斯大林一九四一年十月革命节在红场列宁墓上发表演说,大轰炸,苏联人民送自己的子弟参军,苏联妇女在工厂加班生产、擦拭着炮弹头,坦克与大炮的轰鸣,直到胜利,苏联红军的检阅部队把缴获的希特勒军队的各种军旗踩到了脚下。

我不知道这部电视片是苏联的电视台公开播放以反复向居民进行传统教育的,还是专门的闭路电视,给外国客人们看的。

但这电视片的内容与精神深入人心。所有我见过的苏联人,男和女、老和少都喜欢讲这个话题:"我们在二次世界大战中死了一千二百万人,差不多占当时人口的十分之一。这就是说,每一个苏联家庭都有自己的成员或亲戚牺牲。我们容易吗?"

接着的一句话便自然是:"我们要和平。不要打仗,不要战争。"

差不多人人都这样说,说的时候神态十分严肃。

在苏联、在莫斯科、在塔什干、在撒马尔罕、在第比利斯,我参加了具有官方色彩(即不包括在私人家里举行的)的宴会八次。每一次主人都要祝酒"为世界和平干杯",然后是"为了妇女",特别是"为了在座的美丽的女人们"而干杯。这时候主人往往要挤挤眼睛,开几个幽默而又富于人情味的玩笑,有时候玩笑甚至开得有点荤。第三巡就该是"为了儿童,为了我们的未来,为了让孩子们生活在晴朗的天空下面"了。

为和平、为妇女、为儿童,关键还是和平。和平,和平,和平。几十年来,苏联朝野,总是讲和平,坚决把和平的旗帜抓在手里。

在我们到达莫斯科的第一个晚上,晚饭后我们在俄罗斯饭店周围散步。那是一个星期天,红场上、莫斯科河畔,到处是度假的苏联人。一些老人胸前满满当当地挂着勋章,悠闲而威严地踱着步子,有的是全家出游,不少人嘴里吐着伏特加的气味。相对来说,这种假日踱步的人流中年轻人比较少。一位和老伴挽着手、酒气很重、勋章有两三个的老人主动与我们攀谈。他先猜我们是日本人,又猜我们是来自东南亚,等我们告诉他我们是中国人之后,他略略一顿,然后紧接着的一句话是:"我们要和平,我们不要战争。"

六月二日,我们到达塔什干的第一天。啊,那真是疲惫不堪的一天。起飞前等待办各种手续用了四个小时,飞机上飞了四个半小时,降落后又等了三个多小时来办理"报到"和"注册"的手续,然后才进入自己的房间。谢天谢地,总算是能洗一把脸,能喘一口气了。晚饭以后,我们外出散步,看到一位夜班看守私人汽车存车处的小伙子。小伙子是鞑靼人,精力充沛,热情而又饶舌,见到我们便攀谈,接着滔滔不绝地谈起他对各项国际问题的看法来。当然他的看法都是《真理报》和《消息报》上登载过的,究其精髓仍然是同一句话:"我们要和平,不要战争。"

与塔什干亚非拉电影节的正式影展同时举行的还有一个电影市场。在电影市场上我们看了莫斯科电影制片厂与西柏林一个电影机构合拍的影片《岸》。《岸》是根据尤利·邦达略夫的同名小说改编的。早在一九七二年,我在乌鲁木齐南郊乌拉泊"五七干校"就读期间,就拜读过这篇小说。对这篇小说的回忆与写实的交织的写法,特别是其中关于主人公第一篇作品发表时的种种趣事与蠢事的回顾,我都很欣赏。小说的那种对于生活、历史、现实进行宏观思索的气派,也很触动我。改编成宽银幕彩色上下集故事片,拍得也算得上一丝不苟,但我所激赏的主人公回忆青年时代处女作的发表的情节全部删去了。给人印象最深的是影片中的一个次要人物,在德苏战争的最后阶段,这位苏军下级军官摇着白绸子企图与据守一幢楼房的法西斯残余分子谈判,说服他们不要再进行无谓的、毫无希望的抵抗。正当他像天使一样地摇着白绸去拯救那些已经注定要毁灭的可怜虫的时候,来自法西斯顽固分子的枪口的一粒罪恶的子弹,打死了这位苏联军官。天使中弹牺牲的场面用慢动作重复了好几次,像一只白色的和平鸽在飞翔,像一只仙鹤的最后的展翅,悲而美的画面渲染着苏联是拯救人类、拯救世界的和平天使的主题思想。

《岸》的主题思想是鲜明突出而且堪称模范的。影片的故事、场面也都曲折动人,横跨东西方两个世界的写法尤其非同寻常。影片中的联邦德国十分暗淡、潦倒,这与我亲眼看到过的联邦德国有很大的不同。另外影片(原小说亦如此)把联邦德国一些旅游者玩电子枪的游戏与"好战、复仇"联系起来,也未免牵强。再一点是这部电影的节奏实在太慢了。主题鲜明、一丝不苟、节奏慢,这正是我看到的相当一部分苏联电影的特色。

在塔什干电影节的后期,全苏与乌兹别克加盟共和国的电影家协会有关负责人宴请我们,饭吃得轻松融洽,这至少有一小部分要归功于那每人一小碗的拉面。拉面的做法与新疆全无二致,只是要精致些。而且在塔什干,乌兹别克语称呼拉面也是"拉(个)面",与新疆的维吾尔语一样,显然是汉语借词。吃饭当中,东道主之一,全苏影协的外联处处长娜杰日达·伏尔琴科娃感慨地说:"这是多么好啊!你们来了,我们坐在一起,我们一起说说笑笑,我们互相微笑着。"

她的话使我感动。

六月十一日晚上,我乘中国民航班机离开莫斯科。同机的有一批美国游客,他们是沿着奥斯陆—赫尔辛基—列宁格勒—莫斯科—北京—中国其他城市—香港—回国的顺序旅行的。一位三十多岁的保险公司职员对我发表感想说:"在苏联,我们实在受不了,那里的人没有微笑(no smile)。"

是这样的么?我想不太清楚。反正有拉面吃的那次宴请上,娜杰日达·伏尔琴科娃的脸上一直浮现着端庄的笑容。另一位"地主",乌兹别克影协主席马立克·克尤莫夫更是笑容可掬。但那位美国客人的说法也并非无端"攻击"。在苏联,陌生人之间是不大微笑也不问好的。当我按照在西方做客的习惯清晨起床之后向遇到的人道早安的时候,包括饭店的服务员也常常瞠目以对。

服务人员的笑容更是绝无仅有。在苏联的民航飞机上,基本上没有服务,当然更没有笑容。但是机票非常便宜,从格鲁吉亚的第比利斯到莫斯科,飞行三个半小时,只收三十七个卢布。而在第比利斯的自由市场上,一公斤羊肉要十个卢布,当然,那是新宰杀的、品质极好的羊肉。商店服务员也是一副忙忙碌碌、公事公办的冷面孔,与塔什干、第比利斯相比较,莫斯科的店员的面孔显得更加严厉。当然,这种状况同样也值得我们中国的服务行业人员反省。

至于一些领导人员就更不用说了,官愈大面孔板得愈厉害,不知道这是不是一个普遍适用的法则。例如在塔什干电影节开幕式上,开幕、讲话、升旗之后应该是文艺晚会。大家都坐好了,也早已过了预定时间,已经有性急的观众稀稀落落地鼓掌了,但舞台大幕就是不拉开,铃声就是不响。后来鼓起掌来了,原来是当地的领导人姗姗来迟,气宇轩昂、豪迈自得地大踏步入座。最好的座位是留给他们的。他们的面孔都很严肃,也很神气。

闭幕式也出现了类似场面。各国代表团团长和一些演员被邀上主席台就座。大家坐好了,开会时间也已过了十二分钟,但主席台正中前两排的座位仍然虚席以待。著名苏联电影导演、来自莫斯科的格拉西莫夫原来是坐在第三排中间的,后来来了一位工作人员,经过动员和谦让、谦让和动员,这位德高望重的艺术家坐到第二排正中去了。但刚坐下没有三分钟,他又被叫起来了,被引到侧幕条边,加入领导人的行列,然后在大幕拉开以后,在掌声和铃声中与气宇轩昂的领导者们一起正式入座。

这种庄严郑重乃至缺乏笑容的印象也许来自一些城市的外观。莫斯科和塔什干都有许多庄重宏大的公共建筑,以列宁命名的博物馆、艺术宫、文化宫、电影之家等等。与美国的玻璃加钢梁的摩天大厦不同，当然也不同于中国的砖木结构或钢筋混凝土结构建筑。苏联的这些公共建筑大多使用大量的巨石——花岗岩、大理石等等，建筑内部使用大量的有色金属和黑色金属，建筑内部和外部都有巨大的装饰图案附件，建筑占地面积很大，但一般都不太高。给人的印象是阔大、持重、庄严、坚固、充满自信。

美国的建筑则是另一种风格，不论形状上和材料上都显得峭拔、神奇、奔放，令人眼花缭乱。特别是那种玻璃材料的相互反光映射，更给人一种变幻莫测、光怪陆离的感觉。

而且所有的苏联城市街头都看不见任何商业广告，电视节目和广播节目里也没有广告。倒是常常看到庄严的集会与讲演。在莫斯科，商业网点似乎也不太多，有时汽车开了二十分钟，路两边看不到一个商店，只见一幢幢的大楼。比较起来，第比利斯的房屋、商店和街道似乎更轻松、更有人情味一些。

城市街头引人注目的是政治标语与宣传画。标语最常见的有"光荣归于苏共""光荣归于劳动（者）""造福人民是苏共的最高目标""苏共二十六大决议是我们的生命"等，红场附近的老发电厂厂房上悬挂着的标语则是"共产主义是苏维埃政权加电气化"，也许更多的标语口号是"列宁主义万岁"和"在列宁的旗帜下战无不胜"，这些标语多半和列宁像在一道。当然，"给世界以和平"（Мир Миру）的标语也到处可见。由于俄文中"世界"与"和平"都是 Мир 一词，这条标语极富文字与语言的精致性、严整性。

在塔什干，有两条标语很有特色。一条是"塔什干像鲜花一样盛开"，一条是"塔什干是和平与充满友谊的城市"。鲜花与友谊，在塔什干电影节期间，确实充盈洋溢，蔚为大观，献花、握手、碰杯……贯彻始终。

塔什干电影节还有自己的政治口号，叫做"为了和平、社会进步与各国人民的自由"。电影节期间，用各种语言写的这同一条标语，遍布塔什干的每一个角落。

而入夜以后,在塔什干街头,代替了商店的霓虹灯的是大同小异的棉桃图案霓虹灯。看来,生产棉花乃是乌兹别克共和国的首要任务。

一切庄严神圣之中的庄严神圣当然是列宁。苏共二十大以后,对斯大林有所批评,与此同时大大突出了列宁,这样就不致出现什么"真空"或者"危机",人们把从前崇敬斯大林之情加倍地奉献给当之无愧的无产阶级革命伟人列宁。

我们在苏联旅行期间,到处都看到列宁的雕像。铜像、石像、站像、坐像、沉思像、读书像、行进像、演说像、手势像、全身像、半身像,有竖在街头、广场中央的,有竖在大厅、前廊里的,也有放在案头的,都做得充满激情,亲切、伟大、质朴、热烈如火焰、慈祥如父母、智慧如海洋,多姿多态,栩栩如生,登峰造极。

还有许多列宁的画像,大多是巨大的头像。这些头像使你觉得列宁就在你的近处、你的面前,用他洞察一切的眼睛观察着你。

凡此种种,甚至使我这个自幼敬仰列宁、读过列宁的一些著作、至今写文章仍然喜欢援引列宁的某些天才的思想论断的人,使我这个不会对列宁的形象感到任何陌生的人,也为之一震。

塔什干电影节开幕的那一天,第一项活动便是向列宁广场的列宁像献花圈。当地的苏联领导人、电影节组织者带着来自世界各地的客人浩浩荡荡地去给高高耸立着的列宁像献花圈。这给苏联人和外国人都留下了强烈的心理影响,并且似乎具有某种象征意味。当巨大的、中间是红的与白的玫瑰、四周是一圈红的鲜花和绿叶的花圈抬到似乎正在向前行走并潇洒地摆动着手臂的"列宁"面前的时候,我看到一位黑人(他是一个非洲国家的政府部长)掏出手帕揩眼泪。

五月二十六日星期六是假日——苏联实行的亦是周五日工作制。我们在塔什干街头亲眼看到一对对青年男女,穿着洋洋大观的礼服,从市苏维埃大厦登记结婚走出来。在亲友的追随陪同下,他们双手捧着鲜花,庄重诚挚地向列宁雕像走去。在苏联各地,新婚者都要向列宁像与无名英雄纪念碑献花。在莫斯科,便是直接向列宁墓献花了。

而列宁墓是全苏精神的聚焦点。列宁墓主要由赤色大理石垒成,中部有一圈蓝黑色的石头。墓门旁站着两个精选出来的卫兵,卫兵也像石头一样,一动也不动,无怪乎俄语中常用"坚如磐石"这个词。墓门两边摆放着用鲜花扎成的花圈。列宁墓位于红场西侧,旁边是克里姆林宫、红墙。南面是圣瓦西里东正教大教堂,教堂的穹顶类似中世纪武士的头盔,色彩艳丽。东面是巨大的百货公司,百货公司内有五条大街,四层售货部。这个百货公司据说是革命前由一位法国人经营建造的。红场北面则是列宁博物馆。

每年五一劳动节与十月革命节,苏联领导人站在列宁墓上阅兵并检阅群众游行队伍,这已经坚持了六十多年了。

列宁墓并不经常开放,只要一开放,便排起长队,据说一般要排两个小时以上才得以瞻仰列宁的遗容。由于我们代表团在莫斯科只是途经中转,未能安排进去瞻仰,这是一个遗憾。听说遗体保存得极好,面容如生。

在一些正式场合,一些有地位的苏联人发言的时候常常要提到列宁。塔什干电影节的开幕式和闭幕式上,电影的组织者都援引了列宁的话,说电影是一切文学样式中最重要的一种。在苏中友协组织的欢迎中国艺术家的小型集会上,发言者提到苏共的时候还要加上铿锵响亮的同位语——"列宁的党"。

而斯大林业已基本消失。据说斯大林的故乡哥里城有全苏唯一的斯大林雕像。我们虽然到了第比利斯,却没有到二十公里外的哥里城去,所以没有看到这个雕像。

第比利斯最高的峰峦上,那个美丽清凉的公园仍然被称做斯大林中央公园。听说格鲁吉亚的汽车司机都喜欢在驾驶室里悬挂一枚斯大林像。一位苏联朋友告诉我,斯大林似乎成了山径崎岖的格鲁吉亚汽车司机的守护神。

在莫斯科与塔什干也有马克思像,世界驰名的莫斯科大剧院前便是矗立着马克思像的马克思广场。与列宁像相比,马克思像就显得寂寞了。

我常常忘不掉一九五〇年为祝贺斯大林七十寿辰学唱的一首由苏尔科夫作词的歌曲:

　　……阳光普照广大的苏维埃联邦,
　　联邦成为光明的地方,
　　斯大林灌溉着谷粮,
　　谷粮堆满在集体农庄。
　　斯大林是我们胜利的旗帜,
　　斯大林是青年的曙光……

崇拜总是神圣的,没有神圣就没有崇拜,没有崇拜也就没有神圣。怀着至诚高唱这首歌曲的当时十六岁的共产党员的我,无法摆脱谐音所带来的某种幽默感。"谷粮"这个词的发音与"姑娘"实在是太接近了,唱起这个歌时我常常觉得似乎是在唱"姑娘堆满在集体农庄",我同时也真诚地相信,在斯大林的关怀下,苏联集体农庄的姑娘们个个像鲜花一样盛开怒放。

天若有情天亦老!

但直到如今我有时候仍然唱起这首歌。不知道这算不算"为艺术而艺术",反正并无他意。事物当然也会有另一面。

六月十日,我们离苏回国的前一天,在莫斯科高尔基大街上散步。由于是星期天,商店都关着门。一位戴眼镜、略显驼背、脸上擦的胭脂极不均匀(稍微不敬一点,我要说她给我的印象像是抹上了红墨水)的女孩子主动用日语与我们攀谈,待我们声明我们并非来自日本之后她改用俄语。她说她是莫斯科大学的学生,她会讲五种语言。她说你们来到莫斯科人生地不熟,如需要帮助,她愿效劳,并且邀请我们到她家去坐,说着便给我们写下她的住址与电话,我们表示感谢。她陪着我们走了六七分钟,闲谈了一会儿,终于转到了正题。她愿以大大高于官方规定的比价用卢布兑换我们手里的美元。

我们谢绝了她的好意之后,又碰到了一位女青年。这第二位比较干脆,开门见山,目的仍在于美元,五秒钟后便向我挥手道"多斯维达尼亚"——再见。

在俄罗斯饭店四周,有好几位"画家"在画莫斯科风光水彩画,他们大大方方地表示他们的画是为了卖美元。

在电视里我多次看到、同时在塔什干的几次盛大宴会上我也亲身经历了这样一些场面。三个长发女人,一两个脖子上挂着电吉他的头发也不短的男子,结合着当地的乌兹别克民歌旋律,用西方夜总会的发声方法、配器和节奏,唱着沙哑、热烈的歌,人们在这歌声中跳起扭摆舞。

扭摆舞在苏联(至少在城市)已经普及。据说当局最初想禁止,但是挡不住,便干脆予以引导,引导到与当地民歌相结合的轨道上去了。

歌手不断地做一些叉腰、前指、向上或向前、向侧把胳臂伸直、把手指张开的开放型大动作,这种动作出自女歌手,似乎缺了一点优美,更谈不上妩媚,但颇富伸展扩张乃至膨胀炸裂的热力,而且很适于充分表现欧美人的修长的四肢美。据我的有限见闻,我认为这种动作全部是模仿百老汇。

与这种歌舞并存的既有比较古典的舞曲与交谊舞,也有非常"土"的乌兹别克与中亚其他民族的传统歌舞。

有一位和我们打过交道的女孩子,她说她的愿望是能有机会嫁给一个西方旅游客人,到西方去。她不掩饰她羡慕西方的物质生活。同时她说,她母亲已经警告她,如果她这样做就要把她活活打死。

在俄罗斯饭店"特殊餐厅",我们还看到一个穿着牛仔裤的男孩子,每逢餐厅演员演奏演唱起来之后,他就离开座位到空地上扭摆一番。他扭摆得非常夸张,不找任何舞伴,只是在愉悦自己。他的座位前的餐桌上摆着一大瓶香槟酒,跳完了喝,喝完了跳,自得其乐。

在一次宴会上,由于我毫不犹豫地接受了他的碰杯,将一杯伏特加一下倾倒在我的喉咙里,一位面孔方圆的苏联朋友兴奋地吻了我三次。这时,悬挂着的扬声器里传来不知是谁的滔滔不绝的讲话声。我问我的这位酒友,在宴会上发表这种听起来颇雄辩的讲话的是谁。酒友耸一耸肩,用一种油滑的腔调回答道:

"谁知道?也许是——××××?"

他说的是一位高级领导人的名字,我认为他的幽默感就算是够大胆的了。

这大概也是一种庄严。在苏联,难得看见外国,特别是西方资本主义国家的商品。

大街上行驶着不少汽车,莫斯科已经有相当数量的私人汽车。小汽车现在在市场上是热门货,打算购买的人要事先登记,"排队"等上几年。但车的外观和型号都很单一,都是苏联国产,我看到有百分之七十或者更多的小汽车都是伏尔加。

飞机场上起飞、降落和停驶的飞机也不算少,伊尔62(目前我国民航北京—莫斯科国际航班与北京—乌鲁木齐航班就是用的这种飞机)就算是飞行距离最长、性能最好的了。大同小异的飞机,不是伊柳辛就是图波列夫,再不就是安东诺夫,反正全是苏联自己制造的。

百货商店里摆着大小不一的电视接收机,价格低廉。俄罗斯饭店是一九八一年火灾后重建的,本应是比较摩登的,但许多房间的电视接收机都是大而无彩色,我两次住不同的房间,都碰上二十四英寸的黑白电视。

收录音机还不那么丰富。有的家庭用的仍然是那种笨重的大录音机。据说偶然有一点进口的日本的磁带,立刻被抢购一空,或者转到小白桦商店出售,只收外币。

电冰箱已经普及,也都是本国造,价格便宜、省电,性能规格都是比较简单的那一种。

住房据说已经有了相当大的改善。现规定每人十二平方米,知识分子家庭可以增加十平方米,一般是木地板、塑料壁纸,有热力供应,规格当然比我国一般城市居民楼好得多,但仍显得相当拥挤。许多家庭都是用那种拼合式沙发,白天待客,晚上便变成了床。房屋可以卖给私人,分期付款,房价近年来有相当大幅度的上涨。

去年我曾会见过一位荷兰记者,他是先到莫斯科,后到北京的。我问他莫斯科怎样,他回答:"不大妙,没有吃的——no food。"一个 no food——没有吃的,一个 no smile——没有微笑,这与那个美国人的指责实有异曲同工之妙。

但我的印象中在苏联吃的还不错,大面包廉价供应,不限量,特别是黑面包,我很喜欢吃。乳制品——奶油和干酪也不少,干酪的品种和加工的细致远远逊于西方国家。肉的供应情况就有点可疑了。在莫斯科的国营商店,一公斤牛肉卖二到三卢布(相当于人民币五到八元),购肉者需要排一点队。在塔什干的自由市场,我看到一队俄罗斯妇女耐心排列着等候猪肉的到来。在第比利斯的自由市场上,新鲜的、成色极好的羊肉一公斤要价十卢布(超过人民币二十五元),牛肉每公斤六卢布。家禽类似乎更少些,但在塔什干我吃过几次鸡肉,其滋味远远比美国机械化饲养的那种鸡肉好。熟食也很单调,在列宁墓对面的大百货公司的熟食部我只见到一个品种,是一种硕大的肠子,一片大概就够我吃一顿。

饮料的状况也乏善可陈。咖啡毫无咖啡香味可言。啤酒一般,酒瓶子的样子与漱口药水的药瓶子无异,不能给人以任何愉快和美感。果汁品质也相当低劣。这些情况似乎与他们国家的发展水平与国际地位不很相称。要知道,一九七九年苏联就生产了一亿四千九百万吨钢。我还记得年轻时候读过的战后斯大林对选民的讲演,他宣布要在未来使钢产量达到年产六千万吨,引起了"暴风雨般经久不息的掌声"。苏联朋友有一个解释,即他们缺乏劳动力,未能对日用工业品与食品工业投入更大的力量。但是格瓦斯、葡萄酒与伏特加还是相当不错的,特别是伏特加,柔中有刚,甘而醇,着实可爱。

五十年代,当时的北京苏联展览馆开幕时,我去莫斯科餐厅喝过从苏联运来的伏特加酒,印象不佳,觉得其味如药用酒精。不知这次为什么印象这么好,是他们的伏特加质量提高了呢,还是经过三十年的沧桑之后,我更会尝味道了呢?

糖果点心都好,但包装差得出奇。很好的巧克力糖,只用一种暗淡的蓝色蜡纸包装,无金属箔,无闪光透明纸,无烫金字。

新鲜水果和蔬菜就更加昂贵,但鱼罐头价格低廉。

纺织品看来还不错,但花色品种不丰富,价格也贵。从中国进口的纺织品在市场上极受欢迎,动辄被抢购一空,或者拿到小白桦商店去卖外币。

但总的来说,苏联的食物比西方食物更接近中国人的口味。对于中国人来说,例如美国和联邦德国的食物显得淡而无味,有些味又显得很怪(如甜食上的某些香料),但苏联的食品较能刺激口味,包括生葱、生蒜、芥末、茴香这些我们喜欢用的作料佐菜,在苏联的餐桌上都大大的有。不知道这是不是和地理位置有关,毕竟苏联是我们的近邻,与西方相比,我们同处于东方啊。

除了食品以外,你还可以发现我们两国接近或干脆相同的一些事物和现象。

比如说,书和报纸都比较便宜,文艺演出(包括电影)票价也大大低于西方。我在塔什干纳瓦依剧院看芭蕾舞剧《天鹅湖》,票价一点五卢布。在莫斯科大剧院看李姆斯基·柯萨阔夫的歌剧《沙皇的未婚妻》,票价三卢布。如果是在纽约看同等规格的演出,恐怕要付五十美元。

公共交通、飞机票、火车票都便宜。莫斯科的地下铁道密如蛛网,纵横交错(地下再立体交叉),每个车站都修得极漂亮,管理得也好,乘一次地铁只需十个戈比。而号称方便的美国纽约地下铁道,不但脏污不堪,而且经常发生暴力(抢劫、强奸、凶杀)事件,实在不能望其项背。

再比如,商业服务态度不好,官商作风这个问题也颇带共同性。苏联的许多商店,柜台后面站着疲劳的、面孔呆板的服务员。耐心的顾客一次又一次招呼着服务员,然后服务员来了,冷冷地给你开一个票,你去出纳处交钱,再拿着出纳盖上了"收讫"图章的发货票前去取货。这种场面我们当然并不陌生。

还比如,我到一位苏联朋友家去做客,主人指着他居住的居民楼旁边的地面说:"今天铺设这种管道,把地面挖开,填上以后又要铺设另一种管道,挖了填,填了挖,这是常事。"

当然也有许多地方迥然不同。我这里不谈政治、外交、文化传统上的重大差异,只记一点细节。例如苏联的商业人员收小费我们不收、苏联的饭馆从建筑到装潢到陈设都比我们的好得多,而我们的民航国际航班上的食品饮料供应比苏联好得多。苏联许多产品实惠、坚固、老大憨粗,我们的则轻巧得多。这方面给我印象最深的是公用电话,莫斯科街头的无人管理公用电话主要是用金属而不是用化学合成材料做的,式样笨重,那电话常常使我联想起健身用的哑铃。

俄罗斯饭店的淋浴喷头大如向日葵花盘,是我有生以来看到的最大的喷头,冲起来倒也过瘾。

有一件事使我难忘,虽然我不能判断这件事是否具有典型性。那还是去年秋天,在北京,我们会见过一次苏联人。苏联客人每人拿着一支笔,一个笔记本,一字不漏地记录我们的发言。而我们的人谁也不记。

当然,我有时也不无苦味地想起,如果我们号召北京的青年登记结婚以后向天安门广场的人民英雄纪念碑献花或者至少去行一个注目礼,这做得到吗？如果做不到,又是为什么？如果做得到,为什么不做？

让我们再比较一件不大不小的事。中国出版界的一个代表团去年参加了在莫斯科举行的书展,团中有一位作家朱春雨同志。朱春雨回国后写了六篇记叙他的访苏印象的散文,散文很快发表了。如所周知,这些记叙充满了友好情谊与交流的愿望。一些苏联朋友对这些文章能这么快地发表、这么顺利地发表表示惊奇,甚至觉得不可理解。

也许这个不可理解本身有点不好理解吧？既然开始了接触与友好往来,不管还有多少障碍,人民之间、文人之间,总是应该有一点符合友好交流精神的报道吧。为什么在苏联友好地报道一下中国的情况,至今仍是那么难呢？

在塔什干电影节即将结束的时候,全苏与乌兹别克的电影领导机构负责人员与我们代表团会见。他们问:"你们能把你们在电影节期间的见闻报道给中国人民吗？"他们的样子似乎是在担心。

我爽快地回答:"当然能,那正是我的行当。我希望你们的报刊也能报道我们的活动。让我们来一个竞赛吧,看谁能写作和发表更多的文章,友好地、如实地报道对方。"

他们笑了,但是他们没有表示愿意和我竞赛。

无须讳言,在苏联的每一天,我都进行着对于种种生活细节的两相比较,一个是前面写到了的苏联与中国的比较,再一个则是苏联与美国的比较。

苏、美两国城市居民都对度周末抱着极大的劲头,一到周末,都纷纷往郊外跑。这大概是同属发达国家的一种表现吧。苏联有一些有地位、有钱的人在郊外是拥有别墅的。据说集体农庄的庄员还修了一些简易的房屋,类似中国的"窝棚"的,专门租给周末度假的城里人用。

两国都有很好的鲜花市场。在苏联,鲜花始终准许私人种植和出售。向朋友献鲜花,在苏联和美国同是一种美好的社会礼节。

都保护鸟类,正像在纽约有许多许多鸟与人们和睦相处、相互愉悦一样,在莫斯科、在红场、在巨大的百货公司,甚至在地下铁道里,你到处可以看见灰色的野鸽子。野鸽子都很肥胖,看样子营养充足,根本不怕人,也绝对没有任何人伤害它们。

也都爱狗。美国人之爱狗是世界驰名的,如牵着狗散步,与狗同盆而浴直至抵足而眠。在美国,许多狗登堂入室,在主人的书房、客厅、起居室……自由地巡行。

在格鲁吉亚的首都第比利斯,我们无意中碰上了一个"赛狗大会"。在一个高坡上的街头公园里,周围用绳子围了一围,狗专家们一个个正襟危坐、一丝不苟、铁面无私。狗的主人们把自己的狗带来,登记注册,遛狗,接受主考官狗专家们的审查、挑剔、批评、奖励,优胜者将得到证明书,为狗与自己赢得应有的荣誉与地位。

在苏联电影《白比姆黑耳朵》中,有过这种赛狗的场面。

甚至我觉得这种场面的宣传效果要比悬挂许多幅"给世界以和平"或者祝酒时候反复讲和平还大。

苏、美都很重视绿化,都拥有大面积的绿地,都重视绿地的保护,都有令人羡慕的绿油油的大草坪。在这两国旅行,都有一种胸襟开阔的大陆感。

甚至这一点也是相同的,双方的宣传都极力贬低和丑化对方,而实际上谁也骂不倒谁。

那么,除去由于意识形态、社会制度、内外政策的不同导致的明显的巨大的差别以外,还有什么细节上的有趣的差异呢?

美国女人瘦,注意减肥。而苏联女人胖壮,特别是莫斯科女人,一个赛一个。餐厅的女服务员一个个都是虎背熊腰,活像摔跤选手。如果两国举行一次女子相扑,我相信苏联队必获全胜。在第比利斯的埃维丽亚旅舍电梯上,忽然发现了一位身材苗条的年老妇女,我觉得蹊跷,便试着与她用英语攀谈,果然不出所料,她是来自美国加利福尼亚州的游客。

美国的宴请,即使是很隆重的宴请,服务周到,程序讲究,排场很大。但吃的东西并不复杂,也都适量,桌上都是干干净净,吃完了一道菜,再上一道菜,宴会从头至尾,餐桌上不呈现杯盘狼藉状,而且宴会时间都不太长。

苏联的吃法不同,主人慷慨,桌上摆得满满当当、琳琅满目。一上来面包黄油干酪鱼子烤鸡火腿芥末胡椒大葱黄瓜小萝卜西红柿就摆满一桌子,而且量都很大,带有某种炫耀的意味。吃起来敬起酒来讲起话来时间相当长。

在我国国内,我曾听到一些美籍友人抱怨说,他们回国以后吃一顿饭要不断地和人碰杯,这使他们觉得不习惯。我也想不明白这碰杯究竟出自何典,这次去苏联才找到了出处。苏联东道主每次宴请的时候都热情碰杯,格鲁吉亚的一位朋友还解释说:"这里有一个讲究。我们说酒这个东西,看得见、闻得见也尝得着,但是没有声音,听不见。碰杯以后就完全了,能见、能听、能闻,全有了!"

美国人忌讳无意中的人与人之间的任何身体的触碰。哪怕是极轻微地挤撞了一下别人,双方都会主动地同时说一声"请原谅"。苏联就大不相同了,上下飞机的时候我几次被人拨拉过来拥过去。

美国的一位中年汉学家对我说:"正是六十年代,美中关系极度恶劣的时候,美国政府特别重视汉学家的培养和使用,不惜重金资助。现在随着与中国关系的正常,我们有些学中文的人反倒找不到合适的工作了。"我开玩笑说:"为了帮助你们,是否需要建议中国政府把美国狠狠地再整一下?"他和他的妻子同时开怀大笑说:"就是要这样,就是要这样!"

而苏联的一些汉学家见到中国客人时说:"我们还是友好吧,不然,我们要失业了!"

原来幽默感也各有不同。

撇开对外政策不谈,在访问了美国又访问了苏联以后,我觉得这两个超级大国各有一套,互相挖墙脚,双方有空子就钻,而又争分夺秒地相互竞赛,各不相让。这当然孕育着巨大的危险、威胁,却也包含着相反相成相对相促相挑战相应答的某种合理性。

当然,世界不像有些人想的那样好,那样完美,但也不像有些人想的那样全无是处。它的不完美说不定正是进步和发展的契机呢。

访问西柏林的时候我常常想起五十年代看过的苏联电影和反间谍小说,那些作品把西柏林描写成魔窟。赫鲁晓夫则称西柏林为"毒瘤"。

访问波士顿的时候我们驱车到海边欣赏大西洋,大西洋浪涛滚滚,颜色紫黑。我不由得想起了五十年代一些诗歌中常用的字眼:"大西洋彼岸的战争狂人"。

访问莫斯科的时候车经捷尔仁斯基广场,在捷尔仁斯基的全身铜像后面便是苏联国家安全委员会大楼。大楼无甚奇处,正在修缮,楼外搭满了脚手架。我马上想起了法国影片《沉默的人》,那些关于"克格勃"的令人毛骨悚然的描写。

不是故意煞风景,不是"哪壶不开提哪壶",不是食洋不化的意识流。沧桑也是一种财富,而开放与交流将带来新的清明与充实。幽默、困惑乃至伤感之中,将有一种新的满意。

在我的一篇小说中,可怜复可笑的穆罕默德·阿麦德唱道:

我也要去啊,我也要去云游四方,
我要看看这世界是什么模样……

穆罕默德·阿麦德的愿望其实充满了普遍性与现代感。

苏联城市的威严面貌还在于你差不多到处可以看见大量警察和军人。

特别是在莫斯科,在我们居住的俄罗斯饭店附近和红场、克里姆林宫一带,在塔什干,在我们居住和活动的乌兹别克斯坦宾馆、电影之家、列宁艺术宫一带,警察非常多。而且警察很少是单个的,常常是三五个、七八个在一起。

在第比利斯,看到的警察要少些。

莫斯科的警察多是一些标致而精悍的小伙子,服装整洁笔挺、领带打得认真,举止有风度有礼貌。没有看到过警察呵叱群众的事。

在塔什干,警察的风度稍差,我看到过他们在街上暴着脖子上的青筋喊叫,但好像是自己人之间相互叫喊,并不是喊老百姓。

电影节配备的翻译中有一些年轻的姑娘,而电影节每天的活动常常要进行到深夜。我们曾经问一位英语翻译:"每天这样晚回家,不会有什么不安全吧?"

她笑着说:"没事,哪儿都有警察。"

在塔什干,每逢参加电影节的外国代表团成员乘坐其他设备都好、只是没有空调因而闷热不堪的高级旅游轿车出行的时候,前面都有一辆三轮摩托——两位警察开路,后面跟一辆救护车。而且所有的十字路口都打开绿灯,其他车辆行人自动两边避让。参观撒马尔罕的时候就更加威风凛凛,外宾们乘坐着十几辆大轿车,另有一辆空车随行以备不时之需。街道两旁,五步一哨,十步一岗。

如果是外国元首来访,加强保卫加岗增哨当然是必要的。但是这多少引发了一些我对塔什干,尤其是对撒马尔罕市民的歉意。

五十年代,我不知道有多少次梦想着苏联。听到谁谁到苏联留学或者访问了,我心跳,我眼亮,我羡慕得流泪。

那时候我想,人活一辈子,能去一趟苏联就是最大的幸福。去一趟苏联,死了也值。

一九五三年初冬,我开始我的处女作《青春万岁》的写作,我当时有一种隐秘的幻想。我幻想我的作品会获得巨大的成功,从而我有可能随中国青年代表团去莫斯科参加世界青年联欢节。由于这个幻想太美妙、太不可思议也太一厢情愿了，所以我不敢，更羞于认真想下去。

三十年后我真的到了苏联，竟也真的和《青春万岁》有关。《青春万岁》改编成了电影，电影参加塔什干电影节的正式演出。

而我这个并不怎么懂电影也没有认真领会过苏联朋友动辄提起的列宁关于电影的重要性的论断的人，是作为中国电影代表团团长来到苏联的。

阴差阳错，歪打正着。历史常常和人开玩笑，你原来想进这个房间，却进入到那个房间去了。

五十年代中期我看过一部苏联电影《萨特阔》。那时一切苏联电影包括反特片与驯兽片一律令我倾倒。《萨特阔》里有一段俄罗斯大地、俄罗斯田野的空镜头，伴着又寂寞、又辽阔，充满热恋和忧思的俄罗斯民歌女声领唱。这画面和这歌声是那样攫住了我的心，我感到一种不可言状的、像是在野外观看夕阳落山一样的激动。我想，真是了不起的民族，了不起的土地，了不起的人民。我想，不论今后发生什么事情，天空出现什么风云，都无法改变也无法抹杀我对于这块土地上的人民的爱。

我不知道我为什么会有那样一种预感。

苏联人民也没有忘记五十年代。甚至是太天真地、太不面对现实地说着五十年代。

一位女汉学家与《青春万岁》的导演、我们代表团的黄蜀芹同志谈起影片来，她问：“你们怎么会现在拍这样的片子？拍这样的片子会对你们个人有什么影响？”

这问题提得好生突兀。按照她们掌握的信息（这位女汉学家去年秋天访问过中国），也按照她们的思想方法，她竟提出了这样的问题。

我在中篇小说《相见时难》里曾经写过,中国是这样伟大、深邃、痛苦,简直是深不见底。许多指手画脚地议论中国的人,其实还没摸着它的边呢。

黄蜀芹同志回答这位苏联女汉学家说:"我们觉得五十年代的许多东西还是好的,虽然那时也有幼稚和简单的地方。"

女汉学家争辩说:"我不同意说那是幼稚和简单,那是美好的心灵嘛!"

谢谢了。

有一位诗人不断地到饭店看望中国艺术家。他胸前别着不少勋章绶带。他说,他是《莫斯科—北京》这首歌的词作者。他把他作词的另一首歌颂中苏友谊的歌曲的复印件(上面有歌词的汉译)拿给我们。他不断地说:"斯大林!毛泽东!"兴奋异常。

近两年,中苏民间往来有了一些恢复。一些五十年代曾在苏联留学的中国学者、专家,去了苏联,总要到他们曾经就学的母校去看望老师和同学。他们给我讲述过这种返校的场面,夹道欢迎,献花,然后是抱头痛哭。久别重逢,哭那失去的时光,也哭苏中关系的现状。有的苏联朋友边哭边说:还以为今生今世再看不到你们了,听说十年期间把留苏人员全部枪杀了。也有的边哭边问:"为什么我们两国关系坏成了这个样子?"

对于绝大多数苏联老百姓来说,这个问题简直是个谜。

旅舍的一位上了年纪的妇女压低声音问我们:"怎么样?现在我们两国关系好一点了么?"当获得肯定以后,她欣慰地说:"这就好,这就好!"

在第比利斯街头,我们与两位个子高高的、身着深色连衣裙的中年妇女攀谈起来。她们自我介绍说是大学的语言学教授,她们说:"听说中国客人要来,我们都高兴极了,我们就盼着我们的交往能够恢复!"

也有的苏联人向我们提出一些有趣的问题,比如说有人问我

(同样压低了声音,不知为什么):"你们怎么看待列宁,你们国家有没有列宁的雕像?"我说:"列宁当然是伟大的革命导师,他领导的十月革命改变了世界历史的进程。每逢重大节日,天安门广场要悬挂马、恩、列、斯的照片。至于雕像,不多,因为中国的城市雕塑本来就很少。"我本来还想谈一点我对建雕像的看法,但为了尊重苏联人民的感情,便没有多嘴。提问的人听了我的回答,脸上显出既欣慰又纳闷不解的神情。

还有人问,你们现在还读马列著作吗?有的人干脆问,你们是不是还搞社会主义?这样的问题我们听了也许觉得哭笑不得,却反映了一种习以为常、自以为是而又无法自解的逻辑模式,当然,也反映出他们获得的有关中国的信息是多么不翔实。我们告诉他们,中国的大学讲授马列主义课程,国家出版社正在出版自己编译的迄今最新最完全的《列宁全集》新版本,我们的宪法规定了我们国家的社会主义性质。我不知道是我们的回答使他们感到惊奇费解还是他们如此提问使我们费解惊奇。

也有人听到了我们的肯定回答以后表示:"那我就放心了。"

他放心了,我却没有那么放心。就某些老百姓而言,我倒觉得苏联人似乎比中国人更孩子气些。他们是习惯于接受那种简明教科书式的、令人容易放心的非此即彼的推理方式了。他们好像理解不了由大脑皮层日益细密繁复的现代成人为主组成的现今国际社会,解不下(读"该不哈",这是一句陕西方言)它的多线、多面、多向、多层次性——也可以说是它的恼人的复杂性。

但是他们的自我感觉大多很好,他们国家确实取得了很大的成就,包括空间技术和新式武器。一些五十年代去过苏联的我国同志告诉我,如今苏联的面貌变化很大,人民的衣食住行、文明礼貌都大有提高。

苏联有一个做法给我留下了深刻的印象,这便是一贯重视知识分子。也许苏联政府是世界上最重视知识分子的一个政府。比如说一个作家,在成为苏联作家协会会员后立即可以享受到许多福利待遇乃至供应。我们至今有轻视表演艺术从业者的旧习气,但在苏联,一个名演员具有崇高的社会地位。人民演员、功勋演员、国家奖金获得者这些身份都是极大的荣誉。在我们下榻的俄罗斯饭店的东南方有一幢巨大的尖顶大楼,其规模几乎与莫斯科大学媲美,被称为"艺术之家"。用我国六十年代的名词来说,那是给"三名""三高"们居住的高级住宅。我们也看到过苏联科学院所属各研究所的办公楼与住宅楼,显然高于平均水平。各地修建的科学宫、艺术宫、文化宫、电影之家,都非常漂亮宏大。文艺家各协会的办公楼与活动场所,恐怕堪称是世界第一。

我们参加过一个宴会。先是来了加盟共和国的部长、副部长级领导人,自然了,部长同志们都是气宇轩昂,够"份儿"也够"派"的。这时光临了一位诗人,据说诗人的著作翻译成了五种语言(按,也不能算很多)。按行政级别此诗人本来是隶属于部长同志手下的。但诗人一来,部长、副部长立即退居两侧侍候,甘作绿叶陪衬,由红花诗人突出一番。诗人口若悬河,热情洋溢,挥洒啸嗷,旁若无人。喝了两杯以后,拍桌子打板凳,站到椅子上大声疾呼地演说,尽情发挥,如入无人之境。部长并不以为放肆,他只在宴会结束前起立发言半分钟,表示对诗人百忙中亲临主持宴会、为宴会增色的感谢。

重视、吸引、团结知识分子,是苏联政权得以巩固的一个重要因素,或者说是一个重要经验。真正有学问、有本事的人能得到相当程度的满足,能得到较好的工作条件与生活条件,能得到相当的社会地位,这就使"不同政见者"的活动成不了大气候,不论西方的宣传报道有多么凶。

当然,以我的有限时间和材料,做出这样的判断或嫌太大、太表面、太感想式了。

好也罢,坏也罢,友也罢,敌也罢,牢不可破也罢,亡我之心未死也罢,反正苏联不简单,也不容易。到一九八七年,苏联就该庆祝十月革命七十周年了。七十年来,还没有别的事件像十月革命的影响这样深远。他们硬着头皮,有时候也吹着牛皮,在没有先例而又困难重重、常常是在骂声一片的形势下,硬是搞起了自己的一套,建立了一个强大的国家,足以与得天独厚的资本主义头号强国美利坚合众国相抗衡、相争夺、平起平坐。而且他们自认为在领导世界、拯救人类,这种"以天下为己任"的志向、"舍我其谁"的全球战略,它也许不太愿意承认的超级大国意识,倒颇与一些美国人相似。我在美国也碰到过一些自我感觉颇佳的朋友,他们热烈地、如数家珍地讨论这个洲那个洲、这个国那个国的事情,似乎都比当地人该国人更了解当地与该国。他们都勇于也"善于"对外国的事情做出"小葱拌豆腐——一青(清)二白"式的判断,并流露出令人吃惊的责任感。

我不知道这是正剧、悲剧,还是喜剧。

《访苏心潮》写罢,赞曰:

> 天道无常,人间沧桑。
> 成败功过,相因相生;恩仇敌友,相反相成。
> 彼美人兮,彼芳邻兮,此起彼涌,此覆彼倾。
> 天地为炉,造化为工。
> 热情如火,大智如风,岁月如蓬,华年如梦。
> 青山依旧,浪潮几度;往事非烟,来日有征。
> 相见时难,心潮难平。
> 握手有温,碰杯有声,似喜似悲,似嘲似颂。
> 几行涂鸦,噫,难表我衷。

发表于《十月》1984 年第 6 期

塔什干晨雨

在塔什干的十二天过得非常热闹,一切声音、色彩、形象、表情,似乎都强化了。电影节嘛,银幕上放大了的生活不能不影响到银幕下面和电影院外面。

五月二十二日从莫斯科一到塔什干,参加电影节的外国客人便受到了载歌载舞的盛大欢迎。此后到达中亚历史名城撒马尔罕的时候,出席列宁集体农庄的宴请的时候以及当晚离开撒马尔罕的时候,那种长柄唢呐呜呜、手鼓与大鼓嘭嘭、上百名少女穿着乌兹别克彩裙(式样花色与我国新疆和田维吾尔女子常穿的彩裙无异)翩翩起舞的场面又再现过三次。

还有频频的献花。感谢那位年老的女服务员拿给我一个花瓶,很快,我住的乌兹别克斯坦宾馆 409 房间的花瓶里便插满了鲜花。估计那些参加塔什干电影节的美貌的电影明星们得到的花束会更多些。还有好几次盛大的招待会,讲话、敬酒、红黑鱼子、串烤羊肉、抓饭、吸收了乌兹别克民歌旋律的摇滚扭摆舞,一切都是大张旗鼓,好像一个电视接收机,所有的旋钮都拧到了最大限度。

当然,不能不提到我们每天的主要活动——看电影。如果把正式参加电影节演出的故事片全部看完,上午、下午、晚上各两部,每天就要看六部……您倒是试试,一天看六个电影,连看上几天,您的头会爆炸的。

还有在饭厅、在前廊、在大门口与各国电影工作者的友好会见。

为了使别人听得见自己的话，连举止最为优雅的标准绅士也要扯起喉咙叫喊。还有录音采访、摄制纪录片、记者招待会、参观市容、私人会见、兑换卢布与购买纪念品，还有当我们这些外国客人集体"出巡"时三轮摩托警车的开路与卫生急救车的殿后……

总之，每天都是热热闹闹、闹闹哄哄、轰轰烈烈、欢声笑语、气氛十足。尽管中苏关系还微妙，很麻烦，远远不是已经平安无事、一切顺利，但在这里，主人与客人宁愿"只叙友情、不谈政治"，做客的和待客的都要个皆大欢喜。

于是我睁大了眼睛，扎煞起耳朵，调动起口舌，努力看、听、说和吃，努力从苏联中亚细亚这座很有气魄的城市，从它的电影节内外活动中接收更多的信息。我当然感谢主人的精心安排与热情好客的接待，我也喜欢这种热烈和热闹的气氛。但随着时间的推移，我又似乎有几分惆怅。大概写小说的人不一定那么适宜参加电影家的活动吧？与大轰大嗡的电影相比，我们的小说是多么文静、多么娴雅、多么忧伤啊！写小说的人也许宁愿场面小一点、声音低一点，以哪怕是带着追怀和失落的伤感的复杂心情，去探寻这块我们自幼熟悉却又变得如此陌生的，近在咫尺却又远在天涯的土地上的谜语吧？

请原谅，我的苏联东道主、我的在电影节上新结识的朋友，还有我国的电影工作领导部门。在塔什干的最后几天，我想的是，电影节好是好，一辈子参加一次也就够了，生活毕竟不是电影，日子也并不都是节日，哪要得了那么多载歌载舞和宴请？

根据以往的经验，我知道，当时光的流水冲刷过去以后，盛大的东西并不总能留下深刻的印迹。已经是一九八四年六月一日的夜晚了，六月三日凌晨我们便要告别塔什干，这热热闹闹的一切便从此烟消云散了么？

我似乎有点不甘心。六月一日夜晚，我怀着依依惜别的心情，穿过旅馆门前的地下通道，来到马路对面的树林里。

真是瞎忙！在这座宏大的旅舍住了整整十天，竟一直没有到对面看看。这是一个街头公园,花和树整整齐齐。有几株三个人合起来也抱不拢的大树,显然是栽植于七十年代大地震之前。报刊亭已经关闭,冷饮店生意兴隆,尽是争饮格瓦斯与百事可乐的红男绿女。是的,这一天是周末,在苏联,周末还是很有气氛的。一座饭店的窗户遮着严严实实的窗帘,从中传出迪斯科的乐声,节奏鲜明急促。门口有维持秩序的警察。有一个妇女在气愤地喊叫,似乎她是来找她的女儿,不知向警察诉说了什么。再绕过去就安静了,在安静的花园中心,矗立着高高的纪念碑,老远就看得见纪念碑上雕像的大胡子。是马克思?又像,又不像,我好像不能判定。走近了才看清楚,是马克思。

回到旅馆我就沉沉入睡了,睡到六点多钟便醒了过来。这里的人们一般都是睡得迟也起得迟的,六点钟是一个很早的时间,但我不想再睡下去。梳洗完走到门外,真难得,天阴沉沉的,淅淅沥沥地下着雨,吹到脸上的是湿润凉爽的风。塔什干的夏季历来是炎热无雨的,不过才是五月下旬,我们这些电影节来客便已经尝到了塔什干之夏的威力。当我询问当地的朋友塔什干夏季的降雨情况的时候,被问询者的回答是"根本不下"。今天又是怎么了呢?

街上的行人和车辆都很稀少,在地下通道里倒看见几个行色匆匆的人在朝另一个方向——地铁车站的方向走去。我从对面的通道口出来,看到了地上的泥泞,原来夜间雨下得不小呢。一圈又一圈的鲜红的、粉红的与黄色、白色的玫瑰,五月底六月初,正是玫瑰盛开的季节。树大部分似是枫杨,树叶像枫,树干是杨。塔什干不愧是花与树的城市,在这干旱少雨的地方,到处有着众多的花与树。也许正因为干旱少雨,人们才更懂得爱惜花草树木吧。

报刊亭已经睡了一夜了,现在也仍然不到营业时间,亭里亭外杳无一人。但是毕竟已是白天,隔着窗玻璃可以看到几份报纸、画报和为旅游者准备的风光明信片。夜总会——我想昨晚有个母亲在诉说的那个地方可以叫做夜总会吧——与冷饮店也都变得安安静静了,它们都在休息。

好安静啊,来塔什干十几天还从没有这样安静、凉爽、潮润过,连雨打在脸上、头上也是舒服的。

我缓缓地再次走到了马克思像前。马克思静静地呆在一个静静的地方。碑有三层楼高,由青白色的条状巨石筑成,上面的石头比下面的石头还要宽大些,矗立在那里像一道强劲的光柱,威严地向天空放射。当然基石还是大的,但碑并不树在基石的正中,似乎有一点不平衡。这不平衡却被马克思的飞扬的胡须平衡了。马克思的须发扬向一方,是神采飞扬,是愤怒,是呼唤着历史的暴风。然而他沉默着。

我虽然不懂雕塑,但这像这碑仍然强烈地感动了我,也许更主要的是因为它是马克思。我走近细看,发现碑下用多种语言写着字。其中中文是繁体的:全世界無產者聯合起來。

此外我能辨认出的文字还有俄语、英语、法语、西班牙语、德语、阿拉伯语等等。从中文的繁体看来,此碑的建成不会晚于五十年代中期。我看着这碑、这像、这文字,感从中来,喟然慨叹。

雨却愈下愈大了,我的头发已经变得湿漉漉的。看着横穿马路的地下通道入口,还远,而且有泥泞。近处没有房屋。

只有一株株大树,正好避雨。我紧走了两步躲到树下,这树冠又大又密又厚,雨虽然还下,树冠的下面却是绝对的干燥而且安全。站在树下,听着雨声,看着雨、树、花、马克思碑,我觉得如梦如画,似喜似悲。

这时从远远的对面走来了一位中年俄罗斯妇女。从长相和穿着上,我相信我还是能分辨出中亚细亚各民族"土著"和俄罗斯人的。这位妇女身穿质料朴素的绿花纹的连衣裙,长圆脸,目光严肃中充满温柔,脸色不算很健康。她没带雨具,匆匆站到了我斜对面的第三株树下避雨,到了树下以后,她庆幸地一笑,和我找到我的"保护伞"的时候的表情一样。

然后她回转身来看着我,我也看着她。我猜想她是一位辛劳的有教养的工作者，我相信她的肩膀上有一副并不轻松的生活的担子，然而她还是快乐和充满希望的。我猜想也许她的丈夫没有好好地待她，否则她的目光不应该是那样。我猜想她正在猜想我是什么人。在塔什干，正像在旧金山一样，我多次被人当做日本人，也着实可叹。我们的脸上都出现了笑容，我们都感到一种慰安，我们似乎已经用目光和笑容互致了良好的祝愿，虽然我们谁也不知道谁。虽然雨还没有停，天阴得很沉。

发表于《人民文学》1984年第8期

苏 丽 珂

访苏归来已经两个多月了,第比利斯这座山城的美丽风光还时时萦绕在我的脑海里。我想起她那高低错落的绿树红墙,我想起矗立在高山上的城市守护神——埃维丽亚,我想起埃维丽亚旅舍旁的像大蛋糕一样方方正正的大喷泉。大喷泉白天喷水,入夜停止,和美国的一些著名大喷泉——例如芝加哥的伊丽莎白喷泉正相反,那喷泉主要是在夜晚大显身手,蔚为奇观。

这次访苏到了四个城市,莫斯科、塔什干、撒马尔罕与第比利斯。比较起来,莫斯科宏伟严肃,塔什干庄重开阔,撒马尔罕神奇悠远,第比利斯亲切怡人。

为什么我觉得第比利斯比较亲切、比较放松一些呢?可能是从塔什干的燥热中飞到这里,立时感到了凉爽、潮润。可能是由于这里有许多古老的小小商店与小小街道,街道是用青石铺成的,商店里亮着各式的灯,食品商店里的大蛋糕与大面包都非常诱人。可能是由于我们在这里没有什么正式的会见、会议、大活动,我们在这里度过了轻松的旅游加吃饭(为什么单独把吃饭提出来,下面再讲)的四天。可能是这里的标语、口号、警察都比较少,玩笑、唱歌和喝酒都比较多,应该说是最多。还因为这里有很多人养狗,很多人进教堂。这里对中国人的接待显然也随便得多,不拉着那么大的架子。这个加盟共和国的国旗式样、文字,似乎有相对大一些的独立性。比如在乌兹别克斯坦,他们的国旗只不过是苏联国旗上加上一横道,他们的文字也是采用斯拉夫字母。但格鲁吉亚的国旗突出了绿色,他们坚持使用的仍是本民族的古老的文字。

对第比利斯的亲切感也许还产生于到达第比利斯以前。格鲁吉亚是斯大林的故乡,这对我们这一代中国人并不是不重要的。我们早知道格鲁吉亚盛产葡萄,那里有很好的葡萄酒。我们还听说过格鲁吉亚既多美女,又多长寿的老人。我们更知道格鲁吉亚地属亚洲又与欧洲接近,西面是黑海,东面是里海,是苏联的一个少有的温暖湿润的地区。

也还因为有一首歌,是斯大林年轻时候最爱唱的一首民歌——《苏丽珂》。

> 为了寻找爱人的墓地,
> 我走遍天涯海角,
> 但我只能伤心地哭泣,
> 亲爱的人你在哪里?
>
> 丛林中间有一株蔷薇,
> 朝霞般地放着光辉,
> 蔷薇蔷薇我要问你,
> 我的爱人可就是你?
>
> 夜莺站在树枝上歌唱,
> 夜莺啊我也要问问你,
> 你这生着羽毛的歌手,
> 我期待的莫非就是你?
>
> 夜莺一面动人地歌唱,
> 一面低下头思量,
> 好像是在温柔地回答:

你猜对了,那正是我。

五十年代,少不更事,我在喜欢这首有着美妙和声的民歌的同时不免暗地纳闷,像斯大林那样革命的人,怎么会喜欢这样一首并无革命词句,情调还有点"不健康"的歌曲呢?斯大林爱读的格鲁吉亚古典文学作品《虎皮骑士》也并无无产阶级革命的内容。好在是斯大林喜欢的,如果是当时我所喜欢的,说不定小组生活会上还要检讨自己的"小资产"呢!

而这次,我们能亲身去《苏丽珂》的故乡了,多么奇妙啊!

一下飞机就觉出这个城市的特有的美丽了。旅馆后面像一个小花园,有彩色的伞一样的遮阳的"华盖",有少女的石像,有彩石镶成的壁画,有轻便而鲜艳的塑料座椅,有树阴下的水雾,这已经与莫斯科或者塔什干的大、厚、重的风格不同了。

在旅馆的小卖部,有守护神埃维丽亚的浮雕铜像,她庄严如石碑,去掉了多余的曲线却又亭亭玉立如杉树。小卖部还卖一种用牛角做成的饮器,令人想起格鲁吉亚人的豪饮与他们的古朴的民风。

进得房间,马上可以俯瞰温暖的、阳光闪烁的库瓦河。可以看到大喷泉与喷泉后的凯旋门式的检阅台。可以看到那种类似莫斯科大学的尖顶建筑风格的剧院。可以看到重叠交叉迂回的山城道路系统与这些道路上开行的来来往往的汽车。可以看到各式各样的由巨石作墙基的坚固而又幽雅的房子。可以看到茂密的绿树,这些绿树里既有针叶的枞树,又有大阔叶的棕榈科植物,这对于整个说来处于高寒地带的苏联来说也是少有的。

到达第比利斯的当天下午我们便到街上散步。有两个穿着深色连衣裙的中年妇女主动与我们攀谈。"你们是从日本来的吗?""不,我们是中国人。""中国?那太好了!我们已经好久没有见到过中国客人了。""我们是参加完塔什干电影节到这里来访问的。""知道了,知道了,我们已经听说了。"然后,她们自我介绍说她们是第比利斯大学的教授,一个教授历史,一个教授外语。

我们谈得很亲切,普通人之间,总是容易谈得拢的。

然后就是洗尘的一宴,桌上摆满了红白葡萄酒、伏特加与各种生菜。宴会主人是共和国电影委员会的副部长,他的头发大部分已经脱落,靠近后颈处还有三绺头发,他把它反过来牵引到头顶上以掩盖光光的头顶,遇到一阵风,三绺头发便会披到背上,令人一时愕然,不知他的发型发生了什么古怪的变化。

他亲切、随意、健谈、豪饮,而且从第一分钟就表达了对中国客人的格外的热情与尊重。在喝了几次酒,说了一些欢迎的话以后他就开始唱起歌来,同座的格鲁吉亚主人立即应和起来。他们唱得都比较温柔抒情,眯着眼睛,让人感到一种全身心的奉献和消受。特别是其中一位比较年轻、身材适中、脸刮得光光的人,他是报社的记者,一张口就声音不凡,醇厚悠长,有后味,有真情,令人感动。

他们唱了几个我从来没听过但丝毫不感觉陌生的歌,我想那是民歌,民歌是容易被人接受的。我想那歌的内容一定是歌唱美丽的格鲁吉亚,因为那歌与此时此地的风光、气候、河流、树木、山城、建筑、传说都是那么谐调。

我想起了《苏丽珂》,我想听到她,但我不知道他们会不会唱《苏丽珂》。毕竟,格鲁吉亚、第比利斯和斯大林爱唱的《苏丽珂》,我只是在久已被人遗忘了的三十年前出版的歌曲集上看到过啊!而纸上的东西总是不能叫人放心的,看世界地图与在世界各地旅行,这中间的差别是太大了啊!

"《苏丽珂》!"我小声说,像是自言自语。我在试探,冒险般地。

那位嗓子好的记者首先注意到了我的自语,他从他的歌儿里睁开了眼睛,征询似的看着我。

"《苏丽珂》!"我又说,似乎仍然有些胆怯。

"您说《苏丽珂》?"一道光辉照亮了他的脸,他又大声重复了一句:"苏——丽珂?"

"是的,是《苏丽珂》。"我坚决地回答。

"让我们唱《苏丽珂》……"他大声说,他的话音刚落,副部长唱起了悠扬婉转的第一声部,而记者唱起浑厚深情的第二声部来了。

没有错,就是她,别来无恙。好像是验证一段往事,好像是重温一段旧话,好像是在试验一种使时光倒流的新式机器,真不知道如果有这样的机器的话它是妖魔还是仙子,我们不能不小心翼翼。

慢慢地,我随着他们一起唱了起来,我是在格鲁吉亚,我是在第比利斯,我是在和当地的人们一起唱《苏丽珂》,而《苏丽珂》是斯大林爱唱的歌曲,这是多么遥远的、早已一去不复返的往事!而这一切又是真实的,坚硬而又鲜活的真实。不容置疑而又不可思议,它好像太浪漫又好像太严峻。斯大林没有了,他的生命和他的地位没有了。再看不到他的一张照片或者一个雕像(据说在离第比利斯不远的哥里城——斯大林的故乡,还有全苏唯一的斯大林雕像)。当年的中苏关系没有了,当年的我们自己也没有了……

但是还有《苏丽珂》。

他们唱得很好,他们唱到每句结束时似乎有一种三联音的味儿,是我唱不出来的,也许这就是道地的格鲁吉亚民间风味吧?

每一段的最后,他们都以无限柔情吐出"苏丽珂"这个词来,这也是中文译词中没有反映出来的。

此后又连着举行了三次盛大宴会,一次在旅馆,由一位诗人兼电影厂厂长主持,一次在葡萄酒厂,一次在山中。说老实话,我们在第比利斯的主要活动乃是吃饭,每次吃四五个小时。我本来以为去酒厂是参观他们造酒,结果并无参观项目,在汽车上坐了两个小时,然后坐下就吃,吃完,再坐车两个小时回旅馆,又到了晚饭时间了。这种接待和安排给我提供了相当意外的全新的旅行经验。

吃得可真好!一进那间餐厅你就会心花怒放。长桌连在一起,摆满了各色生菜、沙拉、火腿、腊肠、烤鸡、牛、羊、猪排、熏鱼,特别是油光鉴人的金色的烤仔猪,照耀着全室和入席的每个人。还有餐具餐巾花束,使席面如色彩绚丽的图画。酒的颜色似乎也经过精心的搭配，增加了那种五光十色的感染力。

然后开吃开喝，然后主人和客人不停地说话、祝酒。为了和平，为了友谊，为了妇女，为了儿童，为了格鲁吉亚，为了第比利斯……我还提议：为了电影和葡萄酒，因为电影和葡萄酒能使人们友好地坐在一起。大家都活跃起来，高兴起来，唱起来，跳起来，歌之咏之舞之蹈之。面包端上来了，面包又长又大，夸张一点说，像——洲际导弹。用这种面包款待客人的人可真慷慨，然后串烤羊肉端上来了，想不到这里也吃这种中亚细亚式的食品。然后薄皮大馅的包子端上来了，所有这些，都很合我们中国人的口味。

然后来了乡村乐队，然后唱成一片，舞成一片。然后唱起了《苏丽珂》。葡萄酒厂的乡村乐队的歌手浑厚纯朴，脸晒得黑黑的，完全是一副体力劳动者的劲儿，唱起歌儿来脖子上的筋都胀出来了。他不像那位一直陪同我们活动的金嗓子的记者唱得那样温柔，他唱得辽阔、响亮、热烈。四部都有人唱，后两部全是低音伴唱，更显得情动天地。

主人的招待是丰盛的，大家的祝酒是真诚的，吃喝歌舞都令人尽兴。可惜的是一连三天，几乎没有别的活动，除了宴请还是宴请，这种待客方式似乎太不"现代化"了。祝酒词也前后重复，给人以窘迫与单调之感。尤其是肠胃，满足了以后再超过一毫克便是负担，正如真理向前再走一步就会变成谬误一样。

但是《苏丽珂》常唱常新，青春永驻。在杯盘狼藉、酒满肠足之际，《苏丽珂》抵制着喧嚣、客套，抵制着或有的虚与委蛇和吃得过饱、喝得过量的人难免的俗态，她给我以真挚幽美清丽的慰安。听着《苏丽珂》，好像燥热之中沐浴于山泉，好像烈日之下避阴于树底，好像劳顿之后枕着自己的胳臂小憩于青青的草地，好像烦乱之中被一只温柔的圣洁的素手所抚摸……我真感谢你，苏丽珂，你是我的格鲁吉亚之行的真正的守护神，忠实的伴侣！

谁知道苏丽珂一词是什么意思呢？如果与中文译文相对照，它应该是"爱""爱人"的意思吧？但我宁愿想象她是一个姑娘的名字，就像刘三姐、兰花花、阿拉木罕、森吉德玛。

　　夜莺一面动人地歌唱，
　　一面低下头思量，
　　好像是在温柔地回答：
　　你猜对了，那正是我。

亲爱的苏丽珂，我猜对了吗？

发表于《北京文学》1984年第11期

访 苏 日 记

(1984年5月20日至6月11日)

5月20日

  早晨五点半离家,六点半抵机场。文化部电影局罗同志等在机场相送。黄导演已来,但等了一小时不见中影发行公司老王的踪迹,大家都着急,海关和边境检查已放行下一班至东京的旅客了。

  终于老王来了,原来是该公司汽车司机睡过了觉,幸亏老王人熟,临时从前门饭店要了出租汽车,才总算没有误机。

  乘中国民航班机赴莫斯科,飞机型号苏制伊柳辛62,过去来往于乌鲁木齐—北京之间常坐这种飞机。机上服务绝佳,饮料与食品供应都是国际第一流的水平,如奶油是丹麦的,而干酪是瑞士的,还有美国人爱喝的汽水7-up。

  飞行一小时许便已离开国境进入蒙古人民共和国,再一小时便在苏联境内飞行了。可惜,等听说以后再伏到舷窗上张望——已经错过了贝加尔湖。

  飞了八个多小时,北京时间下午四点半,莫斯科时间一点半抵达莫斯科国际机场。本来莫斯科与北京时差是四小时,但苏联已实行夏季时间,全国把钟表向前拨一小时,便缩短了两国首都的时差。

  机场候机室屋顶上全是紫红色铜环,显得堂皇而且现代化,但色调较沉闷,机场唯一的一个免税商店货物不多,品种单调,较为寒碜。

  我国驻苏使馆高参赞、一秘老张等来接,苏联科学院远东研究所汉学家托罗普切夫亦来机场迎接。塔什干电影节接待组的工作人员帮我们领出行李和通过海关。虽如此，入境手续仍极缓慢，一个半小时后始离机场。

下榻于红场东面的俄罗斯饭店，我住233号房间，房间不大，墙上贴着乳白底色、暗褐花纹的塑料壁纸，壁纸图案颇像植物之细胞组织，很别致。地毯系粗毛线织成，经纬分明，使我联想起新疆土布做的马褡子。落地式台灯与案头台灯笨拙巨大，很有体重，式样说不定是沙皇时代的。电视机二十四英寸，但无彩色。卫生间各项设备亦硕大，尤其是淋浴喷头，状如向日葵花盘然。唯一小巧是木床，床本身没有栏杆，但床边墙上镶有围木，很雅。

推开房间门是公共阳台，这里悬挂着正在参加莫斯科音乐节的各国的国旗，其中有我国的五星红旗。

下午五时去大使馆与使馆同志见面，互道劳乏，使馆宽大美丽，为我国驻外使馆之冠。途经列宁山，看到莫斯科大学，建筑宏伟、庄严，略嫌呆板，高高尖顶托起一个大红星，像是一枝伸向天空的古典风格的长矛。回想起我五十年代中期最喜爱的苏联歌曲《列宁山》，不禁感慨万千。

回旅馆后七时多吃晚饭，黑、白面包，球形的黄油，煮牛肉相当硬，奶油煎肉馅饼，吃着实惠，也还对我的口味。唯咖啡实在太差。

饭后冒着小雨在红场散步，克里姆林宫，彩顶大教堂，公爵与米宁的雕像，列宁墓……尽收眼底，虽是初次踏上它的土地，却觉得仿佛旧地重游，这是我早在少年时代便熟知的地方。

5月21日

由于此地纬度太高，莫斯科的夏夜是太短了，晚上十点以后才天黑，而四点以前天又亮了。

到了列宁格勒就该有白夜了。我想起了陀思妥耶夫斯基的小说和根据小说改编的电影《白夜》来了。

俄罗斯可真奇妙。

冬天呢？相反，可以想象，冬季这里的黑夜是怎样漫长得可怕呢？

早七点起床，绕旅馆一周，欣赏了莫斯科河上的桥梁与立交桥的风光，旅馆北面的古教堂金碧辉煌，据说圆顶上涂着的是真金。

早饭吃玉米奶糕、果汁、鲜番茄等。

饭后在红场一带照相，并逛了克里姆林宫对面的宏大的百货公司。百货公司是旧俄时期法国人建造的。苏联当局很注意保持红场一带的旧观，不轻易更动这里的建筑格局。

百货公司里的工艺礼品中颇有一些金属材料的浮雕，虽重量大一些，便还都比较耐看耐用，价钱也不贵。丝袜子都较厚，没有香港、西方国家那种透明或半透明丝袜。也许因为这里地处高寒地带，需要穿得厚一些吧？广告画倒是千姿百态，不但有"媚"的而且有相当"性感"的。服装价格昂贵，风雨衣式样很好，每件二百到三百卢布，最好的皮大衣每件五千到七千卢布，就是说，需要人民币一两万块了。电视机倒不贵，二十四英寸彩电五百到六百卢布。

在俄罗斯饭店会客厅闲坐时遇到同样来参加塔什干电影节路经莫斯科的朝鲜同志，他们当中有两位中国话说得很好，与我们热情交谈。一位叫做小金的，幼年生活在沈阳。他对我说他已经九访神州了。就是说，他到中国来过九次。

在会客厅里还见到了日本著名电影演员栗原小卷，她与我们团的老王相识。

下午去地下铁道参观。

下午五点半托罗普切夫来接，出席他的家宴。他的妻子尼娜·勃列夫斯卡娅，亦是在远东研究所工作的汉学家，个子不高，亲切大方，二目有神。女儿叫喀秋莎，九岁，极乖。给我们唱了《喀秋莎》并弹了钢琴。

这顿晚饭吃得很愉快。一踏上苏联的土地便已感受到了苏联人民、苏联知识分子的友好情谊。

5月22日

早晨托罗普切夫领来了一位来自里加的拉脱维亚诗人,由于我马上要出发去塔什干,只在饭店大门外与他交谈了十几分钟。他懂得土耳其语,并从而掌握了乌兹别克语,我懂维吾尔语,而把维吾尔语的某些词的前元音改成后元音并调整一些词尾以后,就大致上成为乌兹别克语了。我们用乌兹别克语交谈得十分有趣。他提了一系列问题,其中包括风格、手法的多样性,小民族的文学的地位和前途等,希望我做出回答,在拉脱维亚发表。

八点多钟离开饭店到达另一机场。手续繁多缓慢,一次又一次地验护照、验机票。一位波兰女士一再摊手、摇头,为这里办事缺乏效率而发出无可奈何的叹息。直到十一点才登上了飞机。十一点二十分飞机起动。飞机上供应饮料两次,是酸苹果汁。在飞机上吃了午饭,鸡肉很好吃,不像西方国家那些机械化饲养的鸡松乏无味。甜点则很差,最低档的桃酥之类而已。

莫斯科时间下午四点半,塔什干当地时间六点半(仅与北京时间相差一小时),到达了塔什干。飞机降落时便看到了机场的欢迎人群,彩旗招展,乌兹别克少女穿着鲜艳的民族服装,挥动花束。她们的连衣裙是用真丝花绸做成的,这种花绸盛行于我国新疆和田地区,称伊德里斯绸,所以我看着很亲切。

在机场上举行了载歌载舞的欢迎仪式。长柄唢呐伸向天空呜呜地吹,手鼓与敲鼓砰砰敲响,主客同时跳起舞来,每个客人都得到了一枝鲜花。许多摄影机对准了这盛大的欢迎场面。

半个多小时后抵达乌兹别克斯坦宾馆。宾馆呈凸形,楼窗外有类似窗棂的水泥条块组成的装饰图案,宾馆正面悬挂着巨大的椭圆形电影节会标与电影节口号:"为了和平、社会进步与各国人民的自由"。宾馆门前与进门后的大厅里,挂满了苏联电影的宣传画,是有点气氛了。

为办理住宿手续又等了两个多小时,直到精疲力竭、气都喘不上来之后才得以进入房间洗把脸,这时离莫斯科俄罗斯饭店已经十三个小时了。天气又热,真是头晕脑涨的一天。

夜晚在宾馆附近散步。街上悬挂着"光荣归于苏共"之类的大幅政治标语,有许多草坪和花坛。在一私人汽车存车处,遇到一位很喜欢说话的鞑靼小伙子,他是夜班看车的,可能正觉得寂寞,见着我们便攀谈起来,滔滔不绝地谈他对国际问题的看法——不出苏联官方宣传的范围。这种类型的小伙子,我在乌鲁木齐、在伊犁见之多矣,热情、卖弄、有时候为谈话而谈话,为表达忠诚与口才而演说,不管听者爱听不爱听。

5月23日

上午九点三十分,集体去列宁广场列宁雕像献花圈。献花圈时,奏起庄严的音乐,来自利比里亚、头戴红色金饰帽子的一位政府部长穆德先生,一面肃立致敬,一面掏出手帕揩去眼角的泪水,然后去无名英雄纪念碑——为纪念卫国战争中的牺牲者而燃起的"圣火"旁献花致敬。

之后,去乌兹别克共和国成就展览馆与艺术宫参观,一些丝织品及地毯花色丰富,有特色,还有些木板浮雕也很别致,令人难忘。

在展览馆,管理人员向客人们分发俄语、英语的说明书,我想要一份乌兹别克语的说明书,他们找了半天。我说没有就算了,他们说肯定有,希望我多等一会儿。十分钟后,他们告诉我,没有了。

午饭分"两套节目",食者任选。一种是西餐,一种是中亚型的。后者包括馕和羊肉包子,羊肉馅里有孜然(一种调味品,我国新疆居民极喜用),吃起来如回到了新疆。下午六点出发,登主席台,参加电影节的开幕式。奏苏联国歌与乌兹别克国歌,各国女演员为电影节升起会旗,加上几个讲话,共半小时。半小时后各就各位,又等了一会儿,在热烈掌声中当地领导人们姗姗来迟,拉幕,演出开始。

第一个节目,男孩子击鼓,女低音诵唱乌兹别克民歌旋律,很像清真寺里衣麻穆们诵《可兰经》。民族舞蹈,天幕上出现了巨大的椭圆形电影节会标,然后垂下一白色银幕,分五个画面同时放映历届塔什干电影节的盛况。

其后节目各式各样,有传统的"民族大团结"歌舞,各族服装的演员分别跳几下本民族的舞蹈,然后一起共同欢舞。有古典的男、女声独唱,《赛维利亚的理发师》《茶花女》选段。有当地民族歌舞,但加强了打击乐器、加强了节奏感。最后是三个披肩发女演员,在迷灯变幻的背景前联唱一些歌曲,其中有《西巴涅》,有越南歌曲与非洲歌曲,最后是《喀秋莎》。唱时一会儿戴草帽,一会儿摘草帽,一会儿系上某种腰带,一会儿解下,以代表各国。开始,我对能把《喀秋莎》唱成这种摇滚风格有点惊异,后一想,《喀秋莎》的节奏感强,容易"改造",容易"现代化",似亦不足为奇,无可厚非。但它毕竟多少破坏了我对《喀秋莎》的纯真、美好的印象。

节目结束后,在塔什干就学的外国留学生挥舞着拳头从观众席中走上舞台,表示要反对帝国主义的战争政策,保卫和平。

晚十一点半,举行盛大招待会,长桌如龙,摆满水果、蔬菜、饮料,端上了刚烤好的羊肉串。宴会分三摊进行,乌兹别克、俄罗斯、迪斯科三种风格迥异的音乐舞蹈,一直玩到凌晨两点方归。

两天来,已结识了不少来自朝鲜、民主德国、加拿大、也门等国的新朋友。电影节给我们派的联络员兼翻译是一位哈萨克妇女,名嘎丽娜,在大学教授中文,人很质朴。还有一位英语翻译,名铁木耳,留着小胡子,性格十分活泼,他是撒马尔罕人,向我们一再宣传撒马尔罕的美丽,并一再表示"时刻准备为您效劳"。嘎丽娜也与他首次结识,问他结婚了没有,他的回答是:"太忙,没时间结。"使嘎丽娜大笑。

还认识了几位当地的电影工作者,有影协主席、苏联人民演员马立克·克尤莫夫,伏龙芝电影厂导演谢米什·巴洛德(《白轮船》便是他导演的)和他的妻子、演员阿衣冬尔安。阿衣冬尔安的母亲是维吾尔人,父亲是吉尔吉斯人,她出生在伊犁,与我一见如故,认了老乡。还有一位留着三绺长须的塔什干电影厂导演,他最近与印度电影工作者合拍了一部电影《爱情的传说》,据说颇有影响。

几天的实践证明,我完全可以运用我的维吾尔语知识去与乌兹别克人交际,听、说全无问题,所以很快与他们相识并建立了友谊。他们争着给我介绍新朋友,并对我能讲维吾尔—乌兹别克语十分惊喜,他们说,塔什干电影节举行了八届了,还从来没有一个外国人能讲当地民族语言。还有一位工作人员说,他根本想不到一个中国人会讲他们的语言。

多学会几种语言可真福气,真有用!可惜,我学的太少了。

5月24日

上午在"电影市场"看丘赫莱依拍摄的电影《红钟》下集:《我看到了新世界的诞生》,是根据著名报告文学作品《震撼世界的十天》改编的,描写一个墨西哥记者与他的妻子如何目睹了十月革命。场面很大,但类似场面我们过去在《列宁在十月》等电影上看过,看起来有似曾相识之感,觉得影片不够吸引人。

下午在艺术宫看乌兹别克电影《天才青年》,描写阿维森纳(世界第一部《药典》的作者)的青年时代,亦较一般。然后是土耳其故事片《破碎的心》,描写一二十四岁男子与一三十六岁女教师的爱情悲剧,女演员演得很含蓄,面如鹅卵,形象亦有特色。此演员亦到塔什干来了。

晚上看朝鲜电影《晨星》,掌声热烈。放映后,我们与朝鲜同志握手表示祝贺。

5月25日

上午十点,居住在塔什干的维吾尔族文学评论家阿斯穆·巴克来看我,由于宾馆戒备森严,不准任何来客进入,故我们只在宾馆前的花坛上小坐,交谈了一会儿。我把我国新疆著名诗人铁依甫江托我转交的他的诗集与他编辑的纳瓦依的诗选交给了阿斯穆·巴克,阿斯穆·巴克也给了我两本诗集,让我转交给铁依甫江。

十点半,在嘎丽娜陪同下,与来自约旦王国的一对老夫妇一道搭车去参观这里的自由市场。这对老夫妇吃饭与我们邻桌,很和气,常常与我用英语交谈。我提起不久前李先念主席应侯赛因国王的邀请访问了约旦。老夫妇马上告诉我,侯赛因虽是国王但为人平易质朴如普通人一样。

市场修得蛮宽大,绿色塑料板顶棚也还雅气。首先看到的是鲜花市场,琳琅满目。在苏联,据说鲜花一直是允许个体经营的。其次是蔬菜、水果、肉、熟食等。有一处卖烤包子的,大师傅正与一路过的山羊胡须老汉交谈,说的都是汉语:"你好吧?怎么样?"我过去一打听,原来他们都是来自新疆的维吾尔人,老汉是一个月前才从塔城到这里来探望女儿的。

有一排卖泡菜、腌菜、大米、绿豆、香豆的妇女,嘎丽娜告诉我她们是朝鲜人,她说塔什干有不少朝鲜人,多是第二次世界大战中移民来的。朝鲜妇女主动向我招呼,问我是不是朝鲜人,说明后互相挥手微笑。看来人在他乡,乡土观念就会油然而生。足不出户,反倒觉得淡漠无谓。

自由市场的一处,有许多妇女在排队,询问后方知是俄罗斯人在排队等候新鲜猪肉的到来。

我建议嘎丽娜步行回去,便没有再乘车,路上逛了几个商店,其中灯具店很漂亮,每盏华灯五十到一百卢布。电冰箱较好的是明斯克牌的,也不贵。一路上嘎丽娜向我介绍一九七五年以阿施巴罗德(土库曼加盟共和国首都)为中心的大地震的情况,这次地震使乌兹别克等中亚加盟共和国损失惨重。后来,全苏各地来了支援者,现在看到的许多建筑都是地震后重建的。

路上有不少饮料自动售货器与报刊亭。许多人先在一个自动兑换器中把卢布换成硬币——戈比，然后用硬币买饮料喝。饮料似只有矿泉水与苹果水，不算高级。每个报刊亭上都大字写着"苏联报亭"。

下午看菲律宾影片《一个女人的遭遇》，反映性变态心理，属于追求刺激之作。最后一个场面是女主人的丈夫用手枪把正在浴盆里胡闹的妻子及其情夫双双打死，全场竟响起了暴风雨般的掌声，其效果堪与电影镜头上抓到了特务、战胜了敌人相比。嘎丽娜也认真地喝彩说："好！就应该这样！"从这里可以看出当地人在男女关系上的道德观念还是极强烈的。

晚上由电影节工作人员、英语翻译拉丽莎陪同，与一个斯里兰卡小伙子去纳瓦依剧院看芭蕾舞剧《天鹅湖》。斯里兰卡的小伙子很潇洒，是他们带来的故事片《邀请》的主要演员。

纳瓦依剧院是以十一世纪大诗人纳瓦依的名字命名的，纳瓦依在我国新疆和在苏联的中亚地区同样有名。按新疆同志的说法，纳瓦依是维吾尔人。按这里的说法，纳瓦依则是乌兹别克人。类似的争议还有不少，例如著名的古典著作《突厥语大辞典》和《福乐智慧》的作者，乃至传说故事中的人物阿凡提（本名应是纳斯里丁）究竟是维吾尔人还是乌兹别克人乃至其他？（据说阿富汗亦流传着阿凡提的故事。）其民族归属也无定说。当然，用一种和稀泥的办法，至少可以肯定一点，纳瓦依等确实受到不止一个民族的人民的尊重和喜爱。

塔什干有纳瓦依剧场、有纳瓦依大街。剧场里有纳瓦依像，还有许多著名俄国音乐家的像，包括柴可夫斯基、李姆斯基·柯萨阔夫、鲍罗金、莫索尔斯基等。当我如数家珍地看着这些像并叫出这些人的名字、谈起这些人的音乐作品的时候，拉丽莎惊叫起来，她指着我说："你一定在苏联留过学。"我笑了。我们这一代人熟悉苏联以及旧俄的文学艺术，又何必非来留一次学。纳瓦依剧院给我一种熟悉感,因为它太像位于乌鲁木齐南门的人民剧场了。当然,更正确一点说,是乌鲁木齐的人民剧场太酷似纳瓦依剧场了。

芭蕾舞是由乌兹别克芭蕾舞团演出的,主要演员与乐队指挥都是乌兹别克人。演出隆重,每一场舞结束时都响起热烈的掌声,许多人高声叫"布拉瓦!(好)"还有人从楼上往舞台上抛掷鲜花,气氛热烈。

我问了一下拉丽莎,她告诉我门票每张只要一个半卢布,实在是便宜。如果在美国,看一场芭蕾舞总要五十美元左右。

5月26日

上午看阿拉木图电影制片厂拍摄的故事片《赎罪》,描写一个哈萨克青年因车祸丧生。他的父亲是一个老牧民,远道从牧区来到阿拉木图,为其子料理后事。这个过程中,父亲了解到儿子在城市的生活极不严肃,给自己也给别人带来了不幸的后果。其中有一个受害的女孩子的母亲把老牧民骂了一顿,最后老牧民默然而归,回到了草原,回到了大自然的怀抱。故事进行中不断穿插对死去的儿子的活泼天真的回忆,似是用纯朴的大自然与某些城市的罪恶相对比。影片总共一小时十五分钟,相当单纯,拍得不错,令人有所感、有所思。

然后放映一部巴西影片,描写一黑人歌星,突出他的歌舞的粗犷、野性、热力,歌星把头剃成图案状,一侧有一五角星,另一侧是月牙,这也是一种刺激。

下午应电影节组织者之邀,接受当地电影厂拍摄来访纪录片。我最后用维—乌语言表达了对塔什干人民和电影工作者的谢意,受到他们的欢迎。

之后,我们与苏联影协外事部门负责人娜杰日达·伏尔琴科娃会见。伏尔琴科娃年纪已经不轻,说话文雅、娴静而又不失矜持,很有风度。

晚上看伊拉克电影《大问题》,影片描写第一次世界大战前后,伊拉克人民反对英国殖民者的斗争。片子拍得很不错,据说导演是在莫斯科留学的,是苏联著名导演格拉西莫夫的学生。然后看了一部阿根廷电影,描写一个杀人有术的人如何杀人,当然也很刺激。未及看完便赶到火车站,乘车赴撒马尔罕。

这是一班从塔什干开往撒马尔罕的旅游专车,一切设备与中国的软席卧铺车厢无异。列车员是一位老头儿,六十多岁了,名叫塔什干巴依,圆圆的脸,个子不高,样子极朴实。他在火车上服务已经四十余年。我们用民族语言相谈甚欢,他特别给我们多泡了一壶酽茶。我们送给他一套《青春万岁》的电影画片。他高兴地逢人便说我是"自己人",是他的朋友。

在旅店、饭馆、展览会、车船上,我看到的苏联服务人员似乎年龄都相当大。一个说法是:年轻人去从事更重要、更需要体力的工作去了,而这些服务行业恰恰适宜安排一些老人。据说整个苏联的国民经济,还是时常感到劳动力不足。

5月27日

上午七点到达撒马尔罕,同样受到盛大的欢迎,载歌载舞的场面时间相当长。随后分别登上十五辆大轿车,最后一辆是空车随行,以备不时之需。车辆所过之处,一律绿灯,街道两旁警卫严密,由此亦可见苏联当局对电影节活动如何之重视了。

早饭后参观了四处古代清真寺及墓地及伊斯兰经文学校的建筑,圆拱形的土石建筑,都饰以极细致艳丽而又别具中亚特色的花纹,令人赞叹,如神游中亚十四、十五、十六世纪的历史,并为历史沧桑变迁而感慨。

下午抵达列宁集体农庄,再一次盛大的载歌载舞的欢迎。长桌如龙,食品丰盛,大家一去就入了座。这时天阴欲雨,据说当局向天空发射炮弹驱散了阴云。

午饭吃了四个多小时,我吃了许多樱桃,也颇干了几杯伏特加酒。桌对面坐着的是巴西电影制片人和作曲家及苏方给他们配备的翻译,我们碰杯、谈天、十分融洽。

由于吃饭时间很长,我便在就餐之中起立到处走走看看,遇到当地农庄庄员,便谈起天来。他们找了一些维吾尔族庄员与我见面,我们当然是一见如故。我解释我是汉人,但长期在新疆维吾尔人聚居的地方生活,故而会讲维吾尔语。但他们太兴奋了,完全不理睬也不理解我的解释,并逢人便说:"这是我们的维吾尔人!从中国来的维吾尔人!"最后,我戴着一顶他们的小花帽,与他们合影留念。

无论从哪一方面说来,塔什干、撒马尔罕、阿拉木图、伏龙芝,确实是一些令人感到亲切的地方。

用了近六个钟头才结束了午饭,立刻十五辆大轿车把我们拉到旅馆吃晚饭。这样的吃法实在令人大吃一惊!我实在无法消化,只吃了三粒樱桃加半斤西红柿。

晚饭后半小时,去火车站登上归程。又是一场吹着长柄唢呐、敲着手鼓的盛大欢迎。

5月28日

上午去电影市场。

下午看尼泊尔电影。

晚上在拉丽莎家做客。她父亲是中国血统,出生于蒙古人民共和国,五十年代到达苏联,已不会讲中文。她母亲是俄罗斯人,她还有一个弟弟,名叫巴甫连科,高中毕业了,刚结束了毕业考试,正准备参加高等学校的入学考试。一家人对中国电影代表团都非常热情,我们一起饮酒吃菜、唱歌跳舞,十分高兴,最后拉丽莎送给我们每人一个彩色木勺,巴甫连科送给我们一人一小瓶伏特加酒,他们的母亲还送给我们一人一小罐果酱。

我注意到,跳舞时放音乐的收录机,是那种旧式的大录音机,用那种大卷的磁带的。

拉丽莎的父亲担任一个工厂的工程师,有私人汽车,他们的生活还是很不错的,但住房并不宽裕。拉丽莎和巴甫连科各有一间小房间居住,拉丽莎房间里有一张桌子,桌上的玻璃板下,压着几张从美国画报上剪下来的图片。

5月29日

上午去电影市场看根据尤利·邦达列夫的小说改编的电影《岸》。

下午看民主德国的电影录像《转折点》,片子拍得十分严肃。

民主德国参加电影市场的代表团一直对我们很友好,其中有两个人五十年代访问过中国。搭车的时候,我们交谈得很愉快,下车的时候,他们说:"希望我们之间的对话不仅限于汽车上。"说完,我们都笑了。

捷克、波兰、匈牙利等东欧国家以及蒙古人民共和国的电影工作者也极愿与我们攀谈。一位捷克女士,一见面便用中文说:"我爱你。"我没听出是中文,所以听不懂。她用英语又解释了一遍,使约旦老夫妇大惊愕然说:"她怎么一见面就求爱?"

中午,由乌兹别克加盟共和国电影家协会主席马立克·克尤莫夫与全苏影协对外联络部部长娜杰日达·伏尔琴科娃宴请。宴会就在电影之家的一所漂亮的餐馆里举行,餐馆是对外营业的。上的几道菜中有一道是"拉面",每人一小碗,与我在新疆常吃的"拉面"无异,只是更精致些。宴会中,苏联主人都回忆起他们五十年代访问中国的情景,称颂中国的美丽的风光与友好的人民。大家也不时开几句玩笑。玩笑虽然轻松,心情却不见得那么轻松。娜杰日达·伏尔琴科娃,这位年纪已经不轻、雍容含蓄的女性感慨系之地说:"像我们现在这样,坐在一起,互相微笑着闲谈,该有多么好啊!"

我相信她说的是真话,我同意她的话。

我们向他们介绍了苏联电影在中国放映的情况。当我们提到去年中央电视台两次播放了苏联驻华使馆提供的影片《这里的黎明静悄悄》,这部影片受到了中国观众的欢迎的时候,他们似乎有些惊奇。他们说,他们完全不知道这方面的情况。

晚上在艺术宫小礼堂放映了中国的纪录短片《欢乐的大家庭》。放映前中国电影代表团的成员走上台与观众见了面。我用乌兹别克语向观众问了好,台下掌声热烈。

看电影时坐在我们身旁的是一些服装艳丽的乌兹别克女大学生。她们津津有味地看着电影,当看到其中一位维吾尔杂技演员走绳子的惊险场面的时候,她们失声叫起妈妈来。

同演的还有阿根廷的一部纪录片《艾维塔》,是描写庇隆的第二个夫人艾维塔的一生的。电影既有当年留下的文献性纪录片,又有向各界有关人士的采访,还有一个女孩子饰演艾维塔的若干生活经历场面。片子虽长,但很吸引人,手法不拘一格,亦是别开生面。

电影后晚十一点本来有一个招待会,与当地的表演艺术家联欢,我因疲劳没有去参加。

5月30日

上午应邀去乌兹别克斯坦纪录片厂看一部描写澳大利亚土人的悲惨生活与斗争的纪录片。下午在电影市场看一部日本影片《舞序》。

晚上在维吾尔诗人如兹·卡德尔家中做客。如兹·卡德尔原籍我国新疆喀什噶尔,于一九五五年赴苏学习,此后在塔什干定居。他是我国著名维吾尔诗人铁依甫江的朋友,由于铁依甫江的介绍,我到达塔什干后与他取得了联系。他告诉我,他用俄语和乌兹别克语写作,已经出了十多部诗集。他现在在科学院的文学研究所工作。他的妻子善良温厚,有点发福,口里镶着几颗金牙,不论是语言声调、动作、形体,与我在新疆常常接触的维吾尔女人无异。

同桌就餐的还有一位年轻人,他说:"我是为了看一看中国人才来的，我没有见过中国人，我很好奇。"他说，他的印象是"中国人都是一些好人，是和我们一样的人"。

导演黄蜀芹同志和苏方工作人员嘎丽娜也都在座。嘎丽娜即席发表了热情亲切的讲话。嘎丽娜说："这次本来是委派另一位年轻同志来担任中国代表团的联络翻译工作的，后来因为他家里有人生病，临时换了我。开始时我有顾虑，我能胜任这样的工作吗？和中国人打交道会是容易的吗？我怀着忐忑的心情开始了这一工作。经过几天相处，我感到中国代表团是最有文化、懂礼貌、守时刻、守纪律的，他们当中有的人精通俄语，而他们的团长又会乌兹别克语，需要我做的事很少。当我把这一情况讲给旁边的翻译联络人员听的时候，他们都说我是一个幸福的人。"

我们感谢嘎丽娜的热情友好的话。

5月31日

上午在艺术宫看伏龙芝制片厂拍摄的《狼穴》，宽银幕，上下集，描写一个犯罪集团的覆灭和一个失足者的得以挽救。导演名叫谢米什·巴洛德，他曾经导演过钦吉斯·艾特玛托夫原著的《白轮船》。谢米什·巴洛德的妻子阿衣图尔安在《狼穴》这部影片里饰演女主角。她是维吾尔族母亲、吉尔吉斯族父亲的混血儿，出生于我国新疆伊宁市。这样，我们至少是半个老乡了。

电影放映时，坐在我左侧的是阿衣图尔安的母亲和她的女友。这位中年妇女告诉我说，她不久前曾回过中国，在新疆探亲后还到苏州、杭州等地旅游，她的中国之行是非常愉快的。

《狼穴》放映中，阿衣图尔安坐在我右侧，一字不落地把影片的全部俄语对白译成了维吾尔语，使我对影片有了很好的理解，其情可感。

下午放映《青春万岁》。马立克·克尤莫夫陪同中国电影代表团上台与观众见面，接受了献花。演出中，不时听到观众的会意的笑声。演出后,掌声很热烈。

晚上看了一部古巴喜剧片《鸟要飞》,轻松愉快,粉饰太平,不乏小噱头。

夜十一点去乌兹别克电影制片厂参加该厂的招待会。一进门是一个长长的葡萄架,周围是自来水喷雾器。塔什干这些日子本已是干热异常的,但是在这葡萄架下马上觉到了潮润清爽,似是到了一个清凉世界。

招待会上吃了富有中亚风味的串烤羊肉。烤羊肉的又香又辣令人馋涎欲滴的青烟在天空袅袅上升。来宾们对串烤羊肉十分感兴趣,有时服务员刚把盛着烤羊肉的盘子端到半路上,就被周围的客人截去,有几个"边远"桌子上的客人,竟未能吃上如此美味。

有三个乌兹别克女演员,身着长裙,肩披长发,哑声歌唱,电吉他伴奏,她们的动作是百老汇式的。然后人们纷纷起舞——迪斯科(香港译做"的士高")。这使我想起了旅美时的一些场面。"的士高"确是突破了东西方之间屏障,风靡于全球,这倒也有趣。

6月1日

上午九点三十分,中国电影代表团依例举行记者招待会,记者提问很踊跃也很礼貌。他们问《青春万岁》影片中反映中苏人民的友好的一些场面是否小说原有的,我们给予了肯定的答复。他们问中国的电影生产情况。他们还问对塔什干电影节的口号的看法。我回答说,电影节活动有助于各国电影工作者的艺术交流,能够增强各国人民之间的相互了解。至于维护世界和平,是一个重要的却也是艰巨复杂的任务,它需要多方面的努力。

记者们还询问了在中国放映外国电影的情况和我们参加这次电影节的感想,我们都一一做了回答。

按照电影节的安排,每个代表团在其主要影片放映后举行记者招待会,只有十五分钟时间。但电影节新闻中心的组织工作人员一上来就告诉我们不要受时间限制，结果记者招待会进行了四十多分钟。会后，我与黄蜀芹分别接受了科威特驻苏记者与苏联《电影画报》的个别采访。

后来苏联《消息报》以显著版面发表了我们的记者招待会的消息。谈到电影生产情况时，《消息报》说，中国是一个"电影大国"。

之后，我们分别与电影节主席阿卜都拉耶夫与全苏电影委员会副主任会见。阿卜都拉耶夫用乌兹别克语问我能不能把我们参加电影节的见闻报道给中国人民。我回答说："当然，这正是我的工作。我回国后要写一系列的文章报道我们的访苏之行。"我还说："我们比赛吧，看谁能更快更多更好地报道对方的情况。"主客听了都笑了。

下午去电影市场巡礼式地看了塔吉克、秘鲁、列宁格勒等地出产的几部电影。其中苏联电影《安娜·巴甫洛娃》是描写芭蕾舞《天鹅之死》问世经过的。

苏联电影看多了似略嫌沉闷，节奏慢，教育性比较"露"，似乎也有某种套子。但他们拍片子很注意画面美，表明导演与摄影都极认真，可称一丝不苟。

晚上没去看电影，饭后喝了一瓶啤酒，然后到宾馆对面的街头公园散步。

6月2日

上午出席发奖会。本来塔什干电影节是不设奖的，但是仍由苏联及乌兹别克的一些文化社会团体给参加电影节的部分影片发纪念奖。《青春万岁》是由乌兹别克读书爱好者协会授的奖，奖品包括一个奖瓶、一个奖状、一部影印的《纳瓦依》诗集。我不知道他们发这个奖之前是否"研究"过中国电影代表团的成员的情况，反正纳瓦依对于我来说是熟悉的。去年我发表的系列小说《在伊犁》的第一篇《哦，穆罕默德·阿麦德》以及今年发表的中篇小说《鹰谷》里，就写了好几行有关纳瓦依的事情。

下午到塔什干旧城与自由市场参观。相对来说，旧城尘土飞扬，不无破破烂烂之感。但自由市场的售物者们，都对我们十分友好。当得知我们来自中国时，一位妇女还挑选了一些腌制得极佳的酸黄瓜赠送给我们。

下午五点，举行电影节闭幕式。先让各国代表团团长坐到了主席台的两侧，然后等待苏方"首长"入席，一直等得早已超过了预定的开会时间。莫斯科来的著名老导演格拉西莫夫本来坐在后排，被动员到前排坐到首长席去。刚坐下，又被叫到侧幕，原来是要和其他首长一起在大幕拉开后再气宇轩昂地入席。最后，超出预定时间十四分钟才宣布开会。

晚上在乌兹别克的部长会议大厦由该加盟共和国政府举行招待会。同桌有两位黑人女士，一个是塞内加尔的女部长，一个是肯尼亚的电影制片人。同桌的还有个子高高的伊拉克影片《大问题》的导演。大家交谈甚欢。

助兴的节目中有一个舞蹈，主要突出表现演员腹部的灵活运动。在一部埃及电影里的宫廷生活画面上我似乎看到过这种舞蹈。来宾中有几个热情者自动下场为之伴舞，引起一片欢笑。

6月3日

凌晨三点半响起了催起床的电话铃声。往常，这时候才刚刚睡下呢。

别了，电影节！别了，塔什干！

你给我留下的印象是热烈的、美好的却也是有几分大轰大嗡甚至是呆板的。你的人民和文化对于我来说是非常亲切的。我祝你更加美丽，更加繁荣！

四点钟从宾馆出发，睡眼惺忪地到了机场。六点起飞，三个小时后，当地时间七点到达了格鲁吉亚加盟共和国的首都第比利斯。同机去第比利斯访问的还有美国墨西哥人制片团体的三个人与利比里亚的新闻部长、作家协会主席穆德先生。陪同去的是英语翻译、《苏维埃穆斯林》杂志的编辑娜塔丽娅·谢尔盖耶夫娜，人们叫她娜塔莎。

抵达第比利斯的时候，格鲁吉亚电影艺术委员会的一位副部长前来机场迎接（苏联的电影艺术委员会是政府的一个部，与文化部等部门平行），然后驱车到库拉河畔的埃维丽亚旅舍。旅舍门口是一个大喷水池，方形喷水池后面是格鲁吉亚的"红场"——举行集会检阅的地方，检阅台后面是一剧院。

早饭后稍事休息，在房间里欣赏了山城第比利斯的景色，红房绿树，古寺（教堂）新楼，还有许多既富民族特点又有现代感的壁画，很有特色。

十二点，大家乘车去浏览市容。在一个山头上看到了一个改为剧院的古代教堂，教堂是巨石筑成的，令人发思古之幽情。教堂前矗立着一座骑士雕像，传说是此城市的缔造者瓦萨利。瓦萨利在公元六世纪打猎来到此处，发现这里的河水是温暖的，便开始在这里开发建设，距今已一千四百余年矣。

高山上有一座女神雕像，便是此城的守护神埃维丽亚。我们住的旅馆便是以她命名的。

经过了一个体育场，一九七六年建成的，能容纳观众十万人。

后来又过了一个赛狗场，完全是苏联电影《白比姆黑耳朵》上的场面。狗的主人们牵着自己的爱犬遛圈，并出示各种证件，由一群专家审查，合格的发给优良犬种证明书和狗牌。阳光灿烂，赛狗的事进行得严肃认真、一丝不苟，与西方的那种赌博赛狗的大喊大叫不同（西方是赛哪只狗跑得快）。

三点钟吃午饭，副部长在吃饭的时候讲了许多热情好客的话。

格鲁吉亚的语言文字很特别，而且字母没有斯拉夫化，这引起了我的注意（苏联中亚各加盟共和国的文字都与俄文字母靠拢，例如在塔什干,已经没有人懂那种从右向左横写的老文字)。当我提出这个问题的时候,副部长回答说格鲁吉亚语不属于任何语族语系,是独特的一种。从语言学的观点人们尽可以对这种回答持怀疑态度,但他的回答却反映了极强的民族主义精神。

下午与代表团其他同志共同在街头散步。经过政府大厦,来到了一位雕塑家的个人作品展销会。他是一位年轻的雕塑家,他的取材多是格鲁吉亚的民间歌舞与杂技,所塑人物人体细小,四肢修长,弯曲缠绕,构成各种几何图形。有的像我国的"飞天"造型,有的像英国现代雕塑大师亨利·摩尔的多圆孔的雕塑,有的像现代派绘画。看来,他的雕塑是努力把抽象与具体、古代、现代、民族、民间、先锋派结合起来。

参观后我们应邀在他的留言簿上签了名,并与他交谈。他说,他是"自由职业者",靠出卖作品为生,他的一切时间由他自由支配。但他是美协会员,参加美协的一些活动,并在美协支持下展览和出售他的作品。我的印象是,他这样的艺术工作者属于"个体户",而参加美协的意义在于领取到了"营业执照"。

这个小小的展览会对面是一个教堂,教堂内悬挂着五颜六色的圣母与耶稣圣像,教堂顶上也是彩色圣像。信徒们一进教堂,先买蜡烛,再把蜡烛插放到自己认为最灵的圣像前,如我国佛教徒的奉香。这里的烛火很旺,与莫斯科大大不同。莫斯科的教堂差不多都已改成博物馆了。

第比利斯的街道很有意思,各种商店似乎比莫斯科与塔什干更亲切、更富于生活气息,不像莫斯科与塔什干那样挺胸腆肚、神气活现。街道两旁既有阔叶树,也有针叶树;既有温热地带的芭蕉,也有凉寒地带的雪松;既有美丽辉煌的新建筑,也有潮臊味扑鼻的小巷。小巷臊味之浓最初竟使我怀疑这里颇有喜欢随地便溺者,后来才悟到,这恐怕是各种名犬爱犬的有失检点所致。

晚饭时黄导演向美国洛杉矶的独立制片人比甫提出了许多关于

美国电影教育的问题,一直由我充任翻译,当然,这是使我非常得意的一件事。虽然我的英语很差,但遇到黄导演和比甫交谈这样的情况,竟能一显身手,基本上完成了翻译任务,这是我自己也喜出望外的事情。我怕的是遇到真正懂中文的讲英语者,那我就会被镇住而噤若寒蝉了。

6月4日

早晨先乘缆车至第比利斯最高峰,游斯大林中央公园。这是我到苏联后第一次见到以斯大林命名的公共场所。

在高峰上,我们欣赏了第比利斯全城的美妙风光。也消受了山顶公园新鲜纯净清凉的空气,令人觉得常到这里来定能使人益寿延年。它一再使我想起登枇杷山欣赏我国的山城重庆。

后来参观了格鲁吉亚电影制片厂并观看了卡通片《霍乱》《客人》与短故事片《工间休息》《婚礼》与《蝴蝶》。

《婚礼》这部片子写一个青年追求一位在地铁邂逅的姑娘,最后却看到了姑娘的婚礼——当然是与别人结婚。喜剧笑料中流露着一种忧伤,颇有卓别林之风。《蝴蝶》写一个姑娘在田野上追逐蝴蝶,完全是一首散文诗。

下午四点在旅馆最高层参加盛大宴会。宴会由一位著名诗人、电影厂厂长主持(可惜我没有记下他的名字)。他个子高高的,穿着一身似是劳动布的相当紧身的衣服,声音劈劈啦啦。他讲了许多话,每次都先用英语喊一声"女士们,先生们!"讲着讲着他站到了椅子上,手臂动作也非常之大。娜塔莎一直文静地、不慌不忙地、含笑地把他的话译成英语,神态与他形成鲜明的对比。太难为娜塔莎了,诗人厂长干脆没有给她留下吃饭的时间。

诗人厂长敬酒的时候特别称颂了中国的古老文化,并强调苏中两国建立睦邻关系的重要性。后来讲着讲着又讲起一个又一个"荤荤"的笑话来,使娜塔莎涨红了脸,最后无法译下去。

参加宴会的有共和国电影部长与副部长。部长直到最后才发表了简短讲话,对诗人在百忙中前来主持宴会表示感谢。

一直吃到七点。七点半出发去电影院与观众见面。《青春万岁》即将在这个城市上映了,海报已经贴出。观众对中国电影代表团的反应是十分热烈的。看来,不论走到什么地方,人民并没有忘记五十年代的中苏人民之间的友谊。我学会了一句格鲁吉亚话:"马德洛普特"——谢谢。当然,这句话也为我的简短讲话博得了更多的鼓掌。

与观众见面后又由影院方面招待,吃、喝、唱、跳舞,肚子实在吃不消了。

6月5日

早晨散步很远,走过一些石头铺的路,很有情趣。这里的气候比塔什干要清爽、舒适得多。街上还很安静,只有面包房和报刊亭前排着长队,站立着需要精神食粮也需要物质食粮的人们。在一处看到一尊捷尔仁斯基的雕像。

十二点去葡萄酒厂,由当地的一位区委书记出面招待客人,又是一次长宴,一直吃到黄昏,又唱又跳。

中途经过了一个六世纪时的古堡,保存得还不错,可以看到古老的屋顶宗教画。

6月6日

上午先去参观自由市场,有鲜花、蔬菜、腌菜、肉类等,很干净。牛肉每公斤五到六卢布,羊肉十卢布,收拾好了的乳猪,每只五十到六十卢布(苏联官方比价,每卢布约折合一点二三美元),实在是够贵的。

下午进山,又经过了一古堡,一教堂。来宾们邀请教堂神甫一起照了相。

在一山中饭店吃饭。陪同吃饭的是住在此山的前摔跤冠军,倒是富有山民的古朴剽悍的劲儿。

回想五日、六日两天,似乎中心活动便是一天吃一顿长饭。在感谢东道主的热情款待的同时却又微觉怅然,甚至觉得吃得很疲劳。我们曾表示希望有机会欣赏一下当地的戏剧或歌舞演出,主人未置可否,看来是不可能的了。

但对第比利斯的访问仍然是难忘的。她惊人的美丽,古朴而又更多一些随意和人情味。离这个城不远便是哥里城,而哥里是斯大林的故乡。

6月7日

早晨五点半即醒。看来我还是未能完全适应这种匆匆的旅行生活。六点五十分出发,到机场等候良久。候机室又热又臭,因为厕所坏了。娜塔莎前来送行,她含着泪水离开了我们。她的继父是乌兹别克人,她也会讲乌兹别克语,我们常常个别交谈。九点十分飞机起飞,我们乘坐的是图-154型飞机。飞行途中服务员只送过一次果汁,果汁品质低劣。但据说飞机票十分低廉,从第比利斯到莫斯科,飞行三个半小时,只收三十七卢布,折合自由市场的羊肉,还买不到四公斤呢。

莫斯科时间十点半左右抵达莫斯科。一位戴眼镜的女工作人员来接,她走路、说话、办事之快,使我想起了一九八〇年访问联邦德国时碰到的一些当地导游人员来。

下午逛市场、红场。莫斯科河畔有许多闹中求静的钓鱼的老头儿。

晚大雨,我们到"特殊餐厅"各要了一个冰激凌,目的是为了听那里的音乐。四个女性,一提琴,一吉他,一打击乐,一吹奏,自"拉"自唱。有不多的人随歌起舞跳迪斯科。一穿牛仔裤的男青年,面前桌上放着一瓶香槟,跳起来扭得很厉害,但他不寻舞伴,自行其是并自得其乐,倒也自在。不知他是怎样进来的,要知道,俄罗斯饭店的门禁是很严的哩。

6月8日

上午应邀去远东研究所讲当代中国文学情况,除托罗普切夫夫妇外,并见到了去年九月在中国见过面的苏联汉学家索罗金博士和曾经访问过中国的汉学家李福清,还遇到了知名的老汉学家艾德林。

中午一点在"切洛图什科依"餐馆接受苏联科学院远东研究所的宴请。那里的灯都镶嵌在铜罩壳里,颇有风味。喝的是格瓦斯冷汤,也很别致。

晚上出席索罗金的家宴。黄蜀芹、李福清等在座。索罗金的夫人叫达姬雅娜,戴着眼镜,温顺恬静。我马上想起她的名字与普希金的《叶甫根尼·奥涅金》中的人物一样,主人说:"对,对,就是这个名字。"

席间放了一张唱片,是由一位诗人自编自唱的歌曲。主人介绍说,此位诗人名叫布拉特·奥库德贾瓦,是俄罗斯与格鲁吉亚的混血儿。他唱得非常自由,自然。有一段唱词是说,他的写作就像他的呼吸,并不听命于任何人。我表示对这句话十分欣赏。

6月9日

中午我国使馆杨大使宴请了我们与在葡萄牙和一些东欧国家巡回演出后来到莫斯科的中国青年艺术家小组。

晚上在柴可夫斯基音乐学院小剧场观看中国艺术家小组的演出。演出者都是近年在国际比赛中获奖的器乐、声乐家,他们不仅唱得好、奏得好,而且极有风度,受到了非常热烈的欢迎。每个人都在热烈的掌声和叫好声中加演了三四个节目。

在这个晚会上看到了几位中国女同胞,从她们的年龄来看,她们是在五十年代与苏联人通婚后定居在这里的。她们叫好、献花,都十分起劲。有两个人还认出了我,询问我对苏联的印象。

由于演出结束的时间大大超出了预料,我们跑步赶回旅馆仍然没有赶上饭,好不容易给了我们一壶茶和几块桃酥,好歹充了饥。餐厅还有一桌喝酒的人,边喝边大笑如狂,非常像我在伊犁常见的那种喝酒的场面。我这才想起,原来又是周末了。

6月10日

上午参观克里姆林宫附近的瓦西里圣徒大教堂。然后托罗普切夫请我们去莫斯科大剧院看李姆斯基·柯萨阔夫的歌剧《沙皇的未婚妻》。大剧院金碧辉煌,似曾相识,表演得一板一眼,也极隆重。幕间总共休息三次,第二次休息时见到了匆匆赶来的拉脱维亚诗人,他坐了一夜车赶来在剧场与我会一面,热情可感。

下午在高尔基大街漫步,碰到两位女大学生要求与我们进行美元交易。我不太理解她们那么热切地要美元干什么,因为我看过的几个小白桦商店(外币商店),商品实在太贫乏了,根本无法与我们的友谊商店相比。后来别人告诉我说她们主要为了买一些西方出产的化妆品。

6月11日

上午出席了苏中友协举行的欢迎(应该是欢送了吧?)会,并观看了一些苏联艺术家的演出。其中亚美尼亚的阿古伯的魔术、柳德米拉的民歌,我都很喜爱。

演出还没有完,苏联作协书记、《外国文学》主编、汉学家费德林来接我,我们到《外国文学》编辑部交谈了一会儿。费德林的举止可以让人一眼看出,他是担任领导职务的。当然,他是学者,也是外交官,他曾经担任过苏联驻联合国的代表,又曾经担任过苏联外交部副部长。

他建议和中国交换文学刊物,我赞成。他介绍说《外国文学》发行三十万份,是发行最多的文学杂志。作协主办的《新世界》与《旗》,则只发行二十万份。

晚上雨中又来到了莫斯科国际机场,即将登上中国民航的班机,即将登上自己的国土了。同行的有一大批美国人,叫做"争取和平与相互了解旅行团"。与他们闲谈了几句,他们对苏联的批评似乎相当尖刻。

我很高兴,很欣慰,却也有几分忧伤。我终于亲眼看到了苏联,看到了苏联人民、知识分子、文艺工作者对中国人民的真诚友好。我看到了她的长处和短处,她的表面与内层。当然,我看到的还很不够。她的长处使我为现状而忧伤;她的短处使我为"过去"的失落而忧伤。

当然,比忧伤更重要的是思考、前进,中国人民毕竟比五十年代、六十年代成熟得多了呵!

发表于《三月风》1984年创刊号

塔什干—撒马尔罕掠影

虽然还只是初夏,这里炎热、干燥,到处是没遮拦的阳光,到处都明亮耀眼。这里到处是宽广的街道,虎踞龙盘的巨大公共建筑、雕像、纪念碑和喷水泉。这里到处是方方正正的绿地、树木、青草、花坛,酷热中仍然生机无限。这里到处都是标语口号、宣传画、警察、勋章奖章、棉桃图案。乌兹别克斯坦以盛产棉花而功勋卓著于苏联,而荣膺列宁勋章。乌兹别克斯坦有专门的节日"棉花节",连入夜以后街头的霓虹灯图案也既不为招揽理发,也非轻松甜蜜的酒吧,更非可口可乐,而是红红绿绿的棉桃。

这就是著名的塔什干,苏维埃乌兹别克加盟共和国的首都,苏联亚洲部分的橱窗,许多苏联主办的或者亲苏的国际会议、国际活动于此举行的石头城——按照乌兹别克原文,塔什干便是石头城、石头村落的意思。

我觉得它丝毫也不陌生。五十年代我曾欣赏过她的著名艺术家塔玛拉·哈侬唱的中国歌曲《有吃有穿》《伟大的毛泽东》,看过她的电影《棉桃》,记得少年植棉者与"热风怪"战斗的故事。后来我知道印度、巴基斯坦领导人在那里会谈的"塔什干精神"——这个"塔什干精神"似乎还被我们美美地批过一顿。还有茅盾为团长的中国作家代表团参加过的"塔什干会议"。尤其是当我到达新疆以后,我更知道了——并感受到了——地理上我国新疆地区与苏联中亚细亚地区毗邻,语言、文化、历史上维吾尔民族与乌兹别克民族是亲近。即使在"文化大革命"开始以后，我也阅读过大量的塔什干印刷出版的维吾尔文与乌兹别克文书籍，包括生活在塔什干的著名乌兹别克作家阿依别克写的《纳瓦依》与《圣血》和译自波斯文的乌迈尔·海亚姆的《柔巴依》（手抄本）。

而且，在新疆，我曾无意中收听到过塔什干的广播——那是任何一个单波段收音机都能收到的。我分辨得出它的呼号前奏曲，听得出他们讲维吾尔语的特殊味道。听到过他们的局部说来不无道理的对"文化大革命"的抨击，和通盘的令人毛骨悚然的对中国的敌意，特别是它的煽动新疆少数民族的颠覆宣传。

亲、友、邻、敌……以及我的"做学问"的对象之一，这便是塔什干。

我欣然同意去塔什干。我真想看一看塔什干。我觉得我实在应该去塔什干。我去参加塔什干电影节，其次是为电影节，首先还是为了塔什干。

她不完全如我的想象。在塔什干，很少有什么特征能使你看出她是两千年前便已存在、九百年前兴旺发达起来的古城。你很少能见到伊斯兰宗教文化的代表物。而且，她也不像我事先想当然地认为的那样凉快。

我笼统地认为反正苏联在中国的北方，反正新疆就比内地凉快得多，塔什干自然只应该比乌鲁木齐凉快，至少不会比乌鲁木齐更热。但事实完全相反，还是五月下旬，在那里每个白天都是在阳光的烘烤下面度过的。旅馆里的微弱的空气调节，完全不能缓解她的酷热。

可能是由于一九七五年阿施巴罗德大地震的影响，除了旧城的一个破破烂烂的旧清真寺以外，我很少看到旧建筑。在绿树掩映之中，到处都是一块一块的厚大公共建筑，穿插以同样厚大的喷泉、花坛、街道，使你感到十分宽广恢弘，甚至有几分铺张。

除了不多见的圆拱形的和桃形的门洞以外，它的建筑的民族特点似乎主要表现在建筑外的图案装饰上。与欧洲式建筑的浮雕式外观、与中国古建筑的结构式外观不同，塔什干的建筑的外观主要是单纯而又细密的图案。我们下榻的乌兹别克斯坦宾馆，窗外满是混凝土制作的方框，方框互相套起来，使人想起汉文中的许多"回"字和"四"字。在列宁博物馆，图案是菱形的，最靠外是几个大的菱形，里面是小的菱形。在政府大厦，图案是竖条形，像是由笔直的圆木组成的木排。这些建筑外观使我想起在新疆时见到过的维吾尔人的暗绿色木箱来了，木箱表面，要镶上纵横交错的细细的刷着橘黄色油漆的木条。我还想起一位维吾尔农民朋友告诉我的话，他说维吾尔人的各种图案都来自哈密瓜瓜皮纹路的启发。不知道这是玩笑还是确有根据。

这些建筑巨大庄严，有时候显得有点空旷。例如塔什干的"电影之家"，其规模与建筑之精美当然会叫任何一个国家的电影工作者羡慕，但里面的摆设是太少了。名义上有一个酒吧，饮料的品种与顾客都那样稀稀落落，能够叫人随便坐一坐的沙发和椅子也很稀少，这就影响了这个城市的亲切感与充实感。

穿行在这个很有气魄的城市，有时你觉得你是穿行在一个辉煌的展览会上，到处都是崭新的、方方正正的、横平竖直的大厅、前厅、楼梯、过廊和摆得好好的展品，连树木也成行成列，草地也见棱见角。有时候你会产生一种愿望，想看一点不那么规则、不那么认真地存在在那里的东西。比如说，有没有一条弯曲的小溪、一条蜿蜒的小路、一株歪脖子树？你会渴望知道展览会外面和后面的生活，而生活是永远不会装饰得那样辉煌而又切割得那样齐整的。

差堪告慰的是我总算有更多的机会与塔什干的普通人相接触。

这是我塔什干之行的最得意的一笔——操当地的民族语言与当地人民直接交谈。

世界上大概很少有两个民族像维吾尔与乌兹别克这样接近。面貌、体型、语言、穿着、风俗、建筑、饮食、歌舞……都是如此接近，外行也许分辨不出两者的区别来。

维吾尔人主要居住在我国的新疆，亦有一部分住在苏联的一些中亚共和国。乌兹别克人主要居住在苏联中亚地区，亦有一部分住在我国新疆的伊犁地区。

当然，细看起来，两个民族仍然有明显的区别。就说穿着吧，维吾尔人和乌兹别克人都戴小花帽，但它们的花色是不同的。维吾尔人的花帽上没有整枝的花的图案，它只有花朵或花纹。而乌兹别克人的花帽上，不仅有花，而且有叶有枝，完整无缺。乌兹别克女子穿的上下一般粗的筒状连衣裙看来式样与维吾尔人没有什么区别，那种花绸的花色也与我国新疆和田地区盛行的伊德里斯绸（俗称土花绸）几乎无异。但实际上，乌兹别克花绸的花色图案更多几何图形、更像孔雀、更雄浑，而和田维吾尔女子穿的花绸更多线条、更秀气。

最妙的还是他们的语言，去塔什干前我在新疆的朋友和民族出版社的朋友帮助下做了些准备。把大部分维吾尔语单词中的前元音变为后元音，把一些弱化了的辅音还原回来，再更动一些词，差不多就完成了从维吾尔语到乌兹别克语的过渡。当我到达塔什干，听到当地居民用我所熟悉的语言交谈，而我常常出其不意地"跳出来"与他们打招呼、与他们攀谈的时候，当实践证明我有足够的与他们通话的能力的时候，我是多么高兴啊！也许他们听着我的口音觉得有点怪，就像河北人听陕西人讲话似的，但毕竟可以直接交流思想感情了啊。所以，在去撒马尔罕的旅游专列上，老列车员马上称我为"自己人""兄弟""我的朋友"，还多给我们换了一壶新茶，与我一见如故地推心置腹地大谈家常。在撒马尔罕，有一位苏方的翻译陪同人员，在我与他用当地民族语言交谈之后，他拍着脑门惊呼："我从来没有这一个念头——一个外国人会说乌兹别克话！"

而我，也就踌躇满志，沉醉在乌兹别克—维吾尔语的交谈里，甚至忘记了这是在异国他乡。这也使我更加坚信，不管还有多少困难、险阻、危险,中国和苏联的人总是能找到自己的共同语言的。

至于当地的维吾尔人,就更不用说了。我在当地的维吾尔诗人如兹·卡德尔家中做客,几乎感觉不出与到新疆我的朋友诗人铁依甫江或克里木·霍加家中做客有多少区别。最微妙的还是他们言谈举止的那种"劲儿",特别是镶着金牙的胖胖的女主人,她的微笑、眼神、头部颈部的摆动与角度,以及手势、声音、语气,都与我在新疆十六年间烂熟了的乌鲁木齐的或者喀什噶尔的或者伊犁的女人毫无二致,见到他们,真有他乡遇故交的亲切感。

更何必说那摆在长条桌上的馕饼、拉面条、抓饭呢,那是没有国籍也没有国界的。我觉得金色的、中间薄周边厚的圆圆的馕饼正是人民的纯朴、友谊、万国一家的象征。不过这里很少有新疆的那种用盐水和着胶泥和细羊毛砌成的土炉(俗称馕坑),这里的馕饼多是在洋铁制的烤箱里做成的,它更干净些,而新疆的馕饼虽然不免沾一些土,却更香酥地道一些。至于新疆称拉面为"凉面",这里称之为"拉个面",全是来自汉语。

撒马尔罕则是一个神话般的地方。它有两千五百年的历史,是我们的丝绸之路的北路经过的一个城市,是苏联乌兹别克加盟共和国的第二大城市,更是一个大旅游城市。

因为它相当完整地保存着一个十五世纪至十七世纪的伊斯兰教建筑群,电影节组织者招待我们到撒马尔罕来参观。一到撒马尔罕,便看到了那巨大的圆拱桃形(顶部突起一个尖)的屋顶。它立刻使人想起了悠远的历史和民族文化的巨大差异,想起地球上的人们的生活是怎样地多彩多姿。

不论是在十五世纪建成的铁木耳陵,还是十七世纪建成的特尔拉·哈里清真寺与附属的经文学校,这些建筑的外貌与内观都使人咋舌惊叹。一方面,它非常宏大,既高耸又开阔,代表着当时的撒马尔罕人对上苍、对安拉的崇拜,代表着一种庄严、巨大、君临一切的至高无上的气势。一方面,它又非常细腻,通过建筑结构形成了雕饰,又通过绘制描画出了种种花纹。紫色、金黄色、翠蓝色的工笔细描，留下了蛛网状的、菱状的、细腰花瓶状的、花朵状的、环状与链状的一丝不苟的花纹图案。特尔拉·哈里清真寺大门上方左右两角，还画着两个黄色的豹子似的兽，在兽的脊背上是两个肥胖的人头。这两个兽与人头，使我联想起在墨西哥访问时参观过的古代玛雅人的文物。

比这些画图与花纹更多的纹路则来自古阿拉伯文——《可兰经》经文文字的交错与变形。这是一种相当古老的抽象艺术。我相信这些似字非字的符号包含着一定的宗教内容——大致不会超过《可兰经》的范围。符号是人类的智慧所创造的，但人类欣赏、沉醉于乃至崇拜信仰符号。人这种生灵可真有趣。

这些古代建筑物的屋顶的外貌使我常常想起乌兹别克人的赛拉——缠头的布，很可能他们的屋顶与当时人们的头顶有某些相通之处。

我也想起莫斯科的众多的教堂屋顶来。当然，莫斯科的教堂是东正教的，二者的宗教、民族属性完全不同，但二者建筑风格要比例如撒马尔罕的清真寺与欧洲的一些著名的天主教堂的建筑风格接近一些。

撒马尔罕的建筑是古老的，但也不乏新建筑，像苏军烈士纪念馆、城市历史博物馆、哈穆札剧院与瓦列蒂剧院、乌鲁克拜克雕像等等，但总的来说这里古老的气氛是太浓烈了，现代的建筑实在难以超越它。这座城市更像一个博物馆。汽车经过撒马尔罕的郊区的时候我们看到了一些农民的住宅，则大多还是一些简陋的土房子。

但撒马尔罕的人给我的印象相当年轻。他们载歌载舞地举着大馕欢迎和欢送我们，他们显得诚实、听话、单纯。

尤其难忘的是在列宁集体农庄举行的露天宴会。树阴下，小溪边，长桌一个连着一个摆了半里地，大家无拘无束地说笑着、吃喝着。我与来自列宁格勒的英语翻译阿那托里坐对面，碰杯之后我一口气干了一杯伏特加，阿那托里高兴地搂住我，吻了我三次。他是一个快活的小伙子，样子真像捷克斯洛伐克的故事片里的好兵帅克。

宴会举行了三个多小时。坐得太久了也会疲劳，我中途悄悄离席散步，碰到了农庄的庄员们，当然，我又大显身手了——与他们用乌兹别克语交谈。当他们知道我更擅长维吾尔语以后，他们立刻叫来了农庄的几个维吾尔小伙子。我们一见如故如亲，我如何说明解释也无法使他们理解我不是维吾尔人而是汉族人。因为在俄语中"汉"与"中国"是一个词，我解释我是汉人，听者点点头，说："我知道，你是中国人，你是中国的维吾尔人。"这几位农庄庄员非常高兴地把我介绍给别人，"瞧，这是我们维吾尔人，来自中国！"他们把他们的花帽给我戴，把他们的长柄大唢呐（称卡那）给我吹，并与我一起合影留念。

我在塔什干呆了十天，在撒马尔罕过了一个白天。时间是短暂的，广泛地接触也有各种技术性的和非技术性的困难——例如，戒心。但塔什干与撒马尔罕毕竟不使我觉得陌生了，尤其是那里的人民和文化。

在旅游画册的英文解说词中，有这样一段话："塔什干是和平和友好的城市，是林荫大道、公园和喷泉的城市，是好客和慷慨的城市。"在塔什干，还有一条标语："塔什干像鲜花一样盛开"。看过那里的城市和人民，我并不怀疑这些介绍和标语口号的真实性。我相信各种障碍和壕沟终将被历史的潮流冲决和填平，我们和塔什干、撒马尔罕以及阿拉木图、伏龙芝、杜尚别、阿施巴罗德这些城市的交流和往来将会得到更好的恢复和发展。我寄希望于将来，我还要加紧维吾尔—乌兹别克语的深造。

1984 年

大馅饼与喀秋莎

　　一个闪光的铜制浮雕牌。那是一艘欧洲式的古老的帆船,大大小小重叠着七个帆。由于饱满的大洋上的风,顶部的方形的帆被吹成了蝙蝠的样子,两翼鼓胀,意在腾飞。几条曲线代表着起伏的波浪,龙身一样的花纹代表着船身。在李姆斯基·柯萨阔夫的《天方夜谭》组曲伴奏声中,帆船开始了航行,震摇,浮沉。左上角是一颗四角星,星光闪烁了,下部的几个大帆金光耀眼,上部的小帆离开了船,化鸟凌空而去。

　　这个浮雕铜牌是苏联汉学家托罗普切夫送给我的礼物。九月上旬,谢尔盖·托罗普切夫的妻子尼娜·勃列夫斯卡娅参加苏联一个教育工作者的团体到中国来访问,把这可爱的生日礼物捎给了我。

　　托罗普切夫还用毛笔蘸着红墨水用中文给我写了一首"诗":

　　　　前半辈子骑瘦马,
　　　　后半弹起冬不拉,
　　　　海的梦呀不太晚,
　　　　乘风扬帆到天涯。

　　外国人写的中文诗,难求完整雅驯,其情意却是真挚可感的。诗的前两句出自拙作《杂色》,第三句出自拙作《海的梦》,最后一句大概就是指他送给我的帆船了吧。

　　这使我想起在莫斯科托罗普切夫家度过的那个美好的晚上。

一九八四年三月,从我国驻莫斯科使馆的工作岗位上归来的王德胜同志带给我一封苏联汉学家托罗普切夫的信。这位我未曾谋面的苏联汉学家在信上说他很喜爱我的作品。他说,苏联的读者将能够很好地理解我的作品的内容。他还说,他最喜欢我的中篇小说《杂色》,他说,如果他写小说,他也将这样写。

随信,捎来了苏联出版的《当代外国文学》等两本杂志,杂志上有他写的评介我的作品的文章。

王德胜同志介绍说:托罗普切夫正在废寝忘食地翻译你的作品,以至他的妻子抱怨说,托罗普切夫最爱的人并不是她。

其情可感!我给他回了信,并告诉他我即将去苏联参加塔什干电影节的消息。

在五一节到来的时候,我收到了他祝贺节日的卡片,他邀请我到莫斯科后,去他家做客。

经过多年的隔绝,莫斯科的友人来信给人一种沧桑感。大概还有别的"感"。

我曾经说过,当我试着表现"百感交集"中的若干感而不是只表现"一感"的时候,就要被认为是"意识流"了。但是关于莫斯科、来信、节日祝贺卡片,即使用"意识流"手法也觉得不够用。

五月二十日莫斯科时间中午一点半我们到达了莫斯科国际机场,前来迎接的我国使馆的同志告诉我:托罗普切夫到机场来了。

费了好长时间办完了入境手续以后,进入候机室,我见到了他。高高的身材,一身白色西服,宽宽的橙黄底色加淡紫色斜纹领带。宽大的额头,微微有点歇顶,长方脸,细长的眉毛,鼻梁比较长,下唇微微凸出。他的脸上含着笑,那是一种相当朴素的,应该说是谦恭和富有耐性的笑容。

"我是托罗普切夫。"他一说中文就显得紧张和吃力。在信上,他写的汉字相当不错,文句更是通畅无误。

"能不能到我家里去做客?"他结结巴巴地问,期待着回答。

直到这一天的晚上,才在电话里确定了去他家的时间。他一再说:"我很高兴,我很高兴。"

他的样子文雅、谦逊,我要说,还有热诚。他说中文的窘迫样子却令人难受。甚至躺到床上以后,我的脑海里还一再闪过他的用力说话的"画面",我替他觉得吃力。

五月二十一日晚上六点钟,我们中国电影代表团的全体成员还有我驻苏大使馆一等秘书张敏鳌同志一起来到了他的家。是那种我们常见的单元式楼房。三间屋,都是十二到十四平方米大小,不算宽裕,但还精致。镶木地板,塑料壁纸上画着的是褐色的砖的图案,乍一看,你还以为是砖砌的自然纹路呢。墙上挂着风景画和照片,书橱上放满了五颜六色的艺术品。窄窄的门厅过道里安着电话,整个家给人以紧凑充实之感。

托罗普切夫的妻子叫尼娜·勃列夫斯卡娅,也是学中文的,显得善良而且快活,微笑一直洋溢在她的脸上,她的中文说得相当流利,靠她的辛劳,长方形的桌面上已经摆满了各种菜肴和饮料。其中给我印象很深的有一种小的椭圆形的瓜,瓜皮凹凸不平,我觉得那更像一个玩具。还有一种大茴香菜,可以生吃,也可以放到红菜汤里调味。香槟、葡萄酒、白兰地(俄语似乎不叫"白兰地"而叫什么"沃尔尼亚克")和伏特加都很充足。我连喝了几杯伏特加,觉得比年轻时候在苏联展览馆的莫斯科餐厅(现北京展览馆餐厅)初次喝伏特加的印象要强得多。看来年龄会改变体验,会帮助你接受最初觉得陌生的东西。

最后端上来的是像陕西的锅盔一样大的大馅饼。尼娜告诉我们说,俄罗斯谚语说,没有大馅饼的房子不算好房子,我们都高兴得大笑起来。

托罗普切夫夫妇只有一个十一二岁的女儿,名字叫喀秋莎。正式的称呼该是卡杰琳娜吧?不知道对不对,而昵称大概是卡佳。

喀秋莎的短辫子上扎着绸带,穿着朴素大方,非常文静。我们在客房里说说笑笑的时候,她一直躲在自己的房间里,一声也不出。

吃饭中间,尼娜把喀秋莎叫到我们面前,宣布说:现在的节目是由喀秋莎唱《喀秋莎》。

喀秋莎开始唱的时候略显羞怯,于是尼娜帮助她唱,我们也哼哼着,应和着,手和脚打着拍子。

似乎有一小节——按中文歌词是"喀秋莎站在峻峭的岸上,歌声好像明媚的春光",她唱到这里走了点调,那又有什么呢?她是个孩子。天真,待客的热情,拘束而又快乐的会面,能把一切走调弥补。

而且,她的名字有多好啊!她就叫喀秋莎。

唱完歌,我们鼓掌,掌声中,她坐到钢琴前,弹了一段小小的乐曲。

尼娜和谢尔盖的脸上放着光。我想建议他们修改一下那句关于"大馅饼"的谚语,我觉得俄罗斯谚语应该是这样的:没有喀秋莎的房子,不是好房子。

喀秋莎用汉语对我们说:"谢谢。"

后来我们一起喝了咖啡,喝了拉脱维亚加盟共和国首府里加出产的能够令人长寿的药酒,吃了一点也不比大馅饼逊色的尼娜自己烤制的大蛋糕。蛋糕的表面好像浇了一层玫瑰油,红香可爱。

可能还残存着某种拘谨,让我老老实实地说——还有戒心吧,才八点多钟,天还亮亮的,太阳高高的,我们就告辞了。我把我自己手头有的我近年出版的七本书送给了主人,他们送给我一个胖娃娃,在俄罗斯人们叫这种玩偶"玛特柳什卡"。玛特柳什卡没有腰身,像个大油桶,但红润丰满可爱。

我的心情渐渐好起来。

不知道道理在哪里。在我十一岁的时候,抗日战争胜利后不久,我从我党的地下工作人员那里学会的第一首进步歌曲便是苏联的《喀秋莎》。当时,思想激进的我甚至觉得这首歌还不够"革命"呢。

但是它的跳动的青春的旋律和美好的心绪迅速征服了我，唱着这首歌，我想到的是新的历史、新的生活、新的世界，我感到真正的忘我的沉醉。

经过了一段严峻的岁月，去年，由中央电视台播出并教唱、在我的孩子们这一代人中间第一首学会的苏联歌仍然是《喀秋莎》，仍然是"正当梨花开遍了天涯……"

喀秋莎是纯洁的。喀秋莎的爱佑护着远方的战士。让喀秋莎的歌声也佑护着中苏人民的友谊的恢复和发展吧。

顺便记一下，当我在塔什干参加电影节开幕式的时候，我又听到了一次舞台上演唱的《喀秋莎》。五颜六色的灯光色彩变化，打击乐器嘭嘭当当，演唱的女子披着长发、涂着蓝眼圈、四肢和全身扭摆着。这也是"天若有情天亦老"吧？我似觉怅然。在我国，《十送红军》那样的歌曲的演唱不是也出现了新变化么？

放开胸怀吧，我为所有的喀秋莎，为拥有上好的大馅饼的家庭，为我的新朋友托罗普切夫一家祝福。

1984年

别有风光的堪培拉

各个不同的国家的首都以各处不同的风姿点缀着我们这个小小的地球。波恩的草地上跳跃着松鼠和野兔。莫斯科河旁退休工人在钓鱼,而他的身后就是克里姆林宫的红墙。东京的高楼与挤满了汽车的公路繁繁密密。阿尔及尔的白色建筑在阳光下洁净得耀眼。巴黎像一个矜持的美人,只有她的老房子上的众多的小烟囱流露出一种天真。而伦敦的高顶的出租汽车驶行在讲究的西敏斯区,天然就是戏剧性的场面。尼罗河旁的开罗呢,那就更不用说了,迅速膨胀的城市与万世威严的金字塔,夹击得渺小的游者喘不过气来。

但我从来没有想到过世界上还有这样的首都——堪培拉。

没有拥挤的房屋。没有高层建筑——澳大利亚政府是有法宝的,在堪培拉盖房子最高不得超过海拔七十五米。没有密如蛛网的道路与车水马龙的交通工具。没有什么名胜古迹,没有那种远古的、超人类的威严的逼视。没有战争与革命与动乱的遗迹。没有灯红酒绿纸醉金迷的不夜的商业区红灯区、没有帝王气象。没有圣地气象。没有大都会气象。没有历史名城气象。没有独树一帜的民族、种族主义气象。也没有任何异国的首都难免的衙门气象。

有的是开阔的空地,有的是因为车少人少而永远显得宽敞和平静的道路。有的是因为绝不高耸而显得更加平实舒适的房屋。连我们住的哈亚特(Hyatt)大旅店也只是平房。更可贵的是城市内内外外的那些空地,那些荒丘,那些可能已经如此长了数万年或者更长一些时间的桉树。这些荒丘和树木使初次造访者惊喜地发现,堪培拉还没有脱离开大自然母亲的怀抱,还没有像其他大城市那样形成自己的一个紧张促迫的天地。

澳大利亚没有多少历史。去年——一九八八年他们为移民二百周年而狂欢。澳大利亚的土人的历史悠久,文化却仍然处在单纯的童年期。这对于中国人来说简直不可思议:没有那么多、那么强大、那么光荣又那么耻辱的古人在他们的头脑与灵魂里生根。据说澳大利亚没有人口的压力,七百六十八万平方公里的面积却只有一千六百万人,平均每千人占有土地(不是耕地)约零点五平方公里,是中国人的五百五十多倍。据说澳大利亚领土上从来没有发生过革命和战争,美国还有过独立战争和南北战争呢,中国就更不用说,七八年就得乱一次,近百年来压根儿就没有踏实过。

所有这一切甚至使中国人嗒然若失,世界上真有这么一个国家?尤其是这么一个首都?在这里驾车购物都不用排队。在这里走路不用担心会碰撞别人。在这里不需要向传统致敬立志弘扬传统,也不需要痛斥传统与传统进行悲壮的决一死战……

幸耶?悲耶?奇耶?梦耶?我们驱车去艺术环境国土部拜会霍尔丁部长并出席他的宴请,我们上午去参观图书馆,傍晚又在同一个图书馆大厅出席为庆祝文学节开幕而举行的酒会。我们去参观他们的美术馆,去中国的驻澳使馆,去迪克森区中国餐馆吃晚饭。走来走去,绕来绕去,都离不开市中心的格里芬湖。因为堪培拉市本来就很小,正因为小才有一种真正的宽松,才真正能摆脱许多在我国太难于摆脱的压力。

世界上毕竟有、确实有这样的国家与这样的都城。地球上毕竟还有一个这样比较宽松的角落。回忆起她来,能不显出一抹欣慰的笑容么?

发表于《散文世界》1989年第9期

佛罗伦萨一夜

一九八七年九月我应邀去意大利的西西里岛巴勒莫市接受蒙德罗国际文学奖。活动结束后，该文学奖的评委会负责人林蒂尼先生询问我还想到什么地方去，我回答是佛罗伦萨，蒙他盛情，陪我去了。

我只有那么一天的机动时间，为什么挑选了佛罗伦萨？除了人人可以想得到的一些原因以外还有一个原因，我觉得这个城市的名字非常好听。不论是意语的发音——更接近徐志摩的"翡冷翠"的译音，还是美语说法，还是中国的标准译名佛罗伦萨。这四个字的形、音、义，都使我喜欢。

用了很长时间才到达佛罗伦萨。为了保护佛市的文物，没有在佛市修机场，我们的飞机先到达了比萨，简略参观比萨斜塔与回声特别的教堂以后，便乘车去了佛市。林蒂尼先生告诉我当晚（似是周末）要请我到佛市一个最著名的古老餐馆去用饭，只是饭订晚了，要十点再去。

等到了十点，又告诉我还要再等四十分钟。快十一点了才出发，步行去的。由于是周末，各商店都关着门。经过一个空旷的商场的时候，看到一些青年正在那里打闹。又经过一些铺着石块的街道，街道两旁停满了菲亚特牌汽车。

餐馆的外表非常别致。没有霓虹灯，没有任何花花绿绿的装饰，夜色中餐馆呈现的颜色——我觉得——酷像神甫的道袍，是棕黑色的。门口很静谧，与其说是餐馆，不如说更像是教堂。我不知道人们是不是应该怀着神圣的忏悔心情来这里吃饭。

小姐告诉我们,还得等。等的人还包括一对年轻的意大利夫妇。我们四人相视而笑,小姐为我们端来了葡萄酒与鱼子酱,免费,也算是对我们不能及时用饭的一种补偿。说是饭馆地方很小,不能扩大,就这样小规模地、缓缓地按自己的节奏一丝不苟地进行。

过了午夜了,终于吃上了饭。由于长途旅行,我已半醉半睡,仍然非常欣赏这座城与这家餐馆。之后,我写下了一首诗,写下了吃这顿饭的经历,写下了我对于意大利,对于欧洲,对于历史、文明、生活的情思。当然,也有陌生感,有匆匆邂逅、旋即分手的感伤。

原载《意大利的遗憾》,1991年

一年的第二个春天
——访澳日记

1992 年 9 月 23 日

  上午十时许离家。有部里的同志帮忙,一应出关、登机百事顺遂。乘九龙航空公司班机,十二点三十分起飞,三点三十五分抵香港国际机场。下机后寻找办理转机手续的地点小有周折——它分三处,我要找的"国泰"公司的柜台不是设在我一下机就去了的左方而是右方。办好了,再经受一次登机的安全检查,方始进入候机厅。候机厅不算大,旅客熙熙攘攘,倒也还有一些免税商店,有一个吃快餐的咖啡厅——名曰"食品广场",有一个正式一点的餐馆兼容酒吧。为转乘国泰飞澳洲布里斯班的飞机,要在这里枯坐七个半小时。

  人生不满百,常患没有时间。此时此刻,却又患时间的多余了。

  幸亏同行的有杨宪益先生和他的夫人戴乃迭,在京难得一见,正好谈谈天。便一起去"广场"喝了红茶。一杯红茶十港元。杨先生独要咖啡,我说:"您的习惯更洋一点是吧?"杨先生说:"在家里喝咖啡太贵。"呜呼老九!或者为了表示对老知识分子的敬意,好听一点,叹一声"呜呼九老"吧。

  一九八○年八月和一九八一年新年,我与艾青老应聂华苓之邀参加衣阿华(爱荷华)国际写作计划前后,曾两度在香港小住,深知那购物天堂的琳琅满目与货丰价好。刚刚从"文革"的阴影中走出来的中国(大陆)人,见到香港市场的花花绿绿无不为之一动,张开嘴闭不上的也大有人在。曾几何时,中国的市场情况已是鸟枪换导弹,再来看香港的商店便不再稀奇了。而且,即使减去机场物价的添加因素,各种东西也贵得可以。一只普普通通的圆珠笔也要三五十港元,好一点的则要一二百港元。一副太阳镜也是二百港元左右。今日之世界已非当年之世界,想起祖国之物价也不必太动肝火了。看来,与其跟物价致气,不如把功夫用在挣钱、提高工资上。

在广场坐了一会儿起来瞎逛。杨先生为他太太买了一瓶威士忌。看了看书店,除各种英语报纸杂志外,还看到中文小说巴金的《春》《秋》。到了六点半,无处可打发自己,便又去了"广场",要了一盘牛肉炒粉,二十四港元,再加一杯红茶,又是十港元。

直到二十二点十分才放人登机。人满、座窄,不太舒适。空中小姐都很辛苦,整整一夜忙来忙去,未见消停。我邻座是一位肥仔,一坐下即鼾声如雷,开饭时照吃不误,吃完照鼾不误,神经健全,令人羡慕。

"国泰"机的屏幕上不放电影,而是放飞行示意图:飞机位置、高度、地面速度、温度、风向风速、已飞时间距离、尚余路程及所需飞行时间等俱了如指掌,没有那种长途飞行时的闷在罐里的感觉。

9月24日 虚惊与快乐

昏暗的机舱上的夜。飞行在澳洲大陆的上空,迎来了新的一天。打开机舱窗盖,看到了远处东方天际的一抹红霞。说澳洲,就是澳洲了。欲睡心潮难平,欲起又贪图休息。等啊等啊,终于小姐开始拿来了澳大利亚的入境表格给旅客填写,慢慢又端来了饮料,开始广播有关早餐的信息,新的一天开始了。

一边填表一边整理各种证件。忽然发现,机票没有了。我的机票是来回联程票,把机票丢了这怎么可以呢?便着急、埋怨自己的粗心大意。便翻所有的包和衣兜,找不到,立即想起了那年与文化部艺术局长方杰同志一道去日本时,他与我说起的一次他出国丢了机票的经历。自己倒霉的时候想起别人也倒霉过似乎略有安慰,但安慰得又极有限。终于狼狈之状难以遮掩,使得杨老也不安起来。及至得知是机票问题,他连忙把自己的机票拿给我看,以证明那票上确实写的是杨某某而不是王某,我只能对其票而又笑又羡慕,无话可说。便一起说一到那里要立即向有关航空公司办理挂失,等等之类。

绝望以后过了一会儿了,忽又想起何不看看手提包另一面的一个拉锁下面的夹层,依我的科学设计,那个夹层是只放小钱不放证件的。拿过来,只见拉锁大开,一副失于管理的样子。难道是失盗了?不由一阵虚火上升。忐忑中扒开夹层一看,大喜望外,不但零钱没有失盗,机票就安然无恙地歇在那里。

检讨起来,我对自己的处理杂事的能力实在是太没有信心了。还没认真找就已经自认为是要丢失、要出差错,先有了"糟糕!我的什么什么要丢!"的结论再心慌意乱地为这个结论找出证据——等于是先定性再论证——岂能不吓人吓己,虚惊一场?

虚惊完了倒是有一种失而复得的喜悦,连飞机上的便捷早餐也吃得分外香甜干净。

北京时间早晨七点,当地时间已经是上午九点了,飞机抵达了墨尔本。气温十三摄氏度,机场里到处使用着电取暖器。看了看机场的免税商店,除洋烟洋酒外,其他商品似比香港更贵。小事逗留后,十一点五十分再次起飞,十二点五十分到达了目的地昆士兰州首府布里斯班市,我们这次就是应他们的州长、市长与组委会负责人之邀前来参加他们的瓦拉那节与节日的"全澳作家周"活动的。办完入境手续,推着行李车走出海关,便见到前来迎接的昆中理事会工作人员凯瑟琳小姐与我国驻澳使馆文化参赞楼小燕教授,另有澳大利亚前驻华大使邓安修夫妇,主要是迎接杨老和乃迭大姐的。

我即跟随凯、楼坐昆士兰州政府的车到下榻的 Quality Lonner Hotel 去。这个旅馆位于市中心的 Mall 处,Mall 是车辆不得通行的市场——街道的意思,街中间有简易舞台和快餐棚、电话亭,街两旁则是琳琅满目的商场店铺。我住在1611房间,条件很好。

凯瑟琳把有关瓦拉那节(瓦拉那是土著语言,春天之义)和作家周活动的材料给了我,讲了一些具体事项。楼参赞说,凯已升迁到联邦政府外交部任职,本来即将全家搬往堪培拉,为了接待我的来访,推迟了履新职的时间表,真是一番盛情。

晚六点到(布里斯班河)南岸观看了在一种特制的帐篷里举办的中国文化展览。之后,去露天剧场观看了中国广州战士杂技团、沈阳艺术学校、上海时装表演团表演的精彩节目。这次的瓦拉那节的外国节目是以中国为主的,昆州花了许多钱邀请了大量中国文艺家到这里来。节日期间还要举行中国商品交易会和接待来自布市的姊妹城市深圳的代表团。这确实显示了昆州重视与中国发展关系的愿望,也令出来访问的我们不无欣慰之感。

九点多了,我去"沙拉酒吧"用饭。我要了一瓶啤酒,一个烤土豆炸羊脑——澳大利亚是绵羊之国,我在新疆养成喜食羊肉的习惯,在这里定可一饱口福。果然,味道好极了。吃完热菜才领悟到,名为"沙拉酒吧",吃沙拉是不要钱的。我在美国就有这种经验。于是热菜后又搞了些沙拉吃,似乎"老赶"了些。

虽说是刚刚经过长途旅行而且一夜未眠,但精神极好,差不多比哪次出国都好。

9月25日 会见与吃饭

那年在《纽约人》杂志编辑部接受采访,当我说到我很忙的时候,老记者问:"您忙什么呢?"初学英语的我便直接用英语回答"meeting and eating",由于用语俏皮而又押韵,在场的人都大笑起来。后来此事还被冯亦代老与董鼎山先生写到他们的文章中。今天的经历证明我的总结虽然粗浅,却大致是不差的。meeting and eating——会见与吃饭——就是今天的活动。

早晨在街头的Jimmis Uptown——据说是一个华人经营的便餐

亭吃早餐。炒鸡蛋、炸花肠、面包、黄油、橘汁,共六块九澳元;一杯红茶,两块六澳元(一澳元等于四元人民币左右)。还是中国好。

饭后与楼参赞一起散步,交流一些情况,购买了会说话的儿童画书和一点乡村音乐激光唱盘。十一点赴州政府与昆州总理办公厅主任陆可文先生(Mr. Rudd)礼节性会见。陆曾任驻华领事馆外交官,讲一口流利的汉语,风度翩翩。他回顾了他在中国的经验并强调从一个长的历史的角度来看,他认为中国确实取得了很大的发展和进步。

十二点二十分,抵达南岸图书馆参加了正式的全澳作家周开幕式午宴,由于与陆先生交谈时间比预计的长了,迟到二十分钟。午宴很朴素,主菜是烤鸡,有些小点心倒是颇见佳妙。主持人讲话中说明作家总是没有什么钱的,午餐会的水平不过如此。据说参加活动的本国作家,组委会只提供两天旅馆的住宿,其余五天概由自己找亲友解决。果然,君子固穷,作家固穷也。

三点去 Grifth 大学与校长会见。汉学家 M 教授以他主编的《当代中国》(英国剑桥大学出版)出示给我,里面有一节是专门讲我的。

晚六点,在图书馆大厅参加叫做"作家之饮"的鸡尾酒会。主人对我没有去休息而是来活动甚表惊喜。我则是尽可能积累国际交往的经验,其实我的英语水平也远不能达到这种交往的要求。我的方针是,听不懂讲不通也要硬着头皮去听去讲,至少,在主人盛情把我们中国作家请来了以后,我得表现出这种国际社交场合的中国人的存在。

至晚上七点半,凯瑟琳陪我去了唐人街的"食为先"极品海鲜餐馆,见到了凯的丈夫、华裔上海人、搞美术的小张和她的女儿露意莎及桑晔、芒克。我先要了一小碗馄饨,又吃了鸭丝、海蜇、豉油牛肉、炸虾仁、鲜贝、荷兰豆等,还喝了不少花雕酒。

饭后绕了一下布市的中国城,不大,有江苏省赠送的一个牌坊和假山石,看起来蛮舒服。

毕竟是有一些出国的经验了，来到这里，丝毫不感到陌生，而是同一个地球的天涯若比邻的亲切与随意。

9月26日

今天是星期六，是休息日。上午有点空闲，与我爱人的一位老同学的旅澳的儿子一起逛了街，又到他家吃了午饭。

中午我独自步行过桥去图书馆听三位著名澳洲作家——豪、诸和瓦内尔的文学谈话。这三位作家都正走红，他们的电视剧《在时间以外》正在拍摄，十分看好。他们的谈话都是谈自己的创作，妙语连珠，笑声不断，听众踊跃活跃。

一回旅馆就接到作家、前澳国驻华文化参赞周斯先生的电话。过了一会儿我们一道乘桑晔太太苏的车去苏家。桑晔请了许多客人，包括我国画家黄苗子、郁风夫妇及其长子，小张、凯夫妇，陆可文先生，M教授等。苗子赠我书法一幅，上写"地有大风连沛泽，人余奇气动幽州"。

女汉学家玛丽珐夸一进门便向杨宪益处走去，并说"Hello, Mr. Wang Meng"，我连忙说"Wang Meng is much younger, here you are"（王蒙要年轻多了，我在这儿呢），惹得大家笑了起来。

她的父亲是塔斯马尼亚岛的一个大地主，他把他的艰苦创业白手起家的经历写了一本自传体的书，曾送给布什总统一本并收到了布什的回信，玛丽说。接着她把她爸爸签了名的书送给了我。我开玩笑说："这么说，这本书送给过两个人了，一个是布什总统，第二个就是我了。"玛丽笑着说："你才是头一号——you are the number one."大家更笑个不住。

玛丽说，她正在研究中国古代的法律，她认为这方面有许多精彩之处。例如，古代规定，地方官不得纳他在职的地方籍女性为妾，这就包含着回避的观念。同时她抨击说，西方的司法独立与公正有极大的虚伪性。我说，是的，有时候法律只是表面的点缀，但是有一点点缀就好一点，有许多点缀就好许多。

回旅馆后看了一会儿闭路电视电影《相逢在威尼斯》。

9月27日　在黄金海岸

今天是星期天。一早就与凯、小张及楼参赞、小江、小赵（都是文化处工作人员）一道去海洋世界游玩。据说因为今天有该州与南威尔士州的橄榄球决赛，吸引了许多人在家看电视实况转播，交通顺畅，一个小时就到了目的地。不然，星期天这条高速公路上常常要塞车的。

十一点看海狮和鲸鱼表演。骑鲸破浪、立鲸沉浮、与鲸共跃的场面令人叹为观止。然后看海豹喂食，乘缆车游赏全景，乘电船从高滑梯上猛冲而下，乘电船游妖魔洞，又怕又笑，又喊又叫。我好像回到了童年，都玩疯了。

下午在被称为"黄金海岸、日光海岸、冲浪天堂"的海边游了一会儿泳。功德圆满。这里是真正的春天。其实今天下午的阳光已经不怎么强烈了，但是澳洲的朋友们仍然十分认真地要我抹护肤油膏。他们告诉我，目前在地球南半球的上空，发现了一个大黑洞，太阳发出的有害射线不经过臭氧层直接照到人身上，诱发了许多人的癌症。这一段时期澳大利亚人患皮肤癌的相当多，对这里的阳光不可掉以轻心。

呜呼，人类的天空和太阳！

晚上去看了公园里的摇滚乐演奏。在公园有一个嘁嘁喏喏的人向我们要烟抽，文化处的同志说那恐怕是吸毒者。之后我们一起去演出场地看望了我的"旧部"老友——演出公司的同志们。

9月28日

上午参观艺术中心的大剧院与小剧场音乐厅。下午看艺术中心，其中的拼贴艺术与土著风格艺术十分别致，令人产生兴趣。有些土著风格显然也是经过了"现代化"的处理。有时候使人觉得,愈是原始一点的艺术路子愈是接近现代派。是不是文艺复兴以来的理性的写实的传统在做出了极其巨大的贡献的同时也约束了人们的创造力呢?是不是艺术的发展也有自己的螺旋形规律呢?东方艺术是不是蕴藏着前所未有的可能性呢?这些就不是我能想清楚的了。

中午,在Mall中心的舞台上有一批少女的舞蹈表演,不知道是不是也是瓦拉那的一部分。

晚上在州议会大厦搞BBQ——烤肉,专门招待中国作家。

9月29日

今天是在布里斯班最忙的一天。早餐后有一点时间,由澳籍华裔张良华教授夫妇陪着去看了看植物园,热带植物十分葳蕤,有些开红花的,色彩之鲜艳令人觉得不可思议。小雨中登上山丘看布市风光,也别有一番依依之情。

下午两点是中国作家的关于中国当代文学的讲谈。与大部分作家多谈自己不同,我主要是介绍了一些现今活跃在文坛的青年作家。"满招损,谦受益""谦虚使人进步,骄傲使人落后",显然我自幼受的是这样的教育。

一小时后结束。一位正在以对于我作品的分析为题写博士论文的留学生王欣约我一道去Mall街角喝咖啡。她问:"要一杯'卡普琴诺'吧,我读了你的小说《卡普琴诺》。"我笑了,但我没有要"卡普琴诺",在黄金海岸已经用过了。我要的是"爱尔迪什",一种兑威士忌酒的爱尔兰风味的咖啡。一面喝咖啡一面看着街景,闲谈,我了解了一点留学生生活的机会和艰辛。王欣春天曾回国到北京我家来看过我,想不到半年后我们又在布里斯班见面。

晚上在"大明朝餐馆"吃饭。饭后文学朗诵。我读了我的小说《买买提处长轶事》英译本的两段,翻译者是朱虹。以我的蹩脚的英语,阅读的效果算是好得出人意外。

杨宪益老即席赋诗,其二是:才过中秋又逢春,布里斯班气象新。草长莺啼花似锦,不知身是异乡人。

倒也实在,贴切。

回旅舍后整理行装,凌晨一点才草草睡下。旅行跟我热爱的睡觉,还是常常有矛盾的。

9月30日　至悉尼

晨九点半与周斯先生一道乘安赛特公司的班机告别了春深似海的昆士兰州,十点五十分到达悉尼——海外将此地名译为雪梨,很美,又有点"通俗文学"。住华尔爱她(Waratah)旅馆,华尔爱她是一种花名,此花鲜红欲滴,画在旅舍标志上,很耀目。

晚上是由澳大利亚艺术理事会文学方面的负责人珊德拉女士做东的招待晚宴,来了一些居住在悉尼的著名作家、剧作家和诗人。

10月1日

今天是国庆节,客中度过了。谨向我多灾多难的祖国致以最好的祝愿。

九点,接受我中国新闻社与中国国际广播电台驻悉尼记者的采访。我们谈了文学体制问题与访澳印象,前一方面的内容后来发表在《世界信息》报上了。

十点在罗伯特——中文名字罗清易小姐的陪同下观看了电力博物馆,是以一个旧电厂改造成的综合博物馆。接着去了美术展览馆和现代美术馆。现代美术馆位于码头,就在举世闻名的贝壳状的悉尼歌剧院近旁。时已中午,许多人在草地上午休和用饭。

中午与美术馆的朋友一道在海鲜馆用饭,我要了一个姜汁鱼汤面条带配菜,很别致。我们谈起了现代艺术的评价问题,他们观点一致地说:"尽管对现代艺术的理解与评价众说纷纭,尽管对他们的某些作品我们也不能欣赏,但是我们坚信艺术家有探索的权利和责任,而没有探索创新也就没有艺术。这样,我们的美术馆就必须为之提供应有的空间。至于最后这些作品是否会取得巨大的成就,那是未来的事。"我说,这是一种健康的与明智的态度,是一种建设性的文化品格的表现。见到自己接受不了的就否定之、批判之乃至运用行政手段消灭之,恐怕是不可取的。那样做只能导致创造力的衰退与文艺的荒芜。

回旅馆,我驻悉尼徐总领事已在等候,一起聊了聊,他的性情很爽朗也很健谈。他答应帮着解决回程改乘民航航班的问题,因为,如按原计划乘国泰班机,还要在香港入境过夜,耽搁长达十六个小时,非我所愿也。

下午在悉尼大学教工俱乐部由大学亚洲研究中心主持我的讲座,介绍当前中国文学创作的一些情况。来的人极多,临时加椅子,还有许多人站着。会后聚餐,自愿参加,除我是被招待的客人外,其余都要各付各的钱。结果来了二十多人,两桌,他们向我提出了许多问题,显示了他们对国内情况之关心,我一一答问,最后,嗓子也哑了。同一餐室有几位华侨领袖,与之见面。他们正在忙于试麦克风,准备第二天利用周末晚上举行中国国庆的庆祝活动。

10月2日

上午去澳大利亚理事会的办公楼与珊德拉女士见面,听取了她的一些介绍并小事参观。澳理事会是一个半官方机构,主要由专家组成,政府对之实行"一臂之遥的领导",即不过多干预其业务。她领导的文学组的一个重要任务是从物质上支援作家,例如周斯先生在离任回澳后便获得了理事会的三年的创作补贴。珊德拉女士很强调他们的文化的多元化方针。她举例说,一位以汉语写作的原居住在香港的女作家钟晓阳,最近已获得了他们的理事会的财政支持,此事已登在悉尼的报纸上。珊德拉还带我去一个资料室,那里的书架上放满了在理事会支持下写出来的精神成果——一册又一册的书。

午饭十分隆重。理事会尽可能请到了上次（一九八八年三月）我以官方身份出访时在悉尼会见过的澳国作家，印好名单，把曾见过的作家用星号标出来。其中出版家弗朗西给人的印象很深，他的服装面孔头发都使我想起狄更斯笔下的人物——匹克威克先生或者《大卫·考伯菲尔》里边的人物来。一路又吃又说，摄影留念，直搞到下午四点才结束。

晚上与楼参赞一起去海港小剧院看话剧《和女王在一起的两个星期》。这是一出喜剧，除主角外每个演员演好几个角色。剧本描写一个对英联邦女王十分景仰的孩子因其兄患白血症独自跑到伦敦向女王求助，终于一无所获，失望而归的故事。话剧表现了澳国与她的母国英国的文化差异乃至摩擦，并且对于女王体制颇多不敬，反映了澳国各方对于他们自己的国体的分歧见解。演得灵动自如，我甚至想说，他们很可能受到了中国京剧的影响。总之演出十分成功，观之兴味盎然。

10月3日

今天又是星期六了。一早我抽空去了张光年同志的两个在悉尼的孩子家，了解了他们的生活情况。十一点去悉尼塔最高层的旋转餐厅吃自助餐，是由中国银行的悉尼分行张老总做的东。在这里边吃边谈，可以俯瞰悉尼全景，三面是海，一面是陆地。海上有许多私人游艇，碧波白帆，水纹如绣，一派悠闲。晴波历历悉尼港，碧树萋萋蚌壳堂（歌剧院）；端的是看不完的人间盛景也！

便谈起澳国的情况，他们自称是三 L 国家：Large，Lucky，Lazy——巨大，幸运，懒惰。当真是地大物博，人口稀少，资源丰富，得天独厚，从无战乱动荡，"长期稳定"，南半球的世外大桃源。另一方面经济发展缓慢停滞，货币汇率不断下降，高福利低积累，经济问题很多，民族问题特别是与土著的关系问题相当麻烦，最近两年社会治安状况也有今不如昔的态势等等。据说澳洲许多人预测，以中国的发展势头,将在不久的将来把他们甩在后面……当然,我不是这方面的专家,也许是人家自谦,一家一本难念的经,中国远没有自夸自得的道理。

逛商场。来到国门之外更感到了改革开放的成绩。服装鞋帽,挎包提包,皮箱腰带……一大批物美价好的日用品都是中国制造。当地人告诉我,二十年前这些东西大多来自日本,现在则是中国了。我的印象是,我们在给全世界打工,我们在赚全世界的钱,我们的经济确实已经和正在与世界市场关联在一起,这方面的进展实在惊人,这方面的趋势是任何人也扭转不了的,即使他革命词句泰山压顶如火如潮如刀如原子弹爆炸也罢。

晚上由原《星岛日报》总编、上海人吴安文先生做东,请我们在"翰腾阁"吃饭。菜确实烧得漂亮。

10月4日

早八点告别悉尼,坐文化处的车三小时于细雨中抵堪培拉。途经 Golburne 镇,在大石羊雕像前留影。抵堪后下榻国立大学之家,旋即去了我文化处。下午与楼参赞等同志去看此时最红的一部澳大利亚拍摄的电影《交谊舞大厅》,据说此片在最近的戛纳电影节上获奖。描写在国际标准交谊舞领域中保守与革新的冲突。整个影片拍得极有节奏韵律,与众不同。影片的男主角从民间、从非英语民族舞蹈素材中汲取灵感,备受阻挠歧视,终获成功。我看电影时想,这片子的某些处理,还挺符合《在延安文艺座谈会上的讲话》的精神的。

晚上与大使及使馆各位参赞一道用饭,并与使馆同志见面漫谈。

10月5日

一早就随前澳国驻华大使郜若素先生一道去他的农场。他在一九八三年以前是大使,回国后任霍克政府的经济顾问,现为国立大学的经济学教授。我们是老朋友了。

一小时后到达他的农场，他的妻子珍妮已经于头一天晚上到达以做些准备欢迎我们。先和他一道去种树留念，然后绕了一大圈参观他的羊圈、果园、扬水站、糖仓等。他说他很喜欢乡村的生活和劳动。他搞了一节废火车车厢来，想把它修成一个别墅。我赞扬了他的想象力。他说按中国的度量制，他的农场有六千亩面积，他是大地主了。但在这里其实这个农场是比较小的。他还说他日前刚去中国参加荣毅仁的中信公司组织的一个研讨会归来，离开中国五年，他感到了北京的突飞猛进，他认为，中国经济上的成就确实是非常可观的。

　　下午四点他把我送到汉学家（依我的玩笑话是）"京油子"白杰明家，骑了他为妻子琳达过生日而买的青白马，并结识了他们的邻居、同样爱马的嘉娃小姐。晚饭后，嘉娃与她的先生带着他们的宠物——一只大鸟来了。她说这只大鸟是在公路上受了重伤（也是车祸）被她发现和捡回来的。经过她的精心照顾和医疗，它完全恢复了健康，并和她建立了——用她自己的话来说——类似孩子与母亲的感情。大鸟的样子接近于猫头鹰，但目光在灯光下仍然炯炯。它确实与嘉娃极亲，依依偎偎，难舍难分，令人感动。唉，什么时候我们的同胞也能够普遍建立起一种福延鸟兽草木的爱心来呢？什么时候不至于一这样说便立即遭到反驳："你爱霍乱菌吗？你爱黄世仁吗？"一提到爱就想到霍乱菌与黄世仁，认为爱是黄世仁与霍乱菌的专利，认为提倡爱的人就是与霍乱菌为伍，这样的思路这样的振振有词果真是叫人没有脾气的了。

10月6日

　　九点去花街公园看花，现在正是郁金香盛开的季节。此花要凉一点的地方才长得好，悉尼是没有的，所以许多悉尼人也到这里来赏花。我想起我在新疆时维吾尔老农说过的话，他们说花儿是属于天堂的。人应该缔造天堂而不是地狱呀。

十一点在大学亚洲研究中心讲当前我国文学生活状况。十二点三十分,在议会——政府大楼,由议会外事与国防委员会主席夏赫特(Mr. Schacht)请吃便饭,比我早到堪市并准备在国立大学任教一个时期的杨宪益先生也在。我见到菜单上有豆腐配菜一种,便点了此菜。大片炸豆腐放在盘的中央,完全西餐的架势,有趣。只是豆腐已经发酸,不知道是不是澳人的口味就是如此。饭后与萧特研究员交谈中国的传记文学与黑社会题材文学作品问题。他不久前访问中国,对书摊上有描写解放前上海清洪帮头子的书大吃一惊,他问:"难道让现在的读者学习清洪帮么?"可惜我对此类书一无所知,但是我不理解他为什么认为描写谁的书就是要学习谁——这不是太"教条"了吗?我们与国外的"中国问题专家",确实有互相影响又互相以为对方未免教条主义的经验,哭笑不得。

三点四十五分,与澳国艺术部长温蒂·珐琴(Hon. Wendy Fatin)会见,她说她十一月将访问中国。

之后又与一批议员交谈,我着重介绍了今春以来中国改革开放的新势头与新的希望。

在堪培拉的访问东道主是澳联邦政府外交部,便安排了一些与政治家的会面。对不起,与政治家的会面还是有点累人——不管他(她)是东西南北方的。我强调,其实我说到底并不是政治家,只是一介文人而已。

晚上与楼参赞一道在大学之家的西餐馆吃饭。我听她的建议要了袋鼠肉。澳国袋鼠极多,国家规定了每年捕杀的指标。食之如鹿肉然。

10月7日

九点多钟由澳国联邦政府外交部的福斯特先生送我到了机场。我文化处的好几位同志也前来相送,令人难舍。我因办好登机手续后把登机牌折了两折放入衣袋,临登机时电脑检票机"拒收"我的有折印的 bording card。机组人员费了半天劲把它展平，电脑就是不肯通融。无法，只好劳动一位先生又跑了一趟从柜台给我另换了一张登机牌，才得到认可。电脑确实是铁面无私，电脑化很可能有助于杜绝人情徇私，但是电脑又毕竟太"教条"了。

十点起飞，十一点抵墨尔本停一站。四十五分钟以后又起飞，一点十五分，当地时间十二点十五分到达阿德雷德。阿是南澳的首府，我是头一次来。我这次来澳，总的是受昆士兰州的邀请，其他城市则是"铁路警察，各管一段"，悉尼的东道主是澳大利亚艺术理事会，堪培拉的是联邦外交部，到阿城则是阿德雷德大学了。大学的高级讲师陈兆华来机场迎接。陈于六十年代曾在北京师范学院任教，说起来我们还是同事。"文革"中她离境去香港后去澳洲，一九七九年经《人民日报》安岗同志介绍我们相见，也算是老朋友了。

从机场出来说是吃一点东西，去了一家中餐小吃店，我要了一碗馄饨一碗稀粥，果然，稀粥一喝，分外踏实。陈女士问我想吃什么，我的回答是南瓜。是的，澳大利亚的南瓜举世无双，个个块块都是那么面、甜、香。陈兆华吃了一惊。我解释说，谁让我是来自北方农村，生就练就了一副瓜菜代的肚子呢？代久了，也会有感情的。

细雨中到达陈家。小憩后沿街散步，家家都是花园，一派春光大好。万里游春到澳洲，春花春雨使人愁……若有所思所忆——但得故里春如锦，聊慰平生意气稠。打油而已。

晚上陈先生下班归来，他在大学的图书馆工作。他们已在澳定居多年，又都有比较好的职位，家里的条件很好。我们交谈得十分愉快。

10月8日

清晨才七点便接到楼参赞的电话，说是获悉通知我回京列席"十四大"，问我能否改变日程提前回去。我想，当然"十四大"事大，便当机立断，改！这当然给东道主带来不便，但解释一下，他们亦当谅解。一上午与堪培拉、悉尼、墨尔本不知通了多少次电话,终于最后敲定,改日程,换机票,赶回去。

中午一点,在大学举行文学讲座,来了不少来自中国大陆、台湾与港澳的留学生,问答甚欢。

晚上在一家马来西亚餐馆,由大学亚洲中心的老师们请我吃饭。

10月9日

十点先给汉学学生讲了一节课。陈讲师得知我将来访后她给学生讲了《组织部新来的年轻人》的一些段落,我正好来回答有关的问题。

十一点赶赴机场,一点半抵墨尔本。有我驻墨总领事、文化一秘及大学的叶晓青博士前来迎接。下午参观大学并与另一位老朋友、澳国前驻华文化参赞、现 Play Box 剧院负责人、艺术家甘纳尔先生见面。傍晚在大学搞文学讲座达两小时。

本来,应该是十三日到墨,十四日讲座,还要出席当地华文作家协会的活动,还要观看甘先生那里的演出,十七日才回国的。这回倒好,全吹了,保留一点节目全压缩到这半天。

晚上就住在叶晓青与她的丈夫金先生(Mr. King)家里,一夜无眠,等着回国回家,更等着"十四大"。

1992年

遥远啊,遥远

一九九六年六月十七日,火车接近爱丁堡,东道主苏格兰—中国友好协会主席秦乃瑞教授告诉我们:"从右面望去你们会看到一汪湖泊,湖边有一只天鹅,只有一只。它永远呆在那里。"

什么?一只天鹅?也许本来是两只吧?从什么时候变成一只的呢?它飞不飞?它生活在距铁路那么近的地方,不觉得吵闹么?

原爱丁堡大学汉学系主任秦乃瑞说:"许多年前它就是孤独的了。是的,原来有两只,应该是两只。"他说得不太肯定,"那另一只是死了么?好像有十多年了。这只天鹅很安详。它总是那个样子。"过了一会儿,秦教授似乎有点不放心,又说:"我有一年多没来这里了,也许它已经死了或者飞走了,也未可知。"鹅事无常,他把他的关于天鹅的叙述加上了保险。

紧接着,他欢呼起来:"看,它在那里呢,还是那个样子。"

顺着他的手指望去,我们看到了白茫茫的一片,有一洼水,更远处该是白茫茫的大海了。英国是岛国,而苏格兰岛上又有那么多湖泊;这里,水是湖,也是海,海是水,湖也是水。只要你的目力好,也许四面远眺都能看到水。白茫茫的一片中,有一个小黑点,那是一只天鹅的眼睛。然后是冠子,是翅膀,再仔细找,你才分辨出天鹅的轮廓:不是芭蕾舞里乌兰诺娃扮演的那种高贵与温柔的天使,不是动物园里的洁白的宠物,而是一只粗犷的、野生的、平静得叫人难以置信、我觉得应该是苍老的与世无争无碍的大鸟。它为什么遗世独立到如此地步？它果然参透了一切了么？既然遗世独立，又为什么不离开火车的喧嚣寻找一方雅静的去处呢？这也是"大隐隐于市"么？

这里有真正的而不是表演的孤独。我"哦"了一声，觉得可望而不可即。

爱丁堡是一个古老的石头城。许多建筑、道路都是绛红色的石头堆砌而成。她又是一个山城，四面环山，高低起伏，很有立体感。特别是矗立在市区西南方向的古堡，古色古香，森严朴拙，显现出历史在成为历史以后特有的从容与随和，沉默与庄严，也许，还有平静的矜持。它不声张，却很招眼。我们仰望着它，脸上现出会心的笑。

我们下榻于一条车马稀落的石头路边的白色旅馆，这个旅馆的最大特点就是绝不现代化。没有电梯。呀呀作响的木楼梯占了偌大空间，木梯扶手下是如排排花瓶一样的栏杆。房间面积大，但地板凹凸不平，宽大的窗台（说明墙壁极厚）与颇显笨重的双层白漆窗户，简单的浴室设备，提供给客人自己煮茶煮咖啡用的电壶、整套茶具和佐茶饼干，显示了一种与日本或者香港的星级宾馆大异其趣的傻乎乎的旅舍情调。进入这样一个房间，你觉得是进入了一种至少二百年前早已如此这般的生活。你追溯陈年旧日。你觉得别致。但也会想，如果不是做客而是长期生活在这里，会是一种怎样的情景呢？古老静谧得令人痴醉还是发疯，恐惧戆觫还是羽化而登仙呢？

傍晚在彼特瑞图书馆与当地作家会见。小小的图书馆更像一个普通的住宅。楼下几书架书，散发着陈旧的纸张与油墨气息。二楼也有一点书，但有更多的沙发和靠背软椅，似可用来小聚。摆一点饮料一点小菜小点心，就算是鸡尾酒会了。我应邀用中文朗诵了苏格兰诗人彭斯的诗。也朗诵了他们喜欢的作品。这里是没有什么专业作家的，所谓作家云云，反映的似乎不过是个人爱好，既无规格也无什么特别的自我感觉。给我印象最深的是来自北部山区的一位谦和朴质的家庭妇女，她以浓重的方言口音朗诵了一首儿童诗，她的卷舌音非常有力，如诉如歌，神态也特别朴实和坦诚。当然，她的身份是家庭妇女,而不是什么惊天动地的作家。小小的聚会使你感到苏格兰人大多更纯朴更谦虚也更好接近。

离开图书馆走上一条石街。天光暗淡,小风吹在身上颇有寒(不是凉)意。石头建筑黑影幢幢幽森古老。我们到一家广东餐馆与前"港督"、后来任我港事顾问的卫奕信博士共用晚餐。饭后,由于车少人多,我坚持要步行回旅馆。卫奕信则坚持步行送我。我们俩都走得飞快,但车子还是很快赶了上来。于是我用英语玩笑地骂了一句"大粪",改为跑步,博士也跑起来了。我们笑着跑,称得上是"跑遍青山人未老"呢。

五月十八日上午冒雨参观爱丁堡古城堡,从中了解了苏格兰与英格兰连年厮杀的一些故事。也许这些年生活得太娇嫩和书生气了,看着古代的那些盔甲、长剑、战袍、盾牌,还有军棍扎枪之类,古物幽幽,尘嚣尽落,我只觉得陌生,格格不入,找不到什么感觉,也想象不出英格兰苏格兰人大战的宏伟和血腥气象,倒是因阴雨而接纳了不少暮春的寒气。四周石块砌就的高大建筑和岁月给巨石涂上的黯淡颜色,令人慨叹时间的悠久,过往的无迹。战争原来是那样的不可一世却又如此容易被历史掀过页去。

爱丁堡古堡边我们参观了农民诗人罗伯特·彭斯的故居——故居里陈列着彭斯的一个情人送给他的一缕红发。我联想到我参观过的许多外国作家的故居:莎士比亚、朗·费罗、爱尔维斯、霍桑、歌德、席勒……除歌德的府第比较神气以外,其他人的住宅都很质朴孤单,多远离大城市。他们显然没有成群结伙住在政府修建的作家楼、高知楼里,有动不动住宾馆、开代表大会的福气。那时候,当一个作家是多么寂寞的事。

古堡附近有苏格兰威士忌展。一九八○年我第一次访问美国,知道美国人是怎样地喜爱并每每要加上冰块饮用的这种芬芳亮丽的威士忌酒。如今来到了"斯卡奇"(原意为苏格兰的,西方饮者以此为苏格兰威士忌酒的简称)的故乡,道一声哈啰,看到了各种酒器酒桶,并得以品尝不同风味的正宗斯卡奇,不知道是快慰还是惋惜——匆匆邂逅,然后长远地——如果不是永远地——分手。

午饭过后,在淅淅沥沥的阴雨中,我们开始向高原进发。

在许多不同的语言中,高原都不仅是一个地理名词。我有一篇小说就题为《高原的风》。听说去高原,我立即有一种兴奋和向往之情油然而生。汽车在弯曲的公路上疾驶,极少人烟,倒是有不少湖泊、丘陵、树木,特别是灌木,还有就是成群的牲畜——牦牛、绵羊和高大美丽的马匹。秦乃瑞见到这些牲畜便兴奋起来,一再要我们顺着他的手指看过去。中途经过一个小小的旅馆,看了看它的礼品商店——全都是土产。除了斯卡奇以外苏格兰最有名的就是他们的羊毛纺织品了。这里的纺织品是用古老的手工织出来的,并不鲜艳细腻,然而因为它的地道的成色而颇吸引人。天气正在变化,旅游盛季即将到来,店主人正忙于整洁商店的内部。浏览商品后,我想用投币电话往北京打电话,告诉家里我们已经离开伦敦和爱丁堡,正在向高原行进。试了几次,几枚硬币掉到地上不知什么地方,始终没有成功;这更证明我们离北京太远太远。我觉得怪怪的,此身何处?高原何处?漫游何方?这样一个土气十足的孤零零的旅游商品店就在这角落里?他们就这样活了几十年或者几代人?我们中国人也许太不习惯如此冷清的生活啦,一年又一年,我们活得多么热闹红火呀。

由于阴雨,愈走愈觉得冷。幸好在爱丁堡买了一双羊毛线袜子,找出来穿到脚上。车愈走愈远,也愈加孤零零。路上很少会车超车,我们毫无阻碍地一路前行,一味前行,于是离伦敦、离爱丁堡、离北京也愈加远。阴雨连绵,旅程连绵,道路连绵,远了再远。天色也因了这远过早黯淡下来。

《遥远啊,遥远》,这是一首我喜欢的苏联歌的名字。到达旅馆的时候,我想起了这支歌曲。

这次到的地方是拉纳克旅舍。旅舍挂着的牌子上另有一行字:"高原俱乐部"。东道主向我们解释说,选择这住处是因为旅舍正对着漂亮的拉纳克大湖,当然还有它的完善的设施和服务。

这就是高原?除了遥远,一点不像我和妻曾经去过的祖国的帕米尔高原那么高,呼吸一点不感局促。进了旅馆房间,果然窗外可以看到阴雨中无奈的、有气无力的湖。疲劳令我觉得来到了真正的天涯海角——不是万头攒动抢着留影和买椰子水的海南岛南端景点天涯海角。

按照当地习惯,我们在晚餐前喝了一通斯卡奇。活泼的旅馆经理穿着苏格兰式的毛料大方格裙子向我们问好,手里还拿着苏格兰特有的乐器——风笛。这种裙子我们在爱丁堡早已看到,当地一位中国留学生动员我买一件穿穿。我开玩笑说,如果在北京穿裙子上街,只怕会被送到安定医院。而在这个高原,穿裙子的经理却令人觉得潇洒亲切举止自如。

饭厅的另一端是酒吧。据说当游客多的时候或者节假日,酒吧里会有乡村乐队的演奏。于是我们谈起了普遍流行的苏格兰歌曲《友谊地久天长》。不知道这歌的普及是不是与电影《魂断蓝桥》有关。《魂断蓝桥》是好莱坞的电影,写的可是发生在英国的故事。原名《滑铁卢桥》,那桥就在伦敦,一座相当旧的桥梁,无甚奇处,前两天我们还从那里经过。主人说,这个歌一般是在圣诞前夕平安夜才唱的。主人还说,这个歌本来是四分之二拍子,由于电影《魂断蓝桥》的处理并用它来伴奏男女主人公的慢三步舞,流传开去,竟变成华尔兹舞曲了。我一面听一面试着恢复它的两拍节奏,觉得神妙之至。是的,苏格兰是什么?真正眼见过的人可能并不那么多。但是大家知道斯卡奇,知道她的方格毛织物,知道《友谊地久天长》,知道彭斯,知道尼斯湖(不是拉纳克湖)怪兽。却又未必知道得准确,不准确也就以讹传讹,假假真真,真假莫辨,也许就假胜于真了。这也是一种因缘,一种宿命吧。

一九八七年我第一次访问英国的时候由于公务繁忙,由于"积极"和"严格要求自己",我谢绝了东道主访问苏格兰的安排,而只是匆匆来去于伦敦和伦敦附近的牛津和莎士比亚的故乡艾文河上的斯特拉福。后来，一些朋友告诉我到英国而不去苏格兰是很可惜的。我因朋友的遗憾也遗憾起来。"聚散皆由天注定"，那首粤语歌不是这样唱的么？我来了，九年以后来到苏格兰高原，哼吟着圆舞曲《友谊地久天长》，饮着正宗的威士忌，穿着土产羊毛方格花纹袜子。户外阴雨连绵，我们听着秦乃瑞的妻子、陈西滢与凌叔华的女儿陈小滢讲她自己的故事——也是那么多风风雨雨，而它们的背景即欧洲的近百年历史也是那样的沧桑变迁乃至充满惊涛骇浪。世外桃源何其难觅，一家一本难念的经。白头宫女在，闲话说玄宗……呜呼！

五月十九日雨下得更大了。早餐时刻陈小滢讲她的经历遭遇也越发激越。饭后只好冒雨出游，车绕着拉纳克湖没完没了地开行。阴雨中，湖泊如晕如染如天如路如雨，迷迷蒙蒙，混混沌沌，似在哀哭，似在睡梦，似在拒绝，似在沉思怅惘。雨中的湖有一种单调的美，令人感动也令人叹息，令人心酸也令人疲惫。在遥远的地方，在望不见人烟的地方，除了湖还是湖，除了雨还是雨，除了草还是草。汽车的挡风玻璃上水珠愈来愈多，雨刷的移动愈来愈快。我昏昏沉沉，若醒若醉，匪喜匪悲，不知道因了什么又为了什么。

车停了，来到了一个废弃的火车小站。铁路，房屋，一条疑惑的瘦弱的狗，残存的一点木材，生命与无生命都长着斑斑霉锈。凄风苦雨，让你觉得这个废弃的小站即将在凄风苦雨中融化而去。已经废掉的小站比正在使用的火车站更多了几分温情。作家更对"废"多了一层敏感。

又走又走，我们都说不饿，早饭吃得又多又晚。便废了午餐，绕湖一圈，由另一方向驶到一个山谷。说是这里有名，维多利亚女王曾经来过并喜欢这里的风光，因而被命名为 Queen's View——女王之景。

名不虚传，女王好眼力！这里视野渐趋开阔，近远兼佳，山明水秀。俯望下去，湖水如镜，阴霾天气竟有这样明丽的水光！谷势曲折,峰峦叠复,绿草油油,杂树依依,山坡还有层层梯田,没有大寨的梯田那样雄险,却多了些妩媚和清明恬淡。天公凑趣,竟在这时暂停了雨,漫天的云霞中露出一抹阳光,于是女王之景更加清爽如洗明艳如画,称得上是江山如此多娇。想来当年女王陛下在这里是何等的惬意!而这里的凡人百姓却是天天与之相亲相伴,纯朴的人与纯美的自然天人合一融为一体,能不感谢上苍?

然后又是风雨阴云。我们回到拉纳克湖的拉纳克旅馆,稍事休息,我用大厅前廊的投币电话叫通了北京。万里重洋一线牵,心落到了实处。

二十日离开高原,天气似雨还晴。回路与来路不同,经过一个充满巨石的大山谷,树阴交错,水波荡漾,浪花飞溅,霍霍有声。我们下得车来,循石走向山谷中央,一片清凉中衣上溅了不少水花,让人想起了王维诗意:"明月松间照,清泉石上流"。只是,这里的石与水似乎都比王维诗中描写的个儿大得多。

中午路经一个铁匠铺。老板、老板娘的纯朴健康,红红的脸蛋与待客的诚实都令人感动,以至感叹全世界无产者联合起来的口号的魅力。这铁匠铺并不是一般手工作坊,夫妻俩主要是做艺术品,是从事重体力劳动的艺术家。各种金属的小人小车小马小物,都生动可掬,天真如赤子,像它们的作者本人一样质朴善良乐观,生活得津津有味。我选了一朵铜制的红玫瑰,钢做的叶子,买下做纪念。玫瑰美丽而脆弱,我高兴这铜花钢叶的玫瑰永不凋谢。

然后,当然,上了天堂也罢,去了地角也好,遥远啊遥远也一样,早晚得再回到最初出发的地方。我们的"最初"究竟在哪里?先是爱丁堡,一天后是伦敦。还有许多天,访欧旅程才刚刚开始,反正最后——不是最后,还是以后——是北京。然后慢慢回忆:遥远啊遥远,那儿阴雨连绵,湖泊连绵,玫瑰永远,《友谊地久天长》又名《一路平安》;何当共饮斯卡奇,且话高原阴雨天……

发表于《大家》1997年第3期

安憩的家园

也许你想不到,在我们的一九九六年欧洲之旅中,一种温馨的经验,乃是徜徉在一些墓地里。

第一次是六月二日,小雨中,波恩大学顾彬教授带我们去波恩著名的老公墓。公墓离市中心不远。在树木中,我们进入了以黑色的高铁栅栏围圈起来的墓地,每人举着一把雨伞,承接着从天上和树冠上落下来的水珠,滴滴答答。这里不仅有庄严肃穆的松柏,也有葳蕤繁茂的阔叶树,更有许多花木灌木。用各种建筑石料修起的墓地十分清洁整齐,肃穆中不无舒适和谐与美丽,不像严肃的中国墓地给人一种压迫感。同行的正在波恩客座任教的复旦大学袁志英教授告诉我,那一个普通的坟墓里埋葬着叔本华的妹妹。那是一个聪明但不够美貌的女子,对她的哥哥的一生与学术事业起过巨大的作用,然而她自己在爱情生活上十分不幸。我注意到她的墓前有一枝艳红的玫瑰花,看样子放上去不久。哲学家的妹妹有知,也许会为她在百年后仍然为人们所怀念所同情而感安慰。而我也有另一面的感动,这不是祭陵,不是典礼,没有"目的"和表演性,这只是一个私人的关爱,对于挣扎在战争、掠夺、压迫中的人们来说,也许这只是一种闲情逸致。一个无名人悄悄地为一个并非伟人的死者献花,一种超越生死时空界限的精神联结,中文叫做神交。多么仁爱,多么善良!

每个坟墓的造型都不相同,既有宗教性也有人间性,永恒而又和平。有的坟墓上方像是一座小凯旋门。有的坟墓像一个奖杯。有的像是盾牌。有的像是花圈。这里是建筑艺术与雕塑艺术的结合，是人对于生与死，对于永恒的终极的感受与思考。我愈来愈相信，坟墓其实是人类反思自身安慰自身提升自身的地方。也许形容墓地的风光用琳琅满目四个字是太轻薄了，反正这里并不仅是沉重的千篇一律。与其说在这里感到的是死神的压迫，不如说是生命的温暖辉煌。

这里的文化名人多。一个是德国著名的哲学家、文学家、浪漫主义理论的代表人物奥古斯·施莱格。一个是在与拿破仑的战争中以爱国行为而名声大噪的诗人安特。顾彬说，由于希特勒的教训，二次大战后德国人不喜欢讲什么爱国主义，结果也影响了对安特的评价，人们不那么喜欢他了。前人受后人的"株连"，德国也是如此。

这里还有席勒的儿子、贝多芬的母亲等人的安息地。我已经记不完全了。

最大的坟墓是音乐家舒曼的。他的墓前有三个儿童的镀金雕像，三个天使一样的儿童持着弓拉小提琴。可恨的是前不久有一个儿童的"手臂"被偷儿偷走了。正像到处都有艺术一样，罪恶也无处不在。然而让人感动的东西更多，这里有整篮的鲜花，有簇簇的花束，有写着不同文字的缎带，更有一个精致的小鸭玩具，相信它是一个小孩子献给舒曼的在天之灵的——他把他认为最好最可爱的东西给了舒曼，他把自己的天真的心给了舒曼。

提起舒曼来我立刻想起了我国的著名话剧《霓虹灯下的哨兵》，那里边有一个"小资产阶级知识分子"林媛媛，在大军解放上海，全市掀起了改天换地的革命高潮的时刻，她把自己关在家里听舒曼的音乐。当男友问她在听什么，她回答是《梦幻曲》，全场观众哄堂大笑。是的，在那个场合还说什么梦幻，是多么可笑多么不合时宜。也许某个时候我们有充足的理由去嘲笑梦幻与孤独的灵魂，然而对舒曼还是不嘲笑的好。后来的历史证明了即使是事出有因地嘲笑一个似乎与中国人民大众不相干的乐曲，也不是没有让我们付出代价。

我也想起了一九八四年我访问苏联时的情景。在塔什干，我们去参观无名烈士公墓。在那里,我们看到了象征苏联卫国战争烈士的精神的永不熄灭的火焰,还听到了女声无伴奏无字合唱,她们庄严地吟歌着的正是舒曼的《梦幻曲》旋律。多么有意思呀,表达对在抗击德国法西斯中英勇牺牲了的烈士的怀念,却用的是德国作曲家的作品。

因为这里有一种极致,悲哀与眷恋、寻找与赞叹的极致。这种极致属于全人类,属于德国、独联体各国也属于中国。谁能在听了这个曲子以后不悠悠神往呢?

我也想起过去的民主德国拍摄的描写舒曼的青年时代与他和克拉拉的爱情的影片。舒曼是神经质的,克拉拉年轻而又美丽。出身寒微的舒曼爱上了门第高于他的克拉拉,一个终于成功了又终于没有成功的爱情——音乐故事。他们生了许多孩子。但是舒曼最后是作为精神病患者过早地死去的。从舒曼身上也许会让我们想到不仅是文章,艺术也"憎命达"的残酷的真理。

离舒曼不远,是克拉拉的坟墓。克拉拉也是一个很好的音乐家,创作了大批音乐作品,而且专家们相信,有相当一部分署名舒曼的乐曲其实是克拉拉创作的。

一九九六年恰逢克拉拉逝世一百周年。我们在雨中散步,离开老坟墓,经过贝多芬纪念雕像,走到市区奥古斯·施莱格故居,参观了在这个故居里举行的克拉拉生平与创作展览。就是说我们在那里的参观包括了对两个文化名人的纪念。克拉拉的画像端庄美丽,展室里轻声播送着她作曲的音乐,令你感到克拉拉——舒曼的永生,你觉得克拉拉、舒曼以及贝多芬、马勒、门德尔松等人就活在你身边。似乎他们不仅作了曲而且正在为你演奏——所有的后来演奏者都是他们的生命的延伸。参观者们屏神静息,蹑手蹑脚,若有所悟,唏嘘不已。

第二次进墓地是我们住在科隆附近的农村,朗根布鲁希的海因里希·伯尔的别墅的时候。一天傍晚,邻居、退休教师路德维希太太带我们去参观附近的霍特根村二次世界大战时期的老战场。我们先在路边的开阔地看落日，看附近的克瑞佐镇与北莱茵州首府杜林市的风光。杜林的电视塔与教堂尖顶历历在目，往远看还可以看到德、比、荷交界处的亚琛市的电厂与消防塔。四周一片光明平静，大片菜花地金光耀眼，起伏的绿草如波如浪。你觉得空阔而又舒适——你无法想象当时的枪林弹雨。

路德维希太太说，海明威的《丧钟为谁而鸣》描写的就是此地的战役，二次大战中德军与美军在这里展开过拉锯战，阵地易手四十多次，美军死伤达五万人。战场边修起了美军阵亡战士的墓地，记载着当年的鏖战。于是你感到了和平和生活的分量。

我们来到了美军阵亡者的墓地。在一片树林里，一个石碑记载了战争也刻下了死者的姓名，然后是排排的十字架。这里天地无语，一片森然。我们不由得低下了头。

然后退休女教师又带我们去看一个犹太人的公墓。有特点的是许多坟墓上摆着石头。路德维希太太说，犹太人的习惯是出远门前，到自己祖先的墓地来，放上一块石头。这也是一种乡情，一种远行千里不忘桑梓、不忘祖宗的情思吧。于是，我一面看着众多的石头，一面遐想有多少人远行在外。我们现在不也是来自遥远的亚洲的游子吗？我们故乡的"石头"别来无恙？

第三次去墓地则是在六月二十六日，也是一个晴朗的天气，我们刚刚在海德堡、德累斯顿、魏玛、柏林之行后回到朗根布鲁希。我们散步去三公里外的克瑞佐。先经过一个小村，再穿行于树林，经过碧绿的雷雅河，然后到达克瑞佐镇的"郊区"小村庄。这个村庄靠近公路的外缘是两排坟墓，小巧精致，几乎每个坟头上都放着鲜花，墓与墓间也长满了近乎野生的小花小草。有一个坟头上镶着死者的照片，那是一个年轻美丽的女性，坟前放置着一盏长明的桅灯。她为什么那么早就离开了人世？你于是凄然悚然。这时有一个驼背的老年妇女从村边的一间房子里走出，她已经高龄，瘦弱不堪，白发也已经秃得所余无几。她举步维艰地走到坟墓这边。她在一个坟头上放下鲜花,放下一盘点心一壶咖啡,脸上有无限的怀念与温情。她坐下来,低头不语。不,那不是默哀,她是在享受与死者的交流与互相祝福。她的脸上的表情是幸福的沉醉的与感激的。死者是她的丈夫抑或儿子?然后站起身,躬着腰,颤颤巍巍地走了。

她大概每天上午都要来这个墓地的。她的家不远。这个墓应该说也是她的家她的生命的一部分。

我和妻惊呆了,我们只觉得坟墓里的人是活着的,死者不孤单。他们与生者、与他们的亲属他们的乡亲居住在一起,活着的人随时和死者亲近和死者交谈向死者表达无尽的关爱。人生在世,谁能无死?一般情况下,谁又不畏死?谁不为人世的无常与生命的短促而长太息以掩涕?谁能不过墓地而垂下自己的有时未尝不是愚蠢与自负的头颅?

然而有爱,爱比生命长久,爱不分阴阳界,爱滋养着灵魂。死并没有结束爱而是使爱更亲切深沉。每个好人都爱许多人,每个好人都遗爱人间。在这个小村边上,小小的墓地是爱的家园,是亲人和乡亲们的爱的载体,是鲜花、灯火、十字架、绿树和人间的许多美丽的汇集。如果你度过了勤劳、正直、善良的一生,如果你爱过了也被爱过和爱着,你将觉得不是白走人间这一遭,你将觉得安憩在村边小小的墓地里是一种幸福。所有的在天之灵将仍然感受到爱的关怀,所有的有过的、正在有的和将要有的生命,将因了爱的沐浴而愿意和能够忍受和克服一切艰难、不义和悲哀。

然而,在这个粗糙而且不无危险的世界上,我的关于爱的陈词滥调,说不定只是自作多情的"梦幻曲"罢了,谁知道呢?

发表于《花城》1997 年第 3 期

心碎布鲁吉

什么是美？我对各种美学主张及其争论十分缺少研究。我只能说一说个人的体验：美是一种解决，是一切矛盾焦虑和痛苦的伸展和提升、碎裂和逊退。美是一种宾服，美是一切武装的自动解除。你无法想象美的诞生美的构成美的靠近，面对着美你只能怀疑自身驱逐自身。美是战栗是哭泣是消融是愧悔是毫无办法。美是一种牵肠挂肚的怜惜，愈是迷人愈是眷恋就愈是揪着心提着肺捏着肝地恐惧——你生怕这一切不设防的天真与纯粹的美丽在转瞬间失落坏萎——你不知道这美究竟是不是真实的。你觉得美是那样的靠不住，不堪一击。而美又是一个高峰，在这个高峰上生与死的界限当可泯灭，瞬间即是永恒，永恒转眼空洞。目的与过程的界限也将会泯灭，满足即是焦渴，酸楚引入极乐。芥子与宇宙的界限渐渐泯灭，精致极处是恢宏，无垠无迹却又重负惨淡的匠心。人与天、我与你的界限自然泯灭，人心亦天心。而有与无也早已化为一体，存在成就了寂灭，而大块终归于无形。

是一九九六年六月十一日的清晨，五点多钟我们就起床做好了准备，呼吸着德国乡间的清洁美丽的空气。欣赏着朝霞下绿草地上的孤独的老马。老马的从容平静令人泪下。我们注视着已经开始结果的樱桃树和门前的爬满墙壁、一直爬到了我们的二楼百叶窗口的攀缘红玫瑰。我们感到困意难消，连连哈欠，同时又惊异于人们为什么那么贪恋于夜晚的活动而放弃了一个又一个纯美的清晨——这人间获得的最宝贵的礼物。

比预定的时间还早一点,友人励心与她的儿子米切尔驱车到达了我与妻小住的科隆市附近朗根布鲁希村海因里希·伯尔别墅。他们睡眼惺忪却也是兴致勃勃地驾驶着一辆墨绿色的大众牌旅行车,载着我们开始了比利时、荷兰之旅。

十五分钟后,我们到达了德比荷三国交界处的德国城市亚琛:那里有古老的巴洛克式教堂与故宫广场,有古色古香的酒吧,像是"拉洋片"中的一幅图画,还有街头的滑稽铜雕。几天前我们来这里盘桓过一个晚上,流连赞叹不已;而这次只能狠心匆匆掠过。这也是无常一例么?

又过几分钟就到了德比边境。根据"根申协定",德、法、意、荷、比、卢六国互免签证,取得了其中一国的签证就等于取得了六国的签证。边境虽有边防标志和边防机关,也有停在那里的货车等候检查,但对于小客车却连看一眼也不需要就让它们毫不间断地风驰电掣,长驱直入,宛如已经世界小同。我觉得有点新奇。我突然想到,由于早起急躁,我竟连护照也没带在身上,那么即使顺利入了境,碰到住旅馆等需要护照的地方岂不麻烦?但励心和她的儿子说,这也不会产生任何问题。森严的国界在这里给人以完全不同的感受。

说是比利时没有太大的特点,不过旧房子多,布鲁塞尔又是北大西洋公约与欧共体所在地,比利时人称之为欧洲的首都。最不同的一点是,比利时的高速公路修得特别好,夜间,漫长的高速公路上灯亮如同白昼,这是因为在世界处于两极对立时期,北约考虑到战时的需要,这些公路平时是公路,而一旦打起仗来,就要作为备用飞机跑道摆在那里。我想起了一句带洋味的老话,叫做武装到了牙齿。

于是开始了在比利时的忙碌,我要说的是疲劳的一天日程。先是到滑铁卢古战场参观大败拿破仑的著名战役的纪念馆、纪念塔,并观看了风光影片,使初中时学过的历史复活起来,炮火隆隆,马刀闪闪——原来一切往事都有自己复活的契机,往事依依,时间永远,思之幽然。然后是到布鲁塞尔市郊的"原子球"里。"原子球"是一座别出心裁的建筑——雕塑——旅游景点。远远就看见了它的巍峨宏大，以分子结构的造型来修建一座建筑，我们这些游客从一个个球即一个个原子，通过圆柱形通道即一个个原子链向另外的球钻去。这也是把科学主义发展到极致了吧。

晚上在根特市旅比华人作家张平开的餐馆里与当地侨领以及中国驻比使馆的几位官员一起用餐。吃完饭，已经十点多了。说实话，我已感到疲惫不堪。但是主人说是近处还有一景不可不看，说是某一次一个来自国内的客人看了，认为此地不来就等于白走了一趟欧洲。于是，只好且信且疑地前去。心想，世界上的各种景观我见过的也不少了，欧美亚非澳，三十多个国家和地区我也都去过了，果真还有什么殊异其趣的新奇美丽就在这边不成？

便走到了一条铺着石板的街，两边大体是二层小楼的住户，每幢小楼的顶部都用不同的古朴天真的手写字体标明了楼房建筑的年月，最早的有十七世纪的，其他也早于百年以前。原来这里也与英国一样，人们有点厚古薄今，人们不是在追逐时髦追逐现代化，而是在追求古雅和稚拙，追求一种历史感，并且从历史的存活与得到保护当中安慰自己，因为我们在经过一个短暂的热热闹闹的过程以后也终将与这些老房子一样进入历史凝结成历史。不知道这是一种文化品位一种对于并没有什么金刚不坏的永久的世界的悲哀，还是现代得太足太腻之后刻意寻找的一种新的心理的补充和平衡。

每幢房子的结构布局都各有不同，但又具备着同一种风格：简朴和装饰美，实用价值和观赏价值。我觉得这些房子还传达着一些趣味，如果不说是一些幽默淘气的话。不然，又何必那么千变万化，自出心裁，着意经营？小楼并不高大，粉刷得五颜六色，门窗都如浮雕。各种几何图形变化搭配，窗子有矩形的，有梯形的，有六角形的，有宽边框的，有无边框的，有正对着街心的，有斜对着街面的。楼房的阳台上摆满了鲜花绿叶，红黄白紫。这与其说是一些房屋，不如说是一系列细心摆弄的艺术品展览品。愉悦我们的街巷,愉悦我们的生活,愉悦我们可怜的自身吧,这些房屋的主人肯定有这样的一个共同的心愿。

拖着疲乏的却不可能是不开心的步子,在这样一个令人愉悦的小街走了十分钟,来到了一个小小的广场。当地的朋友解释说,这里每一个小区都有一个广场,这个广场是比较大的,因为广场的一侧是市政大楼。这个市政大楼不看则已,一看,让人惊呆了。

你不会想到它是市长办公的地方。它更像是一座象牙雕刻的放大。它太花哨,太具有装饰性了。这不是办公楼,而是布鲁吉市的、整个比利时的一个摆设。说摆设又太轻佻了。因为这座建筑是那样的应该叫做呕心沥血地投入。灰白色的条石,哥特式的一个又一个尖顶,有的似乎是用尖顶包装的烟囱一类设施,有的则只是装饰性的"宝塔"——其色彩和形状堪称是"象牙之塔"。这种宝塔迎面的最大的有四座,四周的就更多了。这种塔上长满了"刺",我不知道它的造型是来自仙人掌科植物的启发,还是模仿什么欧洲的狼牙棒式的兵器。斜陡的房檐上露出了五排褐红色的天窗,好像是灰白的背景上绽出了几朵红花。窗子与门廊则是桃拱形的,每个窗子上方都是几个重叠的铁棱花。窗内与门廊内呈现出一种幽暗的深邃。建筑的下方则是各种精雕细刻的花饰和既有人间性也有神性的一组雕像。市政厅对面的文献中心是一个雕塑群,古典的英雄式的铜雕被刻有民间风味的浮雕的大花岗岩石座托起,映出华灯初上的光和影。初夏的夜晚的背景与古老的建筑的精美令人震撼。你立即被这种不可思议的精美所折服。你不由得伫立在那里。你无言建筑也无言。无言却又那样充满了情意。你在古老的欧洲建筑面前体会到了人的热情、愿望、智慧、想象、工作与天真。你可以想象修建她的时候修建她的人们是怎样的充满了爱惜、精诚和向往。人们经营她像经营自己的无法经营的梦。修建她的人们早已无影无踪,而建筑因了年代的距离而更加迷人。人怎么可以下这么大、我要说是这样傻的功夫去修一座房子？不是为了实用，不是为了排场，不是为了豪华，不是帝王的坟墓如埃及的金字塔，不是巨大的教堂以表达一种超自然的神奇的信仰，也不是皇家的宫殿以象征权力与威严。人们这样修建一所奇妙而亲切的房子，难道只是为了它的美丽？美丽是什么？美丽能给我们带来什么？美丽有这么重要么？我们忙于吃喝，我们忙于生存，我们忙于战斗，我们忙于辩论，我们忙于工作和算计，我们常常武装到了牙齿……我们哪里有闲情逸致去白白侍候美神！多少巧思，多少精力，多少情感，多少时间和财富付给她了。你又能拥有她多少天多少小时多少分钟呢？呵，说到底，谁又能拥有美呢？可怜的人类呀，你永远不能得到自己的创造自己的劳动自己的心血哟！你永远得不到最好的东西。美，说到底，只是为了后人的瞬间的感动的哟！这不也是知其不可而为之吗？你与她匆匆邂逅，在天色已晚的时刻，在你疲惫不堪的时候。也许一生只有这一次机会，也许一生没有这么一次机会。也许你最终只能与美擦肩而过，也许居住在她的近旁的人也没有条件欣赏她和沉醉于她，而世界上又偏偏有那么多的人视美如寇仇……

你似乎有一点醉意。你本来不想来。如果你不来呢？布鲁吉还是布鲁吉。然而，你还是你吗？你没有因了布鲁吉，因了对于布鲁吉的喜爱而有什么不同么？你跟随向导转到市政厅的后面，是剥落的黄砖，是巨大的樟树和深厚的灌木，是小小的石桥，是开满小野花的绿草地，是潺潺的溪流，是水面上的白鹅，这里又是一个小世界。

再走几步，是一些老人露天喝咖啡的地方。你觉得他们的生活其实很狭小很单调，缺少狂风暴雨，虎啸龙吟，布鲁吉这里的老人其实都是一些边缘人。是他们应该羡慕我们吗？或者相反？或者只是各有各的命运而已？

然后是小小的教堂，小而精致，即使最小的教堂也是矗立着伸向苍穹的永远的十字架。然后又到了河边。然后是一座花园的古老的墙壁。酒吧。店铺。钟声。碧绿的攀缘植物……

……我已经困倦得滴里当啷。我只觉得那么揪心,那么甜蜜,那么健忘,那么心碎碎的,心痛痛的。人的一切,让你爱得惜得怨得恨得好心疼噢。

发表于《钟山》1997 年第 3 期

晚 钟 剑 桥

人总有这种时候,忽然,什么都忘了,什么都没了,剩下的是澄明,是快乐,似乎也是羞惭,更是一种消失。那个有时候是疲劳的、警惕的与懊恼的、絮叨的与做蠢事的自己不见了,那个患得患失的"人之大患"不见了,却仍然有一颗感动得无以复加的心。

说的是一九九六年五月二十三日,已经几天了,阴雨连绵。那天中午我与妻在伦敦英中心与几个学者、研究生座谈中国当代文学。开完会,连忙赶往火车站。坐上郊区的支线车,经过一片片的绿树和田野,向剑桥方向驶去。

剑桥是一个小镇,在细雨中若有若无,如灰如绿。她的稀落静谧,不高不大不新的房子,不宽不大不拥挤的道路,我行我素,不事声张,好像和这阴霾的天气与寒冷的春天一道,打老年间就是这个样子。

下车先去会场。在中文系一间办公室里换装,打好领带,人五人六地来到大课堂讨论教室。座无虚席。读准备好了的英文稿,并时时用不标准的英语即兴发挥一下,我不会放过这种"实习"英语的机会。遇到回答提问,就要请翻译帮忙了。英英中中、读读笑笑、问问答答,打成一片。活跃热闹的气氛,似乎给平静舒缓的剑桥大学的这个小角落带来了一点喜气。由于听众中有一半人是来自祖国大陆的留学生和教师,可以从他们的脸上读到一种关切和喜出望外的神情。

他们提的问题也很在行,显然他们身在英伦而时时回眸祖国——那一片神奇的土地。

在一片真实的与礼貌的赞扬声中离开会场,去大学贵宾馆。经过古老的、上方是耶稣与圣母的浮雕的拱门,穿过这个砌满石条的院落,进入一座厚重的建筑。想不到这座楼房的底层是一个封闭的室内桥,桥下是小溪,桥的两侧是玻璃窗,其中一侧有四株大柳树的枝叶呈半月形地伸向我们。

陪同我们的先生告诉我们:"徐志摩描写过这个桥,并命名为奈何桥。据说奈何桥是古代押解死囚去刑场的必经之路,要让犯人感到,这世界是多么美好,然而,由于犯下了大罪,他必须与世界告别。"

死刑犯的命运与行刑者的残酷,尤其是徐志摩的名字触动了我。我哦了一声,似乎一瞬间时间与空间的一切距离都缩小了、打破了,往事与逝者都靠近了。是的,"康桥再会吧",康桥就是剑桥,有了逗留才有告别。徐志摩那时候是多么年轻,他是"资产阶级",他写的都是"象牙之塔"里的诗……而我第一次踏上康桥的土地,已经是六十多岁了。犹谓偷闲学少年?一九八七年首次造访英国,去过牛津没到过康桥。

贵宾馆在另一所古老的楼房里,木板楼梯窄狭弯曲,走在上面吱吱扭扭,令人发思古之幽情。一直爬到四楼,打开一扇厚重的门,是一个黝暗的小过厅,按动墙上的开关,高高地亮起了昏黄的灯。再用那笨重的铜钥匙开开房门,一间宽阔方正的老客厅出现在我们面前。褐黑色调,古朴的大写字台,曲背软椅,式样老旧的硬背沙发,墙上悬挂着一张带镜框的风景水彩画。更多的则是空白,以无胜有,以无用有,这种风格自然与矮小的充满各种物品的旅馆房间不同。

就在这个时候钟声响了。教堂的钟声悠远肃穆,像是来自苍穹,去向大海。我一时停在了那里,等待着,倾听着,安静着。

放下随身携带的物品就去圣约翰书院晚餐。进入书院,先去

"派对"大厅。人们介绍说这间大厅保持着三百多年前的习惯,厅内只点蜡烛,不设电灯。人们又说,二次世界大战当中盟军最高司令部诺曼底登陆的计划,就是在这间大厅里制定的,因为有一张特大的军事地图,只有在这间大厅才能把整个图展开,而且这间大厅的遮光效果比较好。我唯唯,历史是我们的近亲,历史就在我们手边,就在我们呼吸着的空气与我们被照耀着的烛光里。

所有前来饮酒并接着去吃饭的人都穿着为在本院获得过博士学位的人特制的黑"道袍",十分庄严郑重。英式发音优雅做作,每人脸上的笑容都合乎标准。千篇一律的,数百年无变化的餐前饮酒的"过场"飞快地走完了。人们进入餐室,我们与一位来自美国的生物学家算是今晚晚餐的贵宾,被让到了首桌。每张桌子上都放着参加晚餐的全体人员名单和印刷精美的菜单——当然我们也从中验证了自己的存在,从而得到了些微虚空的满足。众人各就各位,首先由书院院长带领做祈祷,然后进餐。服务人员也都有一把年纪。主人解释说,由于"疯牛症"的威胁,今天没有牛肉可吃,改吃羊肉。其实头三天我已经吃过牛肉了,如果该染上,恐怕本人已经是潜在的疯牛症患者了。羊肉的味道乏善可陈,我没有吃多少,倒是多吃了一点甜食。晚饭结束后再去"派对"大厅喝咖啡。一切陶冶情性的程序认真完成,并没有用多少时间。远远比参加一次正式宴请简单迅速得多,难得的是这种数百年不更易的坚持。这与其说是吃饭不如说是吃饭的仪式,也许真是一种展现和怀念剑桥以及整个英国的历史、保持(为什么不呢?)和炫耀剑桥及英国的光荣传统的典礼——如果不说是例行公事的话。我甚至猜想,与餐的一些人饭后很可能有约去进行另一顿晚餐,更美味更轻松更富有生活气息的一餐。历史的必须之后肯定还有现实的快乐,当然。这种保守的庄严与珍惜的认真劲儿也令人感动,没有这就没有剑桥,没有英国,再引申一步,就没有欧洲,并且(对不起),这本身就有观光价值。什么时候我们中国也有这种古色古香的演示与咀嚼呢?为什么有时候我们是那样气冲冲恶狠狠地对待历史呢?

　　从圣约翰书院出来,天时尚早,刹那的夕阳余晖一闪,阴云迅速地重新遮盖了天空。我很庆幸,可以早早地与校方的人员告别,享受一个晚上的自由独处。重新走过大院落,走上室内的奈何桥,想着死囚与徐志摩,想着《再别康桥》,轻轻的来与去,和《我所知道的康桥》。想着中外的历史、二次世界大战与战前战后的和平时光,在剑桥获得学位的那种庄严与不无做作的盛典,"故国"神游,多情应笑我早生华发……然后,来到了那块大草坪上。

　　雨后的绿草如油,映衬于四面的苍茫的建筑,显现出一种生命的滋润与新鲜。我看到了我们下榻的那间房屋的窗子,也看到了房后的教堂尖顶十字架。我想起了幼年时读过的有关欧洲的一切,比如《茵梦湖》。我知道茵梦只是音译,但是茵这个字还是使我立即把它与眼前的这片绿草联系起来。我假定绿草坪是欧洲的一道经久不移的风景。我假定不论是《傲慢与偏见》还是《简·爱》的故事乃至福尔摩斯的案件都发生在如此的绿草地上。走在这样的草地上我觉得说不出的感动。我的感动是一种不胜其美,不胜其静,不胜其古老,不胜其空空如也,不胜其平凡而又妩媚的风格的感觉。按照徐志摩的描写,也许这里是应该有几条牛的,但我没有注意到牛。我说没有注意到,是因为我是如此地融化于这剑河边的草地的静谧之美,我似乎已经丧失了旁的能力。

　　又下起了雨,小风相当凉。妻说快进屋吧,这才依依不舍地进了楼。

　　天也就这样黑下来了。楼里照旧杳无人迹。绝了。今夕何夕,此地何地?虽说已是五月下旬,阴雨天仍然寒冷。好在房间里的暖气可以调节,拧一拧螺旋开关,发出咔咔的响动,一股子温暖就过来了。洗洗脸,用电壶烧开水沏上一杯红茶。晚间,一面说闲话交换我们对剑桥的印象,一面找出了头几天这次访英的另一个东道主陈小滢女士送的她的双亲凌叔华与陈西滢的作品集翻阅。这才注意到客厅里靠墙摆着一排大书柜，书柜里码着的都是棕色皮面的精装旧书。时光似乎倒退回去了不少，我们与世界也两相遗忘，一种少有的随意与松弛抚慰着我们的心。

这时钟声又清纯亮丽地响了起来。满屋都是钟声，满身都是钟响。咚咚当当，颤颤悠悠，铺天盖地，渐行渐远，铿锵的钟声与一波未平一波又起的嗡嗡余韵互为映衬，组成了晚钟的叠层堂室。我们放下手中书，我们谛听着饱含着爱恋与关怀、雍容与悲戚的钟声。我们的心我们的身随着这钟声而颤抖而飞翔而化解。我重又浸沉到那种喜不自胜悲不自胜爱不自胜愧不自胜的心情中。我感动于钟声的悠久而惭愧于自己的匆促，我感动于钟声的慷慨而反省于自己的渺小，我感动于钟声的清洁而更产生了沐浴精神的渴望，我感动于钟鸣的深远而更急切于告别那些无聊的故事。

钟声至今仍然鸣响在我们的心里。

……第二天按计划应是乘舟游览。无奈雨愈加大了，无法"撑一支长篙"去"寻梦"，去"向青草更青处漫溯"——只好取消这本会沉醉销魂的旅程。打着伞在剑河边站立了一会儿，分不清树、草、桥、河、栅栏和雨。想着，如果天气好一点是多么好啊——事情总不能太完美。谁能呢？到图书馆里看了看，找出了一九五八年收了我的作品译文的书——那时可把我吓坏了。然后提前离开了这座大学，这座城镇。

留下一些项目以待来日吧，我们都这样说，自慰着，就像来日永远与我们同在。

发表于《上海文学》1997年第4期

蓝色多瑙河
——一种描述的可能

除了中学地理课本上讲过维也纳,我开始心仪维也纳当从阅读苏联作家巴甫连科的长篇小说《幸福》的时候算起。那是一九五二年,我十八岁,每天忙着革命工作,晚上读各式各样的苏联小说。《幸福》的女主人公军医高烈娃与苏联红军部队一起从德国法西斯手中解放了维也纳。她给自己的情人、因病休息的红军政委伏罗巴耶夫的信里描写了维也纳的迷人的圆舞曲与葡萄酒。到了二十世纪的世纪末,我从别人的文章里知道了一些巴甫连科的不良纪录,他大搞个人崇拜歌功颂德,而且是一个致同行于死地的卑鄙的告密者。巴甫连科的形象是毁了,然而,他描写的高烈娃、伏罗巴耶夫与维也纳却一直鲜活着。

一九八五年参加完在当时的西柏林举行的地平线艺术节后,我本来有访问奥地利的机会,但我放弃了。那时候我又是很忙很忙,不敢耽于旅游——许多人对于我的放弃无法理解,他们告诉我奥地利太美丽了,是一个不能不去的地方——我与维也纳见面便推迟了十一年。

一九九六年七月,终于,我应奥地利中国友好协会与奥地利文学协会之邀与妻子一起来到了维也纳。此前五月十五日,在开始我们此次欧洲之旅的时候,我们已经在维也纳机场逗留了一个半小时,以转机飞往伦敦。也许七月四日的这一次算是第二次到达维也纳了。

不来便不来，一来便成双。

赴奥是为了参加"中国人心目中的和平、战争与世界观念"研讨会，实际内容则是谈中国的军事文学，杜鹏程的《保卫延安》，徐怀中的《西线轶事》与《阮氏丁香》……都是我们的研讨内容。会议是由奥中友协与美国一家大学合办的，美国那所大学也很有兴趣到维也纳开会。（找个风景点研讨交流，这倒不仅是中国人的习惯。）由于起了一个大而好的题目，也由于奥中友协特别是会议主持人卡明斯基教授与奥国防部的良好关系，这次活动得到了奥国防部的支持。会议期间我们就住在奥国防学院附设的招待所里，中方应邀前来开会的还有前中国驻奥大使杨成绪夫妇与南京大学文学院长董健。

住到有洋大兵站岗的外国军事单位，这对我们是非常新鲜的经验。尤其是这所学院位于维也纳繁华的玛丽亚黑佛大街，而据说这条大街是过去东西方交换间谍的地方。由于奥地利在二次世界大战中是战败国，战后亦被苏、美、英、法四国占领。五十年代中期，占领军撤走，奥地利成立了由社会党执政的在国际事务中严守中立的政府。奥国一直与东西方都保持着良好的关系，所以奥地利便成了一个两面都要利用的微妙的地方。而维也纳的玛丽亚黑佛大街更是间谍活动的中心，是各种秘密谈判交易的中心。这条大街也是炒外币的地点，在这里的黑市上，可以贱价买到社会主义国家的货币。手里掌握了硬通货的外国人，包括驻苏的各国外交人员，为了避免在苏联东欧国家按官方比价兑换卢布吃亏，便都到维也纳来兑换。

我站在这条大街上，追忆这些不甚了了的故（旧）事，觉得世界真奇妙，真愚蠢，变得真快。而现在看到的只有教堂的圆圆的铜绿屋顶，众多的百货店和咖啡馆酒吧间餐馆，橱窗里的标价昂贵的商品（比德国的物价高），服装各异的熙熙攘攘的行人，其中一大半是四方来的游客；随风飘来化妆品、咖啡与炸鱼、面包圈的香气，传到耳边的则是汽车的沙沙声与不同种类的娇言软语。你只看到这是一个完全商业化的人欲横流的花花世界，你无法贴近它过往的神秘英勇阴险智慧轰轰烈烈的喋血故事。噫,多少强人豪杰、文韬武略、惊涛骇浪,在凡夫俗子们吃吃喝喝搂搂抱抱间灰飞烟灭了。这个世界是怎样的平淡——也许是枯燥化了啊。

顺大街向北向西走去,便是两座相连的王宫和博物馆。两组建筑排列成方形,中间是两个青石铺就的平整幽雅的空场,四面是雕饰繁复的古典殿堂,中央是铜雕群塑和喷水池。有漂亮的中世纪式的油漆锃亮而且比"林肯""卡迪拉克"更神气的马车搭载游客徜徉其间。进入这样的广场如进入历史,进入塞万提斯和巴尔扎克的小说。(对不起,我没有读过那个乘马车时代的奥国作家的作品。)这里有美术馆和艺术史展览馆,我们在这里观看了独一无二的乐器史展和以国别划分的油画展。而艺术史展览馆前的广场,正是三十年代希特勒发表演说,宣布德奥合并的地方。说是当时多少奥国老妇人,被希魔的民族主义的"伟大"煽动得热泪滚滚如荼如火!

……我们在维也纳一住就是一个星期,和许多故事许多雕像近在咫尺。她是梦,却比梦结实;她是风景,却比风景随和;她是城市,却比城市潇洒;她是新朋友,却又一见如故,如故而又常觉不可思议。

众多的美丽曲折的历史与星星点点的新鲜感受令人迷失。漫步街头,专程造访,十步一景,百步一殿一雕像一广场一花园一剧院一商店一教堂,个个都天生丽质而又巧事梳妆,风姿绰约而又雍容华贵。维也纳的印象令人应接不暇。她的古迹,特别是宫殿与教堂,博物馆与展览馆实在是太多了,以致回想起来只觉得它们大、高、古,豪华而又美丽,强健而又陌生,各种印象重叠在一起,从而模糊失语。信息冲撞、闪耀,一时亮得刺眼,再进一步追求,便成就了一片黑洞。面对别一个新奇世界的时候,无知使人成为白痴,无知的旅游使好奇心变得怯懦。这种如堕五里雾中的感觉是否也是一种漫游者羞于承认的乐趣呢?是不是正是此种模糊与空洞的喜悦,使人暂时忘记了一己的清清楚楚的生存压力与实实在在的生存困扰呢?反正在维也纳我没有想过那些污水、诡计、蝇营狗苟、不愉快的人和事——即使云游欧洲，你也不会远离这样的精神污染，它们类似电脑病毒的有害信息。

　　远在市郊的茜茜公主居住的美泉宫极其庞大，参观者车水马龙，奥国人喜欢这位具有自然之子性格的公主，中国人如我也因看过影片而认同公主的美丽与可亲。而公主的后半生的故事又非常悲哀——她的儿子怯弱早殇，她自己得到的王子的爱情也未能持久——当爱以恩宠的形式赏赐予人的时候，还能有爱吗？后来茜茜的精神崩溃了。我则相信，住在那么广大的皇宫和花园里的女子不会幸福，守在那么多美丽无言的洁白雕塑旁边的女子不会幸福。呆在这样的地方，她不是更感觉到自己的渺小和失落了么？我在那里参观的时候也只觉得茫然，无奈，而又惊异于人的命运的独一无二与无法比量。陪我们看美泉宫的是卡明斯基夫人张宏滨女士，小张原是文化部的外事翻译，我在任的时候多次协助我会见外宾。后来一年过去了又一年过去了，其实也没有过去太多年。

　　奥地利军事博物馆是维也纳另一个给我震动的地方。其展品记载了奥匈帝国时期的赫赫战功，也记载了一些重大事件。她的历史同样充满了震耳的杀声与浓重的硝烟，英雄主义与争斗本能。奥国皇太子在一次世界大战前被刺杀，这是历史书上讲过的故事，而这里，可以看到那位太子坐过的马车，我们应能在这辆马车旁听到刺耳的枪响。我不知道奥国有这么多战争方面的经验，原以为稍稍浏览一下也就行了。卡明斯基引用奥国人的半带自嘲的话说："我们是一个小国家，但有一个大首都。"话中自有玄机。

　　维也纳市政府的豪华风格令人惊叹。粉红色与天蓝色的格调与精雕细刻的浮雕装饰，令你为他不好意思——太繁缛，甚至于是太奢靡了（对不起）。你乃叹为观止。原来人可以活得如此讲究，而讲究得可以如此麻烦。在这里卡明斯基夫妇请我们夫妇、杨大使夫妇和美国大学的院长与系主任夫妇吃了晚饭并且欣赏了古典歌舞。当用完主菜，奏起《凯撒（亦译为皇帝）圆舞曲》的时候，侍者给我们端上来一碟叫做"凯撒的垃圾"的甜品,那是大小块不等,包含若干碎块渣滓的奶酪鸡蛋饼,是有点像垃圾。莫非垃圾也因了凯撒大帝的威名而高贵可口?这菜名里包含了嘲弄?嘲弄皇帝还是嘲弄我们自己?施特劳斯最初是一个宫廷乐师,他费了不少力气才得到宫廷乐师的职位,他的乐曲却不仅受到贵族也受到老百姓的喜爱。饭后人们伴着斯特劳斯的舞曲翩翩起舞,只是我觉得我的翩翩实质只是两腿拌蒜。

至于城市公园里著名的约翰·施特劳斯金像,那更是维也纳的象征,明信片上、八音盒上、风光画册上到处可以看见这个雕塑的影子。镀金的雕像是施特劳斯跷着一条腿拉小提琴,神态轻盈活泼,充溢着灵巧与快乐,青春与智慧,只是没有"伟大"。我觉得这个雕像身上表现出一种服务宫廷也服务众人的谦卑,就像我们见到的那些街头艺术家一样。倒是在没有见过这座雕像以前,我设想他或许会是一位得意洋洋的"精英"、不可一世的大师,他的眼睛应该眺望地平线以远的地方,他是该拿出××级的作曲家协会名誉顾问的派头来的。奥国宫廷是多么不会尊重灵魂工程师们啊。

维也纳是剧场最集中的地方,宫殿风格(真正的艺术的殿堂)的歌剧院和话剧院相傍而立,再走过去一点是古雅而又富丽的红宫——爱乐乐厅,每年新年的以演奏施特劳斯家族的作品为特点的音乐会在这里举行,向全世界包括中国播送。在每个新年的北京时间下午六点钟,也就是当地时间的正午,收看中央电视台转播的维也纳新年音乐会实况,已经是中国人过年的一个不可少的节目了。

在维也纳的市中心是精致而又宏伟的斯特凡教堂。以教堂为中心辐射出去,街道上有许多旅游商店。围绕着教堂也有众多的露天咖啡馆。据说奥地利本来没有咖啡,是土耳其人与奥地利人作战时丢弃下了咖啡,才被这里的人学会享用。这是拿来主义。奥国人的喝咖啡已经在全世界有名——比土耳其更有名,他们能炮制出二百多种咖啡来。

这一带不时有街头演出。就在我们到达维也纳的第二天,七月五日,周末傍晚,我们来到街上,先是在街角听到一个样子三十来岁的不施脂粉的女演员唱歌剧选段,她的花腔女高音唱得十分正规。我听了一会儿,给她放下了一些钱。继而在街心花园前是四名男子演奏弦乐四重奏,他们选的是莫扎特的曲子,奏得绘声绘色,一丝不苟,使你忘了是在街头。他们吸引了不少行人驻足观看,使你想到奥地利不愧是莫扎特的故乡。不时有人往他们眼前的盘子里放钱,一位一把年纪的日本妇女,她放的钱比较多。另一端街口,则是俄罗斯演员的男中音独唱。他的成功就远逊于四重奏了,有点歌前冷落先令(奥国货币单位)稀。次日星期六,在玛丽亚黑佛街口打响的是震耳欲聋的爵士乐队。

到处是音乐,到处是雕像,到处是古建筑,维也纳真是一个艺术的城市。初到维也纳,去西部郊区"维也纳森林"欣赏"蓝色的多瑙河"时,远远望到一座现代风格的高塔。向导告诉我那是维也纳的垃圾处理塔,是由一个著名的艺术家把它设计成抽象的巨型雕塑的。中国人说不定觉得奥地利人耽于艺术已经走火入魔。教堂广场前有一处因其新奇的楼房而著名的地方。那所楼房的外壁涂成了红红绿绿的现代派图案,于是一批艺术家抢着住到那里。艺术,艺术,到处都是艺术,在维也纳艺术也许比食品还多。或者更正确一点说,有了食品以后,还有什么比艺术更重要呢?

关于街头演奏的事,我与当地朋友有一个讨论。我们觉得艺术家跑到街头演唱演奏,迹近乞讨,有辱斯文,令人酸楚。但是友人对此有不同的说法:他说,上街表演,都是有证件的,他们能在街头引吭高歌或演奏古典名曲,这是一种快乐,一种沟通,一个资格的认可,也是与公众共享艺术的果实。在这里,差不多人人需要艺术,时时需要艺术。不是说——例如半年进一次剧场,才有两个小时的艺术。艺术家靠自己的真本事挣一点钱,是光荣的。这里人人都要为自己的生存而奔波而辛苦,为什么艺术家不应该用自己的辛苦换取生存的条件呢？为什么坐在沙发上接受补贴就一定比街头演出敛钱更令人心安理得呢？你一面标榜独立，一面伸手要补贴，这是合乎逻辑的吗？其实街头表演，你给一点我给一点，收入并不菲薄，观众按质论价自愿赞助，心情反而愉快，演员也更快活。友人进一步解释说，这不正是"为人民服务"吗？当然，最有质量的演出不会是在大街上，那要进剧场。而这里进一次剧场是不得了的事情，演员观众都得投入大量精力、时间和金钱，没有几个大红大紫的人物可以总是在剧场观赏或总有机会在舞台上演出。剧场演出之外，有一些演也方便、看也便宜的街头演出，演的都是好东西，有何不好？再说这样的演出给城市也给街道增加了艺术的气氛。是不是呢？

他说的似乎也可以参考，录以存照。

维也纳的艺术氛围令人难忘。就在我们逗留奥国期间，市政广场每天免费放映各国电影，而体育场正在组织世界三大男高音帕瓦罗蒂、多明戈和卡雷拉斯的联袂演出，只是票价太贵了，据说这场演出在票务方面没能得到预期的成功。离我们住的地方不远，有一个大广场——不是为了集会，而是为了喝咖啡。在这个著名的咖啡广场上，每天晚上都有音乐的演出。这里的广场极多，它们是为了咖啡和音乐、购物和休闲而不是为了别的，我想到了腐烂和幸福两个意义相悖的词，这也令人遥远而失语。

奥地利确有自己的不同之处。她有她的风格。她使用的是德语，听起来觉得他们讲德语有点后音上挑。卡明斯基这样总结奥国人与德国人的不同：德国人生活是为了工作，而奥国人工作是为了生活。他们喜欢嘲笑德国人，欧洲别处也有此类情形，这也是二次世界大战的后遗症吧。友人又说：奥国人更像中国人，他们办事比较灵活，如果做某件事情受阻，奥国人会想方设法绕过去。

为生活而工作，这就是说奥国人更善于生活。对此，我听到了汉学家李夏德的一个解释。

七月六日星期六，任教于维也纳大学的李夏德讲师在细雨霏霏中接我们离开维也纳到近处一些小城镇去玩。到了米奥德岭、巴登、德克托孜多夫、罗道恩等处。每个小镇镇政府前都有一个小广场,广场中心都有一个高耸的、大半是镀金的圣母像,这个像上有十字架,有天使,有圣母,有朵朵白云。李夏德说这像是为了纪念二百多年前在这个地区的一次瘟疫流行中丧生的人们而修建的——那次瘟疫使这里赤地千里,后人岂敢忘记?(在我们中国,如果修这一类灾变的纪念雕塑,需要修多少呢?)广场边也都有一个教堂。疫病灾难使人怵惕也使人反省,叫做忏悔的吧,于是宗教信仰更加笃诚了。

细雨中我们来到了一个叫做古姆波茨克辛的小镇,这里到处是葡萄园,到处是乡村酒吧。乡村酒吧获准自酿葡萄酒,只限于在本酒吧供应饮用,不得拿到市场上去。所以,这里的酒吧的酒各有各的风味,彼此不同,与大规模生产、装瓶上市直至出口远销的葡萄酒包括名牌酒更加不同。这里的酒具有一种家庭土造的更纯粹、更个人、更随机、更原始所以更正宗、更带有偶然性的品质。

来到这种小小的"富"乡僻壤的酒吧饮用土造家酿,便获得一种特殊情趣,为在大餐厅完美的服务下饮用进口世界名牌酒水时所无。严格地说,一切手工业产品,每一次的出产都不可能和另一次完全相同,因为人非机器,人难以绝对地重复自己。这就使手工业产品的魅力永远为大规模流水线的生产所不及。尽管大规模流水线生产遵循的可能是经过严格优选的最科学最合理最经济的配方和工艺,但是最合理的结果造成的很可能是最大的遗憾——千篇一律,类型化和标准化,不可能符合不同的人的需要;而同一个人也是不停地变化着的,因此一个人不可能总是喜欢相同的甚至时时不同个个不同的口味。最佳化的要求听来虽然合理,却孕育着一律化样板化的危险。一九九三年在美国呆的时间略长了一点,我在充分赞扬超级食品市场供应的方便与丰富的同时,便感到了这种把炊事工业化、最佳化和标准化的做法的遗憾。人为什么愿意吃自家做的饭食呢?恰恰因了它并非最佳,它有可能失败。每次做饭都带一点冒险性,都会出现一点自己没有料到的结果。人生的魅力不就在这些变数中？宁要变数，不要排他的最佳，这是我的一点心得。

我们找了一个有美丽的庭园的地方，与其说是酒吧，不如说是一个枝叶纷披、花团锦簇的农家院落。虽然细雨愈下愈密，小风阵阵，吹得愈来愈凉愈来愈紧，而室内也有位置，我们还是在户外花园中找了一张廊檐下的桌子坐下来。整个花园只有我们三个人，这里坐满了可以有上百人的，此时不免显得凄清。雨珠在枝叶上和遮阳伞上滚动，房檐上下跌的水珠连成线线，树叶簌簌，水滴哒哒，石桌淋淋，布椅洇洇，坐着我们三个人，两个来自遥远的北京，一个是精通中文的维也纳大学讲师。阴天的花园像是一幅中国水墨画，墙壁在阴雨中歪斜晃动。风雨飘摇的花园因了三个客人的存在而强打精神。我们三个人因了凉风而不断抖擞自己，因了只有我们三人而觉得雨与雨中的世界无边无际。单是这一坐就创赏雨的新情调了。

我们点了共四种白葡萄酒，都是散装酒，放在类似做化学试验用的烧杯一样的标有刻度的容器里。当今世界，酒瓶的发展方向是日益豪华绮丽，瓶子曲流婉转，商标金碧辉煌，及至见到返璞归真的无包装的包装反而令人欣喜。我与妻根据李夏德的提示，拼命体味每种酒的不同滋味，虽然不能算是很得要领，却寻找了也当真依稀找到了新鲜的碧绿的葡萄的感觉。多瑙河畔的阳光和雨水，施特劳斯故乡的奥匈帝国人的精灵，茜茜公主的开怀畅笑与刻骨悲哀，维也纳森林的浓荫花簇，所有一切都凝结于升华于融化于透明中带着天然的青绿色或者更为微杳的琥珀色的酒里了。

我要说第一种酒生涩如新耕的泥土徘徊。第二种甘甜如夏天的玫瑰风韵。第三种清爽如汩汩的山泉洗濯。第四种悠远如夕阳下的钟声自赏。它们淡酸微甜浅涩，非人工的生香泥土香如青草嫩柳，洁质如脂如玉，饮之如苦如饴。雨下得愈大我们愈要饮，身上愈凉愈要酌，天色益沉愈要品味，尝出至味了更要加饮加深体味，马虎过去了辜负了大好泼酷，那就在下一口啜饮时补齐找回。遐想来之偶然来之缘深饮之有趣,便愈要与土造葡萄酒好好亲近,莫负良辰。呷之爽口,咽之暖心却又清心,晕头却又按摩了熨帖了全身。咽下去,颊齿温柔,幽然怡然;回味起,朦朦胧胧,款款楚楚。喝到最后,一阵忧郁,险些泪下。这是什么玉液琼浆,这样酸涩而又这样甘美,这样融化却又心波不已,这样的美酒能喝几回?这样的美景能看几遭?这样的感受能向谁人诉说?看了喝了不过是忘却脑后。而生活得艰难愤怒粗粝的人还很多很多。人生苦短,人心苦险,到处都有不平事,物欲蒙蔽而身非所有,孰能生受,孰能有福、快乐而自由?在这个凄风苦雨、角心斗力的世界——战场上,美酒于我何物,细雨于我何物,微醺于我何物,奥地利与欧洲的大千风姿于我何物哉!此番饮酒古姆波茨克辛是那么没有逻辑,那么像是一次误入,一次茫茫人海中的不期邂逅。油壁香车不再逢,浮云游子各西东,葡萄院落溶溶雨,柳絮池塘淡淡风……

李夏德与我们谈天,他说奥地利从前是强大的奥匈帝国,这个大国也曾经野心勃勃。第一次与第二次世界大战,奥国都是战败国。每战败一次,奥地利的国土就缩小一次,到今天,她已经是一个小国了。现在,"我们对国际政治国际利益与霸权的争夺也已经失去兴趣了,现在我们要的是葡萄酒,是圆舞曲,是咖啡,是树林和草地……"他说。他还讲了他父亲的遭遇:二次世界大战中被苏军俘虏,七年后遣返,现在靠国防部发给的养老金生活。

"一个国家、一个人也像一篇文章,每受挫一次就要删节一次,几经删节,失去的也许是水分,而留下的是精华。"我安慰他说,同时为他父亲的大难无恙的好运道而庆幸。

漫长的下午在不期的漫饮中度过,然后进餐室买一点火腿面包,一点咖啡甜品,草草吃罢,啜完葡萄酒的最后几滴,我们又上路巴登。巴登虽小,却有贝多芬故居,一座二层小楼。百余年前一代宗师的贝多芬在这里写下了辉煌饱满的第九交响乐。据说奥国人有一个玩笑话,他们说贝多芬是德国人,因为长期生活在奥地利,所以成为了贝多芬；而希特勒其实是奥国人，"发迹"在德国，所以成就了大恶魔——也是淮北为橘，淮南为枳的意思，取笑而已。一国如一人，总要活下去，也总要精神胜利。

归途上我们顺道去看望李夏德的父母，他们都已年过八旬，老态龙钟，老太太前不久因撞车骨折，行动不便。他们生活简朴，性格乐观，住房不宽。老人老妇还唱了几首奥地利老歌，以欢迎来自中国的远客。李夏德与父母的亲情令人感动，虽然，德语里大概没有"孝"一词。

李夏德次日就到伦敦开会去了，到我们离奥他也没有回来。中间我接到过几次他自伦敦打来的电话，我告诉了他我对在一个半天的丰富感受。

至于我们的会议，于七月十日便匆匆地开过了，会后还有三四天可以到几个地方走走。七月十一日，卡明斯基与张宏滨请我们到杜丽辛小镇一游。狭窄的小巷难容两辆自行车交错，蓝色高塔与黄色房舍很不协调——她就是以小和不协调来招揽游客。小镇上有一家富丽的大酒店。我们在它的露天咖啡廊一坐就是半天，位置在多瑙河近旁，伸手可以够着河边大树的树枝，目光一直没有离开滔滔河水。

七月十二日，由奥中友协的工作人员开车带我们沿着多瑙河一路驶去。三刻钟后，到达麦尔柯修道院，我们冒雨参观，这个修道院内有一座富丽堂皇金光耀眼的教堂，教堂用来包金的黄金达两吨之巨。我想起泰国曼谷的大佛寺来了，那里也是处处黄金。耶稣教堂而搞得如此富丽，这里是我知道的唯一的一个。梵蒂冈的教堂当然巨大，可是多见壁画与石柱，未见黄金。

中午饭后继续冒雨参观莎拉古堡，高高低低，蜿蜒如小长城。过去它是用到战争上的么？当战争没有发生或早已发生过了的时候，你无法想象战争。而一旦战争爆发，又有谁能想象——谁敢想象和平的旅游参观呢？

晚上抵达多瑙河畔的林茨城。在来自浙江青田的华人倪铁平先生开的中餐馆用饭后,夜色初浓,我们到达了河边。看到有一处栈桥,我们便走上去,置身于已经不太蓝的多瑙河上,望着滚滚河水后浪推着前浪奔流而去,想不到与多瑙河能如此接近。知道《蓝色多瑙河》圆舞曲者多矣,又有几个能亲临其境?但愿能够长久地把这河这水这岸这城这屋的形象存贮心中。于是心里响起了施特劳斯的旋律,然后又想起了罗马尼亚乔治·埃内斯库的《多瑙河之波》,只觉得飘然潇洒,嗒然喟叹,心荡神迷,如沉入乐曲中,如沉入历史,如沉入电影,如诗如梦。之后到城市广场去了看了看,照样有纪念瘟疫的镀金圣母救世雕像,有一圈又一圈的广场艺术表演,一个长着大胡子的男子引吭高歌,另一队则是演奏惊天动地的摇滚乐。又是周末了,据说这种表演会延续到深夜。

次日天气放晴,随之大热。早晨游览长长的清清的特劳湖,四面山峰碧树,中间水静波平,令人想起一九九三年夏我去开过会的意大利米兰贝拉吉奥的科摩湖。奥地利不靠海,他们在国内无缘欣赏大海的风光,但是他们拥有大量湖泊,以慰水思。

游览特劳湖后,经过格蒙德湖进入阿尔卑斯山,来到了月光湖。山色湖光,融作一体,有了水,大片僵硬固执的土地变得可以闪烁可以振荡可以摇摆了。曰上善若水,曰智者乐水,湖光不仅润泽了干旱的陆地,更滋润了枯燥的心灵。湖边小憩午饭,品尝月光湖中的鱼,就地取材,人生至乐。

下午抵达萨尔斯堡,这里的风光早在电影《音乐之声》里向全世界展现过了。我们参观了清泉宫,宫殿及众雕塑都是游戏型而非供奉型的。来到这里便都返老还童,哈哈嬉戏。导游介绍完了忽来一阵水花,人们又躲又笑又闹。各种戏水的游戏令人想起我国云南的泼水节,不过这里的水是电脑"泼"的。它们的花坛之大更是举世无双。我们还参观了莫扎特的故居。莫扎特也属于奥地利,还有舒伯特……这块土地就是这样富有灵气仙气。难道是可能剥夺的么?难道不是叫人羡慕的么?

第三天到达因斯布鲁克山城。傍山依河,峰青水碧,双桥如画,花香鸟语,旧城街头,载歌载舞,动物也上街表演。四顾形形色色高高低低花花绿绿的古老建筑,如见童心未泯时搭就的积木。顺路走去,又是这个艺术家与那个艺术家的故居和一道一道的纪念碑、凯旋门⋯⋯你不禁纳闷:这个奥地利究竟是个什么地方?上苍是不是偏爱他们?你走到这里和那里,河边湖边山下和古城堡下,她硬是始终这么流畅,这么华丽,这么轻盈,这么幽美而且善良,她整个国土和生活就像乐曲《蓝色的多瑙河》一样。莫非她的命运她的风景早已经为约翰·施特劳斯所预言所规定?他们缘风光而定居,为艺术而立国,抚历史而流连,瞻宫殿而迷痴,美了还要美,舒服了还要舒服,歌舞几时休,犹唱后庭花;莫非她的河流里流淌着迷人的白葡萄酒,他们的山风吹动了飘摇妩媚的圆舞曲,他们的湖边奔跑着茜茜公主豢养的麋鹿?她是旅游的天堂咖啡馆的荟萃宫殿的展览和十七世纪的马车的表演场全国连成一片的葡萄园吗?未免太神奇了吧。

⋯⋯咹,世上大概没有这样便宜的事。被俘然后遣返回国的老兵,得不到合法身份的土耳其人打工族,正在忙于应付波黑难民越境的边防军人,失业者包括伫立街头的艺术家⋯⋯会向你做出不同的描述,而那不同的描述应该更深刻得多。好吧,为这篇散文的浅薄的自足而愧对知我爱我的读者们吧。不管怎么说,奥地利和她的维也纳,提供了一种令远来的游客心醉地感叹和事后神往地加以描述的可能。在长太息以掩涕、哀生民之多艰的同时,在心头淌血、眼里含泪、忿忿地瞄准着声讨着多灾多难的大地上居然冒头的中产者气味的同时⋯⋯不是有时也可以不拒绝宫廷乐师约翰·施特劳斯及其新年音乐会,不拒绝《蓝色的多瑙河》的流畅和华美吗?它当然不够伟大,却也是亲和地与灵动地描述大地的一种可能性啊。

1997 年 4 月于珠海
发表于《珠海》1997 年第 4 期

墙 的 这 一 边

从逻辑上说，无论如何我应该更熟悉原来的德意志民主共和国。新中国初期，一九四九年，我所供职的新民主主义青年团北京市筹备委员会（后来是工作委员会，再后来才是委员会）的书记就去民主德国访问过，他回来后给我们做过访问民德情况的报告，他说那时从柏林很容易走到西柏林去，他说有的人家住东柏林却在西柏林做事，或相反。就是说，那时候还没有那座有名的墙。他说到在柏林举行的保卫和平大游行，西方记者的不怀好意的提问："请问中国人是怎样保卫和平的？是否也是这样走来走去？"书记回答道："中国人民用各种方式保卫和平，可惜，这样的自由在西方国家是没有的。"我们听了很兴奋，书记就是书记，在外事斗争中我们显然占了上风。我和我的同龄人们曾经高举当时民德总统威廉·皮克与总理乌布利希的画像，高举斯大林、季米特洛夫、金日成、拉科西、贝鲁特、乔治乌·德治、霍查直到多列士、陶里亚蒂和伊巴露丽的画像，排成方队，参加五一、十一天安门前的群众游行。我看过描写德共领导人的民主德国影片《台尔曼传》与根据德国民间故事改编的影片《冷酷的心》，片中的主题曲"有花名勿忘我，开满蓝色花朵……"十分动人（大约四十五年后，在原西德的科隆附近，我第一次亲眼看到了这种"开满蓝色花朵"的花）。我参加过欢迎乌布利希同志来访的群众大会，听过彭真市长的欢迎词与乌布利希总理的致词。我还听说过——是真的么？——离我那时的家很近的我与家人常常光顾的山东餐馆同和居所做的"三不沾"与"烤馒头"被民德总理看中,它的厨师被邀请去了民主德国,参加那里的莱比锡博览会。而到了一九五二年,我所工作的新民主主义青年团东四区工作委员会选派了一名少先队员和一名少先队辅导员前往民主德国参加国际夏令营,她们回国后也是到处做报告,我们觉得她们跟成了神仙一样。

然而在改革开放的年代,我却没有去过民主德国,而是去了两次德意志联邦共和国。不知道这是不是说明了逻辑(与知识)的无力。一九八〇年我应德意志联邦共和国驻华大使之邀与冯牧、马加、柯岩等一道去了波恩、科隆、汉堡、(西)柏林、慕尼黑与法兰克福,这是我第一次走出国门。单是汉堡的冰激凌的价格也使我大吃一惊,以致我把这种印象写到了我的散文里——现在,在成功地奔向小康的咱们中国,冰激凌也差不多是同样的价钱了,只怕是质量不一定赶得上人家。使我羡慕的与其说是他们的城市,不如说是他们的森林和绿草地,直到普通人家阳台上摆的鲜花。我不知道这个说法是否靠得住:说是二次世界大战以后,有一个美国记者前往西德采访,那时德国一片战争创伤,但是美国记者看到了一家家德国民居摆放着的鲜花,他于是断定,这个民族是有希望的。

第二次是与另外十四个作家一道去西柏林参加地平线艺术节,同去的有张洁、黄宗英、鲍昌、刘剑青、方冰、西戎、舒婷、傅天琳等。那一次我们住在靠近西柏林大教堂、喷泉与广场处不远的洲际酒店,一住就是十天,洲际酒店大概给了艺术节客人很优惠的折扣,早餐只供应面包与咖啡或茶。那一次艺术节有江苏昆剧团演出,有中国民族乐队演出,有中国电影的放映。艺术节的活动还包括举行王蒙作品的专题研讨会,我印象最深的是瓦格纳教授的发言。他考证,《悠悠寸草心》里的理发师影射"立法",唐师傅的"唐"表达了作者对于汉唐盛世的向往等,索隐法走向了世界,令人好不得意。艺术节还举行了给张洁的《沉重的翅膀》的译者阿克曼发奖的集会,也举行了方冰、舒婷等诗人与西戎、张洁等小说家的作品朗诵会。在这次活动中我碰到了台湾作家白先勇、高信疆，日本作家井上靖，瑞士作家迪伦·马特等。西德一些人士对于中国当代文学表示了强烈的兴趣，几位台湾作家觉得相形之下自己受到了冷遇而极不开心。

艺术节后我们应北德电台之邀去了北德小镇吕贝克及胡苏姆。在吕贝克我们去教堂听了音乐会，去酒吧体会了北德小镇的周末生活。胡苏姆是郭沫若译《茵梦湖》的作者史托姆的故乡。后来又去了德荷边境的施特莱勒恩与波鸿，最后从波恩经法兰克福回国。本来安排好到波恩后去诺贝尔奖得主海因里希·伯尔家拜访，并由我当面以中国作协的名义邀请他来华访问。结果事到临头他突然病倒，他的儿子画家里内·伯尔特来旅馆与我们见面并致歉意，此后不久伯尔就病逝了。十余年后，我与妻子又作为小伯尔的客人来德访问。

首次去西柏林似乎还带几分神秘，因为从西德去西柏林要飞越东德的领土，西方三国的飞机可以飞往西柏林而西德的飞机不能。那时候还有一系列外交的微妙问题，因为苏联、民德都不承认西柏林属于西德，从社会主义的中国去西德访问的人去不去西柏林便有几分敏感性，有几分外交姿态的性质。据说只是在我们首访西德前不久我们这边才开了禁——中国客人也到西柏林访问了。

在西柏林特别感到的是东德的存在。柏林墙壁垒森严，站在墙内可以看到苏联驻军。还有巨大的苏联红军雕像，威武的红军一手抱着婴儿（不知道那婴儿是不是象征欧洲或文明或人民）一手以长剑劈裂了法西斯的标徽。也可以看到东柏林的居民楼，这种居民楼的特点是它的批量建筑，一建一大片，看起来好熟悉。一九八六年访问西柏林时恰逢西方三国阅兵，我们看到了芜杂参差的美国兵、自由潇洒的法国兵和雍容古典的英国兵。一位西柏林居民看到天空的西方三国作战飞机的飞行演练，便愤怒地用手指做出向空中射击的姿态。

后一次，许多同行的中国同胞乘机从西柏林去民德看看，出示护照,交一点马克,过去再回来,非常方便。我由于严守上边交代的纪律,始终没有过去,对那道著名的与危险的墙,确实找不到什么感觉。应该说,虽然五十年代后期我们就与苏联东欧分道扬镳了,但是想起民主德国,依然旧情难舍,毕竟他们称呼的不是先生而是"同志"呀,"我们骄傲的称呼就是同志,它比一切尊称都光荣……"伊萨科夫斯基词、杜纳耶夫斯基曲的苏联的《祖国进行曲》这样唱道。我更多的心思是祝愿一切可爱的与不那么可爱的同志成功顺利,祝愿东西德同志先生小姐都好都友好都幸福。我也不是不能理解不得已情况下筑墙的事态。但墙的矗立还是有一些遗憾,至少看起来不甚雅观中看,不那么舒展大方,更无法快乐自豪……一位中国老作家就写过不喜欢墙的诗。

这样,在墙拆"国"亡,德意志民主共和国——所谓德意志的第一个工农国家不复存在以后,我就特别想去看看她。活着的时候未能造访,那就去凭吊一下"遗容"吧。愿她安息和启示后人。

可谓天从人愿。一九九六年五月二十五日,我与妻子应海因里希·伯尔遗产协会与北莱茵基金会之邀来到了德国科隆附近的伯尔别墅,过了一段时间,德国外交部新闻局表示愿意安排我们在德国各地旅行十天,并询问我们有什么要求。我于是提出,想到东部地区一游。

六月十九日傍晚,我们在重访海德堡与法兰克福后,乘飞机抵达原民德的德累斯顿市。一下飞机就看到了一批由于年久失修也由于战争已经残破和被熏黑了的高大建筑,是这些建筑十分惊心动魄,使你想到德国的历史、文化、古迹,想到战争,也想到几十年的一分为二你死我活的冷战。我没有记下来这些黝黑而且高大的建筑的名称,它们无非是原来的宫殿和教堂,可以看出建筑上的圣徒与骑士雕像,除了石头的青黄、硝烟的黑暗以外,还不时看到表达着岁月的逝者如斯夫的斑斑铜绿。如果说过去西德城市给我的印象是活力、鲜艳、物质欲望的光怪陆离与物质成就的突飞猛进,那么这个我第一眼看到的原东德城市,则使我想到德国历史的悠久与沧桑巨变,巨大的威猛的建筑风格,沉重的考验与严峻的脚步。也许这里确有另一个德国,也许许多事情包括一个人也不一定只有一个自我,只是他没有或被迫分身两处或清清楚楚地生活在两个世界,他遮盖着、马虎着,许多活剧也就得不到隆重推出的条件了。

一分为二与合二而一,上苍给了子民们多少试炼与启迪、教训与救援,子民们能不能更聪明更和善一点呢?

我们住在城堡区的一座大饭店,出门不远,是一家设在船上的餐馆,这艘船则停泊在易比河上。我想起了我年轻时候看过的一部苏联影片《易比河会师》,影片描写第二次世界大战中苏军与美军在易比河会师,会师后不久,美国改行冷战政策,正直的美国军官也受到了战争贩子们的迫害。我也想起了索尔仁尼琴的《伊凡·杰尼索维奇的一天》里描写一个苏联军官,由于收到了胜利会师时结识的一位美国军人的信,而被送到了劳改营。我注视了一下流水湍急的易比河,觉得天若有情天何须老,多情能被无情恼?于是只剩下了淡淡的一笑。

是一个讲究的意大利餐馆,我们进门的时候天色已晚。我们挑选了一个靠近窗户,可以欣赏河水,作"子在川上"之叹的位置。刚刚坐下没有几分钟,就感到了阵阵烟草包括火柴的硫磺味的袭来,令我咳嗽不止。只好再换座位。最后仍然逃不开烟雾如潮如罩。这里的人特别是女性吸烟的真多呀,而且对公众场合的吸烟没有任何管理。

有趣的是第二天上午在市文化局与一位副局长的交谈。他说这个局里还在做事的前民德人士已经不多,他算是其中之一,其余官员大多由来自西部地区的人士代替(接管?)了。他介绍说过去这里的作家编到各生产单位里,由生产单位支付他们的生活需要(与中国的办法不同,这也许更有利于深入生活)。民德不存在以后作家们纷纷自谋生路去了(我想起了作鸟兽散四个字。以上与以下括弧里的字为我当时的内心旁白),有的在图书馆当管理员,有的在学校教书,有的受雇于公司(下海?)。目前有些工作,如选拔青年演奏家、组织庆祝某个日子的艺术活动(日历文艺?人如果没有日历是不是就失去了许多方向?)和过去差不多。说是他们已经解决了一部分经费,准备补贴给愿意到这边厢来的作家,鼓励他们熟悉德累斯顿写德累斯顿(不是不养,不是不宣传)。这位副局长还向我们介绍了他是如何做作家间的团结、协调关系的工作的,因为从民德走过来的作家,分成与官方合作的作协成员以及不与官方合作(不同政见者?)的作协成员两大部分,他们的分野比较明显。幸亏他还比较知晓底细(两朝元老?),与双方作家关系都不错,故而能做一些团结工作(不是不干预)。

下午我们在大学与当地的几位作家交谈,主持会面的系主任是西部来的,西装笔挺,能讲不错的英语,气宇轩昂。其他本地作家就都不会英语了(俄语?吃不开了?),这也是差别。作家们把当地办的一本文学刊物拿给我看,说是销路不大。他们说起东西德合并后的生活经验,露出了一种哭笑不得的表情(唉!)。他们说觉得现在写作很自由,自由的意思就是没有人管,没有人理,所以冷落得很(到底是希望人管还是相反?)。过去由于对传媒有所管理,读者常寄希望于作家,希望文学作品当中有一些报纸上没有的大胆的批评性揭露性的东西。现在呢,报纸上什么奇谈怪论都有,文学作品也就失去了揭露时弊方面的特殊吸引力,文学作品便不再引人注目。再有就是如文化局官员所说,作家都忙于生计,忙于挣马克,不再像过去那样投入地弄文学(某种精神的失落!媚钱?)。说到作家间的人际关系,一个自称是原属"与官方合作的"作协的人与另一个所谓"不与官方合作"的作协的人,都表示他们之间并无隔阂,做友谊状。这倒与文化局那位官员说的不同了。

也许是我敏感,这里所有的原东德作家以及那位文化局副局长,说起话来都特别谦虚,面带愧色,不时苦笑,颇似尴尬,给人以收敛退缩、"失语""无名"、乏善可陈乃至"别提他啦"的感觉,这是一种绅士风度?是一言难尽的表述上的困难?德国人在我的印象中还是比较自信,比较善于立论而且不隐瞒自己的观点的。杨柳岸晓风残月,该是什么滋味?是不堪回首还是梦魂牵绕?是酒后寂寥还是在等待明天?反正不是欢欣鼓舞,更不像斗志昂扬。中国毕竟理直气壮地坚持着社会主义,而且近二十来年一直是改革开放,舒卷自如,阔步前进,有目共睹。但就这样也或有无可奈何花落去的长叹,或有似曾相识燕归来的希冀……何况他们?当然原东德的这几位老同行新朋友质朴诚恳,善意待人,令人觉得亲切舒服,一见如故。好人一生平安,且给他们以最好的祝福!

德累斯顿的市中心有一条步行商业街,林带笔直,雕像座座,按照美国人的说法,也许应该叫做 Mall 的,十分清洁整齐,井然有序,人们说这是在东德时期修的。我们在这里的一个叫做"北海渔村"的连锁店吃海鲜快餐,也觉得神清气爽。同时对于德累斯顿的新旧房屋的反差、东西德的反差,留下了深刻的印象。

下午离开德累斯顿,坐火车到达魏玛。当晚去一个当年歌德喜欢去的名叫白天鹅的小餐馆吃饭。雨声沥沥,树影幢幢,进门前在昏黄的灯光下我们看到了绿色餐馆门脸上画着的一只天鹅。餐馆内部保持着古老的情调,绿色陶瓷壁炉,墙上的宗教题材小画,置放着的小雕塑,上菜前摆放与分菜用的小几与活动饭台,都使你发思古之幽情。侍应生前来介绍菜肴,张口闭口不离歌德,倒像我们不是来吃饭而是来追思歌德。先是说歌德爱吃一种鱼,我因为头一天已经吃过鱼了,便有些迟疑。于是立即介绍鹿肉,说是歌德爱吃鹿肉。什么?歌德也爱吃鹿肉?我问道,见我未能立即认同,侍应生便再斩钉截铁地强调,歌德就是爱吃鹿肉。于是我点了鹿肉,也要了葡萄酒。吃得很满足,似乎也很人文。

魏玛在德国历史上有过特殊的地位,曾最早实行了共和制。由于它历史上的尊重知识尊重人才,一大批学者作家诗人艺术家都曾生活在这里。瓦格纳,歌德,席勒,尼采,直到匈牙利的李斯特,都曾生活在魏玛。这里仅博物馆就有二十多个,能不肃然起敬?

我们在六月二十一日开始了在魏玛的参观。先到她的市中心广场。所有的德国城镇,都有差不多同样的格局。在市中心设立市府,市府楼房的阁楼外壁上会有一个报时大钟。迎着市府,是商业区,叫做市场,不但有商店也有露天摊贩,再过去一点就是火车站了。魏玛也不例外。向导指着广场一边的一家简陋的旅馆告诉我们,说是希特勒在这家旅馆住过。离那儿不远是画家卡纳的旧居,他画的一个女孩子头像现今用做德国马克的图案。

我们参观了十八世纪的一座大宫殿,宫殿里有不少绘画陈列,一组组的游客分别听着德、英、法、西班牙语的解说。我觉得有趣,却又觉得无趣,在各地旅行的时候,也许我看过的宫殿特别是那些巍峨豪华的大宫殿太多了,而这里并不是一个多么豪华的宫殿。宫殿的生活本来就无趣,两百多年以后,时过境迁,如果不是专门去研究历史,谁能从宫殿生活里发现出什么趣味呢?

从宫殿出来便去看歌德和席勒的故居,歌德在魏玛生活了几十年。歌德的写作间里有供作家站立写作的斜面写字台。写作间里还有一把高椅子,说是歌德写得累了的时候常常坐在这把椅子上观看外面的风景。他的后花园里有那么多玫瑰花,正是盛开季节,令人赞叹不止。也是一间间的屋子,伟人大家的住所其实与常人的没有什么不同。作为大人物实在是太辛苦,甚至百年以后也不得安宁,让这么多人来看,卖这么高价钱的门票。前来慕名参观的人中,又有几个能是知音?

这样想类似故意捣蛋,可能是午餐后瞌睡精神开小差造成的吧。人似乎是愈活愈娇气的。

在歌德当年喜欢散步的城市公园里散步,倒还是非常惬意的事。公园里有参天的大树浓荫,有青草坡地,有小桥流水,有歌德用来休息用的一所旧房子。我相信,一切大作家的成就都离不开大自然的眷顾。

在剧院前的空场上，有歌德席勒的双人雕塑。德国人特别是魏玛人为了他们的两位大作家是多么自豪。

感谢当地的文化部门的热情，他们的局长放弃了自己的机会，把音乐会的门票让给了我们，这样我们就在剧院出席了本年艺术节开幕式的音乐会。音乐前也有一点本地官员讲话之类的仪式。然后是舒曼的交响乐。他们的演奏一丝不苟。舒曼也曾生活在这里。魏玛，真是不可思议。我想东德是得天独厚的。

……想更多地了解一下前东德一些知识分子的感受，当然不能不去柏林。现在是统一的柏林了，恰恰是在东柏林有更多的古建筑，教堂、大厦、金色雕像和凯旋门，我们有机会看看是很高兴的事。首次访问时令人别扭的被分割为二的菩提树大街现今连成一条大道了，也是分久必合，合久必分吧。柏林墙是拆掉了，还留了几段，里里外外画满了现代派的变形风格的壁画。存在不断地变作历史，而历史又不断地变作艺术。伤口在历史中沉寂而在艺术中愈合，正是无须多情。几家公司在原墙址修建商业中心，招股招商，又将是一番人欲横流的热闹景象。我们倒是看了一下建设工地和沙盘图纸。我们在柏林期间正逢罗马教皇访问，许多街道停止通行，只能远远望去。

在旅行出发前，我就收到柏林东部洪堡大学的传真，他们的中文系主任爱娃·玛丽亚博士邀请我去讲演，并且说明由于什么什么原因她很遗憾不能为我的讲演付酬。既然提到了不付酬，我觉得我就一定要去了。早在五十年代，我就知道了洪堡大学，因为，正是这所学校给前去进行友好访问的周恩来总理颁发了名誉博士学位证书。我当时在报纸上看到了周总理戴着博士帽的照片，为之兴奋不已。

六月二十四日星期一，我到了洪堡大学。看到了给我发传真的系主任，她中文名字叫做梅薏华。她丈夫也是同系汉学家，中文名叫穆海南，他们的同事还有身材苗条的尹红等。他们都是五十年代的北京大学留学生，他们都是在新中国与苏联以及东欧国家处于蜜月期的时候被送到中国去学习中文的。他们见了我就像见了亲人一样。他们自嘲地叙说着一切。一开口就是十分尖锐的牢骚:"由于西德的殖民主义政策,我们的学校正在被改造,我们谁也不知道明天会是什么样。"他们说。两德合并后,大学更换了领导,新领导决定:培养翻译不能是这所大学汉学系的任务。于是一大批原来的教师被炒了鱿鱼,其中就有我的小说《活动变人形》的德语译者乌力考茨。现在考茨倒是找到了不错的工作,他现在在慕尼黑的歌德学院总部,一年前曾在歌德学院北京分院工作。"自由么?是的,从前在民德,你不能够批评国家的领导人,而现在你可以随便骂政府的总理。但是在民德,你是敢于骂你的顶头上司的,而现在你不敢骂你的老板。这就是东西德人民在民主权利方面的区别。"他们像是在说笑话。"当然,我们应该感谢他们。"他们说的时候含有明显的讽刺,而且说着"他们"这一人称代词。"我很快就要退休了,他们答应给我退休金。""工资当然是比过去高多了,然而,物价呢,福利呢……"总之,他们的心情不愉快,他们似乎还没有完全认同德意志联邦共和国。当然,我无意断言他们不赞成东西德的合并。

在这里讲演的最大特点是讲完了怎么号召也没有哪个学生提问题。这与在原西德的学校的经验可大不相同。我未免为自己对中国文学的介绍没有引起他们的更大兴趣而感到讪讪。

讲演完毕以后,我们与这所大学的汉学家们一起去学校附近的一家意大利馆子吃面条,要了啤酒和菜汤,别人要了甜食及冰激凌。虽然什么苏联为首呀、社会主义阵营呀、兄弟般的团结呀早已不复存在,甚至那些概念政治上也许本来就是天真到不甚可取的程度,但是信奉过这些概念的人,仍然不能忘怀那种人与人之间的"兄弟情谊",那种一见如故的亲热。沧桑巨变中,有着相近的经历又有着全然不同的经历的人与人之间,老九与老九之间,似乎仍然存在着许多旧情——至少可以共同回忆若干往事,"却话巴山夜雨时",分享一种对历史也是对自己的青春时代的回忆,咀嚼无可奈何的沧桑感,唏嘘亦复感奋。别梦依稀咒逝川，故人四十六年前！

  回国以后不太久，我又得到了一次机会与梅薏华见面，她应北京大学之邀到北京来了，她有一大批老同学老朋友在北京的教育界文艺界工作，李国文的《花园街五号》是她组织她的同事们译的，谢冕、陈丹晨、吴泰昌……都与她相识，有的还与她同班上过课。"老板"更迭了，体制或大或小地改变了，说法不一样了，处境各不相同了，然而毕竟还有别来无恙的故人，中国的说法叫做眷眷有故人意。中国人珍视故人，哪怕是过往的"敌人"，也许我们还有一个共同的敌人就是时间带来的衰老吧。我与她和她的上述老相识们一起吃了一顿晚餐，饭是在新落成的中国作协办公大楼里吃的，我也是第一次去这座楼，都说作协的办公条件是鸟枪换火箭炮了。楼下写着作协党组书记处的公约守则之类，工作抓得很紧，很正规，领导说是要给作家这些"小鸟"们提供一片美丽的林子。不知道原东德的作家会有什么感想。

发表于《中国作家》1997年第4期

乡居朗根布鲁希

从德国的科隆开车一小时,经过北莱茵州的首府杜林,也不妨再经过一个叫做克瑞佐的小镇,便到达了只有十几户人家的村庄朗根布鲁希。村口是一座红砖砌成的教堂,教堂顶端竖着一只古老端庄的风信鸡。这里的初夏没有什么大风,鸡也就显得寂寞了,叫做鸡未必欲静而风不起。教堂路边立着一块牌子,说明向右转弯是"诺贝尔奖金得主海因里希·伯尔街"。街口正在盖房,为数不多的工人拿着许多种工具,量来量去,横平竖直,一丝不苟。接着是一座暴露在行人视线之内的院落,夫妇俩正在户外饮茶,门上还挂着一个征狗的牌子——其实他们已经有狗与猫。再走过两家虎皮石墙院子,是一道褐黑的老旧的木栅栏门,门口挂着差不多同样的关于伯尔的牌子,它就是伯尔的乡间故居了。

送我们到这里来的有文学家伯尔的大儿子——画家里内·伯尔,我们共同的朋友黄凤祝博士和新疆"老乡"、正在波恩演出意大利歌剧《塞维利亚的理发师》的旅欧中国维吾尔族歌唱家迪里拜尔。一进门先看到了三个女孩子,大的十二三岁,二的七八岁,小的三四岁,浓眉黑发,高鼻长脸,明眸皓齿,她们用德语向我们问好,伯尔介绍说,她们的父母来自伊朗,父亲是作家母亲是画家。他们住在靠着院门的几间新房,木头本色的窗棂子上挂着挑花窗帘,使我想起往日与穆斯林共同生活的经验。

我们住的二层小楼过去是伯尔夫人居住的地方。楼下是厨房、餐厅、卫生间和贮藏室，楼上是两间卧室、阁楼和一间摆着大写字台和备有蛇形管颈台灯的工作室。最令人感兴趣的是各个房间的木百叶窗，放下来暗不见光，白天亦如黑夜，亦可掌握各种程度的开闭，舒卷自如，直至大放光明——当然，如果是好天气的话。我们将在这里逗留六个星期，小伯尔本来打算接待我们更长的时间，我想了想，用六周代替了六个月的计划。在送我们来这里的朋友走掉之后，我们深为这六个星期的将要居住在此处而觉得——似乎有些不可思议。我与妻怎么会来到这里？德国的一个小村庄。谁想得到？这次客居是缘分，还是纯粹的偶然？是一个变奏、一种逃避，还是一次寻求？这里是作家伯尔晚年喜欢住的地方。他另有一处房子在科隆。他死后，伯尔的家属把它租给半官方的基金会，每年只收租金一马克。同时，房主——由伯尔的遗属组成的伯尔遗产协会——保有一定的份额，可以自行邀请一些他们愿意邀请的文化人前来居住使用。于是他们想起了我。一九八五年时，我参加完西柏林"地平线艺术节"后，去科隆访问，本来有一个节目是去伯尔家做客，并代表中国作协向他发出访华的邀请，谁想到临时他突然患病住院，他的儿子里内·伯尔来到波恩我和其他中国作家的住地致歉，我便把作协的邀请信交给了小伯尔。不久，老伯尔去世，我曾致电哀悼。据伯尔夫人和小伯尔说，作家生前便希望能有机会请我到他的乡间居所做客。终于，他的这个遗愿在他死后十年，也是在我经过了一番小小的沧桑以后实现了。

老伯尔喜欢清静的地方。似乎所有的作家都是喜欢清静的，比较起来，中国作家特别是我本人，生活得未免太热闹了。惭愧。听说伯尔住在这里时，常常到附近一个农家去买鲜奶。如果是老年人在卖奶，往往在打够奶子之后再"饶"上一点。而如果是青年人在卖，那么就没有"饶头"了。他把他的这个有趣的经验写到文章里去了。

在这里居住的还有一名阿尔巴尼亚年轻的女诗人，金发灿烂、态度谦和，名叫林蒂塔。她见到我们就回忆起中阿友谊，回忆起并肩战斗的恩维尔毛泽东海内存知己天涯若比邻的岁月,她说,我们都知道中国人是最好的。而谈到现在的阿尔巴尼亚,她则没有什么信心。

从我们的住房楼下延伸出去,增修了两间图书与活动室,这种房屋的格局使我想起我国的加盖了许多小房的四合院——好在他这里地面宽阔,还没有因了这两间后加的小房而显出局促。两间屋的里面摆了一些书,包括伯尔的著作与记载他的生平的画册,几种根据伯尔作品改编的电影的录像带——当然其中有脍炙人口的《损害了名誉的卡特琳娜·布鲁姆》。书架上还摆着几本中国作家写的中文书,有辽宁诗人晓凡与邵燕祥的作品。晓凡是到朗根布鲁希来过的,燕祥似乎并未来过此地,不知他的书是谁借花献的佛。里屋有一个投币式电话,打电话不太方便,您就干脆与世隔绝地在"世外桃源"生活一段吧。

外屋是茶室,四面都是落地玻璃窗,中间放两个圆桌,每桌围着几把大大小小的供半倚半坐用的休闲藤椅。桌椅都很老旧,但夏天的遮阳帆布窗伞现出鲜艳的橘红。外屋还有一个大壁炉,炉里放着几块木柴,做即将燃烧状。其实各室都有可以调节的暖气。想来伯尔也是喜欢壁炉这种情调的吧。据说美国总统尼克松夏天也要把房间调冷,再点上壁炉取暖。外屋墙壁上悬挂着伯尔与他的家人的一些照片,笑貌长存而音容杳矣,令人依依,是谓故居。

我们住下来以后常到这边小坐,或看电视,或读书写字打电话接电话。电话铃响起来时,只有我们"家"听得见,我便常常充当大家的电话员。当然更多的时候我是在二楼"办公"的。由于德式电源插座标准与我用的笔记本式电脑的电源线插头不合,一开始不能工作,把我急得头皮炸痒子。幸有黄凤祝博士支援了我一根德式引线,才顺利开始了"上班",继续写我的"季节"系列的第三部《踌躇的季节》。我曾在美国衣阿华写《杂色》,曾在香港和美国波士顿写《失态的季节》,而《踌躇的季节》则是在北京、深圳(创作之家)、香港、德国、烟台文艺之家这么多地方写就的。天涯何处无书桌?一个心眼,许多地方,这种状况对作品的风格会有什么影响么?

一天天地写下去,发现红玫瑰爬到了百叶窗口。在"我"的小楼前,是一丛鲜红的玫瑰,很奇怪,这种玫瑰竟是攀缘型的,它贴着楼房的南侧爬满了整整一面墙,直射到我的二楼的四面窗口,几乎一直爬进屋子。这些玫瑰开得十分鲜艳茂密,如火如荼,其生命力按捺不住地迸发四射。而我竟没有发现有人给这株玫瑰施肥的痕迹。至于浇水全不需要,这里的初夏多是阴雨天气,降水量无比充足。玫瑰爬得高开得大,闹哄哄一片。同时,人们说,它的花期很长,六月中旬开花以来,随开随谢,随谢随开,能够一直开到十月初。这里的气温比较低,六月初阴天的时候气温下降,有时候还需要开暖气。十月初想必已经相当冷了。一朵灿烂的玫瑰在寒风中怒放,想必是很撩人的。玫瑰花提醒我莫负阳光灿烂的初夏季节。于是我们走出房去,走到房后草地上。一泓水洼、几朵睡莲,雪白如玉。三四株大樱桃树,正在结果。眼见着樱桃果由青渐黄,由黄渐红,由红渐褐,摘下来尝尝,清香鲜美,超尘拔俗。我想起了契诃夫的名剧《樱桃园》。可惜来之晚矣,错过了遍树白花的春天。

再远一点,是一道木栏,木栏外是一匹黄马,黄马整天悠闲地吃草,表现出一种宠辱无惊、无欲无忧的哲人风度。再远处青山隐现,也还依稀看得到一些房屋,据说那边就是杜林,看着不远,其实不近。面对这样的情境,更觉得有些是是非非蝇蝇苟苟争争夺夺毛毛躁躁阴阴险险计计较较蛇蛇蝎蝎委实无聊,如同狗屎。

院子里是美丽的,走出去就更好。乡间公路,也都是沥青路面。路两侧有详尽的各种标志。路两边是丘陵地与树林,林边挂着类似狼头的标志,大概是说内有野生动物,应予保护。公路边还有前面一千米(或五百米)处有鹿的告示牌,用意在于提醒驾车者注意降速,避免危害穿行公路的动物。走在这样的路上,即使周围未出现野物,也使你觉得自己是与野生动物同在,与宇宙万物同在。在这路上散步,是我们的一项必修功课。公路过往的汽车不多,有时候走半天只有自己,看着路旁通往杜林、通往科隆、通往波恩、通往亚琛直到通往比利时的布鲁塞尔的路标,更感到自己是在乡下,是在天涯海角。更感觉天地本来空旷,何必活得那样拥挤憋屈摩擦冲撞。有一次饭后走得远,来到一片开阔地,只见遍地菜花金黄,这是我们在这个地区唯一一次见到农田,其余大片土地上只有青草。有一次我与妻子在公路旁说话,做着手势,忽见一辆汽车停下,原来是驾车的当地农民误以为我向他招手。他用德语讲了几句,我虽不明白,想来是问我有什么什么是否要用他的车。我连忙声明无事相扰,他说着"阿赫苏,阿赫苏"(是这样,是这样)离去了。农民是世界上最纯朴的人民,走到哪里都是如此。

给伯尔别墅做庭园和房舍劳动的是一对年老的农民夫妇,他们健康质朴,面色红润,说话声音很响亮而用词不多,英语是一个字也不懂。我来后不久发现一层后窗的百叶窗操纵起来不太灵活,便告诉了他们。两夫妇围绕着百叶窗声音洪亮地研究了老半天。最后由老汉下手,硬掰硬撅,以手为钳,总算把塞在沟槽里的百叶窗的顶端给拽了出来。我发现他的手粗糙强壮得完全合乎电影《决裂》里招收贫下中农大学生的标准。

朗根布鲁希没有商店。我们常去杜林购物。我们有固定的出租汽车公司服务,去杜林一个单程交十个马克。杜林就很像个样子了,市政府前是(农贸)市场,蔬菜水果鲜花鱼肉乳酪熟食,应有尽有。但最吸引我的是一个用手摇发动"放送"音乐的大"八音箱"车。估计是在没有电子音响也没有留声机以前,人们发明了用钢条记录音乐。它的声音尤其是节奏受发条松紧不同的影响不可能太准确,但是金属的声音自有其铿锵悦耳与余韵悠长的特质,叫做金石之声,听起来很舒服。这种摇着八音箱放送着音乐卖货的人保留着一种中世纪的风格,它的文化触发文化意蕴令人流连和联想怀念不已。

还有一次适逢中午,是市政府的钟楼发出了八音箱的乐声,而那乐声我是非常熟悉的。上初中时学过这个歌儿:"老渔翁,驾扁舟,过小桥,到清流。一箬笠,一钓钩,快乐悠悠……"当然,这与"长亭外,古道边"一样,都是中国人填的词。在杜林市听到此曲直如找到了久已失去的童年,心情混合着喜悦和忧伤,惊奇和恍惚。于是你觉得一切都是有来由的,一切缘分都将得到指证,一切因果都将得到连结,一切往事都贮存在某一个角落,而时间与空间之间,有着一种巧妙的转换。这是一个多么大的安慰呀。

我们也曾步行到克瑞佐,那只是一个极小的城镇,离我们的"家"三公里,物价比杜林贵得多。有趣的不在于购物而在于散步。穿过小村庄,穿过墓地,穿过树林和灌木丛,看到一些德国农民,更多的时候是走过寂无一人的地面,鼻子里嗅到的是青草的香气。你会时时感到一种惊异,惊异于这里为什么与中国那样不同或相同。那次在这个小镇买了点食品,抱着几个大纸袋子,我们想叫出租车回去。好不容易在街上觅到了出租车,司机说是他们不可以接受临时招手的顾客,用车必须打电话给他们的公司。(也够教条的呢。)而街上的为数很少的公用电话间,只可用电话磁卡,不接受硬币。我是有币无卡。我们便决定走回去,其实走起来很快。但早晨是阴天,中午已经放晴,走了几步,立刻就汗流浃背了。我们便想在离克瑞佐最近的一个村落的酒吧吃点东西,结果,这个酒吧只卖啤酒,全无其他。看来我们确实是住到了一个偏僻的乡下来了。路上有一个女士主动停车要我们搭她的车走,我们离家已近,便谢绝了她的好意。

也有过热闹的时刻。林蒂塔过生日的时候,邻居退休教师路德维希夫人前来给她主持生日聚会。这位邻居曾带我们到她家看过蓝色的星星点点的小朵"勿忘我"花,使我回忆、验证了我青年时代爱唱的一个亲切动人的德国民歌:"有花名勿忘我,开满蓝色花朵……"迪里拜尔与我驻德使馆文化处的同志也多次到我们这里来,接我们到亚琛、科隆、波恩去参加活动或参观游览。欧洲足球锦标赛决赛那天,我们与迪里拜尔共坐着使馆文化处李克新同志的车从波恩开往朗根布鲁希,边说笑边听广播,车速开到了每小时近二百公里。这样的快乐,能有几次?(德国在高速公路上是不限速的。)我们也曾离开这里十天到波恩、海德堡、法兰克福、德累斯顿、魏玛和柏林去访问。等我们回到这里,我们有真正的回家的感觉。

伯尔生前和死后,首先是作为一个道德家发挥着巨大的作用。在朗根布鲁希的几个星期的逗留,使我们多少体会到了一点他喜欢的清纯的乡间生活风格。我们也曾跟随小伯尔游览科隆,得知了伯尔童年的一些故事。在一个街口,据说是伯尔小时候拦截美国占领军,与他们开玩笑、与他们相骂,有时候也向他们要巧克力糖的地方。

伯尔是德国平民的儿子,他目睹了也尝够了德国人在二十世纪的无数苦辣辛酸。早在七十年代初"五七干校"时期,我就读过伯尔的《损害了名誉的卡特琳娜·布鲁姆》,当时是作为"反面教材"才翻译介绍过来的吧?后来读了他的不少短篇小说,最近又读了他的《女士与众生相》。他的穷根究底的解剖分析精神令人感动。我写《要字8679号》与《一嚏千娇》时都有意无意受过伯尔的影响,当然,写出来是不露痕迹的。伯尔是一个纯朴的理想主义者和资本主义的毫不留情的批判者。虽然对于他的文学成就特别是德语水准其说不一,他的获得诺贝尔奖在德国也引起过一些喧哗,但是作为德国知识分子的良心与旗帜,他的影响在死后尤其是与日俱增了。

呵,在结束这篇文字的时候我想起了一个应该补充的细节,在朗根布鲁希村口,竖着一块木牌,上书:"朗根布鲁希·自由邦"。而其他村镇,都要写上行政隶属关系。如克瑞佐,牌子上写的就是"克瑞佐·杜林市"。朗根布鲁希自己把自己封成了一个天不管地不属的自由之邦,这其实是不"合法"的。当德国总统前来此地看望老伯尔时,杜林方面就用漆将自由邦几个字涂掉,以免总统看到产生麻烦;总统走后,他们就再把自由邦几个字写上,以满足这里的人们的精神需要。可惜,我对此没有更深入的了解,然而听起来是多么有趣!

然而,自由与否,跟一块牌子又有多大关系呢?

发表于《芙蓉》1997年第4期

靛蓝的耶稣

当然,在欧洲旅行的时候,你到处都会看到教堂,看到圣母和耶稣的画像、雕像,看到早已经成为信仰与终极关怀的象征的十字架。教堂的气氛永远是肃穆、安详的,圣像的情致永远是高贵、清洁的,进出教堂的人们的表情永远是虔诚、良善的,而教士们的仪容永远是慈祥、谦逊的。也许这样的教堂对于极其世俗化物欲化的生活是一个很好的补充和调节?如果没有这样的教堂,会不会增加许多罪犯与疯子呢?

教堂的主要英雄是耶稣,耶稣由于被钉在了十字架上而至今令人感动不已。一九九四年我在当时旅居美国的儿子那里听过一个教士复活节那天上门讲道。他用夸张的与浑厚的声音问道:"耶稣是为了谁死的?"然后他扫视了一下众人,大喝一声:"为了你!为了我!为了他!为了她!为了我们大家!"然后他开始募捐,他说是他要到捷克与斯洛伐克去,拯救那边的人众的灵魂。

各教堂里的耶稣像有"祂"在马厩里诞生的场面,有在圣母怀里的场面,有到处传教与呈现奇迹的故事场面,有"最后的晚餐"等等。但更多的最具代表性的是钉在十字架上的图景:残酷,痛苦,悲哀,升华,超凡入圣。这里,被残忍地钉死的耶稣的神态是非人间非世俗的,他的脸上有一种平静和超脱的凝结,他的身体有一种伸展和奉献的大度,他的胡须有一种化解和顺通的引导。耶稣的样子与其说是一个被屠杀者受毒刑者,不如说是一个拯救者升腾者。我们现在常常讲超越自我,耶稣的形象是典型的超越自我的形象。那里具有的是拯救的使命与怜悯,回归天父那边去的安宁与自然,是一种拯救世人的必然、伟大牺牲的广阔与挚爱,是求仁得仁、足慰吾生、得其所终的最后的归宿。耶稣在被钉上十字架以后,便上升到了永恒的天国,便离开了尘凡,进入了另一个境界。这样的十字架上的耶稣总会吸引你驻足皱眉,低头默哀,思索叹息,追寻基督教的奥秘、生与死的疑问、十字架的内涵……哪怕你并非教徒也罢。无神也有生死,有追问,有战栗,有盈眶的热泪。

然而,在柏林西部的著名大教堂里,你看到了另一个耶稣,"祂"被孤悬在迎面的蓝色镶拼玻璃墙上,在一片靛蓝的幽光映衬下,他低垂着再没有任何力量与情感,再不能发生任何风息与波澜的头颅;树全静,风不起,他的身体松弛瘫痪,再没有任何痉挛反射哪怕是本能反应的遗迹,没有任何挣扎奋斗最后一搏或些微的痛楚;十字架上的耶稣在这里如同一个空荡的口袋,悬挂在万有已经寂灭坏死的空洞里。他表现为绝对的悲哀,故而不再悲哀,再不悲哀;表现为对人类的彻底失望,故而不再失望,再不失望;他表现为刺身刺心的疼痛,故而不再疼痛,再不疼痛。他没有神性,没有使命,没有信念,没有博爱,没有牧羊人对羔羊的怜惜,没有拯救的责任与可能,没有复活的力量,没有天国的憧憬慰安,没有献身的充实的悲剧感,没有天父的依仗和盼头。总之,除了悲哀除了痛苦,除了失望除了绝望,他已经什么都没有,于是连失望绝望悲哀痛苦也已经蒸发净尽。

你从来没有见过这样悲痛或不悲痛的耶稣。这是一个被打倒了的被战败了的被消灭了的耶稣。耶稣还有遗体,还有躯壳,但已经没有了前途没有了目标没有了大愿(天主教用语,略同誓言)没有了能力。耶稣已经不是耶稣。那么,请问是哪一个撒旦把耶稣毁成了这个样子?可惜,耶稣的敌人不是魔鬼,不是犹大,不是法利赛人,不是邪教徒异教徒,而是人。

这样的耶稣是耶稣对人类的控诉,这样的耶稣是耶稣对人类的辞别文书。你无法不为这耶稣的痛苦而痛苦，你想到人类的罪孽，人类的不知自爱，人类的互相残杀，人类的贪欲、自我膨胀、自欺欺人、冥顽不灵、丑恶下流，人类自己制造了而且继续制造着正在使自己灭种使世界毁灭的奇灾大劫。你想到这个教堂是建造在柏林，建造在二次世界大战结束不久的战败国德国，建造在给人类带来罪恶的屠杀的法西斯的故乡，建造在二次世界大战的废墟里。它理应是这样，它只能是这样！就在隔壁，是战争中毁于轰炸的原柏林教堂遗址，德国人正确地决定不拆迁也不修复这个遗址，他们称这个残破的旧教堂为"纪念教堂"，让它的断垣残壁，让它的硝烟留下的黑色，让它的尸体的气息永远矗立在新教堂毗邻。

然而，我仍然没有说完全，你再仔细看看这里的耶稣，你会发现，"祂"不仅是悲哀不仅是痛苦，不仅是失望和绝望，还有一层，耶稣在为了人类而羞愧，而自责，而叹息，欲哭无泪，欲叹无声，欲恨无力，欲爱则已经不能。呵，我终于找到了你，西柏林教堂的耶稣！我曾想说你是悲哀的，我曾想说你是痛苦的，但是又有哪个钉上了十字架的耶稣是不悲哀不痛苦的呢？难道耶稣能够是快乐的或幸福的么？这个耶稣像最冲击我的一点、最使我震动惊愕的一点，也许应该说是那种已经不能再爱的决绝的放弃吧。

人啊，听着，不要再撒娇和任性、放肆和骄纵、逞能和自以为得计了吧，上帝已经不再爱你！上帝已经决定放弃你了！

也是在一九九六年的旅行中，我更多地听到了德国人谈他们在战争中的经验。这样的经验十分重要，不仅对于发动战争而又战败了的德国人。

陪同我们在德累斯顿、魏玛、柏林参观访问的海佩春女士告诉我们，战争后期，那时她尚未出世，她的全家从德国东部向西撤退，带着一个哺乳期的婴儿——她的姐姐。由于在火车上把携带的牛奶瓶子打翻了，她的父母只好中途下车为婴儿另寻牛奶。那辆她全家乘坐而中途离开的火车在到达德累斯顿的时候遭到了英国空军的轰炸——英国空军错以为那是一列载满东撤的德军的运兵车——全车的人都被炸死了。我们在德累斯顿的时候看到过那次轰炸后满车厢死尸累累的照片。

我们也还听到过一个英籍女士的诉说。她曾经与一个英德混血儿同居。那个青年的母亲坚守自己的德国人立场,战争爆发前就带着他回到德国去了——那时候有多少德国人上了希特勒的纳粹民族主义迅速使德国欣欣向荣面貌一新的当。他十五岁的时候即参加了法西斯的冲锋队,战后他受到了英国军事法庭的审判,由于他有英国国籍,因此被判犯有叛国罪,服刑很长一段时间。(我联想到李香兰,如果她没有找到证明自己的日本籍的文书,恐怕早已以汉奸罪被枪决了。)成为"自由"人后,这位英德人的精神仍然极端不正常,他一生都生活在战争和屠杀的记忆里,酗酒,斗殴,年轻轻的就毁掉了。

我们在德国看过战争阵亡者的坟墓:矗立的一个个一排排十字架,文字说明,还有他们永远年轻的照片……

前些时候一个法国朋友与我谈到波黑地区的武装冲突,他说:"一百年过去了,欧洲似乎没有什么进步,巴尔干地区仍然是欧洲的火药库……"

就在追记这篇小文的时候,传来北大西洋的意欲东扩、俄罗斯反对以及阿尔巴尼亚动荡不安的消息。更不要说德国近年来不断发生的排斥异民族事件了,这样的事件使德国也使世界十分警惕。

一家一本难念的经,近百年的世界上,不只是中国多灾多难。欧洲的战乱和屠杀的规模也许丝毫不逊于乃至大大超过了我们这里。

所以,西柏林这座教堂的黝蓝的光照下,耶稣已经无能为力,耶稣只有垂下头来,耶稣只有听任欧洲还有人类自己尽情地起劲地毫不让步地毁灭自己。与过去相比,人类自我毁灭的力量大为增强了。

一九九六年六月二十二日,我是第三次而妻是第一次到柏林西部的这个玻璃钢梁结构的现代风格的教堂。我们都为这悲痛已绝的耶稣像而感动。我们在教堂里还谛听了巴赫的管风琴作品演奏。虽然我喜欢巴赫也喜欢管风琴,听音乐的时候我还是目不转睛地注视着耶稣。

出得教堂则是另一幅景象,难得的是瞬间阳光晴丽。喷泉,喷泉池沿上有各种文字,其中有一汉字:"春"。喷泉旁是一个商场,这一天是星期六,本来德国法律规定这一天与星期日各商店是必须休息的,否则就是违反了劳动法,不知道为什么这边有几家小店照常营业,只是货物价钱奇贵。

教堂前有一个小小的广场,有一些耍把戏的人在这里做街头表演。其中有一个须发已经灰白的男子,不停地通过操纵面部肌肉变脸,这边凹进去那边又凸出来。他的脸做出各种怪相,说小丑不是小丑,说妖怪不是妖怪,让人看着既佩服又难受。就这样一辈子?我不能不为之痛惜。海佩春说,他在这里做这样的表演已经很久很久。我也恍惚记得一九八〇年第一次与一九八五年第二次访问西柏林时可能都见过这个可怜的人和他的怪样子——人老了就觉得什么都可能见过也可能忘记了。他用这种办法换取一点糊口的赏钱,其种种形态令人鼻酸。

广场边上的路边有一批摆地摊的炎黄同胞,他们都很年轻,有男有女,都拿着画笔画纸招揽生意为行人画像,看来他们都受过专门的训练,大都是国内的美术院校、专科或附中的毕业生,也许还有高才生吧,不然他们怎么会心比天高身为低下地闯荡到这里?一路走过去,并没有看见一个德国人停下来问津。他们会不会白白地坐一天而并无所获呢?他们的表情是淡漠的。他们也曾抱着极大的天真的希望来到欧洲寻找人间天国的吧?自由,发达,欧洲是多么的诱人!然后是马克,马克呀马克,你在哪里?我的亲爱的同胞,你们没有去看看近在咫尺的耶稣像吗?

另一端是一个俄国人在手风琴伴奏下唱俄罗斯抒情歌曲,那歌曲的旋律我们是熟悉的,他的声音也还过得去,他曾是歌剧院的演员?他来自伟大十月革命的故乡?如果是四十五年前,他这样的歌唱家会不会以伟大苏维埃人的名义去访问兄弟的中华人民共和国,在怀仁堂赢得暴风雨般的经久不息的掌声呢?

再一头是马路面画家,是一个本地青年。他专心致志地在马路上画"蒙娜丽莎",细细地涂着艳丽的彩色,有一种类似镶嵌艺术的工艺美。据说,他的目的仍然是为了向行人乞讨一点钱:以他的路面彩画,显示他的才能,提供行人的一眼愉悦,一眼惊喜,一眼怜悯;希冀得到一丝赏识或者同情,最后落实为一星半点马克芬尼。柏林这个教堂边的广场真是个有意思的地方。

我觉得这样的路面作画我也是曾经看过的。

天很快又阴了,风吹过带着凉意。晚上我们到一个中国青年开的"太极"中餐馆去用餐,那个年轻老板好不容易在德国读下了学位,他学的是艺术史。读这个专业,又是华人,他很难找到学有所用的职业。比较起来,他的餐馆还是经营得成功的,他弄了一些中国字画点缀气氛,挂了一些剪纸之类的中国民间工艺品。他又开辟了餐厅的一角饮茶,挂着一个大茶壶的模型。我们在这里叫了所谓樟茶鸭与鱼香肉丝。饭后老板请我们去那清雅的角落喝茶,墙上的书法似乎写着唐诗之类。老板奉送台湾名茶,并且从账单中划去了饭桌上用的茶价。有两桌各有一个单身饮茶者,他和她都向我们微笑。我们谈论了中国文坛的一些近话,艺术史硕士对国内诸事倒也门儿清。远远谈起,觉得可笑的比可惊可叹的要多——不失为合适的佐茶小菜。也议论了东德与西德合并以来的德国局势。说是拆毁柏林墙的时候人们曾经激动万分,哭的哭,叫的叫,抱的抱,跳的跳。一年过去了,又一年过去了,无形的墙依然存在着,各种鸿沟,未见填平。东德的企业垮了,原东德人觉得自己成了二等公民;而西德的税收愈来愈高,政府说是为了帮助原东德,这又让西部的人不平衡。尤其是墙拆掉以后,西柏林原来享受的"优待"没有了。过去西柏林是西方势力在东欧阵营中安放的一颗钉子,一个孤岛,又是西方意识形态生活方式与"民主自由"的一个橱窗,那时西柏林是不向联邦政府缴纳一点税的，居民纳税也很少，联邦政府每年还要给西柏林大量的财政补贴，以维持西柏林的繁荣美好，得天独厚。那时候，西柏林是"自由世界"里更自由的地方，奇装异服奇头怪发的髦客在西柏林最多。六十年代响应毛主席的号召闹红卫兵，在西德也属西柏林最热烈。现在，就用不着照老样子对西柏林东柏林整个柏林娇生惯养了，于是好日子也就没啦……你也埋怨我也埋怨，你也不快乐我也不快乐。再就是柏林愈来愈脏，社会秩序也是愈来愈坏……老板有点愤世嫉俗，嫉人家的俗，因为生意走的不是上坡路，在外国挣钱谈何容易！经济并不景气世道也不见佳妙。一起用餐的还有我们的一位老朋友，她的父亲是老一辈的汉学家，她的父亲曾经是我父亲的朋友。我们可以算是世交。她现在靠失业救济金生活，又患了白癜风。她的老父告诉过我她的一句名言："我不知道我想做什么，但是我知道我不想做什么。"如此这般，一言难尽。

只是回到格兰德大饭店之后感觉良好。这里的崭新敞亮的套间与花篮里的鲜花当然既能带来居住的快乐也能满足虚荣。周六的德国电视节目最为有趣，叫做《匪夷所思》。我复习了这一天学到的几个德语单词，复习了这一天中午初到柏林之后在德瑞丽河泛舟的印象。许多教堂，许多古老的建筑，许多古老的石桥和街头雕像都令人神往，给我以过去单单游访西柏林时所没有的感受。两极对立的世界和柏林至少令人知道这一部分人与那一部分人在做些什么。敌人或假想敌人的存在使人充实至少是假想的充实。后来呢？人们能不能学会不在这种对立和厮杀中过日子？人们能找回耶稣么？

发表于《芙蓉》1997 年第 4 期

风 格 伦 敦

有许多外国城市的名字我们早在幼年时期业已知晓，如巴黎、罗马、纽约、柏林、马德里、雅典，当然还有华沙和莫斯科……当它们排在一起，常常成为它们的排头的是伦敦。它们是另一个神秘的无法接触的世界，对于我来说，存在于地理、世界史，也许还有英语教科书和狄更斯、巴尔扎克、契诃夫……的小说里，存在于林琴南的古雅的译文里，然后这些教科书与新老译本以及它们引起的想象和面对巨大世界的敬意变为贮存于记忆深处的信息，已经贮存与魅惑了许多个十年。

一九八〇年我第一次来到纽约。我走在曼哈顿洛克菲勒广场的摩天大楼间深邃的街道上，像是游走在峻岭间的幽暗多风的深谷，又像是行走在美利坚的皱纹沟壑中。我的腿发飘，我的眼好像老是调不准焦距，我的耳边似乎一直嗡嗡地鸣响，我嗅到的是可疑的"生人"气。我看着各种肤色各种发色的行人，竟然怀疑起了自己：这是我吗？我是王蒙吗？我来到了纽约？纽约是美国？美国是一个真实的国家么？纽约是一个真实的城市？这一切果真发生在地球上么？两面的高楼是真实的建筑——经得住人居住和使用，不是图片和积木么？来往的人与车是真实的人与车——即与你我以及你我乘坐过的车一样的人与车么？我没有把握，我缺少像在北京或者在乌鲁木齐的那种坚实感。在自己的国家、自己的城市和乡村，连每一阵风每一片纸每一缕炊烟和每一声细微的耳语，都是抓得着、碰得痛、压得沉、硌得硬，都是有棱角、有重量、有来路、有去向、有温度，也有时候会扏一扏蹶子的实在物质。

而纽约，那是一种冒险，是一首狂想曲，是一次迷了路的游戏，是一幅现代派的颠覆性的画图，是对我所知道的正常的灵魂与身体、正常的日子与年岁、正常的大地与房屋的诱惑、挑战、冲撞直至毁灭。

一九八六年我第一次抵达巴黎。我已经积累了一点在国外旅行的经验了。面对大名鼎鼎的巴黎我已经变得沉静。我觉得巴黎比我想象的要亲切和淡雅得多。戴高乐机场的晨曦中与飞机赛跑的是只只灰黄色的野兔；凯旋门并不高大；卢浮宫人头簇拥而又屏神静息；巴黎圣母院和凡尔赛宫空空荡荡，它们的身上永远披着一抹夕阳；香榭丽舍大街夜晚不准使用彩色灯泡，不施脂粉，永着素装；而在塞纳河的泛舟夜游，我看到的巴黎市容更像是一幅中式的水墨画，是一幢幢的黝黑的阴影。与放肆的纽约相比，巴黎是多么的既含蓄又潇洒既悠远又舒适呀。也许，原谅我，巴黎，你是不是有点扭捏和做作，有点盛名之下的羞怯和矜持呢？

罗马对于我来说似乎开着更大的门，更加容易接近和进入。咋咋唬唬的各种古迹都明明白白地供人们游览凭吊。巨大的雕塑与油画充溢着健康的生命、欲望与真实。汉白玉雕刻的安琪儿，让人想到的是欢蹦乱跳的儿童——他们长着多么可爱的小脸与屁股蛋子——而不是远离尘世的不胜其寒的高天。意大利文艺复兴的真谛是走向人间幸福世俗快乐的此岸而当然不是相反。浓香的咖啡点缀街角，顾客来了，小贩临时给你把咖啡豆磨碎，冲成——不应该说是一杯而只能说是一盅咖啡，你仰脖干杯，如饮甘醇，立马离去却又回味不已。高的高矮的矮胖的胖瘦的瘦美的美丑的丑的人们各行其是，谁也不用为自己与别人有所不同而不安。除了它的国际机场的名字"达·芬奇"令人肃然起敬以外，整个罗马都是平坦的与随和的。它当然是欧洲的城市，但它不给你太多的陌生乃至压迫感。罗马那边似乎有着你的户口。

还有令人伫立不已的雅典神庙遗迹的西风残照。还有无法解释其魔法的开罗城郊的金字塔与狮身人面兽。还有马德里的塞万提斯广场——堂吉诃德与桑丘的头上臂上都落满了灰色的小鸽子,还有依山面海的阔大恢宏的佛朗哥墓。当然,还有歌曲《列宁山》里唱过的"我的莫斯科",红场、克里姆林宫和列宁墓,罗蒙诺索夫莫斯科大学,我唱过多少歌儿赞美无缘谋面的伟大的与美丽的你,而一九八四年我见到你的时候是怎样地为了你的老大夯粗的奔突而忧伤……

感谢邓小平的时代,我有幸走过了看过了那么辽阔的世界!

然而伦敦有些个不同。狄更斯的《雾都孤儿》《老古玩店》中的伦敦是一个烟雾笼罩的黯淡的都会。而《第三帝国的兴亡》里的伦敦是一座阴沉的战斗的堡垒。到了八十年代初期,我最有兴趣的事情之一是随着中央电视台的《跟我学》学英语,那时我说过我最佩服的中国人是国际关系学院的副教授申葆菁——她主持广播电台的英语时文选读与星期日英语讲座节目;而我最佩服的外国人是弗朗西斯米·修斯,他就是教我们学英语的《跟我学》节目的主人公。这套英语教学片中有许多伦敦风光的展现:泰晤士河上的桥,西敏寺教堂,特别是那座大钟。于是我得知伦敦是一个向全世界教授英语的地方。

直到一九八七年我才有机会首次访问伦敦。那是作为嘉宾去参加世界出版组织的代表大会,同属嘉宾的还有印度外长辛格、尼日利亚诺贝尔文学奖得主索英卡和埃及总统夫人。那时候飞一趟伦敦是很麻烦的事,为了避免飞经苏联领空,飞机要从南边的航线走,中途在阿拉伯联合酋长国的沙迦降落,休息加油加上起降,一耽搁就是两个多小时。再飞再停,到达瑞士的苏黎世,又要停留一两个钟点,到了伦敦真是让人筋疲力尽。充满倦意的我住进了西敏寺的一家饭店,四面观察"摄像"的眼睛没有漏掉自机场至旅馆经过的著名的海德公园与大笨钟。伦敦似曾相识。到达伦敦如到达一幅早已熟悉的画片,或者更正确的说法应该是一组(拉)洋片。当天下午就去西敏寺教堂出席年会的开幕式。那一次大会组织者邀请了英国的一批老演员在大教堂里朗诵莎士比亚等人的经典名作。不时还有合唱参与其间，合唱者站在教堂建筑的高处，声音像是从天空洒下来的——此曲只应天上有，人间哪得几回闻？英式发音也很好听。有一个英国朋友说，英国出口的最佳物品就是牛津式的英语。才到达伦敦，你就感到了她的独特的文化风格的冲击。伦敦的文化氛围先声夺人。

十年前在英国伦敦的那次短暂的逗留，已经使我注意到伦敦许多地方的独特风格。它的出租汽车保留着半个世纪前的高顶——为了适应当时英国绅士的高庄帽子，市议会多次辩论，决定坚持不改它们的独特式样。我这里已经多次用了独特这两个字，对于伦敦的议员来说，样式的独特与古老显然比技术上的合理、造型上的现代性演进性与成本经济核算——包括节约能源与减轻消费者的负担重要得多。这样一种价值取向似乎比汽车式样本身更耐人寻味。在北京一直到它的故乡山东，想吃传统的高庄山东馒头亦不可得。

西敏寺一带有许多店，那些服装店的服装价格大概可以令八十年代的中国人咋舌。人们解释说，这里的高档时装店有些精心设计的时装是只做一件的，这样谁买了去都可以放心它是独一无二的。这样它的价格就不能与批量生产的物品同日而语。

是的，伦敦人的穿着首屈一指，虽然他们的收入并非首屈一指——大概前五指也轮不到他们。老老少少，男男女女，大多都穿得那样合体、雅致，几近考究。再看看美国人吧，比起那些常常穿坚固的粗纤维制品或舒适随意的针织品的美国人来，伦敦人是穿得多么细心呀。

伦敦很少——在一九八七年是干脆没有，在一九九六年是极少——能见到日本进口的汽车，尽管日本车有价廉物美省油耐用等多方面的优点，以至于在汽车大国的德国尤其是美国你能发现大批日本汽车。英国人不愿意用日本车，与其说是由于爱国的政治情绪不如说是由于他们的讲求风格的传统和本能。

我也不会忘记在圣詹姆斯公园喂鸽子的情景。一进公园我就看到了像活泼的孩子们一样走向游人的红毛松鼠。它们是来向游人要饼干的。我真后悔事先没有准备，不能享受与松鼠共舞的乐趣。后来来到了河边，一株老树下，飞来了大批鸽子。我正在为没有什么食物供给鸽子们而遗憾的时候，一个老妇给了我一把没有去皮的谷物。谷子放在我的手心，鸽子拥挤着前来，它们就在我的手心上啄食，啄得我手痒痒的，有时候还有点疼痛。鸽子的信任和亲昵，霎时间令我泪水盈眶，惭愧无地，与这些会飞的小生灵相比，我觉得自己是多么的不可爱。以此为契机，我写过一首不短的诗。

　　更不用说伦敦的白金汉宫、附近的温莎、伊登和莎士比亚的故乡：艾文河上的斯特拉福。一九九六年，我们在英中文化中心的安琪拉小姐陪同下观看了"御林军"的操练，他们的以红黑两色为主的鲜艳的服装、帽子上的缨饰、以走步和枪上肩枪放下为主的课目，加上人高马大的骑兵，使你觉得这一切具有很浓厚的表演性——绝对不是从实战需要出发，否则他们本来应该选择迷彩服和苦练摸爬滚打拼刺刀。怪不得这种服饰的军人玩偶亦是伦敦销路最好的旅游纪念品。在一定的时刻一定的意义上，军人如玩偶，玩偶亦军人。虽然每天练好几次，观看者仍然围得里三层外三层，水泄不通。

　　白金汉宫，是伦敦的最重要的风景之一，没有这道风景就没有了英国没有了伦敦。是的，女王、爵位、宫前的练兵仪式和军人直至警察的繁复考究古色古香的服装、层层城堡、培养政治家的伊登公学的昂贵的学费与平时也穿着燕尾服的学生娃娃们，还有莎士比亚故居的吱吱作响的地板、皇家莎剧团的场场客满的演出、有着英国特有的动人的甜沙嗓子的女演员……所有这些组成了伦敦的自我欣赏的独特风格。能够自我欣赏，才能够被欣赏。我想起了一九八五年在当时的西柏林碰巧看到西方三国占领军阅兵的情景。最中看的无疑是英国皇家三军，他们的制服无与伦比，与之相较，法国兵显得自由散漫而美国兵显得杂七杂八。

甚至连王室与贵族地位的保留这样的尖锐的有可能引发政治冲突的大问题，到了英国这里似乎也被关于风格的重视所涵盖了。一位英国知识分子告诉我说，每天下午女王要走到阳台上向游客挥手致意，单单这一项节目就为英国多争取了几百万外国游客和几多几多的英镑收入。单单从这一点考虑，英国也永远不会考虑废除王室与贵族制度。我不知道他的说法有多大的权威性与代表性，但是令我叹息不已的是敢情考虑政治社会经济人生重大问题的时候可以有完全不同的角度。

一九九六年我与妻应英中文化交流中心的邀请访问伦敦的时候，住在繁华的赛尔夫里奇街的赛尔夫里奇旅馆。附近有一家大的综合商店。其中的食品部分比其他国家的超级市场可高档多了，例如水产，一般超级市场的大鱼是切成了块状而后出售的，这里，整条的大鱼也许会使你想起某个卖高价门票的"海洋世界"。从陈列到选货，从服务到包装，从灯光到柜台，一直到售货员的服装、气派与笑容，一切都显得那么讲究，那么大气，也许可以说是那么高贵。就是说，它的商店同时也是展览馆。走到卖结婚用品的地方，光是婚纱就绚丽夺目得令你惊叹。据说，这还是一家比较大众化的商店，真正讲究的店我还没有看到。妻说，在豪华商店里不时有管弦乐队列队为顾客演奏。你说英国是破落户也行，你说大英帝国早已从"日不没国"的顶峰走向解体衰微也行，反正她还保留着自己的风度包括冲淡平和而不无矜持的微笑。一个人，风度依然，风格永存，宠辱无惊，即使时运不济也比较容易立于不败之地，比起忽冷忽热忽亢忽卑忽然咄咄逼人忽然连连叫苦乃至哭天抹泪的神经质来，自有分别。

一九九六年五月里的几个阴雨的早晨我们只不过是漫步伦敦街头。这是滑铁卢桥，就是美国电影《魂断蓝桥》里边的桥。于是我们看到了这座普通的桥。这里是莎士比亚剧场。剧场正在翻修，是按照莎士比亚时代的老样子修的露天剧场。在我们奔走呼号忙于修建一座现代化的国家大剧院的时候，伦敦则忙于修她的古老与前现代化。一百个现代化的例如华盛顿的肯尼迪演出中心式的大剧场也顶不住一个莎士比亚。一百次文艺界的盛大联欢也赶不上一个莎士比亚或一个李白一个杜甫一个曹雪芹。规模不大的木结构露天剧场还没有修好就已经卖票招徕参观者,同时还举行着小规模的莎剧与莎剧场图片展览。

这里是圣保罗教堂,圣保罗教堂的屋顶不是尖的而是圆的。圣保罗教堂面前是宽阔的广场。进入教堂是巨大的前厅。到处都有巨大的空间和详尽完备的说明……好,到时间了,我们快走。现在让我们穿过圣詹姆斯公园。现在让我们去一个酒吧吃意式午饭。现在我们去吃土耳其饭。这里是一个小区,开满了鲜花店、小百货店和咖啡馆。这个餐馆是黎巴嫩式的(他们知道我曾在新疆生活过十六年,便不停地以招待穆斯林的路子招待我)。这里是唐人街,一九八七年来访时曾经在这里与一些华人名流会面。过去不远就是剧场区,晚上我们会来这里看音乐剧《猫》。这儿才是猫的老家,纽约百老汇上演的《猫》是从英国"进口"的,那首名为《回忆》的咏叹调令人怆然涕下……

也许这里还应该提到英国的议会。一九八七年那次来访我曾去众议院旁听他们的辩论和质询。议长戴着假发庄严前行,手里拿着主持会议用的木槌,两党议员互相嘲弄哄闹如塾师贾代儒不在时茗烟等大闹过的学堂,首相撒切尔夫人一周一次花费十五分钟来接受质询,唇枪舌剑,措词简练……我深信至少从表面看来,在这里民主正是或首先是一种不失童心的做"秀",是一掬欧洲城市的风景,是一道高级餐馆的祖传招牌名菜:正如法国的乡下浓汤与意大利的通心粉,美国的苹果派与苏格兰的羊杂碎——开德利斯……只要漂亮可口,也就可以令顾客满意。至于真正的人民做主,天知道。反过来说,不做这个"秀"又怎么样呢?会更好吗,还是更坏?

你住在伦敦,到处都能看见那种不高不矮尖尖圆圆不算寡淡但也不艳丽的伦敦式的建筑。底部多半是阔大方正的白石,外观呈米黄、绛红,还有少量的青灰色。所有的建筑都做了精心的摆设与雕刻,充分发挥了几何学与雕塑艺术的匠心,使中国人看来如见西洋"淫巧"的玩具皿器。河岸的建筑的石墙既是墙基也是堤坝,它们使我想起北京故宫的护城河边的殿堂,但是更加开阔绮丽。哥特式的尖顶林立但不过分高耸,不那么刺激。倒是公用电话亭一律漆成夺目的紫红色,木阁子也很规整讲究,用木条木板组成了浮雕图案。你很少看到新房子,更没有那种纽约式东京式香港式的摩天大楼。甚至在深圳在上海在北京这种玻璃钢梁结构的高层楼房也正在不断地占领着空间挤轧着传统。在伦敦,你感到一种和谐,在建筑与人们面部表情,天气与道路,商店与教堂,双层公共汽车与地铁,牛津式发音与被一些欧美人嘲笑的英吉利式烹调,服装与树木、草地之间,以及所有这一切之间,有一种统一,有一种属于自己的而绝不是旁人的性格。性格就是文化,性格就是风格。维护这种性格、文化、风格就是自我的实现,就是价值至少是价值的一个重要组成部分。这也就是人们所说的英国式的保守吧。在中国,"保守"是一个显而易见的贬义词。而在英国完全不然,长期以来她的执政党就是保守党。保守是一种风格,是一种骨子里的傲气,是一种自得其乐的选择,是自己对自己的忠实。保守的伦敦是一个令人感到独特和趣味,感到世界上的值得保守的东西确实应该理直气壮地坚持下去保留下去守护下去的地方。你是无与伦比的,你才有保留球籍的资格和前程。也许我们缺少许多进步和变革的勇气,也许我们永远要十分地警惕固步自封抱残守缺;但是我们难道就不缺少认真的与合乎理性的保守的智与勇,就不需要警惕那种幼稚的赶时髦的一窝蜂了么?

在英中文化中心讲演的一个晚上也是难忘的。著名进步女作家玛格丽特·德拉布尔主持了我的演讲,一九八七年我们在伦敦第一次见面,她的关于文学的社会使命与现实主义的论点给我留下了深刻的印象。我曾表述这种印象说,与她比较起来,怎么中国的某些新生代作家反而更"西方"?我的话使她大笑。一九八九年初,我们又在澳大利亚堪培拉的"文学节"开幕式上相遇,四年后,她与另一位在中国有许多译本出版的资深女作家朵丽丝·莱辛到中国访问,她们曾一起到我家中看我。我一九八七年去英国的时候邀请过她们,虽然后来我不管事了,这个邀请仍然被认为是有效的。友好的玛格丽特非常适度地介绍了我,有一些幽默,有一些赞扬,有一些礼貌,有一些故人情谊……但都含而不露,尽在不言中。演讲后由英中中心的主席费力克斯·格林请我们到一家墙上悬挂了许多绘画作品、艺术情调浓郁的匈牙利餐馆吃饭,朵丽丝·莱辛也来了。我与朵丽丝相识更早一些,我们是"同科"的意大利蒙德罗文学奖得主。我们还有一个共同点,就是常常起得很早,起床后,早餐前,我们会到第勒尼安海游泳。在座的有一位科幻小说作家,十分健谈。我们要了匈牙利杜卡衣酒,聚谈甚欢。只是,对不起,我对这家名餐馆的烹调难以奉承。我在意大利和美国常常听到人们对于英国烹调的戏谑,不过,大部分时间,我觉得在英国吃得还是很不错的。

  如果说巴黎是一种品位,罗马是一种(地中海的)情调,纽约是一种挑战的精神,马德里是一个醉人的故事,而莫斯科曾经是一首阔大激昂的进行曲的话,那么我要说,伦敦是一种风格——是含蓄风格的强烈(这样说有点自相矛盾)的、从有意到习惯成自然的展览。也许她是一个半老的徐娘——用台湾的玩笑说法,叫做资深美人——不无憔悴却仍然自信于自己的高人一头的风姿。也许她是一处曾经辉煌一时的宅院,虽然已经走入历史却仍然从容与干练地接待四方来客。伦敦是老大,从而更增添了她的深沉的美丽。走近她,你立刻想起了"先生(更正确地说应该是夫人)别来无恙乎?"和"眷眷有故人意"的老话,那么是谁问候谁,是谁对谁有故人之情呢?你说不清楚了。四时之美秋为最,这是培根的名言吧。中国人也早就懂得夕阳无限好,有一派解人认为"只是近黄昏"里的"只是"应作"正是"解,李商隐的诗是在赞美而不是在叹息。伦敦风格的展览里,每一块石头都是历史,每一个烟囱都会回忆,每一条街道都在郁郁地微笑,每一条领带都寻找着自身的最佳态势，每一个出租车司机与酒店出纳都和女王、首相、议员、爵士、披头士雅皮士甲壳虫一道，表演着这个民族这个岛屿这座老旧的城市的独特的兴衰悲喜，沉浸在他们自身的文化风习里。她的自赏被你觉得熟悉与实际上的永久陌生，她的随和适应与不清不楚的城府，她的待人接物的令人感动的修养与内在的分寸距离，她的依然旧貌与我行我素……都使你离别她的时候——叫做相见恨晚而又匆匆别离，叫做乐莫乐兮新相知、哀莫哀兮生别离——悸然怃然依依然，挥手低头，难以分舍，长长地太息。

发表于《散文（海外版）》1997年第6期

难忘的格里格故居

格里格的名字我们当然并不陌生。他的音乐是人们比较容易接受的那一种,抒情、优美、流畅。他是挪威人,曾经在德国住了很长一段时间,但是,人们说,他的创作的灵感来自他的祖国挪威的美丽与独特的河山。他后来一直生活在挪威西岸的名城卑尔根,直到辞世。

自挪威首都奥斯陆去卑尔根,旅途美不胜收,如诗如画如歌。乘火车如乘格里格的音乐前行,沿铁路如沿格里格乐曲的旋律攀绕,发动、奔驰、降速和暂停似乎也都体现着格氏乐曲的节奏。它使我想起鲁迅的散文《好的故事》——当然,是北欧的、挪威的而不是中国江南的好的故事。夏末秋初,阳光明媚,一片清明的翠绿和墨绿,不同的植被造就了统一的清静和变化的层次,道道水域平光如镜,甚至连嶙峋的巨石与终年的积雪也澄明如洗,强悍的布局中时有宜人的光线扑面而来,正如格里格乐曲的基本色调。环顾森林、山峰、湖泊、积雪、岩石、少量的建筑和居民,如温习格里格的浪漫情怀,原生的裸露与人间快乐浸润交融,万象一心而心生万象。起伏回环,旅途曲折有致却不涉险阻,相当的平稳顺畅;目不暇给之中,风光并不斑驳绚烂,它具有自己的透明和单纯,如格里格的弦乐和长号;辽阔静谧、山野茫茫,画面却不孤寂更不荒凉,一草一木,一石一波都充满了活泼泼的生命,舒适清新,如格里格的主题。

这样的火车之旅着实难得。我曾沿德国的莱茵河坐车目送落日,也曾于黄昏自纽约出发去费城,它们都很美,但没有挪威这里这么多的自然,它们的风光偏重人文景观。我也曾陶醉于祖国秦岭的逶迤与星星峡的严峻。它们是伟大的,牵心动情的,但不同于挪威奥—卑沿线的这种惬意。观光观光,坐在这趟火车上当真体会到了观光的含义与乐趣。

一路上,你常常分不清海、湖泊和河流。如果看挪威的地图,你就会发现她的海岸线曲折细碎,海进入陆地变成了细流,把陆地切割成无数小岛、半岛、山丘、三角洲和锯齿;也可以反过来说,是陆地把海切割成小溪、池塘、山涧、河流和内湖。在中国,不论是大连是北戴河还是海南岛,大体上海是海陆是陆,海在陆外,陆在海边,陆尽为海,海遇陆止,海陆二者布局分明。而在挪威,有时候海并无占领的浩瀚与涌动的声威,海与陆相生共生。海就在你的身边,海化成了细流小汪,温文驯顺,亲切善良。她无处不在,海中有陆,陆中有海,海是你的挚友,海是你的庭园,海是你的日常生活。

而我觉得音乐家格里格的故居是挪威此种海陆交隔的浓缩甚至是提炼。它位于卑尔根的海、山与平地的交接或者更正确一点说是混杂处,格里格的工作室位于陆地的一个细长的尖端,它深入海里如格里格的天才创造深入于挪威的大自然和全世界听者的心灵。小小的房间里只放了一个写字台、一把椅子和一架钢琴。钢琴凳上垫着厚厚的乐谱,因为格里格的个子很矮——只有一米五多,他要把自己的凳子垫高,才好弹奏。多么可爱的小个子! 也许和他的写字台、钢琴同样重要的是小房子的巨大的方窗,窗外是海与天,岛与山。山侧是一片岩石峭壁,格里格的坟墓就建立在石壁上。他生前就选中了这墓穴,他把自己的身心最终地交还了挪威的母亲大地。这是一首圣洁的安魂曲。无怪乎挪威人告诉我说他们是怀着宗教的虔诚和终极寄托来对待大自然的。大自然就是他们的上帝、他们的神、他们的活着与死后的安居家园。石壁下有一段栈桥,沿石桥可以走向海的纵深,可以欣赏海的茫茫无际与幽幽无言。挪威的近海与中国的近海在这方面又是不同的,它可没有那么大的潮汐和风浪,错综的地形阻挡了控制了海潮的威风,使海变得更加平和。挪威的沿海是平和的,不知为什么它们使我想起挪威的狗。其实不仅挪威,欧美国家的狗大致都不凶恶,它们彻底地宠物化了,它们也许放松了对应该警惕的人的警惕,但是至少它们本身没有变成对善良者的威胁。

再回到海的话题上来,海可以伟大宽广,怒涛万顷,海也可以温声软语,得心应手。挪威本身就是一个半岛国家,她的重要的城市差不多都依傍着海,海是挪威——她的城市和乡村的一个组成部分,而不仅仅是他们的周边底色。

参观格里格故居是我们访问卑尔根的最后一项日程,隔着门玻璃扒着头看格里格的工作室又是看格里格纪念馆的最难忘的节目。看完他的工作室——或译车间——我与妻漫步到栈桥上,欣赏落向大海的太阳,欣赏明丽而不刺目的、没有污染过的天空,欣赏成群的海鸥闲闲飞过,觉得无限平和,觉得离格里格那样贴近,觉得大自然和音乐是人类的家园,是造物的赏赐,是人的精神的摇篮。人最终应该生活在自然与音乐而不是硝烟、硫化氢废气、吵吵闹闹与子弹呼啸里。人本来都应该有机会接受大自然与音乐的熏陶,暂时没有机会也应该有机会通过艰苦的聪明的与有效的努力去争取和创造这样的机会,否则那才是最大的不公正乃至罪过。

稍向高坡处走走,是一个规模不太大的音乐厅,音乐厅的房顶修成了茅草顶的外观,以与整个情调和谐,而厅堂的内部仍然是现代化的。我想起了杜甫的《茅屋为秋风所破歌》。我们在厅外的另一个小放映厅里欣赏了格里格的音乐风光片与格里格的书信朗诵风光片。格里格的文笔极好,特别是他记述自己对挪威的大自然的感受、记述挪威的自然风光给他的音乐创作以怎样的灵感的那些段落。最好的文字却原来并不准备发表。

再往高处是格里格生平图片展厅和纪念馆的办公室和服务台。这是一个重要的接待客人的地方,所有的贵客都会被安排访问这里。我国的许多领导人都来过。纪念馆的馆长向我们介绍我国领导人访问这里的情景,介绍他们怎样弹奏格里格的钢琴和在那间钢琴室唱歌。四百万挪威人何等地重视自己的文化传统、文化名人,他们崇奉他们,介绍他们展示他们如对待自己的精神的宝石与明珠,他们知道一个民族的地位很大程度上决定于她对人类文化所做的贡献。他们的举世公认的文化名人数量不是太多,但都有杰出的成就与巨大的影响:音乐家格里格,戏剧家易卜生,美术家蒙克等。世上有哪一个有希望有尊严的民族不是为自己的杰出的文艺家而自豪而珍爱,像保护自己的眼珠一样地保护自己的文化果实,而是相反——去贬低它和糟践它呢?

由于日程安排上的困难,为了参观格里格故居,我们从原定的日程上取消了乘船从卑尔根赴施特凡格的节目,代之以匆匆的飞行。这当然有一些遗憾,可以想象那先前拟议中的河上之旅将是多么迷人。但是格里格的故居更是不可不看,它是我看到过的世界上最美丽、最迷人、最安详、最让人心旷神怡而且让人看了又看想了又想的地方之一。哪怕为了它而牺牲了别的,我仍然觉得满足,觉得充实而且快乐。

发表于《今晚报》1998 年 10 月 24 日

远方的海金刚

六月初的一天，我与外交学会代表团的其他成员，被韩国主人招待去游览巨济岛的几个景点。头一天就告诉我们，一个是第二天能不能去要看天气，雾一大就去不成的，而主人的经验是，一年中有一大半天气会有雾。再者就是当年奉秦始皇之命东渡求长生不死之药的徐福曾到过这里，这里偶有甘霖垂落，食之益寿延年。还给我们发了一些预防晕船的小膏药，要我们贴在左耳根后，说是因为第二天的游览要在船上进行。

虽然如此铺垫，煞有介事，我并没有特别在意。这二十年，走过的地方见过的世面也算不少了，奇就奇吧，险就险吧，天天奇妙，处处奇妙，回回奇妙，奇妙也就是正常就是规矩就是生活了。

第二天基本晴朗，离开我们下榻的"舰队司令"酒店，上了小汽艇，微微颠簸了一阵就进入了茫茫无边的大海。船长兼导游向我们介绍：海金刚就是海上的金刚山的意思。我是知道韩国人对金刚山的感情的，现代集团的老总郑仲永的一大贡献就是与北方合作开发了金刚山，使之成为一个旅游胜地，这次的中韩论坛韩方本来曾经考虑在金刚山举行，后来由于某些条件尚不理想才把会议地点改到了庆州。海上的金刚山，是什么意思呢？我仍然没有去想它。

地平线上出现了一批礁石似的凸起物，导游说那就是金刚山，我觉得有点意思，原来海金刚是几块礁石，或者最多可以说是一组岛屿，前不着村，后不着店，海上生大石，美称曰金刚。

船降低速度,慢慢向大石驶进,船靠近山体了。石不再像石,也不再像岛,而是确确实实像几座山了。迎面而来的是一座峭拔的奇峰,从峰顶裂开,一分为二,留下一条细缝。细缝里飞翔着停栖着一些海鸥。山石是硬性地被撕裂的,石山到处都是硬伤,到处都是伤口,然而石山挺立着,坚强着,骄傲地沉默着,迎对朝阳、海浪、游船和观光客,当然也迎对风雨、烈日、星空和一切灾害,同时也迎对着寂寞与空无。在游船没有到来的时候,这里更像是被遗忘了的天涯海角,这里更像是漫漫海水中的蛮荒之地,更像是绝无人迹的地方。

　　于是船长宣布他将把船开进山缝里去。

　　我的肉眼看来,船比山缝肥大得多,把船开进山缝,我心为之一惊。

　　就在我的困惑和犹豫中,船开进去了,船进入了山体,我们进入山体了。

　　于是石山如壁,天海皆变成了细缝。石壁上挂着露珠,石壁中飘浮行走着雾气,船声轰轰,船与石壁贴紧再贴紧,我们的心随着海金刚的伤痕随着石头的线条而向上向天伸延。我们与海金刚就这样相爱了依贴了相识了。

　　为什么,怎么,山动起来了,山在晃动,山在漂移,山在消长,云在跟随,浪在呜咽。是波浪的起伏反衬出了山的动荡,还是船的晃动反衬出山的摇晃?山动着,扭着,若有所语,若有所示,若有所叹。

　　我们为船长的技艺而鼓掌,然而说实话,现在感动我的已经不是船与有关驶船的一切而是海金刚本身了。世上怎么有这么绝的地方!我们从细缝里退出,再从各个不同的角度欣赏各座不同的山峰。其中有一座像僧帽一样的高峰,直上直下地矗立在汪洋大海里,像是被上帝之手扣定在那里的。还有一座山像是披着几层衣裳,在几层衣服后面一定有一个伟大和孤独的身体和灵魂。我们还走到裂了缝的山的另一面,看那被海水冲洗着的另一面的豁口的寂寞与峥嵘。我为之惊叹,我为之悲痛,我为之喝彩,我为之留恋不舍。

我估计我在海金刚那里逗留了二十分钟，我的感觉是只有三五分钟。三五分钟到二十分钟，这就是我与海金刚的缘分，这就是我与海金刚的情义，我已经度过了生命的一百多万个直到数百万个三五分钟到二十分钟了。我与海金刚的缘分占我的已有的人生经验的几百万分之一。然而这印象突然巨大起来沉重起来了，这经验突然超过了别个。我感觉到，我再不能忘记，也不能无动于衷于韩国巨济岛近边的海金刚了。

然后，海金刚像梦一样地留在我的头脑里。不，不是留在而是清晰地砍在刻在嵌镶在我的心里了，只有在梦中才能见到位置与形象这样奇绝和难忘的或山或石或岛。对于天，它只是几块石头。对于海，它也许能勉强算个什么岛。对于人，它是威严峻厉的山。对于我，它神奇得像梦。朝鲜战争期间关押过我志愿军战俘的巨济岛如梦。大海如梦。海金刚在梦中凸出，如结如疤如奋然崛起的神灵。海金刚是海中升起的一股不平之气。原来不仅人间，海间也有这样多的不平。而海金刚在梦中清晰得如同太阳与大地。后来得知，同行的韩国朋友也有不少是第一次到这里来的。至少迄今为止，它还不是一个通俗的地方。你喜欢它也罢，被它吸引也罢，对它入迷也罢，进入过它的身体也罢，你永远与它相隔，除了坐在船上看一看，瞄一瞄，你再没有亲近它的可能。它不可攀登，不可落脚，不可依偎，极难触摸；而且在某些天气下你必须远离它。你有幸走近一回，紧接着你离别远去，也许就是永诀。它与你生活在不同的世界里，中间隔着永恒。虽然它是那样挺拔，那样强硬，那样镇定而且那样峭丽，使你怦然心动，一见倾情，永志心头。

斯国斯海斯民而有斯景，这也不是偶然的吧？

发表于《环球》2001年第13期

战 时 美 国

——节自致友人书

　　此次访美参加学术研讨会是一年多前就安排了的，"9·11"以后，好多朋友及家人都劝我推迟或取消赴美行程。我乃与东道主联系，主人说尽管发生了恐怖袭击事件，生活仍将继续，各项工作也将正常进行。我相信这个说法，我甚至想也许现在赴美正是最安全的时候，因为各方面加强了戒备与警惕。

　　我于十月十一日出发，恰是袭击事件一周月，十一月七日返京，除一周顺访墨西哥外，其余三周都在美国，历访了爱荷华、丹佛、哈特福德、爱默斯特、新泽西和纽约。确实是美国正以参加一场新的战争的心情动员着与激动着、悲壮着。自信的美国人无法接受那样惨烈的遭受攻击的事实。到处飘扬着星条旗，包括各少数族裔开办的小小餐馆商店，和许多汽车上也都插着国旗。到处写着政治标语："团结屹立""上帝保佑美国"。打开电视机，各种节目片头也都是飘扬的美国国旗、口号和"美国在反击""美国的新战争"等标题。人们说，这回看出美国人爱国来了。新闻节目里，更是除了轰炸塔利班与炭疽病的新病例以外再无其他消息。十月二十日，我在墨西哥，下午看了几小时的CNN，一直是在谈论缉拿拉登的事，谈了那么久也仍然得不出结论来。

　　至于机场的安全检查更是达到了前所未有的严格程度。此次在美我与妻共登、下飞机十二次，有三次为了登机早晨三点多就起了床,盖因通知说是所有乘客都要提前三个小时到机场。到了机场先是所有托运行李都要打开查验,后几天稍稍松了一点,改为 X 光检查了。另乘客过安全门也是清了又清查了又查,有的客人甚至被要求脱下鞋子检查,以免鞋壳里藏有利器之类。

过去,美国的机场是相当方便旅客的,送行与接站的人都可以进入安检区到达卫星厅登机口。现在不行了,与中国机场的规矩看齐了,没有机票,没有登机牌,没有证件的只能站在安检口的外面。甚至最后登机时还要随机抽样检查,此次十二次登机中我有两次被抽到重点检查,想是我还显得年轻力壮颇具威胁力的缘故,这倒使我感到安慰。

还有一点有趣的,谢晋拍的《鸦片战争》中求和的大臣琦善谈到洋人时特别强调他们"吃饭都拿着钢刀",不可轻视,另泰国吃饭用勺子和钢叉却不用刀子,泰国友人并向我解释说:"吃饭应该是最祥和的事情,不宜动刀。"我则觉得可笑,心想:吃饭的刀子何足挂齿?谁知恐怖事件后,美国民航飞机上甚至头等舱也废除了"钢刀",改成瘪三状的塑料做的小刀了。在对刀子的忌讳上,他们是不是与东方文化的距离拉近了呢?

爱国也带来了商机,到处卖带有美国标志的衣帽、用具。更有卖带有拉登像的文化衫者,上写"不论死活(都要抓到)",我只怕有人穿上别人看不到字样,只看到拉登的大头,会不会照准了就一枪呢?另外,据说也有在如厕用的卫生纸上印拉登头像的。

至于各地美国人的心情还好,我最后一站自十一月二日到十一月六日是在纽约,我们走到世贸中心废墟边,看到了倒塌的大楼惨状,空气里还散发着烧胶皮的气味。靠近的一些商店关着门,无法与过去的熙熙攘攘的情况相比。但是稍稍离开一点到几家有名的餐馆就仍然看到了排队等候进餐的人群。人气比想象的要旺一点。朋友们说在袭击事件后不久,一些幸免于难的职工与商家便又开始了清扫、整理与正常的生活秩序,他们正是美国经济与社会生活的基石。

电视里，广播里天天差不多都有布什总统的讲话。CNN 里就布什新发明的一个名词进行了讨论：evil doer 即作恶者，或者不如干脆译为坏蛋。美国总统多次以这个简明通俗的名称来称呼恐怖分子。被电视台记者采访的群众有的说这个词好，说得对，也有的说早就有这样的俗词了。看来美国面临的有待探察的新挑战也在向词汇学提出了新问题。与学者善于把简单的问题复杂化相反，政治家的要诀可能是把复杂的问题简单化。也许一个简明的词儿有助于使陷入十里雾中的百姓得到一个对于形势的通俗便当的理解，也许一个词有助于至少是出气吧。有气，总是要出的，所以到处反恐气氛很浓。总的来说是同仇敌忾。有一个人在电视台的说话（其实是耍贫嘴）的节目里说了点怪话"赞扬"恐怖分子勇敢，立即遭到了各界群众的声讨，电视台也几乎被停止了财政支持。好家伙！于是该人到处道歉，才勉强挽回局面。有知识分子批评传媒太糟糕，整天制造恐怖空气。有的商家抱怨生意比过去大大不如了。还有的人担心，过多的激动，过分一致的舆论，会不会出现无法讨论无法反思的情况呢？但愿不至如此吧。

2001 年 11 月 11 日
发表于《万象》2002 年第 2 期

印 度 纪 行

二〇〇一年十二月五日至十七日,我与熊召政、余光慧、何向阳、钮保国等一道,作为中国作家协会的代表团出访印度。此前我已访问过四十来个国家和地区,出行八十多国(地区)次,但访问印度是我自己特别提出要求来的。印度对于我来说,或者不只对于我来说,完全是别样的世界,别样的感受,意义非同寻常。访问中访问后观察印度,揣摩印度,思考印度,萦绕于心,久不能忘。零碎记之,不敢不与读者交流共享。

美丽的印度石窟

印度的大小石窟极多,佛像与印度各种宗教的石雕与壁画多不胜数,其最大特点是美,人间性的美。

印度的神像其实就是完美的人像,丰满、浑圆、曲线,充溢着生命的动人的光辉,其实是十分性感。在我们重点参观的爱罗拉与阿旃陀石窟中,你感到的首先是满足与沉醉,是欣赏与呼应,是亲切与吸引,而不是在欧洲乃至在中国进入一些宗教遗迹时的那种敬畏与膜拜。例如埃及卡纳克神殿使你感到的是超人的宏伟,德国科隆大教堂使你感到的是高高在上的神祇。而阿旃陀的石窟给你的冲击是人间的特别是两性的美妙绝伦。当然这种性感得到了足够的升华,它与其说是肉的不如说是灵的,更正确地说,是从肉体的完满而走上了灵魂的圆融通彻。它拥有一种肃穆、喜悦、和谐、圆满、自足和平安；甚至它的欢喜佛也是充分地宗教化了的，即已经上升为一种仪式，一种对于神与它创造的人类的赞美，一种拜天祭地的歌舞。观印度的欢喜佛而邪念杂念顿消。它绝对不包含暴力倾向，不包含病态和变态的疯狂凶恶倾向，不像某些欧美的艺术作品所表现的那样。它是形而下的，因为那丰满的肉与曲折的线；它又是充分形而上的，神学的，因为那神情，那充盈，那慈祥，那永远的欢喜。据说印度人特别认为人体成为Ｓ形是最美的，在我们二〇〇一年十二月八日参观的奥兰加巴德的阿旃陀石窟（唐玄奘的《大唐西域游记》中曾经描写了此窟）中最有名的舞女像的身体就是Ｓ形的。我从中也想到了盘膝而坐的姿势。在这些神像与人像中找不到一个死角，一个硬折。在身体的曲折中，体现了柔韧，体现了丰盈，体现了灵活（死人才是僵硬即强直的），也体现了——我以为——一种虔敬和谦卑，一种信仰与反思；这就与例如百老汇舞蹈的那种极力伸展张扬和炫耀释放性的动作、姿势成为鲜明的对比。

奥兰加巴德的装饰布画大多取材于石窟雕像与壁画，在深色布上用鲜艳的天然颜料作画，极具观赏性。其中的女像也是极尽窈窕与丰满。顺便说一下，儿时读诗"窈窕淑女，君子好逑"，我一直分不清什么叫窈窕什么叫苗条，我还以为苗条就是窈窕的俗称呢。这回好了，到了印度就知道什么叫窈窕了，而且是丰满的肉感的窈窕，又是诗一样歌一样舞一样的窈窕。布画中的女子侧影尤其动人，侧影只画一只眼睛，如我们的皮影，然而一只眼睛的女子更加妩媚窈窕，亭亭玉立，端庄娴雅，圆润天成，令人神往。

印度人的美绝不一味强调苗条，不强调减肥，它的神像也好，电影明星歌星也好，都是既灵动又丰满的。他们承认体形的美，也承认肉体的美，更承认精神的美。神就是人的完美化，神就是人的理想的体现与升华。这是我这样一个非信徒在访问印度中所得到的神学与美学启示。

阿 育 王

这次访印似乎与阿育王有缘,在新德里,住在阿育王饭店。在奥兰加巴德,住在阿育王分店,在加尔各答,住在阿育王机场饭店。而十二月六日我们代表团全体成员与我驻印使馆文化处的两位外交官共同观看的电影就是宽银幕彩色大片《阿育王》。

阿育王是印度孔雀王朝的第三位君主,在位于公元前二七四至二三七年(当了三十七年国王,连任期够长的了),以仁慈与将佛教定为国教而有名。他为了征服马哈那底河和哥达维利河区域而大举用兵,虽然取胜却因给人民造成的苦难而懊悔不已,乃放下屠刀,立地成佛。在印度看一个电影,是我提出来的,我当然不会忘记当年《流浪者》在中国的轰动。我也知道印度每年有上千部故事片的产量。我们看的完全是一部大片,有许多群众场面与战争场面,连印度片中惯有的歌舞场面也极宏大。故事主题似乎未离阿育王的本事,但加上了一段爱情故事:说是邻国有一位躲避权力斗争的公主,与不愿意参与权力斗争的阿育王相遇。双方都没有暴露身份,以平民的身份相爱了。后来二人都掌握了权力而且兵戎相见,阿育王虽然战胜了,但发现战败者的统帅正是自己朝思暮想的情人,并从情人那里听到了冤冤相报的威胁,乃大彻大悟。

印度影片皆有大量歌舞,此片亦不例外。女演员是当年演"流浪者"拉兹的演员的女儿,能歌善舞,身手不凡,把人的美丽与歌舞、动作、姿态、声音、语言,特别是神韵的美丽结合起来,令人叹为观止。这里不乏调情与男女相互吸引的表现,但都化为歌舞,化为形体的技巧与轻灵,化为美的表演,化为一种艺术的气质和一种驾轻就熟的本领,化为赏心悦目的美丽而绝对不化为直奔主题的生理操练。例如你看着男女主人公唱着跳着身体愈来愈贴近了,尤其是脸愈来愈贴近了,已经差不多挨上了,如果是好莱坞的片子马上就是一个大而深的 kiss 了，又要磨嘴皮子，又要卷舌头了；而在这部印度影片里，但见女主人公一躲，脸上显出更加勾魂夺魄的笑容，身上做出了轻巧活泼纯洁而又自尊自信的动作，既充分展示女性与两性之间的相吸引相爱慕的美丽，又充分和巧妙地保持了人的特别是女人的矜持与不涉隐私。哪个更好呢？一般地说，还是印度方式好。不知道我们的一些热衷于性描写的男女作家能不能同意我的意见。影片的武打场面亦自不凡。拍武打，印度人恐怕拍不过海外、香港与大陆的华人，他们上哪儿找李小龙、成龙、李连杰去？于是它走印度人自己的路：它是完全地歌舞化了，不是真打，不是功夫，而是变成古代征战的大歌舞。其实我们的京剧不也是把武打戏曲化乃至部分地杂技化了吗？

有人评论说印度电影不怎么现实主义，这种歌舞化的电影确实与写实手法有较大距离，它的观赏性似乎大大超过了现实性和教育性。有人说印度人常常生活在自己的梦里，不知道这种说法对不对。反正我们都很爱看印度影片。

到了孟买，这是印度的最大城市，是电影生产中心，号称印度的好莱坞。我们与文学院的同行们座谈的时候，问他们是否喜欢影片《阿育王》。出乎意外，一致回答不喜欢，说是没有什么新东西，说是影片投资很多估计要赔本，说是影片的票房不佳。到了加尔各答，是一个印度共产党执政、到处挂着镰刀斧锤红旗的地方，问问那里的文化人，也同样回答不喜欢《阿育王》，因为影片里的情节于历史无据，是胡编乱造的。

我们反省，我们对印度影片的评价大概也属于老外眼光吧，老外是看不太准的，老外爱看热闹与奇特的东西，老外不知道前因后果、社会与历史背景，特别是已有的创作积累，也就看得浅而歪，倒也不足为奇，至少我们的老外评价并无不良企图。从此想开去，叫做推己及人，从此我们再见到老外对中国文艺的奇谈怪论与特殊口味，莫名其妙的观感等等，也就只能付之一笑，不必少见多怪，拿着棒槌当针（真），更不要唯人家的驴首是瞻了。

泰姬陵

就在我们出发赴印的那个白天——顺便说一下,由于中印尚未直航,我们是先在午夜乘飞机到新加坡,次日中午再转机到新德里的——恰好中央电视台播送介绍印度泰姬陵的风光片,这个陵真是举世无双,它完全可以与埃及的金字塔(法老的墓)或者现代的西班牙首都马德里的依山面海的佛朗哥墓媲美。所有的到了印度的人几乎都要看泰姬陵。它位于距新德里一百多公里的阿克拉镇,距离不远,但交通可很辛苦。再辛苦也罢,到了那里,看到纯白的大理石巨块,几乎可以称之为镶嵌一般地,严丝合缝地垒起的圆拱形建筑及整个布局,你有一种来到了另一个世界、别一个天地的感觉。这里,纯洁代替了污秽,规整代替了混乱,美妙代替了丑恶,安宁代替了慌张,和谐代替了冲突,肃穆代替了轻浮,宽敞代替了拥堵。人怎么可能想出、做出、完成和保存这样的创造?于是你叹为观止。

而且泰姬陵不仅是一个孤零零的陵墓,陵前的红石铺路与水池映天,也映着主陵的倒影,陵后有弯弯曲曲的河流,陵旁有同样材料的四座石塔以及陵的主门辅门、主要拱顶与四个类似角楼的拱顶圆亭,尤其值得一提的是离泰姬陵不太远但又拉开了距离的红宫,亦即国王办公的地方,全部用红色大理石建成。从那里望去,可以看到泰姬陵的全貌。这些都使人们感到一种平衡,一种超人间的感受与满足。人间没有天堂么?那就让我们用双手造出一个来吧。资料告诉我们,泰姬陵是一六三一年至一六四八年间建成的,离现在不过三百多年,但已经显得很古老了。它的伊斯兰风格所反映的当时的宗教信仰与今天的印度有别。当然,今天的印度,仍然有近两亿的穆斯林,穆斯林人口居世界各国的第一位。莫卧尔王沙杰汉为他的爱妻比格姆修了这个陵墓。比格姆死时只有三十六岁,是分娩第十四个孩子时猝死的。陵墓位于亚穆纳河边,国王可以从自己的宫殿看到这个陵墓。国王本来要为自己修一座与之形状相同而用黑大理石做材料的陵墓，但未等实现他的愿望，他就被废黜了。不知道他的被废是否与为爱妻修墓极尽铺张有关。

如果不是亲眼看见，这个建筑与围绕建筑的故事更像是神话。世界因为有了神话而变得更精彩，世界因为有了印度文化而精彩——这后一句话是作协外联部的钮保国同志说的。沙杰汉与比格姆由于有了这个泰姬陵而为人所记忆，印度因为有许多泰姬陵这样的文物古迹而受到尊敬、受到爱恋而拥有了自己的位置，至少也从而吸引了众多的游客。当然你也可以将这个陵墓看做是专横愚昧、穷奢极欲、横征暴敛、自取灭亡的物证。但是，如今这个泰姬陵是怎样的令人赞叹，令人流连，令人快乐，令人满足啊。怎么样评价这个陵墓的建造呢？为什么习惯于黑白分明地看问题，习惯于臧否分明地做出价值判断的我感到了一些困惑呢？为什么历史的悲剧和喜剧直到丑剧，会成为后人的文化遗产呢？艺术的成功与经世的成果就是这样的互不相容吗？呜呼，念天地之悠悠，能不怆然而泪下吗？

新德里与孟买

到达印度的第一天我们住在了新德里，这儿不冷不热，正是一年最好的季节。而据说夏天是很可怕的，最高温度能达到摄氏四十六度左右，真难以想象。

新德里是政府与外交使团和一些大单位的所在地，宽敞，明亮，干净，绿地很多。据说不带新字的（旧）德里就拥挤多了。我早晨在新德里散步，看到许多三轮摩托的士。一位"摩的"的哥与我交谈，极力兜揽生意，极为健谈。毕竟是居住在首善之区的人啊。

我们在新德里看了甘地墓、尼赫鲁及其家族墓与英迪拉·甘地艺术中心。虽然只是一个普普通通的日子，仍然有不少人在那里瞻仰、献花、致敬。英迪拉中心则正举行舞蹈家香卡的纪念展，还在露天举行了一次舞蹈表演,既民族,又现代,内有许多模仿鸟类动作,令人联想起杨丽萍的孔雀舞。

新德里的印度教寺庙也令人难忘。彩色砖木,天然颜料,层层叠叠,表达的是等级观念的先验性。僧侣给来参观的人的额头点上红点以求吉祥,也很美。我虽然读了不少有关介绍,知道在印度有百分之八十六、在巴基斯坦有百分之十一的人信仰印度教,对于这个内容丰富,别具特色与有一套特殊的符号系统的宗教,我仍是一头雾水。

另一个极重要的城市是孟买,那里是亚热带,一年中的大部分是夏天。它由七个岛组成,狭长地形,是英国殖民主义者到来才繁华起来的。它的交通堵塞得很厉害,海滨、棕榈、各种商业广告和招牌,使这个城市显得很洋。我们到它的象岛参观石窟建筑艺术,还去了它的克什米尔公园,这里更像是一个植物园,因为花花草草很多。孟买有一段海滨,据说是富人区,我们在那里散了一会儿步,实在没有看出有什么富人味道。我在孟买买了一套印度服装。

与孟买的同行的座谈是有趣的。一个人问为什么中国坚持马克思主义。我告诉他们,中国人选择马克思主义不是偶然的,与中国曾经面临的剧烈的社会矛盾有关,各种主义都试过了,只有马克思主义能解决中国人面临的问题,同时中国传统的修齐治平的理想,也有利于我们接受有整体性和系统性、实践性的马克思主义理论。但我们绝非教条主义的照搬,而是使之与中国实际、中国文化传统结合起来,成为毛泽东思想、成为邓小平理论,成为"三个代表"要求。看来他们对我的发言尚能点头称是。另一个人问及中国作家的创作自由,我说虽然这种自由并非完美无缺,也不可能是绝对的,然而目前状况是历史上最好的。他们为我的说法鼓掌。而一位印度女作家说,在印度,写作要考虑到那么多宗教的信仰、戒律和信徒感情等等,写起来也是不那么自由的。

更高兴的是印度同行告诉我,他们把我的五个短篇小说译成了印地语。这使我想起了一九五七年,一个关心我的老同志以"大事不好"的口气告诉我说,我那个《组织部来了个年轻人》译成英语,刊载在印度的一家报纸上了,这是那篇东西最早的走出国门,可惜,查不出来了。

加尔各答与泰戈尔

印度的另一座名城是加尔各答。地图与百科全书上说加尔各答是印度第一大城市,而此次见面的朋友们说是第二大城,那么孟买就成了第一了。加尔各答人口极稠密,大街上的垃圾之多令人难以置信,交通之堵塞也相当惊人。当然中国的城市也同样受到环境、交通等问题的困扰,但对不起,与之相比,中国算是天堂了。我们在加尔各答堵塞的交通与气味强烈的垃圾中缓缓行进,我很佩服印度自产的大使牌汽车与驾车的司机。它们虽不抢眼,但很皮实,车前后灯上大多装着防护性铁栅,而公共汽车的车窗上也都是防护性铁栅:车上人太多,挤之欲出,车外还有挂票。司机则不放过任何一个空隙,钻来钻去,给人以惊心动魄之感。最后,我们的车实在开不动了,因为穆斯林的开斋节快到了,街上格外拥挤。我们只好下来走路,走到一所红楼,看到了泰戈尔胸像,得知这就是泰戈尔的故居,而现在是一所艺术学校。

这就是另一个天地了,像一个私人公园,高雅、安宁、清洁、阔大、自足,树高花艳,天蓝气爽,与外面的世界成为鲜明对比。流行歌词说是外面的世界很精彩,这里则是里面的世界真精彩。没有这么样美好的环境,泰翁大概是写不出那么多感觉良好、充满美善与慈祥的人性颂歌与赞美诗篇来的。没有外面的贫穷、艰难、肮脏与一切不便,泰翁大概也不会写出那么多同情百姓、同情下层人民的小说来。由于后一类在中国并不为人熟知的作品,泰翁曾经被自己所属的种姓与阶级所咒骂,然而他也从中获得了人民性,获得了人民的感谢与赞扬。由于前一类作品呢,他又成为了纯洁的天使,成为永久人性永久神性和永久的爱的守护神。他确实是太伟大,太成功了。

他有两米多高,这在作家当中是不多见的,这也可以看出他的遗传基因不俗与后天调理得当。他还是歌唱家、画家、哲学家。我们在故居听了他的唱歌录音,看了他的特大号木床,瞻仰了他的鹤发长须照相。高山仰止,心向往之。

"人类的历史很忍耐地等待着被污辱者的胜利。"泰翁此语多么高妙,被污辱者是要胜利的,所以,他是站在被污辱者一边的。为了这胜利,整个人类都要忍耐,而且是很忍耐。珠圆玉润,隽语天成,你还能说得更好一点吗?

所以,"我生命中一切的凝涩与矛盾融化成一片甜柔的谐音——我的赞颂像一只欢乐的鸟,振翼飞越海洋"。

所以,"进到沉静的山谷里去吧,在那里,一生的收获将会成熟为黄金的智慧"。"我们在热爱世界时便生活在这世界上"。说得何其好也,我们这些沉静不下来、成熟不起来、得不到黄金也得不到智慧、虽然热爱得不够也还得生活在这个世界上的中国当代作家,怎么可能不羡慕与膜拜你?

我们在他的纪念室献了花束。印度的泰戈尔有福了。我想,有没有泰戈尔,印度给人的印象可能并不一样,诺贝尔奖金给人的印象也并不一样。人们也许真的认为诺贝尔文学奖是专门与各种体制捣蛋的恶作剧呢。这不是,通过泰戈尔,我们渴望走向的"世界"为我辈树立了另类光辉的典范,一个国家是多么需要泰戈尔这样伟大而又叫人放心、富有同情心但更富有耐性的大师啊。

舞蹈与哲学

在印度,常常听到一个词,就是 philosofy——哲学。在加尔各答我们有幸参加了一次舞蹈表演晚会,在大量的解说词中,我不断地听到这个光辉的词,一些电影中也时而出现这个词。跳舞不忘哲学,声色犬马中都有哲学,这是一种理想,一种伟大的人文精神吧。我们欣赏的舞蹈分三部分,第一部分是对印度教女神的崇拜,回顾了这块土地上的先民的生活,表达了对大自然也是对神灵的赞美。天人合一的前提是天神合一与人对神的向往。印度舞蹈绝少对生活的模仿,而突出了人的情绪特别是宗教信仰激情与人体的美与力的表达,水准极高,每一次亮相都令人叫绝,每一个动作也充溢着美感。据说演员基本上是业余的,这更令人赞叹不已。

第二部分是——至少我觉得是集体的瑜珈,也是赞颂和祈祷吧。对一种伟大的超人间的形而上的力量与威严、善良与慈爱、奇迹与幻想的追寻与靠拢,这是很艺术也很思想的,沉迷于艺术和思想、精神世界与精神花朵。自我救赎与普度众生的伟人是离不了这种赞颂与祈祷的,在赞颂与祈祷中完成了精神,也完成了自我。

第三部分则是一个小舞剧,是说一个部族侵入了另一个部族的地盘,把被侵入部族的男人杀掉了,家属们痛不欲生。而后家属们被胜利者所占有。一位貌美如花的女子,组织了姐妹们反抗,趁胜利者不备,在与这些男人同房的时候起义杀掉了他们——这一段令我想起中国的费贞娥刺虎的故事,李闯王进京后,他手下大将一只虎占有了崇祯的宫娥费贞娥,在一只虎宽衣解带、欲与之交欢之际,费贞娥掏出金簪向一只虎刺去。

费的恐怖(?)行动并未成功,而印度的这个故事里敢于斗争敢于胜利的女爱国者们胜利了,她们竟然将入侵之敌全歼了。从这个故事里也许可以看出印度妇女的重要性吧。

包袱并不在于刺杀的成功与否,而在于成功之后,被刺杀者的家属们来到了。她们看到了自己的夫君丧命,当然也是抢天号地,悲痛欲绝,恰如前几天的对方妇女然。于是费贞娥们从中大彻大悟,懂得了己所不欲勿施于人的道理,与对方家属热烈拥抱,共谋永久之和平。这出舞剧的结尾,又与《阿育王》相通了。

据说印度是以自己的非暴力哲学而骄傲的。据说印度社会的根本制度是种姓制度,不同血统、不同种姓的人自然在社会上具有不同的地位,尊卑有序,上下有别,自然也就没有了争斗,没有了战争与革命。印度圣雄甘地提倡的就是非暴力斗争,他以绝食为手段,从英国殖民主义手中争到了印度的独立。还据说印度虽然拥挤异常,但街上很少人争吵打架,这与他们的安于现状、认命不争、寄希望于来生的信仰与哲学有关。我那么看着,街上的人倒是不显得好斗。但是就在看舞蹈演出那个晚上,有两个人因座位问题而争吵起来,声音挺大,更不必提现在的印巴局势了。另外,遇到自己的男人被侵略者杀害,而自己又被放到了侵略者的床上,此种形势下怎么进行非暴力的斗争,我也实在闹不清楚。当然,非暴力与自求平衡的哲学是迷人的。

我们在孟买吃早餐时前堂经理过来与我们搭讪,他似乎为印度的议会民主而颇为得意,还询问中国的"红军"如何如何。人一生下来就不平等的地方是怎样民主起来的呢?这样的哲学作为舞蹈大概是非常有观赏性的,但是在治国的实践中,它又是很难操作的:在这个伟大的国家,你也许看到了过多的乞丐,过多的残疾人,无法控制的人口增长和过多的赤贫,过多的垃圾,过于混乱的社会秩序……这大概又是一个哲学问题了吧。

思想的魅力

在甘地墓,有一块石碑,上书甘地名言:"简朴的生活,崇高的思维。"(simple life, high thinking.)

这话确实非常甘地,非常印度,非常人文,非常精神,也非常符合第三世界知识分子的口味。我们想一想甘地的打扮吧,披着一片麻布就行了。这也非常东方,我立即想起了"安贫乐道"的中国古训,想起了孔夫子对颜回的称道:"贤哉回也,贤哉回也。一箪食,一瓢饮,人不堪其忧,回也不改其乐……"

一位欧洲朋友曾经对我说,与印度人相比,中国人是不是太在乎本国与发达国家的差距,太在乎本国的经济发展,太在乎人均收入和消费水平了?印度虽然很穷,但是他们言谈之中不大在意这一点。

西方流行着一个文化故事,说是半夜房顶漏雨了,不同文化的人有不同的对待。欧洲人会爬到房顶上去修房;中国人会想办法遮雨导水,继续睡觉;而印度人呢,会沐雨而歌舞一番。

比喻都是跛足的,尤其是对中国人的说法我们多半不服气,但也可能更坏,一漏雨房子里的人先各自推诿责任互相埋怨直到爆发内战。印度人的沐雨而歌舞实在可爱得要命,却又有点匪夷所思,更像梦游或是走火入魔。

据说印度有一个有名的故事,两个人在河边,一个捕鱼,一个睡觉。捕鱼者劝告懒惰者要努力工作,懒惰者问:"捕鱼干什么?"答:"卖钱。"问:"要钱干什么?"答:"享受,休息。"问:"你看我现在舒舒服服,而你在忙忙碌碌,我不是已经又舒服又享受了吗?"答:"???"我在德国作家、诺贝尔文学奖得主海因里希·伯尔的短篇小说中看到过同样的故事,不知道是伯尔受到了印度哲学的影响还是印度人受到了伯尔的影响,还是二者巧合。

简朴的生活,崇高的思维,这确实是一种理想,但是如果简朴到了不能正常地至少是不能健康地活下去的地步呢?在印度的城市,你会遭遇多少乞丐呀。我试图向其中的一些妇女和儿童施舍,不得了,给了一个,上来十个,他们围上你的汽车,拼命敲响你的车窗。还有一些畸形的残疾者,我见到过一个脚大得吓人的象腿病少年,太可怕了。

再比如印度的旅游,那么好的地方,如泰姬陵,如爱罗拉和阿旃陀石窟,连一个像样的旅游纪念品或礼品商店也没有,交通也是那么艰难。在这些地方,一些儿童围着你强卖,要谎,许多都是假冒伪劣产品,实际上卖不出什么价钱。他们的旅游业实在是属于待开发的状况呀。

为什么不是日益提高的生活和日益提高的思维层次呢？为什么水涨船高会比一低一高更差？生活的简单是一睁眼就看得见的，思维是不是高明，谁来判断？弄不好会不会成为阿Q？如果现世与憧憬两者都具有高质量岂不更好？泰戈尔不就是既有美好的生活，伟岸的身躯，阔大的花园和房屋，又有美好的诗篇、散文、音乐和哲学吗？

然而世界是丰富多彩的，印度仍然是迷人的，远观比投入更迷人。而且，近来印度经济也在迅速发展，印度的电脑软件业比中国发展得好得多。用不着王某人杞人忧天，更无需越俎代庖。我要说的只是，不止一个中国作家在访问完了印度以后，更为自己生活在中国而庆幸不已。我同时借此小文给美丽的印度人以最好的祝福。

发表于《中华散文》2002年第4期

访 日 散 记

爆炸的春天

我一九八七年与一九九四年两次访问东邻日本,两次都是在错过了樱花盛开时分的四月中旬。第一次为了看一眼樱花还去了一趟仙台,当然,仙台是鲁迅先生当年求学的地方,那里有鲁迅公园鲁迅胸像,本来也应该去的。第二次为了看樱花去了一趟东京的郊区小诸。而此次是三月中旬到的日本,预计是赶不上樱花盛开季节的。我还真的叹息自己命中注定与盛开的樱花失之交臂,不是早了就是晚了呢,谁知道今年日本本州也与中国的北方一样,冬暖,在我们到达东京的第二天,就在皇宫附近看到了三株早开的樱花啦,我们在那里留了影。

后来又在新宿的御苑看到了早开的樱花。像中国的春江水暖鸭先知一样,在日本大概应该说是春山风暖樱先知啦。什么事都是有先有后的,早开的樱花引起了人们的惊喜,却也显得有点寂寞与孤独。

而等到从北海道再回到东京,住到了成田,却是千树万树春光好,樱花大开又特开了。

我这次得到了就近欣赏樱花的机会。花色略如桃花,花瓣更大更开放,黑色的树干树枝,巨大的树冠,花的规模也远胜于桃花。尤其一株株大树连成一片,更是全面地灿烂,全面地飞扬,铺天盖地的云霞,汹涌澎湃的春光啦。怎么会有这样的风景,这样的春天,转瞬间春意浓烈得如醉如痴,如歌如舞,如海如潮,如火如荼。日本的春天就这样在樱花的盛开中爆炸了。不过一周左右,这个春花怒放的季节便匆匆过去了。

而日本人对樱花的狂热,带有一种民族感情的燃烧性质。一到春天,各种媒体就报道樱花的信息,把樱花的开放与凋谢当做全民大事来看。盛开是感人的,更感人的是樱花的凋谢,一九九四年那次,我们赶到了小诸,赶上的也只有落樱。落樱,正如"浅草""新绿"等一样,是日本人对汉字的巧妙组合与运用。当我们看到一家一家日本人在樱树下铺上地毯,喝着啤酒清酒,吃着野外烧烤,唱着令人凄然泪下的歌曲,且哭且笑且舞,同时沐浴着像雨点一样、像雪花一样从头顶上大片大片下落的樱花的时候,我是深深地被感动了。这是多么深厚的对季节推移的感应,这是多么深厚的对树木花草的眷恋,这里也许还包含着对人生无常万物无常的悲哀,也还包含着对樱花的开便爆炸般瞬息开放、落便大雨般瞬间凋零的性格——这也是日本人引为自豪的民族性格——悲剧性的赞美。

我也沐浴在落樱中了,我更沐浴在那么多日本人对落樱的眷恋与悲歌中。我想起了黛玉葬花,而日本的男女林黛玉们更普遍更群体更壮观也更达观些。

日本是个岛国,精致却又显得局促。日本人是认真工作的民族,一丝不苟,精益求精。日本人的礼貌约束着一些人不能开门见山,直抒胸臆。而日本的文化中,又有着太明显的来自中国或者来自欧洲的印迹。所有这些会不会成为一种无形的压抑,成为一种力比都的情意结呢?幸亏有一个樱花,日本终于还是日本,日本的春天便是最有味道的春天,耽于工作,耽于礼节与计算的患得患失的日本人也得到了一个哭哭笑笑唱唱跳跳的机会,甚至,在樱花上日本人凝聚起来了,独特起来了,深沉起来了。我不能否认,在看过了樱花的盛开与谢落以后,大大增加了我对日本国土、国民与文化的好感。一个能够为花而动情的民族就像一个动情如花的人一样，叫别人觉得亲近一些了。

最忆是杭州

在几次与日本友人的接触中经常听到他们对中国文化的赞美，说什么中国文化博大精深呀，中国文化如何如何帮助了日本呀，从文字到建筑，从服装到风俗，连筷子也是从中国学的呀，还有各种好话。好话听多了就有点套话的意思了，甚至我还觉得有点溢美，中国一八四〇年以来曾经混到了什么份儿上了，差点没让您给亡了灭了，您还没完没了地捧，受得了吗您老？明明日本早就闹成了"脱亚"，现在更是唯美利坚合众国的马首是瞻，日本是七国会议、后来成了七加一国会议的成员，是发达国家了，再反反复复地抒发对于中华文明的深情，叫咱们说什么好呢？

然而此次我是真的被打动了。这次抵日的第二天，我们乘火车到长野去看望病中的老作家水上勉。水上勉是中国人民的老朋友，多次访问中国，对日中文化交流极为热情。近年来年逾八旬的他因心脏病屡屡住院治疗，近日刚刚出院。听说我们会去看他，他激动得落下了泪水。我们在路上还接到了他儿子的电话。他的这个儿子是他年轻贫困时所得，由于生活无着他把儿子送给了一家鞋匠。后来他功成名就，思念儿子，也有一些莫名其妙的人冒充他的儿子来相认。只有这个真儿子，他是一见就明白了。有其父必有其子，他的这个儿子也极要强，通过自我奋斗，不但成就了经营事业，同样也热心写作，已经出版了两部书。

我们在小田下车，经过一道街，转两个弯就是乡村土丘风景了。水上先生占有了一个山头，修了日式木房子。他坐在轮椅上，含着泪来欢迎我们。他说话缓慢，精力当然大不如前。回想我十五年前首次访日时与他的愉快交谈，得知他有好几处房屋时，我曾引用"狡兔三窟"的中国成语与之调侃,而其他日本友人则惊叹我的成语引用之精当合体。曾几何时,驻颜无术的我们都老了啊。而首次访日时能够见证我的这个玩笑用语的井上靖、千田是野、东山魁夷、团伊久磨等老友皆已乘鹤西去了。团先生还是在苏州,在日中文化交流的第一线上英勇殉职的。这次与水上先生的会面能不兴逝者如斯之叹乎?

水上先生把他几次在中国各地旅行的写生图画与写就的散文拿给或送给我们。日语是读不通了,水彩画却显出了先生的绘画才能,更表现了先生对中国山河、风光、建筑、寺庙的感情。他说在中国旅行,常常产生来到自己的文化故乡的感觉。他说他只盼着身体再好一点,坐着轮椅去一趟中国,坐着轮椅围着杭州西湖转上一圈。西湖是太美丽了。

他噙着泪述说着他的最忆是杭州的心情,我们也含泪祝福他能实现自己的愿望。我当然也爱西湖,拜访过水上勉以后,似乎更爱了。文化的力量是看不那么见的,却是蚀骨与永远的。如果我们妄自菲薄,如果我们不能把自己的事情做得好些,不但对不起祖宗对不起同胞,也对不起深受中国文化哺育的四方挚友啊。

顺便记一下,在水上先生家不远处,有一座"无言馆",展览着当年这里的百十名美术学校学生的作品,他们全部是在战争后期被强征入伍,全部死难,白白做了军国主义的炮灰了。每个人的作品都标示着画家的生卒年月,有的死时三十一岁,有的死时才二十一岁,而且都是一九四四年到一九四五年间死的,那时军国主义已经穷途末路,败局早定了,但还是吃掉了那么多无辜生命。这个展览馆命名为"无言",真是意味无尽。

旧事与新篇

我到国外访问,一般是持观光者、漫游者、访问者、交流者、游学者、探求者,或者说得媚俗一点叫做充电者的心态。喜其美,惊其异,叹其怪,觅其根,寻其由,找到了不同的角度不同的观点与相同的困扰;于是得知识,得见闻,得启示,得刺激,得补充,得新的体验;于是开阔胸臆,拓宽心智,畅游五洲,感受大千,喜而赞曰:大风起兮,云飞扬,岂可鼠目兮,耽寸光!与时俱进兮,歌徜徉!

三次去日本都是这样,高楼大厦,鳞次栉比(这是我过去最不喜的一个短语),灯红酒绿,熙熙攘攘,光光溜溜,客客气气,精精细细,舒舒服服……都是我所感兴趣的。

然而不同,每次赴日都有那么几回,使我突然回忆起了童年,使我的白相之旅触动了旧事,使我的某一根心弦鸣响起来,又亲切,又凄凉,又暗淡,又遥远,又严峻,又悲伤:以为早已过去了,却原来仍然是心里的一个大疙瘩,也许还是一块病。

每天听到的"奥啊哟果砸依麻斯""多模,阿里嘎多果砸依麻斯他",使我想起了小学时期的日语课,我的幼儿园(那时叫幼稚园)与小学阶级都是在日本侵略军的占领下度过的,每所小学都有一个日本教官。有一次日本教官在全校朝会上大发雷霆,作威作福。回到班上中国老师很愤怒,就在黑板上写了"亡国奴"与"没骨头"六个字。可惜当时我年纪太小(六周岁左右),六个字里的斑斑血泪我还不懂得。我也记得这个日本教官一次在日语课上在黑板上写了山本两个大字,讲述日本海军司令山本五十六的阵亡。也是这个教官,有一次在我的日语课考试卷子上给分偏低,我找他提出抗议,他问我"你认为应该给多少分",我便随口说了一个高分,他"哈伊"一声,立即照办,将卷面改成了我所要的分数,这使我怀疑了自己的高分的价值,也怀疑了自己找上门去索要高分的正当性。我还记得当年用日语排一个儿童话剧的情形,我们后来演出了。从我个人来说这实在不高明,说明我的爱国主义觉悟太低,但是我曾经认认真真地学过日语却是千真万确的。小学五年级最后一课日语课文的标题是《中日满亲善合作》,由于全班同学一致抵制,把一个课堂哄成了一锅粥,这节课硬是没有上成。这是聊可自慰的爱国行为吧。而在一九四五年八月后，我也已经跳班升入了中学，未满十一岁的我才悟到学日语是被强迫，是屈辱，是不堪回首的旧事，今后再不要学日语啦。我也尽可能地自觉地把它忘到一边去了。

这次去日本，为了表达友好，我特意准备了三分钟的日语讲稿，到这时候又想，当年继续把日语学下来就好了。不但是平假名，现在连片假名也认不全了，我只好用汉语拼音将读音注上，还好，我还能比较正确地发日语的音，毕竟有童子功在呀。而这一切更使我想起了许多旧事。

见到某些日本词语甚至见到日本仁丹(当年先是叫人丹)广告，我就想起了那时的"治安强化运动"与北京各个城门洞下的执枪荷弹的凶神恶煞般的占领军，以及我吃过的难以下咽的专门给中国人吃的混合面。

见到相对行鞠躬礼的日本友人我也想起当年就住在我们的胡同里的日本平民或日军家属。他们中的多数人在城市街道上还是彬彬有礼的，没有给我这个孩子什么特别恶劣的印象。有些日本男人夏天穿的衣服太少，走在大街上令中国女性深感不自在，不知道这里头是否也反映了占领者对于被占领国的人民的不尊重。那时候"话匣子"(收音机)还是奢侈品，有几家日本人家里有，我放学时经过一家日本人的窗口，有时会听到广播声，这使我十分好奇也十分惊叹，我会短暂地停留一会儿，听听广播。我也还记得日本无条件投降后这些胡同里的日本人仓惶离去的情景，他们极为廉价地卖掉了家用物品，急急如丧家犬般地回国走了，善良的北京百姓甚至有点可怜他们。在此次访日抵北海道招待会上，一位出生于北京的日本人说起了他的家庭战败后狼狈逃走的惨状，并说："这其实是理所当然的。"他的实事求是的态度倒是令我一惊。当然，他是对的。

还有《朝日新闻》上的"昭和"纪元，还有从"大东亚战争"到"保卫东亚战争"的说词的改变，还有日军"玉碎"和"神风突击队"(这开了自杀式攻击的先河)的报道,还有"华北政务委员会"的日伪机构名称……

经过革命,经过新中国,经过学习苏联、一面倒与反修防修,又经过抗美援朝与和美国的那么多交流与摩擦,我还以为在这个世界上显然比日本更重要些的与美、苏(俄)有关的故事,早已使我忘记了与日本有关的童年诸事——即经过那么多结结实实的与意义重大的经历,这些既不光彩也没有什么内容的经历早已就抛到九霄云外去了呢,谁知道,它们还在那里存着,还在那里发酵,还在那里哭泣呢。

在今春的访日期间,我梦到了我的童年。我有点伤心。

精致与包装

日本人最大的优点之一是精致。

吃日本餐,案上摆得更像是朵朵小花,各种颜色与形状的搭配经过精心设计。随着季节的更迭,更换食品的颜色,春天则是新绿与粉红,夏日则是浓绿如黑,秋天金黄与赭黄,冬天又是雪白和透明。以至有人说不忍得吃,不愿意造成美的毁灭。中国菜和西餐也注意菜肴的造型,但象牙雕刻般做得这么小巧瑰丽、抠抠哧哧的从未见到。日餐不但考虑到食品,更考虑到餐具,一个放筷子的小支撑架,玲珑剔透;一个放几根咸菜的小盘儿,做得像是一片弯曲有致的琉璃瓦。从中国传过去的筷子,到了日本磨得圆圆的而两头又是尖尖的,像是一种玩具。喝汤的漆碗,装米饭的瓷瓮,摆调羹的瓷片,装不同的菜的各式各样的碟子以及各种小得别人不会认真观察的器皿,有的像树叶,有的像小船,有的像桥,有的像笔记本,都更像工艺品而不是实用品。

日本人一般住房并不宽裕,我去过一些高层知识分子的家庭,也少有可供五个以上客人一坐的厅室。但他们的房屋布置得也是精致至极,特别是日式的榻榻米房屋,不但一尘不染,而且赏心悦目。日本式家庭直到餐馆都要求脱鞋入室，那个脱鞋换鞋的小门厅，也布置成一个趣味盎然的小天地，有花草，有书画，有摆设，有纯装饰用的覆盖物。

有一些中日共用的器皿，但日本人做了一些改进。比如家用小陶瓷茶壶，形状如中国茶壶，但壶嘴要大得多，有的加了过滤纱罩，这就避免了倒水不畅或茶叶堵嘴。有的在小小茶壶上安装了一个柄，拿起茶壶来方便了许多。

从中我们可以看出日本人的细心与认真。我甚至要说日本人做事时以及与你商讨工作事务时那种身体前倾、表情严肃（或者干脆是没有了表情）、两眼发直，不停地"哈依哈依"的神态似乎带几分傻气，一副紧跟照办万难不辞的神气。而欧美人与你商讨事务的时候多半会歪着头，别着腿，微笑着，轻轻晃动着，目光灵动着，舒舒服服，潇潇洒洒，面部与眼睛的表情随着你的话语而不断变化，一会儿睁大眼睛，一会儿抿一抿嘴，一会儿微微皱眉，一会儿莞尔一笑，一副虽然确是在聆听但同时在选择判断分析取舍，总之最后还是他说了算的架势。两者比较一下，很有意思。

我曾经与几个有长期在中国生活经历的日本人探讨过中日两个民族的比较。他们说，中国人的智商其实是很高的，绝对不笨。我便说是不是中国人有的做事太不认真，他们用日本人的微笑回应了我的这一反省。同时他们谦虚说，日本人的精致往往是在一些小东西上，他们缺少宏观大气的思考。就是说，与我对印度的印象恰恰相反，日本人也许太不"哲学"了？那么能不能说咱们的炎黄子孙有时候气冲斗牛却大而无当，或者用刘备评论马谡的话——我太欣赏刘备的这两句话了，所以引用过无数次——叫做：言过其实，终无大用。

再一个突出的是日本物品的包装。可以说日本式的精致，尤其在包装；或者可以说日本式的包装，在于精致。如果你得到一个日本友人的礼品，那么典型的日式包装是一个深色包袱皮，一个金黄色纺织品作内包袱皮，一个纸套子，一个木盒子，再经过几道拆封的手续，拆掉了许多不忍毁弃的美丽的纸质塑料质乃至丝质木质的花饰，最后发现，里头可能是一只表，可能是一个日本人形（玩偶），可能是几块巧克力糖；但更可能是几小块蛋糕，几包袋茶，或者是几块饼干。总之，包装比礼物本身重要。包装所代表的虔敬、亲善、不厌其烦与一丝不苟，远远比礼物本身的价值（更不要说价格了）重要百倍。赠礼的程序、礼节、文明性与郑重性远远比给受礼者以物质上的利益更重要。这确实有趣。中国人的思维方式一般都会认为包装是表面、是现象、是形式、是程序；而礼品才是真货色、是实质、是内容、是目的。而且中国人多半会认定，说下大天来，里边的货色比表面重要、实质比现象重要、内容比形式重要、目的比程序重要。那么，精心包装几块饼干就是不可理解的了。

　　反过来说呢，人和人基本上都是一样的，从物种上说区别，所有的文化的差异、文化的冲突，不正在于程序和形式、重点和包装的区分上吗？通常所谓的内外、象质、形实的区分，果真像我们想象的那样天经地义吗？这也不妨一想。

　　一位法国人有个说法，说日本搞的是空心文化，即搞的都是表面的、形式的、现象的与程序的东西，到了内核，却是一无所有。这样说恐怕太过分了吧。

　　我也听到过一位日本教授对自身文化的批评。他强调日本的许多文化都是引进的，但引进后会有些适应日本国情的改造。例如，日本在美国的贸易压力下不得不进口美国加州大米，但加州大米黏度不够，不合日本人的口味，于是日本人发明了一些加工美国加州大米的办法，使之变得与日本大米一样黏软。这位著名的日本学者说，日本文化充其量不过是上述加工办法之类的东西罢了。

　　这样说说能不能满足某些中国人的自尊自傲心呢？然而，也许我们更需要自省啊。比较一下中国人的不拘小节与日本人的一丝不苟，这确是很有趣的吧。

日中文化交流协会

　　日中文化交流协会成立已经三十多年了,一些重要的文化名人都曾参与协会的活动,如作家中岛健藏、井上靖、水上勉、大庭美奈子(芥川奖获得者)、大江健三郎(诺贝尔奖获得者)、戏剧家千田是野、画家东山魁夷、作曲家团伊久磨、电影演员栗原小卷等。他们组织了不知多少文化代表团访华,他们的常务理事白土吾夫到中国访问过一百三十多次。他们也邀请过大量的中国文化方面的代表团去日本访问,包括官方的文化部、新闻出版署的团体访日。他们的工作极其细致。此次我们友协的代表团下了飞机,刚上汽车,工作人员就递给我们每人一张纸片,上写各人入住饭店的房间号码与互相拨叫办法,字写得很大,显然是考虑到了团内一些有点岁数的成员眼睛可能昏花。在离开东京的时候,各人把交运的行李放到房间门口,他们的工作人员立即给每个人的行李上挂上了结实的名牌,便利了此后的旅行与转运。他们对中国客人的食更是关心备至,叫做无微不至。

　　然而他们的办公室只有一间屋,事务局的五女三男八个人挤在一起。给来访的客人安排五星级宾馆的他们只要最简朴的工作条件。许多年前就是这样,如今还是这样。据说当年周扬同志曾经造访过他们的办公处所,周扬还以为整个的楼都是他们的呢,来了才大呼小小的办公室办了大事。想一下我们的群众团体吧,也太幸运太排场啦。

　　他们没有什么财政拨经费,也没有特殊的大财团后台,更没有公务员的级别和待遇;全靠自己组织的有偿(在日本叫做"有料")活动的吸引力,吸引人们参加,参加的人愈多,效益就愈好。再有就是收一点会费。

　　而在所有的活动中,事务局的先生与女士们都将自己排在最后,而请文化界的知名人士出头露面。一点纪念品一点小礼物,他们也是首先给文化人，宁可不给自己剩下什么。一切宴请，他们都尽可能地减少参加的人员，在代表团人员用餐的时候，他们不陪。他们精打细算，决不铺张。

他们是真正服务者，是公仆。他们中有的人，像佐藤纯子，像横川健，都已经在此协会工作数十年了，他们本身的待遇很有限，凭一种信念，他们会继续工作下去。

祝他们一切都好。

发表于《新民晚报》2002年4月16日—5月17日

我 爱 非 洲

大海与天空

　　从非洲回来已经十几天了,好像还有一点轻微的晕眩,好像人还在飞机上,而飞机正倾斜着翅膀从大海上飞过。机下是深蓝色的海洋,从飞机的舷窗望去,是海水的道道波纹,是细小而又均匀地布洒着的雪白的浪花,是偶有的舰船和白帆。你觉得那样美丽的大海对于人类正准备诉说点什么,你感觉到的是一种幸福的归宿感与各种美好的祝愿。那是印度洋、大西洋还是地中海?下一站是毛里求斯、南非、喀麦隆还是突尼斯?快乐的与漫长的旅途,四万八千公里的飞行距离,四十八个小时——其中有四个整夜呆在飞机上面,而此次去的四个国家都是过去从来没有访问过的。这是多么难忘的旅程!

　　当然还有天空,旅途中的天空同样刻骨铭心。天空不分五大洲三大洋,天空却显示着分明的晨昏晴雨,昼夜更迭与因地而异的时差。虽说云上的天空永远晴朗,飞机下边的黑云白云薄云与厚重的翻滚起伏的云层之间的区别仍然触目惊心,而且云上有云,我永远也不会忘记飞行中看到的云上的云海奇观,巨大的蘑菇,矗立的方柱,雪白的惊叹号,大球相连着的小球,扇面,螺旋,圆锥体与自由自在的飘浮;所有的形状都似乎经过了精心的设计与布置,固定多时,陈列永久,提醒着你世界的巨大与路程的遥远。天啊,我在走向何方?

　　然后你来到了非洲,啊,非洲!你这才知道,被一些人认为贫穷和落后的艰难的非洲原来是那样可爱。上天厚爱非洲，非洲是一块那么美丽、富饶、葱茏、热烈的地方，非洲人是那样纯朴、自然、健康、可爱，充满着生命的本真的力量。你也会知道，我们其实对非洲还是多么的不了解，而非洲对中国是多么的友好与善意。

让我与我们的读者共享非洲的美丽、新奇与快乐吧。

清凉的印度洋

我们访问的第一站是毛里求斯，这个国名的中文音译显得有点非同寻常。我只知道一般访问非洲是要先经过欧洲，从巴黎或者罗马或者法兰克福这样的大航空港转机，然而从北京飞毛里求斯我们选择了取道新加坡。因为毛里求斯位于非洲的东南部，距离南非大陆还有两千多公里，从南边向西走是最佳路线。

经过了自北京到新加坡的五个多小时的飞行，再从新加坡开始向西飞行七个多小时，我们看到了那小小的光芒四射的珍宝一样的岛屿。湛蓝的海洋，发出白光的岛屿周边，像是镶在毛里求斯岛上的璀璨的光圈，碧绿中显出一点褐色的岛屿，则是这光圈中的仙境。从高空看，这个地方美得不可思议，美得叫人爱不释手。飞机徐徐降落了，机场四周一片绿色，只见得到甘蔗林与棕榈树，除了跑道的长度比较足够以外，机场的环境倒是更像一个乡村支线上的城镇，例如我熟悉的新疆伊宁。由于这一天正好是二〇〇二年九月十一日，机场采取了空前的保安措施，害得我们下机后与接站的毛里求斯艺术、文化和青年发展部负责人员还有我驻毛里求斯大使及官员好一会儿联络不上。然而，紧接着来到的是一片升平气象。

如果简单主义（此词出自法国总理拉法兰对美国的对伊拉克政策的批评）一点说，毛里求斯的全岛都是甘蔗林，而岛屿四周靠海处是一个个旅游宾馆。我们入住的维多利亚饭店就很特别，很远就能看到它的茅草屋顶——真正的茅庐，一进门，宽大的大堂立即以它的三面的大海与树木打动了我们：就是说这个大堂只有屋顶绝无墙壁，只有一面有大门，大堂与大自然是没有阻隔的。不仅大堂是这样，后来我们发现，它的楼梯也是敞开着侧面的。大堂的深处是一个碧蓝如洗的游泳池，游泳池前面是儿童用的小游泳池，然后是沙滩，是大海，从大门处看去就像大堂直通蔚蓝的海洋，旅馆似乎是设在海上。只是在这个大堂入口处站一站、看一看，便觉三面海浪和海风，三面天空云朵，三面山峰和绿树，这已经是可怜的现代人的大享受了。

顺便说一下，说一个地方空气很好"如一个大氧吧"，这样的比喻真令人欲哭无泪，难道人们对空气环境的理想乃是一个无奈的人为的"氧吧"？这样的比喻说明了人类的处境有多么恶劣，而人们的想象力与修辞能力已经扭曲和蹩脚到了什么程度！

这样的与自然紧紧连结的旅馆我是生平第一次见到，无怪乎人们说欧洲的许多人包括政要喜欢到毛里求斯度假，这里是一个度假村之国。

我尤其不能忘记在毛里求斯的海面上即印度洋上游泳的感受。我在那里游了三次泳，一次是在下午五点半，两次是在清晨七点。在夕阳与朝阳的光辉里，在清澈见底的海面上，在相对比较冷的海水里，端详着海底的珊瑚，因水冷而兴奋起来的我畅游着，骄傲着自己的游泳增添了新经验，体会着清凉二字的妙处，这样一直达到了骨骼的清凉是我游泳近五十年来达到的一次最高峰体验。我曾经在乌鲁木齐红雁池水库的高山积雪化成的凉水里游泳，然而那毕竟没有海的辽阔。我也曾经在西西里岛附近的策勒尼安海里清晨游泳，那水面也是极清澈的，然而那里的海底没有珊瑚的洁白与清纯，我游得也没有这一次长。游遍汪洋人未老，不能不赞美世界与人生的奇妙。

另类月亮

毛里求斯位于南纬二十多度，南半球的人们看到的太阳和月亮是沿着偏北天空自东向西移动的，那里的向阳的房屋应该是坐南朝北的，这些都不足为奇。可能是由于纬度再加经度的关系，我们在那里看到了与在故乡看到的完全不同的月亮。

到达毛里求斯那一天是阴历八月初五，毛里求斯是春（不是秋）高气爽。晚上在大使馆便宴归来，正好看到了一轮弯弯的新月，而弯月的形状是正面向上的船形。在中国，新月应该是"）"形的，下弦月是"（"形的，而且它们的"弦"并非直竖而是斜的，弯月的上部向左斜，下部向右斜。而毛里求斯的新月却是弦在正上方的弧形，它的弦线与地平线平行，而弧心在正上方。

绝了，这不仅是月亮，而且是一叶货真价实的小船。在上个世纪五十年代，我与当时的中学生们夏季露营的时候，爱唱一首朝鲜民歌《小白船》。这首歌是唱月亮的，说弯月像是银河水里的小白船，不挂帆也不用桨，向着西天行驶，歌很好听。弯月像不像小船我从来没有认真去感受和品评过，反正这次在毛里求斯看到真正的小白船了。

由于是岛国，赏月的时候望到的是无尽的天空和海洋，只有几抹晚霞，恰如紫色的山峦，成为小白船的背景。是山是云？我与妻子还有点争论，第二天早晨起来，当然发现了那里并无山脉。

在毛里求斯还看到了巨大的食草的旱龟，它们与人友好，我执树叶喂它们吃，它们还常常驮起游客。我觉得五尺高的汉子压在上边，未免太给龟类增加负担，便弃权不让龟驮。我们也看到了绿色的巨型蜥蜴和大大小小的鳄鱼，看到了大得足以托举起儿童的王莲和各种热带树木。

当然，比自然奇观更重要的是毛里求斯上上下下对中国的友好与热情。我们到达的第二天早晨，毛里求斯总统就接见了我们这个中国文艺界知名人士代表团，毛里求斯的文化部更是好客周到，接待工作做得极好极细。毛里求斯南北只有六十多公里，东西只有五十多公里，然而他们非常好地处理着与各国特别是大国的关系，在国际事务中发出自己的有利于和平和发展的声音。毛里求斯本来是一个爬满海龟和鳄鱼的无人岛屿,后来经过了人们的艰难开拓,经过了外国的占领,甘蔗园里流下过不少黑人奴隶的血泪,直到一九六八年才宣告独立。毛中两国人民有许多共同的经历和感受。

我在毛里求斯期间适逢国际华人大会在这里召开,毛里求斯的代总理与几个部长以及我驻毛大使应邀参加了开幕式并讲了话,我也在第一天的会上讲了话。所有与会者的讲话都强调了一个中国的原则,批驳了台独言论,从此也可以见出毛中友谊的一斑。中国目前在境外设立的文化中心还不够多,但是在毛里求斯有一个,我在那里介绍了当代中国文学的一些情况。据说毛里求斯是积极主动要求各国在本地设立文化中心的,其中也包含了弥补本地文化设施不足的因素,毛里求斯人真是聪明得很。

好望角

显然,这是最美好的地名之一,我们从小学时代就熟悉了它:好望角。原来我还以为这么好听的地名里有翻译的贡献,来了这里才知道,压根儿就是 cape of good hope,就是良好希望之角。从这个名称我们可以想象,当年的航海家从西班牙、葡萄牙出发,经过直布罗陀海峡从地中海到了大西洋,沿着非洲的西北与西南边线航海数日,终于到达了非洲大陆的南端,看到了一个尖尖的地角(这应该也算是天涯海角了)。从这里往东,是浩瀚的大洋,从这里往东,他们将到达中近东和整个亚洲。这个地角,确实带来了无限美好、无限广大的希望。

好望角所在的城市是开普敦,Cape Town,即角城。我们常见的地图上开普敦的标名后面加上带括弧的好望角,可以说又对又不对。对是说两个名称曾经可以通用,至少好望角是属于开普敦城的;不对是说好望角只是开普敦南端的一个伸到南大西洋里的陆地的一个小角,而开普敦是一个大城市。

从开普敦市区一直往南开车,近两个小时后到达好望角和邻近的角端——cape point,一路向右即西面望去,是浩渺的大洋。而最令人激动的是,这一天天晴气爽,我们看到了鲸鱼。

开车的黑人司机兴奋地告诉了我们:"鲸鱼!"我们看到了碧波白浪之中——举起与屡屡露出水面的鱼脊的三角旗状的鳍,这三角旗像是蓝色的;也看到了鲸鱼的尾巴,这尾鳍则更像是运动比赛的小艇。

我们没有时间也没有道理走近去打搅它们,脊鳍与尾鳍的安然出现已经足够我们受用了:阳光丽日之下,蔚蓝波涛之中,它们透露着一种雄浑、一种吉祥、一种平安和壮美,它们像天使一样传达着某种超人间的信息。

还有时而见到的鸵鸟、长颈鹿和黑熊,至少,它们是生活在本真的自然当中而不是动物园的铁笼子里。

好望角是造物的大手笔,非洲大陆就够雄伟的了,它从北半球伸延到了南纬三十四度,海岸线长达三万多公里,连同它所属的岛屿,像是一幅大写意,而它南端的好望角,是点睛的一笔。它具有岩石的质地,鸟嘴或者喷气战斗机头的形状,头部拱起,长喙尖尖地伸入海中,特立独行,怪异威风,引发着洪波巨浪,进行着大陆与大洋的千年万载的对谈,提醒着你的注意。而无边的海洋以它的巨大和神秘召唤着乘风破浪的航行。这一天虽然大致上风平浪静,但是好望角的海涛仍然显示出一种严峻,使你望之凛然、凄然、怅然。也许是我们见大洋而想起了生命起源于海洋的历史?也许我们是见大洋而抱愧于自己的渺小和贪欲,并且联想到了飘摇在大海上的人们的无能无助?也许是我们的富有占有欲征服欲的俗念终于在好望角得到了一个反省与觉悟的机会?还是因为得到了挑战而变得更强了?反正在这里我是被震动了。

无独有偶,邻近好望角的地名是角端,虽然没有好望角那样尖厉,却更南端也更高耸一些,那里修了灯塔、蜿蜒的登高阶梯道路和一个小小的展览室,爬上去,再爬上去,与嘈杂的人众一起,站在顶端雄视大洋,自己的胸怀开阔了不少,自己的行市似乎又见长了。人本来就是因势而"豪"的。

顺便说一下,这一天登高的游人中,很大一部分是操祖国内地口音的同胞。回想在毛里求斯的旅馆和鳄鱼公园与植物园里也屡屡看到成队结伙的国人,不禁感叹,中国现在虽然还远远谈不上发展程度有多么高,但已经与往日气象不同了。这种不同气象,不仅在国内而且在世界各地都看得出来。我还记得一九八〇年秋在纽约与一些台湾背景的华人文艺家聚会,诗人秦松慷慨陈词,畅想着中国发展了,到处都有中国游客的那一天。当时"文革"的阴影才刚刚散去,听起这样的话如同梦幻曲,曾几何时,现在至少是正在实现着了。

其实好望角并非印度洋与大西洋的交汇处,交汇处还在更东面,地图上并没有明显的标志。其实大洋不是哪个国家哪个民族的内海,三大洋或者四大洋(加上北冰洋)本来就是连在一起,不分你我的。反正在好望角永远带来美好的希望,好望角也让人反思殖民主义的罪恶与人类的诸多不幸。好望角周围,连接着印度洋与太平洋、连接着欧亚大陆与非洲大陆的航线上,南大西洋的波涛永远翻腾,永远浩瀚。去罢好望角,大海的波涛同时永远翻滚在自己的心里梦里。再不要鼠目寸光、夜郎自大、抱残守缺与奴颜婢膝、自怨自艾了吧。

战斗者的握手礼

在西开普敦大学我们与当地作家们见面,主持见面的是黑人女作家戴安娜。她写了一首愤怒的长诗,描绘殖民主义时代一个南非女黑人被法国殖民主义者捉去,锁在铁笼里当做动物展览,被迫做各种表演,被侮辱被强奸被鞭打,死后她的皮被剥下来,制成标本,存放在法国的博物馆中。这是一个真实的故事,这是殖民主义者欠南非人民的一笔血泪债。是戴安娜的诗唤起了整个南非人民与国际社会对此事的关切,时隔数百年后,屈辱至死的当地女黑人的遗骸被送了回来,南非的两个内阁成员亲自去机场迎接遗骸,并举行了延迟了数百年的葬礼。在她讲到这件事的时候仍然是热血沸腾,悲愤不已。

而在南非的行政首都比勒陀利亚,与我同年的南非老诗人唐·麦特拉则讲述了他与种族主义者的斗争。他曾被追捕被投入监狱,曾经举着《毛主席语录》与当局斗争,而那时的"小红书"令反动派丧胆,一个南非公民仅仅因为拿着此书就会被判入狱。他朗诵他的一首诗,大意是:

> 黑人说需要面包,
> 白人说"我爱你们",
> 并给予了面包。
> 黑人说需要水,
> 白人说"我爱你们",
> 并给予了水。
> 黑人说需要自由,
> 白人生气了,"黑鬼!"
> "你们要得太多了!"
> 他们转过了脸去。
> 黑人说要平等和自由,
> 白人拿起了枪对准他们。

他的诗非常富有动员的力量,他朗诵得也极好。在观看别人的朗诵与表演的时候他不停地笑着,尖厉地吹着口哨,鼓着掌。他是一个非常富有活力和魅力的人,他不仅是诗人而且是革命家、社会活动家,一个非常积极的公民。

不只是他,在非洲特别是在结束白人种族主义政权不久的南非,许多当年的斗士怀念着毛泽东。无论如何,毛泽东是被压迫民族与人民的一面旗帜,目前许多非洲国家对中国的好感与友谊仍然与当年毛泽东撒下的红色的种子分不开。

而这种被压迫者的斗争的悲壮的气氛,更是笼罩在当初曼德拉坐大牢的罗宾岛。从开普敦码头坐渡船四十分钟,到达荒凉的孤岛罗宾岛,而罗宾岛的主要功能就是把反抗种族歧视的黑人与部分白人特别是白人知识分子囚禁在那里。罗宾岛到处都有树木和野草,它的荒凉并不是由于杳无人烟而是由于贯穿全岛的设施、人类的一大发明——监狱。罗宾岛的四周是海水,当地人不去食用的海带、海参等海洋生物黑糊糊的吓人。从罗宾岛向开普敦城望去,是开普敦的一个标志性的风景:桌山。那座山顶平平整整,完全如一张桌子。可望而不可即,这就是囚徒们的生活。

我们参观了当年曼德拉坐过的监牢,小屋子,铁栅栏,水泥地,高不可攀的小窗子。解说员解释说即使在冬天,只有铺在地上的一些干草和两张毯子,房间里会十分寒冷。我们还看到了曼德拉当年服刑时的照片和他与犯人们一起劳动——砸石头——的照片。据说那些石头砸了并没有多少用途,但是不能让犯人们闲着,便不停地要他们砸来砸去。曼德拉在这里囚禁了十八年,在旁的地方又关了十年,他的铁窗生涯达到二十八年之多。美国的克林顿总统来访时曾经进入了这间囚室,并且在铁栅栏后摄影留念。如今,罗宾岛已经成为外国游客的必游之地,成为开普敦的一个著名景点啦。我们于是理解南非朋友们那种仍然如火如荼的斗争激情,那种言必回顾与白人种族主义者的斗争的心情了,大体上如我们在二十世纪的五十年代的感受。

同时我也不免感叹:是旅游最后吸纳了一切,一切的伟大与渺小、英雄与卑污、革命与反动的纪念,最后都成了旅游的胜地啦。

这一点感叹不知道是不是中了一点"后现代"的"解构"的毒。好在莫名其妙的感叹并不能消解我们对南非人民的斗争的认同。与南非朋友一起,我们行的是南非斗士同志间的握手礼:先握一下手,再用大拇指互相勾一下,再弯曲四个手指互相拉近。我想,这是一种手语,也许可以这样理解:握手表示幸会,勾拇指表示致以战斗的敬礼,四指互拉表示永远在一起、表示团结就是力量。我们都来自饱受压迫和屈辱的民族,我们都为了民族的独立国家的富强人民的幸福付出了巨大的代价。但愿各种奋斗的目标——实现,但愿斗争的遗迹早日成为游客们欣赏凭吊的人文景观,我们的子孙们将在和平欢乐的气氛中来到我们当年浴血奋战的地点。

以生命为代价的照片

我们得到一个许多外国游客得不到的机会,在二〇〇二年九月十八日到约翰内斯堡附近的黑人聚居区索维托参观。一进村就见到了大量黑人,小孩子很多。我们先参观一个乡村娱乐中心,正逢一位姑娘在练唱。黑皮肤的女孩儿头发梳成无数细小的辫子,与我国新疆南部维吾尔女孩儿的小辫儿不同,黑人女孩儿们的小发辫是从发顶就开始清晰地梳起(据说这种梳法还可以人为地加入一些借用材料,即把假发编入真发中,故而不仅是小女孩儿,而且上了年纪的女性也喜欢此种发式),然后一层层分明地盘在头顶上。她唱歌的声音有点朦胧,声音的一半是从鼻孔里发出来的。她并不追求声音洪亮,而要的是声音的甜美、深情与一种戏剧化的表达效果。与其说那声音是经空气的振动而发出的,不如说是从心的深处汲取而来。这位歌手个头不算太高,脸型有点像亚洲人,她的笑容非常友善,略带一点腼腆。我们与她互相问了好并在一起合影留念。

我羡慕音乐、美术这些不太需要借助于语言文字的艺术形式,它们更富有人类性,不需要翻译就能被不同民族不同地域的人所接受。靠近地倾听着黑人的歌声,我想起了在新疆时常听到兄弟民族文人引用的大诗人纳瓦依的名言:"忧郁是歌曲的灵魂。"他们是用心灵来歌唱的,听其音而感其情感其心:纯朴,多情,热烈而又忧伤。我觉得与黑人的心更加贴近了。

我们参观了儿童们的舞蹈排练。他们的舞蹈除了民族民间的形式以外也糅进了西方现代舞的因素。大大小小的孩子,年龄参差不齐,但是他们丰富的舞蹈天才艺术细胞,他们的舞姿着实天真可爱。同团的维吾尔族舞蹈家阿依吐拉也跳了新疆的民族舞。一跳距离就更拉近了,爱好舞蹈的孩子们活跃起来,学着阿依吐拉的样子做着自己的动作,模拟着维吾尔族舞蹈。大家在笑声中增进了友谊。

我们还被邀参观索维托的烈士纪念碑,那里是当年索维托人民奋起抗争和被种族主义政权开枪屠杀的地方。一个十多岁的男孩子被枪杀了,一个男青年抱着他的尸体前行,男青年的双目里含着泪水,放出了仇恨的光辉,我从来没看过这样的照片:表达出这样的被污辱被损害被屠杀者的悲愤。一看,我们就肃然了,我们不由得低下了头,泪花也开始挂在我们的眼眶里。

就在这个烈士碑近旁,是出售旅游纪念品的小摊贩们,其中包括那个悲愤交加的男青年的照片拷贝,也是重要的纪念品。索维托的解说人员告诉我,那个人留下了照片以后不久就失踪了。这更是触目惊心。反动派不仅是害怕反抗者,甚至也害怕见证者、害怕悲愤者、害怕一张真实的照片、害怕记录。为了留下悲愤的眼泪的记录,甚至也要付出生命的代价,呜呼,痛哉!

伟大的纳齐加尔河

提到喀麦隆,我禁不住先写一下纳齐加尔河。那是二〇〇二年九月二十四日,上午,我们在主人陪同下到一个叫做巴成加的地方去,奇怪的是东道主似乎不太认识路,一路找当地人打听。我还纳闷,喀麦隆的活动本来是安排得最周到的,怎么这次要带我们去一个主人也没有去过的地方?

来到了一个灌木丛生的地方,越野车开进了灌木林,开始在没有路的地方行驶。车没法开了,停了下来,我们下车,在湿糊糊的泥路上行走。这一天是我们访喀的最后一天,中午还要出席我使馆为我们的来访举行的招待会,我们的衣服靴鞋不敢穿得太随便,对于泥路与带刺带毛的灌木与杂草颇觉别扭,但又没有别的选择,只好狼狈地往前走,鞋子立即沾满了泥,脸上手上则挂着扎着植物的毛刺,有的地方还有道道血痕。天气尚不能说是太热,但由于穿得"全副武装",灌木丛里又不透风,还是觉得憋闷得很,汗水渐渐从脖子上脸上后背上流淌下来。

人在不舒服的时候会激发出一种坚持的劲,我这一辈子的一个经验一个习惯就是越是不舒服越要有一直不舒服下去的准备,要挺住,要咬牙,而绝对不要以为再过那么一会儿就会变舒服了,没那个事。这样,反而只知道傻走傻冲不惜不顾,不用问到底是要去干什么,反而好了,似乎没有怎么费大劲就到了。一直走在我前面的一个大个子告诉我:"到了。"

到了什么了?日程上说是来这里看瀑布的,瀑布在何方?我眼前突然一亮,是一片汪洋,是目不暇接的大水,怎么突然一下子什么什么都成了水?这是一道大河?然而它与一切我看到过的河不一样,它与陆地之间没有任何界线,没有河床、河岸、河面与河道之分,更没有带有人工修缮痕迹的堤坝和两岸各种植物与道路,而更像是大水在平地上的泛滥。它是随便就地而流淌的大水。所谓瀑布,就是从两边陆上略略高于水面的地方(最高的地方不过一两米)向中间流下的水,所谓河流,就是与你脚底一样平坦的大水。陆地与灌木毫无阻碍地通向大河,大河又毫无阻碍地通向地面。各种灌木与杂草长在水边也长在水浅的地方,它们与大河也是不分彼此,你中有我,我中有你的。水流其实相当湍急,但由于水面宽阔,湍急的河流显得汪汪洋洋,大气磅礴,不紧不慌。从灌木丛草丛里走出来,阳光显得分外耀眼,蓝天显得分外洁净宽阔,映照出了水的气势,映照出了水面万道金光。

"我真想跳下去游到对面去呀!"这是我的第一个反应,禁不住说了出来。

"噢,绝对不可以的。"当地的导游朋友说。

"怎么了? 有鳄鱼吗?"

"鳄鱼倒是没看见,河里有许多河马。"

我立即想象出一个画面,我在大河里游泳,一群一群的河马在我身前身后结伴而下,壮观、雄浑而又刺激。

这是我们访非的一个高潮,我看到了非洲的河! 我看到了真正的非洲土地非洲大自然。果然不同,更原始,更野性,更不确定也更我行我素。这才是河神,这才是神的河! 这才是令人敬畏也令人赞叹、令人匍匐的大自然的本来面貌! 这才是人类栖息的真正家园的原貌! 只是在回去以后我们才明白,为看这条河,我们在泥泞里走了多远,我们与真正的大自然已经拉开了多长的距离。唉,还说什么呢?

回到北京,我们为答谢而宴请喀麦隆驻华大使的时候,我谈到了这次难忘的经历。大使先生告诉我,他还没有去看过这条河呢。

最美的是黑人

我们到达喀麦隆的第二天,一早便出发到丰班去,丰班是喀国西部省的首府。路上走了三个小时,经过了许多田野、乡村和集镇,有许多不经粉刷的土泥房屋,露着大地的本色,令我想起过去在新疆看到过的农村房舍。路旁有许多小贩,给我印象最深的是他们叫卖的一种用芦苇包装的食品,这使我想起我们的粽子。但他们的食品不是粽子般的立体三角形,而是扁扁的矩形,像一个钱包,而芦苇叶子也是长长地伸展着,像是提食品的带子。据了解那是刚刚出锅的芋头饼。另外多的是法式小面包,颜色金黄,十分诱人。

但更精彩的是本地的黑人,这里差不多是百分之百的黑人,他们或头顶物品赶路,或信步前行,或三五成群,或闲散游荡,男男女女,老老少少,服装也大多简单随意,女人是一件连衣裙,男人是一件衬衫。但我看到的人当中没有一个是驼背的，没有一个是畸形的，个个都那么健康，活泼，丰满而又窈窕，身体的各个部分平的平，圆的圆，长的长，宽的宽，凸的凸，紧的紧，匀称而又充实，无可挑剔而又自然而然，神态悠闲而且平和乐天。特别是那些黑人女人，颀长的四肢，上身与下身的理想比例，浑圆的与紧绷的胸部与臀部，明亮的大眼睛与讲究的独具一格的发型，举手投足，都如舞蹈般和谐优美。再加上她们的黑缎子似的皮肤，堪称绝美无比。不是说人人都漂亮，但是确实是大多数人美得可观，尤其是美得健康自然。她们与精心减肥和搞"三围秀"的西方发达国家女人完全不同，她们更加浑然天成，无心雕饰，紧凑丰满结实，富有活力和魅力。

真是天生的美丽呀，美在热烈，美在纯真。我想起黑非洲特别发达的民间雕塑艺术。喀麦隆有一种酷似石头的黑木，用它来雕塑各式各样的人像。他们的人像特别立体和随意，主要是一些圆球、一些或柱形或锥形的圆棒，构成人的各个部分，以球为纲，随材就料，任意弯曲伸延四肢和腰身，使之多成为环状，形成立体的圆球与平面的环形的交织，给人以极灵动、极朴素、极甘甜的美感。同时，他们适当突出增大头部圆球的比例而缩小四肢，增加了雕塑的几何图形的美感。雕塑本天成，人人可得之。一位美术家告诉我，一般雕塑家总是先有一个平面的构图，再在工作过程中补充发展成一个三维的立体的雕像。而非洲的这种雕塑，从一上来就是三维的，浑然天成，无往而不适。有这样的充分三维的美人才有这样的雕塑呀。

非洲的黑人真是耐看，而且从正面、背面、侧面、上面、下面看，都圆融完满，各有千秋，令人赞美，堪称人类绝唱。非洲的土地也相当肥沃，特别是我们访问的这几个国家，都是比较富裕的。在南非与作家见面时，我用英语讲话，就提到去年"9·11"后我访问美国，到处看到"上帝保佑美国"的标语，来到非洲，我感到的是"上帝保佑非洲"。我的话得到热烈的掌声。

发表于《新民晚报》2002年10月20日—12月29日

二〇〇四俄罗斯八日

没 有

没有。

还是没有。

终于找不着了啊。

二〇〇四年十一月十五日,我坐在俄航的北京—莫斯科航班上,是波音767型客机,而不是伊柳辛或者安东诺夫的型号。我戴上耳机寻找一个哪怕只是听着熟悉一点的,没有苏联味道,但是至少有一点俄罗斯民歌味道的歌曲,我找不着。

有意大利歌剧,有百老汇音乐剧,有交响乐,有爵士乐,大概也有俄罗斯的流行歌曲,摇滚风格的,都是我不熟悉的了。

在通向莫斯科的路上,我寻找的是自己的往日,这方面的话我已经说过太多,已经不能再说。我想起了"前苏联"一词,本来我觉得莫名其妙,谁不知道苏联已经"前"了?加一前字纯粹脱裤子放屁。但是在俄航班机上找寻歌曲的经验使我想起了那种前朝"遗老"的悲哀。我自嘲像是苏联的遗老(?),于是从遗老想到"前清",不也是加"前"字的吗?

历史,使过去、现在以及未来的许多"前"一去不复返了。

但是飞机的服务极好,至少飞机上没有我国民航上常见的那种飞行小姐扎堆聊天的。飞机起飞十多分钟了,已经完全平衡地飞行了,空中小姐们仍然紧紧系住安全带,端坐在特定的位子上,也不是我国或有的那种把最好的座位留给机组人员,先为自己再为人民服务的路子。直到统一宣布可以不系安全带了,她们才开始走动,厕所也才开始启用,这是全球飞行业务中极严格的一批人,毕竟是俄罗斯人,没有中国人那么"灵活"。

八个半小时以后,到达莫斯科。我弄明白了,莫斯科国际机场旁边的仍然是密密的令人感觉是原始的大片白桦林,而不是我想象的山毛榉,像我在《歌声好像明媚的春光》中描写过的。我还发现,在俄罗斯画家偏爱的风景画中,树木,特别是白桦起着主角的作用,例如列维坦的《春天和大水》。我的可怜的美术鉴赏能力和背景,使我喜爱列维坦胜过了法国和荷兰的大师。

可是,我又迷惑了,介绍说列维坦是立陶宛人,立陶宛在脱离苏联和远离俄罗斯方面是最积极的,它现在已经加入了北大西洋公约。还能把列维坦算作俄罗斯画家吗?

莫斯科机场的屋顶仍然像是悬挂着金属易拉罐式的铜状圆环,像我二十年前看到过的那样。俄罗斯是一个金属与林木都多得不得了的地方。"我们祖国多么辽阔广大,它有无数田野和森林……"《祖国进行曲》的歌词完全是事实。这首歌是杜纳耶夫斯基作的曲,曾经脍炙人口,中国的"进步"青年无人不唱,头两句的旋律还作过莫斯科广播电台对外广播的呼号,响彻全球。当然,机场里已经大大增加了商业气氛,而且许多是英语的标志、广告和霓虹灯,品牌也是国际化的了,例如耐克的对号与苏格兰威士忌的"红方""黑方"和更昂贵的"蓝方",好像还有维多利亚的秘密牌的女子内衣。

彼此彼此。我想起了一九八八年访问匈牙利的情景,那时中国与苏联东欧国家的关系还存在着相当的问题。当我向匈牙利同行介绍中国文学与中国社会的情况的时候,他们的笔会领导人不断用英语说着——应该说是喊着:"Brother Countries"——兄弟国家嘛。

我也想到,一个商品的名牌竟然比例如五十年代的苏联外交部副部长维辛斯基在联合国的气壮山河的长篇讲演更持久?半个世纪多前,大概也只有我这样的中华少年革命人如饥似渴地阅读这位据说在斯大林的大清洗中立过功劳的同志的宏文谠论。现在,不论俄国还是中国,有几个人像我这样还念念不忘他老人家?

宇宙饭店

我和妻与原来的助手崔建飞同志一行三人住在 COSMOS——"宇宙"饭店。说是前两年铁凝全家来旅游也在这里住过。一个四星级大饭店,大堂里明晃晃地设有赌博场地,当然还没有拉斯维加斯或者葡京饭店那种规模。住房里可以看到称做"欧洲电视"的高塔和设计气魄宏大的加加林纪念碑,像是一个长长的大钝角三角形,最短的底边在下,最尖的一角顶端指向太空。窗下是熙熙攘攘的和平大道。

然而最难忘的是宇宙饭店的餐厅:柯林卡。柯林卡就是雪球树,就是俄罗斯那首令我炫迷痴醉的民歌,先是高耸入云得近于孤单,而又委婉多情得近于凄凉的男高音的领唱,你原以为已经没有可能给这样的领唱以回应了,它只能曲高和寡地悬挂在那里了;然而狂欢式的近于暴烈的火一样的合唱响起,于是孤高的英雄与广场和四乡的人民群众打成一片,扭成了可畏的扫荡一切的宇宙伟力。我那年写过一篇文章说我在香港太古广场听俄罗斯(马戏团)小丑艺人唱这首歌乞讨的感受,发表在《南方周末》上。

十一月十六日与十七日,我有两个晚上在这个餐厅里吃饭。两个晚上都有民歌民乐,飞机上没有的地面上有。一个男子用弹拨乐器伴奏,两个青春无瑕的姑娘唱歌。有时她们俩也拿起三角琴或者摇鼓。我完全没有语言学的根据,但是我坚定地认为,英语的 girl 最好译成"女孩",俄语的"捷乌什卡"只能译成"姑娘"。这次旅行中,俄国译员把"捷乌什卡"说成"小姐",我无法接受。

她们还在。民歌还在。她们唱了喀秋莎，唱了山楂树，唱了红莓花开和莫斯科郊外的傍晚。我不用书名号因为这就是她们唱的内容与心情，而不仅是歌曲题目。她们唱的却又有很大的不同，更接近民歌的原汁原味，节奏一样，旋律颇有区别，十分欢快活泼，接近说话——诉说——呼唤，似乎这些歌曲并没有固定的乐谱。这使我想起了延安，同年五月在延安旁的安塞县听到的革命歌曲，也都向原汁原味的陕北民歌——爱情"酸曲"上回归。

尤其是她们唱的《有谁知道他呢》，韵味悠长，纯情无限，天真无邪。一面唱一面轻轻摇着身体，像是微风中的花朵。有女怀春，吉士诱之：她们的歌声直出直入，无装饰无表演无技巧，自语自叹。却又俏皮谐谑，灵动随意。每句词都是以啊、呀、nia、lia、达、掐押韵，比中文词唱起来动人得多开放得多也热烈得多。这样的歌声是无法抵挡的，声声入耳入心，令人心荡神迷，难以自已，挥之不去。事隔数周，我至今一闭上眼耳边就有她们的"有谁知道他呢"响起。

中文中的"呢"字，很难唱出效果来。

我想起了一九五三年十九岁时候的冬季，那是唯一的一季冬天，我每周到什刹海冰场滑冰。可惜每周只休息一天。那是我陷入初恋的一年。那是我开始写作的一年。那是我欢呼祖国的"大规模有计划的经济建设"的开始的一年。那是我每日每时都充盈着想象和感动的一年。所以我在作品中多次渲染与歌唱过十九岁。我在什刹海冰场上听到原汁原味的苏联庇雅特尼茨基合唱团演唱的《有谁知道他呢》。我还知道这个合唱团是根据斯大林的意思建立的。

没有办法，在宇宙饭店的雪球树餐厅听到的演唱给了我十九岁在滑冰场上的感觉。没有办法，苏联就是我的十九岁，就是我的初恋，我的文学生涯的开端。我告诉崔建飞，上个世纪六十年代我知道苏联已经"变修"，已经成为我们的"敌人"的时候，我感到的是撕裂灵魂的痛苦。这种痛苦甚至超过了处决我本人。本人处决了理想和梦还在，而苏联变修了呢？世界就是这样崩溃的。现在说起来未免无趣,老掉了牙,没有什么出息,不像男子汉哟!

而在她们唱起《雪球树》的时候,我更加感动得说不出话来。苏联不存在了,但是雪球树还在,《有谁知道他呢》还在,红莓花儿还在,俄罗斯姑娘的头饰与衣服花边还在,她们的天真与微笑还在,比"时代的荣誉、智慧和良心"(苏联共产党不断自诩的一个套话)更天长地久。

我赶紧布置要给她们小费。我毕竟是跟上了时代。艺术与小费不沾边,友谊、青春、爱情与梦里都不包含小费。然而,艺术的创造者传达者是人,艺人是在乎利益的,俄罗斯的唱歌的姑娘们是不拒绝小费的。只要理念不要利益的伟大实验未能成功,遗憾啊您哪。

给小费的行为中还包含了显示一下中国改革开放的大好形势的崇高动机。

顺便记一笔,斯大林虽然众说纷纭,虽然现在的俄罗斯人不见得愿意正面地谈说斯大林,但是斯大林喜欢的庇雅特尼茨基民歌合唱团还在。几个俄罗斯朋友向我说明了这一点。

给列宁鞠躬

到达莫斯科的第二天就去了红场。日程上写的是游览市容,而莫斯科的市容对于我这个年龄的中国人来说,离不开红场:克里姆林宫、红星、列宁墓——列宁斯大林墓——列宁墓,去过一次的人还会知道圣巴苏教堂、沙皇时期法国老板建的大百货公司。

上一次到莫斯科是一九八四年,正好二十年前,弹指一挥,人间已不是二十年前的人间。那次由于目的地是塔什干,没有怎么在莫斯科活动,当时想去克里姆林宫或者列宁墓也排不起队。我那年住在俄罗斯饭店,出门就是红场。两支队伍摆在眼前,要排队,必须有枯立五个小时以上的准备。

现在的列宁墓则每周只开放两天,参观人数不多。就这样此地还不断有人发出取消这一陵墓的言论。我们在小雪中排队,大家都很严肃,一次次反复进行安全检查,进入陵墓以后不得出声,不得交头接耳。五十余年前,有幸去瞻仰过列宁遗体的人都对我讲墓前的红军卫士如何如铜像般一动也不动。现在倒是也没有这样严格了。

墓中的水晶棺光照通明,列宁的面孔与衣装新鲜明丽,我恭恭敬敬地给遗体鞠了躬。想不到我瞻仰列宁墓瞻仰得这样迟。

如果是当年……而现在俄罗斯不乏对列宁的不敬的乃至亵渎的说法。为什么会有这样的草率和随意呢?难道能够无视历史?难道历史就像打秋千一样地摇摆极端?

无言。无声胜有声。

我们也看到了红场检阅台背面的墓地,斯大林、勃列日涅夫、伏罗希洛夫、柯希金、斯维尔德洛夫等等。铜牌与字迹依旧。

我们进入了克里姆林宫,里边有一个现代化的办公会议楼,是依据赫鲁晓夫的命令修建的,为此拆除了大量古迹,真是得不偿失。许多次苏共的全国代表大会是在这里开的。另一个简朴的楼挂着俄罗斯的三色国旗,是现任总统普京的办公地点。更多的是看了里面的东正教堂,古色古香,蜡烛点燃,教堂特有的气味浓烈。苏维埃时期这些教堂只能算是博物馆,现在香火旺了起来。

我乘机学到了一点有关东正教的知识,东正教的十字架,除大十字外,上端有一小横,说明耶稣的头部也曾被钉住,下端一个斜横,高的一端是一位圣徒宁死不屈、至死承认耶稣是主的儿子,从此端升入天堂。低的一端是一位被吓倒了改了口的软骨头,便从低端堕入了地狱。二分法的传统,"零和"的模式是古老的。

俄罗斯正在努力回到古老的俄罗斯去。克里姆林宫正在脱掉意识形态的外衣。虽然大红星仍然闪烁。说是那红星的配置是斯大林的意思,耗资无数,用了不知多少昂贵的红宝石,使之昼夜闪光,明耀寰宇。现在也有激进人士不断要求拆星移星,当局以成本太高而财政困难不干。

我们也去了大百货公司。与一九八四年不同,现在柜台上摆着的多是西欧进口名牌货,应有尽有,规模与购物环境极佳。然后克里姆林宫的钟楼上大钟响了,正午十二时钟声"敲"出原苏联现俄罗斯的国歌的第一句的旋律;原词是:"俄罗斯联合各自由盟员共和国,造成永远不可摧毁的联盟……"

在小风雪中我们到了苏联一本有影响的长篇小说中描写过的阿尔巴特街。一条漂亮得大大方方很有品味的旅游街,街中心有卖礼品的摊档,而不是贴着墙根儿。过去,这里住过一些苏联要人高干子弟。现在是富商居住的"高尚住宅区"和商业街。这里的俄式大餐实在味道好极。我们点牛肉,不是大块牛排而是罐焖;点鸡肉,上的也不是半只西装鸡而是基辅式的黄油鸡卷:把一片鸡肉卷成卷,内装洋葱、蘑菇、奶酪等馅子,外裹蛋汁淀粉,煎熟,使我想起当年莫斯科餐厅在北京开业时的盛况。不知是否俄罗斯由于地理位置的关系,口味介于东西之间,我辈华人易于接受俄餐。

歌德说过,理论是灰色的,而生活之树长绿。所有的理念都应该通向生活。附丽于生活,就没有,至少有可能减少破灭和虚空。

莫斯科

莫斯科毕竟是一个大地方,大都会,大国首都。

与二十年前的造访时相比,莫斯科焕然一新,地面大大地扩大了。我们住的宇宙饭店,原来只是郊区的田野。虽然不乏高层楼厦,基本风格仍然是石块、砖木、水泥与钢筋结构,浮雕式的建筑,与纽约或者香港的玻璃钢梁摩天大厦风味不同。建筑并不林立,仍然是"我们祖国多么辽阔广大",仍然是"能够自由呼吸"的足够空间。

妻一到莫斯科就说:莫斯科显得大气。我补充说,就像北京。人们常常批评北京已经失落了古城名城的韵味,很可能这个批评是正确的,而且我曾经设想,如果我们的申奥口号不是"新北京,新奥运",而是"老北京,新奥运"该有多好。幸好,搞申奥翻译的人明了这一点,英语的译文就根本没有留下任何"新北京"的"新"字的痕迹。然而北京仍然是北京,不是南京,不是上海,不是广州也不是香港。巴黎高雅而伦敦矜持,罗马雍容而悉尼舒适,维也纳华美而柏林严整,阿姆斯特丹自在而纽约高耸。北京和莫斯科一样,大气,而莫斯科却显得比北京天真。

比如那种我们在北京展览馆、上海展览馆身上已经领略了造型的所谓斯大林式建筑,在莫斯科一共七个。底盘大,楼层越是往上越是减少面积,像摆放好了的积木。正中的塔楼好像竖着一根旗杆,顶着一颗红星。我在布达佩斯等东欧城市也看到过苏联援建的这种类型的建筑。

据说斯大林原来下令修建四十处这样的大楼,作为"二战"胜利的纪念与"二战"期间莫斯科建筑受到的破坏的补偿。然而,人算不如天算,只修建了七处,斯大林逝世,于是此种楼不再。现在的七处中重要的有莫斯科大学和俄罗斯外交部,仍是莫斯科的庞然大物。靠近红场最近的一处这样的大楼现在只是普通的居民楼。

莫斯科河给莫斯科带来了好风水。到处看得见莫斯科河。来到麻雀山,在莫斯科大学正前方,一道平直的栏杆,下面就是莫斯科河,远处——其实不然,不远,就是红场,克里姆林。麻雀山曾名列宁山,一首苏联歌曲《列宁山》是我们年轻时候最喜爱的歌曲。我甚至不想说"之一"。"穿过朝霞太阳照在列宁山,峻峭的山岭多么神往……当我们回忆少年的时光,当年的歌声又在荡漾……世界的希望,俄罗斯的心脏,我们的首都,啊,我的莫斯科!"

峻峭山岭云云恐是译者杜撰,因为列宁山名为山,实际只是一个大高地,整个高地归莫斯科大学所有,开阔平坦。歌词里还有一句"工厂的烟囱高高插入云霄",与现代环保观念不甚吻合,回忆起来有点滑稽。事实确是如此,从麻雀山看下去烟囱不少。其实当年我们开始搞五年计划的时候,我们的梦想也是到处架起烟囱,各种黑烟黄烟白烟红烟齐冒。

二十年前我在《访苏心潮》中写过，莫斯科大学给我以傻气的印象。奇怪的是，这一次，在俄国人不乏对于斯大林式建筑的嘲笑抨击的时候，我反而觉得莫大的这种大楼也挺气魄。是不是我的审美也受国家关系的影响呢？是不是因了苏联的变成"前"，我反而遗老起来了呢？反正你不把它当成美梦看也不把它当成敌人看，你反而与之容易交往与沟通。这一回我两次造访莫大，一次在白天，一次在雪夜。白天有许多游人，包括冻得发抖的穿着婚纱拍结婚照的少男少女。苏维埃时期则是结婚者必在这里照相。雪夜中的莫斯科大学，灯火璀璨，光明令人仰视。雪花轻落，别来无恙，好像什么事情也没有发生过。历史怒吼长啸，铁血生死，狂舞疾转，然后山河依然，城市依然，大学依然，生活依旧。现在有几百名中国留学生在此就学。

然而这么伟大的苏联，伟大的俄国，伟大的莫斯科，怎么连一条一截高速公路都没有呢？尤其是雪后，莫斯科的堵车甚至超过了我所体验过的以交通堵塞闻名于世的墨西哥城。雪后，我在莫斯科每天用在路上的时间五六个小时，而参加活动的时间只有路上时间的一半。说是没有钱，说是莫斯科人不能想象过路收费，所以也就无法进行良性循环，也就没有人投资修路了。

我想起二十多年前与一位匈牙利外交官的谈话，他说，中国匈牙利现在经济改革还来得及，因为革命前的商人企业家还都活着，而苏联十月革命已经六十余年，懂商品经济的人已经死光了，再想搞什么商品经济，只怕后继无人了呢。当时我还以为他是说笑话。

俄国朋友说我们是幸运的，抵达莫斯科的时候是深秋，桦树上的叶子还没有落尽，柳条还是绿的，十月阳春，信然。几天后大雪飘飞，寒风怒吼，冬天来了。

莫斯科与北京

不，莫斯科与北京还是不同。莫斯科没有那么多铺面、摊贩、商店。看来，莫斯科的改革虽然激进，却没有像北京那样深入到社会每一个角落。是不是这样反而多了些"人文精神"，少了些铜臭呢？至少表面看是如此。中国的不少人文知识分子大概喜欢这样。

何况莫斯科比北京有更多的空地，更多的即使白雪覆盖下仍然保持碧绿的草坪，尤其是丛丛树林，树远比人多得多。而莫斯科的四周，干脆被森林所包围。伟大的俄罗斯呀，得天独厚的俄罗斯呀，这里有更多的被有心人们苦苦守护了半天仍然守不住的大自然。

但不论是入境、住店……办手续都相当慢，住酒店还动辄扣住你的护照，过数小时至一两天才还给你。这些事上，前苏联并没有怎么"前"，前起来也并非易事。有人说，中国规定，边防办入境手续正常情况下不得超过四十秒钟，而俄国规定不得少于四分钟。反正我觉得他们的认真管理精神大大超过了方便服务精神。

莫斯科有北京想象不到的高质量街头雕塑。普希金、柴可夫斯基、托尔斯泰、高尔基、罗蒙诺索夫，包括马克思。我们在街旁的树林中看到一位老人家的慈祥的塑像，我们问这是谁，答：马克思。多么惭愧，竟然认不出马克思来了，在莫斯科。用文化人物名字命名了许多大街与广场，你觉得这确是一个重视文化尊崇艺术的国家。苏维埃时期被贬斥过的陀思妥耶夫斯基的坐式雕像也于近年落成。我想起了《白夜》《白痴》《卡拉玛佐夫兄弟》《被污辱与被损害的》，想起陀氏的癫痫病，想起他的陪绑绞刑，想起他的酷爱轮盘赌，想起他的落笔万言泥沙俱下拷问灵魂扭住脖颈的文风，悲悯无限的陀氏终于坐到了莫斯科的街头，这使我感从中来，不胜唏嘘。

我忽然怪想，俄罗斯的文学太沉重太悲哀太激情也太伟大太发达了，这是不是造就她的独一无二的历史的因素之一呢？

彼得大帝的雕像就矗立在从莫大回红场的路上,底座是一艘巨大的帆船,身高两米多的彼得一世手持双筒望远镜向远处(应该是向西方吧)眺望,气魄宏伟异常。而一想到北京近年来勉勉强强弄起的城市雕塑,实在牛不起来。

说是人们不一定愿意多提前苏联的话题。说是苏联七十年,农业产量始终没有达到过沙皇时期的最高水平。而现在俄国人的收入也低于前苏联的水准……上苍保佑吧。然而,莫斯科人穿戴打扮仍然美好,莫斯科的姑娘的美丽度远远超过其他访问过的数十个国家和数百个城市,莫斯科的餐馆仍然颇有情调品味。

你到莫斯科大剧院看戏,你觉得这里的人的文化素质很高。我们看到的是一个新版的《天鹅湖》,白天鹅最后没有得救,而是死在了魔鬼手里。当黑天鹅搅得王子迷失本性的时候,背景上出现了一个小景框,小框里是白天鹅的悲戚与挣扎,音乐也变得急促不安,惊慌乃至于恐怖,令人神移。去掉了大团圆的结局,留下了沉重的困惑与遗憾,留下了沉重的悲剧感。

剧场的秩序与氛围极佳,比北京的剧场文化强。

苏联说没有就没有了,苏共说解散就解散了,卢布说贬值就土崩瓦解,一塌糊涂,而莫斯科居然基本平静有序,至少不像南斯拉夫也不像乌克兰。再想想如果这样的事发生在中国将会是怎样的乱局……这在使你叹息的同时却也使你赞叹。

动荡年代的爱情

为了发行新版的拙作中短篇小说集俄文版,我们在"找到你自己"书店举行与读者见面会。

这个集子由托洛普切夫翻译编辑,他的眼光比较艺术。他选的是《夜的眼》《杂色》《木箱深处的紫绸花服》《深的湖》《失去又找到了的月光园的故事》《焰火》《他来》等。(俄女学者兼我们的导游阿克桑娜博士表达了对于"紫绸花服"的理解与欣赏。而在我们后来访问阿拉木图的时候,哈萨克斯坦国家图书馆馆长穆拉特先生引用"月光园"的故事评述世界与两国关系的失而复得,这都应该感谢这个译本。)

书店的楼下是礼品店,其中也有不少中国礼品,包括佛像、吉祥物、灯笼、刺绣等,快到圣诞节了,各种商品密密麻麻,碰头撞脸挡胳臂绊腿,使我想起儿时旧北京街上开的文具店。

三十多个读者等候因为塞车而迟到一个多小时的我们,气氛比我想象的热烈。我的印象是他们对于中国的事情都很有兴趣,但又都不甚了解,特别是近年来的发展,他们想象不出来。

有一个中年男子提出与我共唱苏联歌曲。我们一起唱了一些比较流行的,诸如《喀秋莎》与《莫斯科郊外的晚上》,后来我唱起《五一检阅歌》:"柔和晨光/在照耀着/克里姆林古城墙/无边无际苏维埃联邦/正在黎明中苏醒……"他和了几句后拍着脑袋表示已记不起歌词。我又唱了地下时候学会的第二首苏联歌"我们的将军就是伏罗希洛夫/从前的工人今天做委员……"(第一首是《喀秋莎》,当然)和另一首歌颂苏联名将肖尔斯的歌:"队伍沿着河岸……在那红旗下面/躺着一位游击队长……"他唱不出来了。

正式会见开始前一位年长的、身材仍然不错的女士来找我,向我介绍,她是一位诗人,我国苏联文学翻译家与研究家老 G 的当年的恋人。G 只是代号,不是高或者甘。我与老 G 是友人。女士把一本影集给我看,老 G 当年在莫斯科留学时候与她同班同学,那时他竟是这样潇洒英俊。内中有不少他们二人的合影,可以想象二人的感情的火热。影集中也包括了老 G 后来的照片,有他后来在国内结婚后的全家福。最后一张是老 G 前几年不幸猝逝后的灵堂,黑幔上写着老 G 的名字,悬挂着的是女诗人的青年时代的恋人的遗像,叫做天人相隔。

我惊讶震动,不仅在于她与老 G 的早年恋情,而在于老 G 从来没有，国内也从没有任何人告诉过我这段故事。而当年的苏联姑娘，却坦白自然得很，这也是文化的差异吗？

更令人震撼的是时间，时间比你想象得有力得多、无情得多，时间主宰着我们，像暴君。一位研究者曾经评论我的作品常常以空间的转移来写时间。是的，到日本使我想起童年，我的童年是在日军占领下的北京度过的。到新疆使我想起中年与壮年。而俄罗斯呢，一到俄罗斯青年时代的记忆就纷至沓来，浑若不胜。

朋友告诉我，老G与这位俄罗斯女诗人的爱情是不可能实现的，双方政府都有禁令，后来，两国关系又敌对成了那个样子。所以，虽然八十年代初期老G曾经供职于我驻莫斯科大使馆，也不可能与之见面，直到一九九一年，两国关系正常化以后，老G费了老大的劲终于找到了女诗人。

还说什么呢？恩怨情仇，藕断丝连。又是近邻，又是第三国际，又是共同的理念，牢不可破、万古长青……本是同根生，这是历史？这是命运？这是天意？你永远不可能非常理智非常冷静非常旁观地谈这个"外国"，看这个国家。你为她付出了太多的爱与不爱，希望与失望，梦迷与梦醒，欢乐、悲哀与恐惧……这占据了我们这一代人还有上一代人特别是革命的老知识分子的一生。而后，错错错，莫莫莫；长已已，永恻恻。你老了，去了，她也老了。

波罗的海的夕阳

这次还去了圣彼得堡。这是这个城市的古老名称，源于耶稣的十二个圣徒之一的圣彼得。后来改成彼得格勒，是为了纪念彼得一世即力行新政的彼得大帝。十月革命后定名为列宁格勒，当然是为了永忆列宁。现在又改了回去。城市的名字改了，但是城市所处的州的名称没有改，仍是列宁格勒州。而莫斯科的通往圣彼得堡的火车站也仍然名为列宁格勒火车站。想洗净一段重要的，震动了世界也改变了世界,震动了本国也改变了本国的历史谈何容易?价值选择的变易不能代替历史的书写,而书写历史不等于历史本身。当我与该城的汉学家们座谈时,一位女学者问我:"你们是不是觉得我们改革得太慢了?"我说:"没有啊,你们连城市的名字都改了呀……"有同行者以为我语带嘲讽,实无此意!我怎么会觉得他们慢呢?

我不想再写这里的涅瓦河、冬宫、阿弗洛尔巡洋舰、购自埃及的狮身人面像。也不再写这里的大街了。有一首民歌叫做《沿着彼得大街》,抒发一个喝醉了酒的马车夫赶车的情景,歌曲里有车夫吆喝马的叫声。是我记错了吗?当我问导游哪里是彼得大街时,导游表示不知道。

上个世纪五十年代我曾经在与列宁格勒红霞工厂结成姊妹关系的北京有线电厂做共青团的工作,我在彼得堡,竟忘记了问这家工厂的情况。一位中国人告诉我,即使还有,也早已面目全非喽。

感谢导游带我们去"木木餐厅"用饭,餐厅门口有屠格涅夫的小说中的狗"木木"的雕像,饭后老板送给我第一版"木木"的复制本。后来我们又到柴可夫斯基与科学院餐馆用餐。就冲这些餐馆名称也令人钦佩。彼得堡全城就是博物馆,普希金、柴可夫斯基、屠格涅夫的坟墓都在这里。

十一月二十一日我们碰到了风雪,可能没有普希金小说里描写的"暴风雪"那样激烈,但已经可观。风是白色的,雪是散漫无形的,风成了雪的力量,雪成了风的形体。街道与巨石建筑也在瞬间出现了白色,剩下的河流显得格外黝黑。我在风雪中踉踉跄跄地奔向也是普希金描写过的"青铜骑士"——彼得大帝铜像前留影纪念。那里有交通警察,近处不得停车。咯哒一声,摄影完毕,胶片也没有了。

由于当天夜间还要乘车返莫斯科,我们回旅馆休息。天昏地暗,疲劳的我们迅即躺下,合上眼睛。突然,一片火光使我惊醒,满室通红。睁开眼,得知红光来自窗户。走到窗前,拉开窗帘,才知道天空忽然局部放晴,看整个天幕,远看仍是乌云。看海洋,似乎也阴沉得很。只有海平线上，留出了窄窄的却是明亮的长长的光带，红色，金色，橙色，玫瑰色，紫色，蓝色，褐色……光芒四射，仪态万方，霞光千里，为宇宙扎上彩带。夕阳就停泊在波罗的海海面上，夕阳傲视着我们，满目风光，满身骄傲。

我与妻都惊呆了。我们被一种狂喜的心情攫住。这像是沉郁中一次欢乐的爆炸，像是神圣的显示，像是波罗的海与圣彼得堡再次举行了开光典礼，像盘古开天的巨斧劈出了六合的辉煌，像是寂寞之中突然铙钹齐鸣，响起了贝多芬第九交响乐的大合唱——《光明颂》。谁都知道彼得堡的阴沉的寒冷的冬天，知道彼得堡一年只有六十个好天，却不知道暴风雪后突然展示的波罗的海夕阳的美轮美奂。

我们住在波罗的海宫，隔窗望去就是波罗的海，芬兰湾。而过去，芬兰湾的风光只在列宾的油画里见过。现在看出去，已经没有当年的野生水生植物，却多了一个灯光昼夜眨眼的海滨夜总会。远处也有灯火，我开始以为是芬兰，后来导游告诉我那边是喀琅施塔得岛。这个岛的名称我也不陌生，因为苏联七彩电影（那时叫七彩以示比五彩更多彩）《难忘的一九一九》中有这个岛的水兵叛变的故事，有一个镜头是斯大林乘着摩托快艇破浪前行，前来解决水兵叛变问题，像圣者下凡一样，一时全电影院的观众欢声雷动。

很快，夕阳落入波罗的海，天立刻黑下来，阴云重新弥漫，风雪再次接续。我相信二〇〇四年彼得堡的寒冬自今夜开始。

谢谢你，波罗的海的夕阳，我相信你是特意冲破乌云，一显灵验，一展风采，向我们说一声"你好"的。波罗的海的夕阳是太阳、海、芬兰湾和城市的精魂，是两个彼得和一个列宁的精魂，是俄罗斯、苏联和俄罗斯的精魂，是卫国战争中进行了艰苦卓绝的战斗，英勇牺牲了的百万列宁格勒人的精魂！法西斯硬是拿不下这个光明的城市，历史早已证明了。

俄罗斯永在

这次去俄罗斯是应俄罗斯总统驻西伯利亚联邦区全权代表、俄中友好、和平与发展委员会俄方主席德列切夫斯基先生的邀请进行友好访问而进行的。而首先倡议这一安排的是俄罗斯科学院远东研究所，他们要利用此行我在莫斯科之际举行授予我荣誉博士学位的仪式。

仪式上，依例所长季塔连科院士有两个提问：一个是："您是否准备继续致力于我们的人民之间的和平与友好？"一个是："……致力于科学的发展繁荣？"我都回答了"是的"，然后将博士证书交到我手里。

这让我想起了基督教的婚姻仪式与法庭上作证前的宣誓；还有来自苏联，而中国的规矩一样的少先队的誓言："时刻准备着"。人们是需要许诺的，中国古人称之为"然诺"，李白的"古风"里盛赞鲁仲连的一诺千金的精神。我也应当记住这两项肯定的答复。

仪式后是我的讲演与学者们的发言。其中索罗金先生主要讲了我的"季节系列"，华克生讲了《活动变人形》，而托洛普切夫讲了我对中国当代文学的影响。他们甚至谈到了近两年堪称畅销的《我的人生哲学》与《青狐》。他们还是真的了解情况啊。我想起一九八九年春陪当时的外交部长钱其琛同志宴请其时的苏联外长谢瓦尔泽纳德时的一件事，谢外长提到了我的《活动变人形》在莫斯科"虹"出版社出版的事，此书的俄语版一次印了十万册，一抢而光，而人民文学出版社的中文版平装第一次印刷两万九千册，加精装不过三万余册。我向客人介绍了这一情况，并且说我正在考虑今后是不是主要应为俄罗斯读者写作。于是引起了大笑。

前些时候读报看到，谢先生由于格鲁吉亚的"天鹅绒革命"已经被迫提前退休。也是命吧。我想起了契诃夫的《万尼亚舅舅》最后的台词,由青年艺术剧院的演员路曦扮演的索尼娅,抚摸着由金山扮演的、狂暴之后陷于极度颓丧的万尼亚舅舅的头,她说:"我们会有休息的,我们会有休息的,休息啊……"

话剧由苏联专家列斯里导演。

然后是午宴。在主人们轮流进行的热情洋溢几乎是溢美有加的祝酒词后面,我致了答词。我说:"苏联,俄罗斯,莫斯科是我青年时代的梦。现在,苏联没有了,我的梦想已经比青年时期发展成熟了很多,但是,俄罗斯还在,莫斯科还在,中俄人民的友谊还在,而且一切会更加繁荣和美丽。"

我相信我的话打动了俄罗斯朋友,这从他们的目光的突然闪亮中完全可以看出来。中国的熟语叫做为之动容,我知道什么叫为之动容了。

发表于《当代》2005年第2期

二〇〇四俄罗斯八日补遗

索科洛夫部长

　　写完二〇〇四的俄国之行,似乎意犹未尽。我首先想到了与俄罗斯文化部长索科洛夫先生的会见。索科洛夫是一个音乐家,曾任柴可夫斯基音乐学院的院长,潇洒英俊,文质彬彬。我们谈到了在全球化趋势迅猛发展的今天,保持世界文化的多元与民族文化的性格的必要性,中俄文化交流对于世界文化发展格局的健康化的重大意义。谈到俄罗斯音乐对于中国的影响,我提到了强力集团,莫索乐斯基、鲍罗金、李姆斯基·柯萨阔夫直到苏联时期的萧斯塔科维奇、哈恰图良、杜纳耶夫斯基、索罗维约夫·谢多依。不待翻译,他们已经听懂了我的汉语发音的俄罗斯音乐家的一系列名字,并且发出啧啧赞叹的声音。我后悔的是忘记了讲格林卡,其实格林卡的《卢斯兰与柳得米拉》《伊凡·苏萨宁》都是我熟悉的,而格林卡的歌曲《北方的星》更是我所爱唱的。

　　当我谈到中国的和平发展与我个人近年提倡的进行文化大国建设的想法时,索科洛夫部长说:"我们并没有感觉到中国的军事力量对我们有什么威胁,现在中国威胁我们的主要是在体育领域……"一时宾主哈哈大笑,我不能不佩服部长先生的幽默风趣,寓友好的乃至带有赞赏性的话语于玩笑——谑而不虐之中。而且,他说的恐怕是事实:奥运会上中国新增的金牌,好多是原来苏联的拿手项目。

火车旅行与其他

我们往返莫斯科与彼得堡,都是坐的夜间行驶的火车。软卧车厢是两个人的包间,还是比较舒服的。我们就没话找话地"研究"起来,如果恰恰是一男一女会不会感到尴尬。我记得二十世纪四十年代被日丹诺夫痛批了一通的电影《列车东去》中似乎就有同坐火车发生爱情的情节。中国的软包设计则是四人一"房",除了节约资源以外,不知是否有避免尴尬的动机。回程时恰恰是崔建飞先生与一位女士搭伴,于是大家大笑。后来到了莫斯科,陪同兼导游阿克桑娜博士说起她一次陪台湾一些客人坐火车旅行,台湾一对伉俪宁愿分开入"卧",太太愿与阿博士一道,先生则自告奋勇去与一位车票号应与阿博士相处的男士为伴。阿博士对中华绅士的保护非常感激,同时告诉我们,他们早就习惯了这种乘火车法,没有任何其他感觉。阿博士与精通华语的彼得堡的导游玛丽娅娜还讲到一些她陪华人旅行的经验。东北人喜欢找 CASINO(赌场),新加坡人喜欢找咖啡馆,台湾同胞到了什么地方很注意先寻找卫生间——也许是他们饮茶太多的缘故吧。是我敏感吗?从她们的介绍中听出了一点微词,有些华人游客不怎么有耐心参观文化遗迹。

玛丽娅娜学了一些中国的——我以为是糟粕——俚语时尚语,如把撒尿说成"唱歌",把"找小姐"说得带有某种不良意味之类,使我为同胞游客的教养与水平而歉然。

姑妄听之

科学院远东所长季塔连科院士原在苏共中央机关供职,他的学术与社会地位都很高。他对于中俄边界的完全划定十分兴奋,而且他含蓄地表示,俄政府是事先咨询了他的研究所的意见的。可以估摸,季院士对于边界事宜的圆满结果是做出了自己的贡献的。他还多次提到中国的投资者到俄国来的太少了这样一个——用他的话来说——与两国友好关系不相称的问题。

他对于当年的中苏关系有一个说法,是我闻所未闻的。他说毛主席从中国的国家与人民利益出发,早就想与美国建立一点关系,这在延安时期已经有所尝试。但美方未有正面的回应。后来被迫,只能讲一边倒了。但一边倒后,毛主席等对苏联又实不满意。建国后中国的党内斗争有一个不好讲的背景,就是要战胜那些真正一边倒的亲苏分子……即使如此,有三个非常显赫的政治家(其中一个是非中共人士)从来没有讲过苏联不好,苏联方面对此看得是很清楚的。

我听着他的对于我来说相当别致的此种说法,想起了改革开放以后,中苏关系……略略缓和时原先的苏联援华组长阿尔希波夫访华的一个场面,中国一位领导人与他见面,两人热烈拥抱,老泪纵横。电视台播出了这一镜头。就算院士讲的我们认为是无稽之谈也罢,中苏关系……如李清照的词:点点滴滴。这次第,怎一个愁字(或别的什么字)了得!

我想,中国党内的知识分子成分恐怕受苏联影响比较深,农民成分则更多的是由于打土豪、分田地的现实考虑投入革命,他们考虑问题当然更实际得多。而改变了一边倒的政策,这毕竟是毛主席的一个贡献。

季院士还给我讲到斯大林喜欢音乐,喜欢古典文学,每天自己弹着钢琴唱歌,这也是我未曾与闻的。

2005 年

伊 朗 印 象

印象之一：比历史还要古老

在伊朗旅行，你会看到她的许多旅游点说明书上、旅游商品包装袋上写着一句话："比历史还要古老（More ancient than history）"。这句话实在是太美了。

没有做太认真的研究，我已经感觉到了这句话的美丽和分量。波斯、大月氏、安息、大食，就这些名称已经令人陶醉，令人发思古之幽情了。

尤其是波斯。在"文革"中，在新疆，我读到了波斯诗人乌迈尔·海亚姆的《鲁拜集》。我读的是乌兹别克语的手抄本，而新疆那边，对"鲁拜"这种类似"七绝"的形式，一般是译做"柔巴依"的。

精神生活荒漠化的时刻，得以背诵赏玩一千年以前的波斯律诗，这是缘分，这是神交，这是上苍的安排。我曾经将其中一首"空闲的时候要多读快乐的书/不要让忧郁的青草任意生长/痛饮一杯吧还是要去饮酒/哪怕死亡的阴影已经临近"改译作中国古典的五绝，"无事需寻欢，有生莫断肠。遣怀书共酒，何问寿与殇"。我也到处背诵另外两首"我们是世界的希望和果实"与"在蓝宝石一样的天穹之下"。

我是这样翻译前一首诗的：

> 我们是世界的希望和果实，
> 我们是智慧的眼珠的黑眸子。
> 如果把偌大的宇宙比喻成一个指环，
> 无疑我们就是镶在上面的颗颗宝石。

在上个世纪八十年代我写的中篇小说《鹰谷》里，我曾经写到这一首诗：

……我读过郭沫若翻译的《鲁拜集》，郭老把"柔巴依"译作"鲁拜"，把乌迈尔·海亚姆译作莪默·迦谟。我还一知半解地翻阅过那位波斯中世纪诗人赖以扬名的诗作的英译本。英译本是住在旧金山的一位美国朋友送给我的。郭译显然是根据英译本进行的，但奇怪的是，我接触过并部分地抄录过的乌兹别克文译本与英译本根本无法相参照，二者有某些相似的情绪、意象和比喻，却找不到一句相通。特别是图尔迪给我念的那首少年意气、才如江河贯地的诗篇，在前两个译本中根本没有影迹。

一九八〇年，我曾经在国外的一个作家们联欢聚会的场合用乌兹别克语朗诵了那首诗：……我们是智慧之眼的黑眸子／若把偌大的宇宙视如指环……

一个土耳其诗人狂喜地告诉我，他全部听懂了。

而不论在世界的哪一个角落，地球上的哪一条纬线与经线的交叉点，祖国的哪一块光明而又奇妙的地面，我还是常常觉得若有所恋，若有所失，若有所忆，若有所思……

早在两年前我已经获得了伊朗伊斯兰共和国文化部长的邀请，要我去参加该国的图书节，由于一些我方的原因，未能成行。终于，在二〇〇六年十二月七日，我到达了德黑兰。德黑兰这个名字也是沉甸甸的，我想起了"二战"中的德黑兰会议，我想起围绕着这个地名有过和正在有多少风云变幻。

而且有些朋友，至今称赞我访问伊朗的"勇敢"，这个关于"勇敢"的说法里,其实透露了对于伊朗的不了解,乃至于偏见,透露了某些西方媒体的宣传的力量。

事实并非如此。

设拉子的名称在中国古代史上已经赫然在目。它的波斯波利斯的石柱、石门、人像与狮像仍然庄严、刚劲、挺拔。好像是古迹在向时间抗议,古迹在拒绝时间带来的毁灭。时间毁坏了多少繁荣?繁荣仍然无言地、决绝地、悲怆地挺立在荒漠之中。两千五百年前,彼时此地的人信仰的是拜火教。它的风格令人想起古埃及的卢克索——卡纳克神殿,不知道它们之间有什么关系。环境的荒漠透露着历史的严酷与沧桑,地域的广大与满目的阳光似乎不甘心于寂寞与无望的等待。一个古国是有自己的深度的,深度的悲哀与雄心,深度的历练与郁闷,深度的向往与沉着。以深刻的沉默抵抗着历史之河的冲刷。在波斯波利斯遗址中穿行,我们有一种古国神游的郑重感与满足感,也有一种面对着逝者如斯夫、不舍昼夜的时间的苍茫感与无奈感。

这就是比历史还要古老的浩茫心事啊。

设拉子还有萨迪与哈菲兹墓,两个都是诗人。这是一个诗的国家,诗、诗人都显得那样尊贵与神奇。他们的坟墓更像一个四柱与一个八柱亭子。在哈菲兹墓,人们有一个风习,要在坟墓正中拿起一本哈的诗集,闭目祈祷,然后郑重地任意翻开一页,可以从这一面得到你的人生预言与启示。

我的那一页是:"你的最好的努力,并没有得到相应的报答,然而,最终,你是有善报的。"

芳的那一页是:"你的慈爱洒向人间,被人众所接受和感谢。"

芳听到了这句话的中文翻译,激动得几乎流出了眼泪。

据说,有一位我国首长在那里翻诗集,诗集的那一页显示的是"你得到的时候也有失去,你失去的时候也有得到"。但是事先被告诫,不能照译,于是译成健康长寿成功胜利之类,我想通过这个小文谨向他报告上述这个实话,其实这句实话也是相当贴切,完全吉祥的。你知我知使馆知译员知,哈菲兹也应该有知的吧。

印象之二:永远的哈菲兹

在伊朗,永恒的话题,永远的想念,永久的美丽是哈菲兹。哈菲兹的诗里最常常出现的是美酒、夜莺、美女、玫瑰和花园。

> 假如那设拉子美女,
> 有朝一日能对我动情,
> 为了那颗美丽的印度痣,
> 我不惜把撒马尔罕与布哈拉奉送。

撒马尔罕与布哈拉都在乌兹别克斯坦。一九八四年我去过撒马尔罕,这两个城市都有以它们的名字为题的长篇小说,我在新疆时,也都从维吾尔语与乌兹别克语中读过,其中的《撒马尔罕》是以斯拉夫字母拼写的乌语新文字版。这是穆斯林们极向往的两座名城。以两座名城交换美人的一颗印度痣,哈菲兹的诗句是多么自由、多么浪漫,他的感情又是多么强烈、多么惊人!

> 我就像一条鱼,
> 掉进苍茫大海,
> 只期待我的情人,
> 把我钓上岸来。

妙语天成,清水出芙蓉。怎么波斯的诗人个个都有李白的潇洒?郭沫若说过,海亚姆就像李白。

> 我的心是一只圣洁的小鸟,
> ……身居樊笼已经使她厌倦,
> ……她就在这万里碧空,

> 找到自己发身的地方,
> ……她将把吉祥的影子,
> 投到所有世人的身上。

开阔而又自由,与李白的"我寄愁心与明月,随军直到夜郎西"和"俱怀逸兴思壮飞,欲上青天揽明月",各有风格,各有妙处。

伊朗人其实是偏重潇洒和浪漫的。请看他们的书法。他们用的波斯文采用阿拉伯语字母,阿拉伯也是注重书法的,我在摩洛哥观看过阿拉伯人的书法,他们的书法偏于图案的齐整、威严、神秘,一种几何美。而伊朗的书法更多的是飘逸、灵动、洒脱、大胆、奇异。有时长长的一"撇"甚至让我想起中国的草书。

与想象的不同,现今的伊朗老百姓显得轻松而且随和,外向而且热情。在哈菲兹墓边,有一老一小像是母女的两个妇人,都戴着黑色的头巾,主动与我们攀谈,问我们来自何方,并且与芳合影留念,对于照相,她们也有兴奋愉快的表现。

另外有一组三个小伙子,像是大学生,与我聊起来,对于我们来自中国表示极有兴趣,也与我合了影。

现在回过头来说一下伊朗女子的头巾,出发以前就听到,说是一进伊朗,女性都得戴头巾。而过去在某些条件下看到反映伊朗生活的影片,看到女性的黑头巾,也有点严肃感与封闭感。这次亲临其境,发现,戴不戴头巾,戴什么颜色的头巾,还是一样的人,该亲切照旧亲切,该热情照样热情。还有大量的年轻一点的妇女,她们的头巾色彩缤纷,戴法也很俏丽,很个性化,至少给我这个外来客的印象是点缀装扮多于压抑和管束。当然头巾也显示一种郑重,是对性爆炸、纵欲狂的一种抵制。伊朗前总统哈塔米与我会见时特别向芳提到,如果戴头巾的习俗使你感到不便,请多多谅解。他还幽默地说:"为了不使你感到不高兴,你看我也戴着头巾。"我回答说:"她戴上头巾更漂亮了。"他说:"啊,你们回忆起了你们的青年时代!"

在全球化的浪潮中,应该理解一个暂时处于非强势地位的群体,对于保持自己的某些特色的关切。这种关切有时会超出某个具体问题的是非行失。客随主便,这也是尊重,这也是文明。毕竟伊朗(不仅伊朗)有这么一个妇女戴头巾的习俗,使我们得到了一个表达我们的尊重与为客之道的机会。其实我国新疆的穆斯林也很在意头上戴些东西,南疆男女都是戴花帽,北方则是女戴头巾、男戴各色帽子包括礼帽与鸭舌帽。回族则喜欢戴白色小帽。这也好比听西洋音乐,听歌剧、看芭蕾舞时可以中间鼓掌,听交响乐时却必须等到几个乐章全部奏完时再鼓掌,有什么特别的道理吗?能不能更合理、更方便一些呢?何必钻牛角,尊重某种文化习俗就是了。

现在回过头来说哈菲兹,伊朗人的说法,伊朗人手中有两本圣书,一本是《古兰经》,一本是《哈菲兹诗集》。哈菲兹的抒情诗集,是波斯古典诗歌的四大支柱之一。哈菲兹被称做"戴尔维希"——或译为托钵僧,从郭沫若氏译法。在新疆,我极喜欢用这个词,并将它作为绰号起给我的一个好友。它是说一个没有固定住处的宗教人员,浪迹天涯,奉献神祇,具有若干灵异奇才奇能。在我的小说《狂欢的季节》与自传作品《半生多事》中,多次用过这个词。当然,不是僧。

数年前我国出版了《波斯经典文库》,内中有两卷本《哈菲兹抒情诗集》,邢秉顺译。读起来你会进入一个奇妙的世界,不仅仅是情之"抒",而且充满了人生的哲理。

印象之三:工艺的天堂

我们在设拉子和伊斯法罕逛了工艺品商场。你也可以说那是一个工艺美术展览。伊朗是工艺的天堂,他们做的一切是太细腻了。

有一种特殊的工艺,波斯语叫"哈塔姆",是用象牙、骆驼骨、铜丝、竹条、木条等竖条粘在一起,组成某种拼花图案,然后横切其面,贴于工艺盒、框、板的表面,是波斯独有的传统工艺,与波斯地毯、细密画、铜器等齐名。中文译做"镶嵌细工"或"镶嵌图案"。其色彩成乎天然,鲜艳、光润,效果像景泰蓝也像马赛克,尤其突出了绿松石似的碧蓝。这种万里晴空的颜色,乃是波斯人的最爱。以它做书籍的装帧,于是出现了世界上最豪华最精美的书。在设拉子商场,有这样的书,大多是哈菲兹的情诗。在该城机场,我还看到了波斯/英语对照的海亚姆的柔巴依,也有这样的装帧和奇美的插图。我与接待我的伊朗对外文化联络机构的副主席瓦奇里先生讲起对于他们的书籍的赞美,他立即决定赠送给我一卷。派人在德黑兰四处购买,未得,而我第二天就要出发去伊斯法罕了,他们便又要设拉子的分支机构替我买好,用特快专递送到伊斯法罕我住的旅馆里。我可以毫不犹豫地吹嘘,我拥有世界上装帧最完美最精巧的书。你有吗?

我不能不羡慕波斯古代的诗人,他们获得了公认,他们的成就与天才不受争议,他们的光辉无可抵挡,他们的珍贵无与伦比,他们的价值天长地久,家喻户晓。而我们的伟大祖国,那么多书,那么多"家",那么多大诗人。现当代的不堪提了,就是古代的,也是聚讼纷纭,解释万种,标新立异,胡说八道,不把文化搅成一锅稀粥,把名人弄成一头雾水不算完了。

工艺与书。他们尊重工艺也尊重书。一个有神论的国家是讲究虔敬与陶醉,讲究追求的形而上的特质的。他们以一种至高至上至美至尊的崇敬、叹服、赞美、珍爱、矜持的心情,以一种神圣的宗教情怀对待文化、诗歌、书籍、绘画、建筑、工艺。从事这些事业,他们是在献身,在用智慧、生命和精神去靠近、去证明、去体现至高无上的清真、完美、纯净、博大与长远,也是去靠拢、去赞美至高无上的造物主,去赞美和靠拢比眼前的一切具体事物与利益更宏伟与崇高的存在,去理解和表现一种生命与世界的正面的本质。

他们由衷地感谢我们一行对于伊朗文化的敬意与理解。他们告诉我,他们曾经将一件精美绝伦的工艺品送给一位西方大国的外交官,向该使节讲述工艺的复杂与艰难。该使节的反应是:"我们可没有时间干这个……"

对不起,我只能说这是另一种野蛮。不懂得现代化、财富、效率、速度、发展、科学、技术、竞争、经营与管理,是一种野蛮,我们需要向西方发达国家学习这些东西。然而心灵、神性、美丽、虔敬、手艺、匠心、浪漫与精致……这些是不能用财富和批量生产的技术来代替的,它们无价。一旦以这些东西的消失作为富裕与现代文明的代价而实现了好几个现代化的时候,啊,我们的生活还不如森林里的猴子!

伊朗人用敲敲打打的方法,旷日持久地制作着满溢着浮雕感的凹凸不平的铜器锡器的花纹。用精美的梦幻一样的材料制作挂钟。用匪夷所思的图案与天然染料制作桌布。我懂,伊斯兰教是不准搞偶像崇拜的,他们的图案特别发达,图案的最重要的灵感似乎来自花草树叶鸟。他们也有上好的银器骨器玉器漆器漆画。

尤其是地毯,尤其是把闻名世界的奥斯坦·穆罕默德·法尔希奇扬的细密画织成丝质挂毯,简直是幻梦一样的工艺品。波斯美女,小鹿小羊,类似鹤但比鹤小一点的鸟类,多弦琴(如竖琴)与两弦琴(都塔尔)、三弦琴(萨塔尔),雄狮与牛,春天与百花……这些工艺品,体现着一种神性与人性的汇合,此岸与彼岸的交融,手艺与心灵的互动,供奉崇拜与消费使用的适宜。见到过,欣赏过,喜爱过而且多多少少地收藏着几件伊朗工艺品的人有福了。世界真奇妙,不去伊朗不算知道!

印象之四:活泼开朗的伊朗人

伊朗人长得大多相当漂亮,他们在公共场合的表现,也比较自然、得体、放松、活泼与开朗。

从设拉子回德黑兰的飞机上,快到目的地时,我前边的一位当地乘客打开行李架取下了一个塑料口袋,里面放的是无花果干,我随口说道"安菊儿",这是维吾尔语对于无花果的称呼。因为我知道,维吾尔语中含有许多波斯语词汇。他听了,马上笑容满面地说:"安集,安集儿……"看来基本读音是一样的,维吾尔语的第二个音节的元音是圆唇音,波斯语不是。然后他大把地从他的口袋中拿出无花果干赠送给我,作为对于我能够迅速识别与用类波斯语叫出无花果的名字的褒奖。这样的无花果干,在乌鲁木齐南梁的自由市场上很多,在南疆阿图什更多。然而,波斯的无花果干的质量是很好的。

在散步的时候,在购物的时候,在参观景点的时候,在等飞机的时候,伊朗的普通百姓都与我们攀谈,他们很开朗也很外向,对待外国人没有什么忌讳或者疑虑。在德黑兰机场上,出发向伊斯法罕走的时候,我遇到一对服装严整的老年人,与我交谈甚欢。他们讲到他们的子女,讲到他们旅行的目的地,讲到他们的安定与幸福生活。他们先问我们是不是来自日本,待知道是来自北京的时候,他们会显得十分高兴。

和外国人攀谈,他们没有任何顾虑与禁忌。没有距离感。

在伊斯法罕度过了一个伊斯兰的休息日——星期五,那一天,在哈柱桥①的一端,有许多老年人坐在河边石头台阶上欣赏流水,享受初冬的阳光,用悠闲和满意的神情环顾这个明丽与自然的世界。我也坐到了那里,觉得惬意,觉得自己已经融入当地。子在川上曰:"逝者如斯夫,不舍昼夜!"这是人类性宇宙性的微笑与感叹。

伊朗的各式商店很多,你进去看看,店方的态度友好善待,但也不过分兜揽兜售。你提问题,他认真回答,你与他聊天,他接过话茬去,不讲得太多也不讲得太少。他们要的价钱,大体是实价,你一定要侃侃,也许能略抹个零头,但没有太大的余地。你如果往下砍得太多,超出了可能性,卖货人便微微一笑,不再多说什么。他们的表现

---

① 哈柱桥在三十三孔桥下游1.5公里,于一五五〇年建成,比三十三孔桥早五十二年。桥体小于三十三孔桥(分别为132米和300米),但比三十三孔桥更富吸引力,因为有两块平坦的石板可以俯瞰下游的流水,桥中央部以前还曾是皇家的行宫。桥下的茶馆人气很旺,伊斯法罕人喜欢周末在这里休憩玩乐。

恰到好处。

我在伊斯法罕买了一件毛衣，那天晚上觉得有点冷。十一个美元，黄与褐黑的花色极有特点，粗毛线，保暖性能极佳。拿回来后，深受赞美，并责问我为什么不多买几件。

我相信，普通人的态度与表情，是能说明一点问题的。我在某地看到过那种面有菜色的与呆木的表情。我看到过那种躲避外国人的反应。我看到过那种向外国游客死乞白赖地兜售伪劣纪念品的孩子的面孔。我看到过那种对于异民族人异国人的极其警惕与困惑的表情，哪怕你只是去问一下路，他也现出防盗防贼防间谍的神态。当然，还有乞丐，还有娼妓，还有小偷，芳在外国曾被摩托车手抢过皮包……还有与种族优越感差不多的意识形态的优越感、救世感。还有夸张的奉承与推销。

伊朗百姓的面孔让人舒服，让人放心。你从他们的言谈举止表情动作上，看不到生活以外的、人性以外的东西。

印象之五：似曾相识的德黑兰

从德黑兰机场走出来不久，你会看到一个很有气派也很有风格的艺术品，那就是自由广场的大门，大概可以称为解放门或者自由门。走近了，你才看出来那是一个凯旋门式的建筑。这个凯旋门可与巴黎的、新德里的乃至平壤的类似建筑不同。它的下部像是切开了的金字塔，它的顶部像是一本打开的书，"书"上由于有类似窗户的造型，所以又像是一座楼房。也可以把这本"打开的书"想象为一个屏风，具有屏风的亲和与展开性。中间是一个具有伊斯兰拱形与桃形风格的门，门的穹顶上，建筑给你以菱形的编织感。远远望去，我以为是一个大的雕塑，尤其是夜间，它在灯光的照射下显得威严而又璀璨。

这是巴列维国王于一九七一年为纪念伊朗帝国成立两千五百年

而建立的,塔高五十米(巴列维王朝立国五十年),正面由两千五百块完整石块拼成(波斯帝国成立两千五百年)。这是一个艺术的精品,是古波斯建筑与伊斯兰建筑风格的完美结晶,表现了伊朗艺术家的不平凡的想象力与结构能力。它坚固、庄严、沉稳,同时不失舒展与精细,具有镶嵌感、拼接感与折叠感。它确实还具有一种"比历史还要古老"的古典与文雅。

德黑兰的政治生活比较容易见到的是各处有关选举的招贴画,各派人士都在积极竞选。另外也可以看到不少国家领导人的巨幅照片。

此外我在德黑兰发现的都是生活,百姓的日常生活。许多地方有明渠流过,你可以说那是小小的河流在城市里流淌,发出稀溜稀溜的水声。越是相对干旱的地方越是体现出对于水的珍爱。到处都有高大的树林。越是夏季炎热的地方也越是呈现出对于树木花草的依恋。到处都有商家,与手工艺者的作坊,有价格不昂贵而且富有民族特色的商品。到处都会看到悠闲自在的德黑兰人,尤其是小孩子们在嬉戏。怀抱婴儿的年轻的母亲们也很不少,她们的孩子装饰得十分鲜艳,但是母亲抱孩子的姿势与我们华人的习惯不太一样,她们常常是两手平托,你远远看去,好像是托着一件珍贵的礼物。

德黑兰可以分成城南城北两个大部分,两个部分的气候不尽相同。城北地势高耸,会比城南冷一些。我们在时,城南下雨,城北却飘扬着大雪,向北面望去,是皑皑的雪山。我们看到过这样的奇观,下雪了,薄雪花下面是碧绿的树叶,而树叶中夹杂着红花。城北有更多的大的机关单位,高级住宅区与外交使领馆区。

德黑兰的交通也很拥挤,人们喜欢讲的一句话是这里的汽油比水要便宜,所以机动车辆很多。很少看到比较豪华的车种,最多的是法国"标致"与伊朗合资的出品。德黑兰人以开车技术良好而闻名。我亲眼看到了他们,挤过来钻过去,无路之处有了路,使不能通行的地方通行。尤其令我惊讶的是德黑兰司机先生们的倒车本领,由于单行线多，走错了无法逆行回去，干脆他们就提速长距离倒车，踩着油门倒车，是德黑兰的独特风景。

德黑兰的糖果店值得记住。他们有一种风味独特的糖品：玉米饴（波斯语叫"嘎兹"），即从玉米中提炼出糖分来，加上鸡蛋清粉、开心果的碎块和藏红花，制成一种并不过甜的、亲切自然的、别有家乡风味的糖。这种糖我们在伊犁时吃过，但限于新疆的条件，没有开心果，那个年代，也没有花生米。有一次我的二儿子王石，站在卖这样的糖的小摊前，被邻居的淘气鬼一推，踩到了一块糖上，他的帽子被摊主拿下作抵押，而他当然没有钱。后来是一位好心的维吾尔老人替他付了款，才走掉了事。但是对于这种糖果的味道，他深深刻到了心里。这次，我伊朗归来，带来了这样的糖果，唤起了他的童年的记忆，也唤起了我的记忆。天涯何处无玉米饴？天涯何处无甘甜？

德黑兰的馕饼店非常多，与新疆的馕相比，它们比较薄也比较软，同样有一种面粉烘烤的香味。它们与新疆一带的在陶土做的大瓮中贴到瓮壁上烘烤不同，他们是将面剂儿伸到很大的明火中，很快就完成一个馕饼的烤熟过程。据说这里的人多半会从馕店里购买馕饼，而少有在家制作者。我对这个说法一再核问，确实如此。我们去了三个城市，德黑兰、设拉子与伊斯法罕，三个城市的人们的服装装饰交通工具等差距不大。生活上不追求光怪陆离，不追求花样翻新，他们更多的是一种纯朴和善良，是一种自在和舒适。

印象之六：伊朗知识界一瞥

我有幸在伊朗的沙希德贝赫什提大学，在德黑兰书城，在对外文化联络组织讲演，参观伊朗国会图书馆与伊斯兰大百科全书出版社，与一些当地的知识分子见面与交流，通过接受采访，也与伊朗媒体有些微的接触。

大学讲演的经验，与在欧洲或美洲并无大的不同，人们听得比较随意,提问也很自然。这种形式在五十年代初期学苏联时称之为"习明纳尔",也就是 seminar,伊朗这里多了一个项目,是一位学习中文刚刚一个月的女大学生朗诵了一首诗,是她用拼音字母写的中文诗。她比较羞怯,声音太小,听不太清楚,当然,情意可感。有一批人能够与你讲一些中文,这本身已经不错了。我在他们系里也看到了一些中文书籍中文书法与中国画作品。但总起来说,他们对于汉学的研究,还处在发展阶段。

他们的书城相当好。有一层是专门给少年儿童书籍准备的,图文并茂,琳琅满目。另有一层正在举行《可兰经》的版本展览,中间也有不少来自中国穆斯林的经书。悬挂着大量的经文书法作品,最多的是"阿拉阿克拜尔"即真主伟大的颂词。有的是用烫金写的,那种虔诚与激情非常感动人。配上很好的玻璃镜框,郑重庄严,并且辉煌夺目,仪态万方。

这里有一种不可忽视不可低估的强大的精神力量。任何人用轻慢的态度对待这样一种力量、信仰和文化,只能犯下不可饶恕的错误。

整个书城的书籍,尤其是与伊朗文化、伊斯兰文化有关的书籍,讲究、认真,仅仅外观也堪称光辉灿烂。波斯语"书籍"一词——kitap——本身就有一种崇高伟大的感觉。

书城每周举行一至二次讲座讨论。这次,由我和另一位汉学家主讲,介绍中国现当代文学。汉学家在讲话中提到了大量我国的现当代作家与他们的作品。他甚至也谈到了从网上找到的有关我的资料,例如我在美国得州休斯敦赖斯大学的英语演讲。他们的资讯来源还是比较丰富的,看来他们对于网络的使用也是可以的。我想起前美国驻华大使芮效俭对我讲过的一句话,他说,在美国有人主张,能够使用电脑与网络的国家,就不能算是极权主义国家。

这种气氛,这种做法,包括三四十个与会者的穿戴神色谈吐与参与程度,都让人觉得相当开放与自然。我在伊朗印象这一组文字中一再使用"自然"这个词,因为我看重这个词,我觉得某种意义上它比"自由"这个词还要容易理解与亲近,还要难于驳倒与剥夺。如果说这次的伊朗行有什么东西感动了我,那么,一个是文化,一个是自然,最自然的文化,最文化的自然,都是可爱的。

在书城,我与当地作家同行也有一个不拘形式的交谈。他们叹息说,过去,伊朗是中国的丝绸之路的西部终端,就是说,伊朗是中国与欧洲之间的一个桥梁,中国与欧洲常常通过伊朗来了解各自。然而,相当长时期以来,中伊(朗)间的资讯交流不算畅通,又都把注意力放到了西方大国身上,现在变成了中伊双方通过西方资讯,来了解对方。他们是多么期望能够与中国增多交流的渠道啊。他们讲得很真诚也很动人。这个问题也确实存在,西方的传媒是影响太大了,然而,我们更需要直接的相互了解。

至于在伊的对外文化交流组织的集会上,我用波斯语讲了七分钟。波斯语属于印欧语系,与我熟悉的属于阿尔泰语系的维吾尔语并无共同之处。但是维吾尔语中有大量波斯借词,另外其小舌音、送气音、卷舌音等汉语中没有的音素,与波斯语十分接近。这使我有理由相信自己能够到伊朗班门弄斧,讲一段波斯语。他们的热烈掌声使我得意,虽然这种得意相当小儿科。我反而相信,一个有着儿童式的表现欲的人,多无大恶,容易相互做朋友。

印象之七:文化的珍重

正像宗教、诗、图书等词一样,他们谈起"文化"一词,就萌生出一种敬意。波斯语的"文化"一词发音是"法尔罕格",与阿拉伯语、维吾尔语等的"玛迪尼亚特"和其他词有共同词尾不同,有一种概括感和崇高感。

我拜访了穿着伊斯兰盛装的议会图书馆馆长阿布哈里并参观了议会图书馆。该图书馆有一本刊物,主要介绍议会图书馆收藏的手抄本书籍,用波斯语、阿拉伯语和英语三种语言出版发行。他们特别要我会见了一位八十多岁老专家,他是手抄本鉴定的专家,为此图书馆的手抄本整理立下了汗马功劳,被认为是该馆的"镇馆之宝",至今仍然坚持天天上班,整理修补古代善本书籍的手抄本。

我也拜访了伊斯兰大百科全书出版社社长穆沙维波格诺迪,交流了百科全书编纂的经验。我向他们介绍中国最近编纂出版的中学生百科全书,他们表示,他们的百科全书也有为青少年与普通读者使用的简缩版本。他们把已经出版了的数十卷百科全书给我看,我恰好翻到了"布哈拉""撒马尔罕"等条目,解释详尽,插图精美,装帧整齐,目前有波斯文与阿拉伯文两种。

不论是图书馆的先生与女士,不论是大百科全书的领导人与工作人员,谈起自己的工作,都有一种沉着、矜持、平稳和信心。他们不卑不亢,他们并不急切地讲说什么、宣传什么、争辩或者反驳什么。他们对于异质的文化没有任何攻击,也没有特别在意。他们绝对不认为自己有什么落后了、需要追赶了、闹不好要开除球籍了的地方。他们的心态很好,很舒服。(是不是,他们的知识分子不像我国的同行那么在乎他人——外国人?我们这里,说起外国一度不是和平演变的阴谋就是学习的榜样,不是亡我之心不死就是一声炮响使我们振聋发聩,不是老大哥就是间谍……)

这里有一种多位一体的尊崇与珍爱。伊斯兰是至高无上的信仰,在这样一个信仰的光辉照耀之下,形成了自己的文化天地,自己的出版物,自己的历史传统,自己的语汇体系与诗歌谱系,自己的工艺、建筑,以及与诵经有着密切渊源的音乐、歌曲,直至自己的教育体系。也是在这样的旗帜下,激发了伊朗的独特的伊斯兰革命。伊斯兰文化,伊斯兰百科全书,伊斯兰图书,所有这些努力,体现了在全球化浪潮正在席卷世界的时候,伊朗人乃至整个伊斯兰世界对于卫护自身的文化性格、文化体系与生活方式的努力。应该正视、应该理解、应该交流、应该相互学习。而绝对不能视如草芥,更不能视如寇雠，一笔抹杀。你有一百条先进的科学技术，政治运作体制与方式，军事实力还有通俗文化传播手段，还有完备的法律，还有先进的"无敌"的硬实力，却无法取代一个古老巨大坚强的文化数千年来所营造的一个世界：信仰的世界，诵经也诵诗的世界，精美绝伦，如梦如画的世界，而且是，切莫忘了，这是一个比历史还要古老的世界。

有一位年轻的朋友，私下交谈中显示了他对于本国与世界的大局的理解。他先说中国，他说毛泽东是伟大的革命领袖，但是毛泽东在发展经济方面不算成功。在建设中国方面，邓小平推进了毛泽东的未竟的事业，与此同时，意识形态的激进革命的气氛有某种降温。中国人首先需要的是过好日子。他说，伊朗也是一样的，伊朗的发展需要一个过程，他希望这样的过程不被破坏。他的话有一点道理，虽然这样的话说早了大家都不接受。

印象之八：寥落古行宫

最负盛名的伊斯兰风格的展现在伊斯法罕的伊玛目广场，国王时期也叫"国王广场"或"世界印象"广场，伊斯兰革命后改为此名，伊玛目的大意是伊斯兰的教长。在谈到伊玛目广场之前，我愿意先记一下伊斯法罕的四十柱宫。这也与我们的行程的时序相符。

首先有趣的是，名为四十柱宫，却只有二十根与中国建筑里的柱子相比要细许多的优雅精致的八角形柱子，支撑着宫殿的宽阔的前廊，它们的倒影映射在廊前的长方形水池中，出现了另外二十根水中的柱子的虚像，二十加二十，于是就是四十。这种虚与实的叠加，这种实物与影像的兼收并蓄不分你我，这种思想（计算？）方法堪称绝妙，在我国，只有李白的"举杯邀明月，对影成三人"可以与之比拟。

宫殿坐落在一个大花园里，总面积是六万多平方米，建筑面积是一千多平方米。建于十五世纪，说是典型的波斯式宫殿，曾经用来接待贵宾和外国使节。大厅的墙上画着巨大的壁画，大致是叙述当年的文事武功,朝廷盛况。正面有一镜厅,由玻璃拼接做成,不开放,从外面可以看到里面的一些古装画像与古代衣物。说是十七世纪所建。此外,大殿里摆放着一些器皿、古币、文书等物品供游人参观。

说实话,这些我已记不清楚,反正世界各国我看到过的宫殿、行宫、皇家花园等已经不计其数。什么凡尔赛宫,什么奥地利茜茜公主的宫殿与花园,什么华沙的大王宫等等。这个四十柱宫并不比上述诸宫更辉煌壮丽。反而难忘的是四十柱宫的花园,树木参天,水池清澈,落叶满地,秋意清爽中又使人产生出嗒然若失的遗憾。意外的是在这里碰到来自天津的旅游团,他们当中有人认出了我,纷纷过来合影。这是常有的事,国内的各界人等,无机缘在国内见面,却有缘千万里相会于异国他乡,叫做比邻似天涯,而天涯又若了比邻。

于是慨然,王室宫殿的最最迷人动人之处,它的最大的价值和意义,似乎未必显现于国王生前,在陛下使用它日理万机、运筹帷幄、送往迎来、杀伐决断之时,这宫那宫与人们能有多大关系?只能是你威风你的宫殿,我凑合着我的草窝,保持距离,各自平安。倒是在人去楼空、色颓瓦坏、柱歪石损、漆脱墙沉之时,在王朝覆灭、往事如烟之日,无限风光在后人,在"寥落古行宫,宫花寂寞红。白头宫女去,闲坐说'零星'"之时,凭吊往事,追怀前朝,其味无穷。花园是永远的,鸟雀是永远的,落叶犹如昨日,殿堂有点破烂了,正好参观。

我不知道这是不是与多数穆斯林聚居区属于干旱炎热地区有关,他们特别重视水流水库与树木花草的栽植与维护,注重廊檐亭阁的修建,注重大自然的生态与环境的赏心悦目。

而且这里的空气极好,现在的伊朗毕竟不那么急着现代化,急于现代化与发展壮大的是巴列维王朝。巴列维王朝的现代化与国情脱节,与大众利益脱节,再加腐败与特权导致了它的覆亡。从新"左"派的批评现代性的理念看来,不知当前伊朗是否提供了一个相对的不同的世界,符合他们的理想吗?至少从审美的观点上来看,伊朗是合格的。披纷的落叶,飞过的鸟群,秋天的气息,游客的笑声,咔咔的快门,无精打采的解说,无人专心的听讲,就这样,我们欣赏了其实也是错过了这个半古的四十柱宫。你可能记不住宫殿的底细,你却忘不了一种非现代的,后现代的,树的人的房的与秋天的气息。

印象之九:伊玛目广场

中国有两千万人口的穆斯林,有新疆宁夏两个穆斯林聚居的自治区,我在新疆生活了十六年,伊斯兰教对于我来说并不陌生,我了解他们的清真与清洁观念,了解他们的简约、朴素、明快的生活信念,我了解他们对于彼岸世界的信仰与追求。我在新疆农村时,饭前便后,常常受到维吾尔农民的提醒,老王,你要洗手! 我相信作家张承志提出清洁的精神的观念,与他的民族宗教归属有很大的关系。

我也懂得他们的重约束,重道德秩序,重灵魂精神,重身后的永恒的价值选择。在波斯语、阿拉伯语、突厥语中,精神就是灵魂,灵魂就是精神,都用的是 roh 一词,都是永恒的存在。中国回民则译之为"罗汉"(不是佛教的罗汉,佛教罗汉一词,其发音应是阿罗汉)。

直到伊朗行,直到去了伊斯法罕伊玛目广场之后,我才知道,神圣的伊斯兰信仰,可以表现得这样璀璨夺目,辉煌完美,人间世上,胜境无双,美丽雄强,天衣无缝,万众欢腾,光芒亿丈。

伊朗人有"伊斯法罕半天下"的说法,这不能不使我想起"天下十分明月夜,已有七分在扬州"的中国式说法。

资料称,伊玛目广场始建于一六一二年,长五百一十米,宽一百六十五米,面积达八万四千平方米,是莫斯科红场的两倍。广场的东西南三面,分别耸立着建筑艺术各具特色的罗特夫拉清真寺、阿里·考普宫和伊玛目清真寺,广场中央修建了一个长方形的巨大水池。在伊朗处处都看出人们对于水的珍爱,水是生存的必需,也是上苍的恩惠,更是赏心悦目、快乐幸福的源泉。在伊朗,最令人惊叹的事情之一,是人们对于人性和神性、生活与信仰、此岸与彼岸、终极与美的一揽子的感受把握。

四面拱廊各开一面大门,伊玛目清真寺大门、国王私人礼拜室(罗特夫拉清真寺)大门、阿里·考普宫大门和加萨里亚市场大门。其余地方是乳白色的高墙将广场围起,与蓝色的大门形成鲜明的对比。

两个大清真寺在广场上有欲乘风而去的飞扬感。其规模与精致,种种花纹图案色彩的搭配,都不是我的拙笔能够写得出来的。我要说的只能是,即使在巨大的庄严的清真寺的上上下下、内内外外、前前后后,你也能看得出那种伊朗手工艺的细腻、精致、美轮美奂、一丝不苟。它是神圣崇拜之地,当然,它也是建筑艺术的精品,是人类智慧与高尚情感的载体。地上的建筑载负着无限的信仰,无限的向往,无限的激情与无限的才能和匠心。

除了礼拜真主,这个广场上举行过重要集会,举行过马术表演与马球比赛,接待游人更不必说。到了夜间,灯火通明,五颜六色,倒影与实体分别发光,如梦境,如仙境,如神话,如童话。

意味深长的是广场四周就是巴札(集市),种种专卖店美不胜收。你可以直接使用美元欧元等硬通货购买,是地地道道的小商小贩,如果你有钱有运输手段,真想在这里买个够呀!它激起你的梦想,激起你把自家住宅和用品,至少是装饰品"伊朗化"的冲动——如果你的四壁与橱柜,你的案头与床边,都是伊朗的工艺品,该有多么漂亮!

这里既是商店也是作坊,匠人们当着顾客的面敲敲打打,涂料上色,欣赏审视,打包装箱,像是作展览。工艺差不多是完全透明的,透明也不会泄露商业与工艺的秘密,因为那种匠心,那种感觉,那种对于美的虔诚,是无法克隆复制携带与传递的。能够盗窃的是财富,不能盗窃的是心灵。你看着他们,你觉得是古老书籍上的人物,天方夜谭里的人物,梦幻艺术里的人物。你相信,在伊朗还有许多没有演绎完毕的经久不衰的故事。

当你知道，当你记住世上有一个城市叫做伊斯法罕，知道那里的美丽和奇妙的时候，你越发觉得世界的奇妙，人生的奇妙，人类精神生活的奇妙。伊斯法罕真好！

印象之十：在伊斯法罕看电影

访问完伊朗，回到北京后两三个星期，写作"印象"时，报纸上关于伊斯法罕的消息多了起来。是说的参观伊斯法罕的核设施。老天！

伊斯法罕属于伊朗，属于中东，属于亚洲，属于伊斯兰世界。然而，她也属于人类，属于地球，属于咱们大家。这是一朵奇葩。祝伊斯法罕好运，相信伊朗人、阿拉伯人、美国人、以色列人和各国包括中国人有足够的智慧和善意，使伊斯法罕的日子和平快乐美丽永远，使伊朗人终于会与美国人、以色列人与欧洲人和平——和睦相处。

早在去年九月，青岛的一位青年教授已经给我讲过，现在的中国内地流行一个说法：一、清晨洗浴而不是夜晚洗浴；二、喝黑咖啡而不是白咖啡；三、光脚穿皮鞋（疑指女性）；四、看伊朗电影而不是好莱坞大片。这四条是时尚、白领、小资的表现。

我们在伊斯法罕即兴看了一场电影，我们旅馆旁边就是一家影院。我们下午参观活动回来，时间尚不迟，临时排队去买了影票，片名《不服从的儿子》。是说一个医生世家的阔少，不愿听从母亲的安排与医院合伙人的女儿结婚，于是谎称爱上了别的女孩，并请一个在美容院工作的灰姑娘冒充美国学成归来的医学博士骗得母亲和家人的信任。但不幸的是这场精心安排的骗局被医院合伙人的女儿发现并告诉了小伙子的母亲，姑娘在遭到小伙子母亲的训斥之后含恨离开原来工作的美容院，又遭到父亲的怀疑与邻里的白眼，承受了巨大的委屈与压力，而小伙子却在与姑娘的接触中发现了姑娘的善良和真实，并最终真的爱上了姑娘……如此这般，情节不算新颖，但拍得很真实朴素自然。演员并非特别漂亮,但也显得健康大方可爱可亲。不羞羞答答,也不卖弄风情。丝毫没有意识形态宣示的痕迹,没有任何紧张或者仇视。对生活也是既不美化,更无丑化。垃圾桶,破汽车,旧房屋,烟熏火燎的烤肉串,拥挤的人群,贫富的差别,都非常真实。它是这样坦然地表现自身,绝不装腔作势,不吹、不哭也不闹。它不像我国的影片,有一种类型是强调我们的现代化,高楼大厦,汽车河流,时装模特,城市夜灯,公司老板,名牌穿戴,还动不动上点外籍演员,显示一点洋腔洋调。这种影片似乎急于要告诉旁人,我们的生活正在迎头赶上西方国家,请千万别以为我们是老土。

另一种电影,如《黄土地》《老井》《盗马贼》,则是要告诉人,我们这里是那样地贫穷、愚昧、落后,我们的许多人,还过着堪称可怕的野蛮荒漠的生活。

而伊朗电影既无意炫耀他们的"进步",虽然他们的人均 GDP 比我们高;也无意为自身的不那么发达而痛心疾首。他们健康地表现着普通人日常生活,尤其是表现着普通人心灵的美丽。不是荒芜,不是凶狠,不是愚蠢,不是残暴,而是善良,是纯朴,是亲和与幽默。

我们在伊斯法罕看到的影片一般般,然而影院的气氛非常热烈,上座率不低于百分之八十,我们是排着队高高兴兴地进影院的。观众多是青年,都很活跃。尤其是遇到一些表达爱情或者巧合/误会的镜头时,全场活跃,掌声、哄笑声乃至口哨声,此起彼伏。它似乎在证明,进影院绝对是人生一乐,是共享快乐,是不容置疑的一种福分。片子好是一乐,片子一般,能共度在影院的欢乐时光,也是大乐。它使我想起"很久很久以前"(此语来自手机段子),对于我来说是五十年代,进影院的那种喜不自胜的心情,尤其是与恋人共看电影的那种甜蜜与满足。某种意义上说,五十年代的青年人的恋爱过程是一个欣赏苏联与新中国影片的过程。究竟是从何年何月何因,人们一两年也不进电影院了呢?与其说是时代使然,不如说是我们的心太老了。

印象之十一：天堂里的孩子

在伊朗看电影使我回到了久违了的青年时代。能够简单地使自己快乐的时光是美好的。夏天喝杯冰镇酸梅汤，冬天是一碗热白薯粥，春天养几只蝌蚪，秋天漫步在林间道路的厚厚的金黄色落叶之上。这就是最本真、最自然的快乐。夫复何求？而一年四季，约会自己的朋友、恋人、亲眷，一起到影院看电影，买到了楼下十五排中间，或者楼上头排中间的座位票，已经心满意足，谢天谢地。

而挑剔的与复杂化的快乐，也许并不是快乐而是灾难。

快乐不应该太麻烦。

有许多人已经饱尝了伊朗影片的美味，却没有去过伊朗。我则是访问完伊朗，回到北京到处找"盘"和资料走近伊朗的电影。电影大师阿巴斯·基亚洛斯塔米，十余年来他的《特写》《生生不息》《橄榄树下的情人》《樱桃的滋味》《风将把我们带向何处》等影片多次在世界获奖。《樱桃的滋味》以哲学家的目光探讨了生存与死亡的意义，获得了一九九七年戛纳国际电影节"金棕榈"奖。我看《樱桃的滋味》，甚至于感到更像是一部纪录片，从头到尾是主人公（唯一的有点像职业演员者）开着车走过伊朗各地，看到了荒凉，看到了生活，看到了村庄与城市，看到了人，主要是男人。未必有谁敢于这样拍片子。但是阿巴斯能。他声称他拍戏从来不用专业演员，不用化装、置景，他推崇自然主义。

据说阿巴斯在戛纳接受中国记者采访的时候，还委婉而又一针见血地对中国电影提出了忠告。他说，他发现目前中国电影，像陈凯歌的《刺秦》、王家卫的《花样年华》、张艺谋的《英雄》风格越来越强烈，越来越浓郁，越来越有好莱坞电影的风格，这样很可惜……

另一位年轻得多的导演马基德·马基迪的《小鞋子》（影片原名《天堂的孩子》）风靡全球。说的是一个男孩子丢了妹妹的小鞋子，害得妹妹没法上学,于是兄妹俩轮流换穿哥哥的旧球鞋,在水沟边小巷里奔跑。他们发现了自己失掉的小鞋子,却因持有此鞋者的家长是盲人而放弃了追讨。哥哥怀着对新鞋子的向往,参加长跑比赛。大概是比赛的季军有望得到一双小鞋子。满心想得第三名的小兄弟不慎跑了个冠军,反而失去了获得小鞋子的机会。小哥哥为自己的得冠军的重大失误哭得天昏地暗。最后坐在水池边,出现了人见人爱人见人感动的经典画面:小金鱼去啃白云与天空倒影下的孩子的红肿的一双脚丫子。这位天堂里的孩子等待着贫穷的父亲给他们带来一双新鞋。

我还看了此位导演导的《何处是我朋友家》,也是儿童片。一个可爱极了的长着不少小雀斑的男孩,为了同学的作业本,不辞辛苦,从头到尾地奔跑,奔跑还是奔跑。终于对得起朋友了。吊儿郎当的,不算负责任,也确实不了解自己的学生的老师。艰窘的日常生活,进行管束和不断使用——派活的家长们。不符合"三通一平"标准的基础建设。不停地奔跑着的孩子。不要说真实了,就是演这一部电影,该有多么累呀。我替孩子着急。

但是孩子并不着急。伊朗人并不着急。着急的是我们的电影。称颂或者暴露,讴歌或者鞭挞,赞美或者控诉,宣告或者声讨,迎合或者颠覆,煽情或者沉闷,大树特树或者深揭猛批……这一类的动词已经把我们的电影折腾了一个够,再加上什么大片,辉煌,刺激,视觉盛宴,拳头枕头叫床还有腥风血雨,高投入大制作,再加电脑时代的特技,使某些已经浓得化也化不开的中国电影,更是生硬得成就了一个个死疙瘩,不妨戏称为"影结石""文结石"。伊朗人的艺术细胞是可敬的。导演马基德·马基迪算是伊朗第三代导演中的一个,靠《天堂的孩子》与《天堂的颜色》两部儿童片蝉联过两届蒙特利尔电影节最佳电影奖。连美国的影业大亨,也在不惜重金请他们出山。而他们常常不答应。如果是我国呢?还不颠颠地往前赶?

还有艺术以外的启示。印度、伊朗、中国,都是古代的文明大国,而近一二百年乃嫌落在了现代化潮流的后面,现在又都致力于自身的发展。但是比较起来,印度与伊朗,至少在文艺作品上不像中国人那么急切焦虑冲动。伊朗人为什么那么坦然?他们还面对着特有的国际关系危机,面临剑拔弩张的战争与和平风暴。但是至少在他们的影片中你看不到东躲西藏,涂脂抹粉;看不到危言耸听,杜鹃泣血;看不到声嘶力竭,甚至也听不到振聋发聩。天天振聋发聩的结果能不是聋不胜聋吗?而他们有我们这里并不过剩的坦然面对、善良、从容、认同、感恩、信心与对于明天的决不丧失也决不过分的期盼。

印象之十二:中东第一"排"

在德黑兰的南北城之间的甘地大街,有一处至少是对于华人来说极有名的烤羊排肉店,店名叫"尚帝兹"。午餐与晚餐时间,这里永远排着队,等待叫号用餐——它不接受预订,但是对于中国使馆人员带来的"贵宾",常常有所照拂。它的烤肉串实在惊人,那金属的钎子活像一把宝剑,如果做得再坚硬一点,绝对可以作杀敌的利器。上面串起来烤的不是肉块而是半个拳头大小的羊排,又带骨头(最诱旅人的是某些脆骨)又带肉,夹层是青椒、洋葱等蔬菜,烤得焦嫩适中,柔脆得当,香气扑鼻,却又不失原生态的简朴与粗犷。配上由蔬菜、植物油与奶制品做的臊子酱,食之眉飞色舞,心潮澎湃,额头沁汗,舌尖流涎。边夸边嚼,边吃边叹。这不能叫吃,这只能叫过瘾,虽然"过瘾"一词并不算雅。原来也有这样的烤羊肉串!

这里的华人,包括生意人外交官游客,一致给它一个头衔:"中东第一排!"

我在设拉子也吃过一个老餐馆,名字叫"哈毛姆瓦基尔传统餐厅"。"哈毛姆"是浴池的意思,在古代伊朗,浴池不仅是洗澡的地方,还是朋友聚会、谈生意和吃饭的公共场所。头一天因为是主麻——星期五——祈祷日,要到晚九时后才开业,以表达对于此日子口儿的敬重。第二天中午才有缘在这里用餐。餐馆门窗都小,白天也要用灯光照明。这个餐馆的结构有点像一个观看体育比赛的小运动场,顾客坐在高处,约半圆形,"场地"里是民族乐队与自助冷盘沙拉,"场地"中心仍保留了一个较小的水池,只是已不再用来洗浴。异国异时的情调,令人销魂。

伊朗的沙拉切得细碎,这可能与他们喜欢细密的花纹有关,他们的冷菜也是红的红,绿的绿,白的白,黄的黄,煞是好看。沙司比起一般西餐更刺激些,多了些酸与辣的因素。

伊朗的汤食有趣,有肉有菜,有大量洋葱,这与西餐汤食并无区别。问题是他们在汤里又加上了玉米粉或者燕麦粉或者土豆团粉,端出来的东西,对于我来说,与其叫汤,不如叫粥。这种加菜加肉的汤粥,类似新疆南部喀什噶尔地区的"乌麻什基"(波斯语中汤也叫"乌什")。喝之舒服到身体的各个角落,令人产生满足与温暖感。

吃伊朗餐,多半会在餐前得到馕饼的免费供应或是套餐中的各色馕饼。小小的馕饼在巨大的类似壁炉里烧烤,你感叹这里的炊事的民俗化与风格化。

我在伊朗也吃过两三顿西式餐食。两次是斯巴盖地——意大利番茄酱面条,一次是比萨饼。在我们居住的伊斯法罕酒店里有一座专门提供意大利式餐饮的威尼斯餐厅,只在晚间营业,环境、设备、服务与方式,都很地道。我的年龄与痛风症的预警,使我不能老是肉食为主。我必须说,这里的这两样所谓意大利面食,是我迄今吃过的最好最好的,关键在于奶酪,奶酪烤出了微黄的奶皮,厚而香,你吃着觉得足实,又好消化。

宾馆里的伊朗餐室精致异常,彩色玻璃,细密图案,使你感觉如入宫殿,到处是星光灿烂。这里我顺便讲一下,伊朗的许多工艺包括建筑,其装饰,其美化的色彩与图案,给你以星空感。我相信是星空给了伊朗人以视觉艺术的灵感。我们买了一个挂毯,上面织着一位像是牧羊女一样的角色,她的周围是花朵,而花朵的背景是蓝天,其分布,更像是天上的星星。花朵的星空化,这是伊朗的独特感觉、独特魅力。

伊朗的餐馆不供应含酒精的饮料。但是有不含酒精、单有麦香的啤酒和另一种带着浓浓的柠檬味道的无酒精啤酒。酒非酒。酒无酒。酒非非酒。酒非无酒。无酒精啤酒的灵感,来自啤酒,却又否定了告别了啤酒。无酒之酒,至酒也。我希望我国推广这种健康的非酒酒类。

伊朗的喝茶也有绝活。欧洲国家、阿拉伯国家,喝茶时喜欢放糖,不足奇。问题在于糖的放法,伊朗人喜欢在面前放上一杯红茶的时候,拿起一块方糖,注意,不是把方糖放入茶杯搅而化之,而是将方糖轻蘸一下茶水,用舌尖舔一下或用牙齿略摩擦一下糖块,饮一口茶,把糖与茶水分开处理,使你的舌头牙齿都有事做,使你的味觉时有变化,有时偏于糖味,也许能尝得出甘蔗或甜菜味儿,有时候偏于茶的苦香涩,这些味道变来变去,有自己的过程,有自己的不确定性,有自己的个性,因为你可能是大口啃糖,也可能是小小蹭一蹭,也可能只是舔舔。你可以分八次吃完方糖,也可能是三十次……呜呼,这样喝糖茶与吃方糖的人够得上神仙极品,也够得上是童心一片啦。

是的,人活一生,你不应该放弃一切变化与趣味的可能。

印象之十三:主张文明对话的前总统哈塔米

此次在伊朗我也有机会会见了一些政治人物,他们都主张加强与中国的文化交流。我也利用各种机会介绍了全方位开放交流的中国的现状。我有时还常常有意识地强调地谈到我多次在美国居住、讲学、交流、生活与活动的情况,我强调我与美国的知识界有极好的交流与友谊。我表达了这样一种祝愿,希望伊朗也能与美国有更好的文化方面的互动。对于伊朗朋友提醒中国人提防美欧的文化渗透与文化侵略,我明确表示了中国有自己的坚定的选择。

其中最给人以深刻印象的是与前总统哈塔米的会面。

赛义德·穆罕默德·哈塔米(Seyyed Mohammad Khatami)一九四三年生于伊朗中部亚兹德省阿尔达坎的一个宗教家庭,曾在宗教圣城库姆研习神学,后在伊斯法罕大学获哲学学士学位,服过兵役,又重返库姆,深造神学和哲学。一九七八年至一九八〇年在德国汉堡伊斯兰中心供职。一九八〇年当选为议员,并成为伊朗议会外事委员会成员。他也担任过伊朗《世界报》集团的负责人。一九八二年至一九九三年,哈塔米任伊朗文化和伊斯兰指导部长,从一九九三年起,先后任伊朗总统文化事务顾问、伊朗国家图书馆馆长。一九九七年五月哈塔米参加伊朗总统选举并以多数票当选,二〇〇一年连选连任,二〇〇五年八月去职。前后通过全民直选担任伊朗总统八年。

说是哈塔米博学多才,著有《政治分析》《神权统治观念一瞥》等著作,精通德语、英语和阿拉伯语。

原来在照片上或电影上看到伊朗的一些政要穿戴的教士礼服,我有点距离感。但是哈塔米的微笑与举止立即让人缩小了距离。他很英俊,穿着黑色的礼服,显现出尊严与民族性。他的文质彬彬,他的笑容可掬,他对来客的专注与倾听,他对于全体来客的照顾,而不仅仅是对于主宾一人的周到(他时不时与我国驻伊大使、与妻瑞芳交谈两句),他的要言不烦、迅速反应与适可而止,都表现出了极高的教养与素质。对不起,我忍不住打一个比喻,虽然这个比喻也许不受欢迎,哈塔米前总统的风度,只有我在部长任上接触过的英国的一些爵士,例如曾任大不列颠理事会(British Council)副会长的奥尔爵士差可与之相比。

哈塔米首先向我讲到了珍惜各民族文化传统与特色的问题,同时他主动提到也要吸收西方文化的精华。他本人前不久访美归来。我对他早在一九九七年就提出的不同文明之间的对话主张表达了敬意。在联合国的文明对话年即二〇〇一年,我参加过中国政协举办的国际研讨会议。

他从我的话语中立即敏感到了孔子的"和而不同"的思想的重要意义,他说,"和而不同"与"和谐社会"是处理当今世界危局的两把钥匙。

学问,文化,辞章,艺术,诗与百科全书……所有这些,哪怕仅仅是形式上的程序上的讲究也可能发生积极的作用。最可怕的并不是利益的分化与观点的歧异,最可怕的是骄横与野蛮,是残暴与粗鄙。

有一个细节,由于交通堵塞,我们与哈塔米的会面比预定时间晚了十五分钟,这很失礼,特别是对于哈这样的大人物。他丝毫不介意。这说明了他的平易,同时也说明德黑兰的时间计划上的不够精准,另一面却是一种好说话的随和。

任何时候,文化、文明、礼貌与教养,这是一个积极的因素,善的因素,和平与和谐的因素而不是相反。想到我们的本土上还有一些无知之徒,以文明为虚伪,以粗鄙为时尚,贩卖自己的脏话连篇,恶意横溢,我们能说些什么呢?

印象之十四:生活方式

生活方式是一个很好的词,生活方式首先是生活,其次才是方式,只要有生活,就会有自己的方式,最好的至少是对自己或者对某个地区某个人群的最好方式。

无庸讳言,若干年来,我们对于伊朗已经有一些道听途说的认知,比如说,原教旨主义,严格的与激烈的对于生活方式的坚持。到伊朗以前,我自己做好了准备,也许会碰到许多清规戒律,也许会碰到严厉的面孔,也许你应该小心谨慎,注意不要越雷池一步。

但是如果我告诉你,在一些涉外宾馆里,还在十二月的上旬,大堂里已经装饰起了圣诞树,树上已经赫然写着 Merry Christmas(圣诞快乐),而在一些旅游商品店里,丝毛纺织的挂毯,除了伊朗传统的细密画、田园牧歌画、名胜古迹画以外,也还有圣子诞生与圣母像等基督教画面,而且伊朗政要多有在十二月二十四日向全国基督教徒祝贺圣诞节者。你想得到吗?

无疑,伊朗人是非常注意维护自己的生活方式的。至高无上的信仰不容侵犯。他们对于大国主导的国际秩序时有不满和抗争,他们的政治家也说过一些比较刺激的话,他们对于地区事务也有自己的不同的看法与雄心壮志。目前的形势非常敏感,非常复杂。这不是我所能够说得清晰的。本文并不想涉及这样的问题。

然而,对于一个文艺领域的来访者来说,我看到的更多的是生活,是日子,是和平的、轻松的、好脾气的、开放的伊朗人,是津津有味的日常生活,是美善,是好客,是对于文化的尊崇。而绝对不是充斥着偏执、狂热、仇恨的一群暴徒。不论是德黑兰还是设拉子,不论是城市还是乡村,我没有发现这样的气氛和人众。

至少从地理位置来说,它其实比我们离西方近得多。他们中有那么大的比例能够讲极好的英语,他们中有那么多人曾经到欧洲旅行、求学、经商。他们的歌唱发声方法其实离所谓意大利为代表的美声唱法并不太远。他们的服装也更西化,男人不怎么打领带罢了,也并不绝对。她们的头巾的式样与系法正在日趋多样,造成了千姿百态。

芳说她这次有机会好好显示一下自己的头巾了,包括东欧国家的头巾,新疆的头巾,南美的披肩巾,还有一个精美的印度大披巾,是作家熊召政所赠。没有这次伊朗之行,她还真的没有显摆自己收藏的头巾的机会。

当然,她也说,最不习惯的是在室内,而且是用餐的时候也系着头巾。

有的朋友说,伊朗人在家里还是比较随意的,你愿意西化一点也完全可能。据说在伊斯兰革命前,巴列维王朝曾采取压制本土性生活方式包括宗教的政策,那时候人们在外边西化,回到家再本土化。

我访问完伊朗，找来了一九五九年上海文艺出版社出版的前苏联作家加·谢奉茨所著的《德黑兰》一书。这本书的宣传手册性质令人不敢恭维。但是它一上来就写道：

> ……这个东方的大城市里并没有发生什么变化，所有的小店铺和手艺人……骆驼……警察……流动商贩和叫化子……流行欧洲风尚，出现欧洲型的电影院和播送伊斯兰教法律所禁止的音乐的咖啡馆……为什么……不该停留在原位呢？

德黑兰曾经是相当西化的，至少比中国的城市西化。而当年苏联的这位作家是用讽刺的口气来写他们的西化的。

现在呢，反过来了，西化的东西退缩到各自的私生活里去了。不说自明。

几乎所有的逗留伊朗的中国人都十分喜爱伊朗，他们觉得在这里活得自在、放松、平安，与当地人特别好相处，生活方便，物价便宜。

我相信生活，相信日子，一连串日子就是时间。生活与时间可以舒展口号，可以完善政策，可以造福人与人群。而伊朗的可爱恰恰在于它充满了生活，它从容地对待时间。

所以我非常喜欢伊朗，我对它永远抱着最好的祝愿。我相信它有极好的未来。

山东友谊出版社 2007 年出版